# मैला आँचल

# मैला आँचल

फणीश्वरनाथ रेणु

राजकमल प्रकाशन

ISBN : 978-81-7178-853-8

**मूल्य :** ₹ 995



**पहला संस्करण** : 1954
**अठावनवाँ संस्करण** : 2024

**प्रकाशक :** राजकमल प्रकाशन प्रा.लि.
1-बी, नेताजी सुभाष मार्ग, दरियागंज
नई दिल्ली-110 002
**शाखाएँ :** अशोक राजपथ, साइंस कॉलेज के सामने, पटना-800 006
पहली मंजिल, दरबारी बिल्डिंग, महात्मा गांधी मार्ग, प्रयागराज-211 001
1, अनमोल सोराबजी संतुक लेन, धोबी तलाव, मरीन लाइंस, मुम्बई-400 002

वेबसाइट : www.rajkamalprakashan.com
ई-मेल : info@rajkamalprakashan.com

**अन्दर के रेखांकन :** विक्रम नायक

**मुद्रक :** बी.के. ऑफसेट
नवीन शाहदरा, दिल्ली-110 032

MAILA AANCHAL
*Novel* by Phanishwar Nath 'Renu'

# प्रथम संस्करण की भूमिका

यह है मैला आँचल, एक आंचलिक उपन्यास। कथानक है पूर्णिया। पूर्णिया बिहार राज्य का एक जिला है; इसके एक ओर है नेपाल, दूसरी ओर पाकिस्तान और पश्चिम बंगाल। विभिन्न सीमा-रेखाओं से इसकी बनावट मुकम्मल हो जाती है, जब हम दक्खिन में सन्थाल परगना और पच्छिम में मिथिला की सीमा-रेखाएँ खींच देते हैं। मैंने इसके एक हिस्से के एक ही गाँव को–पिछड़े गाँवों का प्रतीक मानकर–इस उपन्यास-कथा का क्षेत्र बनाया है।

इसमें फूल भी हैं शूल भी, धूल भी है, गुलाल भी, कीचड़ भी है, चन्दन भी, सुन्दरता भी है, कुरूपता भी–मैं किसी से दामन बचाकर निकल नहीं पाया।

कथा की सारी अच्छाइयों और बुराइयों के साथ साहित्य की दहलीज पर आ खड़ा हुआ हूँ; पता नहीं अच्छा किया या बुरा। जो भी हो, अपनी निष्ठा में कमी महसूस नहीं करता।

**–फणीश्वरनाथ 'रेणु'**

पटना
9 अगस्त, 1954

1
खंड

# एक

गाँव में यह खबर तुरत बिजली की तरह फैल गई—मलेटरी ने बहरा चेथरू को गिरफ्फ कर लिया है और लोबिनलाल के कुएँ से बाल्टी खोलकर ले गए हैं।

यद्यपि 1942 के जन-आन्दोलन के समय इस गाँव में न तो फौजियों का कोई उत्पात हुआ था और न आन्दोलन की लहर ही इस गाँव तक पहुँच पाई थी, किन्तु जिले-भर की घटनाओं की खबर अफवाहों के रूप में यहाँ तक जरूर पहुँची थी।... मोगलाही टीशन पर गोरा सिपाही एक मोदी की बेटी को उठाकर ले गए। इसी को लेकर सिख और गोरे सिपाहियों में लड़ाई हो गई, गोली चल गई। ढोलबाजा में पूरे गाँव को घेरकर आग लगा दी गई, एक बच्चा भी बचकर नहीं निकल सका। मुसहरू के ससुर ने अपनी आँखों से देखा था—ठीक आग में भूनी गई मछलियों की तरह लोगों की लाशें महीनों पड़ी रहीं, कौआ भी नहीं खा सकता था; मलेटरी का पहरा था। मुसहरू के ससुर

का भतीजा फारबिस साहब का खानसामा है; वह झूठ बोलेगा ? पूरे चार साल के बाद अब इस गाँव की बारी आई है। दुहाई माँ काली ! दुहाई बाबा लरसिंह !

यह सब गुअरटोली के बलिया की बदौलत हो रहा है।

बिरंचीदास ने हिम्मत से काम लिया; आँगन से निकलकर चारों ओर देखा और मालिकटोला की ओर दौड़ा। मालिक तहसीलदार विश्वनाथप्रसाद भी सुनकर घबड़ा गए, "लोबिन बाल्टी कहाँ से लाया था ? जरूर चोरी की बाल्टी होगी ! साले सब चोरी करेंगे और गाँव को बदनाम करेंगे।"

मालिकटोले से यह खबर राजपूतटोली पहुँची—कायस्थटोली के विश्वनाथप्रसाद और ततमाटोली के बिरंची को मलेटरी के सिपाही पकड़कर ले गए हैं। ठाकुर रामकिरपाल सिंह बोले, "इस बार तहसीलदारी का मजा निकलेगा। जरूर जमींदार का लगान वसूल कर खा गया है। अब बड़े-घर की हवा खाएँगे बच्चू !"

यादवटोली के लोगों ने खबर सुनते ही बलिया उर्फ बालदेव को गिरफ्तार कर लिया। भागने न पाए ! रस्सी से बाँधी ! पहले ही कहा था कि यह एक दिन सारे गाँव को बँधवाएगा।

तहसीलदार विश्वनाथप्रसाद एक सेर घी, पाँच सेर बासमती चावल और एक खस्सी लेकर डरते हुए मलेटरीवालों को डाली पहुँचाने चले, बिरंची को साथ ले लिया। बोले, "हिसाब लगाकर देख लो, पूरे पचास रुपए का सामान है। यह रुपया एक हफ्ता के अन्दर ही अपने टोले और लोबिन के टोले से वसूल कर जमा कर देना। तुम लोगों के चलते... ।"

मलेटरीवाले कोठी के बगीचे में हैं। बगीचे के पास पहुँचकर विश्वनाथप्रसाद ने जेब से पलिया टोपी निकालकर पहन ली और कालीथान की ओर मुँह करके माँ काली को प्रणाम किया, "दुहाई माँ काली !"

बगीचे में पहुँचकर तहसीलदार साहब ने देखा, दो बैलगाड़ियाँ हैं; बैल घास खा रहे हैं; मलेटरीवाले जमीन पर कम्बल बिछाकर बैठे हैं। ऐं... । मूढ़ी फाँक रहे हैं ! और बहरा चेथरू भी कम्बल पर ही बैठकर मूढ़ी फाँक रहा है !

"सलाम हुजूर !"

बिरंची ने सामान सिर से नीचे उतारकर झुककर सलाम किया, "सलाम सरकार !"...बकरा भी मेमिया उठा।

"आ रे, यह क्या है ? आप कौन हैं ?" एक मोटे साहब ने पूछा।

"हुजूर, ताबेदार राजा पारबंगा का तहसीलदार है, मीनापुर सर्किल का।"

"ओ, आप तहसीलदार हैं ! ठीक बात ! हम लोग डिस्ट्रिक्ट बोर्ड का आदमी है। यहाँ पर एक मैलेरिया सेंटर बनेगा। ऊपर से हुकुम आया है, यहीं बागान का जमीन में। मार्टिनसाहब डिस्ट्रिक्ट बोर्ड को यह जमीन बहुत पहले दे दिया।"

तहसीलदार साहब फिर एक बार सलाम करके बैठ गए। बिरंची हाथ जोड़े खड़ा रहा।

राजपूतटोली के रामकिरपालसिंघ जब कोठी के बगीचे में पहुँचे तो उन्होंने देखा कि बगीचे के पच्छिमवाली जमीन की पैमाइश हो रही है; कुछ लोग जरीब की कड़ी खींच रहे हैं, टोपावाले एक साहब तहसीलदार साहब से हँस-हँसकर बातचीत कर रहे हैं।

और अन्त में यादवटोली के लोग बालदेव के हाथ और कमर में रस्सी बाँधकर हो-हल्ला मचाते हुए आए। उसकी कमर में बँधी हुई रस्सी को सभी पकड़े हुए हैं। फिरारी सुराजी को पकड़नेवालों को सरकार बहादुर की ओर से इनाम मिलता है—एक हजार, दो हजार, पाँच हजार ! लेकिन साहब तो देखते ही गुस्सा हो गए, ''क्या बात है ? इसको क्यों बाँधकर लाया है ? इसने क्या किया है ?''

''हुजूर, यह सुराजी बालदेव गोप है। दो साल जेहल खटकर आया है; इस गाँव का नहीं, चन्ननपट्टी का है। यहाँ मौसी के यहाँ आया है। खध्धड़ पहनता है, जैहिन्न बोलता है।''

''तो इसको बाँधा है काहे ?''

''अरे बालदेव !'' साहब के किरानी ने बालदेव को पहचान लिया,'' अरे, यह तो बालदेव है। सर, यह रामकृष्ण कांग्रेस आश्रम का कार्यकर्त्ता है; बड़ा बहादुर है।''

यादवों के बन्धन से मुक्ति पाकर बालदेव ने साहब और किरानी को बारी-बारी से 'जाय हिन्द' किया। साहब ने हँसते हुए कहा, ''आपका गाँव में मलेरिया सेंटर खुल रहा है। खूब बड़ा डाक्टर आ रहा है। डिस्ट्रिक्ट बोर्ड का तरफ से मकान बनेगा। लेकिन बाकी काम तो आप लोगों की मदद से ही होगा।''

तहसीलदार साहब ने जमींदार खाते और नक्शे को तजवीज करके कहा, ''हुजूर, जमीन एक एकड़ दस डिसमिल है।''

ठाकुर रामकिरपालसिंघ को अब तक साहब को सलाम करने का भी मौका नहीं मिला था। विश्वनाथप्रसाद ने बाजी मार ली। जिन्दगी में पहली बार सिंघजी को अपनी निरक्षरता पर ग्लानि हुई। सचमुच विद्या की महिमा बड़ी है। लेकिन भगवान ने शरीर दिया है, उच्चजाति में जन्म दिया है। इसी के बल पर बहुत बाबू-बबुआन, हाकिम-हुक्काम और अमला-फैला से हेलमेल हुआ, जान-पहचान हुई। मौका पाते ही सलाम करके जोर से बोले, ''जै हो सरकार की ! हुजूर, पबली को भलाय के वास्ते इतना दूर से कष्ट उठाकर आया है, और हम लोग हुजूर का कोई सेवा नहीं कर सके। गुसाईं जी रमैन में कहिन हैं—'धन्य भाग प्रभु दरशन दीन्हा...।' हुजूर, सेवक का नाम रामकिरपाल-सिंघ वल्द गरीबनेवाजसिंघ, मोत्तफा, जात राजपूत, मोकाम गढ़बुन्देल राजपुताना, हाल मोकाम मेरीगंज।''

''सिंह जी, हमारा कोई सेवा नहीं चाहिए। सेवा के वास्ते मैलेरिया सेंटर खुल रहा है। इसी में मदद कीजिए सब मिलकर। यही सबसे बड़ा सेवा है।'' साहब हँसते हुए बोले।

यादवटोली के लोग एक-एक कर, नजर बचाकर, नौ-दो-ग्यारह हो चुके थे। उन्हें डर था कि बालदेव को बाँधकर लानेवालों का साहब चालान करेंगे।

साहब ने चलते समय कहा, ''सात दिन के अन्दर ही डिस्ट्रिक्ट बोर्ड का मिस्तिरी लोग आवेगा। आप लोग बाँस, खढ़, सुतली और दूसरा दरकारी चीज का इन्तजाम कर देगा। तहसीलदार साहब, आप हैं, बालदेवप्रसाद तो देश का सेवक ही है, और सिंह जी हैं। आप सब लोग मिलकर मदद कीजिए।''

सबने हाथ जोड़कर, गर्दन झुकाकर स्वीकार किया। साहब दलबल के साथ चले। खस्सी मेमिया रहा था। बालदेव गाड़ी के पीछे-पीछे गाँव के बाहर तक गया।

बालदेव ने लौटकर लोगों से कहा, ''डिस्टीबोट के बंगाली आफसियरबाबू थे परफुल्लो बनरजी, और उनका किरानी जीत्तनबाबू, पहले कांग्रेस आफिस के किरानी थे।''

# दो

पूर्णिया जिले में ऐसे बहुत-से गाँव और कस्बे हैं, जो आज भी अपने नामों पर नीलहे साहबों का बोझ ढो रहे हैं। वीरान जंगलों और मैदानों में नील कोठी के खँडहर राही बटोहियों को आज भी नीलयुग की भूली हुई कहानियाँ याद दिला देते हैं।...गौना करके नई दुलहिन के साथ घर लौटता हुआ नौजवान अपने गाड़ीवान से कहता है–"जरा यहाँ गाड़ी धीरे-धीरे हाँकना, कनिया[1] साहेब की कोठी देखेगी।...यही है मकै साहब की कोठी।...वहाँ है नील महने का हौज !"

नई दुलहिन ओहार के पर्दे को हटाकर, घूँघट को जरा पीछे खिसकाकर झाँकती है–झरबेर के घने जंगलों के बीच ईंट-पत्थरों का ढेर ! कोठी कहाँ है ?

---

1. दुलहिन।

दूल्हे का चेहरा गर्व से भर जाता है—अर्थात् हमारे गाँव के पास साहेब की कोठी थी; यहाँ साहेब-मेम रहते थे।

गंगा-स्नान करके लौटते हुए, तीर्थयात्रियों की बैलगाड़ियाँ यहाँ कुछ देर रुक जाती हैं। गाड़ियों से युवतियाँ और बच्चे निकलकर, डरते-डरते, खँडहरों के पास जाते हैं। बूढ़ियाँ जंगलों में जंगली जड़ी-बूटी खोजती हैं।...

ऐसा ही एक गाँव है मेरीगंज। रौतहट स्टेशन से सात कोस पूरब, बूढ़ी कोशी को पार करके जाना होता है। बूढ़ी कोशी के किनारे-किनारे बहुत दूर तक ताड़ और खजूर के पेड़ों से भरा हुआ जंगल है। इस अंचल के लोग इसे 'नवाबी तड़बन्ना' कहते हैं। किस नवाब ने इस ताड़ के बन को लगाया था, कहना कठिन है, लेकिन वैशाख से लेकर आषाढ़ तक आस-पास के हलवाड़े-चरवाहे भी इस वन में नवाबी करते हैं। तीन आने लबनी ताड़ी, रोक साला मोटरगाड़ी ! अर्थात् ताड़ी के नशे में आदमी मोटरगाड़ी को भी सस्ता समझता है। तड़बन्ना के बाद ही एक बड़ा मैदान है, जो नेपाल की तराई से शुरू होकर गंगा जी के किनारे खत्म हुआ है। लाखों एकड़ जमीन ! वंध्या धरती का विशाल अंचल। इसमें दूब भी नहीं पनपती है। बीच-बीच में बालूचर और कहीं-कहीं बेर की झाड़ियाँ। कोस-भर मैदान पार करने के बाद, पूरब की ओर काला जंगल दिखाई पड़ता है; वही है मेरीगंज कोठी।

आज से करीब पैंतीस साल पहले, जिस दिन डब्लू. जी. मार्टिन ने इस गाँव में कोठी की नींव डाली, आस-पास के गाँवों में ढोल बजवाकर ऐलान कर दिया—आज से इस गाँव का नाम हुआ मेरीगंज। मेरी मार्टिन की नई दुलहिन थी जो कलकत्ता में रहती थी। कहा जाता है कि एक बार एक किसान के मुँह से गलती से इस गाँव का पुराना नाम निकल गया था। बस, और जाता कहाँ है ? साहब ने पचास कोड़े लगाए थे, गिनकर। इस गाँव का पुराना नाम अब किसी को याद नहीं अथवा आज भी नाम लेने में एक अज्ञात आशंका होती है। कौन जाने ! गाँव का नाम बदलकर, रौतहट स्टेशन से मेरीगंज तक डिस्ट्रिक्ट बोर्ड से सड़क बनवाकर और गाँव में पोस्ट आफिस खुलवाने के बाद मार्टिन साहब अपनी नवविवाहिता मेम मेरी को लाने के लिए कलकत्ता गए। गाँव की सबसे बूढ़ी भैरो की माँ यदि आज रहती तो सुना देती—'अहा हा ! परी की तरह थी साहेब की मेम, इन्द्रासन की परी की तरह।'

लेकिन मार्टिन साहब का आयोजन अधूरा साबित हुआ। मेरीगंज पहुँचने के ठीक एक सप्ताह बाद ही जब मेरी को 'जड़ैया' ने धर दबाया तो मार्टिन ने महसूस किया कि पोस्ट आफिस से पहले यहाँ एक डिस्पेंसरी खुलवाना जरूरी था। कुनैन की टिकिया से जब तीसरे दिन भी मेरी का बुखार नहीं उतरा तो मार्टिन ने अपने घोड़े को रौतहट की ओर दौड़ाया। रौतहट स्टेशन पहुँचने पर मालूम हुआ कि पूर्णिया जानेवाली गाड़ी दस मिनट पहले चली गई थी। मार्टिन ने बगैर कुछ सोचे घोड़े को पूर्णिया की ओर मोड़ दिया। रौतहट से पूर्णिया बारह कोस है। मेरीगंज में किसी से पूछिए, वह आपको मार्टिन के पंखराज घोड़े की यह कहानी विस्तारपूर्वक सुना देगा...जिस समय मार्टिन पुरैनिया

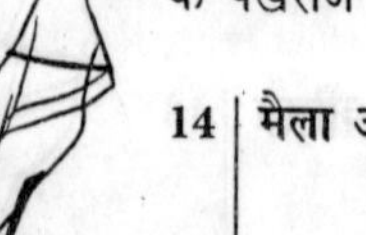

के सिविलसर्जन के बँगले पर पहुँचा, पुरैनिया टीशन पर गाड़ी पहुँची भी नहीं थी।

किन्तु मार्टिन का पंखराज घोड़ा और सिविलसर्जन साहब की हवागाड़ी जब तक मेरीगंज पहुँचे, मेरी को मलेरिया निगल चुका था।...ट्यूबवेल के पास गढ़े में घुसकर, घुँघराले रेशमी बालोंवाले सिर पर कीचड़ थोपते-थोपते मेरी मर गई थी।

मेरी की लाश को दफनाने के बाद ही मार्टिन पूर्णिया गया, सिविलसर्जन, डिस्ट्रिक्ट मैजिस्ट्रेट, डिस्ट्रिक्ट बोर्ड के चेयरमैन और हेल्थ आफिसर से मिला; एक छोटी-सी डिस्पेंसरी की मंजूरी के लिए जमीन-आसमान एक करता रहा। डिस्पेंसरी के लिए अपनी जमीन रजिस्ट्री कर दी। अधिकारियों ने आश्वासन दिलाया—अगले साल जरूर डिस्पेंसरी खुल जाएगी। ठीक इसी समय जर्मनी के वैज्ञानिकों ने एक चुटकी में नीलयुग का अन्त कर दिया। कोयले से नील बनाने की वैज्ञानिक विधि का प्रयोग सफल हुआ और नीलहे साहबों की कोठियों की दीवारें अरराकर गिर पड़ीं। साहबों ने कोठियाँ बेचकर जमींदारियाँ खरीदनी शुरू कीं। बहुतों ने व्यापार आरम्भ किया। मार्टिन की दुनिया तो पहले ही उजड़ चुकी थी, दिमाग भी बिगड़ गया। बगल में रद्दी कागजों का पुलिन्दा दबाए हुए पगला मार्टिन दिन-भर पूर्णिया कचहरी में चक्कर काटता फिरता था, हर मिलनेवाले से कहता था, "गवर्नमेंट ने एक डिस्पेंसरी का हुक्म दे दिया है; अगले साल खुल जाएगा।" कहते हैं कि पटना और दिल्ली की दौड़-धूप के बाद एक बार वह बहुत उदास होकर मेरीगंज लौटा; मेरी की कब्र पर लेटकर सारा दिन रोता रहा—'डार्लिंग ! डाक्टर नहीं आएगा।' इसके बाद उसका पागलपन इतना बढ़ गया कि अधिकारियों ने उसे काँके[1] भेज दिया और काँके के पागलखाने में ही उसकी मृत्यु हो गई।

कोठी के बगीचे में, अंग्रेजी फूलों के जंगल में आज भी मेरी की कब्र मौजूद है। कोठी की इमारत ढह गई है, नील के हौज टूट-फूट गए हैं; पीपल, बबूल तथा अन्य जंगली पेड़ों का एक घना जंगल तैयार हो गया है। लोग उधर दिन में भी नहीं जाते। कलमी आम का बाग तहसीलदार साहब ने बन्दोबस्त में ले लिया है, इसलिए आम का बाग साफ-सुथरा है। किन्तु, कोठी के जंगल में तो दिन में भी सियार बोलता है। लोग उसे भुतहा जंगल कहते हैं। ततमाटोले का नन्दलाल एक बार ईंट लाने गया; ईंट के हाथ लगाते ही खत्म हो गया था। जंगल से एक प्रेतनी निकली और नन्दलाल को कोड़े से पीटने लगी—साँप के कोड़े से। नन्दलाल वहीं ढेर हो गया। बगुले की तरह उजली प्रेतनी !

मेरीगंज एक बड़ा गाँव है; बारहो बरन के लोग रहते हैं। गाँव के पूरब एक धारा है जिसे कमला नदी कहते हैं। बरसात में कमला भर जाती है, बाकी मौसम में बड़े-बड़े गढ़ों में पानी जमा रहता है—मछलियों और कमल के फूलों से भरे हुए गढ़े ! पौष पूर्णिमा के दिन इन्हीं गढ़ों में कोशी-स्नान के लिए सुबह से शाम तक भीड़ लगी रहती है। रौतहट स्टेशन से हलवाई और परचून की दुकानें आती हैं। कमला मैया के महातम के बारे में

1. राँची स्थित पागलखाना।

गाँव के लोग तरह-तरह की कहानियाँ कहते हैं।...गाँव में किसी के यहाँ शादी-ब्याह या श्राद्ध का भोज हो, गृहपति स्नान करके, गले में कपड़े का खूँट डालकर, कमला मैया को पान-सुपारी से निमन्त्रित करता था। इसके बाद पानी में हिलोरें उठने लगती थीं, ठीक जैसे नील के हौज में नील मथा जा रहा हो। फिर किनारे पर चाँदी के थालों, कटोरों और गिलासों का ढेर लग जाता था। गृहपति सभी बर्तनों को गिनकर ले जाता था और भोज समाप्त होते ही कमला मैया को लौटा आता था। लेकिन सभी की नीयत एक जैसी नहीं होती। एक बार एक गृहपति ने कुछ थालियाँ और कटोरे चुरा रखे। बस, उसी दिन से मैया ने बर्तनदान बन्द कर दिया और उस गृहपति का तो वंश ही खत्म हो गया—एकदम निर्मूल ! उस बिगड़ी नीयतवाले गृहपति के बारे में गाँव में दो रायें हैं—राजपूतटोली के लोगों का कहना है, वह कायस्थटोली का गृहपति था; कायस्थटोलीवाले कहते हैं, वह राजपूत था।

राजपूतों और कायस्थों में पुश्तैनी मन-मुटाव और झगड़े होते आए हैं। ब्राह्मणों की संख्या कम है, इसलिए वे हमेशा तीसरी शक्ति का कर्तव्य पूरा करते रहे हैं। अभी कुछ दिनों से यादवों के दल ने भी जोर पकड़ा है। जनेऊ लेने के बाद भी राजपूतों ने यदुवंशी क्षत्रिय को मान्यता नहीं दी। इसके विपरीत समय-समय पर यदुवंशियों के क्षत्रित्व को वे व्यंगविद्रूप के बाणों से उभारते रहे। एक बार यदुवंशियों ने खुली चुनौती दे दी। बात तूल पकड़ने लगी थी। दोनों ओर से लोग लगे हुए थे। यदुवंशियों को कायस्थटोली के मुखिया तहसीलदार विश्वनाथप्रसाद मल्लिक ने विश्वास दिलाया, मामले-मुकदमे की पूरी पैरवी करेंगे। जमींदारी कचहरी के वकील बसन्तोबाबू कर रहे थे, "यादवों को सरकार ने राजपूत मान लिया है। इसका मुकदमा तो धूमधाम से चलेगा। खुद वकील साहब कह रहे थे।"

राजपूतों को ब्राह्मणटोली के पंडितों ने समझाया—"जब-जब धर्म की हानि हुई है, राजपूतों ने ही उनकी रक्षा की है। घोर कलिकाल उपस्थित है; राजपूत अपनी वीरता से धर्म को बचा लें।"...लेकिन बात बढ़ी नहीं। न जाने कैसे यह धर्मयुद्ध रुक गया। ब्राह्मणटोली के बूढ़े ज्योतिषी जी आज भी कहते हैं—"यह राजपूतों के चुप रहने का फल है कि आज चारों ओर, हर जाति के लोग गले में जनेऊ लटकाए फिर रहे हैं।—भूमफोड़ क्षत्री तो कभी नहीं सुना था।...शिव हो ! शिव हो !"

अब गाँव में तीन प्रमुख दल हैं, कायस्थ, राजपूत और यादव। ब्राह्मण लोग अभी भी तृतीय शक्ति हैं। गाँव के अन्य जाति के लोग भी सुविधानुसार इन्हीं तीनों दलों में बँटे हुए हैं।

कायस्थटोली के मुखिया विश्वनाथप्रसाद मल्लिक, राज पारबंगा के तहसीलदार हैं। तहसीलदारी उनके खानदान में तीन पुस्त से चली आ रही है। इसी के बल पर तहसीलदार साहब आज एक हजार बीघे जमीन के एक बड़े काश्तकार हैं। कायस्थटोली को गाँव की अन्य जाति के लोग मालिकटोला कहते हैं। राजपूतटोली के लोग कहते हैं कैथटोली।

ठाकुर रामकिरपालसिंघ राजपूतटोली के मुखिया हैं। इनके दादा महारानी चम्पावती की स्टेट के सिपाही थे और विश्वनाथप्रसाद के दादा तहसीलदार। कहते हैं कि जब महारानी चम्पावती और राज पारबंगा में दीवानी मुकदमा चल रहा था तो विश्वनाथप्रसाद के दादा राज पारबंगा स्टेट की ओर मिल गए थे। स्टेटवालों को महारानी के सारे गुप्त कागजात हाथ लग गए और महारानी मुकदमे में हार गई। काशी जाने से पहले महारानी ने रामकिरपालसिंघ के नाम अपनी बची हुई तीन सौ बीघे जमीन की लिखा-पढ़ी कर दी थी। रामकिरपालसिंघ कहते हैं कि उनके दादा ने महारानी को एक बार डकैतों के हाथ से अकेले ही बचाया था, इसी के इनाम में महारानी ने दानपत्तर लिख दिया था।...कायस्थटोली के लोग राजपूतटोली को 'सिपैहियाटोली' कहते हैं।

यादवों का दल नया है। इनके मुखिया खेलावन यादव को दस बरस पहले तक लोगों ने भैंस चराते देखा है। दूध-घी की बिक्री से जमाए हुए पैसे ही बात जब चारों ओर बुरी तरह फैल गई तो खेलावन को बड़ी चिन्ता हुई। महीनों तहसीलदार के यहाँ दौड़ते रहे, सर्किल मैनेजर को डाली चढ़ाई, सिपाहियों को दूध-घी पिलाया और अन्त में कमला के किनारे पचास बीघे जमीन की बन्दोबस्ती हो सकी। अब तो डेढ़ सौ बीघे की जोत है। बड़ा बेटा सकलदीप अररिया बैरगाछी में, नाना के घर पर रहकर, हाईस्कूल में पढ़ता है। खेलावनसिंह यादव को लोग नया मातबर कहते हैं। लेकिन यादव क्षत्रियटोली को अब 'गुअरटोली' कहने की हिम्मत कोई नहीं करता। यादवटोली में बारहो मास शाम को अखाड़ा जमता है। चार बजे दिन से ही शोभन मोची ढोल पीटता रहता है—ढाक ढिन्ना, ढाक ढिन्ना ! ढोल के हर ताल पर यादवटोली के बूढ़े-बच्चे-जवान डंड-बैठक और पहलवानी के पैंतरे सीखते हैं।

सारे मेरीगंज में दस आदमी पढ़े-लिखे हैं—पढ़े-लिखे का मतलब हुआ अपना दस्तखत करने से लेकर तहसीलदारी करने तक की पढ़ाई। नए पढ़नेवालों की संख्या है पन्द्रह।

गाँव की मुख्य पैदावार है धान, पाट और खेसारी। रब्बी की फसल भी कभी-कभी अच्छी हो जाती है।

# तीन

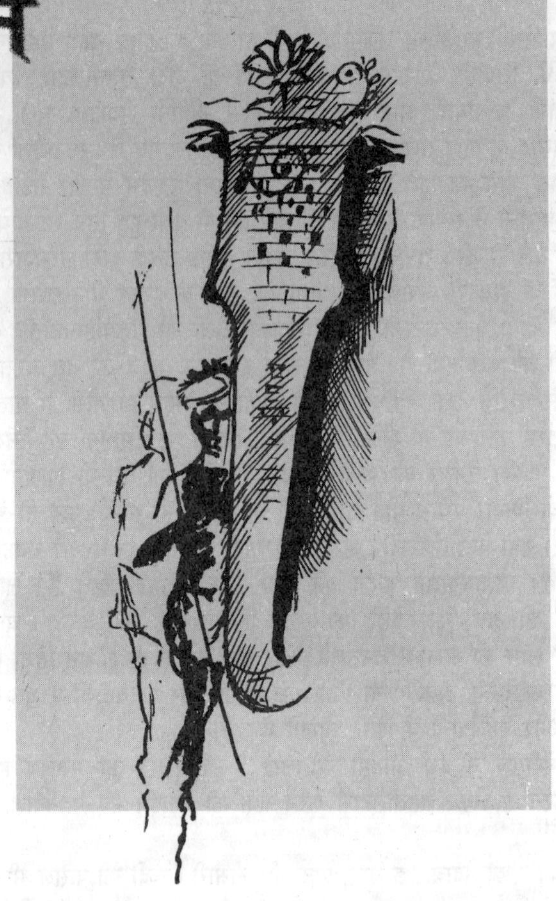

डिस्टीबोट के मिस्तिरी लोग आए हैं। बालदेव के उत्साह का ठिकाना नहीं है। आफसियरबाबू ने तहसीलदार साहब और रामकिरपालसिंघ के सामने ही कहा था– "आप तो देश के सेवक हैं।" सबों ने सुना था। दुनिया में धन क्या है ? तहसीलदार साहब और सिंघ जी के पास पैसा है, मगर जो इज्जत बालदेव की है, वे कहाँ पाएँगे ? यादवटोली के लोगों ने बालदेव से उसी दिन माफी माँग ली थी, "बालदेव भाई !...हम लोग मूरख ठहरे और तुम गियानी। हम कूप के बेंग[1] हैं। तुम तो बहुत देश-विदेश घूमे हो, बड़े-बड़े लोगों के साथ रहे हो। हमारा कसूर माफ कर दो।"

उसी दिन से खेलावनसिंघ यादव बालदेव को अपने यहाँ रहने के लिए आग्रह कर

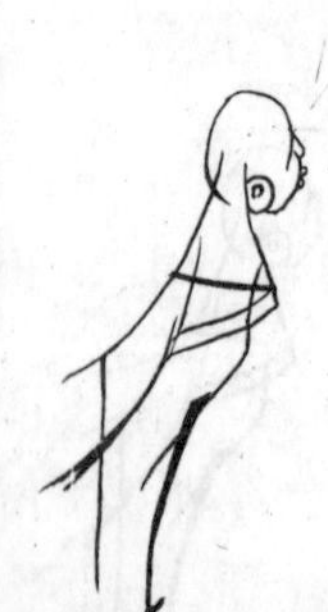

1. मेंढ़क।

रहे हैं, "जात का नाम, जात की इज्जत तो तुम्हीं लोगों के हाथ में है। तुम कोई पराए हो ? तुम्हारी मौसी मेरी चाची होगी। हम-तुम भाई-भाई ठहरे।"

खेलावन की डेरावाली खुद आकर बालदेव की बुढ़िया मौसी से कह गई, "घर आँगन सब आपका ही है। जिस घर में एक बूढ़ी नहीं, उस घर का भी कोई ठिकाना रहता है ! मैं अकेली क्या करूँ, दूध-घी देखूँ कि गोबर-गुहाल ?"

बालदेव की बुढ़िया मौसी की दुनिया ही बदल गई। कल तक घर-घर घूमकर कुटाई-पिसाई करती फिरती थी और आज गाँव की मालकिन आकर उसे सारे घर की मालकिन बना गई !

मिस्तिरी लोग आए हैं। बालदेव गाँव के टोले में घूमता रहा। "डिस्टीबोट से मिस्तिरी जी लोग आए हैं। कल से काम शुरू हो जाना चाहिए।...मलेरिया बोखार मच्छड़ काटने से होता है। मगर कुनैन खाने से, जितना भी मच्छड़ काटे, कुछ नहीं होगा।" ततमाटोली (तन्त्रिमाक्षत्रियटोली) में महँगूदास के घूर के पास, बालदेव की बातों को लोग बड़े अचरज से सुन रहे हैं। आँगन की औरतें भी घूँघट काढ़े, टट्टी के पास खड़ी होकर सुन रही हैं, "अब रात-भर गोइँठा जलाकर धुआँ करने का झंझट नहीं, काटे जितना मच्छड़ !"

पोलियाटोली, तन्त्रिमा-छत्रीटोली, यदुवंशी छत्रीटोली, गहलोत छत्रीटोली, कुर्म छत्रीटोली, अमात्य ब्राह्मणटोली, धनुकधारी छत्रीटोली, कुशवाहा छत्रीटोली, और रैदासटोली के लोगों ने बचन दिया, "सात दिन तक कोई काम नहीं करेंगे। मालिक लोगों से कहिए—हल-फाल, कोड़-कमान बन्द रखें। करना ही क्या है ? एक इसपिताल का घर, एक डागडरबाबू का घर, एक भनसाघर[1] और एक घर फालतू। सात दिनों में ही सब काम रैट हो जाएगा।"

धनुकधारीटोली के तनुकलाल ने एक सवाल पैदा कर दिया, "लेकिन हलफाल काम-काज बन्द करने से मालिक लोग मजूरी तो नहीं देंगे ! एक-दो दिन की बात रहे तो किसी तरह खेपा भी जा सकता है। सात दिन तक बिना मजूरी के ? यह जरा मुश्किल मालूम होता है !...ततमा और दुसाधटोली के लोगों की बात जाने दीजिए। उनकी औरतें हैं, सुबह से दोपहरिया तक कमला में कादो-पानी हिड़कर एक-दो सेर गैंची मछली निकाल लाएँगी। चार सेर धान का हिस्सा लग जाएगा। बाबू लोगों के पुआल के टालो[2] के पास धरती खरोंचकर, चूहे के माँदों को कोड़कर भी कुछ धान जमा कर लेंगी। नहीं तो कोठी के जंगल से खमर आलू उखाड़ लाएँगी। रौतहट हाट में कटिहार मिल के कुल्ली लोग चार आने सेर खमर आलू हाथोंहाथ उठा लेते हैं। लेकिन, और लोगों के लिए तो बड़ा मुश्किल है।"

बालदेव ने निराश होकर पूछा, "अब क्या किया जाए ?"

तनुकलाल के पास समस्या का समाधान पहले से ही मौजूद था। बोला, "एक उपाय है, यदि मालिक लोग आधे दिन की मजूरी दे दें तो काम चल जाए।"

---

1. रसोईघर, 2. घास की ढेरी।

तनुकलाल के इस प्रस्ताव पर विचार करता हुआ बालदेव मालिकटोला की ओर चला। विश्वनाथबाबू तो मान लेंगे, सिंघ जी के बारे में कुछ कहना मुश्किल है। सिपैहियाटोली का बिरजूसिंघ कल कह रहा था, "सिंघ जी इसपिताल में कोई मदद नहीं करेंगे। कहते थे, इसपिताल का मालिक-मक्तियार है विश्वनाथ और बलदेवा !"

ब्राह्मणटोली से तो कुछ उम्मीद करनी ही बेकार है। जिस दिन से अस्पताल होने की बात उन लोगों ने सुनी है, दिन-रात डाक्टर और अंग्रेजी दवा के खिलाफ तरह-तरह की कहानियाँ सुनाते फिर रहे हैं। जोतखी जी का विश्वास है कि डाक्टर लोग ही रोग फैलाते हैं, सुई भोंककर देह में जहर दे देते हैं, आदमी हमेशा के लिए कमजोर हो जाता है; हैजा के समय कूपों में दवा डाल देते हैं, गाँव-का-गाँव हैजा से समाप्त हो जाता है। कालाबुखार का नाम पहले लोगों ने कभी सुना था ? पूरब मुलुक कामरू कमिच्छा हासाम[1] से कालाबुखारवालों का लहू शीशी में बन्द करके यही लोग ले आए थे। आजकल घर-घर कालाबुखार फैल गया है।...इसके अलावा, बिलैती दवा में गाय का खून मिला रहता है।

भगमान भगत की दुकान के पास ही विश्वनाथबाबू से भेंट हो गई। तनुकलाल के प्रस्ताव को सुनते ही विश्वनाथबाबू चिढ़ गए। "...धानुकटोली का तनुकलाल ? अपने को बड़ा काबिल समझता है। हर बात में वह एक-न-एक 'लेकिन' जरूर लगाएगा। तुम भी तो बालदेव पूरे 'बमभोलानाथ' हो। उससे पूछा नहीं कि अस्पताल से सिर्फ मालिक लोगों की भलाई होगी क्या ?"

भगमान भगत हमेशा सुपारी चबाता रहता है। बोलने के समय ऐसा लगता है कि वह बात को भी चबा रहा है, "अरे ! ई तो दस आदमी के काम बा, जे-बा-से एकरा में सबके मिल के मतत[2] करे के चाहीं। का हो सीप्रसाद ?"

भगत की दुकान पर यों भी हमेशा चार-पाँच आदमी बैठे रहते हैं। विश्वनाथबाबू की आवाज सुनकर दो-चार व्यक्ति और जमा हो गए। बूढ़े सुमरितदास को लोग लबड़ा समझते हैं। मगर वह समय पर पते की बात बता जाता है। आते ही बोला, "अरे तहसीलदार, आप समझे नहीं। तनुकलाल अपने मन से नहीं बोला है, इसमें कनकशन है। जरा इधर एकान्त में आइए तो बतावें।" तहसीलदार और सुमरितदास भगत की दुकान से जरा दूर जाकर बतियाने लगे। दुकान में बैठे हुए किसी ने कुढ़कर कहा, "बूढ़ा लुच्चा इसी को कहते हैं—हर बात में एकान्ती !"

भगत ने आँख टीपकर मना कर दिया—जोर से मत बोलो, बालदेव है।

सुमरितदास से प्रायबिट करने के बाद तहसीलदार का मिजाज बदल गया। आकर बोले, "अच्छा तो बालदेव, तुम जाकर ततमाटोली और पोलियाटोलेवालों से कहो, मैंने पचास रुपया माफ कर दिया। उस दिन आफसियरबाबू को जो डाली दी गई थी सो तो तुम्हारे ही सामने की बात है। बिरंची भी था।...अब जरा सिपैहियाटोला जाओ, देखो वे लोग क्या कहते हैं। कोई कुछ करे, हमारा जो धरम है हम करेंगे ?"

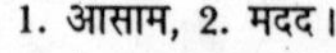

1. आसाम, 2. मदद।

बालदेव जब सिंघजी के दरवाजे पर पहुँचा तो सिंघजी घोड़े पर सवार हो चुके थे। शायद कटिहार जा रहे हैं। जात्रा का टोकना अच्छा नहीं, इसलिए बालदेव चुप ही रहा। सिंघजी के दरवाजे पर पाँच-सात आदमी बैठे हुए थे। किसी ने बालदेव को बैठने के लिए भी नहीं कहा। बालदेव ने सबों को एक ही साथ 'जाय हिन्द' कहा। शिवशक्करसिंघ के बेटे हरगौरी ने बालदेव से पूछा, "कहिए बालदेव लीडर, क्या समाचार है ?"

"आप लोगों की किरपा से सब अच्छा है। बाबूसाहेब, आप स्कूल से कब आए ?" बालदेव ने पास पड़े हुए खाली मोढ़े पर बैठते हुए पूछा।

"सुना कि आपकी लीडरी खूब चल रही है।"

"बाबासाहेब, गरीब आदमी भी भला लीडर होता है। हम तो आप लोगों का सेवक है।"

"आप तो लीडर ही हो गए। तो आजकल कांग्रेस आफिस का चौका-बर्तन कौन करता है।" हरगौरी अचानक उबल पड़ा। "अरे भाई, सभी काशी चले जाओगे ? पत्तल चाटने के लिए भी तो कुछ लोग रह जाओ। जेल क्या गए, पंडित जमाहिरलाल हो गए। कांग्रेस आफिस में भोलटियरी करते थे, अब अन्धों में काना बनकर यहाँ लीडरी छाँटने आया है। स्वयंसेवक न घोड़ा का दुम !"

"बाबूसाहेब, मुँह खराब क्यों करते हैं ? आप विदमान हैं और हम जाहिल। हमसे जो कसूर हुआ है कहिए।"

"उठ जाओ दरवाजे पर से। बेईमान कहीं के ! डिक्ट्रिक्ट बोर्ड से अस्पताल की मंजूरी हुई है, रुपया मिला है। सब चुपचाप मारकर अब बेगार खोज रहे हैं। चोर सब !...उठ जाओ दरवाजे पर से !"

हरगौरी तमतमाकर बालदेव को धक्का देने के लिए उठा। बैठे हुए लोगों ने 'हाँ-हाँ' करके हरगौरी को पकड़ लिया। बालदेव चुपचाप बैठा रहा, "मारिए, यदि मारने से ही आपका गुस्स ठंडा हो तो मारिए।"

हल्ला-गुल्ला सुनकर भीड़ जम गई। हरगौरी का लड़कपन किसी को पसन्द नहीं। शिवशक्करसिंघ भी सुनकर दुखित हुए, "लीडरी करे या भोलटियरी, तुमको किस बात की चिढ़ लगी ? तुम्हारा क्या बिगाड़ा था...अच्छा बालदेव, बुरा मत मानना। हँसी-दिल्लगी में उड़ा दो।...छोटा भाई है।"

"शिवशक्कर मौसा, बाबूसाहब गाली-गलौज करके मारने चले। मगर हम कोई लाजमान[1] बात मुँह से निकालते हैं ? पूछिए सबों से। महतमाजी कहिन हैं..."

नीम के पेड़ का कागा कायँ-कायँ कर उठा।

हरगौरी गुस्से से थर-थर काँप रहा है।...ये लोग भी अजीब हैं। एक घंटा पहले बालदेव की टोकरी-भर शिकायत कर रहे थे, लीडरी सटकाने की बात कह रहे थे, और

1. अपशब्द

अभी उसका बाप भी बालदेव की खुशामद कर रहा था ! ग्वाला होकर लीडरी...?

"गुअरटोलीवाले हँसेरी[1] लेकर आ रहे हैं," एक लड़का दौड़ता-हाँफता आकर खबर दे गया। ऐं !...गाँव के उत्तर में शोरगुल हो रहा है। खूँटे में बँधे हुए बैलों ने चौकन्ने होकर कान खड़े किए। गाँव के बाहर चरती हुई बकरियाँ दौड़ती-मिमियाती हुई गाँव में भागी आ रही हैं। कुत्ते भूँकने लगे।...बात क्या हुई ?

"अरे बेटा रे ! गौरी बेटा रे !...आँगन में आ जा बेटा रे ! गुअरटोली का कलिया पगला गया है !" हरगौरी की माँ छाती पीटती और रोती हुई आई, और हरगौरी को घसीटकर आँगन में ले गई। बच्चे रोने लगे।

"अरे, बात क्या हुई ?"

"भाला निकालो छत्तर !"

"हमारी गंगाजीवाली लाठी कहाँ है ?"

"तीर निकाल रे !"

"अरे बात क्या है ? हँसेरी क्यों...?"

कौन किसका जवाब देता है ! किसे फुरसत है ! सारे गाँव में कुहराम मचा हुआ है। हरगौरी की माँ अब शिवशक्करसिंघ को आँगन में बुला रही है। चिल्ला रही है, "गुअरटोली का रौदी बूढ़ा आया है।...गुअरटोली में बूढ़े-बच्चे खौल रहे हैं कि हरगौरी ने बालदेव को जूते से मारा है। कुकुरू का बेटा कलचरना काली किरिया[2] खाया है—हरगौरी का खून पीएँगे।...आँगन में आ जाओ गौरी के बाबू !"

"ओ !" बालदेव दौड़ा, "आप लोग अकुलाइए मत। हम देखते हैं। नासमझ लोग हैं, समझा देते हैं।"

"एक बार बोलिएं प्रेम से...महाबीरजी की...जै !"

"जै ! जाय...जाय !"

बालदेव को देखते ही यादव सेना खुशी से जयजयकार कर उठी। "बोलिए एक बार प्रेम से...गन्ही महतमा की...जै ! जाय...जाय। ऐ ! शान्ती ! शान्ती ! चुप रहो, बालदेवजी क्या कहते हैं, सुनो !..."

"पियारे भाइयो, आप लोग जो अंडोलन किए हैं, वह अच्छा नहीं। अपना कान देखे बिना कौआ के पीछे दौड़ना अच्छा नहीं। आप ही सोचिए, क्या यह समझदार आदमी का काम है !...आप लोग हिंसावाद करने जा रहे थे। इसके लिए हमको अनसन करना होगा। भारथमाता का, गाँधीजी का यह रास्ता नहीं... !"

सचमुच गियानी आदमी हैं बालदेव जी। अंडोलन, अनसन, और...और क्या ?... हिंसाबात ! किसी ने समझा ! गियानी की बोली समझना सभी के बूते की बात नहीं !...

"अनसन क्या करेंगे ?"

1. बलवा करनेवाला दल, 2. कसम।

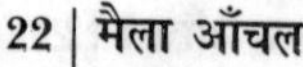

''अंट-संट ?''

कलिया कहता था—उपास करेंगे बालदेव जी। कलिया को बुलाकर बालदेव जी कहते थे—कालीचरन, तुम बहुत बहादुर लौजमान हो। लेकिन जोस में होस भी रखना चाहिए। हम खुस हैं, लेकिन उपास करेंगे।

''सचमुच यदि उस दिन बालदेव जी ठीक समय पर नहीं आ जाते तो कालीचरन इस पार चाहे उस पार कर देता।...अरे, हरगौरिया ! कल का छौंड़ा इस्कूल में चार अच्छर पढ़ क्या लिया है लाटसाहेब हो गया है।''

''अरे, पढ़ता क्या है, दाढ़ी-मोच हो गया है और अपना सकलदीप से दो किलास[1] नीचे पढ़ता है। एकदम फेलियर है। इस साल भी फैल हो गया है। उसका बाप मास्टर को घूस देने गया था। मास्टर गुस्साकर बोला—भागो, नहीं तो तुमको भी फैल कर देंगे।''

''अरे पढ़ेगा क्या ! सुनते हैं कि लालबाग मेला में लाल पढ़ना में पास हो गया है।''

बात बनाने में दुलरिया से कोई जीत नहीं सकता। ''लाल पढ़ना नहीं समझे ?...हा-हा...खी-खी ! लाल पढ़ना !''

—ढाक-ढिन्ना, ढाक-ढिन्ना !

''चलो रे, अखाड़ा का ढोल बोल रहा है।''

---

1. क्लास।

# चार

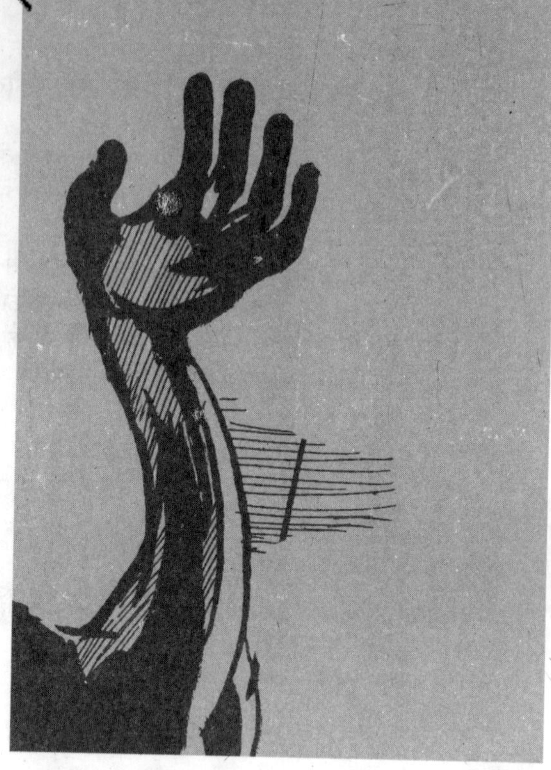

सतगुरु हो ! सतगुरु हो !

महंथ साहेब सदा ब्रह्म बेला में उठते हैं। "हो रामदास। आसन त्यागो जी ! लक्ष्मी को जगाओ !...सतगुरु हो ! ये कभी जो बिना जगाए जागें। रामदास ! हो जी रामदास !"

रामदास आँखें मलते हुए उठता है, बाहर निकलकर आसमान में भुरूकुआ[1] को देखता है, फिर रामडंडी[2] को खोजता है।...अभी तो बहुत रात बाकी है। महंथ साहब आज बहुत पहले ही जग गए हैं..."माघ का जाड़ा तो बाघ को भी ठंडा कर देता है।...सरकार, रात तो अभी बहुत बाकी है।"

"रात बहुत बाकी है तो क्या हुआ ? एक दिन जरा सवेरे ही सही। सोओ मत।

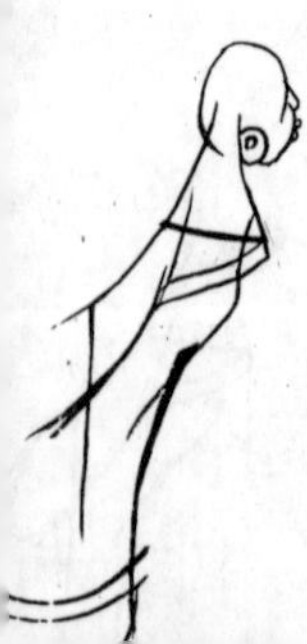

---

1. भोर का तारा, 2. तीन-तरवा।

धूनी में लकड़ी डाल दो। कोठारिन को जगा दो।...सतगुरु साहेब ने सपना दिया है।''

लछमी उठी। उठकर महंथसाहब के आसन के पास आई। हाथ जोड़कर 'साहेब बन्दगी' किया और आँखें मलते हुए कुएँ की ओर चली गई।

...लछमी के रग-रग में अब साधु-सुभाव, आचार-विचार और नियम-धरम रम गया है। साहेब की दया है। और यह रामदास ? गुरु जाने, इसकी मति-गति कब बदलेगी ! बचपन से ही साधु की संगति में रहकर भी जो नहीं सुधरा, वह अब कब सुधरेगा ?...भक्ति-भाव ना जाने भोंदू पेट भरे से काम ! बस, दो ही गुण हैं—सेवा अच्छी तरह करता है और खंजड़ी बजाने में बेजोड़ है। ''अरे हो रामदास !...फिर सो गए क्या ?...गंगाजली में जल भर दो।''

*जागहु सतगुरुसाहेब, सेवक तुम्हरे दरस को आया जी*
*जागहु सतगुरुसाहेब...।*
*...डिम-डिमिक-डिमिक, डिम-डिमिक-डिमिक !*
*भोर भयो भव भरम भयानक भानु देखकर भागा जी,*
*ज्ञान नैन साहेब के खुलि गयो, थर-थर काँपत माया जी।*
*जागहु सतगुरुसाहेब...*

माघ के ठिठुरते हुए भोर को मठ से प्रातकी[1] की निर्गुणवाणी निकलकर शून्य में मँडरा रही है। बूढ़े महंथ साहब पहला पद कहते हैं। दन्तहीन मुँह से प्रातकी के शब्द स्पष्ट नहीं निकलते। गले की थरथराहट सुर में बाधा डालती है, बेसुरा राग निकलता है। दमे से जर्जर शरीर में दम कहाँ !...लेकिन लछमी सब सँभाल लेती है। पाँच साल पहले प्रातकी गाने के समय उसकी आँखों की पलकें नींद से लदी रहती थीं। महन्थ साहब जब गीत की दूसरी पंक्ति 'भोर भयो भव भरम' गाते थे तो वह बहुत मुश्किल से अपनी हँसी रोक पाती थी—भोर भयो भव भरम...! लेकिन अब नहीं। उसकी बोली मीठी है। उसका सुर मीठा है। वह तन्मय होकर गाती है। उसकी सुरीली तान के साथ महन्थ साहब के बेसुरे और मोटे राग का मेल नहीं खाता, फिर भी संगीत की निर्मल धारा में कहीं विरोध नहीं उत्पन्न होता। महन्थ साहब का मोटा राग लछमी के कोमल लय को सहारा देता है। शहनाई के साथ सुर देनेवाली शहनाई की तरह—भों ओं ओं ओं ओं...!

रामदास की खंजड़ी की गमक निःशब्द वातावरण में तरंगें पैदा करती है। खंजड़ी में लगी हुई छोटी-छोटी झुनुकियों की हल्की झुनुक ! मानो किसी का पालतू हिरन नाच रहा हो, दौड़ रहा हो ! डिम डिमिक ! रुन झुनुक-झुनुक !

प्रातकी के बाद बीजक 'शबद'। 'रामुरा झीं-झीं जंतर बाजे। करचर्ण बिहुना नाचे। रामुरा झीं-झीं...।'

और तब सत्संग ! रोज इसी वेला में सत्संग होता है। प्रातकी सुनते ही मठ के अन्य

---

1. प्रभाती।

साधु-संन्यासी, अतिथि-अभ्यागत तथा अधिकारी-भंडारी वगैरह जग जाते हैं। प्रातकी और बीजक में कोई सम्मिलित हो या नहीं, सत्संग में भाग लेना अनिवार्य है। मठ का भंडारी इस समय रोज की हाज़िरी लेता है। इस समय जो अनुपस्थित रहे उसकी चिप्पी[1] बन्द हो जाती है। सत्संग में महन्थसाहब साधुओं और शिष्यों को उपदेश देते हैं, प्रश्नों के उत्तर देते हैं, अज्ञान अन्धकार को अपनी वाणी से दूर करते हैं।

*...सतगुरु सेवा सत्य करि माने सत्य विचार।*
*सेवक चेला सत्य सो जो गुरु वचन निहार॥...*

फिर सातचक्र परिचय !

*प्रथम चक्र आधार कहावे गुद स्थल के माँही*
*द्वितीय चक्र अधिष्ठान कहिए लिंगस्थल के माँही।*
*तृतीय चक्र मणिपूरण जानो नाभी स्थल...*

सत्संग समाप्त होते ही भंडारी उपस्थित 'मूर्तियों' की गिनती लेता है–''रानीगंज के तीन गो मुरती तो आज सात दिन से धरना देले हथुन। जाए ला कहै हियेन्ह त कहै हथिन बलु सरकार से आज्ञाँ ले ली है। बेला मठ के एक मुरती के बुखार लगलैन्ह है, दोकान में सबुरदाना न भेटाई है... ।''

कोठारिन लक्ष्मी दासिन का रोज इसी समय बक-बक झक-झक बहुत बुरा लगता है, सत्संग से प्राप्त की हुई मन की पवित्रता नष्ट हो जाती है। लेकिन क्या करे ? मठ के इस नियम को यदि जरा भी ढीला कर दिया जाए तो साधु-वैरागी एक महीने में ही मठ को उजाड़ देंगे। बाहर के साधुओं के लिए चार ही दिन रहने का नियम है, मगर... । ''रानीगंज के मूर्तियों को खुद सोचना चाहिए। यहाँ कोई कुबेर का भंडार तो नहीं... ।''

''लक्ष्मी,'' महन्थसाहब कहते हैं, ''आज-भर रहने दो। भंडारी, जितने मुरती आज हैं, सबों का बालभोग[2] और प्रसाद[3] आज लगेगा। सभी मुरती बैठ जाइए। आज सतगुरु साहेब सपना दीहिन हैं।''

धूनी में फिर सूखी लकड़ियों के छोटे-छोटे टुकड़े डाल दिए गए। सभी मुरती फिर धूनी के चारों ओर अर्धवृत्ताकार पंक्ति में बैठ गए। लछमी की महन्थसाहब के आसन के पास ही लगती है... । सभी महन्थसाहब की ओर उत्सुकता से देख रहे हैं।

''आज मध्य रात्रि में, सतगुरु साहेब सपने में मेरे आसन के पास आए। हम जल्दी से उठके साहेब बन्दगी किया। हमको 'दयाभाव' देके साहेब कहिन–सेवादास, तुम नेत्रहीन हो, लेकिन तुम्हारे अन्तर के नैनों का जोत बड़ा विलच्छन्न है। हम भेख बदल करके आए और तूँ पहचान लिया ? तुम्हारे ज्ञान-नेत्र में दिब्बजोत है। सो तुम्हारे गाँव में परमारथ का कारज हो रहा है और तुमको मालूम नहीं ? गाँधी तो मेरा ही भगत है। गाँधी इस गाँव में इसपिताल खोलकर परमारथ का कारज कर रहा है। तुम सारे

1. राशन, 2. जलपान, 3. भात।

गाँव को एक भंडारा दे दो। कहके साहब अन्तरधियान हो गए। हमारी निद्रा भंग हो गई। सतगुरु के विरह में चित्त चंचल हो गया। विरह अगिन तक कैसे बूझे, गृहबन अन्धकार नहीं सूझे। आखिर, सतगुरु आज्ञा शब्द विचारकर चित्त को शान्त किया।"

महन्थसाहब के सपने की बात तुरन्त गाँव-भर में फैल गई। बलदेव-हरगौरी संवाद और यादव सेना के अचानक हमले ने गाँव की दलबन्दी को नया जीवन प्रदान कर दिया था। जोतखी जी की राय है, "यादव लोग बार-बार लाठी-भाला दिखाते हैं; राजपूतों के लिए यह डूब मरने की बात है। फौजदारी में यतलाय[1] देकर इन लोगों का मोचिलका करवा लिया जाए। लेकिन सिंघजी थाना-फौजदारी से घबराते हैं। बात-बात में गाली और डेग-डेग पर डाली ! कानूनी-कचहरी की शरण जाना तो अपनी कमजोरी को जाहिर करना है। समय आने पर बदला ले लिया जाएगा। अकेले यादवों की बात रहती तो कोई बात नहीं थी, इसमें कायस्त समाया हुआ है। मरा हुआ कायस्त भी बिसाता है। फिर, वह बदमाशी हरगौरी की ही है। मेरे दरवाजे पर किसी को उठ जाने के लिए कहना, मेरे दरवाजे पर किसी को मारने के लिए उठना, यह तो अच्छी बात नहीं।"

यादवटोली में अब दोपहर से ही ढोल बजने लगता है—ढाक-ढिन्ना ढाक-ढिन्ना ! शोभन मोची को एक नया गमछा और नई गंजी मिली है। कालीथान के बड़ के पास गाय-भैंस बथान करके दोपहर से ही कुश्ती खेलने लगते हैं यादव सन्तान। बालदेव जी ने जिस दिन अनसन किया था, शाम को खेलावन यादव के दरवाजे पर कीर्तन हुआ था। बालदेव जी का सिखाया हुआ सुराजी कीर्तन 'धन-धन गाँधी जी महराज, ऐसा चरखा चलानेवाले' कीर्तन के बाद बालदेव जी ने भैंस का कच्चा दूध पीकर व्रत तोड़ा था। कहते थे, अब हिंसाबात करने से फिर अनसन करेंगे, अब के दो दिनों का ! सुराजी कीर्तन, लहसन का बेटा सुनरा खूब गाता है। बालदेव जी जबकि फिर उपवास करेंगे तो सुनना। अभी और सीख रहा है।...सिपैहियाटोला में तो अब दिन में ही उल्लू बोलता है। तहसीलदार कह रहे थे—राजपूतों की सिट्टी गुम हो गई है। हल्दी बोला[2] दिया है। कालीचरन बहादुर है !

इसपिताल के सभी घर बनकर तैयार हो गए हैं। सिर्फ मिट्टी साटना बाकी है। बिरसा माँझी ने कहा है—संथालटोली की सभी औरतें आकर मिट्टी लगा देंगी आज। अलबत्त मिट्टी लगाती हैं संथालिनें ! पोखता मकान भी मात ! अगले सनिचर को डागडरबाबू ने बालदेव जी से दसखत करा लिया है। भैंसचरमनबाबू[3] जरूर यादव ही होंगे। किसी दूसरी जाति का ऐसा नाम क्यों होगा—भैंसचरमनबाबू ! तहसीलदार के यहाँ जाकर देखो—खुरसी, ब्रींच, बड़े-बड़े बक्से में दवा, बाल्टी, कठौत, लोटा। पानी का कल गाड़ा जाएगा, जैसे रौतहट के मेला में गड़ता है।

सनिच्चर को ही महन्थसाहेब का भंडारा है—पूड़ी-जिलेबी का भोज। सारे गाँव के औरत-मरद बूढ़े बच्चे और अमीर-गरीब को महन्थसाहेब खिलावेंगे। सपनौती हुआ है।

---

1. इत्तला, 2. चित्त कर देना, 3. वाइस चेयरमैन।

यादवटोली का किसनू कहता है, "अन्धा महन्त अपने पापों का प्राच्छित कर रहा है। बाबाजी होकर जो रखेलिन रखता है, वह बाबाजी नहीं। ऊपर बाबाजी भीतर दगाबाजी ! क्या कहते हो ? रखेलिन नहीं, दासिन है ? किसी और को सिखाना। पाँच बरस तक मठ में नौकरी किया है; हमसे बढ़कर और कौन जानेगा मठ की बात ? और कोई देखे या नहीं देखे, ऊपर परमेसर तो है। महन्थ जब लछमी दासिन को मठ पर लाया था तो वह एकदम अबोध थी, एकदम नादान। एक ही कपड़ा पहनती थी। कहाँ वह बच्ची और कहाँ पचास बरस का बूढ़ा गिद्ध ! रोज रात में लछमी रोती थी–ऐसा रोना कि जिसे सुनकर पत्थर भी पिघल जाए। हम तो सो नहीं सकते थे। उठकर भैंसों को खोलकर चराने चले जाते थे। रोज सुबह लछमी दूध लेने बथान पर आती थी, उसकी आँखें कदम के फूल की तरह फूली रहती थीं। रात में रोने का कारण पूछने पर चुपचाप टुकुर-टुकुर मुँह देखने लगती थी...ठीक गाय की बाछी की तरह, जिसकी माँ मर गई हो...! वैसा ही चंडाल है यह रमदसवा। वह साला भी अन्धा होगा, देख लेना।...महन्थ एक बार चार दिन के लिए पुरैनिया गया था। हमने सोचा कि चार रात तो लछमी चैन से सो सकेगी। ले बलैया। बाघ के मुँह से छूटी तो बिलार के मुँह में गई। उसके बाद लछमी ऐसी बीमार पड़ी कि मरते-मरते बची। पाप भला छिपे ? रामदास को मिरगी आने लगी और महन्थ सेवादास सूरदास हो गए। एकदम चौपट !...हमारा तीन साल का दरमाहा बाकी रखा है। भंडारा करता है ! हम उन लोगों को साधू नहीं समझते हैं।"

महन्थ सेवादास इस इलाके के ज्ञानी साधु समझे जाते थे–सभी सास्तर-पुरान के पंडित ! मठ पर आकर लोग भूख-प्यास भूल जाते थे। बड़ी पवित्र जगह समझी जाती थी। लेकिन जब महन्थ दासिन को लाया, लोगों की राय बदल गई। बसुमतिया मठ के महन्थ से इसी दासिन को लेकर कितने लड़ाई-झगड़े और मुकदमे हुए। बसुमतिया का महन्थ कहता था, लछमी दासिन का बाप हमारा गुरु-भाई था इसलिए बाप के मरने के बाद उस पर मेरा हक है। सेवादास की दलील थी, लछमी पर हमारा अधिकार है। अन्त में लछमी कानूनन सेवादास की ही हुई। सेवादास के वकील साहब ने समझाकर कहा था–महन्थसाहब ! इस लड़की को पढ़ा-लिखाकर इसकी शादी करवा दीजिएगा। महन्थसाहब ने वकीलसाहब को विश्वास दिलाया था–वकीलसाहब, लछमी हमारी बेटी की तरह रहेगी...लेकिन आदमी की मति को क्या कहा जाए ! मठ पर लाते ही किशोरी लछमी को उन्होंने अपनी दासी बना लिया। लछमी अब जवान हुई है, लेकिन लछमी के जवान होने से पहले ही महन्त सेवादास की आँखें अपनी ज्योति खो चुकी थीं। पता नहीं, लछमी की जवानी को देखकर उसकी क्या हालत होती ! अब तो महन्थ सेवादास को बहुत लोग प्रणाम-बन्दगी भी नहीं करते।...धर्म-भ्रष्ट हो गया है। बगुलाभगत है। ब्रह्मचारी नहीं, व्यभिचारी है।

पूड़ी-जिलेबी और दही-चीनी के भंडारे की घोषणा के बाद जनमत बदल रहा है।...कैसा भी हो, आखिर साधु है ! किसने आज तक इतना बड़ा भोज किया ! तहसीलदार ने अपने बाप के श्राद्ध में जाति-बिरादरीवालों को भात और गैर जाति के

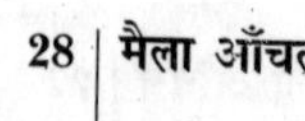

लोगों को दही-चूड़ा खिलाया था। सिंघजी ने अपनी सास के श्राद्ध में अपनी जाति के लोगों को पूरी-मिठाई और अन्य जाति के लोगों को दही-चूड़ा खिलाया था। खेलावन के यहाँ, पिछले साल, माँ के श्राद्ध में जैसा भोज हुआ सो तो सबों ने देखा ही है। फिर, सारे गाँव के लोगों को, औरत-मरद बच्चों को, आज तक किसने खिलाया है ? चीनी मिलती नहीं। भगमान भगत ने कहा है कि बिलेक में एक बोरा चीनी का दाम है एक नमरी।[1] चर मन चीनी–दो नमरी !

तन्त्रिमा, गहलोत और पोलियाटोली के अधिकांश लोगों ने पूड़ी-जिलेबी कभी चखी भी नहीं। बिरंची एक बार राज की गवाही देने के लिए कचहरी गया तो तहसीलदार ने पूड़ी-जिलेबी खिलाई थी। गाँव में, न जाने कैसे, यह हल्ला हो गया कि बिरंची ने तहसीलदार का जूठा खाया है।...जनेऊ देने के लिए जाति के पंडित जी आए थे। बिरंची के सिर पर सात घंटे तक घैला-सुपाड़ी रखने की सजा दी गई थी–पाँच सुपारी पर घैला भर पानी ! ज़रा भी घैला हिला, एक बूँद भी पानी गिरा कि ऊपर से झाड़ की मार ! तहसीलदार साहब क्या कर सकते हैं ! जाति-बिरादरी का मामला है, इसमें वे कुछ नहीं बोल सकते। आखिर पाँच रुपैया जुरमाना और जाति के पंडित जी को एक जोड़ा धोती देकर बिरंची ने अपना हुक्का-पानी खुलवाया था।...पूड़ी-जिलेबी का स्वाद याद नहीं !

"जीवनदास !"

"बालदेव जी आए हैं। बनगी बालदेवबाबू !"

"बनगी नहीं, जाय हिन्द बोलो, जाय हिन्द !...हाँ जी, इस टोले में कितने लोग हैं, हिसाब करके बताओ तो। औरत-मरद, बच्चों का भी जोड़ना। क्या गिनना नहीं जानते ? बिरंची कहाँ है ?"

बालदेव जी घर-घर घूमकर मर्दुमशुमारी कर रहे हैं। बड़ा झंझट का काम है। सिर्फ पोलियाटोले में सात कोड़ी[2] चार, नहीं...चार कोड़ी सात; ततमाटोली में पूरे पाँच कोड़ी, दुसाधटोली में दो कोड़ी, कोयरीटोले में छः कोड़ी तीन।...यादवटोली का हिसाब कालीचरन कर रहा है। भगवान जाने, सिपैहियाटोली के लोग इसमें भी मीनमेख निकालकर बखेड़ा न खड़ा कर दें। क्या ठिकाना है ! बाभनों ने तो साफ इनकार कर दिया है। यदि बाभनों के लिए अलग प्रबन्ध न हुआ तो सरब संघटन में नहीं खाएँगे। बाभन-भोजन ही नहीं हुआ तो फिर भोज क्या ! महन्थ जी से कहना होगा। बाभन हैं ही कितने, सब मिलाकर दस घर।

महन्थ साहब ने सब सुनकर कहा, "सतगुरु हो ! सतगुरु हो ! बाभन लोगों का अलग इन्तजाम कर दो बालदेवबाबू ! इसमें हर्ज ही क्या है ! नहीं हो, तो उन लोगों का प्रबन्ध मठ पर ही कर दो।"

इसी समय लछमी दासिन ने आकर खबर दी, "सिपैहियाटोला के लोग भी नहीं खाएँगे। हिबरनसिंघ का बेटा आकर कह गया है, ग्वाला लोगों के साथ एक पंगत में

---

1. सौ रुपए का नोट, 2. एक कोड़ी में बीस संख्या होती है।

नहीं खाएँगे। हम लोगों के गाँव का आटा-घी-चीनी अलग दे दिया जाए, हम लोग अलग बनवा लेंगे।''

''सतगुरु हो ! यह तो अच्छा बखेड़ा खड़ा हुआ। अब यादव लोग कहेंगे कि धानुक लोगों के साथ एक पंगत में नहीं खाएँगे।''

''हिबरनसिंघ के बेटे ने तो यह भी कहा कि बालदेव यदि इन्तजामकार रहेगा तो महन्थ साहेब का भंडारा भंडुल होगा।''

''गुरु हो ! गुरु हो !''

''तो महन्थ साहेब, हमारे रहने से लोग विरोध करते हैं तो हम खुसी-खुसी...''

''वाह रे ! यह भी कोई बात है ! महन्थ साहेब, मैं कह देती हूँ, यदि बालदेव जी को छोड़कर और किसी को प्रबन्ध करने का भार दिया तो समझ लीजिए कि भंडारा चौपट हुआ। मैं इस गाँव के एक-एक आदमी को पहचानती हूँ।''

बालदेव ने पहली बार लछमी की ओर गरदन उठाकर देखने की हिम्मत की। निगाहें ऊपर उठीं और लछमी की बड़ी-बड़ी आँखों में वह खो गया।...आँखों में समा गया बालदेव शायद।

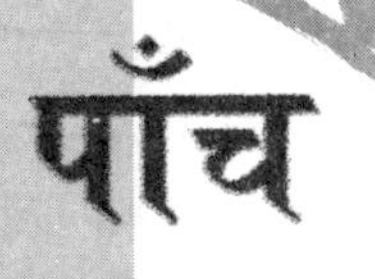

# पाँच

मठ पर गाँव-भर के मुखिया लोगों की पंचायत बैठी है। बालदेव जी को आज फिर 'भाखन' देने का मौका मिला है। लेकिन गाँव की पंचायत क्या है, पुरैनिया कचहरी के रामू मोदी की दुकान है। सभी अपनी बात पहले कहना चाहते हैं। सब एक ही साथ बोलना चाहते हैं। बातें बढ़ती जाती हैं और असल सवाल बातों के बवंडर में दबा जा रहा है। सिंघ जी चिल्ला-चिल्लाकर कहते हैं, ''उस दिन यदि हम घर में रहते तो खून की नदी बह जाती।'' कालीचरन चुप रहनेवाला नहीं है, ''वाह रे ! दरवाजे पर एक भले आदमी को बेइज्जत करना 'इंसान' आदमी का काम है ?'' तहसीलदार साहब कहते हैं, ''अस्पताल तो सबों की भलाई के लिए बन रहा है। इससे सिर्फ हमारा ही फायदा नहीं होगा। ओवरसियरबाबू कह गए थे कि तहसीलदार साहब जरा मदद दीजिएगा। हम अपने मन से तो अगुआ नहीं बने हैं। तुम्हीं बताओ खिलावन भाई !''

बूढ़े जोतखी जी भविष्यवाणी करते हैं, "कोई माने या नहीं माने, हम कहते हैं कि एक दिन इस गाँव में गिद्ध-कौआ उड़ेगा। लक्षण अच्छे नहीं हैं। गाँव का ग्रह बिगड़ा हुआ है। किसी दिन इस गाँव में खून होगा, खून ! पुलिस-दारोगा गाँव की गली-गली में घूमेगा। और यह इसपिताल ? अभी तो नहीं मालूम होगा। जब कुएँ में दवा डालकर गाँव में हैजा फैलाएगा तो समझना। शिव हो ! शिव हो !"

बालदेव भाखन के लिए उठना चाहता था कि लछमी हाथ जोड़कर खड़ी हो गई, "पंच परमेश्वर !"

मानो बिजली की बत्ती जल उठी। सन्नाटा छा गया। सफेद मलमल की साड़ी के खूँट को गले में डालकर लछमी हाथ जोड़े खड़ी है, "पंच परमेश्वर !"

"लछमी," महन्थ साहब शून्य में हाथ फैलाकर टटोलते हुए कहते हैं, "लछमी, तुम चुप रहो।"

लछमी रुकी नहीं, कहती गई, "जोतखी जी ठीक कहते हैं। गाँव के ग्रह अच्छे नहीं है। जहाँ छोटी-मोटी बातों को लेकर, इस तरह झगड़े होते हैं, जहाँ आपस में मेल-मिलाप नहीं, वहाँ जो कुछ न हो वह थोड़ा है। गाँव के मुखिया लोग ही इसके लिए सबसे बड़े दोखी हैं। सतगुरुसाहेब कहिन हैं—'जहाँ मेल तहाँ सरग है।' मानुस जन्म बार-बार नहीं मिलता है। मानुस जन्म पाकर परमारथ के बदले सोआरथ देखें तो इससे बढ़कर क्या पाप हो सकता है ? परमारथ में जो 'विघिन' डालते हैं वे मानुस नहीं। आप लोग तो सास्तर-पुरान पढ़े हैं, जग्ग भंग करनेवालों को पुरान में क्या कहा है, सो तो जानते ही हैं। हमारे कहने का मतलब यह है कि सब कोई भेदभाव तेयाग के, एक होकर के परमारथ कारज में सहयोग दीजिए। आप लोग तो जानते हैं—'परमारथ कारज देह धरो यह मानुस जन्म अकारथ जाए।' बस हाथ जोड़कर पंच परमेश्वर से बिनै है, झगड़ा तेयागकर मेल बढ़ाइए। सतगुरु साहेब गाँव का मंगल करेंगे। आगे आप लोगों की मरजी।"

लछमी बैठ गई। उसका चेहरा तमतमा गया है, गाल लाल हो गए हैं और कपाल पर पसीने की बूँदें चमक रही हैं। पंचायत में सन्नाटा छाया हुआ है, मानो जादू फिर गया हो। बालदेव जी का भाखन देने का उत्साह कम हो गया है। वह दोहा-कवित्त नहीं जानता, सास्तर-पुरान भी नहीं पढ़ा है। जेहल में चौधरी जी उसे पढ़ाया करते थे। तीसरा भाग में—'भारी बोझ नमक का लेकर एक गधा दुख पाता था' के पास ही वह पढ़ रहा था कि चौधरी जी की बदली हो गई। उसी दिन से उसकी पढ़ाई भी बन्द हो गई। लेकिन...वह जरूर भाखन देगा। उसने लछमी की ओर देखा तो और मानो नशे में उठकर खड़ा हो गया, "पियारे भाइयो !"

"बोलिए एक बार प्रेम से...गंधी महतमा की जै !" यादवटोली के नौजवानों ने जयजयकार किया।

"पियारे भाइयो ! कोठारिन साहेब जितना बात बोली, सब ठीक है। लेकिन सबसे बड़ा दोखी हम हैं। हमारे कारन ही गाँव में लड़ाई-झगड़ा हो रहा है। हम तो सबों का

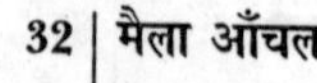

सेवक हैं। हम कोई बिदमान नहीं हैं, सास्तर-पुरान नहीं पढ़े हैं। गरीब आदमी हैं, मूरख हैं। मगर महतमा जी के परताप से, भारथमाता के परताप से, मन में सेवा-भाव जन्म हुआ और हम सेवक का बाना ले लिया। आप लोगों को तो मालूम है, जयमंगलबाबू, जो मेनिस्टर हुए हैं, अपना दस्तखत भी नहीं जानते हैं। बहुत छोटी जात का है। वह भी गरीब आदमी थे, मूरख थे। मगर मन में सेवा-भाव था और महतमा जी उसको मेनिस्टर चुन लिए। महतमा जी कहिन हैं–'बैस्नब जन तो उसे कहते हैं जो पीर पराई जानता है रे।' मोमेंट में जब गोरा मलेटरी हमको पकड़ा तो मारते-मारते बेहोस कर दिया। पानी माँगते थे तो मुँह में पेसाब कर दिया था..."

बालदेव जी का 'भाखन' शुरू होते ही पंचायत में फिर कानाफूसी शुरू हो गई थी। राजपूतटोली के लोग और भी जोर-जोर से बात करने लगे। बालदेव के भाखन के इस रोमांचक अंश ने ज़रा असर किया। मुँह में पेशाब करने की बात सुनते ही पंचायत में फिर सन्नाटा छा गया। बालदेव ने झट अपनी कमीज खोल ली, चारों ओर घूमकर पीठ दिखलाते हुए उसने अपना भाखन जारी रखा, "आप लोगों को विश्वास नहीं हो तो देख सकते हैं !"

"अरे बाप ! चीता-बाघ की तरह देह हो गया है...धन्न हैं।'

"देखिए आप लोग," यादवटोली का एक नौजवान कहता है, "हम लोग गाँधी जी का जै करते हैं तो आप लोगों के कान में लाल मिर्च की बुकनी पड़ जाती है। देखिए !"

"अरे भाई ! यह सब महतमा जी का परताप है। कौन सह सकता है ? जब गुड़ गंजन सहे तो मिसरी नाम धराए।"

"...लेकिन पियारे भाइयो, हमने भारथमाता का नाम, महतमा जी का नाम लेना बन्द नहीं किया। तब मलेटरी ने हमको नाखून में सूई गड़ाया, तिस पर भी हम इसबिस[1] नहीं किया। आखिर हारकर जेलखाना में डाल दिया। आप लोग तो जानते ही हैं कि सुराजी लोग जेहल को क्या समझते हैं–'जेहल नहीं ससुराल यार हम बिहा करने को जाएँगे।' मगर जेहल में अँगरेज सरकार हम लोगों को तरह-तरह की तकलीफ देने लगा। भात में कीड़ा मिला देता था, घास-पात का तरकारी देता था। बस, हम लोगों ने भी अनसन शुरू कर दिया। पियारे भाइयो ! पाँच दिन तक एकदम निरजला अनसन। उसके बाद कलकटर, इसपी, जज, सब आया। माँग पूरा कर दिया, खाने को दूध-हलुआ दिया। हम लोग बोले–दूध-हलुआ अपने बाल-बच्चों को खिलाओ, हम लोगों को बढ़िया चावल दो। सो पियारे भाइयो ! सेवा-वर्त जब हम लिया है तो इसको छोड़ नहीं सकते...। 'अन्धी होकर पुलिस चलावे पर डंडों का परिवाह नहीं !' आप लोग अपने गाँव में सेवा नहीं करने दीजिएगा, हम चन्ननपटी चले जाएँगे। वहाँ आसरम है, घर-घर चरखा-करघा चलता है। घर-घर में औरत-मरद पढ़ते हैं। महतमा जी, जमाहिरलाल, रजीन्नरबाबू और दूसरे बड़े-बड़े लीडर लोग साल में एक बार जरूर आते हैं। चौधरी जी हमको बार-बार खबर भेज देते हैं।...बालदेव अपने गाँव में चले आओ। हम कहे कि चौधरी जी, आप

1. चूँ-चमड़।

हमारा गुरु हैं, आपका वचन हम नहीं काट सकते। लेकिन अपना गाँव तो उन्नति कर गया है। जो गाँव उन्नति नहीं किया है, हम वहीं सेवा करेंगे।...हम मेरीगंज को चन्ननपटी की तरह बनाना चाहते हैं। हम अपने से गाँव में झाड़ू देंगे, मैला साफ करेंगे। हम लोगों का सब किया हुआ है। महतमा जी खुद मैला साफ करते थे। जहाँ सफाई रहती है वहाँ का आदमी भी साफ रहता है। मन साफ रहता है। साहेब लोगों को देखिए, उनके देस का गाछ-बिरिछ भी साफ रहता है। कोठी के बगीचे में कलकटर के गाछ को देखिए, एकदम बगुला की तरह उजला है। लेकिन, आप लोग हमको नहीं चाहते हैं तो हम चले जाएँगे। आप लोगों को बिसबास नहीं हो, जो पढ़ना जानते हैं, इस चिट्ठी को पढ़ लीजिए कि इसमें क्या लिखा हुआ है। टैप में छापी किया हुआ है। दो साल पहले की चिट्ठी है।''

कौन पढ़ेगा ! बड़े मौके से सभी इसकुलिया अँगरेजिया लोग भी घर में ही हैं। पढ़ो जी कोई। खेलावन ने अपने लड़के सकलदीप से कहा, ''जाओ पढ़ दो।'' लेकिन वह बड़ा शरमीला है। ''हरगौरी, पढ़ो जी !''

पासवानटोले के रामचन्दर का भतीजा मेवालाल उठकर खड़ा हुआ, बालदेव के हाथ से चिट्ठी लेकर पढ़ने लगा।

''जरा जोर से पढ़ो। गला साफ कर लो। थर-थर क्यों काँपते हो ?''

''सेवा में, बालदेवसिंह जी। महाशय ! आपको विदित हो कि कस्तुरबा स्मारक निधि की एक अस्थाई कमेटी गठन करने के लिए कांग्रेसजनों की एक विशेष बैठक ता. 8-12-45 को पूर्णिया धर्मशाला में होगी। इस बैठक में बिहार के भूतपूर्व प्रीमियर भी उपस्थित रहेंगे। इस महत्त्वपूर्ण बैठक में आपकी उपस्थिति आवश्यक है। आपका, विश्वनाथ चौधरी।''

'अरथ भी समझा दो मेवालाल !...अरे नहीं, अरथ क्या समझाएगा ! टैप में छापी किए हुए खत का अब अरथ समझाएगा ?''

''चौधरी जी भी बालदेव जी से राय लिए बिना कुछ नहीं करते हैं। यह अपने गाँव का भाग है कि बालदेव जी जैसा हीरा आदमी यहाँ आकर रहते हैं। अपना गाँव भी अब सुधर जाएगा जरूर...। सुनो, सिंघ जी क्या कहते हैं।''

''बालदेव ! तुम यहाँ से चले जाओगे तो यह मेरीगंज गाँव का दुरभाग होगा, सरम की बात होगी। गाँव में तो लड़ाई-झगड़े लगे ही रहते हैं। दो हंडी एक जगह रहे तो ढनमन होना जरूरी है। तुम लोगों का काम है, गाँव में मेल-मिलाप बढ़ाना, गाँव की उन्नति करना। इसमें जो बाधा डालता है, वह अधर्मी है। तुम लोग देश के सेवक हो। खल और कुटिल लोगों को सुमारग पर चलाना तुम्हीं लोगों का काम है। गोसाईं जी ने रमैन में पहले खल और कुटिल की ही वन्दना की है। तुम गाँव से मत जाओ। तहसीलदार और हम तो छोटे-बड़े भाई हैं। बचपन से साथ खेले-कूदे, लड़े-झगड़े और फिर मिल गए। आओ जी तहसीलदार भाई, लोग तो हम लोगों के खानदान को बदनाम करते ही हैं कि कायस्थ और राजपूत ने मिलकर महारानी चम्पावती के इस्टेट को ही

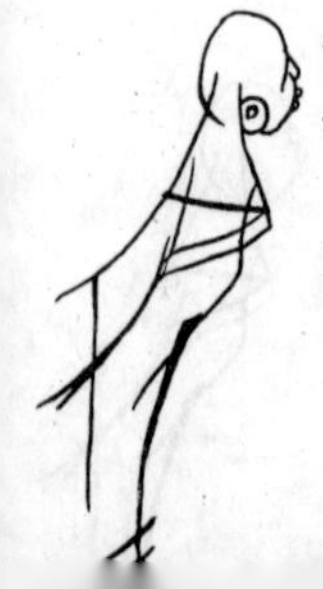

पार कर दिया। अब हम लोग एक बार फिर मिल जाएँ।'' सिंघ जी ने अपना लम्बा-चौड़ा वक्तव्य समाप्त करते हुए पंचायत में बैठे लोगों की ओर देखा।

पंचायत में जोर का ठहाका पड़ा। लोग हँसते-हँसते लोट-पोट हो गए।...एकदम 'बम भोलानाथ' हैं सिंघ जी ! मन में कोई सात-पाँच नहीं रखते। सादा दिल के आदमी हैं।

सिंघ जी ने तहसीलदार को हाथ पकड़कर उठा लिया। दोनों गले मिलने लगे।

''बोलिए एक बार प्रेम से...गन्ही महतमा की जै !''

''जै ! जै !''

अब भंडारा जमेगा। दो दिन से तो ऐसा मालूम होता था कि लोगों के पत्तल में परोसी हुई पूड़ी-जिलेबी अब गई तब गई।...उस दिन कीर्तन और नाच करेंगे।...अगमू चौकीदार क्या कहता था, महतमा जी का झंडा पत्तखा नहीं उड़ाना होगा, वह मार खाएगा अब। उसको कहो, अपने नाना दारोगा साहेब से पूछे कि राज किसका है। अनसन करने से लाट, हाकिम, कलट्टर सब डर जाता है।

सारी पंचायत में दो ही व्यक्ति ऐसे हैं जिनके ऊपर मेल-मिलाप की खुशी का उलटा असर हुआ है। खेलावनसिंह यादव को सिंघ ने जिस चालाकी से एक किनारे किया है, इसे कोई नहीं समझ पाए, लेकिन खेलावन ने सब समझ लिया। खेलावन की चर्चा भी नहीं की सिंघ ने। और इस तहसीलदार को तो देखो, तुरत गिरगिट की तरह रंग बदल लिया। लड़ाई-झगड़ा यादवटोली से था और गले मिले तहसीलदार जी। खेलावन को सठबरसा[1] नहीं समझना। सब चालाकी समझते हैं। दुनिया की ज्ञान-गुदड़ी बघारता है बालदेव, मगर इतना भी समझ में नहीं आया कि सिंघ तहसीलदार से क्यों मिल रहा है। मेल-मिलाप तो यादवटोली के मुखिया से होना चाहिए। सुराजी होने से क्या हुआ, जात सुभाव नहीं छूटते। इतना मान-आदर से अपने यहाँ रखते हैं, खिलाते-पिलाते हैं और समय पड़ने पर सब धान बाईस पसेरी !

जोतखी जी खेलावन के चेहरे को देखकर ही सबकुछ समझ लेते हैं। मोटी चमड़ी पर असर हुआ है ! ''खेलावनबाबू, सकलदीप बबुआ की जन्मपत्री काशी जी से बनकर आ गई क्या ! जरा एक बार हम भी देखते। आज तक हम जो गणना किए हैं उसको काशी के पंडितों ने भी कभी नहीं काटा।''

''कल सुबह में आइएगा जोतखी काका ! आप तो बहुत दिन से आए भी नहीं हैं। सकलदीप तो हायस्कूल में संसकिरत भी पढ़ता है। जरा आकर देखिएगा तो संसकिरत में उसका जेहन कैसा है ?''

ठीक दोपहर से पंचायत की बैठक शुरू हुई, शाम को खत्म हुई। बहुत दिन बाद गाँव-भर के लोग पंचायत में बैठे थे। बहुत दिन बाद फिर मेल-मिलाप हुआ।

कल ही भंडारा है। सुबह से ही इसपिताल के सामने की जमीन को साफ करके

---

1. साठ वर्ष तक समझदारी का न आना।

जाफरा से घेरना होगा, शामियाना टाँगना होगा, सजाना होगा। हलवाई लोग सुबह से ही आ जाएँगे। आजकल दिन छोटा होता है। बिजै होते-होते शाम हो जाएगी। डाक्टर साहब को लाने के लिए चार बैलगाड़ियाँ जाएँगी टीशन—भैंसचरमनबाबू ने बालदेव से कहा है। कल भोर को ही इसपिताल में सब-कोई जमा होंगे; काम का बँटवारा होगा। इतने बड़े भोज को सँभालना खेल नहीं।

सभी बारी-बारी से महन्थ साहब को साहेब-बन्दगी करके विदा हुए। बालदेव जी को महन्थ साहब ने रोक लिया है। "बालदेवबाबू, तुम जरा ठहर जाना। कल फिर समय नहीं मिलेगा। अभी एक बार हिसाब-किताब कर लेना अच्छा होगा। थोड़ी देर बैठ के बीजक बाँचो, हम डोलडाल[1] से हो आएँ। कहाँ हो रामदास ! गंगासागर में जल भर दो !"

बालदेव धुनी के पास बैठकर बीजक के पन्ने उलटता है—

*...बीजक बतावे बित्त को*
*जो बित्त गुप्ते होय,*
*शब्द बतावे जीव को*
*बूझे बिरला कोय॥*

लछमी लालटेन जलाकर सामने रख गई। अक्षर स्पष्ट हो गए—'सन्तो, सारे जग बौराने।'...लछमी के शरीर से एक खास तरह की सुगन्ध निकलती है। पंचायत में लछमी बालदेव के पास ही बैठी थी। बालदेव को रामनगर मेला के दुर्गा मन्दिर की तरह गन्ध लगती है—मनोहर सुगन्ध ! पवित्र गन्ध !...औरतों की देह से तो हल्दी, लहसुन, प्याज और घाम की गन्ध निकलती है !

---

1. नित्य-क्रिया।

# छह

बालदेव जी को रात में नींद नहीं आती है।

मठ से लौटने में देर हो गई थी। लौटकर सुना, खेलावन भैया की तबियत खराब है; आँगन में सोये हैं। यदि कोई आँगन में सोया रहे तो समझ लेना चाहिए कि तबियत खराब हुई है, बुखार हुआ है या सरदी लगी है अथवा सिरदर्द कर रहा है। जिसको आँगनवाली[1] ही नहीं वह आँगन में क्यों सोएगा ? आँगन में सोने का अर्थ है आँगनवाली के हाथों की सेवा प्राप्त करना। खाने के समय भौजी से मालूम हुआ, पेट में बाय हो गया है। कड़वा तेल लगाकर पेट ससारते समय गों-गों बोलता था।

भौजी भी बहुत अनमनी थी। और दिनों की तरह बैठकर बातें नहीं कीं भौजी ने।

---

1. पत्नी।

भौजी बोरसी[1] के पास बैठकर हुक्का पीती रहती थी, बालदेव जेल की गप सुनाता रहता। बालदेव जी आज पंचायत की गप भौजी को सुनाते, लेकिन आज गप जमाने का लच्छन नहीं देखकर बालदेव जी सोने चले आए।

...नींद नहीं आती है। जेल का बी.टी. कम्बल आज बड़ा गड़ रहा है। खद्दर की धोती मैली हो जाने पर बहुत ठंडी हो जाती है।...बार-बार लछमी दासिन की याद आती है। आते समय कह रही थी–आज यहीं परसाद पा लीजिए बालदेव जी !...परसाद ! लछमी के शरीर की सुगन्ध !...आज माँ की भी याद आती है। गाँव के लोग बालदेव को 'टुरवा' कहते थे। सुनकर माँ बहुत गुस्सा होती थी। बाप के मरने से कोई टूअर[2] नहीं होता। बाप मरे तो कुमर, माँ मरे तब टूअर ! मेरा बालदेव तो कुमर है; मेरा बालदेव टूअर नहीं। ऐसा लगता है, माँ ने अभी तुरत ही पीठ सहलाई है।

माँ के मरने के बाद, बालदेव बहुत दिन तक अजोधी भगत की भैंस चराता था। अजोधी भगत की याद आते ही बालदेव की देह सिहर उठती है। कैसा पिशाच था बुड्ढा ! बूढ़ी तो और भी खटाँस थी, खेकसियारी[3] की तरह हरदम खेंक-खेंक करती रहती थी। दिन-भर भैंस चराकर आने के बाद बालदेव की उँगलियाँ भगत का देह टीपते-टीपते दर्द करने लगती थीं। आँखें नींद से बन्द हो जाती थीं। लेकिन जरा भी ऊँघे कि चटाक्। उस बूढ़े की उँगलियों की चोट बड़ी कड़ी होती थी। बालदेव ने बचपन से ही मार खाई है–थप्पड़, छड़ी और लाठी की मार। शायद सूखी चमड़ी की चोट ज्यादा लगती है।...लेकिन रूपमती का कलेजा मोम का था। वैसे बेदर्द माँ-बाप की बेटी वैसी दयालु कैसे हुई, समझ में नहीं आता है। बूढ़े-बूढ़ी को रात में नींद नहीं आती थी। आध पहर रात को ही भैंस चराने के लिए जगा देता था। आध पहर रात होते ही पीपल के पेड़ पर उल्लू अपनी मनहूस बोली में कचकचा उठता था और इधर बूढ़ा ठीक उसी तरह की आवाज में चिल्ला उठता, "रे टुरवा, भोर हो गई, भैंस खोल !"...रूपमती कभी 'टुरवा' नहीं कहती थी। छोटा-सा नाम 'बल्ली' उसी का दिया हुआ है। चार सेर सुबह और तीन सेर शाम को दूध होता था, लेकिन बुढ़िया कभी सितुआ-भर घोल भी नहीं खाने देती थी। रूपमती रोज चुराकर भात के नीचे दूध की छाली रख देती थी। बूढ़ा-बूढ़ी का जमाया हुआ पैसा आखिर डकैत ही ले गए।...इस बार रूपमती को देखा था। बहुत दिन बाद ससुराल से आई थी। तीन बच्चे हैं, बड़ी बेटी ठीक रूपमती जैसी है। ठीक वैसी ही हँसी।

...याद आती है माये जी की ! माये जी–रामकिसूनबाबू की इसतिरी ! पहले-पहल सभा हुई थी चन्ननपटी में। सभा में रामकिसूनबाबू, उनकी इसतिरी, चौधरी जी और तैवारी जी आए थे।...अलबत्त रूप था रामकिसूनबाबू का। बड़ी-बड़ी आँखें ! भाखन देते थे, जैसे बाघ गरजे ! सुनते हैं, जब वोकालत करते थे तो बहस करने के समय पुरानी कचहरी की छत से पलस्तर झड़ने लगता था। क्या मजाल कि हाकिम उनके खिलाफ

1. अँगीठी, 2. अनाथ, 3. लोमड़ी।

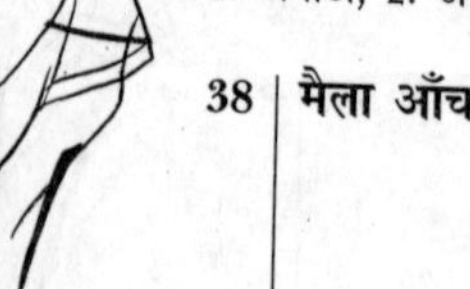

राय दे दें ! लेकिन महतमा जी का उपदेश सुनकर एक ही दिन में सबकुछ छोड़-छाड़ दिया। इसतिरी के साथ गाँव-गाँव घूमने लगे। माये जी के पाँव की चमड़ी फट गई थी। लहू से पैर लथपथ हो गए थे। लाल उड़हूल ? माये जी का दुख देखकर, रामकिसूनबाबू का भाखन सुनकर और तैवारी जी का गीत सुनकर वह अपने को रोक नहीं सका था। कौन सँभाल सकता था उस टान को ! लगता था, कोई खींच रहा हो। "...गंगा रे जमुनवाँ की धार नयनवाँ से नीर बही। फूटल भारथिया के भाग भारथमाता रोई रही।"...माये जी के पाँव की चमड़ी फट गई थी, भारथमाता रो रही थी। वह उसी समय रामकिसूनबाबू के पास जाकर बोला था—"मेरा नाम सुराजी में लिख लीजिए।" उस दिन की सभा में तीन आदमियों ने नाम लिखाया था—बालदेव, बावनदास और चुन्नी गुसाईं। चौधरी जी उसे जिला आफिस में ले आए थे। माये जी बराबर आफिस आती थीं। कभी गुस्सा होते नहीं देखा माये जी को; जब बोलती थीं तो हँसकर। एक बार देहात से लौटते समय उसको बुखार हो गया था; देह जल रही थी, सिर फटा जा रहा था, कोई होश नहीं। रात में, आँख खुली तो जी बड़ा हल्का मालूम हुआ। "कैसे हो बालदेव भाई ?" कौन बावन ? गरदन उलटाकर देखा, माये जी पास ही कुरसी पर बैठी हुई हैं। "कैसे हो बोलो ? बुखार था तो देहात क्यों गया था ?...सोओ...।" माथे पर हाथ रखते हुए माये जी बोली थीं, "बुखार उतर गया है।" माये जी के हाथ रखते ही नींद आ गई थी। दूसरे दिन बावनदास ने कहा, "माये जी को जैसे ही मालूम हुआ कि तुमको बुखार है, वैसे ही मुझे लेकर आफिस आईं। जन्तर[1] लगाकर बुखार देखते ही चिल्लाने लगीं—'पानी लाओ। पंखा दो।' उसी समय से माथे पर पानी की पट्टी देती रहीं, बारह बजे रात तक।...भगवान भी कैसे हैं, अच्छे आदमी को ही अपने पास बुला लेते हैं। दो-तीन साल के बाद ही रामकिसूनबाबू, एक ही दिन के बुखार में सरगवास हो गए। हे भगवान ! उस दिन माये जी की ओर कौन देख सकता था ! देखने की हिम्मत नहीं होती थी। माये जी का उस दिन का रूप...गंगा रे जमुनवाँ की धार नयनवाँ से नीर बही। फूटल भारथिया के भाग भारथमाता रोई रही !...सचमुच सबों के भाग फूट गए। सराध के दिन से जिला आफिस का नाम हो गया 'रामकिसून आसरम'। सराध के दूसरे दिन ही माये जी कासी जी चली गईं। गाड़ी पर चढ़ने के समय, पैर छूकर जब परनाम करने लगा था तो माये जी एकदम फूट-फूटकर रो पड़ी थीं—ठीक देहाती औरतों की तरह। बावनदास को माये जी 'ठाकुर' कहती थीं, 'हामार ठाकुर रे।' धरती पर लोटते हुए बावनदास को उठाते हुए माये जी बोली थीं, "महतमा जी पर भरोसा रखो। वह सब भला करेंगे। महतमा जी का रास्ता कभी मत छोड़ना।"...पता नहीं माये जी कहाँ हैं !

आँसू की गरम बूँदें बालदेव की बाँह पर ढुलककर गिरीं। माँ, रूपमती, माये जी और लछमी दासिन ! माये जी जैसा ही लछमी भी भाखन देना जानती है। लछमी भाखन दे रही है।...

---

1. थर्मामीटर।

...विशाल सभा ! जहाँ तक नजर आती है आदमी-ही-आदमी दिखाई पड़ते हैं। बाँस के घेरे को तोड़कर लोग मंच की ओर बढ़े आ रहे हैं। मंच पर बालदेव के बगल में लछमी बैठी हुई है। लछमी के भी पैर की चमड़ी फट गई है। मंच की सुफेद चादर पर लहू की बूँदें टप-टप गिर रही हैं।...लछमी भाखन दे रही है। कौन, हरगौरी ? हरगौरी लछमी के गले में माला डालने के लिए आगे बढ़ रहा है। लछमी माला नहीं पहनती है। माला लेकर बालदेव को पहना देती है—गेंदे के फूलों की माला ! फूल से लछमी के शरीर की सुगन्धी निकलती है !...भीड़ मंच की ओर बढ़ी जाती है। हरगौरी आगे बढ़ आया है, लछमी को पकड़ रहा है।...बालदेव चिल्ला रहा है, लेकिन आवाज नहीं निकल रही है। लोग हल्ला कर रहे हैं। बहुत जोर लगाकर बालदेव चिल्लाता है—"हरगौरी बाबू !"

"गन्ही महतमा की जै !"

"जै !"

बालदेव हड़बड़ाकर उठता है; आँखें मलते हुए बाहर निकल आता है ! सबेरा हो गया है। गाँव-भर के नौजवानों को बटोरकर, जुलूस बनाकर, कालीचरन जय-जयकार करता हुआ जा रहा है। वाह रे कालीचरन ! बुद्धिमान है, बहादुर है और बुद्धिमान भी। यह पुलोगराम[1] कब बनाया था ! रात में ही शायद !...जरूर मेरीगंज की चन्ननपटी की तरह नाम करेगा। और भोर का सपना ?

"खेलावन भैया, कैसी तबियत है ?"

"तुम रात में कब लौटे ? कहाँ देर हुई, सिपैहियाटोली में ? कायस्थ-राजपूत की जोड़ी मिल गई, अब क्या है, सुराज हो गया ! लेकिन भाई बालदेव, हम ठहरे सीधे-सादे आदमी। कलिया पर नजर रखना। उसमें और भी बहुत गुन हैं, सो तो तुमको मालूम ही हो जाएगा। किसी किस्म का उपद्रो करेगा तो हम जिम्मेदार नहीं हैं। पीछे यादवटोली के मुखिया के ऊपर बात नहीं आवे। हाँ भाई, कायस्थ और राजपूत का क्या बिसवास ?"

खेलावन किसके ऊपर अपना दिल का बुखार उतारे, समझ नहीं पा रहा था। भैंस-चरवाहा भैंस दूहने के लिए बरतन ले आया था। खेलावन आज भी अपने ही हाथों भैंस दूहता है। उसका कहना है, 'भैंस के थन में चार आदमी के हाथ लगे कि भैंस सूखी।' चरवाहा पर बिगड़ पड़ा, "साला ! अभी भैंस थिराई भी नहीं है, दूहने के लिए हल्ला मचा रहा है। पूड़ी-जिलेबी क्या अभी ही बँट रही है ? जीभ से पानी गिर रहा है !...परनाम जोतखी काका !"

जोतखी जी कान पर जनेऊ टाँगे, हाथ में लोटा लटकाए इनारे की ओर जा रहे थे। खेलावन ने टोका, "आइए, यहीं पानी मँगवा देते हैं।"

"खेलावनबाबू, गाँव में तो सुराज हो गया, देखते हैं। अच्छा-अच्छा ! देखिएगा गाँवके लौंडे सब आज फुच्च-फुच्च कर रहे हैं। 'छुद्र नदी चलि भरी उतराई, जस थोरे धन

1. प्रोग्राम।

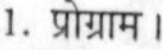

खल बौराई।' ऐसा ही सिमरबनी में भी हुआ था। हमारे मामा का घर सिमरबनी में ही है। आज से दस-बारह साल पहले की बात कहते हैं। हम मामा के यहाँ गए थे। मामा के बड़े पुत्र का जग्योपवित था। प्रातःकाल उठके देखते हैं कि गाँव-भर के लौंडे इसी झंडा-पत्तखा लेकर 'इनकिलास जिन्दाबाघ' करते हुए गाँवों में घूम रहे हैं। मामा से पूछा कि 'मामा, क्या बात हैं ?' तो मामा बोले कि गाँव के सभी लड़कों ने भोलटियरी में नाम लिखा लिया है। 'इनकिलास जिन्दाबाघ' का अर्थ है कि हम जिन्दा बाघ हैं।...जिन्दा बाघ भी उसी शाम को देखा। इस्कूल से पच्छिमी कंगरेसी तैवारी नीमक कानून बनानेवाला था। बड़े-बड़े चूल्हे पर, कड़ाहियों में चिकनी मिट्टी और पानी डालकर खौला रहे हैं। खूब गीत-नाद, झंडा-पत्तखा ! पूछा कि यह क्या है भाई, तो कहा कि नीमक कानून बन रहा है। हम भी खड़ा होकर तमाशा देखने लगे। इसी समय हल्ला हुआ, दारोगा आ रहा है। इस्कूल के हाता से एक टोपावाला और चार-पाँच लाल पगड़ीवाला निकला ! बस, फिर क्या था, जिन्दा बाघ आ गया; जो जिस मुँह से खड़ा था, उधर ही भागा। एक-दूसरे के ऊपर गिर रहा है। कहाँ झंडा, कहाँ पत्तखा और कहाँ इनकिलास जिन्दाबाघ ! दारोगा साहब तैवारी को पकड़कर ले गए। इसके बाद गाँव के घर-घर में घुसकर खन्ना-तलासी ! गाँव के सभी जिन्दाबाघ माँद में घुस गए। सुनने में आया कि जब कँगरेसी राज हुआ तो फिर घर-घर में भोलटियर घरघराने लगा। फिर इनकिलास जिन्दाबाघ ! पुलिस-दारोगा को देखकर और जोर से चिल्लाते थे सब। लो भाई, चिल्लाओ, तुम्हारा राज है अभी ! पुलिस-दारोगा मन-ही-मन गुस्सा पीकर रह गए। पिछले मोमेंट में जिन्दाबाघों ने जोस में आकर अड़गड़ा जला दिया, कलाली लूट लिया। दूसरे ही दिन चार लौरी में भरके गोरा मलेटरी आया और सारे गाँव में जला-पका, लूट-पीटकर एक ही घंटा में ठंडा कर दिया। पचास आदमी को गिरिफ्फ किया। दो को तो मारते-मारते बेहोस कर दिया। एक को कीरीच भोंक दिया। अंग्रेज बहादुर से यही दुग्गी-तिग्गी लोग पार पाएँगे। बड़ा-बड़ा घोड़ा बहा जाए तो नटघोड़ी पूछे कितना पानी। अंग्रेज बहादुर ने अभी फिर ढील दे दिया। सब उछल-कूद रहे हैं। इस बार बिगड़ेगा तो खोपसहित कबूतराय... ।"

"नहीं जोतखी काका, अब वैसा नहीं हो सकता," बालदेव इससे आगे नहीं सुन सका, "पिछले मोमेंट में सरकार का छक्का छूट गया है। सिमरबनी के बारे में आप जो कह रहे हैं सो आप इधर सिमरबनी गए हैं ? नहीं। तब क्या देखिएगा ! एक बार वहाँ जाकर देखिए—इसपिताल, इस्कूल, लड़की-इस्कूल, चरखा सेंटर, रायबरेली[1], क्या नहीं है वहाँ ? घर-घर में ए-बी-सी-डी पास ! सिवानन्दबाबू को जानते हैं ? उनका बेटा रमानन्द हम लोगों के साथ जेहल में था; अब हाकिम हो जाएगा। पक्की बात !"

खेलावन भी कुछ कहना चाहता था कि चरवाहे ने पुकारा, "पाँड़ा भैंस पी रहा है।"

खेलावन भैंस दुहने चला गया। बालदेव के पास बेकार बहस करने के लिए समय नहीं है। गाँव में जय-जयकार हो रहा है—'गन्ही महतमा की जै !'

---

1. लायब्रेरी।

# सात

प्यारू को सबों ने चारों ओर से घेर लिया। डागडर साहेब का नौकर है। डागडर साहेब कब तक आएँगे ? तुम्हारा क्या नाम है ? कौन जात है ? दुसाध मत कहो, गहलोत बोलो गहलोत ! जनेऊ नहीं है ?

बालदेव जी प्यारू को भीड़ से बाहर ले आते हैं। ''भाई, तुम लोगों ने आदमी नहीं देखा है कभी ? जाओ, अपना काम देखो ! हलवाई जी लोगों के पास कौन है ?''

बालदेव जी सबों के नाम के साथ 'जी' लगाकर बोलते हैं। रामकिसून आसरम में लीडर लोग इसी तरह सबों के नाम के साथ 'जी' लगाकर बोलते हैं–'ड्राइवर जी', 'ठेकेदार जी', 'हरिजन जी' !

पूछताछ के बाद मालूम हुआ, प्यारू डागडर साहेब के पास नौकरी करने आया है। रौतहट टीसन में जो हेमापोथी डागडर साहेब थे, प्यारू उनके यहाँ पाँच साल नौकरी

कर चुका है। डागडर साहेब देश चले गए। सुना कि मेरीगंज में एक डागडरबाबू आ रहे हैं। सो प्यारू डागडरबाबू के पास नौकरी करने आया है।

चूड़ा-गूड़ का जलखै[1] करके प्यारू बालदेव जी से कहता है, "डागडरबाबू का सामान कहाँ है ? टेबल-कुरसी लगाना होगा। अलमारी को झाड़ना-पोंछना होगा। पानी के ढोल के पास एक बोल[2] रखना होगा, एक साबुन और एक गमछा। डागडरबाबू आते ही पहले साबुन से हाथ धोएँगे..."

सचमुच प्यारू डाक्टर का पुराना नौकर है। टेबल-कुरसी ठीक से लगा दिया है। तीन पैरवाली लोहे की सीढ़ी पर पानी का ढोल रख दिया; सीढ़ी में ही लगी हुई गोल कड़ी में ललमुनियाँ[3] का कठौत बिठा दिया है। ढोल में कल लगा हुआ है। कल टीपने से पानी गिरने लगता है। बक्से से गमछा निकालकर वहीं लटका दिया है। खस्सी-बकरी की अँतड़ी का भीतरी हिस्सा जैसा रोयाँदार होता है, वैसा ही गमछा है। साबुन ? साबुन नहीं है ? अरे, कपड़ा धोनेवाला साबुन नहीं, गमकौआ साबुन चाहिए। भगत की दूकान में गमकौआ साबुन कहाँ से आवेगा ? कटिहार में मिलता है। तहसीलदार साहब की बेटी कमली जब गमकौआ साबुन से नहाने लगती है तो सारा गाँव गमगम करने लगता है। तहसीलदार साहब कहते हैं, कमली दीदी से साबुन माँगकर ला दो !...सचमुच प्यारू पुराना डागडरी नौकर है। बड़े मौके से वह आ गया, नहीं तो इतना इन्तजाम कौन करता ? बेला झुक गया है, अब डागडरबाबू भी आ जाएँगे। तहसीलदार साहब कहते हैं, "भुरुकुवा उगने के पहले ही बैलगाड़ियों को रवाना कर दिया है। साथ में गया है अगमू चौकीदार।"

सारा गाँव महक रहा है। मेले में ठीक ऐसी ही महक रहती है। तहसीलदार साहब के गुहाल में हलवाई लोग सुबह से ही पूड़ी-जिलेबी बना रहे हैं। पूड़ी बनाकर ढेर लगा दिया है। गाँव के बच्चे सुबह से ही जमा हैं। राजपूत और कायस्थों के बच्चे दूसरे टोले के बच्चों को उधर नहीं जाने देते हैं—"भागो, छू जाएगा !"

सिंघ जी खुद जाकर खेलावनसिंह यादव को पकड़ लाते हैं। "तहसीलदार देखो, इसके पेट में बाय उखड़ गया है। भोज खाने के पहले ही अन्नसर्जी हो गई है। अरे भाई, औरतों की तरह रूठने से क्या फायदा ! तुम्हीं कहो तहसीलदार, हम ठीक कहते हैं या नहीं। लड़ो-झगड़ो और फिर गले-गले मिलो। यह रूठने का क्या माने ? हमको तो बालदेव से मालूम हुआ। जाकर देखो तो कागभुसुंडी इसके कान में मन्तर पढ़ रहा है।...ऐ बालदेव, सुनो, डागडर साहेब आएँ तो पहले इसी का इलाज कराओ। कहना कि आठवाँ महीना है...।"

हा हा हा हा हा...हा...हा !

"रामकिरपाल भाई, लड़कों के सामने भी आप दिल्लगी करते हैं ? अच्छा हाथ छोड़िए। सब कोई तो हैं ही, सिर्फ हमारे नहीं रहने से कौन काम हरज हो रहा था ?"

---

1. जलपान, 2. कठौत, 3. अलमुनियम।

सिंघ जी मजेदार आदमी हैं। सुबह से ही सबों को हँसा रहे हैं। खेलावन यादव रूठे थे, उसको भी पकड़ लाए। जोतखी जी नहीं आए। बोले, दाँत में दर्द है। सिंघ जी कहते हैं, ''पता नहीं उनके पेट के दाँत में दरद है शायद। सुनते हैं आजकल डागडर लोग पत्थर का नकली दाँत लगा देते हैं। डागडर साहेब से कहकर जोतखी जी का दाँत बनवा दो भाई !'' अजी, सभागाछी[1] में लड़कीवाले दाँत को हिला-डुलाकर देखते हैं थोड़ो !''

''डागडर साहेब आ रहे हैं।''

''आ रहे हैं ? कहाँ ?

''पछियारीटोला के पास पाँचों बैलगाड़ियाँ आ रही हैं। अगमू चौकीदार आगे-आगे दौड़ता हुआ आ रहा है। डागडर साहेब टोपा पहने हुए हैं।''

अगमू आ गया। ''कन्धे पर क्या है, बक्सा ?''

कामकाज छोड़कर सभी जमा हो गए—डाक्टर साहब आ रहे हैं।

''हट जाइए !'' अगमू कहता है, ''डागडर साहब बोले हैं, इन्तजाम से रखना ठेस नहीं लगे। बेतार का खबर है।''

बालदेव जी कहते हैं, ''रेडी[2] है या रेडा ! अब सुनिएगा रोज बम्बै-कलकत्ता का गाना। महतमा जी का खबर, पटुआ का भाव सब आएगा इसमें। तार में ठेस लगते ही गुस्साकर बोलेगा—बेकूफ। बिना मुँह धोए पास में बैठते ही तुरत कहेगा—क्या आपने आज मुँह नहीं धोया है ?''

''जुलुम बात !''

डाकडर साहेब !

सभी हाथ जोड़कर खड़े हैं। डाक्टर साहब भी हँसते हुए हाथ जोड़ते हैं। बालदेवजी 'जाय हिन्द' कहते हैं। देखादेखी कालिया भी आजकल 'जाय हिन्द' कहता है। प्यारू शामियाने में कुर्सी लाकर रखता है, डाक्टर साहब के हाथ से टोप ले लेता है। डाक्टर साहब के चेहरे का रंग एकदम लाल है। 'लालटेस' ! मोंछ नहीं है क्या ? नहीं मोंछ सफाचट कटाए हैं।

बालदेव जी हाथ जोड़कर पूछते हैं, रास्ते में कहीं तकलीफ तो नहीं हुई ?...सब तैयार है, भोजन कर लिया जाए। इनका नाम विश्वनाथपरसाद है, राजपारबगा के तहसीलदार हैं। इनका नाम रामकिरपालसिंघ है, सिपै...राजपूतटोली के मालिक हैं। इनका नाम खेलावनसिंह यादव है, यादव छत्रीटोले के 'मड़र' हैं। इनका नाम कालीचरन है, बड़ा बहादुर लौजवान है। और ये लोग 'इसकुलिया' हैं।...आइए बाबू साहब, आप लोग डागडर साहेब से बतियाइए। इस गाँव के महन्थ साहेब ने इसपिताल होने की खुशी में गाँववालों को आज भंडारा दिया है।

डाक्टर साहब हाथ जोड़कर सबों को फिर नमस्कार करते हैं। कहते हैं ''हम अभी नहीं खाएँगे। सबको खिलाइए।''

1. विवाहार्थी मैथिलों का मेला, 2. रेडियो।

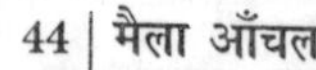

सचमुच प्यारू पुराना नौकर है। देखो, डागडरबाबू ने सबसे पहले साबुन से हाथ धोया।

मठ से महन्थ साहेब, कोठारिन लछमी दासिन, रामदास और दो मुरती आए हैं। महन्थ साहेब की बैलगाड़ी के आगे एक साधु तुरही फूँकता हुआ आ रहा है। धु तु तु तु ऽ ऽ...धु तु तु ! और तुरही की आवाज सुनते ही गाँव के कुत्ते दल बाँधकर भोंकना शुरू कर देते हैं। छोटे-छोटे नवजात पिल्ले तो भोंकते-भोंकते परेशान हैं। नया-नया भोंकना सीखा है न !

सबसे पहले कालीथान में पूड़ी चढ़ाई जाती है। इसके बाद कोठी के जंगल की ओर दो पूड़ियाँ फेंक दी जाती हैं, जंगल के देव-देवी और भूत-पिशाच के लिए। इसके बाद साधु और बाभन भोजन ! बालदेव जी ने बहुत कहा, लेकिन डाक्टर साहब नहीं माने। प्यारू ठीक कहता था, डागडर लोग हलवाई की बनाई हुई पूड़ी-जिलेबी नहीं खाते हैं। 'कल के चूल्हे' पर प्यारू डागडरबाबू के लिए भात बना रहा है। जल्दी से बिजे[1] खत्म हो तो बेतार के खबर का गाना सुनें। क्या ? आज गाना नहीं होगा ? हाँ भाई, कल-कब्जा की बात है। इतना जल्दी कैसे होगा ! फिर कटिहार जंकशन में रेलगाड़ियों और मिलों का अभी इतना शोरगुल होता होगा कि यहाँ तक खबर आ भी नहीं सकेगी।''

''बिझै ! बिझै !''

''हर टोले के लोग अलग-अलग पंगत में बैठो। अपने-अपने बगल में एक फाजिल पत्ता लगा देना भाई ! अपने-अपने घर की जनाना लोगों के लिए कमबेस नहीं।...''

गुअरटोली के रौदी बूढ़ा को सभी मिलकर चिढ़ा रहे हैं। रौदी गोप गाँव-गाँव में घूमकर दही बेचता है। उसकी चाल-चलन, उसकी बोला-बानी सबकुछ औरतों जैसी है। सिर और छाती पर से कपड़ा जरा-सा भी सरक जाने पर, औरतों की तरह लजाकर ठीक कर लेता है। मर्दों से बातें करने के समय लजाता है, औरतें उसके सामने किसी भी किस्म का परदा नहीं करतीं। हाट जाते और लौटते समय वह औरतों के झुंड में ही रहता है।...अभी सब मिलकर रौदी बूढ़ा को चिढ़ाते रहे हैं—''तुम्हारा हिस्सा आँगन में भेज दिया जाएगा। देखो, लालचन ने तुम्हारा पत्ता लगा दिया है।''

''दुर ! मुँहझौंसे ! बूढ़े-पुराने से हँसी-दिल्लगी करते लाज नहीं आती ? हम पूछते हैं तुम लोगों से, कि तुम लोग अपनी बूढ़ी दादी और नानी से भी इसी तरह हँसी-मसखरी करते हो ? इस गाँव के लौंडे-छौंड़े बिगड़ गए हैं। और सारा दोख इसी सिंघवा का है। जहाँ बूढ़े ही बदचाल हों तो लौंडों का क्या हाल ! हम कह देते हैं, हाँ, सुन रखो ! हाँ।...''

महन्थ साहब रात में भोजन नहीं करते हैं।

''सतगुरु हो ! डागडर साहेब, आपको कितना मुसहरा मिलता है ? दो सौ ?...हाँ,

1. खाना-पीना।

यहाँ ऊपरी आमदनी भी होगी। असल आमदनी तो ऊपरी आमदनी है।...बहुत अच्छा हुआ।...गाँधी जी तो अवतारी पुरुख हैं।–डागडर साहेब ! आज से करीब पाँच साल पहले एक बार हमारी आँखें आईं, उसके बाद दो महीने तक आँखों में लाली छाई रही। पुरनियाँ के सिविलसार्जन साहेब को पचास रुपया फीस देकर दिखलाया। बहुत दिनों तक इलाज भी करवाया। मगर बेकार। अब तो आप आ गए हैं। अपने घर के डागडर हुए !..."

लछमी दासिन टकटकी लगाकर डाक्टर साहब को देख रही है।...कितना सुन्दर पुरुष है ! बेचारे का इस देहात में मन नहीं लग रहा है। नौकरी कोई भी हो, आखिर नौकरी ही है। मन घर पर टँगा हुआ होगा। बीवी-बच्चों की याद आती होगी।...कुछ दिनों में मन लग जाएगा। फिर बाल-बच्चों को भी ले आवेंगे। अचानक वह पूछ बैठती है, "आपके घर पर और कौन-कौन हैं डाक्टरबाबू ?"

"जी," डाक्टर ने जरा हकलाते हुए कहा, "जी, मेरा कोई नहीं। माँ-बाप बचपन में ही गुजर गए।"

लछमी समझ लेती है कि यह सवाल पूछना उचित नहीं हुआ। उसे स्वयं आश्चर्य हो रहा था कि उसने ऐसा प्रश्न किया ही क्यों !...मेरा कोई नहीं !

"लछमी ! रामदास को बुलाओ। अच्छा तो डागडरबाबू, अब आज्ञा दीजिए। आप भी भोजन करके आराम कीजिए। कभी मठ की ओर भी आइएगा। सतगुरु साहेब कहीन हैं–'दरस-परस सतसंग ते छूटे मन का मैल'।"

लछमी हाथ जोड़कर नमस्कार करती है।

ब्राह्मणटोली के लोग बालदेव जी से पूछते हैं, "डागडरबाबू का नौकर तो दुसाध है। और डागडरबाबू कौन जात हैं ? दुसाध का बनाया हुआ खाते हैं ?"

बोलिए प्रेम से...महतमा गन्ही की जै !

भंडारा समाप्त हो गया। कोई 'तरुटी' नहीं हुई। सबको 'पूर्ण' हो गया। जो भूल-चूक से छूट गए हैं, उनका हिस्सा कल ले जाइएगा।

बालदेव जी अगमू चौकीदार और बिरंची के साथ इसपिताल में ही सोएँगे। आज पहली रात है !

# आठ

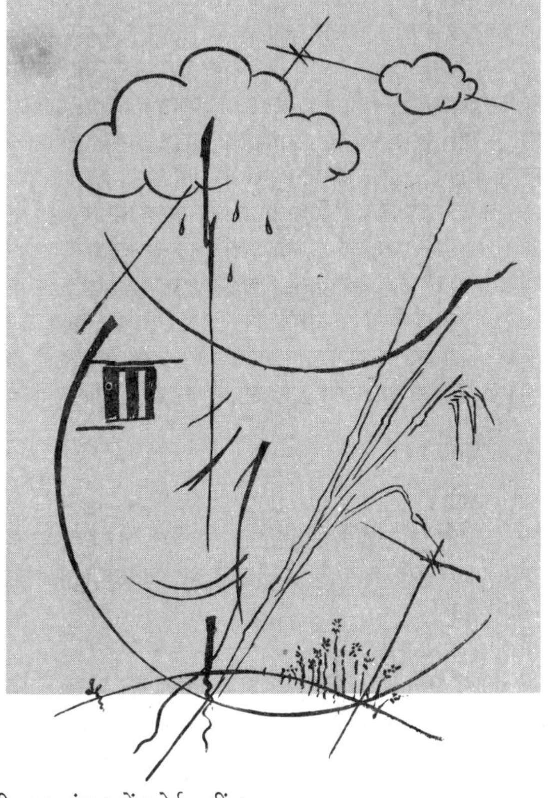

लछमी का भी इस संसार में कोई नहीं !

...जी, मेरा कोई नहीं !...लछमी सोचती है, उसका दिल इतना नरम क्यों है ? क्यों वह डाक्टर को देखकर पिघल गई ? यह अच्छी बात नहीं।...सतगुरु मुझे बल दो।

सतगुरु के सिवा कोई और भी उसका नहीं। माँ की याद नहीं आती। पसराहा मठ के पास अपनी झोंपड़ी की याद आती है। सुबह होते ही बाबूजी कन्धे पर चढ़ाकर मठ ले जाते थे। महन्थ रामगुसाईं कितना प्यार करते थे–'आ गई लच्छो ! ले, मिसरी खाएगी ? चाह पीएगी ?' भंडारी एक कटोरे में चाहचूड़ा दे जाता था। बाबूजी बैठकर महन्थ साहेब के लिए गाँजा तैयार करते थे। एक चिलम, दो चिलम, तीन चिलम ! पीते-पीते महन्थ साहेब की आँखें लाल हो जाती थीं। कभी-कभी बाबूजी भी थर-थर काँपने लगते थे। भंडारी दही लाकर देता था–'खा लो रामचरन भाई ! नशा टूट

जाएगा।' बाबूजी को महन्थ साहेब बहुत मानते थे। कोई काम नहीं। दिन-भर महन्थ साहेब की धूनी के पास बैठे रहो, गाँजा तैयार करो, चिलम चढ़ाओ। मठ पर ही हमारा खाना-पीना होता था।

गाँव में जब हैजा फैला तो बाबूजी को महन्थ साहेब ने कहा, "रामचरन ! तुम मठ पर ही रहो।" उन दिनों, दिन-भर में कभी चिलम ठंडी नहीं होने पाती थी। एक दिन महन्थ साहेब का बीजक जल गया। न जाने कैसे चिलम की आग बीजक पर गिर पड़ी। महन्थ साहेब ने रोते हुए कहा था, "रामचरन, साहेब करोध कीहिन है, दंड भोगना पड़ेगा। अमंगल होगा।"...दूसरे ही दिन मठ के एक साधु का पेट-मुह चलने[1] लगा। तीसरे दिन उस साधु ने देह 'तेयाग' दिया तो महन्थ साहेब बीमार पड़े। बाबूजी ने महन्थ साहेब की बड़ी सेवा की। शरीर त्यागने के पहले महन्थ साहेब ने कहा था, "रामचरन एक बार आखिरी चिलम पिलाओ बेटा !" बाबूजी चिलम तैयार करने के लिए धूनी से आग ले ही रहे थे कि धूनी में ही उलटी होने लगी। महन्थ साहेब ने शाम को और बाबूजी ने सुबह को काया बदल दिया। भंडारी ने दूर से ही बाबूजी का दरसन करा दिया था। भंडारी ने कहा था, "मरे हुए आदमी के पास नहीं जाना चाहिए।"

"लछमी ! ओ लछमी !"

"आई !" लछमी कुनमुनाती उठती है।...उस दिन बीजक छूकर कसम खाए थे और आज फिर पुकारने लगे। सतगुरु हो, तुम्हारी बुलाहट कब होगी ! बुला लो सतगुरु अपने पास दासी को !

"लछमी !"

"महन्थ साहेब, चित्त को शान्त कीजिए। सतगुरु का ध्यान कीजिए। माया..."

"सब माया है लछमी। लेकिन एक बार पास आओ।"

अन्धा आदमी जब पकड़ता है तो मानो उसके हाथों में मगरमच्छ का बल आ जाता है। अन्धे की पकड़। लाख जतन करो, मुट्ठी टस-से-मस नहीं होगी !...हाथ है या लोहार की 'सँडसी' ! दन्तहीन मुँह की दुर्गन्ध !...लार !..."महन्थ साहेब ! महन्थ साहेब, सुनिए !" रामदास धूनी के पास ही है। "महन्थ साहेब ! अरे रामदास ! रामदास ! जल्दी उठो जी ! महन्थ साहेब को क्या हो गया।"

महन्थ साहेब को सतगुरु ने अपने पास बुला लिया।

सुबह को सारे गाँव के लोग जमा होते हैं।...महन्थ साहेब सिद्ध पुरुख थे ! इच्छा-मृत्यु हुई है ! रात को बैठकर, गाँव के बूढ़े-बच्चों को खिलाकर आए और रात में ही चोला बदल लिए। दुनिया में ऐसी मरनी सबों को नसीब नहीं होती। गियानी महातमा थे।

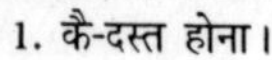

1. कै-दस्त होना।

रामदास कहता है, "भंडारा से लौटकर जब सरकार आए और आसन पर 'धेयान' लगाकर बैठे तो देह से 'जोत' निकलने लगा। हम मसहरी लगाने गए तो इसारे से मना कर दिया। हम धूनी के पास बैठकर देखते रहे। सरकार के देह का जोत और तेज हो गया और सरकार एकदम बच्चा हो गए। जोत की चमक से हमारी आँखें बन्द हो गईं। हम वहीं धूनी के पास लेट गए। कोठारिन जी जब हल्ला करने लगीं तो आँखें खुलीं...।"

लछमी सुबह कुछ नहीं बोलती।...साधुओं को माटी देने की रीत भी नहीं मालूम ? जटा बढ़ा लिया और हाथ में कमंडल ले लिया, हो गए साधू !..."चरनदास ! पहले बीजक पाठ होगा, तब माटी ! इसके बाद सभी सन्तन के गोर[1] पर माटी दी जाएगी। इतना भी नहीं जानते ?"

*"माया जाल बिखंडने सुर गुरु दुख परहरता*
*सरबे लोक जनाच जेन सततं,*
*हिया लोकिता... ।"*

...नमोस्तु सतगुरु साहेब को
चरणकमल धरी शीश !

सबसे पहले रामदास माटी देता है ! उसके बाद लछमी दासिन मुट्ठी-भर माटी महन्थ साहेब की सफेद चादर पर डाल देती है। फिर फूलों की माला। साधु लोग कुदाली से गोर में मिट्टी भरने लगते हैं। चरनदास कहता है, "महन्थ साहेब को लगाकर दस महन्थों को माटी दिया है। माटी देना भी नहीं जानेंगे ?"

गाँव के 'कीरतनियाँ लोग' समदाउन शुरू करते हैं—

*"हाँ रे, बड़ा रे जतन से सुगा एक हे पोसल,*
*माखन दुधवा पिलाए।*
*हाँ रे, से हो रे सुगना बिरिछी चढ़ि बैठल*
*पिंजड़ा रे धरती लोटाए... ?"*

गौर के बाद रामदास खँजड़ी बजा-बजाकर 'निरगुन' गाता है—

*"कँहवाँ से हंसा आओल, कँहवाँ समाओल हो राम,*
*कि आहो रामा हो, कोन गढ़ कयल मोकाम, कवन लपटाओल हो राम !"*

डिम डिमिक डिमिक...

"सुरपुर से हंसा आओल, नरपुर समाओल हो राम,
कि आहो रामा हो, कायागढ़ कयला मोकाम, मायहि लपटाओल हो राम !"

"जै हो, सतगुरु की जै हो ! महन्थ साहेब की जै हो ! सब सन्तन की जै हो !"

मठ सूना लगता है। जीवन में आज पहली बार लछमी समझ रही है महन्थ साहेब की कीमत को।...नेत्रहीन हो गए थे, कुछ देख नहीं सकते थे, बिना रामदास के सहारा

1. समाधि।

के एक पग चल भी नहीं सकते थे, किन्तु ऐसा लगता था कि मठ भरा हुआ है। बिना महन्थ के मठ और बिना प्राण के काया !

*काँचहि बाँस के पिंजड़ा,*
*जामें दियरो न बाती हो,*
*अरे हंसा उड़ल आकाश,*
*कोई संगो न साथी हो !*

...जो भी हो, संसार में सबसे बढ़कर लछमी को ही प्यार करते थे महन्थ साहेब। चढ़ती जवानी में, सतगुरु साहेब की दया से माया को जीतकर ब्रह्मचारी रहे। बुढ़ौती में तो आदमी की इन्द्रियाँ शिथिल हो जाती हैं, माया के प्रबल घात को नहीं सँभाल सकती हैं। इसीलिए तो साधु-ब्रह्मचारी लोग बुढ़ापे में ही माया के बस में हो जाते हैं। यह तो महन्थ साहेब का दोख नहीं। उसका भाग ही खराब है। यदि वह नहीं होती तो महन्थ साहेब सतगुरु के रास्ते से नहीं डिगते। यह ध्रुव सत्त है। दोख तो लछमी का है। एक ब्रह्मचारी का धरम भ्रष्ट करने का पाप उसके माथे है। अब उसका अपना कौन है ? कोई नहीं !...

"महन्थ साहेब ! महन्थ साहेब ! हमको छोड़कर आप कहाँ चले गए ? दासी के अपराध को छिमा करना गुरु। जीवन में तुम्हारी कोई सेवा सुखी मन से नहीं कर सकी। मरने के समय भी तुमको सुख नहीं दे सकी प्रभू !...छिमा करो !"

जिन्दगी-भर के जमे हुए आँसू आज निकल जाना चाहते हैं, रोके रुकते नहीं।

"जायहिन्द कोठारिन जी !"

"दया सतगुरु के ! बालदेव जी, बैठिए !"

बालदेव जी सब भूल गए। लछमी को सांत्वना देने के लिए रास्ते में जितनी बातें सोची थीं, दोहा, कवित्त, सब भूल गए। उसे माये जी की याद आ जाती है। माये जी का वह रूप...'गंगा रे जमुनवाँ की धार नयनवाँ से नीर बही।'

बालदेव जी की गढ़ी हुई ढाढ़स की बाँध इस तेज धारा में नहीं टिक सकेगी। बालदेव जी की भी आँखें छलछला जाती हैं। फल्गू में भी बाढ़ आती है। वह दिल को मजबूत करके कहते हैं, "कोठांरिन जी, सब परमेसर की माया है। हानि-लाभ जीवन-मरन जस-अपजस बिधि हाथ।...हम तो सूरज उगने के पहले ही डागडर साहेब के साथ बाहर निकल गए थे। डागडर साहेब को गाँव की चौहद्दी दिखलानी थी। दखिन संथालटोली से सुरु करके, दुसाधटोली तक गली-कूची, अगवारा-पिछवारा देखते-देखते दस बज गए। वहीं मालूम हुआ कि महन्थ साहेब इन्तकाल कर गए हैं। डागडर साहेब का भी मन उदास हो गया। वे इसपिताल लौट गए। बाकी टोलों को कल देखेंगे।... आज रौतहट हाट में ढोल भी दिला देना है—इसपिताल खुल गया है। शोभन मोची को भेजकर हम यहाँ आए हैं।"

लक्ष्मी के आँसू थम चुके थे। बालदेव जी ठीक समय पर आ गए। महन्थ साहेब बालदेव जी को बहुत प्यार करने लगे थे। पाँच-सात दिनों की जान-पहचान में ही महन्थ

साहेब ने बालदेव जी को अच्छी तरह पहचान लिया था। रुपैया को बजाकर देखा जाता है और आदमी को एक ही बोली से पहचाना जाता है। महन्थ साहेब कहते थे, "सुद्ध विचार का आदमी है। संसकार बहुत अच्छा है।" इसके पहले महन्थ साहेब ने किसी पर इतना विश्वास नहीं किया था। मठ में रोज तरह-तरह के साधु-संन्यासी आते थे। महन्थ साहेब रोज यह कहना नहीं भूलते थे—"लछमी इन लोगों का कोई विश्वास नहीं। रमता लोग हैं। इन लोगों से ज्यादे मिलना-जुलना अच्छा नहीं !" नई उमर के साधुओं को पैर की आहट से ही वे पहचान लेते थे। उनके अन्तर की दृष्टि बड़ी तेज थी। पिछले साल एक दिन सत्संग में एक नौजवान साधु आकर बैठ गया। रात में आया था, बराहछत्तर[1] जा रहा था। उसके नैन बड़े चंचल ! सत्संग में बैठकर लछमी की ओर टकटकी लगाकर देखने लगा। महन्थ साहेब, 'साहेब वचन' सुना रहे थे। आखर[2] कहते-कहते अचानक रुक गए। बोले—"हो नौगछिया के नौजवान उदासी जी ! अरे साहेब, बचन पर धेयान दीजे जी ! लछमी के सरीर पर क्या नैन गड़ाए हैं ! माटी का सरीर तो मिथ्या है, साहेब बचन सत्त !"...बेचारा बिना 'बालभोग' किए ही आसन छोड़कर चला गया था। लेकिन, बालदेव जी पर उनका बड़ा विश्वास था।..."असल तेयागी यही लोग हैं लछमी !"

बालदेव जी को देखते ही लछमी का दुख आधा हो गया। बालदेव जी कहते हैं, "बड़े भाग से ऐसे लोगों का दरसन मिलता है। हमको तो दरसन मिला, लेकिन सेवा का औसर नहीं मिला। हमारा अभाग...है।"

"बालदेव जी, आप तो दास हैं ?"

"जी ! मेरी माँ भी दास थी। माँस-मछली छूती भी नहीं थी।"

"तब तो आप 'गरभदास' हैं। फिर कंठी क्यों नहीं ले लेते ?"

बालदेव जी ज़रा होंठों पर हँसी लाकर कहते हैं, "कोठारिन जी, असल चीज है मन। कंठी तो बाहरी चीज है।"

दूसरा साधू होता तो कंठी को बाहरी चीज कहते सुनकर गुस्सा हो जाता। रामदेव गुसाईं होते तो तुरन्त चिमटा लेकर खड़े हो जाते, गाली-गलौज करने लगते। लेकिन लछमी शान्त होकर कहती है, "कंठी बाहरी चीज नहीं है बालदेव जी ! भेख है यह। आप विचार कर देखिए। जैसे आपका यह खध्धड़ कपड़ा है। मलमल और मारकीन कपड़ा पहननेवाले मन से भले ही महतमा जी के पन्थ को मानें, लेकिन आप उन्हें सुराजी तो नहीं कहिएगा ?"

लछमी की बातों का जवाब देना सहज नहीं। जब-जब लछमी से बातें होती हैं, बालदेव जी को नई बातों की जानकारी होती है।

"आप कहती हैं तो ले लेंगे कंठी।"

"किससे लीजिएगा ?"

---

1. बराहछेत्र, एक तीर्थस्थान, 2. पंक्ति।

"आप ही दे दीजिए।"

लछमी हँस पड़ती है। शोकाकुल वातावरण में लछमी की मुस्कराहट जान डाल देती है।...कितने सूधे हैं बालदेव जी ! मुझे गुरु बनाना चाहते हैं !

"नहीं बालदेव जी, मैं आपको आचारज जी से कंठी दिलाऊँगी। आचारज जी काशी जी में रहते हैं। मैं आपको अपना बीजक देती हूँ। इसका रोज पाठ कीजिए। बीजक पाठ से मन निरमल होता है, अन्तर की ज्योति खुलती है।"

...बीजक ! एक छोटी-सी पोथी ! 'गयान' का भंडार ! बालदेव जी का दिल धक-धक कर रहा है। लछमी कहती है, "सब हाथ का लिखा हुआ है। उस बार काशी जी से एक विद्यार्थी जी आए थे। बड़े जतन से लिख दिया था। मोती जैसे अच्छर हैं।"

बीजक से भी लछमी की देह की सुगन्धी निकलती है। इस सुगन्ध में एक नशा है। इस पोथी के हरेक पन्ने को लछमी की उँगलियों ने परस किया है...'पोथी पढ़ि-पढ़ि जग मुआ, पंडित भया न कोय, ढाई आखर प्रेम का पढ़ा सो पंडित होय।'

लछमी को देखने से ही मन पवित्र हो जाता है।

# नौ

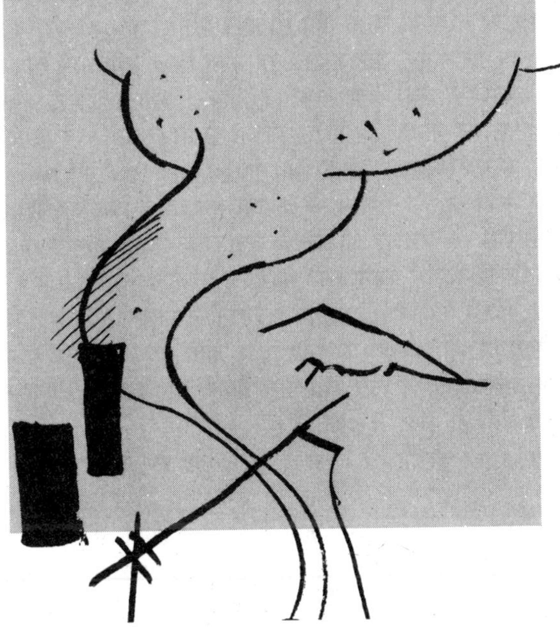

डाक्टर प्रशान्तकुमार !

जात ?...

नाम पूछने के बाद ही लोग यहाँ पूछते हैं—जात ? जीवन में बहुत कम लोगों ने प्रशान्त से उसकी जाति के बारे में पूछा है। लेकिन यहाँ तो हर आदमी जाति पूछता है। प्रशान्त हँसकर कभी कहता है—"जाति ? डाक्टर !"

"डाक्टर ! जाति डाक्टर ! बंगाली है या बिहारी ?"

"हिन्दुस्तानी," डाक्टर जवाब देता है।

जाति बहुत बड़ी चीज़ है। जात-पात नहीं माननेवालों की भी जाति होती है। सिर्फ हिन्दू कहने से ही पिंड नहीं छूट सकता। ब्राह्मण हैं ?...कौन ब्राह्मण ! गोत्र क्या है ? मूल कौन है ?...शहर में कोई किसी से जात नहीं पूछता। शहर के लोगों की जाति का

क्या ठिकाना ! लेकिन गाँव में तो बिना जाति के आपका पानी नहीं चल सकता।

प्रशान्त अपनी जाति छिपाता है। सच्ची बात यह है कि वह अपनी जाति के बारे में खुद नहीं जानता। यदि उसे अपनी जाति का पता होता तो शायद उसे बताने में झिझक नहीं होती। तब शायद जाति-पाति के भेद-भाव पर से उसका भी पूर्ण विश्वास नहीं हटता। तब शायद ब्राह्मण कहने में वह गर्व महसूस करता।

हिन्दू विश्वविद्यालय में नाम लिखाने के दिन भी प्रशान्त को कुछ ऐसी ही समस्याओं का सामना करना पड़ा था। रात-भर वह जगा रह गया था।...प्रशान्तकुमार, पिता का नाम अनिलकुमार बनर्जी, हिन्दू, ब्राह्मण। सब झूठ ! बेचारा डा. अनिलकुमार बनर्जी, नेपाल की तराई के किसी गाँव में अपने परिवार के साथ सुख की नींद सो रहा होगा। प्रशान्तकुमार नामक उसका कोई पुत्र हिन्दू विश्वविद्यालय में नाम लिखा रहा है, ऐसा वह सपना भी नहीं देख सकता।...लेकिन प्रशान्त अपने तथाकथित पिता डा. अनिलकुमार को जानता है। मैट्रिक परीक्षा के लिए फार्म भरने के दिन डा. अनिल उसके पिता के रिक्तकोष्ठ में आकर बैठ गए थे।

बचपन से ही वह अपने जन्म की कहानी सुन रहा है। घर की नौकरानी, बाग का माली और पड़ोस का हलवाई भी उसके जन्म की कहानी जानता था। लोग बरबस उसकी ओर उँगली उठाकर कहने लगते थे—'उस लड़के को देखते हो न ? उसे उपाध्याय जी ने कोशी नदी में पाया था। बंगालिन डाक्टरनी ने पाल-पोसकर बड़ा किया है।' फिर लोगों के चेहरों पर जो आश्चर्य की रेखा खिंच जाती थी और आँखों में जो करुणा की हल्की छाया उतर आती थी, उसे प्रशान्त ने सैकड़ों बार देखा है।...एक लावारिस लाश को भी लोग वैसी ही दृष्टि से देखते हैं।

प्रशान्त अज्ञात कुलशील है। उसकी माँ ने एक मिट्टी की हाँड़ी में डालकर बाढ़ से उमड़ती हुई कोशी मैया की गोद में उसे सौंप दिया था। नेपाल के प्रसिद्ध उपाध्याय-परिवार ने, नेपाल सरकार द्वारा निष्कासित होकर, उन दिनों सहरसा अंचल में 'आदर्श आश्रम' की स्थापना की थी। एक दिन उपाध्याय जी बाढ़-पीड़ितों की सहायता के लिए रिलीफ की नाव लेकर निकले, झाऊ की झाड़ी के पास एक मिट्टी की हाँड़ी देखी—नई हाँड़ी। उनकी स्त्री को कौतूहल हुआ, 'ज़रा देखो न, उस हाँड़ी में क्या है ?' नाव झाड़ी के पास पहुँची, पानी के हिलोर से हाँड़ी हिली और उससे एक ढोढ़ा साँप गर्दन निकालकर 'फों-फों' करने लगा। साँप धीरे-धीरे पानी में उतर गया और हाँड़ी से नवजात शिशु के रोने की आवाज आई, मानो माँ ने थपकी देना बन्द कर दिया।...बस, यही उसके जन्म की कथा है, जिसे हर आदमी अपने-अपने ढंग से सुनाता है।

'आदर्श आश्रम' में एक दुखिया युवती थी—स्नेहमयी। स्नेहमयी को उसके पति डा. अनिलकुमार बनर्जी ने त्यागकर एक नेपालिन से शादी कर ली थी। उपाध्याय जी के आदर्श आश्रम में रहकर वह हिरण, खरगोश, मयूर और बन्दर के बच्चों पर अपना स्नेह बरसाती रहती थी। तरह-तरह के पिंजड़ों को लेकर वह दिन काट लेती थी। जब

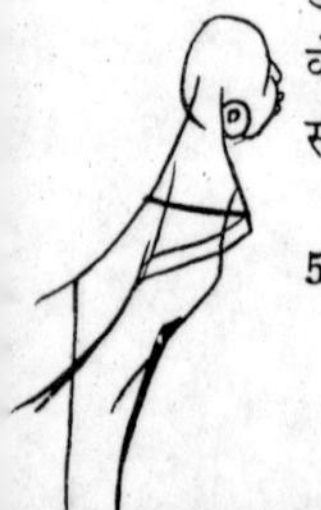

उस दिन उपाध्याय-दम्पति ने उसकी गोद में सोया हुआ शिशु दिया, तो वह आनन्द-विभोर होकर चीख उठी थी—'प्रशान्त !...आमार प्रशान्त !' उस दिन से प्रशान्त स्नेहमयी का एकलौता बेटा हो गया। कुछ दिनों के बाद नेपाल सरकार ने निष्कासन की आज्ञा रद्द करके उपाध्याय-परिवार को नेपाल बुला लिया—आदर्श आश्रम के पशु-पक्षियों के साथ। स्नेहमयी और प्रशान्त भी उपाध्याय-परिवार के ही सदस्य थे। उपाध्याय जी ने नेपाल की तराई के विराटनगर में आदर्श-विद्यालय की स्थापना की। स्नेहमयी उसी स्कूल में सिलाई-कटाई की मास्टरनी नियुक्त हुई।

स्नेहमयी के स्नेहांचल में पलते हुए किशोर प्रशान्त पर कर्मठ उपाध्याय-परिवार की रोशनी नहीं पड़ती तो वह सितार के झलार और रवीन्द्र-संगीत के बसन्त-बहार के दायरे से बाहर नहीं जा सकता था। उपाध्याय जी का ज्येष्ठ पुत्र बिहार विद्यापीठ का स्नातक था और मँझला देहरादून के एक प्रसिद्ध अंग्रेजी स्कूल का विद्यार्थी। पुत्री शान्तिनिकेतन में शिक्षा पा रही थी। छुट्टियों में जब वे एक जगह इकट्ठे होते तो शान्तिनिकेतन में शिक्षा पानेवाली बहन चर्खा चलाना सीखती, विद्यापीठ के स्नातक आश्रम-भजनावली की पंक्तियों पर राविन्द्रिक सुर चढ़ाते और अंग्रेजी स्कूल का स्टूडेंट सेवादल के कवायदों के हिन्दी कमांड के वैज्ञानिक पहलू पर बहस करता—'एटेंशन' में जो फोर्स है वह 'सावधान' में नहीं ! एटेंशन सुनते ही लगता है कि दर्जनों जोड़े बूट चटख उठे।

ऐसे ही वातावरण में प्रशान्त के व्यक्तित्व का विकास हुआ।

हिन्दू विश्वविद्यालय से आई.एस-सी. पास करने के बाद वह पटना मेडिकल कालेज में दाखिल हुआ। माँ की इच्छा थी कि वह डाक्टर बने। लेकिन अपने प्रशान्त को वह डाक्टर के रूप में नहीं देख पाई। काशीवास करते-करते, काशी की किसी गली में वह हमेशा के लिए खो गई !...एक बार लाहौर से प्रशान्त के नाम पर एक मनिआर्डर आया था—विजया का आशीर्वाद लेकर। भेजनेवाली श्री—श्रीमती स्नेहमयी चोपड़ा।...एक माँ ने जन्म लेते ही कोशी मैया की गोद में सौंप दिया और दूसरी ने जनसमुद्र की लहर को समर्पित कर दिया।

डाक्टरी पास करने के बाद जब वह हाउस सर्जन का काम कर रहा था, 1942 का देशव्यापी आन्दोलन छिड़ा। नेपाल में उपाध्याय-परिवार का बच्चा-बच्चा गिरफ्तार किया जा चुका था। अंग्रेजी सरकार को पूरा पता था कि उपाध्याय-परिवार हिन्दुस्तान के फ़रार नेताओं की सिर्फ मदद ही नहीं करता है, गुप्त आन्दोलन को सक्रिय रूप से चला भी रहा है। मँझला पुत्र बिहार की सोशलिस्ट पार्टी का कार्यकर्ता था, वह पहले ही नजरबन्द हो गया था। प्रशान्त भी तो उपाध्याय-परिवार का था, वह कैसे बच सकता था, उसे भी नजरबन्द कर लिया गया। जेल में विभिन्न राजनैतिक दलों के नेताओं और कार्यकर्ताओं के निकट सम्पर्क में रहने का मौका मिला...सभी दल के लोग उसे प्यार करते थे।

1946 में जब कांग्रेसी मन्त्रिमंडल का गठन हुआ तो एक दिन वह हेल्थ मिनिस्टर के बँगले पर हाजिर हुआ। वह पूर्णिया के किसी गाँव में रहकर मलेरिया और काला-

आज़ार के सम्बन्ध में रिसर्च करना चाहता है। उसे सरकारी सहायता दी जाए। मिनिस्टर साहब ने कहा था–"लेकिन सरकार तुमको विदेश भेज रही है। स्कालरशिप..."

"जी, मैं विदेश नहीं जाऊँगा," पूर्णिया और सहरसा के नक्शे को फैलाते हुए उसने कहा था, "मैं इसी नक्शे के किसी हिस्से में रहना चाहता हूँ। यह देखिए, यह है सहरसा का वह हिस्सा, जहाँ हर साल कोशी का तांडव नृत्य होता है। और यह पूर्णिया का पूर्वी अंचल जहाँ मलेरिया और काला-आज़ार हर साल मृत्यु की बाढ़ ले आते हैं।"

मिनिस्टर साहब प्रशान्त को अच्छी तरह जानते थे। इस विषय पर प्रशान्त से तर्क में जीतना मुश्किल है। "लेकिन सवाल यह है कि..."

"सवाल-जवाब कुछ नहीं। मुझे किसी मलेरिया सेंटर में ही भेज दीजिए !"

"मलेरिया सेंटर में ? लेकिन तुम एम.बी.बी.एस. हो और मलेरिया काला-आज़ार सेंटरों में एल.एम.पी. डाक्टर लिए जाते हैं।'

"जब तक मैं यह रिसर्च पूरा नहीं कर लेता, मैं कुछ भी नहीं हूँ। मेरी डिग्री किस काम की ?"

बहुत मेहनत से नई और पुरानी फाइलों को उलटकर और पूर्णिया डिस्ट्रिक्ट बोर्ड के चेयरमैन से लिखा-पढ़ी करके मिनिस्टर साहब ने मि. मार्टिन की दी हुई जमीन के बारे में पता लगाया। बीस-बाईस वर्ष पहले मिनिस्टर साहब पूर्णिया में ही वकालत करते थे। पगले मार्टिन को उन्होंने देखा था।

अन्त में केन्द्रीय सरकार से सलाह-परामर्श के बाद एक दिन प्रेस-नोट में यह खबर प्रकाशित हुई कि पूर्णिया जिले के मेरीगंज नामक गाँव में मलेरिया स्टेशन खोला गया है (...दि स्टेशन विल अंडरटेक मलेरिया ऐंड काला-आज़ार इन्वेस्टिगेशन इन ऑल ऐस्पेक्ट्स-प्रिवेन्टिव, क्यूरेटिव ऐंड इकोनामिक)।

प्रशान्त के इस फैसले को सुनकर मेडिकल कालेज के अधिकारियों, अध्यापकों और विद्यार्थियों पर तरह-तरह की प्रतिक्रिया हुई। मशहूर सर्जन डा. पटवर्धन ने कहा, "बेवकूफ है !'

ई.एन.टी. के प्रधान डाक्टर नायक बोले, "पीछे आँखें खुलेंगी।"

मेडिसन के डाक्टर तरफदार की राय थी, "भावुकता का दौरा भी एक खतरनाक रोग है। मालूम ?"

लेकिन प्रिंसिपल साहब खुश थे, "तुमसे यही उम्मीद थी। मैं तुम्हारी सफलता की कामना करता हूँ ! जब कभी तुम्हें किसी सहायता की आवश्यकता हो, हमें लिखना।"

प्रशान्त का गला भर आया था।

मद्रास के मेडिकल गजट ने सम्पादकीय लिखकर डा. प्रशान्त का अभिनन्दन किया।

...और जिस दिन वह पूर्णिया आ रहा था, स्टीमर खुलने में सिर्फ पाँच मिनट की देरी थी, उसने देखा, एक युवती सीढ़ी से जल्दी-जल्दी उतर रही है। कौन है ? ममता ! हाँ, ममता ही थी।

आते ही बोली, ''आखिर तुम्हारा भी माथा खराब हो गया। तुमने तो कभी बताया नहीं। बलिहारी है तुम्हारा !...ओह, प्रशान्त, तुम कितने बड़े हो, कितने महान् !...मैं तो अभी आ रही हूँ बनारस से। आते ही चुन्नी ने तुम्हारी चिट्ठी दी।''

रूमाल से फूल और बेलपत्र निकालकर प्रशान्त के सिर से छुलाते हुए ममता ने कहा था, ''बाबा विश्वनाथ जी का प्रसाद है। बाबा विश्वनाथ तुम्हारा मंगल करें। पहुँचते ही पत्र देना।''

# दस

डाक्टर पत्र लिख रहा है–

"ममता,

"तुमने कहा था, पहुँचते ही पत्र देना। पहुँचने के एक सप्ताह बाद पत्र दे रहा हूँ। तुम्हारे बाबा विश्वनाथ ने मेरे आने से पहले ही अपने एक दूत को भेज दिया है। प्यारू सचमुच देवदूत है। इसलिए तुमको चिन्ता करने की आवश्यकता नहीं। सात ही दिनों में वह दो बार रूठ चुका है–'कहने को तो डाक्टर हैं, मगर समय पर नहीं खाने-पीने से देह पर कितना खराब असर होता है नहीं जानते ?' इसी से प्यारू का पूरा परिचय तुम्हें मिल गया होगा।

"यह एक नई दुनिया है। इसे वज्र देहात कह सकती हो। गाँव का चौकीदार सप्ताह में एक बार हाजिरी देने थाने पर जाता है; वह मेरी डाक लाएगा और ले जाएगा।

"काम शुरू कर दिया है। सुबह सात बजे से ही रोगियों की भीड़ लग जाती है। अभी जनरल सर्वे कर रहा हूँ; खून लेकर परीक्षा कर रहा हूँ। प्यारू कहता है, यहाँ कौआ को भी मलेरिया होता है।

"...यहाँ गड्ढों और तालाबों में कमल के पत्ते भरे रहते हैं। कहते हैं, फूलों के मौसम में छोटी-छोटी गड़हियाँ भी किस्म-किस्म के कमल और कमिलनी से भर जाती हैं।...लेकिन यहाँ के लोगों को तुम लोटस ईटर्स नहीं कह सकती हो ! गड्ढों की परीक्षा कर रहा हूँ।...यहाँ की धरती बारहों महीने भीगी रहती है शायद !

"गाँव के लोग बड़े सीधे दीखते हैं; सीधे का अर्थ यदि अपढ़, अज्ञानी और अन्धविश्वासी हो तो वास्तव में सीधे हैं वे। जहाँ तक सांसारिक बुद्धि का सवाल है, वे हमारे और तुम्हारे जैसे लोगों को दिन में पाँच बार ठग लेंगे। और तारीफ यह है कि तुम ठगी जाकर भी उनकी सरलता पर मुग्ध होने के लिए मजबूर हो जाओगी। यह मेरा सिर्फ सात दिन का अनुभव है। सम्भव है, पीछे चलकर मेरी धारणा गलत साबित हो। मिथिला और बंगाल के बीच का यह हिस्सा वास्तव में मनोहर है। औरतें साधारणतः सुन्दर होती हैं, उनके स्वास्थ्य भी बुरे नहीं... !"

"डाक्टर साहब !"

"कौन ?"

"विश्वनाथप्रसाद।"

"आइए। कहिए क्या है ?"

"डाक्टर साहब, जरा एक बार मेरे यहाँ चलिए। मेरी लड़की बेहोश हो गई है।"

"बेहोश ! क्या उम्र है ? इससे पहले भी कभी बेहोश हुई थी ?"

"जी ! दो-तीन बार और ऐसा ही हुआ था। उम्र ? यही सोलह-सत्रह साल धर लीजिए। जरा जल्दी...।"

"चलिए।"

बन्द कमरे में एक चारपाई पर, नीली रजाई में लिपटी हुई युवती का गोरा मुखड़ा बाहर है। बाल खुले और बिखरे हुए हैं। आँखें बन्द हैं। कोठरी में लालटेन की मद्धिम रोशनी हो रही है—रोशनी कम और धुआँ ज्यादा।

डाक्टर खिड़कियाँ खोलने के लिए कहता है और जेब से टार्च निकालकर युवती के चेहरे पर रोशनी देता है।...चेहरा ठीक है। साँस ? ठीक है। नाड़ी भी दुरुस्त है।

डाक्टर आँखों की पलकों को उलटता है, मानो कमल की पंखुड़ियाँ हों—ब्राइट !...पेट ? कब्ज तो नहीं ?

कोई जवाब नहीं देता है। घूँघट काढ़े खड़ी औरतों के घूँघट आपस में मिलते हैं। एक अधेड़ स्त्री आगे बढ़ जाती है। युवती की माँ है। "जी, कब्जियत नहीं है।"

घर की नौकरानी पर्दा नहीं करती है। कहती है, "डागडरबाबू, लर लगाकर देखिए

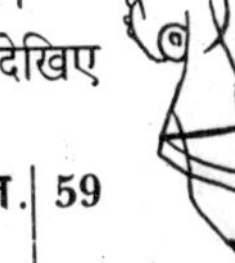

न !"

लर, अर्थात् स्टेथस्कोप। यहाँ के लोगों का विश्वास है कि इससे डाक्टर रोगी के अन्दर की सारी बातों को जान लेता है—क्या खाया है, पेट में पचा है या नहीं, सब।

"सूई दीजिएगा ?"

"हूँ !"

डाक्टर सिरिंज ठीक करता है। युवती आँखें खोल देती है—

"सूई ?...नहीं, सूई नहीं। माँ ! अरे बाप... !"

"अच्छा सूई नहीं देंगे। कैसी तबियत है ? अच्छी बात है। हूँ ! क्यों बेहोश हो गईं। हाँ, बेहोशी कैसे हुई ? डर लगा था। हूँ ! काहे का डर लगा था ?...तब ? इसके बाद ? देह घूमने लगी। ठीक है। अब कैसी हैं ? डर तो नहीं लगता ? दवा भेज दूँगा, अब डर नहीं लगे।..."

"दवा ?...दवा नहीं। माँ, मैं दवा नहीं पियूँगी।"

"वाह, सूई भी नहीं और दवा भी नहीं ?...मीठी दवा ?"

सभी हँस पड़ते हैं। युवती के मुरझाए हुए लाल होंठों पर मुस्कराहट दौड़ जाती है। आँखों की पलकें ज़रा उठकर मानो डाक्टर को डाँट देती हैं—"हट ! दवा भी कहीं मीठी होती है !"

बाहर आकर डाक्टर तहसीलदार से कहता है, "घबराने की बात नहीं, दवा भेज देता हूँ। इसके पहले कितनी देर तक बेहोश रहती थीं ?"

"करीब एक घंटा। जोतखी जी से एक बार जन्तर बनवाके दिया। झाड़-फूँक भी करवाकर देखा। डाक्टर साहब, बस यही मेरा बेटा, यही मेरी बेटी...सबकुछ यही है।"

"ठीक हो जाएँगी।"

सेंटर में आकर डाक्टर सोचता है, क्या दिया जाए ! मीठी दवा ! कार्मिनेटिव मिक्श्चर या ब्रोमाइड !..."अजी, तुम्हारा क्या नाम है ?"

"मेरा नाम ? जी, नाम रनजीत।"

"तहसीलदार साहब के यहाँ कितने दिनों से नौकरी करते हो ?"

"बहुत दिन से। लड़कैयाँ से।...एक ठो बीड़ी है तो दीजिए दागदरबाबू।"

"प्यारू, रनजीत को बीड़ी पिलाओ।"

प्यारू बीड़ी दियासलाई दे जाता है। बीड़ी सुलगाकर रनजीत अपने आप कहता है, "दागदरबाबू ! तहसीलदार को दिन-दुनियाँ में बस यही एक बेटी है। कितना मानत-मनौती के बाद कमला मैया ने निंहारा भी तो बेटी ही हुई। मगर...!"

रनजीत बीड़ी की राख झाड़कर चुप हो जाता है। डाक्टर ने लक्ष्य किया है, रनजीत ने 'मगर' पर आकर पूर्ण विराम दे दिया है।

"मगर क्या ?"

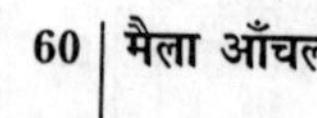

"यही देखिए न ! तीन जगह बातचीत चली, मगर...पहली जगह से तो पान देने की बात भी पक्की हो गई थी। ठीक तिलक-पान के दिन लड़के की माँ मर गई। दूसरी

जगह बातचीत ठीक हुई तो उसके घर में आग लग गई। तीसरे लड़के को 'मैया' हो गया, इन्तकाल हो गया। अब कोई लड़कावाला तैयार ही नहीं होता है। हजार, दो हजार, पाँच हजार रुपैया भी कबूलते हैं, मगर...। आखिर में एक 'पछवरिया कैथ' को घर-जमैया रखने के लिए लाए, बस उसी दिन से कमली को मिरगी आने लगी। लोग तो कहते हैं कि कमला मैया नहीं चाहती हैं कि कमली की सादी हो। कमला मैया भी कुमारी ही थीं न ! अब आप लगे हैं। किसी तरह कमली दैया को आराम कर दीजिए दागदरबाबू ! जो बक्सीस माँगिएगा, तहसीलदार दे देंगे।''

''देखो रनजीत, तीन खुराक दवा है। मीठी दवा है। तुम्हारी कमली दैया आराम हो जाएँगी। कल सुबह फिर एक बार खबर देना। समझे !''

''तीन खोराक ! खाएगी क्या ?''

''अभी ? अभी रोटी-दूध।''

''रनजीत !'' एक आदमी दौड़ा हुआ आता है।

''कौन रामदेल, क्या है ?''

''कमली दैया फिर बेहोश हो गईं। तहसीलदार साहेब कहिन हैं कि दागदरबाबू फिर एक बार ज़रा तकलीफ करें।''

डाक्टर घड़ी देखता है।...नौ बजकर दस मिनट। कुछ ही देर में समाचार होंगे। डाक्टर कुछ सोचकर कहता है, ''रनजीत ! वह बक्सा उठाओ !...ले चलो।''

''बेतार का खबर ?''

''हाँ, तुम्हारी कमली दैया का इलाज बेतार से ही होगा।''

कमला फिर पहले की तरह बेहोश पड़ी हुई है। उसकी आँखें बन्द हैं ! बाल बिखरे हुए हैं। डाक्टर को रोग का निदान मिल गया है। वह अपने बैग से शीशी, सिरिंज वगैरह निकालता है।

''सूई ? सूई नहीं।'' कमला फिर होश में आती है।

''बगैर सूई के आपका रोग आराम नहीं होगा।'' डाक्टर सिरिंज ठीक करता है।

''दवा दीजिए डाक्टर साहब ! मैं सूई नहीं लूँगी।''

''फिर डर लगा था ?''

''हाँ।''

''रनजीत, दवा की शीशी कहाँ है ? लाओ, बक्सा यहाँ लाकर रखो।...हाँ, पी लीजिए।...ठीक है। कैसी है दवा ? मीठी है न ?''

डाक्टर पोर्टेबल रेडियो को खोलकर मीटर ठीक करता है–''यह ऑल इंडिया रेडियो है। रात के सवा नौ बजे हैं। अब आप हिन्दी में समाचार सुनिए...।''

''डर लगता है। माँ...!''

''देखिए, डर की कोई बात नहीं। सुनिए...।''

''मुझे उठा दो माँ !''

''उठिए मत। लेटी रहिए।''

"...अब आप सवितादेवी से एक मैथिली लोकगीत सुनिए !"

*माइगे, हम ना बियाहेब अपन गौरा के*
*जौं बुढ़वा होइत जमाय गे माई !*

"ओ माँ !" कमला खिलखिलाकर हँस पड़ती है, "शादी का गीत हो रहा है।"

*हम ना बियाहेब अपन गौरा के...*

कोठरी और आँगन में घूँघट काढ़े औरतों की भीड़ लग जाती है। कमला पर ब्रोमाइड का असर हो रहा है, उसकी आँखों में नींद झाँक रही है।

डाक्टर लौटकर खत को पूरा करने बैठ जाता है। सुबह सात बजे से रोगियों की भीड़ लग जाती है। अगमू चौकीदार कल हाज़िरी देने जाएगा। पाँच बजे भोर को ही आकर वह पुकारेगा। डाक्टर लिखता है—

"पत्र अधूरा छोड़कर एक केस देखने गया था। केस अजीब है। केस-हिस्ट्री और भी दिलचस्प है। तुम्हारी शीला रहती तो आज खुशी से नाचने लगती; हिस्टीरिया, फ़ोबिया, काम-विकृति और हठ-प्रवृत्ति जैसे शब्दों की झड़ी लगा देती। शीला से भेंट हो तो कहना—मैंने अपने पोर्टेबल रेडियो से उसके दिमाग को झकझोरकर दूसरी ओर करने की चेष्टा की।..."

# ग्यारह

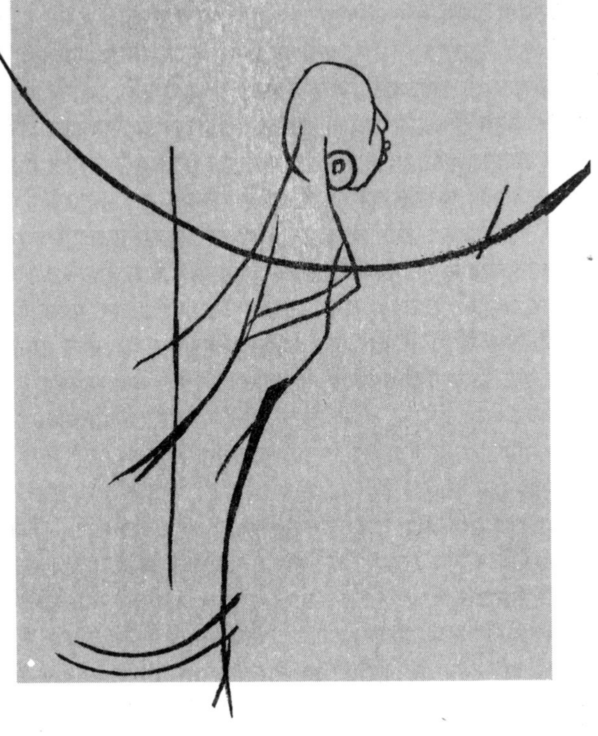

*नहीं तोरा आहे प्यारी तेग तरबरिया से*
*नहीं तोरा पास में तीर जी !...*

एक सखी ने पूछा कि हे सखी, तुम्हारे पास में न तीर है न तलवार।

*...नहीं तोरा आहे प्यारी तेग तरबरिया से*
*कौनहि चीजवा से मारलू बटोहिया के*
*धरती लोटाबेला बेपीर जी ई ई ई।...*

यह सुनकर जो औरत सदाब्रिज पर मोहित थी, बोली–

*...सासू मोरा मरे हो, मरे मोरा बहिनी से,*
*मरे ननद जेठ मोर जी !*
*मरे हमर सबकुछ पलिबरवा से,*
*फसी गइली परेम के डोर जी !...*

इतना कहकर वह सदाब्रिज के पास आई और पानी पिलाकर प्रेम की बातें करने लगी।...

*...आजु की रतिया हो प्यारे, यहीं बिताओ जी !*

तन्त्रिमाटोली में सुरंगा-सदाब्रिज की कथा हो रही है। मँहगूदास के घर के पास लोग जमा हैं। पुरैनिया टीसन से एक मेहमान आया है, रेलवै में काज करता है। तन्त्रिमाटोली के लोग कहते हैं–खलासी जी ! खलासी जी सरकारी आदमी हैं। खलासी जी यदि लाल पत्तखा दिखला दें तो डाक-गाड़ी भी रुक जाए। रुकेगी नहीं ? लाल पत्तखा देखते ही रेलगाड़ी रुक जाती है। लाल ओढ़ना ओढ़कर गाड़ी पर चढ़ने जाओ तो !...गाड़ी रुक जाएगी और ओढ़ना जप्पत हो जाएगा। खलासी जी बहुत गुनी आदमी हैं। पक्का ओझा हैं। चक्कर पूजते हैं, भूत-प्रेत को पेड़ में काँटी ठोंककर बस में करते हैं। बाँझ-निपुत्तर को तुकताक[1] कर देते हैं। कुमर विज्जैभान, लोरिका और सुरंगा-सदाब्रिज का गीत जानते हैं। गला कितना तेज है !...उस बार सुराजी हूलमाल[2] में खलासी जी ने लिख दिया था–'बैगनबाड़ी के जमींदार के लड़के ने रेल का लैन उखाड़ा है।' बस, फाँसी हो गई ! हैकोठ और नन्दन[3] तक फाँसी बहाल रही। लेकिन मँहगूदास को कौन समझाए ? बेचारे खलासी जी एक साल से दौड़ रहे हैं मँहगूदास की बेवा बेटी फुलिया से चुमौना[4] की बातचीत पक्की करने के लिए। हर बार खलासी जी झोरी में मोरंगिया (नेपाली) गाँजा लाते हैं, तन्त्रिमाटोली के पंचों को पिलाते हैं, सुरंगा-सदाब्रिज गाते हैं, गाँव के बीमार लोगों को झाड़-फूँक देते हैं। उस बार उचितदास की डेरावाली को तुकताक कर दिया, मरने के चार दिन पहले बूढ़ा उचितदास सन्तान का मुँह देख गया।...लेकिन मँहगूदास को कौन समझावे ? फिर खलासी जी लेन-देन की बात भी करते हैं। एक कौड़ी नगद न देंगे, जाति-बिरादरी को एक साम भोज कबूलते हैं। और क्या चाहिए ? सरकारी आदमी जमाई होगा। कभी तीरथ करने के लिए जाएँगे तो रेल में टिकस भी नहीं लगेगा।

रमजूदास की स्त्री तन्त्रिमाटोली की औरतों की सरदारिन है। हाट-बाजार जाने के समय, मालिकों के खेतों में धान रोपने और काटने के समय और गाँव में शादी-ब्याह के समय टोले-भर की औरतें उसकी सरदारी में रहती हैं। राजपूत, बाभन और मालिकटोले सभी बाबू-बबुआन से मुँहामुँही बात करती है, दिल्लगी का जवाब हँसकर देती है। और समय पड़ने पर हाथ चमका-चमकाकर झगड़ा भी करती है। एक बार तो सिंघ जी की भी सीसी सटका दिया था–'ऊँह बूढ़ा हो गया है, चाट लगी हुई है। सिर के बाल सादा हो गए हैं, मन का रंग नहीं उतरा है।...हमारा मुँह मत खुलवाइए सिंघ जी !'...उससे सभी डरते हैं। न जाने कब किसका भेद खोल दे ! सभी उसकी खुशामद करते हैं; टोले-भर की जवान लड़कियाँ उसकी मुट्ठी में रहती हैं। उससे कोई बाहर नहीं। खलासी जी इस बार लालबाग मेला से उसके लिए असली गिलट का कंगना ले आए हैं। चाँदी की तरह चमक है। "...मौसी, किसी तरह फुलिया से चुमौना ठीक कर दो।"

1. टोटका, 2. आन्दोलन, 3. लन्दन, 4. सगाई।

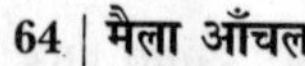

*अरे सूते ले देबौ हो प्यारे लाली पलँगिया से...*
*खाए ले गुआ खिल्ली पान जी !...*

खलासी जी आज दिल खोलकर गा रहे हैं। उन्हें आज ऐसा लग रहा है कि वे खुद सदाब्रिज हैं ! लेकिन न तो उसकी फुलिया उसे रहने के लिए बिनती करती है और न मँहगूदास चुमौना की बात मंजूर करता है !...''अरे सूते ले देबौ हो प्यारे लाली पलँगिया से...!''

फुलिया क्या करे ? माँ-बाप के रहते वह क्या बोल सकती है ! अन्दर-ही-अन्दर मन जलकर खाक हो रहा है, लेकिन मुँह नहीं खोल सकती। लोग क्या कहेंगे !...रमजूदास की स्त्री फुलिया के जलते हुए दिल की बात जानती है। उस दिन फुलिया कह रही थी—''मामी, काली किरिया, किसी से कहना मत। खलासी जी इतने दिनों से दौड़ रहे हैं। बाबा कोई बात साफ-साफ नहीं कहते हैं। आखिर वह बेचारा कब तक दौड़ेगा ? यहाँ नहीं तो कहीं और ढूँढ़ेगा। दुनिया में कहीं और तन्त्रिमा की बेटी नहीं है क्या ?...जब एक दिन कुछ हो जाएगा तो सहदेब मिसर देह पर माछी भी नहीं बैठने देगा। तब करो खुशामद नककट्टी चमाइन की और चिचाय की माँ की ! मुसब्बर चबाओ और ऐंड़ी से पेट को आँटा की तरह गुँथवाओ। उस बार जोतखी जी का बेटा नामलरैन ने क्या दिया ? अन्त में नककट्टी को गाभिन बकरी देकर पीछा छुड़ाया...''

*याद जो आवे है प्यारी तोहरी सुरतिया से*
*शाले करेजवा में तीर जी...!*

खलासी जी का तीर खाया हुआ दिल तड़प रहा है। फुलिया क्या करे ? लेकिन रमजूदास की स्त्री का मुँह कौन बन्द कर सकता है ?...''अरे फुलिया की माये ! तुम लोगों को न तो लाज है और न धरम। कब तक बेटी की कमाई पर लाल किनारीवाली साड़ी चमकाओगी ? आखिर एक हद होती है किसी बात की ! मानती हूँ कि जवान बेवा बेटी दुधार गाय के बराबर है। मगर इतना मत दूहो कि देह का खून भी सूख जाए।''

''अरे हाँ-हाँ, बेटा-बेटी केकरो, घीढारी करे मंगरो। चालनी कहे सूई से कि तेरी पेंदी में छेद ! हाथ में कंगना तो चमका रही हो, खलासी को एक पुड़िया सिन्दूर नहीं जुटता है ?'' फुलिया की माँ ने जब से रमजूदास की स्त्री के हाथ कंगना देखा है, उसका कलेजा जल रहा है। मँहगूदास पर गुस्सा करने से कोई फायदा नहीं। खलासी की बुद्धि ही मारी गई है। रमजू की स्त्री को कुटनी बहाल किया है, कंगना दिया है। रमजू की स्त्री काली माई है जो लोग उसकी बात को मान लेंगे।

''मुँह सँभालकर बात कर नेंगड़ी ! बात बिगड़ जाएगी। खलासी हमारा बहन-बेटा है। बहन-बेटा लगाकर गाली देती है ? गाली हमारे देह में नहीं लगेगी। तेरे देह में तो लगी हुई है। अपने खास भतीजा तेतरा के साथ भागी तू और गाली देती है हमको ? सरम नहीं आती है तुझको ! बेसरमी, बेलज्जी ! भरी पंचायत में जो पीठ पर झाड़ू की मार लगी थी सो भूल गई ? गुअरटोली के कलरू के साथ रात-भर भैंस पर रसलील्ला

करती थी सो कौन नहीं जानता है। तूँ बात करेगी हमसे ?"

"रे, सिंघवा की रखेली ! सिंघवा के बगान का बम्बै आम का स्वाद भूल गई। तरबन्ना में रात-रात-भर लुकाचोरी मैं ही खेलती थी रे ? कुरअँखा बच्चा जब हुआ था तो कुरअँखा सिंघवा से मुँह-देखौनी में बाछी मिली थी, सो कौन नहीं जानता ?"

"...एतना बात सुनते ही सदाब्रिज फिर मूर्च्छित होकर धरती पर गिर पड़ा।..."

मँहगूदास के घूर के पास होनेवाली सुरंगा-सदाब्रिज की कथा में औरतों के झगड़े से कोई बाधा नहीं पहुँचती है। औरतों के झगड़े पर यदि मर्द लोग आँख-कान देने लगें तो हुआ ! औरतों के झगड़े का क्या ? अभी झगड़ा किया, एक-दूसरे को गालियाँ सुनाईं, हाथ चमका-चमकाकर, गला फाड़-फाड़कर एक-दूसरे के गड़े हुए मुर्दे उखाड़े गए, जीभ की धार से बेटा-बेटी की गर्दन काटी गई, काली माई को काला पाठा कबूला गया, हाथ और मुँह को कोढ़-कुष्ठ से गलाने की प्रार्थना की गई और एक-दो घंटे के बाद ही सफाई। मेल-मिलाप हो गया। एक-दूसरे के हाथ से हुक्का लेकर गुड़गुड़ाने लगीं। साग माँगकर ले गईं और बदले में शकरकन्द भेज दिया—"कल साम को मालिक के खेत से अँधेरे में उखाड़ लाया है लड़के ने। मालिक देखते तो पीठ की चमड़ी खींच लेते।"

पहले झगड़ा का सिरगनेस दो ही औरतों से होता है। झगड़े के सिलसिले में एक-एक कर पास-पड़ोस की औरतों के प्रसंग आते-जाते हैं और झगड़नेवालियों की संख्या बढ़ती जाती है। झगड़े से उनके कामकाज में भी कोई बाधा नहीं पहुँचती है। काम के साथ-साथ झगड़ा भी चल रहा है। जब सारे गाँव की औरतें झगड़ने लगती हैं, तब कोई किसी की बात नहीं सुनतीं; सब अपना-अपना चरखा ओंटने लगती हैं...लेकिन फुलिया आज झगड़े में हिस्सा नहीं ले रही है। वह टट्टी की आड़ में खड़ी होकर सुरंगा-सदाब्रिज की कथा सुन रही है।...खलासी जी के गले में जादू है। ओझा गुनी आदमी है। कथा और गीत में फुलिया यह ही भूल जाती है कि सहदेब मिसर शाम से ही कोठी के बगीचे में उसके इन्तजार में मच्छड़ कटवा रहा है।...खलासी के गले में जादू है !

"मामी !"

"क्या है रे ? बोल ना ! सहदेब मिसरवा के पास जाएगी क्या ?"

"नहीं मामी, एक बात कहने आई हूँ। काली किरिया, किसी से कहना मत।... खलासी जी तो तुम्हारे गुहाल में सोते हैं न ? काली किरिया !"

सुरंगा-सदाब्रिज की कथा समाप्त हो गई है। झगड़ा लंकाकांड तक पहुँचकर शेष हो गया। सहदेब मिसर मच्छड़ों से कब तक देह का खून चुसवाते ?...साला खलसिया ! साली हरामजादी !...अच्छा, कल देखूँगा।

गाँव में सन्नाटा छाया हुआ है और रमजू की स्त्री के गुहाल में सुरंगा कह रही है सदाब्रिज से, "अभी नहीं, जब बाबा चुमौना के लिए राजी नहीं होंगे तब मैं तुम्हारे साथ भाग चलूँगी।"

"उनको राजी कैसे किया जाए ? कौन एक मिसर है, सुना है... ।" सदाब्रिज बेचारा

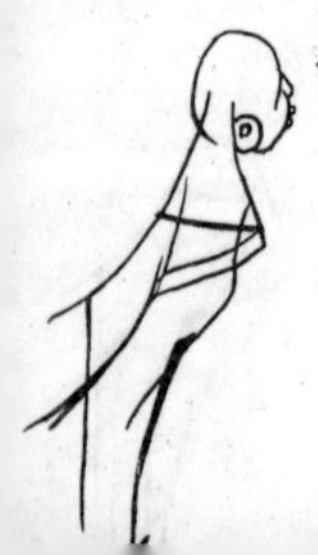

कहता है।

"सब झूठी बात है। तुम बालदेव जी से कहो।"

"कौन बालदेव ! पुरैनियाँ आसरमवाला ?"

"हाँ। सभी उनकी बात मानते हैं ! बाबू-बबुआन भी उनसे बाहर नहीं। तुम बन्दगी मत करना, जै हिन्न कहना।"

"लेकिन वह तो हम पर बड़ा नाराज है। देश दुरोहित[1] के फिरिस में नाम दे दिया है।"

"...माँ के लिए नाक की बुलाकी ले आना, असली पीतल की बुलाकी।"

1. देशद्रोही।

# बारह

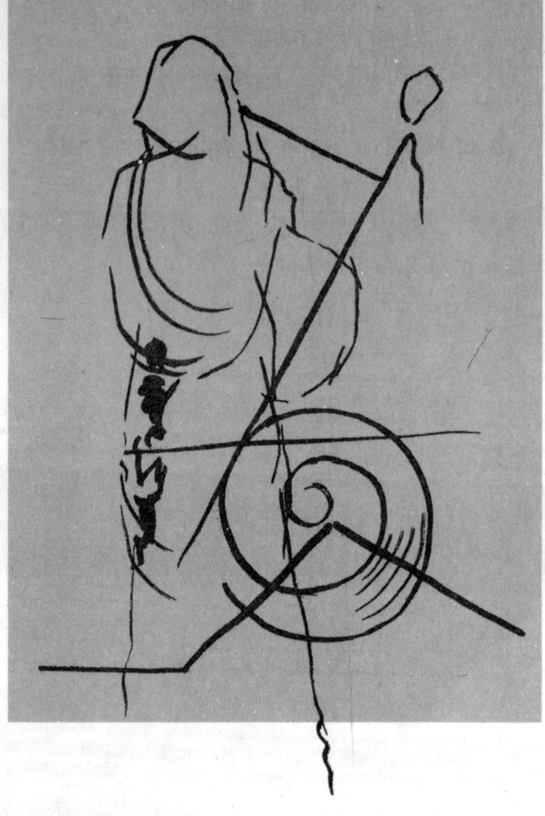

मठ पर आचारजगुरु आनेवाले हैं, नए महन्थ को चादर-टीका देने के लिए ! मुजफ्फरपुर जिला का एक मुरती आया है—लरसिंघदास। आचारजगुरु मुजफ्फरपुर जिले के पुपड़ी मठ पर भंडारा में आए हैं। लरसिंघदास खबर लेकर आया है—आचारजगुरु आ रहे हैं। मठ के सभी सेवक-सती, आस-पास के बाबू-बबुआन लोगों को पहले ही खबर दे दी जाए !

रामदास को महन्थी की टीका मिलेगी ! महन्थ सेवादास का एकमात्र चेला वही है।...रामदास सोचता है, यदि खँजड़ी बजाना नहीं जानते तो आज तक बेलाही के ज़मींदार की भैंस की पूँछ हाथ से नहीं छूटती। महन्थ साहब उसकी खँजड़ी सुनकर मोहित हो गए और वह रात को ही महन्थ साहब के साथ भागकर मेरीगंज मठ पर आ गया...पन्द्रह साल पहले की बात ! पन्द्रह साल बाद रामदास का भाग फिरा है। 'जै हो

सतगुरु साहेब की !'

नियमानुसार सभी पंचों की उपस्थिति में नया महन्थ एक एकरारनामा लिख देगा—हमेशा 'लँगोटाबन्द' रहकर सतगुरु के स्थल की रक्षा करेंगे। किसी तरह का मादक द्रव्य नहीं सेवन करेंगे। दासी-रखेलिन नहीं रखेंगे, आदि-आदि। इसके बाद आचारजगुरु एक सुरतहाल[1] पर दस्तखत करके नए महन्थ को देंगे। फिर चादर-टीका की विधि !...दही की टीका और सिर पर दूब-धान ! बस, नए महन्थ साहेब उस दिन से नौ सौ बीघे की पतनी[2] के एकमात्र मालिक हो जाएँगे।

लरसिंघदास तो आचारज जी का सन्देशा लेकर आया था, किन्तु मेरीगंज मठ पर एक ही रात रहने के बाद उस पर महन्थी का मोह सवार हो गया। नौ सौ बीघे की काश्तकारी। कलमी आम का बाग। दस बीघे में सिर्फ केला ही लगा हुआ है। एक-एक घौर में हज़ार केले फले हैं। हज़रिया केला ! दो कोड़ी गाय, चार गुजराती भैंस और सबसे कीमती सम्पत्ति—अमूल्य धन—लछमी दासिन। लछमी दासिन कहती है, "महन्थ साहेब को बस यही एक चेला है—रामदास ! तो कानूनन रामदास ही होनेवाला अधिकारी महन्थ है।" रामदास ! काठ का उल्लू रामदास ! सतगुरु हो ! यह अंधेर है। रामदास महन्थ नहीं हो सकता। छुछुँदर की तरह तो सूरत है, वह महन्थ होगा ? नहीं, ऐसा नहीं हो सकता। और यह लछमी...? श्रापभ्रष्ट अप्सरा !

लछमी ने लरसिंघदास की आँखों में न जाने क्या देखा है कि उसकी छाया से भी वह बचकर चलती है; रात में किवाड़ मजबूती से बन्द करके सोती है। किवाड़ की छिटकिली लगाने के बाद एक ओखल किवाड़ में सटा देती है।...लरसिंघदास को शायद बहुमूत्र की बीमारी है; रात-भर में दस-ग्यारह बार पेशाब करने के लिए उठता है। हर बार धूनी के पास सोया हुआ रामदास उसे टोकता है—"कौन ?" लरसिंघदास किसी बार जवाब नहीं देता। कल रात एक बार गुस्से में जवाब दिया—"महन्थ होने के पहले ही अन्धे हो गए क्या ? देखते नहीं हो ?...जैसा गुरु वैसा चेला !" रामदास कुनमुनाकर रह गया था। सुबह को सत्संग के समय ही लछमी बरस पड़ी थी—"क्यों आप वैसी भाखा बोले थे ? महन्थ होने के पहले ही अन्धे हो गए ? जैसा गुरु...। गुरु-निन्दा सुनहिं जो काना...। मैं गुरु-निन्दा नहीं सुन सकती, नहीं सह सकती। रामदास को आप क्या समझते हैं ? वह इस मठ का अधिकारी महन्थ है। आपके जैसे एक कोड़ी बिलटा[3] साधुओं को वह रोज़ परसाद देगा।...बात करना भी नहीं जानते ? आने दीजिए आचारज जी को।"

रामदास भी सुना देता है—"रात में हम छोड़ दिया, लेकिन अब बोलोगे तो सीधे पच्छिम का रास्ता दिखा देंगे। हाँ, समझ रखो !"

भंडारी तो नम्बरी शैतान है। कल से ही उसने बदमाशी शुरू की है। दाल की कटोरी में सिर्फ पानी रहता है। आलू की भुजिया दुबारा नहीं देता। घी माँगने पर कहता

---

1. महन्ती का दस्तावेज, 2. छोटी जमींदारी, 3. आवारा।

है–"दाल घी से बघारल है।" केला बिक्री होने के लिए हाट भेज दिया जाता है। दूध में पानी मिलाकर देता है। बालभोग में पहले दही-चूड़ा देता था, कल से सिर्फ चूड़ा लाकर रख देता है।

बिलटा साधू ?...रंडी की यह हिम्मत ! उसे बिलटा साधू कहती है ? अच्छा ! अच्छा !

...लछमी पहले से ही तो उसे नहीं जानती। कैसे जान सकती है ? वह कभी पहले यहाँ आया नहीं। पुपड़ी मठ से भी तो कभी कोई मुरती यहाँ नहीं आया। सोनमतिया कहारिन भी तो नहीं आई है यहाँ। सम्भव है उस बार अपनी बेटी रधिया को खोजने के लिए यहाँ भी पहुँची हो। ठीक है...। रधिया। रधिया को पहली बार जब देखा था तो उसके मन की ऐसी ही हालत हुई थी। कनपट्टी के पास हमेशा गर्म रहता था। लेकिन रधिया अल्हड़ थी। एक ही चक्कर में जाल में आ गई थी। लछमी तो पुरानी है, खेली-खिलाई है। सत्तर चूहे खाई हुई है।...यदि वह रधिया को लेकर नौटंकी कम्पनी में नहीं शामिल होता तो रधिया हाथ से नहीं निकलती। नौटंकी कम्पनी के मालिक की ही बात रहती तो वह सह ले सकता था, हारमोनियम और नगाड़ावाले भी रधिया को कभी फुर्सत नहीं देते थे। कभी ताल का रिहलसल करना है तो कभी नाच सिखाना है।...रधिया साली भी कुत्ती ही थी। वह भी तो बदल गई थी।

लरसिंघदास अपने सिर के दाग पर हाथ फेरकर मफलर से ढक लेता है–साले नगाड़ची ने ठीक सामने कपाल पर ही डंडा चलाया था।

...मठ लौटने पर महन्थ साहेब ने खड़ाऊँ से मरम्मत की थी। लेकिन सात दिन से उपवास किए हुए शरीर में इतना दम कहाँ था जो भागते ! सिर का घाव ताज़ा ही था। महन्थ साहेब की खड़ाऊँ गुरु की खड़ाऊँ थी। महन्थ साहेब के पैर पर वह लेटा रहा था। वे बहुत दयालु पुरुष थे। लरसिंघदास उनका एकलौता चेला था। गुरु ने छिमा कर दिया। महन्थ साहेब के शरीर त्यागने के बाद पुपड़ी-मठ की महन्थी उसे ही मिलती, लेकिन रामबरन कोयरी ने उसकी मती फेर दी थी।...लरसिंघदास, नेपाली गाँजा में बड़ा नफा होता है। दस रुपए का लाओ और चार सौ बनाओ। नेपाल में चार आने सेर गाँजा मिलता है। बराहछत्तर मेला के समय चलो !"

महन्थ साहेब ने जब शरीर त्याग किया तो वह जेल में था। महन्थ साहेब ने मरने के समय जीऊतदास को चेला कबूलकर 'वील' लिख दिया।...नहीं तो वह भी एक मठ का महन्थ होता। तब लछमी उसे बिलटा साधू नहीं कह सकती। तब तो पैर पखारकर, पैर के दसों नाखूनों को धोकर, वह परेम से चरनोदक पीती।...लेकिन वह लछमी को चरनोदक पिलाकर छोड़ेगा।

"रामदास।"

"क्या है ? रामदास मत बोलिए, अधिकारी जी कहिए।"

"कोठारिन से कहो कि लरसिंघदास आज जा रहे हैं।"

"जा रहे हैं तो जाइए।"

"तुम कोठारिन से कहो...।"

"तुम-ताम मत करो। कोठारिन जी से क्या कहेंगे, राह-खर्च कल ही कोठारिन जी ने दे दिया है !"

रामदास झोली से एक पाँच रुपए का नोट निकालकर लरसिंघदास के आगे फेंक देता है।

"हम पूछना चाहते हैं कि कोठारिन ने हमारा अपमान काहे किया ? हमको बिलटा काहे बोली ? हमारे आचारजगुरु को काहे गाली दिया ?"

"आचारजगुरु को कब गाली दिया है ?"

"दिया है। बोली नहीं थी,...पूजा-बिदाई लेने के समय आचारजगुरु हैं, बेर-बखत पड़ने पर सीधा जवाब मिलता है। आज आचारजगुरु हुए हैं, कल तक तो गुरुभाई थे। यह गाली नहीं तो और क्या है ?"

"संसार में सत्त का भी लेस जरा रहने दीजिए साधू महाराज," लछमी अन्दर से निकलकर कहती है, "साधू का काम झूठ बोलना नहीं है। छिः-छिः !"

"छिः-छिः क्या ? हमको बिलटा नहीं कहा है...आ...आ...आप...तुमने ?"

"रामदास !" लछमी गरज उठती है, "गरदनियाँ देकर निकाल दो इसको। यह साधू नहीं है, राक्षस है। इसके सिर पर माया सवार है। इससे पूछो, आज सवेरे जब मैं स्नान कर रही थी तो बाँस की पट्टी में छेद करके यह क्या देखता था ? सैतान !"

लछमी फुफकारती हुई अन्दर चली जाती है।

रामदास उठकर लरसिंघदास के गले में हाथ लगाकर धक्का देता है। लरसिंघदास सीढ़ी पर गिर पड़ता है। नाक से खून निकल रहा है।

"जायहिन्द रामदास जी ! क्या है ? क्या हुआ ?" बालदेव जी लहू देखकर घबरा जाते हैं।

"कुछ नहीं, पछवरिया साधू है। काया में कहीं साधू-सुभाव नहीं। कोठारिन जी से बतकुट्टी[1] करता था।"

"तो मारपीट क्यों हुई ? सांती से सब काम करना चाहिए। हिंसा-बात नहीं करना चाहिए।

"रामदास ! बालदेव जी को अन्दर भेज दो !"

लरसिंघदास नाक का खून पोंछते हुए देखता है—बालदेव नाम का यह खध्धड़धारी आदमी अन्दर जा रहा है—सीधे लछमी की कोठरी में !...जायहिन्द बालदेव जी !

...शायद यह खध्धड़धारी और लछमी एक ही आसनी पर बैठे हैं। एकदम आसपास—देह से देह सटाकर !...अच्छा !

---

1. वाद-विवाद।

# तेरह

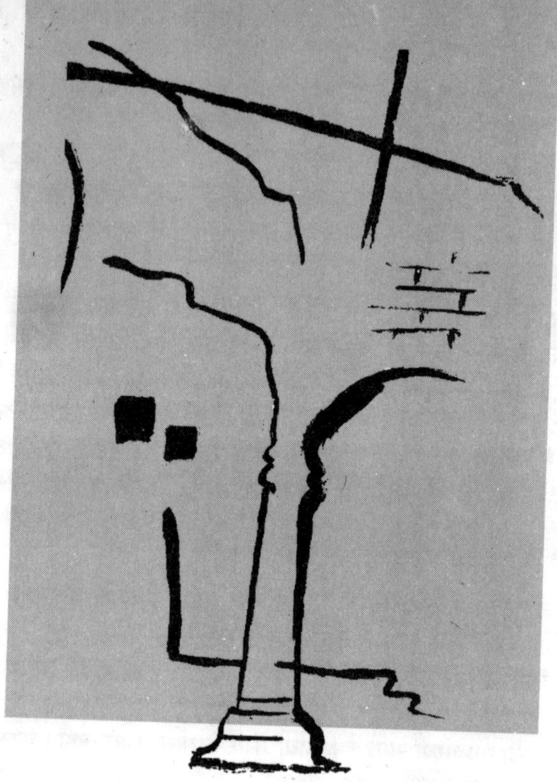

गाँव के ग्रह अच्छे नहीं !

सिर्फ जोतखी जी नहीं, गाँव के सभी मातबर लोग मन-ही-मन सोच-विचार कर देख रहे हैं—गाँव के ग्रह अच्छे नहीं'!

तहसीलदार साहब को स्टेट के सर्किल मैनेजर ने बुलाकर एकान्त में कहा है, "एक साल का भी खजाना जिन लोगों के पास बकाया है, उन पर चुपचाप नालिश कर दो। बलाय-बलाय[1] से नोटिस 58 बी. तामील करवा लो। कुर्की और इश्तहार निकास करवाकर सरज़मीन पर चपरासी को ले जाने की जरूरत नहीं। कचहरी में ही बैठकर गाँव के चमार से अँगूठा का टीप लेकर ढोल बजाने की रसीद बनवा लो।...गाँव के

1. घूस देकर।



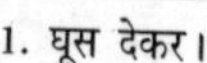

एक-दो गवाहों को भी ठीक करके रखो। स्टेट से उनको भत्ता मिलेगा। इन काँगरेसियों का कोई ठीक नहीं।''

सिंघ जी यादवटोला के नढ़ेलों[1] का सीना तानकर चलना बरदाश्त नहीं कर सकते। जोतखी जी ठीक कहते थे—बार-बार लाठी-भाला दिखलाते हैं। हौसला बढ़ गया है। अब तो राह चलते परनाम-पाती भी नहीं करते हैं यादव लोग ! कलिया कभी-कभी चिढ़ाने के लिए नमस्कार करता है। देह में आग लग जाती है सुनकर। लेकिन सिंघ जी क्या करें ? राजपूतटोली के नौज़वान लोग भी ग्वालों के दल में ही धीरे-धीरे मिल रहे हैं। अखाड़े में ग्वालों के साथ कुश्ती लड़ते हैं। रोज शाम को कीर्तन में भी जाने लगे हैं। हरगौरी ठीक कहता था—यदि यही हालत रही तो पाँच साल के बाद ग्वाले बेटी माँगेंगे। तब काली कुर्तीवालों के बारे में जो हरगौरी कहता था, उन लोगों को बुला लिया जाए ? कहता था, लाठी-भाला सिखानेवाला मास्टर आवेगा। संजोगकजी या सनचालसजी, क्या कहता था, सो आवेंगे। हिन्दू राज—महराना प्रताप और शिवाजी का राज होगा। हरगौरी आजकल बड़ी-बड़ी बातें करता है।

भंडारा के दिन सिंघ जी रूठे हुए खेलावनसिंह यादव को घर से जबर्दस्ती खींचकर ले गए थे, लेकिन खेलावनसिंह का मन रूठा ही हुआ था। जोतखी काका रोज़ आते हैं। उन्होंने कहा है, सकलदीप का अठारह साल की उम्र में माता या पिता का बिजोग लिखा हुआ है। सकलदीप का यह सत्रहवाँ जा रहा है। सकलदीप की माँ बेटे का गौना करवाने के लिए रोज तकादा करती है। बेटे को वोकील बनाने की इच्छा शायद काली माई पूरी नहीं होने देगी। गौना के बाद फिर क्या पढ़ेगा ! माता-पिता का बिजोग ? बालदेव को सारी दुनिया की भलाई तो सूझती है, मगर जिसका नमक खाता है उसके लिए एक तिनका भी तो सोचे। दिन-भर तहसीलदार के यहाँ बैठा रहता है और शाम को कीर्तन ! कमला किनारेवाले एक जमा में कलरु पासवान के दादा का नाम कायमी बटैयादार की हैसियत से दर्ज है। बालदेव से कहा कि कलरु से कह-सुनकर सुपुर्दी लिखवा दो या रजिस्ट्री करवा दो, तो कान ही नहीं दिया। हलवाहा गोनाय ततमा कल से हल जोतने नहीं आता है। कहता है, पिछले साल का बकाया साफ कर दीजिए तो हल उठावेंगे। बालदेव टुकुर-टुकुर देखता रहा, कुछ बोला भी नहीं, उलटे हमसे बहस करने लगा,...गरीब लोगों का दरमाहा नहीं रोकना चाहिए भाई साहब !

जोतखी जी की अठारह साल की नववधू कनचीरावाली के पेट में रोज खाने के बाद दर्द हो जाता है। पिछले एक साल से वह खाने के बाद पेट पकड़कर सो जाती है। इस साल तो और भी दर्द बढ़ गया है।...डागडरी दवा ? नहीं, नहीं। डागडर तो पेट टीपेगा, जीभ देखेगा, आँख की पपनियाँ उलटाकर देखेगा, पेसाब और पाखाना के बारे में पूछेगा, सायद लहू भी जाँच करे। इधर वह रोज कहती है, डागडरबाबू ने कोयरीटोला की छोटी चम्पा को एक ही जकशैन में आराम कर दिया है। इसी तरह

1. बदमाशों।

उसके पेट में भी दर्द रहता था।...औरत को समझाना बड़ा कठिन काम है। सभी औरतें एक समान। जो जिद पकड़ेगी, पकड़े रहेगी। जोतखी जी को अपनी चार स्त्रियों का अनुभव है। पहली बेचारी को तो सिर्फ मेला-बाजार देखने का रोग था। कोई भी मेला नहीं छोड़ती थी वह। जहाँ मेला आया कि जोतखी जी के तीसों दिन परमानन झा की खुशामद करने में ही बीतते थे। परमानन की भैंसागाड़ी पर ही मेला जाएगी। परमानन बेचारा खुद गाड़ी हाँककर मेला ले जाता था, कभी भाड़ा नहीं लिया। आखिर बेचारी की मृत्यु भी मेले में ही हुई। उस साल अर्धोदय के मेले में वह जोरों का हैजा फैला था।...दूसरी को हुक्का पीने की आदत थी। ब्राह्मण का हुक्का पीना ? लेकिन जोतखी जी क्या करते–औरत की जिद्द। जब वह बीमार पड़ती थी तो बहुत बार जोतखी जी को ही हुक्का तैयार कर देना पड़ता था।...पुरानी खाँसी से खाँसते-खाँसते वह भी मर गई।...तीसरी को इस बात की जिद्द लग गई थी कि वह गाँव के लड़कों से हँसना-बोलना बन्द नहीं करेगी।...और कनचीरावाली को डागडरी दवा की जिद लग गई है। एकमात्र पुत्र रामनारायण तो कुपुत्र निकला। बिदापत नाच करता है। ततमा पासवानों के साथ रहता है। सारी ब्राह्मण मंडली में उसकी शिकायत फैल गई है। कोई बेटी देता ही नहीं। जोतखी जी क्या करें ? हाथ की उर्ध्व-रेखा तो सीधे तर्जनी में चली गई है, लेकिन कुंडली के दसम घर में शनि है। समझाते-समझाते थक गया कि अपना नाम रामनारायण मिश्र कहा करो, लेकिन वह भी गँवार की तरह नामलरैन ही कहता है।...रामनारायण के साथ कनचीरावाली को एक दिन इसपिताल भेज दें ? घर पर बुलाने से तो डागडर फीस लेगा।

लरसिंघदास गाँव के घर-घर में जाकर पंचों से कह रहा है–"आचारज गुरु आ रहे हैं। मठ का अधिकारी महन्थ वही है; उसी को चादर-टीका मिलनी चाहिए, महन्थ की रखेलिन या दासिन को मठ के मामले में कुछ बोलने का अधिकार नहीं। रामदास तो भैंसवार है। इतने बड़े मठ को चलाना मूरख आदमी के बूते की बात नहीं। वह 'बीए' पास है। अंग्रेजी में ही बीजक बाँचता है। इसीलिए तो बाबड़ी-केश रखता है, धोती-कुर्ता पहनता है और आधी मूँछ कटाता है।...मठ पर एक स्कूल खोलेंगे। गाँववालों की भलाई करेंगे। आप लोग बुद्धिमान आदमी हैं, खुद विचारकर देख सकते हैं। दासिन रखेलिन मठ को बिगाड़ देती है; साधू-धरम को भ्रष्ट कर देती है। आप लोग खुद विचारकर देख सकते हैं।"

तन्त्रिमाटोले में पंचायत हुई ! बन्दिश हुई है–तन्त्रिमाटोले की कोई औरत अब बाबूटोला के किसी आँगन में काम करने नहीं जाएगी। बाबू-बबुआन लोग शाम को गाँव में आवें, कोई हर्ज नहीं; किसी की अन्दरहवेली में नहीं जा सकते। मजदूरी में जो एक-आध सेर मिले, उसी में सबों को सन्तोख रखना होगा। बलाई आमदनी में कोई बरकत नहीं। अनोखे और उचितदास छड़ीदार हुआ है। जिसे चाल से बेचाल देखेगा, बाँस की छड़ी से पीठ की चमड़ी उधेड़ लेगा।

तन्त्रिमा लोगों की इस बन्दिश के बाद गहलोत छत्री, कुर्म छत्री, पोलियाटोले,

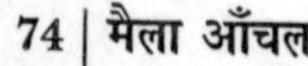

धनुखधारी और कुशवाहा छत्रीटोले के पंचों ने भी ऐसी ही व्यवस्था की है।...सिर्फ जनेऊ लेने से ही नहीं होता है, करम भी करना होगा। जाए तो कोई बाबू कभी संथालटोली में, शाम या रात को ! उनकी औरतों से कोई दिल्लगी भी कर सकता है।...संथालों के तीर पर जहर का पानी चढ़ाया रहता है।

कुंर्म छत्रीटोले के लौजमानों ने कल रात को शिवशक्करसिंह को बेपानी कर दिया। झुबरी मुसम्मात का घर तो टोले के एक छोर पर है न, सिपैहियाटोली की बाँसवाड़ी के ठीक बगल में ! लेकिन शिवशक्करसिंह को क्या मालूम कि बाँस की झाड़ियों में छोकरे पहले से ही छिपे हुए हैं !...झुबरी मुसम्मात को दस रुपए जरिमाना हुआ है। जहाँ से दे, देना तो होगा ही, नहीं तो हुक्का-पानी बन्द। शिवशक्करसिंह से रुपया लेकर दे। इसी तरह लालबाग मेला में पंचलैट खरीद होगा। बिना पंचलैटवाली पंचायत की क्या कीमत ? लैट के दाम में बीस रुपैया और कम है। एक दिन फिर बाँसवाड़ी में एक घंटा मच्छड़ कटवाना होगा, और क्या ?

कालीचरन का अखाड़ा आजकल खूब जमता है। शाम को कीरतन भी खूब जमता है। नया हरमुनियाँ खरीद हुआ है। गंगा जी के मेले से गंगतीरिया ढोलक लाया गया है। खूब गम्हड़ता है।

बालदेव जी को कीरतन तो पसन्द है, लेकिन अखाड़ा और कुश्ती को वे खराब समझते हैं।...शरीर में ज्यादा बल होने से हिंसाबात करने का खौफ रहता है। असल चीज़ है बुद्धि। बुद्धि के बल से ही गन्ही महतमा जी ने अंग्रेजों को हराया है। गाँधी जी की देह में तो एक चिड़िया के बराबर भी मांस नहीं। काँगरेस के और लीडर लोग भी दुबले-पतले ही हैं।

लेकिन कालीचरन का अखाड़ा बन्द नहीं हो सकता। ढोल की आवाज में कुछ ऐसी बात है कि कुश्ती लड़नेवाले नौजवानों के खून को गर्म कर देती है।

ढाक ढिन्ना, ढाक ढिन्ना !

शोभन मोची ने ढोल पर लकड़ी की पहली चोट दी कि देह कसमसाने लगता है।

*ढिन्ना ढिन्ना, ढिन्ना ढिन्ना... !*

अर्थात्—आ जा, आ जा, आ जा, आ जा !

सभी अखाड़े में आए। काछी और जाँघिया चढ़ाया, एक मुट्ठी मिट्टी लेकर सिर में लगाया और 'अज्ज्ज्जा' कहकर मैदान में उतर पड़े। कालीचरन 'आ-आ-अली' कहकर मैदान में उतरता है। चम्पावती मेला में पंजाबी पहलवान मुश्ताक इसी तरह 'आली' (या अली) कहकर मैदान में उतरता था...

तब शोभन ताल बदल देता है—

*चटधा गिड़धा, चटधा गिड़धा !*

...आ जा भिड़ जा, आ जा भिड़ जा !

अखाड़े में पहलवान पैंतरे भर रहे हैं। कोई किसी को अपना हाथ भी छूने नहीं

देता है। पहली पकड़ की ताक में हैं। वह पकड़ा...

*धागिड़ागि, धागिड़ागि, धागिड़ागि !*

...कसकर पकड़ो, कसकर पकड़ो !

*चटाक चटधा, चटाक चटधा !*

...उठा पटक दे, उठा पटक दे !

*गिड़ गिड़ गिड़ धा, गिड़ धा गिड़ धा !*

*...वह वा, वह वा, वाह बहादुर !*

पटक तो दिया, अब चित्त करना खेल नहीं ! मिट्टी पकड़ लिया है। सभी दाव के पेंच और काट उसको मालूम हैं !

*ढाक ढिन्ना, तिरकिट ढिन्ना !*

*...दाव काट, बाहर हो जा !*

वाह बहादुर ! दाव काटकर बाहर निकल आया। फिर, धा-चट गिड़ धा ! आ जा भिड़ जा !

ढोल के हर ताल से पैंतरे, दाँव-पेंच, काट और मार की बोली निकलती है। कालीथान में पूजा के दिन इसी ढोल की ताल एकदम बदल जाती है। आवाज़ भी बदल जाती है।–धागिड़ धिन्ना, धागिड़ धिन्ना !

*...जै जगदम्बा ! जै जगदम्बा !*

*गाँव की रक्षा करो माँ जगदम्बा।*

# चौदह

*चढ़ली जवानी मोरा अंग अंग फड़के से*

*कब होइहैं गवना हमार रे भउजियाऽऽऽ !*

पक्की सड़क पर गाड़ीवानों का दल भउजिया का गीत गाते हुए गाड़ी हाँक रहा है। "आँ आँ ! चल बढ़के। दाहिने...हाँ, हाँ, घोड़ा देखकर भी भड़कता है ! साला... !"

*हथवा रँगाये सैयाँ देहरी बैठाई गइले*

*फिरहू न लिहले उदेश रे भउजियाऽऽऽ !*

ननदिया के दिल की हूक गाड़ीवानों के गले से कूक बनकर निकल रही है। भउजिया ?...कमली की कोई भौजी नहीं, किससे दिल की बात कहे ? भउजिया की ननदिया की तो शादी हो चुकी है, कमली का तो हाथ भी पीला नहीं हुआ है।... 'प्रेमसागर' में मन नहीं लगता है–'श्री सुकदेव जी बोले कि हे राजा, एक दिन कृष्ण

कन्हैया वंशी बजैया कदम के बिरिछ पर बैठके बंशी बजाए रहे थे।' चीरहरणलीला की तस्वीर को देखकर कमली का जी न जाने कैसा-कैसा करने लगता है ! वह 'प्रेमसागर' बन्द कर देती है।

—सुबह प्यारू आया था। कितना गौ आदमी है प्यारू !...आज क्या बना था प्यारू ? डाक्टर साहब आज ठीक समय पर खाए थे या शीशी-बोतल लेकर पड़े हुए थे ? प्यारू हँसकर हमेशा की तरह जवाब देगा, "अरे, क्या पूछती हो दैया ! इस आदमी का हमको कोई ताल-पता[1] नहीं लगता है। रोज कहेंगे कि प्यारू आज खाना जरा जल्दी बनाओ, और खाते फिर वही रात में ग्यारह बजे और दिन में दो बजे। आज बंधा का झोल बना था। झोल क्या खाएँगे ? मिर्च-मसाला छूते भी नहीं हैं। खाने का तो कोई सौख नहीं है, जो बना दो खा लेंगे।...और शीशी-बोतल ? क्या पूछती हो दैया ! कल से मच्छड़, खटमल और तिलचट्टे के पीछे पड़े हुए हैं। आज संथालटोली के जोगिया माँझी को कह रहे थे—चार खरगोश और एक दर्जन चूहा पकड़कर दे जाओ। पूरा इनाम मिलेगा।"

प्यारू को गाँव-भर की औरतें प्यार करती हैं। गाँव-भर में उसकी मामी, मौसी, नानी, दादी और काकी हैं। सभी जवान लड़कियों को वह 'दैया' कहता है।

...डाक्टर की मुस्कराहट बड़ी जानलेवा है। जब आवेगा तो मुस्कराते हुए आवेगा—डर लगता है ?...हाँ-हाँ, डर लगता है तो तुमको क्या ? तुमको तो मज़ा मिलता है न ! मुस्कराए जाओ।...गले में आला लटकाए फिरते हैं बाबू साहब ! छाती और पीठ में लगाकर लोगों के दिल की बीमारी का पता लगाते हैं। झूठ ! इतने दिन हो गए, मेरे दिल की बात, मेरी बीमारी को कहाँ जान सके ! या जान-बूझकर अनजान बनते हो डाक्टर ! तुम्हारी मुस्कराहट से तो यही मालूम होता है।...अच्छा डाक्टर ! सच-सच बताना, तुम क्यों मुस्कराते हो ? तुम मुझे जलाने के लिए इस गाँव में क्यों आए ? नहीं, नहीं, तुम नहीं आते तो पागल हो जाती। रोज सपने में कमला नदी की बाढ़ में मैं बह जाती थी। बड़े-बड़े साँप ! तरह-तरह के साँप काटने दौड़ते थे। तुम आए, मैं डूबते-डूबते बच गई।...मेरी आँखों की पपनियाँ उलटकर देखो, मेरी पीठ पर आला लगाकर देखो, मेरे दिल की बात सुनो।...तुम डाँटते हो, बड़ा अच्छा लगता है ! तुम मुझे सूई से डराते हो, चिढ़ाते हो। कितना अच्छा लगता है मुझे ! फिर मीठी दवा भेज दूँगा ?...हाँ जी, भेज देना, पूछते हो क्या ! तुम्हारी बोली क्या कम मीठी है ! लेकिन तुम एक बार जरूर आया करो। नहीं आओगे तो मुझे डर लगेगा !...सिपैहियाटोली की कुसमी कहती थी, डाक्टर मुझसे भी पूछता था—मीठी दवा चाहिए क्या ?...मैं नहीं विश्वास करती, डाक्टर ऐसा नहीं है। कुसमी झूठ बोलती है। मीठी दवा और किसी को मिल ही नहीं सकती है। डाक्टर, खबरदार ! कुसमी बड़ी चालबाज लड़की है। बहुतों को बदनाम किया है उसने। हरगौरी उसका मौसेरा भाई है, लेकिन जाने...दो, क्या करोगे सुनकर ? उसकी

1. ठौर-ठिकाना।

ससुराल फारबिसगंज में है। घरवाला एक मारवाड़ी का सिपाही है। रात-भर सिपाही पहरा करता है और कुसमी 'बैसकोप' देखने जाती है।...

'...श्री सुकदेव जी बोले कि हे राजा ! एक दिन यशुमती सभी ग्वालिनों को बुलाए।'

''कमली।''

''माँ !''

''पढ़ना बन्द करो। डाकडरबाबू ने मना किया है न ! दवा पी लो। मैं तुम्हारी किताब बक्से में बन्द कर ताला लगा दूँगी। हाँ, ऐसे तुम नहीं मानोगी।''

''पढ़ने से क्या होगा माँ !''

''लड़की की बात तो सुनो जरा ! पढ़ने से क्या होगा सो तो डाकडर से पूछना !''

''डाक्टरबाबू से ?...माँ, तुम्हारा डाक्टर क्या है जानती हो ? माटी का महादेव !

माँ ठठाकर हँस पड़ती है, ''एक-एक बात गढ़कर निकालती है तू ! अच्छा, ठहर जा। आज आने दे डाकडरबाबू को।''

माँ-बाप के नैनों की पुतली है कमला। तहसीलदार साहब बेटी की इच्छा के खिलाफ कुछ भी नहीं कर सकते। माँ कमला की हर आवश्यकता को बिना मुँह खोले ही पूरा कर देती है। बाप ने खुद पढ़ाया-लिखाया है रामायण, महाभारत, नल-दमयन्ती, सावित्री-सत्यवान, पार्वती-मंगल और शिवपुराण। कमला रोज शिव पूजती है–'ओं शिवशंकर सुखकर नाथ बरदायक महादेव !...महादेव ! मिट्टी का महादेव !'

''माँ चुप रहो।'' कमली माँ से लिपटकर हाथों से मुँह बन्द कर देती है। ''पूछो न अपने डाक्टर से, खरगोश पालकर क्या करेंगे !''

डाक्टर कोई जवाब नहीं देता है, सिर्फ मुस्कराता है। फिर गम्भीर होते हुए कहता है, ''अब तो सूई देनी ही पड़ेगी; दवा से बेहोशी तो दूर हो गई, लेकिन पागलपन...!''

सभी ठठाकर हँस पड़ते हैं...तहसीलदार साहब, माँ और प्यारू। कमली का चेहरा लाल हो जाता है–''मैं आज खून का दबाव नहीं जाँच कराऊँगी। नहीं-नहीं, ठीक है। हाँ, मैं पगली हूँ !''

''दीदी !'' तहसीलदार साहब बेटी को दीदी कहकर पुकारते हैं, ''आओ, डाक्टरसाहब को देर हो रही है।''

ब्लड प्रेशर जाँच करते समय डाक्टर गम्भीर होकर यन्त्र की ओर देखता है। कमली तिरछी निगाहों से चोरी-चोरी डाक्टर को देखती है–हाँ जी, मुझे पगली कहते हो ! लेकिन मुझे पगली बना कौन रहा है ?

गाँव में सिर्फ तहसीलदार साहब चाय पीते हैं, बढ़िया चाय की पत्ती का व्यवहार करते हैं। डाक्टर यहाँ हर शाम को चाय पीने आता है। कमला की माँ का अनुरोध है–'रोज शाम को चाय पी जाइए।'

तहसीलदार साहब कहते हैं, डाक्टर तो अपने समाँग की तरह हो गया है। डाक्टर को भी तहसीलदार साहब से घनिष्ठता हो गई है। तहसीलदार साहब से गाँव-घर और

जिले की बहुत-सी नई-पुरानी बातें सुनने को मिलती हैं।...राजपारबंगा स्टेट के जनरैल मैनेजर डफ साहब कैसा आदमी है ! आजकल एकदम हिन्दुस्तानी हो गया है। धोती-कुर्ता पहनता है। कभी-कभी रोरी का टीका भी लगाता है। राज पारबंगा के कुमार जी उसकी मुट्ठी में हैं। डफ साहब की बेटी जब तक रहेगी, कुमार जी डफ साहब को नहीं हटा सकते हैं।...महारानी चम्पावती जाति की मुसहरनी थीं।...राजा भूपतसिंह को 'मेम रानी' से दो लड़के हैं। बड़ा ऐयाश है राजा भूपत ! पोलो का जब्बड़[1] खिलाड़ी ! दार्जिलिंग रेस में हर साल उसका घोड़ा जीतता है। आजकल भी बाईस घोड़े हैं। बड़ा ऐयाश ! पुन्याह में बनारस, इलाहाबाद और लखनऊ से इतनी बाई जी आती हैं कि तीन दिन तीन रात महफिल जमी रहती है, एक मिनट भी बन्द नहीं होती।...पैरिस की शराब पीता है। असल राजा तो वही है। राज पारबंगावाला तो मक्खीचूस है।...जिला का सबसे बड़ा किसान है भोला बाबू ! तीस हजार बीघा जमीन है ! रहुआ इस्टेट के गुरुबंशीबाबू भी किसान ही हैं। उनकी बात निराली है। दाता कर्ण हैं। 'वारफ़न' में सबसे ज्यादे रुपैया दिया और कांग्रेस के 'सहायताफन' में भी सबसे ज्यादे रुपैया दिया और इसी को कहते हैं दुनिया का इन्साफ ! दिल खोलकर दान देने का सुफल क्या मिला है, जानते हैं ? लोगों ने झूठ-मूठ अफवाह फैला दिया है कि नोट बनाता है। अरे भाई, नोट तो बनाती है उसकी कोशी-गंगा किनारे की हजारों बीघा जमीन, जिसमें न हल लगता है न बैल, न मेहनत न मजदूरी ! बाढ़ का पानी हटा और कीचड़वाली धरती पर चना, खेसारी, मटर, सरसों, उरद वगैरह छींट दिया। बस, छींटने में जितनी मेहनत लगे। कोशी और गंगा के पानी से नहाई हुई धरती माता दिल खोलकर अपना धन लुटा देती है।...जिला कांग्रेस के सबसे बड़े लीडर हैं शिवनाथ चौधरी जी।...ओ, आप तो जानते ही हैं उनको ! वह भी बड़े किसान हैं।...पूर्णिया कचहरी में जो वकालत सीसीबाबू कर गए, वह अब कोई वकील क्या करेगा ! हाईकोर्ट के बालिस्टर भी उनके बनाए हुए मिसिल को नहीं काट सकते थे। लेकिन फौजदारी कचहरी में कभी पैर नहीं रखते थे। एक बार राजा भूपत दस हजार फीस देने लगा, खूनी केस था। सीसीबाबू ने अपना प्रण नहीं तोड़ा, कचहरी नहीं गए। कागज पढ़कर सिर्फ एक जगह एक लाइन काट दिया और एक जगह एक अक्षर जोड़ दिया। राजा भूपत बेदाग छूट गया।...अब तो न वह अयोध्या है और न वह राम।...

"बाबा !"

"दीदी !"

"डाक्टर साहब आज यहीं खाएँगे।"

"प्यारू से झगड़ा मोल लेना चाहती है ?"

"प्यारू से कह दिया है।"

"तब डाक्टर साहब !...हमारी तो कभी हिम्मत नहीं हुई। दीदी कहती है, यदि

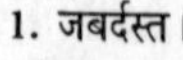

1. जबर्दस्त।

शरधा हो तो...।''

''श्रद्धा-अश्रद्धा की बात नहीं। बात यह है कि मैं...''

''मिर्च-मसाला नहीं खाते,'' कमली बीच में ही बोल उठी, ''उबली हुई चीजें खाएँगे। यही न ?''

डाक्टर समझ रहा है—रोग दिन-प्रतिदिन बढ़ता ही जा रहा है...शीला रहती तो तुरन्त कुछ कह देती। शायद कहती, 'भावात्मक संक्रमण' अथवा 'प्रत्यावर्तन' के मोड़ पर रोग पहुँच गया है।

# पंद्रह

सुमरितदास को लोग लबड़ा आदमी समझते हैं, लेकिन समय पर वह पते की बातें बता जाता है। आजकल उसका नाम पड़ा है–बेतार की खबर। संक्षेप में 'बेतार'। बात छोटी या बड़ी, कोई भी नई बात बेतार तुरत घर-घर में पहुँचा देता है। तहसीलदार का वह रोटिया[1] गवाह है। गवाही देते-देते वह बूढ़ा हो गया है; वसूल-तगादा के समय तहसीलदार के साथ रहता है। किसी को दाखिल खारिज करवानी है, किसी रैयत की जमीन में झंझट लगा है या किसी को बन्दोबस्ती लेनी है, तहसीलदार से पहले सुमरितदास से बातें करे। वह रैयतों को एकान्त में ले जाकर कहेगा–तहसीलदार तो हमारी मुट्ठी में हैं। हमको पान-सुपारी खाने के लिए कुछ दो या नहीं दो, तुम्हारी मर्जी;

1. गवाही की रोटी खानेवाला।

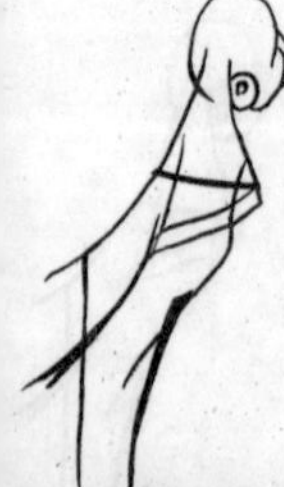

लेकिन तहसीलदार साहब को तो...वाजिब जो है सो... !

रैयतों से छोटी-छोटी चीजें तहसीलदार साहब खुद कैसे माँग सकते हैं ? वह सुमरितदास ही माँगता है—कद्दू, खीरा, बैंगन, करेला, कबूतर, हल्दी, मिर्चा, साग, मूली और सरसों का तेल ! वह सब तो सुमरितदास अपने लिए लेता है। लेकिन चीजें लेते समय सुमरितदास रैयत से एकान्त में कहता है, "अरे भाई, ये सब चीजें मैं लेकर क्या करूँगा ? न घर है न घरनी, न चूल्हा है न चौका। एक पेट के लिए मँगनी क्यों करूँ ? यह सब तो...।" कभी एक पैसे की तरकारी तहसीलदार साहब के यहाँ खरीदी नहीं जाती। सुमरितदास भला मँगनी करेगा। आज उसकी हालत खराब हो गई है तो क्या वह खानदान की इज्जत को भी लुटा देगा ! उसके परदादा के दरवाजे पर हाथी झूमता था। सब करम का फेर है।...सुमरितदास के पेट में कोई बात नहीं पचती। कालीचरन कहता है—मुँह में दाँत हैं नहीं, बात अटके भी तो कैसे ? बेतार !

बेतार को बहुत-सी बातें मिल गई हैं। पहली बात तो यह कि पच्छिम से मठ पर आचारजगुरु आ रहे हैं, लरसिंघदास को कलक्टर साहब ने भी महन्थ मान लिया है। दूसरी बात यह कि कल से खम्हार[1] खुलनेवाला है, बीच में भदवा पड़ गया है। तहसीलदार साहब ने कहा है—कल शुभ दिन है।

तहसीलदार साहब के खम्हार के साथ ही गाँव के और किसानों का खम्हार खुलता है। तहसीलदार साहब का खम्हार बड़ा खम्हार कहलाता है। 'जरीदहाड़'[2] से बचकर भी दो हजार मन धान होता है।

हाँ, तीसरी बात तो कहना भूल ही गया बेतार ! वह लौटकर सुना जाता है, "कपड़ा, तेल और चीनी की पुर्जी बाँटने का काम बालदेव को मिला है। नाम तो उसमें डागडरबाबू का भी है, लेकिन डागडरबाबू कहते हैं—हमको फुर्सत नहीं। हमसे कहते थे कि हमारा काम आप ही कीजिए दास जी ! हम बोले कि हमको भी फुर्सत कहाँ है।"

आचारजगुरु के आने की खबर का कोई मोल नहीं भी हो, बाकी दो बातें, यदि सच हैं, तो वास्तव में कीमती हैं।

बात सच है। बालदेव जी भी कहते हैं, बात ठीक है।

खम्हार ! साल-भर की कमाई का लेखा-जोखा तो खम्हार में ही होता है। दो महीने की कटनी, एक महीना मड़नी, फिर साल-भर की खटनी। दबनी-मड़नी करके जमा करो, साल-भर के खाए हुए कर्ज का हिसाब करके चुकाओ। बाकी यदि रह जाए तो फिर सादा कागज पर अँगूठे की टीप लगाओ। सफाई करनी है तो बैल-गाय भरना रखो या हलवाहा-चरवाहा दो। फिर कर्ज खाओ। खम्हार का चक्र चलता रहता है। खम्हार में बैलों के झुंड से दबनी-मड़नी होती है। बैलों के मुँह में जाली का 'जाब' लगा दिया जाता है। गरीब और बेजमीन लोगों की हालत भी खम्हार के बैलों जैसी है।—मुँह में जाली का 'जाब'।...लेकिन खम्हार का मोह ! यह नहीं टूट सकता। भुरुकवा उगते ही खम्हार

1. खलिहान, 2. बाढ़-सूखा।

जग जाता है। सूई की तरह गड़नेवाली, माघ के भोर की ठंडी हवा का कोई असर देह पर नहीं होता। ओस और पाले से देह सुन्न हो जाता है। जब हाथ से अपनी नाक भी नहीं छूई जाती है तब घूर में फिर से सूखे पुआल डालकर नई आग पैदा की जाती है। घूर में शकरकन्द पकता रहता है। घूर के पास देह गर्माने की बारी जिसकी रहती है, वह प्रातकी गाता है—'हरि बिनू के पूरिहैं मोर सुआरथ, हरि बिनू के।...' अथवा 'निरबल के बल राम हो सन्तो, निरबल के बल राम !'

दिन-भर धान झाड़-फटककर जमा किया। फिर धान के बोझे छींट दिए गए और शाम से फिर दबनी-मड़नी शुरू हो गई। शाम को घूर के पास 'लोरिक' या कुमर 'बिज्जेभान' की गीत-कथा होती है—

*अरे राम राम रे दैबा रे इसर रे महादेव,*
*बामे ठाढ़ी देवी दुरगा दाहिन बोले काग।*
*अपन मन में सोच करैये मानिक सरदार,*
*बात से नाहीं माने वीर कनोजिया गुआर...।*

कपड़ा, तेल और चीनी की पुर्जी कमलदाहा के कमरुद्दीबाबू बाँटते थे। मेरीगंज से कमलदाहा दस कोस है। दस कोस जाना तो कोई बड़ी बात नहीं, लेकिन पुर्जी पाना बड़े भाग की बात समझी जाती है। कमरुद्दीबाबू कुँजड़ा हैं; बैंगन की बिक्री से ही जमींदार हुए हैं; मुस्लींग के लीडर हैं। कटिहार-पूर्णिया मोटर रोड के किनारे पर ही घर है। हमेशा हाकिम-हुक्काम उनके यहाँ आते रहते हैं। महीने में साठ मुर्गियों का खर्च है। लोग कहते हैं कि नए इसडिओ जब आए तो सारे इलाके में यह बात मशहूर हो गई कि बड़े कड़े हाकिम हैं; किसी के यहाँ न तो जाते हैं और न किसी का पान ही खाते हैं। लेकिन कमरुद्दीबाबू भी पीछा छोड़नेवाले आदमी नहीं। इसडिओ का डलेबर मुसलमान है। उसको कुरान की कसम देकर पान-सुपारी खाने के लिए दिया। बस, एक बार कटिहार से लौट रहे थे इसडिओ साहब, ठीक कमरुद्दीबाबू के घर के सामने आकर मोटरगाड़ी खराब हो गई। दस बजे रात को इसडिओ साहब और कहाँ जाते ?...उसके बाद से ही कमरुद्दीबाबू आँख मूँदकर बिलेक करने लगे। एक बार पुरैनिया मिटिन में कँगरेसी खुशायबाबू ने हाकिम से कहा—"पबलिक बहुत शिकायत करती है।" कमरुद्दीबाबू ने हँसते हुए पूछा—"हिन्दू पबलिक या मुसलमान ?" हाकिम भी समझ गए—कमरुद्दीबाबू लीगी हैं, इसीलिए लोग झूठ-मूठ दोख लगाते हैं।...अब तो बालदेव जी पुर्जी देंगे। बालदेव जी को बिलैती कपड़ा से क्या जरूरत है ? खध्धड़ को छोड़कर दूसरे कपड़े को छूते भी नहीं।...छूते हैं ? छूने में हर्ज नहीं।...

"जै हो, गन्ही महतमा की जै हो !"...कल खम्हार खुलेगा, पिछले साल तो खम्हार खुलने के दिन जालिमसिंह का नाच हुआ था। जालिमसिंह सिपैहिया ने एक डोमिन से शादी कर ली थी।...लेकिन इस बार कीर्तन होना चाहिए। सुराजी कीर्तन ! बेतार कहता है—इस बार बिदापत नाच होगा। डागडरबाबू, बिदापत नाच देखेंगे।...तहसीलदार साहब

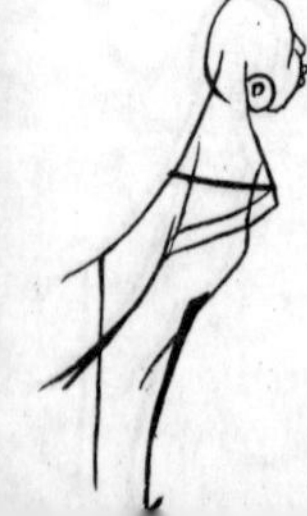

तो हँसते-हँसते लोट-पोट हो गए। कितना समझाया कि डागडरबाबू, वह तो बहुत पुराना नाच है। खाली बिकटै[1] होता है। डागडरबाबू कहने लगे–'बिदापत ही करवाइए।' पासवानटोली के लिबडू पासवान को खबर दे दी गई है। लिबडू नाच का मूलगैन है। मूलगैन, अर्थात् म्यूजिक डायरेक्टर !

कालीचरन का कीरतन नहीं होगा ? अच्छा कोई बात नहीं, डाक्टर साहब को एक दिन कीरतन सुना देंगे।

बालदेव जी को डागडरबाबू की बुद्धि पर अचरज होता है–बिदापत नाच क्या देखेंगे ? बड़ा खराब नाच है। कोई भला आदमी नहीं देखता। खराब-खराब गीत गाता है। नाच ही देखने का मन था तो तहसीलदार साहब से कहकर सिमरबनी गाँव की ठेठर कम्पनी को बुला लेते। आने-जाने और पचास आदमी के खाने का खर्चा क्या तहसीलदार साहब नहीं दे सकते ?...गाँववाले देखते तो आँखें खुलतीं। सिमरबनी का ठेठर कम्पनी मशहूर है, महाबीर जब दुर्जोधन का पाठ लेकर हाथ में तरवार लेकर गरजते हुए निकलता है तो एक कोस तक उसकी बोली साफ सुनाई पड़ती है–"बस बन्द करा दो यह मृदंग बाजा, हमको अच्छा नहीं लगता।"

*धिन्ना धिन्ना धिन्ना निन्ना निन्ना !*
*धिन तक धिन्ना, धिन तक धिन्ना !*

बिदापत नाच का मृदंग 'जमीनका' दे रहा है–चलो ! चलो ! चलो !

*धिनक धिनक धा तिरकिट धिन्ना !*
*धिनक धिनक धा तिरकिट धिन्ना !*

गाँव-भर के लोग तहसीलदार साहब के खम्हार में जमा हुए हैं। शामियाना तान दिया गया है। शामियाना खचमखच है। डाक्टरबाबू, सिंघ जी और खेलावनसिंह यादव कुर्सी पर बैठे हैं ! कालीचरन अपने दल के साथ है। जोतखी जी नहीं आए हैं। सिंघ जी ने कहा–"आज भी उनके दाँत में दरद है भाई !" सभी ठठाकर हँस पड़ते हैं। सभी जोतखी जी के नहीं आने का कारण जानते हैं–उनका बेटा नामलरैन भी बिदापत नाच का समाजी है।–बाभन नाचे तेली तमाशा देखे ! कुपुत्र निकला रामनारायण ! शिव हो !...बालदेव जी नहीं आए हैं। कोई भला आदमी नहीं देखता बिदापत नाच ! अब मृदंग पर 'चलंती' बज रहा है–

*तिरकिट धिन्ना, तिरकिट धिन्ना !*
*धिन तक धिन्ना, धिन तक धिन्ना !*
*धिनक धिनक धा,*
*धिक् धिक् तिन्ना।*

"ओ... ! होय ! नायक जी !"

बिकटा[2] आया। भीड़ में हँसी की पहली लहर खेल जाती है–सैकड़ों मुक्त हृदयों

---

1. कॉमिक, 2. विदूषक।

की हँसी !...पायल की झनकार !

मुँह पर कालिख-चूना पोतकर, फटा-पुराना पाजामा पहनकर लौकायदास बिकटा बन गया है। वह जन्मजात बिकटा है। भगवान ने उसे बिकटा ही बनाके भेजा है। ऊपर का ओंठ त्रिभुजाकार कटा है। सामने के दाँत हमेशा निकले रहते हैं और शीतला माई ने एक आँख ले ली है। बात गढ़ने में उस्ताद है।

"ओ ! होय ! हो नायक जी !"

"क्या है ?"

"अरे, यह फतंग-फतंग क्या बज रहे हैं ?"

"अरे, मृदंग बज रहा है। यह करताल है, यह झाल है।"

"सो तो समझा। यह धड़िंग धड़िंगा, गनपतगंगा क्या बजाते हैं ?"

"नाच होगा नाच, विद्यापति नाच !"

"ओ, हम समझे कि 'लीलामी' का ढोल बोल रहा है।"

...धिन ताक धिन्ना, धिन ताक धिन्ना !

*आहे ! उत्तरहि राज से आयेल हे नटुकवा कि आहे मैया*
*कि आहे मैया सरोसती हे परथमे वन्नोनि हे तोहार !*
*...हमहूँ मूरख गँवार कि आहे मैया,*
*सरोसती, भूलल आखर जोड़िके आहे मैया,*
*कंठे लीहै हे बास !*

"ओ...ओ, होय नायक जी !" बिकटा जोर से चिल्ला उठता है। ताल भी कट चुका है। ठीक ताल काटने के समय बिकटा को चिल्लाना चाहिए, इसलिए मृदंग के ताल का ज्ञान बिकटा को होना ही चाहिए।

"तुम कैसा बेकूफ हो जी !"

"अरे हो नायक जी ! यह आप लोग किसका बन्दना कर रहे हैं ?"

"हा-हा ! हा ! हा-हा-हा !...हँसी की दूसरी, लेकिन हल्की लहर।

"बेकूफ ! सुनते नहीं हो, सरोसती माता का बन्दना है !"

"यह सुरस्सु सुरती...सुर...सुरसस्सती माता को तुम देखा है ?...हमको तुम बेकुफ कहते हो ? बेकुफ तो तुम खुद हो। अरे, सरस्सती का बन्दना तो पढ़ल पन्नित लोग करता है।"

...हा ! हा ! हा-हा !...भीड़ में खिलखिलाहट।

"तो हम लोग किसको बंदेंगे ?"

"ऊँह, तुम खाँटी चलानी घी हो, जिस चलानी घी की पूड़ी भंडारा में हुई थी जिसको खाकर हमारा पेट दस दिन खराब रहा था।...बिना किसी मिलावट के तुम भी खाँटी बेकूफ मालूम होते हो। इतना भी नहीं जानते ? सुनो ! जरा बजाने कहो—धिनक धिन्ना, तिरकिट धिन्ना !"

"अरे दाल बन्दो, भात बन्दो, साग बन्दो बथुआ !

"यह तो हुआ कच्ची, सरकार !" अब जरा पक्की सुनिए–

"अरे चूड़ा बन्दो, भूजा बन्दो, रोटी बन्दो मड़ुआ !"

...हा ! हा ! हा !...हा ! हा !...

"अब फल मेवा, सरकार !

"अरे गुलर बन्दो, डुमर बन्दो और बन्दो अल्हुआ !"

हा ! हा ! हा !...सैकड़ों खिलखिलाहट !

"हल बन्दो, बैल बन्दो और बन्दो गइआ !

"...अब सबसे बड़ा भगवान !"

बिकटा मुँह बनाता है।

"चटाक पटपट दड़त सिर पर भागत बाप के भूतवा।
सबसे बढ़ि के तोहरे बन्दो मालिक बाबूक जूतवा !"

बिकटा खेलावन के पैर के सलमसाही जूते को प्रणाम करता है।

डाक्टर साहेब तो अचरज से गुम हो गए हैं; एकदम खो गए हैं नाच में।...इस बार नाच जमेगा। आखिर यह सब पुरानी चीज है, क्यों भाई !...सब बात तो ठीक ही कहता है।

...धिन्ना धिन्ना, धिन्ना तिन्ना। समाजी लोगों ने शुरू किया :

*आहे लेल परवेश परम सुकुमारी हे,*
*हँस गमन बिरखामान दुलारी हे।*

मृदंग के ताल पर दबे पाँवों नटवा आता है। ताल पर ही चलकर सबसे पहले मृदंग को प्रणाम करता है, फिर झाल-करताल की ओर, अन्त में मूलगैन लिबडू पासवान का पैर छूकर प्रणाम करता है। पोलियाटोली के छीतनदास का बेटा चलित्तरा लड़कियों की तरह लम्बा बाल रखता है। नाक में बुलाक भी हमेशा पहने रहता है। वह नटवा है। अभी साज-पोशाक पहनकर एकदम बाभिन की तरह लग रहा है छौंड़ा।...कान में कनफूल किसका है ? कमली दीदी का ?...वाह रे छौंड़ा, आज यदि यह कान का कनफूल बकसीस में जीत ले तो समझें कि असल बिदपतिया का चेला है।...मृदंग बजाता है उचितदास ! क्या कहा–असल बिदपतिया ?...हम सहरसा के गैनू मिरदंगिया का चेला है।–जानते नहीं, गैनू मिरदंगिया एक बार अपने समाजी के साथ कहीं से नाचकर आ रहा था। चोर लोग जानते थे कि गैनू मिरदंगिया का समाज एक-एक सौ रुपैया नकद, धोती, कुर्ता, गमछा वगैरह लेकर घर लौटता है। बस, ठुट्ठी पाखर के पेड़ के पास चोरों ने घेर लिया गैनू मिरदंगिया को। वह पीछे पड़ गया था–दिसामैदान के लिए सायद। गैनू मिरदंगिया ने क्या किया ? बोलो तो ! नहीं जानते ? हा-हा ! मिरदंग पर थाप दिया। दाहिने पूरे पर अंगुलियाँ फिरकी की तरह नाचने लगीं–धृकिट धिन्ना ना निन्ना ना निन्ना ना ना। तो मृदंग के पूरे की सूखी चमड़ी मानो जी उठी; साफ आदमी की तरह बोली निकली–'ठुट्ठी पाखैर तर चोर घेरलक हो, चोर घेरलक !"...लिबडूदास का समाजी है, खेल नहीं ! नाच बेटा !...

धिरिनागि धिरिनागि धिरिनागि धिनता !

*आहे तन मन बदन मदन सहजोर हे,*
*आहे दामिनी ऊपर...*

"है रे ! है रे ! है रे !" बिकटा कलेजा पकड़कर मुँह बनाता है।

...धिनक धिनक ता, धिनक धिनक ता...

*आहे, दामिनी ऊपर उगलय चान हे।*

बिकटा मूर्छित होकर गिर पड़ता है—"अरे बाप !"

"अरे क्या हुआ ?"

"अरे बाप !"

"अरे ! बोलो भी तो ? क्या हुआ ?"

"अच्छा नायक जी, एक बात बताइए। जल्दी बताइए। आस्मान का चान यदि धरती पर उतर आया है तो धरती के चान को ऊपर जाना पड़ेगा ?"

"अरे धरती पर भी कहीं चान होता है ?"

"सुनिए जरा इसकी बोली ! इसीलिए न कहा था कि खाँटी चलानी घी हो। अजी हमारी एक ही बिजली बत्ती खराब है, तुम्हारी क्या दोनों खराब हैं ?...आजकल रेलगाड़ी में सुनते हैं कि बत्ती नहीं जलती। पहले बिलेकोट तब तो बिलेक मारकेट।"...हा ! हा ! हा ! हा !...साला कटिहार नानी के यहाँ बराबर जाता है। रेलगाड़ी की भी गलती निकालता है। अंग-भंग आदमी सारी दुनिया को अंग-भंग देखता है। सुनो क्या कहता है, धरती का चान किसको बनाता है ?

"अरे भकुआ नायक जी, धरती का चान अपनी छतीसों कल्ला के साथ तुम्हारे सामने खड़ा है, चौंधिया गए हो क्या ? जरा छट्ठम लैट जलाकर देखो।"

...हा ! हा ! हा ! हा !...साला अलबत्त बात बनाता है !

"छट्ठम लैट नहीं जानते ? देखो पंचम लैट तो यही है जो अभी पंच परमेसर के बीच में जल रहा है।...छट्ठम लैट तुम्हारे घर में आजकल जलता है ! तेल मिलता ही नहीं—एक पटुआ के संठी में आग लगाकर हाथ में लेकर खड़ा रहो, भकभक गैशबत्ती की-सी रोसनी होने लगेगी। हम आजकल यही करते हैं।...अच्छा, आप ही लोग देखिए पंच परमेसर, हमसे ज्यादे सुन्नर यहाँ कोई हैं ?"

"नहीं नहीं, आप तो कामदेव के औतार हैं।" सिंघ जी कहते हैं।

हा ! हा ! हा ! हा ! हा ! हा ! नाचो रे चलितरा ! आज मोहड़ा[1] पड़ा है ! जी खोल के नाच बेटा !...

धिनागि धिन्ना, तिरनागि तिन्ना
धिनक धिनता तिटकत ग-द-धा !...
आहे चलहु सखि सुखधाम, चलहु !

1. मोर्चा।

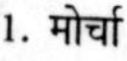

आहे कन्हैया जहाँ सखि हे,
राास रचाओल हे ! चलहु हे चलहु !
...धिन्ना तिन्ना ना धि धिन्ना !
आहे सिर बिरनाबन कुंज गलिन में
कांन्हु चरावत धेनु,
आहे मुड़ली जे टेड़े बिरीछी के ओटे,
आहे अबे ग्रिहे...
...धिरिनागि धिरिनागि धिरिनागि...
आहे ! अबे ग्रिहे रहलो नि जाए, चलहु हे चलहु !

ततमाटोली की औरतों के गिरोह में बैठी फुलिया का जी ऐंठता है...अबे ग्रिहे रहलो नि जाए !

तहसीलदार साहब की हबेली की सामनेवाली खिड़की खुली हुई है। कमली दीदी भी देख रही है। नहीं देखेगी तो बक्सीस कैसे देगी ?

"देखा बेटा ! फिरकी की तरह नाच ! पुरइन के फूल की तरह घाँघरी खिल जाए !"

"अरे हो नायक जी ! एक बात तो बताइए। वह हमको छोड़कर कहाँ जा रही है ? चलहु-चलहु—कहीं मेला-तमासा है या भोज है ? या कपड़ा की पुर्जी बँटती है ?"

"अजी वह तुम्हारे ही पास जा रही है। तुम्ही किसुनकन्हैया हो न ! तुम्हारे रूप पर मोहित हो गई है।"

"आ !...वही तो हम भी कहते थे कि हमको छोड़कर कहाँ जा रही है ! हम कन्हैया हैं, लेकिन कन्हैया के बाप का नाम तो नन्द था और हमारे बाप का नाम उजाड़ूदास।"

...हा-हा ! हा-हा ! हा-हा !

"अरे उल्लू ! तुम्हारे बाप का नाम उजागिरदास था। तुम इसको खराब करके काहे बोलते हो ?"

"उजागिरदास तो माय-बाप ने रख दिया था। लेकिन जिस मालिक के यहाँ भैंस-गाय चराने के लिए भरती होते थे, वही उनको कुछ दिन बाद मार-पीटकर निकाल देता था। मेरे बाबूजी गाय-भैंस लेकर जाते थे और मालिक के ही हरे-भरे खेत में छोड़कर सो जाते थे—मिहनत किया है लछमी ने, बैल ने ! मालिक लोग दूध-घी खा-खाकर जिस भैंस के दूध से मोटे हो गए हैं, इस उपजा में तो इनका भी हिस्सा है। खाओ लछमी !...इसलिए लोगों ने उनका नाम उजाड़ूदास रख दिया।"

नटवा अब गाँजा में दम मार आया है। अब देखना, नाच जमाएगा छौंड़ा आज।

धिरनागि धिन्ना...

*आहे कुंज भवन से निकलल हो,*
*आहे सखि रोकल गिरधारी !*

"हाँ, चोरी-चोरी घर से निकलकर कोठी के बागान में जाओगी, रसलील्ला करने,

तो रोकेगा नहीं ? अच्छा किया है।'' बिकटा अपने-आप बड़बड़ाता है।

नटुआ दोनों हाथ जोड़कर, फन काढ़े गेहुअन साँप की तरह हिलते-डुलते, कमर के सहारे बैठ रहा है। धरती पर घाँघरी पुरैन के पत्ते की तरह बिछी हुई है।...मिनती करती है। है रे... ! है रे !...वाह रे छौंड़ा ! नाम रखा लिया गाँव का !

*आहे, एकहि न-ग-र बसू माधव हो,*
*आहे जनि करू बटवा-वा-री !*
*आहे छोड़ू छोड़ू जदूपति आँचर हो,*
*हो भाँगत न-ब सारी।*

''हाँ भैया ! कोटा-कनटरोल का जमाना है। कपड़ा नहीं मिलता है। जरा होसियारी से... !''

*अरे अपजस होइत जगत भरि हो !*

''ओह बड़ी कुलमन्ती बनी है ! लछलछ किरिया खाए कुलमन्त, मोर मन नहिं पतिआए।'' बिकटा बीच-बीच में टोकता रहता है।

*आजु परेम रख लय लीह हो,*
*आहे पंथ छाड़ू झटकारी !*

''सब दही जुठैलक रे किसना। आहि रे बाप !'' बिकटा चिल्लाता है।

*आहे संग के सखि अगुआइल हो*
*आहो कान्हा, ह-म-हू एकसरि नारी !*

''है रे ! है रे ! एकसरि नारि रे !''

*भनहिं विद्यापति गाओल हो, सुनू कूलमन्ती नारी*
*हरि के संग किछु डर नाहिं हे... ।*

''हाँ, हरि के संग काहे दोख होगा ! जितना दोख, हम सब लोगों के साथ। अपने खेले रसलील्ला, हमरे बेला में पंचायत का झाड़ू और जूत्ता।''

क्या है ? क्या हुआ..डागडर साहब का नेंगड़ा नौकर आकर क्या बोलता है ?... कमली दीदी ने कनफूल दे दिया ?...रे ?...वाह रे छौंड़ा ! नाम किया !...जीओ रे चलित्तरा ! जीओ !

बिकटा भी क्यों पीछे रहे ? वह भी आज 'थै-थै' कर देगा। नाच जमा है आज ! ''अरे होय नायक जी ! हमारे दुख को देखनेवाला, सुननेवाला कोई नहीं।''

''क्या हुआ ?''

''लेकिन कहें कैसे ?'' बिकटा तहसीलदार की ओर उँगली उठाकर डरने की मुद्रा बनाता है।

''अरे ! हम समझ गए। तो कहो न भाई,'' तहसीलदार समझ जाते हैं, ''दुनिया में सिर्फ हम ही एक तहसीलदार-पटवारी हैं ? बात तो तुम ठीक ही कहोगे। सुनते हैं डाक्टर साहब, अब यह तहसीलदार का बिकटै करेगा !''

''नायक जी ! हमको धीरज बँधानेवाला कोई नहीं। सुनते हैं कि बराहछत्तर में

सरकारबहादुर कोसी मैया को बाँध रहा है, लेकिन हमारे दिल को बाँधनेवाला कोई नहीं !''

''अरे कहो भी तो !''

''अच्छा तो सुनो ! पचास साल पहले से सुरू करते हैं, सर्वे सितलमंटी[1] साल से।''

...सुनो ! सुनो ! जरूर कोई नई बात जोड़ा है। यह भी बकसीस वसूल करेगा।

''बजाने कहो—ताकधिन-ताकधिन !''

*अरे केना के बाँधबै रे धीरजा, केना के बाँधबै रे,*
*अरे मुद्दई भेल पटवारी रे धीरजा केना के बाँधबै रे !*

''सर्वे जब होने लगा !''

*दस हाथ के लग्गा बनैलके*
*पाँचे हाथ नपाई !*

...पाँच हाथ पार ? हा...हा...हा !...

*गल्ली-कुची सेहो नपलकै,*
*ढीप-ढाप सेहो नपलकै,*
*घाट-बाट सेहो नपलकै,*
*डगर-पोखर सेहो नपलकै।*

''तब ?''

*हाथी जस भलवेसन बैठलकै,*
*जम्मा भेलै भारी रे धीरजा के केना बाँधबै रे !*

''इधर जमींदार सिपाही छप्पर पर का कद्दू, लत्तर का खीरा, बकरी का पाठा और चार जोड़ा कबूतर सिरिफ तलबाना में ही साफ कर गया।''

''तब ?''

*थारी बेंच पटवारी के देलियै,*
*लोटा बेंच चौकीदारी।*
*बाकी थोड़ेक लिखाई जे रहलै,*
*कलक देलक धुराई रे धिरजा।*

''आखिर...''

*कहे कबीर सुनो भाई साधो*
*सब दिन करी बेगारी*
*खँजड़ी बजाके गीत गवैछी*
*फटकनाथ गिरधारी रे धिरजा।*

ओ-हो-हा-हा, खी-खी-खी...हा-हा !...शामियाना फट जाएगा। कमाल कर दिया साले ने। अलबत्ता जोड़ा। वाह !...वाह रे लौकायदास !

---

1. सर्व सेटलमेंट।

डाक्टर तहसीलदार से पूछता है, ''गीत तो विद्यापति का गाता है। बिकटै की रचना किसने की है ?''

''आप भी डाक्टरबाबू क्या पूछते हैं,'' तहसीलदार साहब हँसते हैं, ''इनकी रचना के लिए भी कोई तुलसीदास और बाल्मीकि की जरूरत है ? खेतों में काम करते हुए तुक पर तुक मिलाकर गढ़ लेता है।''

...डाक्टर साहब ने बिकटा को क्या दिया ?...पँचटकिया लोट ?...बाजी मार लिया बिकटा ने भी।

*आहे परथम समागम पहुसंग हे...*

धिरनागि धिरनागि !

भुरुकवा उगने के बाद नाच खत्म हुआ। खूब जमा।–अब खुलेगा खम्हार।

बिछावन पर लेटकर डाक्टर सोचता है–कोमल गीतों की पंक्तियाँ ! अपभ्रंश शब्द भी कितने मधुर लगते हैं !...'पिया भइले डुमरी के फूल रे पियवा भइले।...चाँद बयरि भेल बादल, मछली बयरि महाजाल, तिरिया बयरि दुहु लोचन–हिरदए के भेद बताए।–भोंमरा-भोंमरी–रोई-रोई कजरा दहायल, घामे तिलक बहि गेल।...चान के उगयत देखल सजनि गे...लट धोए गइली हम बाबा की पोखरिया–पोखरि मैं चान केलि करे।'

डाक्टर सोचता है–विद्यापति की चर्चा होते ही कविवर 'दिनकर' का एक प्रश्न बरबस सामने आकर खड़ा हो जाता था–''विद्यापति कवि के गान कहाँ ?'' बहुत दिनों बाद मन में उलझे हुए उस प्रश्न का जवाब दिया–ज़िन्दगी-भर बेगारी खटनेवाले, अपढ़ गँवार और अर्धनग्नों में, कवि ! तुम्हारे विद्यापति के गान हमारी टूटी झोंपड़ियों में ज़िन्दगी के मधुरस बरसा रहे हैं।–ओ कवि ! तुम्हारी कविता ने मचलकर एक दिन कहा था–चलो कवि, बनफूलों की ओर !

...बनफूलों की कलियाँ तुम्हारी राह देखती हैं।

# सोलह

मुसम्मात सुनरी !

टक्का कटपीस—एक गज।

छींट—डेढ़ गज।

मलेछिया साटिन—एक गज।

साड़ी—एक नग।

बालदेव जी कपड़े की पुर्जी बाँट रहे हैं। रौतहट टीशन के हंसराज बच्छराज मरवाड़ी के यहाँ कपड़ा मिलेगा।

खेलावन यादव के दरवाजे पर खड़े होने को भी जगह नहीं। सुबह से पुर्जी बाँट रहे हैं, दोपहर हो गई।...साड़ी नहीं है !...नहीं ?...बालदेव जी ! हमको एक साड़ी...रौफा की माए एकदम नगन हो गई है बालदेव जी !

बालदेव जी कहते हैं, "देखिए ! मौजे-भर में सिरफ सात साड़ियाँ दी गई थीं। चार फर्दी हैं, वह तो मालिक लोगों के घर में पहनने की चीज है...चौदह रुपए जोड़ी। बाकी तीन साड़ियों को हमने इस तरह बाँट किया है, ऐसे लोगों को दिया है जो एकदम बेपरदे..."

"बेपरदे तो सारा गाँव है बालदेव जी !"

खेलावन यादव कहते हैं, "इतने दिनों से जब कमरुद्दीबाबू पूर्जी बाँटते थे, उस समय गाँव की औरतें बेपरदे और नगन नहीं थीं क्या ? भाई, जितना है उसी में इनसाफ से बाँट-बखरा कर लो।"

कालीचरन जिद्द कर रहा है, पुर्जी पर दो गज छींट और लिख दीजिए; हरमुनियाँ का खोल बनावाएँगे। बालदेव जी नहीं मानते।...आदमी के पहनने के लिए कपड़ा नहीं, हरमुनियाँ-ढोलक को चपकन सिलाकर पहनावेगा ?...देखो तो भला !

बालदेव जी का राह चलना मुश्किल हो गया है। कपड़ा की मेंबरी मिली है कि बलाए है ! दिसा-मैदान जाते समय भी लोग पीछा नहीं छोड़ते हैं।...जायहिन्द बालदेव जी ! आए थे तो आपके ही पास। दुलारी का गौना है।...अच्छा-अच्छा चलिए, हम दिसा से आते हैं।...कपड़ा अब कहाँ है ? रिचरब[1] में भी नहीं है। सिरिफ कफन और सराध का कपड़ा है।...उसी में से ? कैसे देंगे ? कफन और सराध का कपड़ा गौना में ?

बालदेव जी को क्या मालूम कि दुलारी का गौना पाँच साल पहले हो गया है और उसके तीन बच्चे भी हैं।

लछमी दासिन ने रामदास को भेजा था, "आचारज जी आ रहे हैं। आपको तो आजकल छुट्टी ही नहीं रहती है। उधर जाते भी नहीं। कंठी लेने की बात हुई थी ?...सो, आपकी क्या राय है ? आचारज जी आ रहे हैं। चादर-टीका के लिए चादर के अलावे पूजा-विदाई के लिए भी एक जोड़ी धोती चाहिए—बिना कोर की, महीन मारकीन की या ननकिलाठ की धोती।...और कोठारिन जी को भी कपड़ा नहीं है।"

बड़ी मुश्किल है ! रिचरब में थोड़ा कपड़ा है सो सादी-बिहा और सराध के लिए। कैसे दिया जाए ! ओ ! आचारज जी महन्थसाहेब के सराध में ही आए हैं। तब ठीक है।...सिरिमती...नहीं, सिरिमती नहीं। दासिन लछमी कोठारिन—ननकिलाठ, दस गज ! फैन मारकीन, दस गज। चद्दर, एक !

रामदास याद दिला देता है, "लँगोटा-कोपीन के लिए भी एक गज।"

बड़ी मुश्किल है ! बालदेव जी को अब रोज दस-पन्द्रह बार से ज्यादे झूठ बोलना पड़ता है। क्या किया जाए ? बड़ा संकट का काम है।...इधर जिला कांग्रेस की मिटिन भी है। मेनिस्टर साहब आ रहे हैं। गाँव से झंडा-पत्तखा और जत्था भी ले जाना होगा। जिला सिकरेटरी गंगुली जी ने चिट्ठी दी है। परचा भी आया है...।

1. रिजर्व।

चलो ! चलो ! पुरैनियाँ चलो ! मेनिस्टर साहब आ रहे हैं। औरत-मर्द, बाल-बच्चा, झंडा-पत्तखा और इनकिलास-जिन्दाबाघ करते हुए पुरैनियाँ चलो !...रेलगाड़ी का टिकस ?...कैसा बेकूफ है ! मेनिस्टर साहब आ रहे हैं और गाड़ी में टिकस लगेगा ? बालदेव जी बोले हैं, मेनिस्टर साहब से कहना होगा, कोटा में बहुत कम कपड़ा मिलता है।...चलो-चलो, पुरैनियाँ चलो। भुरुकवा उगते ही कालीथान के पास जमा होकर जुलूस बनाकर चलो !

"बोलिए एक बार—काली माय की जाये !"

"जाये ! जाये !"

"बोलिए एक बार परेम से—गन्ही महतमा की जै !"

"जाये ! जाये !"

फरर...र...र...र, पेड़ पर घोसलों में सोए हुए पंछी पंख फड़फड़ाकर उड़े। कालीचरन कहता है, यदि गुलेटा रहता तो अँधेरे में भी अभी एक-दो हरियल को मारकर गिरा देते। बासुदेव कहता है—चुप रहो। बालदेव जी ने नहीं सुना, नहीं तो अभी फिर अनसन...।

गिनती करो। कितनी औरत, कितने मरद ? अभी बच्चों को मत लो, झंझट होगा। कालीचरन और गूदर सबों की देह छू-छूकर गिनते हैं। कालीचरन कहता है—पाँच कोरी चार औरत। गूदर हिसाब करता है—चार कोरी दस मरद।...मातबर लोग काहे जाएगा ? मातबर लोग तो हमेशा गदारी करते हैं।...बालदेव जी ने आज फिर एक नई बात कही—गदारी ! गदारी !...गदारी ?

जुलूस में गाने के लिए बालदेव जी को दो ही गीत याद हैं। एक नीमक कानून के समय का सीखा हुआ—'आओ बीरो मरद बनो अब जेहल तुम्हें भरना होगा।' दूसरा, बियालिस, मोमेंट के समय जेहल में सुना था—'जिन्दगी है किरान्ती की किरान्ती में लुटाए जा।' लेकिन यह तो सोशलिस्ट पाटीवाला गाता है।...पुराना ही ठीक है...आओ बीरो मरद बनो...! आज बालदेव जी खुद गाते हैं : सुनरा भी गीत का आखर धरता है :

तन्त्रिमाटोली के मंगलू ततमा को कँपकँपी लग जाती है। जेहल ! अरे बाप !...ये लोग जेहल ले जा रहे हैं। पन्द्रह साल पहले उसको चोरी के केस में सजा हुई थी। जेल के जमादार की पेटी की मार वह आज भी नहीं भूला है। चार हौद[1] पानी रोज भरना पड़ता था। नहीं !...वह पेशाब करने के बहाने पीछे रह जाता है और नजर बचाकर घर की ओर भागता है। सब पगला गया है !

सहर पुरैनियाँ !...यही है सहर पुरैनियाँ—पक्की सड़क, हवागाड़ी, घोड़ागाड़ी और पक्का

1. होज।

मकान !...'एक रत्ती चिनगी चिनगल जाए, सहर पुरैनियाँ लूटल जाए ?...क्या है, बोलो तो ?' 'आग !'...गाँव के बच्चे आज भी बुझौवल बुझाते समय शहर पुरैनियाँ का नाम लेते हैं। मेरीगंज के इस जुलूस में चार आदमी ऐसे भी हैं जो शहर पुरैनियाँ पहले भी आए हैं। बहुत तो आज ही पहली बार रेलगाड़ी पर चढ़े हैं। कलेजा धकधक करता है। जिसके हाथ में गन्ही महतमा का झंडा रहता है, उससे गाटबाबू, चिकिहरबाबू, टिकस नहीं माँगता है।...सचमुच में रेलगाड़ी 'जै जै काली छै छै पैसा' कहते हुए दौड़ती है ! जै जै काली ?...यही है कालीपुल। बालदेव जी दिखलाते हैं—यही कालीपुल है। पुल बाँधने के समय पाँच आदमी की बलि दी गई थी।...बाप रे ! पाँच ?...जै काली ! नीमक कानून के समय इसी पुल के नीचे पुलिस के सिपाहियों ने जाड़े की रात में भोलटियरों को लाकर, पानी में भिंगो-भिंगोकर पीटा था। पानी में डुबो देता था, सिर को हाथ से गोते रहता है। दम फूलने लगता था, नाक में पानी चला जाता था।...वह है इसपिताल। अपने गाँव का इसपिताल तो इसके सामने बुतरू[2] है...जेहल ? यही जेहल ? जेहल नहीं ससुराल यार हम बिहा करन को जाएँगे...आओ बीरो जेहल भरो।...फुलिया पुरैनियाँ टीसन से ही कुछ ढूँढ़ रही है...खलासी जी तो काला कुरता पहनते हैं।...यह है कचहरी। यहीं कर-कचहरी में लोग मर-मुकदमा करने के लिए आते हैं ! इसी तरह उपसर्ग लगाकर सब बोलते हैं—कर-कचहरी, खर-खजाना, गर-गरामित, घर-घरहट, चर-चुमौना, जर-जमीन, पर-पंचायत, फर-फौजदारी, बर-बारात, मर-मुकदमा या मर-महाजन !

शहर के लोग भी अचरज से इस जुलूस को देख रहे हैं। इनकिलास...जिन्दाबाघ ! ...कचहरी के मोड़ पर, फल की दुकान पर बैठे हुए मौलवी साहब हँसते हैं—"सब कपड़ा लेने आए हैं ! जाओ-जाओ, मिलेगा कपड़ा इन्कलाब बोलता है। मतलब भी समझता है या...।"

झंडा ? बड़ा झंडा आसमान में लहरा रहा है, वही है रामकिसून आसरम। ऐ ! यहाँ सब कोई खड़े हो जाओ। कपड़ा ठिकाने से पहन लो। उस कल के पास जाकर मुँह धो लो। डरते हो काहे ? बालदेव जी हैं। यहाँ से सत्तरबन्दी होकर चलना होगा। बालदेव जी सबसे आगे रहेंगे। सबसे पहले कालीचरन नारा लगाएगा—इनकिलाब; तब तुम लोग एक साथ कहना—जिन्दाबाघ। वैसे गड़बड़ा जाता है। कालीचरन कहेगा—अंग्रेजी राज; तुम लोग कहना—नास हो। लगाओ लारा कालीचरन ! कालीचरन छाती का जोर लगाकर चिल्लाता है—"इनकिलाब !"

"नाश हो, ज़िन्दा...नाश !"

"ऐ ! ठहरो, नहीं हुआ।"

शिवनाथ चौधरी जी, गंगुली जी, शशांक जी, नाथबाबू, सभी आश्चर्य से देखते हैं। चौधरी जी बालदेव पर बड़े खुश हैं। नाथबाबू कहते हैं, "ऐसे ही सभी वरकर अपने फील्ड में वर्क करें तब तो ? दो महीने में इतने गाँव को अकेले ही आरगेनाइज कर लिया

---

1. बच्चा।



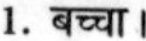

है। चवन्निया मेम्बर कितना बनाया है ? पाँच सौ ? तब तो तुम...आप जिला कमिटी के मेम्बर हो गये।" गांगुली जी तो बालदेव को पहले से ही आप कहते हैं, आज नाथबाबू भी आप कहते हैं।

चौधरी जी कहते हैं, "अरे बालदेव, चरखा-सेंटर खुलवाओ। रचनात्मक काम कुछ होता है या नहीं ?"

खादी भंडारवाले छत्तीसबाबू कहते हैं, "खादी भंडार में खाँटी गाय का घी भेजो देहात से बालदेव !"

सचमुच बालदेव जी गियानी आदमी हैं, बड़े आदमी हैं। जिस सीढ़ीवाली चौकी पर बाबू-बबुआन लोग टोपी पहनकर बैठे हैं उसी पर बालदेव जी बैठे हैं।...अरे, वह कौन है ? बौना ? डेढ़ हाथ का आदमी ! देखने में चार साल के लड़के जैसा लगता है। दाढ़ी-मूँछ देखो ! बोली कितनी भारी है ! धुधुक्का[1] में तो सबों की बोली भारी मालूम होती है। किसी की बोली समझ में नहीं आती है। न जाने कौन देश की बोली बोलता है—हिन्दुस्तान, आजादी और गाँधी जी को छोड़कर और कोई बात नहीं बूझी जाती है...ताली काहे बजाया ? बस, सभा खतम ? मेनिस्टर साहब कहाँ हैं ? कौन ? वही दुबला-पतला, बड़ी-बड़ी मोंचवाला आदमी ? बोलता था एकदम परेम से...आस्ते-आस्ते। माथा की टोपी भी लब्बड़-झब्बड़। उस बार गाँव में दारोगा साहेब आये थे, देखा था ? सारे देह में चमोटी लपेटा हुआ था। मेनिस्टर साहब ऐसे ही हैं ? यह कैसा हाकिम !

कालीचरन कहता है, "मेनिस्टर साहब नहीं, यह रजिन्नरबाबू थे। सुराजी कीर्तन में रोज सुनते हो नहीं...देसवा के खातिर मजरूलहक भइले फकिरवा हो, दीन भेलै रजिन्नरपरसाद देसवासियो।...देस के खातिर अपना सब हक-हिस्सा, जगह-जमीन, माल-मवेशी गँवाकर फकीर हो गए।...आहा-हा !...हूँ ! आजकल मेनिस्टर से भी जादे पावरवाला आदमी हैं। ठीक है, होगा नहीं ? देश के खातिर अपना मजरूलहक माने बिलकुल हक खतम कर दिया।..."

चौधरी जी ने बालदेव जी को दस रुपैया का नोट दिया है—"सबों को जलपान करा देना।"

जै, जै ! चलो ! चलो !

कालीचरन कहाँ है ? बासुदेव भी नहीं है। नहीं, नहीं, लौटते समय लारा लगाने की जरूरत नहीं। लेकिन कालीचरन और बासुदेव कहाँ रह गए ? भीड़ में से किसी ने कहा—वे दोनों एक पैजामावाला सुराजीबाबू के साथ न जाने कहाँ जा रहे थे। बोला, कल जाएँगे।...पैजामावाला सुराजीबाबू ? लेकिन बिना पूछे क्यों गया ? सहरवाली बात है। बालदेव जी कालीचरन पर आजकल खुश नहीं, कालीचरन भी आजकल बालदेव जी से अलग-थलग रहता है।

---

1. लाउड-स्पीकर का भोंपा।

"कालीचरन नहीं, कामरेड कालीचरन। कामरेड माने साथी। हम सभी साथी, आप भी साथी। यहाँ कोई लीडर नहीं। सभी लीडर, सभी साथी हैं।...अच्छा कामरेड, आपके गाँव में सबसे ज्यादे किस जाति के लोग हैं ?...यादव ! ठीक है। भूमिहार ?...एक घर भी नहीं ? गुड ! जुलूस में कितने आदमी थे, सब क्या बालदेव जी से प्रभावित हैं ? माने ब्लाइंड फौलोअर,...यानी आँख मूँदकर विश्वास करनेवाले तो नहीं ? अन्ध-भक्त तो नहीं ?"

"जी, अन्धा भक्त तो महन्थ सेवादास था, सो मर गया। उसकी कोठारिन तो...।"

"...ठीक है। अच्छी बात है। आपने सारी बातें समझ लीं न ? मेम्बरी की जिल्द ले जाइए। कुछ लिटरेचर दे दीजिए इनको राजबल्ली जी ! जरा कामरेड सैनिक जी को इधर भेज दीजिएगा।...ये हैं कामरेड गंगाप्रसाद सिंह यादव सैनिक जी, और आप लोग हैं, कामरेड कालीचरन और...क्या नाम ? हाँ, बासुदेव जी। आज मेरीगंज से रामकृष्ण आश्रम में जो जुलूस आया था, इन्हीं लोगों की सर्दारत में। पार्टी प्लेज पर साइन कर दिया है। मेरीगंज में सबसे ज्यादे यादवों की आबादी है। वहाँ आपका जाना ही ठीक होगा। वहाँ आर्गेनाइज करने में कोई दिक्कत नहीं होगी।..वही, बस बालदेव है एक।...अच्छा कामरेड कालीचरन ! आपको और भी कुछ पूछना है ?" सोशलिस्ट पार्टी के जिला-मन्त्री जी पूछते हैं।

"जी, यदि हम कोई काम करने लगें, दस पबलिक की भलाई का काम, और उसको कोई 'हिंसाबात' कहकर रोके तो हम क्या करेंगे ?" कालीचरन को बस यही पूछना है।

जिला-मन्त्री जी कुछ सोचने लगते हैं। लेकिन कामरेड राजबल्ली जी को कुछ सोचने में समय नहीं लगता; बस, तुतलाने में कुछ देरी लगे तो लगे—"अ-अ-अरे ! काम-काम-रेड, उससे साफ ल-प-लप-लफ्जों में कह दीजिए कि फो-फो-फो-फो टूटी-टी-टू के मुभमेंट में अहिंसा के भरोसे रहते तो आ-आ-आ-ज ग-ग-द्दी नसीब नहीं होती। उससे साफ लप-लप-लफ्जों में कह दीजिए कि तुम रि-रि-रि-ऐक्शनरी हो ! डि-डि-डि-डिम-डिमोर-लाइज्ड हो। यह ले जाइए, 'डा-डा-डा डायले डायलेक्टि...द...द...द...द्वन्द्वात्मक भौतिकवाद', 'स-स-समाजवाद ही क्यों', दो किताबें। इसमें सबकुछ लिखा हुआ है। 'लाल प-प-पताका' की एक कापी ले जाइए ! इसका ग्राह-ग्राह-आ-ह-ग्राहक बनाइए। लाल झंडा ले लिया है न ?"

लाल झंडा !

*उठ मेहनतकश अब होश में आ*
*हाथ में झंडा लाल उठा,*
*जुल्म का नामोनिशान मिटा*
*उठ होश में आ बेदार हो जा !*

कॉमरेड कालीचरन और कॉमरेड बासुदेव !...सुशलिंग पाटी !...रास्ते में कालीचरन बासुदेव को समझाता है, "यही पाटी असल पाटी है। गरम पाटी है। 'किरांतीदल' का नाम नहीं सुना था ?...'बम फोड़ दिया फटाक से मस्ताना भगतसिंह,' यह गाना नहीं

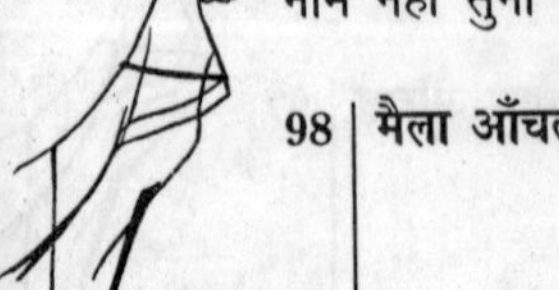

सुने हो ? वही पाटी है। इसमें कोई लीडर नहीं। सभी साथी हैं, सभी लीडर हैं। सुना नहीं। हिंसाबात तो बुरजुआ लोग बोलता है। बालदेव जी तो बुरजुआ है, पूँजीबाद है।...इस किताब में सबकुछ लिखा हुआ है। बुरजुआ, बेटी दुरजुआ, पूँजीबाद, पूँजीपति, जालिम जमींदार, कमानेवाला खाएगा, इसके चलते जो कुछ हो।...अब बालदेव जी की लीटरी नहीं चलेगी। हर समय हिंसाबात, कुछ करो तो बस अनसन।...कपड़ा की मेम्बरी किसी तरह मिल जाए, तब देखना !"

स्टेशन पर बासुदेव जी ने एक किताब खरीदी, सिर्फ एक आने में। 'लाल-किताब' ! एक आदमी झोली में लेकर बेच रहा था—ईशू सन्देश !

दो किताबें हुईं अब—'ईशू सन्देश' और 'द्वन्द्वात्मक भौतिकवाद' !

# सत्रह

आचारजगुरु कासी जी से आए हैं।

सभी मठ के जमोंदार हैं, आचारजगुरु। साथ में तीस मुरती आए हैं—भंडारी, अधिकारी, सेवक, खास, चिलमची, अमीन, मुंशी और गवैया। साधुओं के दल में एक नागा साधू भी है। यद्यपि वह दूसरे मत को माननेवाला मुरती है, फिर भी आचारज जी उसको साथ में रखते हैं। बड़ा करोधी मुरती है। हाथ में छोटा-सा कुल्हाड़ा रखता है। लम्बी दाढ़ी, जटा, सारे देह में भभूत और कमर में सिर्फ चाँदी की सिकड़ी ! नंगा रहता है। महन्थ साहेब के साथ वह जिस मठ पर जाता है, वहाँ के महन्थ और अधिकारी को छट्‌टी का दूध याद करा देता है। क्या मजाल कि सेवा में किसी किस्म की तरोटी[1]

1. त्रुटि।

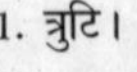

हो ! इसीलिए आचारजगुरु उसको साथ में रखते हैं।

नागा बाबा जब गुस्सा होते हैं तो मुँह से अश्लील-से-अश्लील गालियों की झड़ी लग जाती है।...आते ही लछमी दासिन पर बरस पड़े—"तैरी जात को मच्छड़ काटे ! हरामजादी ! रंडी ! तैं समझती क्या है री ! ऐं, दुनियाँ को तैं अन्धा समझती है ? बोल !...लाल मिर्च की बुकनी डाल दूँ। छिनाल ! तैं आचारजगुरु को गाली देती है ? तेरे मुँह में कुल्हाड़े का डंडा डाल दूँ, बोल ! साली, कुत्ती ! साधू का रगत बहाती है और बाबू लोग से मुँह चटवाती है ! दूँ अभी तेरे गाल पर चाँटा; हट जा यहाँ से, कातिक की कुतिया !"

लछमी हाथ जोड़कर बैठी रहती है। नागा साधू की गालियों पर लोग ध्यान नहीं देते, बुरा नहीं मानते। वह तो आशीर्वाद है। वह नागा बाबा का पाँव पकड़कर कहती है, "छिमा कीजिए परभू दासिन का अपराध !"

रामदास की तो खड़ाऊँ से पीटते-पीटते देह की चमड़ी उधेड़ दी है नागा बाबा ने—"सूअर के बच्चे, कुत्ते के पिल्ले ! तैं महन्थ बनेगा रे ! आ इधर ! तुझको खड़ाऊँ से टीका दे दूँ महन्थी का ! तेरी बहान को ! (खटाक्) तेरी माँ को। (खटाक्) घसियारे का बच्चा ! जा लक्कड़ लाकर धूनी में डाल !"

लरसिंघदास खुश है। इसीलिए तो वह अगवानी करने स्टेशन तक गया था। सारी बातें सुनकर आचारज जी भी क्रोध से लाल हो गए थे।...दासिन को मठ से निकालना होगा। नागा बाबा को पाँच-'भर' गाँजा दिया है लरसिंघदास ने। अधिकारी जी को एक सौ रुपया कबूला है।...महन्थी तो धरी हुई है। सतगुरु की दया है।

आचारजगुरु ने लछमी से स्पष्ट कह दिया है—"रामदास को महन्थी का टीका नहीं मिल सकता। क्या सबूत है कि वह महन्थ सेवादास का चेला है ? है कहीं लिखा हुआ ? कोई वील है ? पन्थ के नियम के मुताबिक चेलाहीन मठ का महन्थ आचारज ही बहाल कर सकता है। तू मठ पर नहीं रह सकती। सेवादास ने तुझे रखेलिन बनाया था। सेवादास नहीं है, अब तू अपना रास्ता देख।"

"साहेब की जो मरजी !"

साहब की मरजी !...नागा बाबा की जो मरजी !

नागा बाबा रात में उठकर एक बार चारों ओर देखते हैं, फिर लछमी की कोठरी की ओर जाते हैं खाली पैर। खड़ाऊँ तो खट-खट करेगी !

...हरामजादी किवाड़ बन्द करके सोती है। यहाँ कौन सोया है ? वही पिल्ला, रामदसवा !..."अरे उठ, तेरी जात को मच्छड़ काटे। दासिन को जगा। बाबा का गाँजा मारकर सेज पर सोई हुई है। कहाँ है मेरा गाँजा ? जानता नहीं, तीन-'भर' रोज की खुराकी है ? कहाँ है ?"

"सरकार ! आधी रात में गाँजा..."

"चुप हरामजादे ! दासिन को जगा।"

"आज्ञा प्रभु !" लछमी किवाड़ खोलकर निकलती है।

"गाँजा कहाँ है ?"

"हाजिर है सरकार !" लछमी एक बड़ी-सी पुड़िया नागा के हाथ में देती है।

...अरे ! हरामजादी के पास इतना गाँजा कहाँ से आया ? पूरा तीन-'भर' मालूम होता है।...यह साला रमदसवा, कोढ़ी का बच्चा यहाँ खड़ा होकर क्या करता है ?"...

"अबे सूअर के बच्चे, तैं यहाँ खड़ा होकर क्या करता है ?"...खट्-खटाक् ! लछमी जल्दी से किवाड़ बन्द कर लेती है।

"अच्छा, कल देखना, तुझे बाल पकड़ मठ से घसीटकर नहीं निकाला तो कसम गुरु मचेन्दरनाथ की !"

लरसिंघदास एकान्त में एक बार लछमी से कहना चाहता है, 'तुम घबड़ाओ मत लछमी ! महन्थ तो मैं ही बनूँगा। तुम मठ में ही रहोगी। तुमको मठ से कोई निकाल नहीं सकता। तुम निराश मत होओ !' लेकिन मौका ही नहीं मिलता है। शायद सुबह ही लछमी कहीं चली न जाए।

आचारजगुरु के जवान अधिकारी को भी रात-भर नींद नहीं आई, "पुरैनियाँ जिला में कम्बल के नीचे भी घुसकर ससुरे मच्छर काटे हैं हो !"

सुबह को लछमी बालदेव जी के पास जाती है। बालदेव जी पुरजी बाँट रहे थे। सारी बातें सुनकर बोले, "कोठारिन जी, आचारजगुरु तो सभी मठ के नेता हैं। वे जो करेंगे, वही होगा। इसमें हम लोग क्या कर सकते हैं ? बड़ा धरम-संकट है ! किसी के धरम में नाक घुसाना अच्छा नहीं है।...तीसरे पहर टीका होगा ? हम आवेंगे।"

लछमी दासिन को बालदेव जी पर पूरा भरोसा था। तहसीलदार साहब घर में नहीं हैं। डाक्टर साहब पर-पंचायत में नहीं जाते हैं। सिंघ जी सुनकर गुम हो गए। खेलावन जी ने तो बालदेव जी पर ही बात फेंक दी—जाने बालदेव !...सतगुरु हो ! कोई उपाय नहीं।

"साहेब बन्दगी कोठारिन जी !"

"कौन ! कालीचरन बबुआ ! दया सतगुरु के !"

"हाँ, टीका कब होगा ? कीरतन नहीं करवाइएगा ?"

लछमी दासिन कालीचरन को रो-रोकर सुनाती है; "काली बाबू ! ऐसी खराब-खराब गाली ! उफ़ ! सतगुरु हो !...मैं अब कहाँ जाऊँगी ? कौन सहारा है मेरा ?"

"अच्छी बात ! आप कोई चिन्ता मत कीजिए।...बालदेव जी क्या करेंगे, वह तो बुरज़ुआ हैं। रोइए मत।"

लछमी देखती है कालीचरन को...उस बार परयाग जी के जादूघर में एक आबलूस की मूर्ति देखी थी, ठीक ऐसी ही।

मठ पर सभी साधू-सती, बाबू-बबुआन, दास-सेवकान शमियाने में बैठे हैं। लरसिंघदास

ने सिर का जुल्फा छिलवा लिया है। अधकट्टी मूँछ को भी मुड़वा लिया है। साधुओं की भाषा में कहते हैं—मोंछभदरा। सुफेद मलमल की नई लँगोटी और कोपीन, देह पर चादर नहीं है।...चादर तो आचारजगुरु देंगे। आचारजगुरु का मुंशी एकरारनामा और सूरतहाल लिख रहा है। लछमी एक किनारे चुपचाप बैठी है जमीन पर। रामदास की सारी देह में हल्दी-चूना लगा है। बालदेव जी को लछमी पर बड़ी दया आ रही है। लेकिन क्या किया जाए !

"सभी साधू-सती, सेवक-सेवकान, सुन लीजिए !" आचारज जी का मुंशी दलील पढ़ता है, "लिखित लरसिंघदास चेले गोबरधनदास मोतफा जात बैरागी फिरके...। अब आप लोग इस पर दस्तखत कर दीजिए।"...लछमी फूट-फूटकर रो पड़ती है। सतगुरु हो !

"तैं चुप रह हरामजादी ! चुप रहती है या लगाऊँ डंडा !" नागा बाबा चिल्लाते हैं, "तैं चुप !"

जो दस्तखत करना जानते हैं दस्तखत कर रहे हैं। बालदेव जी ने भी दस्तखत कर दिया। उनका हाथ जरा भी नहीं काँपा।...कालीचरन दलील हाथ में लेकर उठता है—"आचारज जी ! आप कहते हैं, महन्थ सेवादास बिना चेला के मरा है। आप क्या गाँव के सभी लोगों को उल्लू ही समझते हैं ?"

"कालीचरन !" बालदेव मना करते हैं, "बैठ जाओ।"

"कालीचरन !" खेलावन यादव डाँटते हैं।

लेकिन कालीचरन आज नहीं रुकेगा। कोई हिंसाबाद कहे या अनसन करे ! वह भी भाखन दे सकता है।

"...हम जानते हैं और अच्छी तरह जानते हैं कि रामदास इस मठ का चेला है, महन्थ सेवादास का चेला है। उसको महन्थी का टीका न देकर, आप एक नम्बरी बदमास को महन्थ बना रहे हैं।...मठ में हम लोगों के बाप-दादा ने जमीन दान दी है, यह किसी की बपौती सम्पत्ति नहीं...।"

"तेरी जात को मच्छड़ काटे, चुप साले ! कुत्ते के बच्चे ! अभी कुल्हाड़े से तेरा...! तेरी माँ को...।"

"चुप रह बदमास !" कामरेड वासुदेव उछलकर खड़ा होता है।

"पकड़ो सैतान को !" कामरेड सुन्दर चिल्लाता है।

"भागने न पावे !"

"मारो !"

...ले-ले ! पकड़-पकड़ ! मार-मार, हो-हो !...रुको, ऐ बासुदेब ! ऐ सुन्दर !...ऐ !

नागा बाबा दाढ़ी छुड़ाते हैं, जटा छुड़ाते हैं, थप्पड़ों की मार से आँखों के आगे जुगनू उड़ते नज़र आ रहे हैं। गाँजे का नशा उतर गया है।...आखिर दाढ़ी और जटा नोंचवाकर, कुल्हाड़ा छोड़कर ही भागते हैं।...पकड़ो, पकड़ो.! छोड़ दो, छोड़ दो ! अब मत मारो ! नागा बाबा भागे जा रहे हैं। भभूत लगाया हुआ नंग-धड़ंग शरीर, बिखरी हुई जटा ! दौड़ते समय उनकी सूरत और भी भयावनी मालूम होती है। गाँव के कुत्ते पागल हो जाते

हैं। भौं ! भौं !...नागा बाबा के पीछे दर्जनों गँवार कुत्ते दौड़ रहे हैं। अधिकारी महन्थ लरसिंघदास तो चार चाँटे में ही चें बोल जाते हैं—"नहीं लेंगे महन्थी, छोड़ दीजिए हमको !"

"छोड़ दो ! छोड़ दो !" कालीचरन हुक्म देता है। लरसिंघदास भी भागते हैं।

पंचों को लकवा मार गया है; साधुओं की हालत खराब है। पंचों के मुँह पर हवाइयाँ उड़ रही हैं। और सबों के बीच, कालीचरन हाथ में दलील लेकर सिकन्नरशाह बादशा की तरह खड़ा है। पलक मारते ही क्या-से-क्या हो गया !...जैसे रामलीला का धनुसजग हो गया।...

"अब आचारज जी, आपसे हम अरज करते हैं कि सुरतहाल पर रामदास जी का नाम चढ़ाकर महन्थी का टीका दे दीजिए।"

आचारजगुरु काँपते हुए कहते हैं, "ब-बुआ ! हम तो सतगुरु की दया से...हमको तो लोगों ने कहा कि सेवादास का कोई चेला ही नहीं था। जब रामदास उसका चेला है तो वही महन्थ होगा।...मुंशीजी, लिखिए सूरत-हाल ! ले आओ, चादर, दही का बरतन !"

रामदास नहा-धोकर, देह के हल्दी-चूने के दाग को छुड़ा आया है। दही का टीका कपाल पर पड़ते ही सारे देह की जलन मिट गई।...सतगुरु हो ! सतगुरु हो !

पूजा-विदाई लिए बिना ही आचारज जी आसन तोड़ रहे हैं। पंचायत के लोग भी चुपचाप अपने-अपने घर की ओर वापस होते हैं। लछमी हाथ में पूजा-विदाई की थाली लेकर खड़ी है—"कबूल हो प्रभू ! दासिन का अपराध छिमा करो प्रभू !"

"काली बाबू !"

बालदेव जी उलटकर देखते हैं। लछमी कालीचरन को बुलाकर अन्दर ले जा रही है।...कालीचरन ने अन्याय किया है, घोर अन्याय किया है, हिंसाबाद किया है। इस बार दो दिन का अनसन करना पड़ेगा।

खेलावन जी जाति-बिरादरी की पंचायत बुलाकर सब बदमाशों को ठीक करेंगे। हे भगवान ! साधुओं के शरीर पर हाथ उठाना !

कालीचरन कुश्ती लड़ता है। उस्ताद ने कहा है, कुश्ती लड़नेवालों को औरतों से पाँच हाथ दूर रहना चाहिए।...वह पाँच हाथ से ज्यादे दूरी पर खड़ा है।

# अठारह

"क्या नाम ?"

"सनिच्चर महतो।"

"कितने दिनों से खाँसी होती है ? कोई दवा खाते थे या नहीं ?...क्या, थूक से खून आता है ? कब से ?...कभी-कभी ? हूँ !...एक साफ डिब्बा में रात-भर का थूक जमा करके ले आना।...इधर आओ।...ज़ोर से साँस लो।...एक-दो-तीन बोलो।...ज़ोर से। हाँ, ठीक है।"

"क्या नाम ?"

"दासू गोप।"

"पेट देखें ?...हूँ !..पिल्ही है। सूई लगेगी। सूई के दिन पुरजी लेकर आना। कल खून देने के लिए सुबह ही आ जाना। समझे !"

"क्या नाम ?"

"निरमला।"

"डागडरबाबू !" एक बूढ़ा हाथ जोड़कर आगे बढ़ आता है। गिड़गिड़ाता है–"हमारी बेटी है। आज से करीब एक साल पहले भोंमरा ने एक आँख में झाँटा मारा। इसके बाद दोनों आँखें आ गईं। बहुत किस्म की जंगली दवा करवाए, लेकिन कोई फायदा नहीं हुआ। अब तो एकदम नहीं सूझता।"

बला की खूबसूरत है यह निरमला। दूध की तरह रंग है चेहरे का।...विशुद्ध मिथिला की सुन्दरता। भौंरे ने गलती नहीं की थी। आँखें देखें !...और आगे बढ़ आइए।...आह !...एक बूँद आईड्राप के बगैर दो सुन्दर आँखें सदा के लिए ज्योतिहीन हो गईं।...अब तो इलाज से परे हैं।...

डाक्टर ने आँखों की पपनियाँ उलटकर रोशनी की हल्की रेखा भी खोजने की चेष्टा की।...ऊँहूँ ! पुतलियाँ कफ़न की तरह सफेद हो गई हैं। वह सोचता है, यदि तूलिका से इन पुतलियों में रंग भरा जा सकता ! हाँ, कोई चित्रकार ही अब इन आँखों को सुन्दर बना सकता है, ज्योति दे सकता है।

"डागडरबाबू !" रोगिनी कहती है। आवाज़ में कितनी मिठास है ! "बहुत नाम सुनकर आई हूँ। बहुत उम्मीद लेकर आई हूँ, बाईस कोस से। भगवान आपको जस दें !"

प्रकाश दो ! प्रकाश दो ! अँधेरे में घुटता हुआ प्राणी छटपटा रहा है, आत्मा विकल है–रोशनी दो ! डाक्टर क्या करे ?...डाक्टर को भावुक नहीं होना चाहिए।

"घबराइए नहीं, दवा दे रहा हूँ। यहाँ ठीक नहीं होगा तो पटना जाना पड़ेगा।"

"हाँ, दूसरा रोगी !...क्या नाम है ?"

"रामचलित्तर साह।"

"क्या होता है ?"

"जी ! कुछ खाते ही कै हो जाता है। पानी भी..."

"कब से ?"

"सात दिन से।"

"अरे ! सात दिन से !...जरा इधर आओ।"

"जी ? बेमारी तो घर पर है।"

"घर कहाँ ?"

"जी, सरसौनी बिजलिया। यहाँ से कोस दसेक है।"

हठात् सभी रोगी एक ओर हट जाते हैं, खूँखार जानवर को देखकर जिस तरह गाय-बैलों का झुंड भड़क उठता है; सभी के चेहरे का रंग उतर जाता है। औरतें अपने बच्चे को आँचल में छिपा लेती हैं। सबकी डरी हुई निगाहें एक ही ओर लगी हुई हैं।

डाक्टर उलटकर देखता है–एक अधेड़ स्त्री।...भद्र महिला !

"कहिए, क्या है ?"

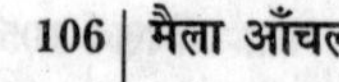

"डागडरबाबू ! यह मेरा नाती है, बस यही एक नाती ! मेरी आँखों का जोत है यह। एक साल से पाखाने के साथ खून आता है। इसको बचा दीजिए डागडरबाबू ! ...यह नहीं बचेगा।"

"घबराइए नहीं।...इधर आओ तो बाबू ! क्या नाम है ?...गनेश ! वाह ! जरा पेट दिखलाइए तो गनेश जी !"

गनेश की नानी दवा लेकर चली जाती है। रोगियों का झुंड फिर डाक्टर के टेबल को घेर लेता है।

चिचाय की माँ कहती है, "पारबती की माँ थी। डाइन है ! तीन कुल में एक को भी नहीं छोड़ा। सबको खा गई। पहले भतार को, इसके बाद देबर-देबरानी, बेटा-बेटी, सबको खा गई। अब एक नाती है, उसको भी चबा रही है।"

चिचाय की माँ ने ऐसा मुँह बनाया मानो वह भी कुछ चबा रही हो।...डाक्टर चिचाय की माँ को देखता है।...काली, मोटी, गन्दी और झगड़ालू यह बुढ़िया चिचाय की माँ, जो बेवजह बकती रहती है, चिल्लाती रहती है।...यह डाइन नहीं ? सुमरितदास उस दिन कहता था—"चिचाय की माये तो जनाना डागडर है। पाँच महीने के पेट को भी इस सफाई से गिरा देती है कि किसी को कुछ मालूम भी नहीं होता।" यह डाइन नहीं और गनेश की नानी डाइन है ? आश्चर्य !

...गनेश की नानी ! बुढ़ापे में भी जिसकी सुन्दरता नष्ट नहीं हुई, जिसके चेहरे की झुर्रियों ने एक नई खूबसूरती ला दी है। सिर के सफेद बालों को घुँघराले लट ! होंठों की लाली ज्यों-की-त्यों है। ठुड्डी में एक छोटा-सा गड्ढा है और नाक के बगल से एक रेखा निकल नीचे ठुड्डी को छू रही है। सुन्दर दन्तपंक्तियाँ !...जवानी की सुन्दरता आग लगाती है, और बुढ़ापे की सुन्दरता स्नेह बरसाती है। लेकिन लोग इसे डाइन कहते हैं। आश्चर्य !

"कहाँ रहती है ?"

"इसी गाँव में ! कालीचरन का घर देखा है न ! उसी के पास। बैस बनियाँ है।...कितना ओझागुनी थक गया, इसको बस नहीं कर सका। जितिया परब[1] की रात में कितनी बार लोगों ने इसको कोठी के जंगल के पास गोदी में बच्चा लेकर, नंगा नाचते देखा है। गैनू भैंसवार ने एक बार पकड़ने की कोशिश की थी। ऐसा झरका बान[2] मारा कि गैनू के सारे देह में फफोले निकल आए। दूसरे ही दिन गैनू मर गया।..."

रोज रात में डाक्टर केस-हिस्ट्री लिखने बैठता है।...अभी उसके हाथ में कालाआज़ार के पचास ऐसे रोगी हैं, जिनके लक्षण कालाआज़ार के निदान को भटकानेवाले साबित हो सकते हैं।

एक : (क) सेबी मंडल, उम्र 35, हिन्दू (मर्द), गाँव मेरीगंज, पोलियाटोली। तकलीफ : दाँत और मसूड़े में दर्द। दतुअन करने के समय खून निकलना, मुँह महकना,

---

1. जीताष्टमी, 2. अग्निबाण।

देह में खुजली, भूख की कमी। बुखार : नहीं। निदान : पायोरिया। दवा : कारबोलिक की कुल्ली। विटामिन सी का इंजेक्शन।

(ख) पन्द्रह दिन के बाद : शाम को सरदर्द की शिकायत। बुखार 99.5, रात में पसीना।...कैलशियम पाउडर।

(ग) पाँच दिन के बाद पेट खराब हो गया है। बुखार : 100। कार्मिनटिव मिक्शचर। कालाआज़ार के लिए खून लिया गया।

(घ) अल्डेहाइट टेस्ट का फल : (+ +) कालाआज़ार ! चिकित्सा : नियोस्टिबोसन का इंजेक्शन।

दो : (क) तेतरी, उम्र : 17, हिन्दू (औरत), गाँव पासवानटोली, मेरीगंज।

तकलीफ : हड्डियों के हर जोड़ में दर्द। कभी-कभी नाक से खून गिरता है। बुखार : नहीं (थर्मामीटर से देखा 99.5) भूख : नहीं। रोग अनुमान : गठिया, वात।

दवा : विटामिन बी का इंजेक्शन। मालिश का तेल। डब्ल्यू.आर. के लिए खून लिया।

(ख) डब्ल्यू. आर. (गरमी) : (—) गरमी नहीं।

(ग) एक सप्ताह बाद नाक से खून गिरा।...पेट खराब हुआ। कालाआज़ार के लिए खून लिया।

(घ) अल्डेहाइड टेस्ट का फल : सन्देहात्मक। फिर खून लिया।

(ङ) ब्रह्मचारी-टेस्ट का फल : (+)

चिकित्सा—युरिया स्टिबामाइन (ब्रह्मचारी)।

तीन : (क) रामेसर का बच्चा : उम्र 2 महीने। नाभी में घाव। रात में रोता है, दूध फेंकता है।...माँ को कैलशियम पाउडर।

(ख) एक सप्ताह के बाद सारे देह में चकत्ते। अनुमान : एलरजिक।

(ग) चार दिन के बाद : चकत्तों में पानी भर गया है। डब्ल्यू. आर. के लिए माँ का खून लिया। फल : (—) नहीं।

(घ) कालाआज़ार के लिए माँ का खून लिया। फल : (—) नहीं। कालाआज़ार के लिए बच्चे का खून लिया। फल : (+++) कालाआज़ार।

और इस बच्चे की यदि मृत्यु हुई तो जरूर किसी डाइन के मत्थे दोष मढ़ा जाएगा। देह में फफोले ! गनेश की नानी पर ही सन्देह किया जाएगा। गनेश की नानी ! न जाने क्यों वह गनेश की नानी से कोई प्यारा-सा सम्बन्ध जोड़ने के लिए बेचैन हो गया है। कमली कहती है, "मौसी ! मौसी में बहुत गुन हैं। सीकों से बड़ी अच्छी चीज़ें बनाती है—फूलदानी, डाली, पंखे। कशीदा कितना सुन्दर काढ़ती है ! पर्व-त्योहार और शादी-ब्याह में दीवार पर कितना सुन्दर चित्र बनाती है—कमल के फूल, पत्ते और मयूर ! चौक कितना सुन्दर पूरती है !"...वह भी उसे मौसी कहेगा !

"मौसी !"

"कौन ?"

"मैं हूँ। डाक्टर। गनेश कहाँ है ?"

"डागडरबाबू ! आप ? आइए, बैठिए। गनेश सो रहा है।...मैं तो अकचका गई, किसने मौसी कहकर पुकारा !" बूढ़ी की आँखें छलछला आती हैं।

"मौसी ! सुना है तुम एक खास किस्म का हलवा बनाती हो ?" मौसी हँस पड़ती है, "अरे दुर ! किसने कहा तुमसे ? पगली कमली ने कहा होगा जरूर।...कमली कैसी है अब ? इधर तो बहुत दिन से आई ही नहीं। पहले तो रोज आती थी।"

"अच्छी है।...अच्छी हो जाएगी। मौसी ! एक बात पूछूँ ?...तुम्हारी कोई बहन, माँ, बेटी या और कोई...सहरसा इलाके में, हनुमानगंज के पास कभी रहती थी ?" डाक्टर अपने बेतुके सवाल पर खुद हँसता है।

"सहरसा इलाके में हनुमानगंज के पास ?...रहो, याद करने दो।...नहीं तो ? क्यों, क्या बात है ?"

"यों ही पूछता हूँ। ठीक तुम्हारे ही जैसी एक मौसी वहाँ भी है।" बात को बदलते हुए डाक्टर कहता है, "मुझे एक फूल की डाली दो न, मौसी !"

उफ !...सचमुच डाइन है यह बुढ़िया। इसकी मुस्कराहट में जादू है। स्नेह की बरसा करती है। ऐसी आकर्षक मुस्कराहट ?

गनेश बड़ा भोला-भाला लड़का है ! बड़ा खूबसूरत ! गोरा रंग, लाल ओठ और घुँघराले बाल उसे नानी के पक्ष से ही मिले हैं।...बड़ा अकेला लड़का मालूम होता है। मौसी कहती है, "किसके साथ खेले ! गाँव के बच्चे अपने साथ खेलने नहीं देते।...मेरे ही साथ खेलता है।"

"गनेश जी, जरा पेट दिखाइए तो !...मौसी ! कल इसे सुबह ले आना तो ! खून लूँगा। होंठ मुरझाए रहते हैं।"

गनेश को अब एक मामा मिल गया।

"सचमुच ऐसा हलवा कभी नहीं खाया मौसी !...विश्वास करो।...गनेश को भी दो ! कोई हरज नहीं।"

"मामा देखो !" गनेश गले में स्टेथस्कोप लटकाकर हँसता है।

"वाह ! मेरा भानजा डाक्टर बनेगा।"

डाक्टर जब मौसी के घर से निकला तो उसने लक्ष्य किया, कालीचरन के कुएँ पर पानी भरनेवाली स्त्रियों की भीड़ लग गई है। सभी आँखें फाड़े, मुँह बाए, आश्चर्य से डाक्टर को देखती हैं—"इस डाक्टर को काल ने घेरा है सायद।"

"लाल सलाम !" कालीचरन मुट्ठी बाँधकर सलाम करता है, और डाक्टर को एक लाल परचा देते हुए कहता है, "कामरेड मन्त्री जी आपको पहचानते हैं डाक्टर साहब !...हाँ, कृष्णकान्त मिश्र जी !"

आइए ! आइए ! जरूर आइए !

कमानेवाला खाएगा, इसके चलते जो कुछ हो !

किसान राज : कायम हो।

मजदूर राज : कायम हो।

प्यारे भाइयो ! ता. ......को मेरीगंज कोठी के बगीचे में किसानों की एक विशाल सभा होगी। सोशलिस्ट पार्टी पूर्णिया के सहायक मन्त्री साथी गंगाप्रसादसिंह यादव सैनिक जी...।

"परसों सभा है ! आइएगा।...लाल सलाम !"

# उन्नीस

चलो ! चलो ! सभा देखने चलो !

सोशलिस्ट पार्टी की सभा की खबर ने संथालटोली को विशेष रूप से आलोड़ित किया है। गाँव में अस्पताल खुलने की खुशखबरी की कोई खास प्रतिक्रिया संथालों पर नहीं हुई थी। गाँव के लड़ाई-झगड़े और मेल-मिलाप से भी उन्हें कुछ लेना-देना नहीं। लेकिन यह सभा ? जमीन जोतनेवालों की ?...कर्तव्यनिष्ठ और मेहनती संथाल किसानों के दिमाग की मुद्दत से उलझी हुई गुत्थी का सही सुलझाव ! जमीन जोतनेवालों की सभा !

"जमीन किसकी ?...जोतनेवालों की ! जो जोतेगा वह बोएगा, जो बोएगा वह काटेगा। कमानेवाला खाएगा, इसके चलते जो कुछ हो !" कालीचरन समझा रहा है।

चारों ओर स्वस्थ, सुडौल, स्वच्छ और सरल इंसानों की भीड़। श्याम मुखड़ों पर

सफ़ेद मुस्कराहट, मानो काले बादलों में तीज के चाँद के सैकड़ों टुकड़े। बिरसा माँझी का जवान बेटा मंगल माँझी कालीचरन के वाक्यों को गीतों की कड़ी में जोड़ने की चेष्टा करता है...

*जोहिरे जोतबे सोहिरे बोयबे...*

सनियाँ मुरमू कालीचरन की हर बात पर खिलखिलाकर हँसती है—हँ हँ हँ हँ हँ हँ हँ ! सरगम के सुर में हँसती है सनियाँ। तीतर की आवाज की तरह हँ हँ हँ हँ ! पीछे की ओर झूलता हुआ रंगीन आँचल रह-रहकर चंचल हो उठता है, मानो नाचने के लिए मोरनी पंख तौल रही हो। उसके चरण थिरकने के लिए चपल हो उठे हैं।

*मनर की मन्द आवाज...रिंग रिंग ता धिन-ता !*
*डिग्गा की अटूट ताल...डा डिग्गा, डा डिग्गा !*
*उन्मुक्त स्वर लहरी...जोहिरे जोतबो सोहिरे बोयबे !*
*मुरली की लय पर पायलों का छुम छुम, छन्न छन्न !*

डा डिग्गा डा डिग्गा
रिंग रिंग ता धिन-ता !

*चल चल रे, सभा देखेला।...*

चार पुश्त पहले की बात ! संथाल परगना के तीन पहाड़ी अंचल की पथरीली माटी का मोह तोड़कर, ऊबड़-खाबड़ पहाड़ी रास्ते को तय करके जब इनके पूर्वज इस गाँव की नरम माटी पर आकर बसे थे ! गाँववालों ने जमींदार के पास जाकर फरियाद की थी, "हुजूर ! माई-बाप ! जंगली लोग हैं। सुनते हैं तीर-धनुष से जान मार देने पर भी सरकार बहादुर इनको कुछ नहीं कर सकता है। इन्हें हरगिज नहीं बसाया जाए हुजूर !"

लेकिन जमींदार ने समझाकर कहा था, "ऐसी बात नहीं। वे बड़े मिहनती होते हैं। धरमपुर इलाके में जाकर देखो, राजा लछमीनाथसिंह ने इनसे हजारों बीघा बनजर जमीन आबाद करवा लिया है; परती और भीठ जमीन से ही तेजू बाबू को दो हजार मन गेहूँ उपजाकर संथालों ने दिया है। मालूम ?"

जमींदार ने गाँववालों को विश्वास दिलाया था कि इन्हें गाँव से अलग ही बसाएँगे। सभी जमींदारों ने इन्हें जंगलों में ही बसाया है।

उसके बाद से ही बबूल, झरबेर और साँहुड़ के पेड़ों से भरे हुए जंगल हर साल साफ़ होकर आबाद होते गए। आज जहाँ सैकड़ों बीघे जमीन में मोती के दानों से भरी हुई गेहूँ की बालियाँ पुरवैया हवा में झूम रही हैं, धरती का वह टुकड़ा सर्वे के कागजात और नक्शे में जंगल के नाम से दर्ज है, जिस जंगल में बाघ का शिकार खेलने के लिए ज़िले-भर के राजा और जमींदार जमा होते थे। गाँव के नई उम्र के लड़के तो विश्वास नहीं करते।

नीलहे साहबों के नील के हौज़ ज्यादातर इन्हीं मूक इंसानों के काले शरीर के पसीने

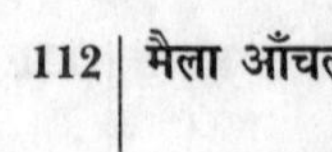

से भरे रहते थे।

साहबों के कोड़ों की मार खाकर, जमींदारों की कचहरियों में दिन-भर मोगलिया बाँधी[1] की सजा भुगतने के बाद शाम को मोहन की जादू-भरी वंशी बजी और सब कष्ट दूर हो गए।

*रिंग रिंग ता धिन-ता*
*डा डिग्गा डा डिग्गा !...*

सोने के अनाज से भरे हुए, धरती के गुप्त भंडार का उद्‌घाटन करनेवाले पर धरती माता का कोप होना स्वाभाविक है। यही कारण है कि आज जमीन के मालिकों ने, जमीन के व्यवस्थापकों ने और धरती के न्याय ने धरती पर इनका किसी किस्म का हक नहीं जमने दिया है। जिस जमीन पर उनके झोंपड़े हैं, वह भी उनकी नहीं। हल में जुता हुआ बैल दिन-भर खेत चास[2] करता है, इसलिए बैलों को भी धरती का हकदार कबूल किया जाए ? यह कैसी बात है ?

1947 के कांग्रेसी मन्त्रिमंडल के समय इस जिले में एक अंग्रेज कलक्टर आया था। उसने इस व्यवस्था को अन्याय समझ सुधारने की चेष्टा की थी। ज़िले-भर के भूमिहार, जमींदार और राजा घबरा गए थे। जिले के अधिकांश नेता भूमिहार और जमींदार थे। अंग्रेज कलक्टर पर इलजाम लगाया गया–संथालों को उभारकर, जिले में अशान्ति फैलाकर, कांग्रेसी मन्त्रिमण्डल को असफल बनाने का षड्‌यन्त्र करता है ! 'कांग्रेस सन्देश' के सम्पादकीय में संथालों के प्रति थोड़ी समवेदना प्रकट की थी। बेचारे विद्यालंकार सम्पादक को उसी दिन मालूम हुआ था कि विद्या का अलंकार कितना बेमानी है। जिला-मन्त्री ने आँखें लाल करके कहा था, "विद्यापीठ का शास्त्र यहाँ काम नहीं देगा। विद्यापीठ में गधे के सर पर सींग तो नहीं जम सकती है।"

जमींदारों ने अपने भाड़े के लठैतों को जगह-जगह संथालों की लहलहाती फसलों पर हुलका[3] कर, संथाल टोली पर चढ़ाई करवाकर, रुपए लाठी के हिसाब से बटोरे हुए लठैतों को संथालों के तीरों से जख्मी करवाकर, सबल प्रमाण पेश कर दिया था–संथालों के जोर-जुल्म का मुख्य कारण है यह अंग्रेज कलक्टर। इसी के बल पर वे कूद रहे हैं।

अंग्रेज कलक्टर की तुरन्त बदली हो गई। बहुत-से संथाल सरकारी गोली से घायल हुए और सैकड़ों ने बिहार के विभिन्न जेलों में सफैयाकमान[4] में काम करते-करते सारी उम्र बिता दी। इसके बाद फिर कौन चूँ करता है ! लेकिन मानर और डिग्गा की आवाज कभी मन्द नहीं हुई, बाँसुरी कभी मन्द नहीं हुई और न उनके तीरों में ही जंग लगे। आज भी कभी-कभी बनैले जानवरों के शिकार के समय, सूरज की किरणों में चमकदार चकाचौंध पैदा कर देते हैं इनके तीर !

मलेरिया और कालाआज़ार की क्रीड़ा-भूमि में भी ये सबल और स्वस्थ रहकर क्रीड़ा करते हैं। हड्डियों पर कलापूर्ण ढंग से तराशकर बैठाए जैसे मांस का उभार कभी सूखा

---

1. एक कड़ी सजा, 2. जोतना, 3. धावा करना, 4. मेहतर कमांड।

नहीं; ताजे फूलों की पंखड़ियों जैसे उनके ओठ कभी जर्द नहीं हुए और न किसी संथाल के पेट में कभी पिल्ही बढ़ जाने की बात ही सुनी गई। अस्पताल खुलने से उनका क्या फायदा होगा ? लेकिन जमीन !...जोतनेवालों की ?...

"चलो ! चलो ! सभा देखने चलो !"

*किसान राज कायम हो !*
*मजदूर राज कायम हो !*
*गरीबों की पाटी सोशलिस्ट पाटी,*
*सोशलिस्ट पाटी जिन्दाबाद !*

"...यह जो लाल झंडा है, आपका झंडा है, जनता का झंडा है, अवाम का झंडा है, इन्कलाब का झंडा है। इसकी लाली उगते हुए आफताब की लाली है, यह खुद आफताब है। इसकी लाली, इसका लाल रंग क्या है ?...रंग नहीं ! यह गरीबों, महरूमों, मजलूमों, मजबूरों, मजदूरों के खून में रँगा हुआ झंडा है !" कामरेड सैनिक जी भाषण दे रहे हैं।

"ऐं ! खून में रँगा हुआ झंडा !" बादरदास ने कालीचरन के कहने से हाथ में झंडा लिया था। बादरदास वैष्णव है, मांस-मछली छूता भी नहीं; और यह आदमी के खून में रँगा हुआ झंडा ? उसका धरम भ्रष्ट कर दिया कालिया ने। छिः-छिः ! वह हाथ में झंडे का बाँस थामे खड़ा है ?...वह अचानक ही झंडे के बाँस को छोड़ देता है ! आदमी के खून में रँगा हुआ झंडा !

जोतकी काका कहते हैं, "पताखा पतन, अशुभ, अमंगल और अनिष्ट की सूचना है।"

सैनिक जी अपना भाषण जारी रखते हैं। भाषण के बीच में रुक जाने से फिर, शुरू से याद करना पड़ता है—"जिस तरह सूरज का डूबना एक महान् सच है, पूँजीवाद का नाश होना भी उतना ही सच है। मिलों की चिमनियाँ आग उगलेंगी और उन पर मजदूरों का कब्जा होगा। जमीनों पर किसानों का कब्जा होगा। चारों ओर लाल धुआँ मँडरा रहा है। उट्ठो, किसानों के सच्चे सपूतो ! धरती के सच्चे मालिको, उट्ठो ! क्रान्ति का मशाल लेकर आगे बढ़ो !"

"बोलिए एक बार प्रेम से—सोशलिस्ट पाटी की जै !" यही पार्टी असली है। किसानों की पार्टी, गरीबों की पार्टी। सभा-स्थल पर ही तीन सौ मेम्बर बन गए। संथालटोली का एक आदमी भी गैर-मेम्बर नहीं रहा। सब लाल ! सिर्फ सरदार टुडू...तेरह साल का लड़का रह गया है। वह रोता है, सरदार टुडू सैनिक जी के पास जाकर अपील करता है, "इश्का नाम लेंबरी में नहीं लिखा जाएगा ? क्यों ? उमेर कम नहीं, देखिए, इश्को मोंच का रेख आ रहा है।"

बालदेव जी कुछ बोलने को खड़े होते हैं। बासुदेव तुरत उठकर कहता है, "बालदेव जी, आपका बिख्यान हम लोग बहुत सुन चुके हैं। आप पूँजीबाद हैं। इस सभा में आप नहीं बोल सकते।"

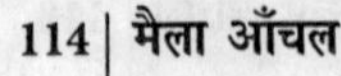

जनता ने भी विरोध किया, "बैठ जाइए, बैठ जाइए ! जाइए, कपड़ा का पुर्जी बाँटिए, चीनी बिलेक कीजिए।"

...अरे बाप ! कितना टीन छोआ कहा नेताजी ने ? एक हजार टीन छोआ बिलेक कर दिया मेनिस्टर कांग्रेसी ने ! इसीलिए तो देहात से हुक्का उठ रहा है। अब लोग बीड़ी न पीयें तो क्या करें। हुक्का के तम्बाकू के लिए छोआ गूड़ कहाँ से आएगा। सब बिलेक हो गया। अन्याय है !

तहसीलदार साहब को तो नेताजी ने भरी सभा में बेइज्जत कर दिया, अलबत्त गाली देते हैं नेताजी।...जमींदार के दुम ये तहसीलदार ! मुफ्तखोर !

मगर तहसीलदार साहब हँसते ही रहे थे। उस रात को बिदापत नाच के बिकटा की भँड़ैती सुनने के समय जैसी मन्द मुस्कराहट उनके चेहरे पर थी, आज भी है।

कालीचरन अब खेलावनसिंह के कब्जे से बाहर है। कालीचरन यादव कुल-कलंक है। बूढ़ा कुकरू बुढ़ापे तक खेलावन का बैल चराता था और उसका बेटा लीडर हो गया। सुश्लिग लीडर ! इसको काबू में रखने का कोई हथियार भी नहीं। अँगूठे का टीप भी कभी नहीं लिया इससे !

सिपैहियाटोली का एक बच्चा भी इस सभा में नहीं था। उनके टोले में कटिहार से काली टोपीवाले दल के संजोजकजी आए हैं। लाठी-भाला टरेनि देते हैं। छोटी जाति के लोगों की सभा में वे नहीं जा सकते।

कालीचरन ने सैनिक जी के रहने का प्रबन्ध मठ पर किया है। महन्थ रामदास जी तो नाम के महन्थ हैं, मठ की असल मालकिन तो लछमी है।...पन्द्रह सेर दूध को जलाकर खोआ बना है, मालपूआ की सोंधी सुगन्ध हवा में फैल रही है।

लछमी पूछती है, "काली बाबू ! नेताजी डोलडाल से आकर स्नान नहीं करेंगे ?"

सैनिक जी के साथ में 'लाल पताका' साप्ताहिक पत्र के सम्पादक श्री चिनगारी जी भी आए हैं। दुबले-पतले हैं, दिन-भर खाँसते रहते हैं; आँख पर बिना फ्रेमवाला चश्मा लगाते हैं। दिन-भर सिगरेट पीते रहते हैं, शायद इसीलिए चिनगारी जी नाम पड़ा है। डाक्टर ने अंडा खाने के लिए कहा है। बिना अंडा खाए इतना गरम अखबार कोई कैसे निकाल सकता है ?...लेकिन मठ पर अंडे का प्रबन्ध कैसे हो सकता है ?

लछमी के अतिथि-सत्कार को भूलना असम्भव है। चिनगारी जी रात में सोते समय सैनिक जी से कहते हैं, "मैं लछमी जी पर एक मुक्तछन्द लिखना चाहता हूँ...

"...ओ महान् सतगुरु की सेविका
गायिका पवित्र धर्मग्रन्थ की
ओ महान् मार्क्स के दर्शन की दर्शिका,
सुदर्शने, प्रियदर्शिनी,
तुम स्वयं द्वन्द्वयुक्त भौतिकवाद की
सिनथिसिस हो !"

# बीस

कमली डाक्टर को पत्र लिखती है–

"प्राणनाथ !...तुम कल नहीं आए। क्यों नहीं आए ? सुना कि रात में...।"

कमली डाक्टर को रोज पत्र लिखती है। लिखकर पाँच-सात बार पढ़ती है, फिर फाड़ डालती है। उसकी अलमारी के एक कोने में फाड़ी हुई चिट्ठियों का ढेर लग गया है। पत्र लिखने और लिखकर पढ़ने के बाद उसको बड़ी शान्ति मिलती है। जी बड़ा हल्का मालूम होता है, और नींद भी अच्छी आती है।

"...सुना कि रात में तुम गेहुँअन साँप से बाल-बाल बच गए। भगवान को इसके लिए लाख-लाख धन्यवाद !"

रात में डाक्टर गेहुँअन साँप से बाल-बाल बच गए। गेहुँअन नहीं, घोड़-करैत। गेहुँअन और करैत का दोगला। घोड़े से ज्यादा तेज भाग सकता है। घोड़-करैत का काटा

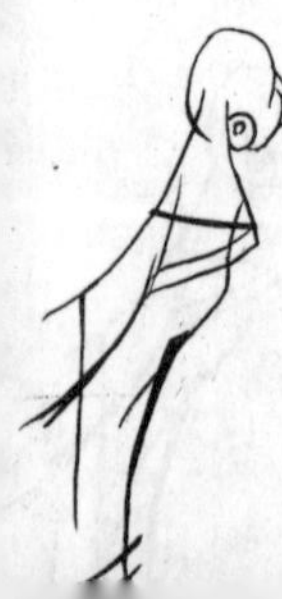



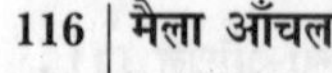

हुआ आदमी ओझा-गुणी का मुँह नहीं देख सकता। आधी रात को खरगोश और चूहे अपने-अपने पिंजड़ों में घबराकर दौड़-भाग करने लगे। डाक्टर साहब ने प्यारू को पुकारा, लेकिन प्यारू की नींद नहीं टूटी। जानवरों के कमरे का दरवाजा खोलकर टार्च देते ही डाक्टर तड़पकर पीछे हट गए—साँप ठीक किवाड़ के पास ही अपनी पूँछ पर सारे धड़ को खड़ा किए फुफकार रहा था। तब तक प्यारू भी जग चुका था। उठते ही उसने बाएँ हाथ से ही ऐसी लाठी चलाई कि साँप वहीं ढेर हो गया। अढ़ाई हाथ का साँप ! डाइन का मन्तर अढ़ाई अक्षरों का होता है और डाइन का भेजा हुआ साँप अढ़ाई हाथ का !

सुबह को जिसने यह बात सुनी, बस एक ही राय कायम की—यह तो पहले से ही मालूम था। डाक्टरबाबू को इतना समझाया-बुझाया कि पारबती की माँ से इतना हेल-मेल नहीं बढ़ावें। नहीं माने, अब समझें। वह राच्छसनी किसी को छोड़ेगी ? जिसको प्यार किया, उसको जरूर खाएगी। डाक्टर बेचारा भी क्या करे ! वह अपने मन से तो कुछ नहीं करता। उस पर तो पारबती की माँ ने जादू कर दिया है; वह अपने बस में नहीं। मुफ्त में बेचारे की जान चली जाएगी एक दिन। चूः चूः।

कमली को डाइन, भूत और डाकिन पर विश्वास नहीं। तहसीलदार साहब भी इसे मूर्खता समझते हैं। कालीचरन तो आदमी से बढ़कर बलवान किसी देवता को भी नहीं समझता, फिर डाइन-भूत, ओझा-गुणी किस खेत की मूली हैं। इन्हें छोड़कर गाँव के बाकी सभी लोग डाइन के बारे में एकमत हैं। बालदेव जी ने तो बहुत बार भूत को अपनी आँखों देखा है। भैंस के पीछे-पीछे खैनी-तम्बाकू माँगता है भूत ! डाकिन का पाँव उलटा होता है और वह पेड़ की डाल से लटककर झूलती है। भूत-प्रेत झूठ है ? तब कमला किनारे, कोठी के जंगल के पास में रात को जो भक्क-से राकस जल उठता है, दौड़ता है और देखते-ही-देखते एक से दस हो जाता है सो क्या है ?

"डाक्टर साहब अब रोज मौसी के यहाँ जाते हैं। मौसी के यहाँ एक बार बिना गए उनको चैन नहीं," प्यारू कहता है। कमली सुनती है और हँसती है।

"डाक्टर साहब गनेश को देखने जाते हैं, प्यारू !"

"वह लड़का तो आराम हो गया है। मुटाकर कोल्हू होता जा रहा है। उसको क्या देखने जाते हैं !"

"अच्छा प्यारू, डाक्टर साहब तो मेरे यहाँ भी रोज आते हैं।"

"तुम्हारे यहाँ की बात दूसरी है दीदी !"

"क्यों ? दूसरी बात क्या है ?"

डाक्टर साहब हँसते हुए आते हैं, "अच्छा ! तो प्यारू जी यहाँ दरबार कर रहे हैं। वह बुखारवाला खरगोश कैसे भाग गया ?"

"जी, हम दोपहर का दाना देने गए तो देखा कि पिंजड़ा खाली।"

"सुबह सूई देने के बाद तो मैंने पिंजड़ा बन्द कर दिया था। तुमने पानी पिलाने के बाद पिंजड़ा बन्द नहीं किया होगा। महीने-भर की मेहनत बेकार गई।"

प्यारू को इन चूहों और खरगोशों से बेहद नफरत है।...आदमी के इलाज से जी नहीं भरता है तो जानवरों का इलाज करते हैं ! दिन-भर पिंजड़ों को लेकर पड़े रहते हैं। बुखार देखते हैं, सूई देते हैं और खून लेते हैं। जब से ये जानवर आए हैं, डाक्टर साहब को प्यारू से बात करने की भी छुट्टी नहीं मिलती।...अब भाँगड़टोली के लोगों से कह रहे हैं–"दो-तीन सियार के बच्चों की जरूरत है। उस दिन मदारी से बन्दर माँग रहे थे। अजीब सौख है !"

प्यारू चुपचाप चला जाता है। माँ हँसती हुई आती है, "डाक्टर साहब ! मैंने विषहरी माई को एक जोड़ी कबूतर और दूध-लावा कबूला है !"

"और मैंने भी विषहरी दवा के लिए लिख दिया है।"

"विषहरी दवा ?"

"हाँ, ऐंटिवेनम एक दवा है, साँप के काटे हुए का इलाज होता है ! मैं ऐंटिवेनम से भी ज्यादा प्रभावशाली और सस्ती दवा की खोज करना चाहता हूँ। सुनते हैं, रौतहट स्टेशन के पास सँपेरों का टोला है। साँप पकड़वाकर रखना होगा।"

"तब माटी के महादेव नहीं, असली महादेव हो जाइएगा।" कमली व्यंग करना जानती है।

डाक्टर साहब हँस पड़ते हैं और माँ हँसी को रोकते हुए कमली को डाँटती है, "जो मुँह में आया बोल दिया। जरा भी लाज-लिहाज नहीं। इसके बाप ने तो इसे और भी बतक्कड़ बना दिया है। तुम यहाँ आकर चुप बैठो तो जरा, मैं चाय बना लाऊँ।"

"तहसीलदार साहब कहाँ गए हैं ?" डाक्टर पूछता है।

"कटिहार। सर्किल मैनेजर के कैम्प में गए हैं," कमली जवाब देती है। आज पहली बार कमली ने डाक्टर को अपने पास अकेला पाया है। वह अपने चेहरे को देख नहीं सकती, लेकिन ऐसा लगता है कि उसका चेहरा धीरे-धीरे लाल होता जा रहा है। आँखों की पलकों पर भारी बोझ लद गए हैं, कान की इयररिंग थरथरा रही है। सारी देह में गुदगुदी लग रही है। देह हलकी लग रही है।...बेहोशी ? वह बेहोश होना नहीं चाहती। नहीं, नहीं ! डा...क्टर !

"कमला !"

"जी !"

"कमला ! इधर देखो कमला !"

"डाक्टर, मुझे बचाओ !"

"कमला, आँखें खोलो !"

कमला ने आँखें खोल दीं। उसका सिर डाक्टर की गोद में है। माँ हाथ में चम्मच लिए खड़ी है, भय से माँ का मुँह पीला हो गया है, लेकिन डाक्टर साहब मुस्करा रहे हैं।

"डाक्टर साहब, इसकी बीमारी का तो टेर-पता ही नहीं चलता है।"

"लेकिन रोग तो धीरे-धीरे घट रहा है। बेहोश हुई, पर पाँच मिनट में ही स्वस्थ

भी हो गई। इसी तरह एक दिन जड़ से यह रोग दूर हो जाएगा।...कमला को ही चाय बनाने दीजिए। जाओ कमला !''

कमला उठकर इस तरह दौड़ी मानो कुछ हुआ ही नहीं था। डाक्टर कमला की किताब हाथ में लेकर उलटता है—नल-दमयन्ती ! अस्याधिकारिणी कुमारी कमलादेवी।...दूसरी जगह कुमारी को काट दिया गया है और नाम के अन्त में बनर्जी जोड़ दिया गया है—कमलादेवी बनर्जी। डाक्टर जल्दी से पृष्ठ उलटता है—आर्ट पेपर पर नल-दमयन्ती की तस्वीर। नल के नीचे नीली पेंसिल से लिखा है 'प्रशान्त' और दमयन्ती के नीचे लाल पेंसिल से 'कमला'। डाक्टर के ललाट पर पसीने की छोटी-छोटी बूँदें चमक उठती हैं। उसे याद आता है, एक बार ममता के साथ बाँकीपुर स्टेशन से लौट रहा था। रिक्शा पर बैठने के समय एक भिखारी ने घेर लिया था—'जुगल जोड़ी कायम रहे, सुहाग अचल रहे माँ का, बाल-बच्चा बनल रहे !' ममता ने बैग से इकन्नी निकालकर दी थी और डाक्टर की ओर देखकर खिलखिलाकर हँस पड़ी थी; और डाक्टर के ललाट पर इसी तरह पसीने की बूँदें चमक उठी थीं।

''डाक्टर साहब, कमली के लिए एक अच्छा-सा वर ढूँढ़िए न ! आपके देश में...आपके साथी-संगी...'' माँ कहते-कहते सिर पर घूँघट सरकाकर चुप हो जाती है। तहसीलदार साहब आ गए। रनजीत के हाथ में एक बड़ी रोहू मछली है।

''यह नजराना कहाँ मिला ?'' डाक्टर साहब हँसते हैं।

''पकरिया घाट पर मछुआ लोग आज मछली मार रहे थे,'' तहसीलदार साहब ने मोढ़े पर बैठते हुए कहा।

कमला चाय ले आई।

''डाक्टर साहब, आज पाप की गठरी फेंक आया हूँ।'' तहसीलदार साहब ने चाय की प्याली में चुस्की लेते हुए कहा।

''मतलब ?''

''यह तहसीलदारी पाप की गठरी ही तो थी। यह नया सर्किल मैनेजर आते ही 'आग पेशाब' करने लगा। 'लाल पताका' अखबार ने ठीक ही लिखा था, 'राज पारबंगा के मीरापुर सर्किल का नया मैनेजर नादिरशाह का भतीजा है।' अब आप ही बताइए डाक्टर साहब, कि जिन रैयतों के यहाँ सिर्फ एक ही साल का बकाया है, उन पर नालिश कैसे किया जाए ? फिर चुपचाप डिग्री जारी करवाकर नीलाम करो और जमीन खास कर लो। इतना बड़ा अन्याय मुझसे तो अब नहीं होगा। जमाना कितना नाजुक है, सो तो समझते हैं नहीं। मैंने साफ इनकार कर दिया तो कड़ककर बोले, 'नहीं कर सकते तो इस्तीफा दे दो।' गंगा-स्नान से भी बढ़कर ऐसे पुण्य का अवसर बार-बार नहीं मिलता। तुरन्त इस्तीफ़ा दे दिया। सारी जिन्दगी तो गुलामी करते ही बीत गई।...कमला की माँ, आज मत्स भगवान आए हैं। कमला से कहो, डाक्टर साहब को निमन्त्रण दे दे।''

तहसीलदार साहब की रसिकता ने डाक्टर को एक बार फिर नल-दमयन्ती की याद

दिला दी। कमली मुस्करा रही है। माँ कहती है, "बग़ैर मिर्च-मसाला की मछली कमली ही बना सकती है।"

डाक्टर महसूस करता है, कमला के निमन्त्रण को अस्वीकार करने की हिम्मत उसमें नहीं।...कमला बनर्जी।...कमला की आँखें !

*चाँद बयरि भेल बादल, मछली बयरि महाजाल*
*तिरिया बयरि दुहु लोचन...*

# इक्कीस

रात को तन्त्रिमाटोली में सहदेव मिसर पकड़े गए !

यह सब खलासी की करतूत है। ऊपरी आदमी[1] के सिवा ऐसा जालफरेब गाँव का और कौन कर सकता है ? पुश्त-पुश्तैनी के बाबू लोग छोटे लोगों के टोले में जाते हैं। खेती-बारी के समय रात को ही जनों[2] को ठीक करना होता है, सूरज उगने से एक घंटा पहले ही खेतों पर मजदूरों को पहुँच जाना चाहिए। इसलिए सभी बड़े किसान शाम या रात को ही अपने-अपने जनों को कह आते हैं। तन्त्रिमाटोली में जब से खलासी का आनाजाना शुरू हुआ है, तभी से नई-नई बातें सुनने को मिल रही हैं। देखा-देखी, दूसरे टोले में भी नियम-कानून, पंचायत और बन्दिश हो गई है। बेचारे सहदेव मिसर को

1. परदेशी, 2. मजदूर।

रात-भर तन्त्रिमा लोगों ने बाँधकर रखा।...फुलिया के घर में घुसा था तो फुलिया ने हल्ला क्यों नहीं किया ? जिसके घर में घुसा उसकी नींद भी नहीं खुली, माँ-बाप को आहट भी नहीं मिली और उसका कुत्ता भी नहीं भूँका। गाँव के लोगों को बेतार से खबर मिल गई। यह खलासी की बदमाशी है। रही हालत यही तो छोटे लोगों के टोले में जन के लिए जाना मुश्किल हो जाएगा। कौन जाने, किस पर कब झूठ-मूठ कौन-सी तोहमत लग जाए ? पंचायत होनी चाहिए। राजपूतों ने यदि इस पंचायत में ब्राह्मणों का पक्ष नहीं लिया तो ब्राह्मण लोग ग्वालों को राजपूत मान लेंगे।

"हमको कुछ नहीं मालूम," फुलिया पंचों के बीच हाथ जोड़कर कहती है, "जब आँगन में हल्ला होने लगा तब मेरी आँखें खुलीं।"

सहदेव मिसर के पास मँहगूदास के अँगूठे की टीप है—सादा कागज पर। मँहगू की टीक[1] सहदेव के हाथ में है। सहदेव जो चाहे कर सकता है। दोनों गायें और चारों बाछे कल ही खूँटे से खोलकर ले जाएगा। इसके अलावा साल-भर का खरचा भी तो सहदेव ने ही चला दिया है। एक आदमी की मजदूरी से तो एक आदमी का भी पेट नहीं भरता।...लेकिन अब फुलिया के हाथ में ही सहदेव मिसर की इज्जत और अपने बाप की दुनिया है; उसकी बोली में जरा भी हेर-फेर हुआ कि सहदेव की इज्जत धूल में मिल जाएगी और उसके बाप की दुनिया भी उजड़ जाएगी।

पंचायत में गाँव-भर के छोटे-बड़े लोग जमा हुए हैं। तहसीलदार साहब पुरैनिया गए हैं। पंचायत में अकेले सिंघ जी बोल रहे हैं। काली टोपीवाले संयोजक भी हैं। बालदेव जी भी हैं। कालीचरन बिना बुलाए ही आया है। सिंघ जी अकेले ही जिरह-बहस कर रहे हैं। तहसीलदार साहब रहते तो थोड़ी सहूलियत होती सिंघ जी को।

"...बात पूछने पर एक घंटे में तो जवाब मिलता है।...हाँ, जब आँगन में हल्ला होने लगा तब तुम्हारी नींद खुली।...सुन लीजिए सभी पंच लोग।...अच्छा, जब तुम्हारी नींद खुली तो तुमने क्या देखा ?"

"सहदेव मालिक को आँगन में घेरकर सभी हल्ला कर रहे थे।"

"अच्छा, तुम बैठो। कहाँ, सहदेव मिसर ? अब आप बताइए कि मँहगूदास के यहाँ उतनी रात को आप क्यों गए थे ?"

"रात में हमारे पेट में जरा दर्द हुआ। लोटा लेकर बाहर निकले। जब दिसा-मैदान से हम लौट रहे थे तो देखा कि कमला किनारेवाले खेत में किसी का बैल गहूँम चर रहा है। इसीलिए मँहगू को जगाने गया था।"

"क्यों ?"

"कमला किनारेवाली जमीन का पहरा करने के लिए मँहगूदास को ही दिया है।"

"अच्छा, तब ?"

"जब हम जा रहे थे तो रबिया और सोनमा को आपके खेत में सकरकन्द उखाड़ते पकड़ा। दोनों को डाँट-डपट दिया। मँहगूदास को जगाकर जैसे ही हम उनके आँगन से

1. चुटिया।

निकल रहे थे कि रबिता, सोनमा, तेतरा और नकछेदिया ने हमको पकड़ लिया और हल्ला करने लगे।''

''क्या बताएँ, हमारा पाँच बीघा सकरकन्द इन्हीं सालों ने चुराकर खतम कर दिया।...अच्छा, आप बैठ जाइए।...कहाँ मँहगू ?''

''जी सरकार,'' मँहगू बूढ़ा हाथ जोड़कर खड़ा होता है।

''सहदेव मिसर ने तुमको जाकर जगाया था ?''

''जी सरकार !''

''अब पंच लोग फैसला करें कि असल बात क्या है।''

कालीचरन कैसे चुप रह सकता है ! पंचायत में एकतरफा बात नहीं होनी चाहिए। रबिया और सोनमा पार्टी का मेम्बर है। यह तो पंचायत नहीं, मुँहदेखी है। कालीचरन कैसे चुप रह सकता है–''सिंघ जी, जरा हमको भी कुछ पूछने दीजिए।''

पंचायत के सभी पंचों की निगाहें अचानक कालीचरन की ओर मुड़ गईं। सिंघ जी गुस्से से लाल हो गए। लेकिन पंचायत में गुस्सा नहीं होना चाहिए। राजपूतटोली के नौजवान आपस में कानाफूसी करने लगे। संयोजक जी ने पाकेट टटोलकर देख लिया–सीटी लाना भूल तो नहीं गए हैं ? जोतखी जी एतराज करते हैं–''कालीचरन को हम लोग पंच नहीं मानते।''

''तो पहले इसी बात का फैसला हो जाए कि पंचायत के कितने लोग हमको पंच मानते हैं और कितने लोग नहीं। एक आदमी के चाहने और न चाहने से क्या होता है !...अच्छा, पंच परमेसर ! क्या हमको इस पंचायत में बैठने, बोलने और राय देने का हक नहीं ? क्या हम इस गाँव के बासिन्दे नहीं हैं ?'' कालीचरन खड़ा होकर कहता है, ''यदि आप लोग हमको पंच मानते हैं तो हाथ उठाइए।''

गुमसुम बैठे हुए सैकड़ों मूक जानवरों के सिर में मानो अरना[1] भैंसा के सींग जम गए। सैकड़ों हाथ उठ गए।

''दोनों हाथ नहीं, एक हाथ ! ठहरिए, गिनने दीजिए। एक...दो, तीन, चार, पाँच...एक सौ पाँच।''

बालदेव जी ने हाथ नहीं उठाया।

''एक सौ पाँच। अब जो लोग हमको पंच नहीं मानते, हाथ उठाएँ।...एक, दो, तीन, चार, पाँच...पन्द्रह।''

''सिर्फ पन्द्रह !'' सिंघ जी को विश्वास नहीं होता। खुद गिनते हैं। राजपूत और ब्राह्मणटोली के लोग कहाँ चले गए ? जोतखी जी के लड़के नामलरैन ने भी कलिया के पक्ष में ही हाथ उठाया है ?...

''फुलिया !'' कालीचरन की बोली सुनकर डर लगता है। फुलिया फिर खड़ी होती है।

---

1. जंगली।

"देखो, यह पंचायत है। पंचायत में परमेसर रहते हैं। पंचायत में झूठ बोलने से हाथोंहाथ इसका फल मिलता है। सच-सच बताओ ! सच्ची बात क्या है ?"

"............"

"बोलो !"

"सहदेव मिसर हमारे घर में घुसे थे।"

"तुमने हल्ला क्यों नहीं किया ?"

"............"

"बोलो, डरने की कोई बात नहीं।"

"बाबा के डर से।"

"बाबा के डर से ?"

"हाँ, बाबा सहदेव मिसर का करजा धारते हैं।"

"बैठ जाओ।...मँहगू !"

मँहगू हाथ जोड़कर फिर खड़ा होता है।

"क्या बात है ?"

"............"

"फुलिया जो कहती है, ठीक है ?"

"............"

"डरो मत ! जो बात है, बताओ !"

"कौन गाछ ऐसा है जिसमें हवा नहीं लगती है और पत्ता नहीं झड़ता है !"

"दूसरों की बात मत कहो, अपनी बात बताओ !"

"अकेले हमको क्यों दोख देते हैं ? गाँव-भर का यही हाल है। कौन घर ऐसा है..."

"मैं तुमसे पूछता हूँ।"

"पहले तुम अपनी माँ से जाकर इमान-धरम से पूछो कि तुम किसके बेटा हो।" जोताखी जी हिम्मत करके कहते हैं। क्रोध से उनकी आँखें लाल हो उठी हैं।

"जोतखी काका, हमको अपने बाप के बारे में मालूम है।"

"जोतखी जी अपनी स्त्री से पूछें कि उनके पेट में किसका बच्चा है ?" चिल्लाकर कहता है।

"कौन नहीं जानता कि जोतखी जी का नौकर...''

"चुप रहो सुन्दर !" कालीचरन लोगों को शान्त करता है, "चुप रहो ! शान्ती ! शान्ती !"

'टू टू...टू टू,' संयोजक जी सीटी फूँकते हैं।

एक दर्जन से भी ज्यादा नौजवान राजपूतटोली से हाथ में लाठी लेकर दौड़ आए और पंचायत को चारों ओर से घेरकर खड़े हो गए।

"सिंघ जी, इन लाठीवाले नौजवानों को आपने बुलाया है ?...तो आप पंचायत नहीं,

दंगा करवाना चाहते हैं ?" कालीचरन पूछता है।

सिंघ जी कहते हैं, "अब यह पंचायत नहीं हो सकती। पाटीबन्दी से कहीं इंसाफ होता है ?"

सिंघ जी राजपूतटोली के पंचों के साथ उठ खड़े होते हैं। काली टोपीवाले जवान, सिंघ जी को, संयोजक जी को और राजपूतटोली के पंचों को चारों ओर से घेरे में लेकर, फौजी कवायद करते हुए चले जाते हैं।

जोतखी जी के साथ ब्राह्मणटोली के पंच लोग भी चूहेदानी में फँस गए हैं। खेलावनबाबू का सहारा है। बालदेव जी भी हैं। लेकिन कालीचरन का गुस्सा ?...

"तो पंचायत का यह फैसला है कि मँहगूदास अपनी बेटी फुलिया का चुमौना खलासी के साथ करा दे, और आज से सभी टोले के लोग बाबू लोगों पर नजर रखें।"

पंचायत के सभी पंच एक स्वर से कालीचरन की राय का समर्थन करते हैं। जोतखी जी भी हाथ उठाते हैं और बालदेव जी भी।...यह तो नियाय बात है, इसमें डिफेट करना अच्छा नहीं।

"सहदेव मिसर के पास सादे कागज पर मेरा अँगूठा का टीप है। यदि उसे भरकर नालिस कर दे तब ?" मँहगूदास गिड़गड़ाकर कहता है।

"सहदेव मिसर जब मुकदमा करेंगे, सभी पंच तुम्हारी गवाही देंगे। वह एक पैसा भी तुमसे नहीं पा सकते।"

# बाईस

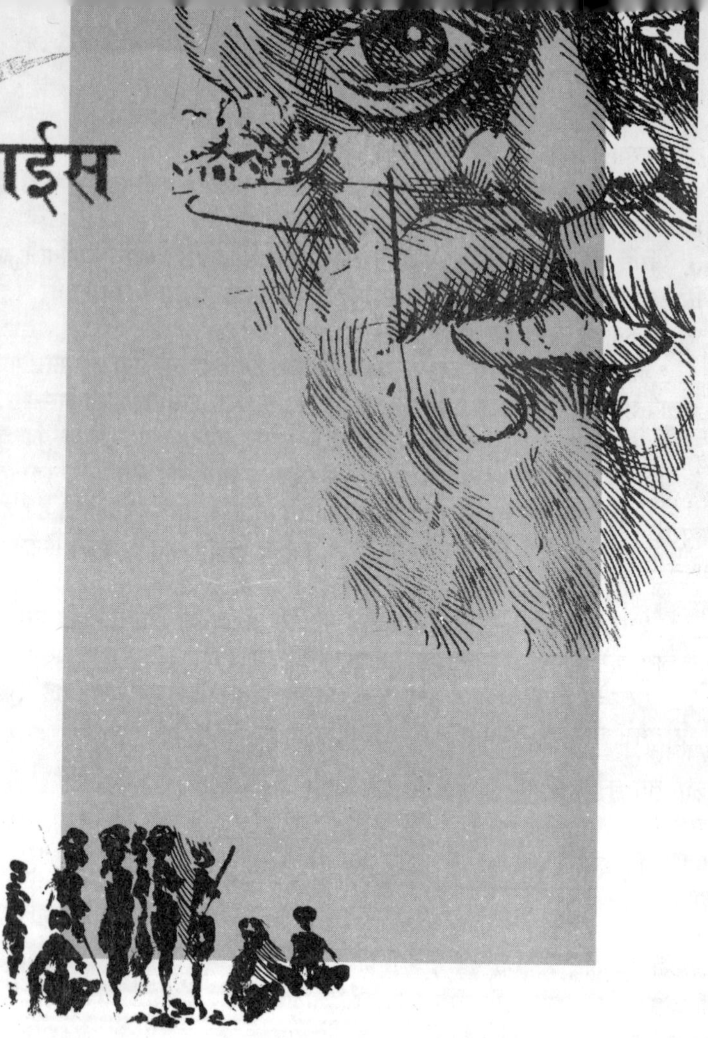

सतगुरु हो ! सतगुरु हो !

महन्थ रामदास भी छींकने, खाँसने और जमाही लेने के समय महन्थ सेवादास जी की तरह ही चुटकी बजाते हैं, 'सतगुरु हो', 'सतगुरु हो' कहते हैं और आँखें स्वयं ही बन्द हो जाती हैं।

भजन, बीजकपाठ और सतसंग को अब लछमी ही सँभालती है। महन्थ रामदास जी पढ़ना-लिखना नहीं जानते, सतगुरु-वचन की गम्भीरता की तह तक नहीं पहुँच सकते, लेकिन खँजड़ी पर तो उनका पूरा अधिकार है। यों तो खँजड़ी भंडारी भी बजाता है, लेकिन कोठारिन लछमी दासिन उसके ताल पर गड़बड़ा जाती है। तब महन्थ रामदास जी भंडारी के हाथ से खँजड़ी ले लेते हैं। लछमी मुस्कराकर गाने लगती है...

*सन्तो हो, करूँ बँहियाँ वल आपनी*
*छाड़ूँ बिरानी आस !*
*सन्तो हो, जिंहिं अँगना नदिया बहै,*
*सो कस मरे पियास ! हो सन्तो, सो कस मरे पियास !*

सो कस मरे पियास ? महन्थ रामदास के आँगन में नदी बह रही है और वह प्यास से मर रहे हैं।...सतगुरु बचन में कहा है–'जस खर चन्दन लादे मारा, परमिल बास न जानु गमारा।' परमिल वास महन्थ रामदास को नहीं लगती, सो बात नहीं। परमिल वास से उनका भी मन मत्त हो जाता है, लेकिन वह क्या करें ? एक दिन मुँह से निकल गया था, "लछमी ! जरा इधर आना तो।" बस, चार घंटे तक कोठारिन ने सतगुरु बचनामिरित की झड़ी लगा दी थी–"अन्तर जोति सबद इक नारी, हरि ब्रह्मा ताके त्रिपुरारी। ते तिरिए भंगलिंग अनन्ता, तेऊ न जाने आदि न अन्ता। महन्थसाहेब, आप अपने चित्त को मत विचलित कीजिए। यह आपके पूर्वजन्म का पुण्य है कि आपको महन्थी की गद्दी मिली है, नहीं तो आपके जैसे लोगों को भैंस चराने के सिवा और कोई काम भी नहीं मिल सकता। आप मेरे गुरुबेटा हैं, मैं आपकी गुरुमाई।"

एक-डेढ़ महीने में ही महन्थ रामदास जी का कलेवर बदल गया है। लछमी बड़े जतन से सेवा करती है। दूध, मक्खन और ताजे फलों के सेवन से महन्थ साहब के श्यामल मुखमंडल पर भी लाली दौड़ गई है। पेट जरा बाहर की ओर निकल रहा है, और तन का ताप भी कभी-कभी मन को बड़ा बेचैन कर देता है। लछमी सतगुरु वचनामृत बरसाकर शान्त करने की चेष्टा करती है। सतगुरु वचनामृत से भी बढ़कर तन के ताप को शीतल करती है कालीचरन की याद ! कालीचरन रोज मठ पर एक बार थोड़ी देर के लिए ही, जरूर आता है। कभी पार्टी के लिए चन्दा, आफिस-घर बनाने के लिए बाँस-खड़ माँगने आता है। लछमी कहती है–"कालीचरन असल नियायी आदमी है। गाँव के सभी बड़े लोग सिर्फ कहने को बड़े हैं। कालीबाबू का सुभाव जरा तिब्र है, लेकिन दुनिया के लोग अब इतने कुटिल हो गए हैं कि सीधे लोगों की यहाँ गुजर नहीं। फिर सुभाव में जरा कड़ापन तो सुपुरुख का लच्छन है...।"

महन्थ रामदास को पहले कालीचरन पर बड़ा सन्देह था। जब वह मठ पर आता तो महन्थसाहब छिपकर लछमी और काली की बातें सुनते थे, बाँस की टट्टी में छेद करके देखते थे। लेकिन कालीचरन हमेशा लछमी से चार हाथ दूर ही हटकर खड़ा रहता था। उसकी बोली में भी माया की मिलावट नहीं रहती थी। लछमी से बातें करते समय कभी उसकी पलकें शरमाकर झुकती नहीं थीं। बहुत कम लोगों को ऐसा देखा है रामदास ने। कालीचरन को बस अपनी सुशलिट पाटी से जरूरत है। लाल झंडा और सुशलिट पाटी को वह औरत की तरह प्यार करता है।...उस पर सन्देह करना बेकार है। लेकिन, बालदेव जी ? वह तो आजकल आते हो नहीं। उनकी नजर बड़ी मैली है।

लछमी बालदेव जी को भूली नहीं है। कहती है, साधू सुभाव के पुरुष हैं; किसी का चित्त दुखाना नहीं चाहते। बालदेव जी मठ पर नहीं आते हैं, कहते हैं, लछमी दासिन

ने हिंसाबात करवाया है मठ पर, मठ पर नहीं जाएँगे।...बहुत सीधे हैं बालदेव जी। सच्चे साधू हैं। उनसे छिमा माँगना होगा।

महन्थ रामदास जी सोच-विचारकर देखते हैं, कालीचरन के डर से ही वह प्यासा है। कोई बात हुई कि लछमी उससे कह देगी; और उसके बाद ? चादरटीका के दिन कालीचरन और उसके गणों ने जो कांड किया था उसे भूलना मुश्किल है।...और उन्हीं की बदौलत तो रामदास महन्थ बना है।

माना कि कालीचरन के बल से उसे महन्थी मिली है। इसका यह अर्थ नहीं कि कालीचरन मठ के सभी मामले में दखल देगा। इंसाफन महन्थी की गद्दी पर तो उसका अधिकार था ही। यदि कल कालीचरन कहे कि गद्दी पर तुम्हारा हक नहीं तो क्या वह मान लेगा ?...महन्थ रामदास जी धीरे से उठते हैं। दबे पाँव लछमी की कोठरी के पास जाते हैं। किवाड़ी खुली है ? नहीं, बन्द है। महन्थसाहब बाहर से भी किवाड़ की छिटकनी खोलना जानते हैं। पतली-सी लकड़ी फँसाकर खोलते हैं।...लछमी अब किवाड़ में ओखल नहीं लगाती है।..लछमी सोई है। उसके कपड़े अस्त-व्यस्त हैं, बाल बिखरे हुए हैं। लालटेन की मद्धिम रोशनी में भी उसकी सूरत चमक रही है।...

"कौन ?"

"रामदास ?"

"........."

"रामदास ! हाथ छोड़ो। बैठो। आखिर तुम चित्त को नहीं सँभाल सके। माया ने तुम्हें भी अन्धा बना दिया।"

"माया से कोई परे नहीं। माया को कोई जीत नहीं सकता," महन्थ साहब आज लछमी को हर बात का जवाब देंगे।

"तुम नरक की ओर पैर बढ़ा रहे हो। अब भी चेतो।"

"अब चेतने से फ़ायदा नहीं। मुझे सरग नहीं चाहिए।...इस नरक में पहली बार नहीं आया हूँ।"

लछमी को बचपन की बातों की याद दिलाना चाहता है रामदास। लछमी हाथ छुड़ाकर बिछावन पर से उठना चाहती है, लेकिन महन्थ साहब ने दस मिनट पहले ही चौथी चिलम गाँजा फूँका है।

"मैं तुम्हारी गुरुमाई हूँ रामदास !"

"कैसी गुरुमाई ? तुम मठ की दासिन हो। महन्थ के मरने के बाद नए महन्थ की दासी बनकर तुम्हें रहना होगा। तू मेरी दासिन है।"

"चुप कुत्ता !" लछमी हाथ छुड़ाकर रामदास के मुँह पर जोर से थप्पड़ लगाती है। दोनों पाँवों को जरा मोड़कर, पूरी ताकत लगाकर रामदास की छाती पर मारती है। रामदास उलटकर गिर पड़ता है।...सतगुरु हो !

*सन्तो अचरज भौ एक भारी*
*पुत्र धयल महतारी।*

*एके पुरुष एकहि नारी*
*ताके देखु बिचारी।*

"भंडारी ! भंडारी !"

"सरकार !"

"पानी लाओ !"

लछमी थर-थर काँपती है। महन्थ सेवादास की दम तोड़ती हुई मूर्ति उसकी आँखों के सामने दिखाई पड़ रही है। नहीं, मरा नहीं। भंडारी कहता है, "महन्थ साहब को फिर मिरगी की बीमारी शुरू हुई ? कल रामपुर मठ से जो साधू आया है, मिरगी की दवा जानता है। कल ही दिलवा दीजिए।"

सतगुरु हो !

महन्थ साहब को बुखार है, छाती में दर्द है ! डाक्टर साहब ने मालिश का तेल भेजा है। लछमी महन्थ साहब की छाती पर तेल-मालिश कर रही है। महन्थ साहब कराह रहे हैं, "सतगुरु हो ! अब नहीं बचेंगे। हमको कासी जी भेज दो कोठारिन ! हम अपने पाप का प्राच्छित करेंगे।...हमको जाने से ही क्यों न मार दिया ?...हाय रे ? सतगुरु हो !"

"जाय हिन्द कोठारिन जी !"

"जै हिन्द ! आइए बालदेव जी ! बहुत दिन बाद ?"

"रामदा...महन्थ साहब को क्या हुआ है ?"

"बुखार है, छाती में दर्द है।"

"दर्द है ? पुरानी गाये के घी की मालिस कीजिए।"

पुरानी गाये का घी अर्थात् गाय का पुराना, सड़ा घी। सुनते ही लछमी को मिचली आने लगती है। महन्थ सेवादास को भी जब दमे का दौरा होता था तो गाय का घी ही मालिश करवाते थे।

"कोठारिन जी ! सिवनाथबाबू आ रहे हैं। यहाँ एक चरखा-संटर खुलना चाहिए। कुछ मदत दिया जाए।"

"चरखा-संटर ! इसमें क्या होगा ?"

"चरखा-संटर में ? यही चरखा, करघा, धुनकी और बिनाई की टरेनि होगी।"

"गाँव में तो रोज नया-नया संटर खुल रहा है—मलरिया-संटर, काली-टोपी संटर, लाल झंडा संटर, और अब यह चरखा संटर !"

"हाँ, नए जमाने में तो रोज नई-नई बात होगी। सुनते हैं आपने सोशलिट पाटी को काफी मदत दी है।...लेकिन कोठारिन जी ! गन्ही महतमा का रस्ता ही सबसे पुराना और सही रस्ता है। नई-नई पाटी खुल रही है, मगर किसी का रस्ता ठीक नहीं। सब हिंसाबाद के रस्ते पर हैं।"

"सतगुरु हो ! सतगुरु हो ! कोठारिन, इसको जो चन्ना देना है, देकर बिदा करो। सतगुरु हो !" महन्थ साहब दर्द से छटपटाते हैं।...बालदेव जी की नजर बड़ी मैली है।

दस रुपए का एक नोट निकालकर देते हुए लछमी कहती है, "आजकल तो हाथ एकदम खाली है। आप तो आजकल इधर का रास्ता ही भूल गए हैं। हमसे जो अपराध हुआ है, छिमा कीजिए।"

"नहीं कोठारिन जी, आजकल छुट्टी ही नहीं मिलती है कभी। कपड़े की पुर्जी बाँटने का काम क्या मिला है, एक आफत में जान फँस गई है। काँगरेस का भी कोई काम नहीं कर सकता हूँ। उधर दूसरी पाटीवालों को मौका मिल गया है। कालीचरन दिन-रात खटता है। हमारे काँगरेस के मिम्बरों को भी सोशिलट पाटी का मिम्बर बना लिया है। इसलिए सिवनाथबाबू को बुला रहे हैं। चटखा-संटर खुलेगा। एक पुराना काजकर्ता बावनदास भी आ रहा है। पुराना तो नहीं है, मेरे ही साथ सुराजी में नाम लिखाया था।...बावनदास बौना है, सिरफ डेढ़ हाथ ऊँचा। वैष्णव है। आएगा तो यहाँ ले आएँगे। जाय हिन्द !"

"जै हिन्द !"

बालदेव जी को फिर लछमी की देह की सुगन्ध लगी। कितनी मनोहर !

लछमी देखती है, बालदेव जी आजकल बहुत दुबले हो गए हैं। बालदेव जी के दिल में जरा भी मैल नहीं। कितने सरल हैं !...न जाने क्यों, लछमी का जी आज बालदेव जी को देखकर इतना चंचल हो रहा है। बालदेव जी सच्चे साधू हैं।

*बिरह की ओदी लाकड़ी*
*सपुचै और धुधुआए।*
*दुख से तबहिं बाचिहौं*
*जब सकलौ जरि जाए !*

# तेईस

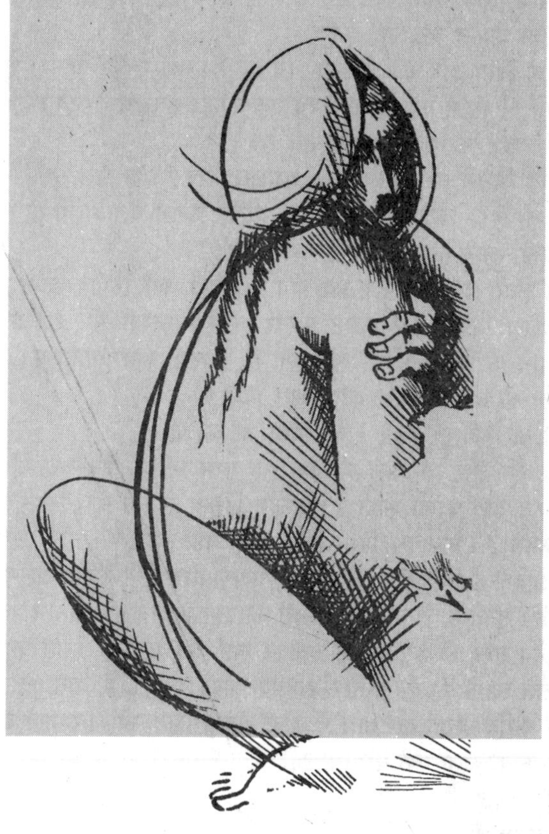

गाँव के लोग अर्थशास्त्र का साधारण सिद्धान्त भी नहीं जानते। 'सप्लाई' और 'डिमांड' के गोरख-धन्धे में वे अपना दिमाग नहीं खपाते। अनाज का दर बढ़ रहा है; खुशी की बात है। पाट का दर बढ़ रहा है, बढ़ता जा रहा है, और भी खुशी की बात है। पन्द्रह रुपए में साड़ी मिलती है तो बारह रुपए मन धान भी तो है। हल का फाल पाँच रुपए में मिलता है, दस रुपए में कड़ाही मिलती है तो क्या हुआ ? पाट का भाव भी तो बीस रुपए मन है। खुशी की बात है।

अनाज के ऊँचे दर से गाँव के तीन ही व्यक्तियों ने फायदा उठाया है—तहसीलदार साहब ने, सिंघ जी ने और खेलावनसिंह यादव ने। छोटे-छोटे किसानों की जमीनें कौड़ी के मोल बिक रही हैं। मजदूरों को सवा रुपए रोज मजदूरी मिलती है, लेकिन एक आदमी का भी पेट नहीं भरता। पाँच साल पहले सिर्फ पाँच आने रोज मजदूरी मिलती थी और

उसी में घर-भर के लोग खाते थे।

तहसीलदार साहब ने धान तैयार होते ही न जाने कहाँ छिपा दिया है। दरवाजे पर दर्जनों बखार हैं, लेकिन इस साल सब खाली। चमगादड़ों के अड्डे हैं।...सरकार शायद धान-जप्ती का कानून बना रही है।

कपड़े के बिना सारे गाँव के लोग अर्धनग्न हैं। मर्दों ने पैंट पहनना शुरू कर दिया है और औरतें आँगन में काम करते समय एक कपड़ा कमर में लपेटकर काम चला लेती हैं; बारह वर्ष तक के बच्चे नंगे ही रहते हैं।

शिवनाथ चौधरी सभा में खादी के अर्थशास्त्र पर प्रकाश डाल रहे हैं। आँकड़े देकर साबित कर रहे हैं कि यदि घर का एक-एक व्यक्ति चरखा चलाने लगे तो गाँव से गरीबी दूर हो जाएगी; अन्न-वस्त्र की कमी नहीं रहेगी।

चरखा सेंटर खुल गया है। अब गाँव में गरीबी नहीं रहेगी। पटना से दो मास्टर आए हैं—चरखा मास्टर और करघा मास्टर। एक मास्टरनी भी आई हैं—औरतों को चरखा सिखाने के लिए। औरतों से कहती हैं, "चरखा हमार भतार-पूत, चरखा हमार नाती; चरखा के बदौलत मोरा दुआर झूले हाथी।"

चरखा की बदौलत हाथी ? जै...गाँधी जी की जै !

सैनिक जी और चिनगारी जी की तरह गरम भाखन शिवनाथ चौधरी जी नहीं देते हैं, लेकिन बात पक्की कहते हैं। एकदम हिसाब से सब बात कहते हैं। खूब ज्ञान की बात कहते हैं। कल का पिसा हुआ आटा नहीं खाते हैं। चीनी नहीं, गुड़ खाते हैं। त्यागी आदमी हैं। चौधरी जी के साथ में दरभंगा जिले में तमोड़िया टीशन से रमलगीना बाबू आए हैं। सुनते हैं, पानी से ही बीमारी का इलाज करते हैं। आग में पकाई हुई चीज नहीं खाते हैं। साग की हरी पत्तियाँ चबाकर खाते हैं। कहते हैं, इसमें बहुत ताकत है। वह भी असल त्यागी हैं। देह में सिर्फ हड्डियाँ बाकी बच गई हैं, मांस का लेश भी नहीं। दिन-भर में करीब पन्द्रह बार हाथ में लोटा लेकर मैदान की ओर जाते हैं।

सादा कागजवाला एक फाहरम[1] बाँट हुआ है। फाहरम पर महतमा जी की छापी[2] है और नीचे लिखा है...

बापू कहते हैं :

*जो पहने सो काते,*<br>
*जो काते सो पहने।*

सोशलिट पाटीवालों ने भी फाहरम बाँट किया था। लेकिन वह लाल रंग का था और उसमें एक दोहा ज्यादा था...

*जो जोतेगा सो बोएगा।*<br>
*जो बोएगा सो काटेगा।*<br>
*जो काटेगा वह बाँटेगा।*

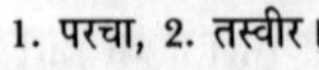

1. परचा, 2. तस्वीर।

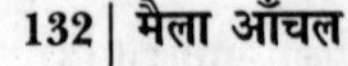

बालदेव जी की जगह पर बौनदास आया है। यही पुरैनियाँ सभा में रजिन्नरबाबू के सामने भाखन देता था। बालदेव जी को पुर्जी बाँटने से छुट्टी नहीं मिलती है, इसीलिए पबलि का काम करने के लिए बौनदास को यहाँ भेजा गया है। बड़ा बहादुर है बौनदास ! कहते हैं, जब 42 के मोमेंट में लोग कचहरी पर झंडा फहराने जा रहे थे तो मलेटरी ने घेर लिया था। बौनदास एक मलेटरी के फैले हुए पैर के बीच से उस पार चला गया और कचहरी के हाता में झंडा फहरा दिया...रमैन में हलुमान जी ने सुरसा को मसक रूप धरकर जिस तरह छकाया था, उसी तरह।

"इस आर्यावर्त में केवल आर्य अर्थात् शुद्ध हिन्दू ही रह सकते हैं," काली टोपीवाले संयोजक जी बौद्धिक क्लास में रोज कहते हैं, "यवनों ने हमारे आर्यवर्त की संस्कृति, धर्म, कला-कौशल को नष्ट कर दिया है। अभी हिन्दू सन्तान म्लेच्छ संस्कृति की पुजारी हो गई है। शिव जी, महाराणा प्रताप... ।"

बौद्धिक क्लास ! सोशलिस्ट पार्टी का बासुदेव कहता है...बुद्धू किलास। बासुदेव ही नहीं, काली टोपीवाले बहुत से जवान भी बुद्धू किलास ही कहते हैं।

लाठी, भाला और तलवार हाथ में लेते ही खून गरम हो जाता है राजपूत नौजवानों का। उस दिन हरगौरी कह रहा था—संयोजक जी ! यवनों पर मुझे क्रोध नहीं होता। यवनों का पक्ष लेनेवाले हिन्दुओं की तो गरदन उड़ा देने को जी करता है।" संयोजक जी जरा दूर हट गए थे, नहीं तो हरगौरी ने इस तरह तलवार चलाई थी कि संयोजक जी की गरदन ही धड़ से अलग हो जाती।...आरजाब्रत !...मेरीगंज का ही नाम अब शायद 'आरजाब्रत' हो गया है ! लेकिन इस गाँव में तो एक भी मुसलमान नहीं !...

गाँव-भर के हलवाहों, चरवाहों और मजदूरों का नेता कालीचरन है। छोटा नेता बासुदेव सबों को समझाता है, "भाई, आदमी को एक ही रंग में रहना चाहिए। यह तीन रंग का झंडा...थोड़ा सादा, थोड़ा लाल और पीला...यह तो खिचड़ी पाटी का झंडा है। कांग्रेस तो खिचड़ी पाटी है। इसमें जमींदार हैं, सेठ लोग हैं और पासंग मारने के लिए थोड़ा किसान-मजदूरों को भी मेम्बर बना लिया जाता है। गरीबों को एक ही रंग के झंडेवाली पार्टी में रहना चाहिए।"

तहसीलदार साहब भी कांग्रेसी हो गए हैं।

उन्होंने चरखा-सेंटर के लिए अपना गुहाल-घर दे दिया है; खद्दर पहनने लगे हैं। बोलते थे, सारी जिन्दगी तो झूठ-बेईमानी करते ही गुजर गई। आखिरी उम्र में पुण्य भी करना चाहिए।...तहसीलदार साहब चवन्निया मेम्बर नहीं बने हैं। चवन्निया मेम्बर तो सभी बनते हैं। तहसीलदार साहब चार-सौ-टकिया मेम्बर बने हैं। देखा नहीं ? शिवनाथबाबू ने रसीद काटकर दिया और तहसीलदार साहब ने तुरन्त मंधाता[1] तम्बाकू के पत्तों के बराबर चार नम्बरी नोट निकालकर दे दिया। खड़-खड़ करता था नोट !...अब सोशलिस्ट पाटी का चलना मुश्किल है। पाटी में एक भी धनी आदमी नहीं

1. तम्बाकू की एक किस्म।

है। मठ की कोठारिन कब तक पाटी चलाएगी।

दफा 40 की लोटिस आई है।

जिला कांग्रेस के मन्त्री जी ने लोटिस भेज दिया है। सोशलिस्ट पार्टी तो जोर-जबर्दस्ती जमीन पर कब्जा करने को कहती है। कांग्रेस के मन्त्री जी ने दफा 40 कानून पास करके नोटिस भेज दिया है। बालदेव जी हाट में लोटिस बाँट रहे हैं;...दफा 40 कानून पास हो गया। अधिया, बटैयादारी करनेवाले किसान अपनी जमीन नकदी करा लें, बहती गंगा में हाथ धो लें। नया कानून पास हो गया। हिंसाबाद करने की जरूरत नहीं। पुरैनियाँ कचहरी में दफा 40 का हाकिम आ गया है। दरखास दे दो, बस, जमीन नकदी हो जाएगी।

वाजिब बात कहते हैं बालदेव जी। यदि बिना तूलफजूल किए ही जमीन नकदी हो रही है तो सोशलिट पाटी में जाने की क्या जरूरत है ? कांग्रेस का राज है, जिस चीज की जरूरत हो, कांग्रेस के मन्त्री जी से कहो। कानून बना देंगे। तब, एक बात है। इस तरह छिटपुट होकर कहने से कांग्रेस के मन्त्री भी कुछ नहीं कर सकते हैं। सबों को एक जगह मिलना चाहिए, मिलकर एक ही बात बोलनी चाहिए। दस मिलकर करो काज, हारो-जीतो क्या है लाज !...गलती तो पबलि की ही है, कोई कांग्रेस में तो कोई सुशलिट में तो कोई काली टोपी में, इस तरह तितिर-बितिर रहने से पबलि की कोई भलाई नहीं हो सकती। बालदेव जी ठीक कहते हैं !

"फॉट्टी बी.टी. ऐक्ट ?" सोशलिस्ट पार्टी के जिला मन्त्री जी कॉमरेड कालीचरन को समझाते हैं, "फौट्टी बी.टी. ऐक्ट तो कोई नया कानून नहीं। यह तो पुराना कानून है। कांग्रेस के मन्त्री ने परचे बँटवाए हैं ? ठीक है। आप भी गाँव के किसानों से कहिए कि जितने बड़े किसान हैं, सबों की जमीन पर धावा कर दें। कोई किसी के खिलाफ गवाही नहीं दे। कानून से क्या होता है ? असल चीज है, साबित करना। सबूत पक्का होना चाहिए। गवाहों के इजहार में भी जरा डेढ़-बेढ़ नहीं हो। यह तो तभी हो सकता है जब सभी गरीब एक झंडे के नीचे एक पार्टी में, एक सूत्र में बँध जाएँ। तहसीलदार साहब कांग्रेसी हो गए हैं। बस, उन्हीं की जमीन पर किसानों द्वारा दावा करवा दीजिए। रंग खुल जाएगा। तब देखिएगा कि कांग्रेस के मन्त्री जी की नोटिस-बाजी की क्या कीमत है !...'लाल-पताका' के इस अंक में चिनगारी जी का इस सम्बन्ध में एक विशेष आर्टिकल है, ज्यादे कौपी ले जाइए इस बार।"

"...दफा 40, आधी और बटैयादारी करनेवालों की जमीन पर सर्वाधिकार दिलाने का कानून है। लेकिन कानून में छोटा-सा छेद भी रहे तो उससे हाथी निकल जा सकता है।...जितने दफा 40 के हाकिम नियुक्त हुए हैं, सभी या तो जमींदार अथवा बड़े-बड़े किसानों के बेटे हैं। उनसे गरीबों की भलाई की आशा बेकार है। लेकिन, एकता की शक्ति कानून से भी बढ़कर है। सोशलिस्ट पार्टी के लाल झंडे के नीचे होकर हम प्रतिज्ञा करें कि जमींदारों और बड़े किसानों के पक्ष में गाँव का एक बच्चा भी गवाही नहीं देगा। 'लाल पताका' आधीदारों को विश्वास दिलाता है... ।"

कहना वाजिब है !

"बात वाजिब नहीं, यह बात का बतंगड़ है !"

जोतखी जी सभी बात में मीन-मेख निकालते हैं, "दो भैंस की लड़ाई में दूब के सिर आफत। कांग्रेस और सुशलिंग अपने में लड़ रहा है। दोनों अपना-अपना मेम्बर बनाना चाहता है। चक्की के दो पाट में गरीब लोग ही पीसे जाएँगे।"

"गरीब पीसे नहीं जाएँगे, गरीबों की भलाई होगी। एक पाटी रहने से काम नहीं होता है। जब दो दलों में मुकाबला और हिड़िस[1] होता है तो फायदा पबलि का ही होता है। उस बार रौतहट मेला में बिदेसिया नाचवाला आया था। मन लगाकर न तो नाच करता था और न गाना ही अच्छी तरह गाता था। तीसरे दिन बलवाही नाच[2] का भी एक दल आ गया। दोनों में मुकाबला हो गया। साम ही से दोनों ने नाच शुरू किया; कितना गजल, कौवाली, खेमटा और दादरा गाया, इसका ठिकाना नहीं। सूरज उगने तक दोनों दलवाले नाचते ही रहे। तब मेला मनेजर बाबू ने दोनों दलों के लोगों को समझा-बुझाकर नाच बन्द करवाया था।"

चलित्तर कर्मकार आया है।

किरांती चलित्तर कर्मकार ! जाति का कमार है, घर सेमापुर में है। मोमेंट के समय गोरा मलेटरी इसके नाम को सुनते ही पेसाब करने लगता था। बम-पिस्तौल और बन्दूक चलाने में मसहूर ! मोमेंट के समय जितने सरकारी गवाह बने थे, सबों के नाक-कान काट लिए थे चलित्तर ने। बहादुर है। कभी पकड़ाया नहीं। कितने सीआईडी को जान से खतम किया। धरमपुर के बड़े-बड़े लोग इसके नाम से थर-थर काँपते थे। ज्यों ही चलित्तर का घोड़ा दरवाजे पर पहुँचा कि 'सीसी सटक'। दीजिए चन्दा।...पचास ! नहीं, पाँच सौ से कम एक पैसा नहीं लेंगे। नहीं है ? चाबी लाइए तिजोरी की। नहीं ?...ठाएँ। ठाएँ !...दस खूनी केस उसके ऊपर था, लेकिन कभी पकड़ा नहीं गया। आखिर हारकर सरकार ने मुकदमा उठा लिया ! किरांती चलित्तर कर्मकार कालीचरन के यहाँ आया है ? बस, तब क्या है ? करैला चढ़ा नीम पर। चलित्तर भी सोशलिट पाटी में है ? तब तो जरूर बम-पेस्तौल की टरेनि ही देने आया है। बम-पेस्तौल के सामने काली टोपीवालों की लाठी क्या करेगी ? हाथी के आगे पिद्दी !

चरखा-कर्घा, लाठी-भाला और बम-पेस्तौल ! तीन टरेनि !

---

1. प्रतियोगिता, 2. बाउल सुर में गीत गाकर नाचनेवाला दल।

# चौबीस

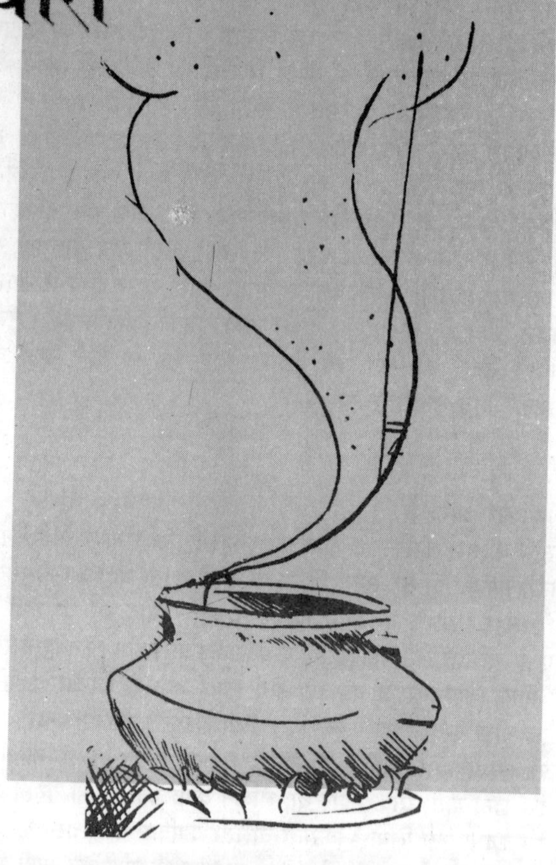

*हाँ रे, अब ना जीयब रे सेयाँ*
*छतिया पर लोटल केश,*
*अब ना जीयब रे सैयाँ !*

महँगी पड़े या अकाल हो, पर्व-त्योहार तो मनाना ही होगा। और होली ? फागुन महीने की हवा ही बावरी होती है। आसिन-कातिक के मैलेरिया और कालाआजार से टूटे हुए शरीर में फागुन की हवा संजीवनी फूँक देती है। रोने-कराहने के लिए बाकी ग्यारह महीने तो हैं ही, फागुन-भर तो हँस लो, गा लो। जो जीयै सो खेलै फाग। दूसरे पर्व-त्योहार को तो टाल भी दिया जा सकता है। दीवाली में एक-दो दीप जला दिए, बस छुट्टी। लेकिन होली तो मुर्दा दिलों को भी गुदगुदी लगाकर जिलाती है। बौरे हुए आम के बाग से हवा आकर बच्चे-बूढ़ों को मतवाला बना जाती है।...चावल का आटा, गुड़

और तेल ! पूआ-पकवान के इस छोटे-से आयोजन के लिए मालिकों के दरवाजे पर पाँच दिन पहले से ही भीड़ लग जाती है। बखार के मुँह खोल दिये जाते हैं। मालिक बही-खाता लेकर बैठ जाते हैं, पास में कजरौटी खुली हुई रहती है। धान नापनेवाला धान की ढेरी से धान नापता जाता है।...बादरदास को एक मन !...सोनाय ततमा को तीन पसेरी।...सादा कागज पर अँगूठे का निशान देते जाओ। भादों महीने में यदि भदै धान चुका दोगे तो ड्योढ़ा, यानी एक मन का डेढ़ मन। यदि अगहनी फसल में चुकाओगे तो डेढ़ मन का तीन मन। सीधा हिसाब है।

गाँव के सभी बड़े-बड़े किसानों का अपना-अपना मजदूर टोला है—सिंघ जी का ततमाटोला और पासवानटोला; तहसीलदार साहब का पोलियाटोला, धानुकटोला, कुर्मीटोला और कियोटटोला; खेलावन यादव का गुआरटोला और कोयरीटोला। संथालटोली पर किसी का खास अधिकार नहीं।

इस बार तहसीलदार साहब को छोड़कर किसी ने मजदूरों को धान नहीं दिया।...अँगूठे का निशान नहीं देंगे और धान लेंगे ? बाप-दादे के अमल से अँगूठे का निशान देते आ रहे हैं, कभी बेईमानी नहीं हुई। इस साल बेईमानी कर लेंगे ? कालीचरन ने टीप देने को मना किया है तो कालीचरन से ही धान लो।

तहसीलदार को नए टीप की जरूरत नहीं। पुराने टीप ही इतने हैं कि कोई इधर-उधर नहीं कर सकता। दूसरे किसानों के मजदूरों को भी तहसीलदार साहब ने इस बार धान दिया है, लेकिन कालीचरन को जमानतदार रखकर। धान वसूलवा देना कालीचरन का काम होगा। अरे, ड्योढ़ नहीं तो सवैया ही सही।...जो भी हो, तहसीलदार के दिल में दया-धर्म है। बाकी मालिक लोग तो पिशाच हैं, पिशाच !

*एक ओर लौटस बारी रे बिहउबा !*

फागुआ का हर एक गीत देह में सिहरन पैदा करता है। फुलिया का चुमौना खलासी जी से हो गया है। खलासी जी बिदाई कराने के लिए आए थे। लेकिन फुलिया इस होली में जाने को तैयार नहीं हुई ! खलासी जी बहुत बिगड़े; धरना देकर चार दिन तक बैठे रहे। आखिर में रूठकर जाने लगे। फुलिया ने रमजू की स्त्री के आँगन में खलासी जी से भेंट करके कहा था—"इस साल होली नैहर में ही मनाने दो। अगले साल तो...।"

*नयना मिलानी करी ले रे सैयाँ, नयना मिलानी करी ले !*
*अबकी बेर हम नैहर रहबौ, जे दिल चाहय से करी ले !*

दोपहर से शाम तक रमजूदास की स्त्री के आँगन में रहकर फुलिया ने खलासी जी को मना लिया है। होली के लिए खलासी जी ने एक रुपया दिया है।...बेचारा सहदेव मिसिर इस बार किससे होली खेलेगा ? पिछले साल की बात याद आते ही फुलिया की देह सिहरने लगती है। "भाँग पीकर धुत्त था सहदेव मिसर। एक ही पुआ को बारी-बारी से दाँत से काटकर दोनों ने खाया था।...अरे, जात-धरम ! फुलिया तू हमारी रानी है, तू हमारी जाति, तू ही धरम, सबकुछ।"...बाबू को दारू पीने के लिए डेढ़ रुपया दिया था और माँ को अठन्नी।...रात-भर सहदेव मिसर जगा रह गया था।...फुलिया की देह

के पोर-पोर में मीठा दर्द फैल रहा है। जोड़-जोड़ में दर्द मालूम होता है। कई बाँहों में जकड़कर मरोड़े कि जोड़ की हड्डियाँ पटपटाकर चटख उठें और दर्द दूर हो जाए।...सहदेव मिसर को खबर भेज दें !...लेकिन गाँववाले ?...ऊँह, होली में सब माफ है।...वह आवेगा ? नाराज जो है।

*अरे बँहियाँ पकड़ि झकझोरे श्याम रे*
*फूटल रेसम जोड़ी चूड़ी*
*मसकि गई चोली, भींगावल साड़ी*
*आँचल उड़ि जाए हो*
*ऐसो होरी मचायो श्याम रे... !*

कमली की आँखें लाल हो रही हैं; पिछले साल होली के ही दिन वह बेहोश हुई थी। इस बार क्या होगा ? वह बेहोश नहीं होगी इस बार। इस बार डाक्टर है; उसे बेहोश नहीं होने देगा।...लेकिन सुबह से ही डाक्टर बाहर है। रोगी देखने गया है रामपुर। यदि वह आज नहीं आया तो ?...नहीं, वह जरूर आएगा। माँ ने एक सप्ताह पहले ही निमन्त्रण दे दिया है। रंग, अबीर,...गुलाब ! पिचकारी !

"माँ !"

"क्या है बेटी ?"

"तुम्हारा डाक्टर आज नहीं आवेगा ?"

"क्यों, क्या बात है बेटी ?"

"मेरा जी अच्छा नहीं।"

"ऐसा मत कहो बेटी, दिल को मजबूत करो। कुछ नहीं होगा।"

*...आजु ब्रज में चहुदिश उड़त गुलाल !*

चारों ओर गुलाल उड़ रहा है। डाक्टर को कोई रंग नहीं देता है। रामपुर में भी किसी ने रंग नहीं दिया। रास्ते में एक जगह कुछ लड़के पिचकारी लेकर खड़े थे, लेकिन डाक्टर को देखते ही सहम गए।...रंग नहीं, गोबर है। रंग के लिए इतने पैसे कहाँ ! डाक्टर को लोग रंग नहीं देते। वह सरकारी आदमी है, सरकारी उर्दी पहन हुए है। सरकारी उर्दी को रंग देने से जेल की सजा होती है। डाक्टर सरकारी आदमी है, बाहरी आदमी है। वह गाँव के समाज का नहीं।...यह डाक्टर की ही गलती है। शुरू से ही वह गाँव से, गाँववालों से अलग-अलग रहा है। उसका नाता सिर्फ रोग और रोगी से रहा। उसने गाँव की जिन्दगी में कभी घुलने-मिलने की चेष्टा नहीं की। लेकिन डाक्टर को अब गाँव की जिन्दगी अच्छी लगने लगी है, गाँव अच्छा लगने लगा है और गाँव के लोग अच्छे लगते हैं। वह गाँव को प्यार करता है। उसे कोई रंग क्यों नहीं देता ? वह रंग में, गोबर में, कीचड़ में सराबोर होना चाहता है !

"अर र र र ! कोई बुरा न माने, होली है !"

डाक्टर के सफ़ेद कुर्त्ते पर लाल-गुलाबी रंगों की छींटें छरछराकर पड़ती हैं।

"ओ कालीचरन !"

"बुरा मत मानिए डाक्टर साहब, होली है।"

डाक्टर मनीबेग से दस रुपए का नोट निकालकर कालीचरन को देता है—होली का चन्दा ! रंग और अबीर का चन्दा !

होली है ! होली है ! होली है !

गनेश हाथ में पिचकारी लिए मौसी का आँचल पकड़कर खड़ा है। मौसी हँसकर कहती है, "सुबह से ही रंग खेलने के लिए जिद्द कर रहा है। मेरी एक साड़ी को तो रंग से सराबोर कर दिया है। अब जिद्द पकड़ा है कि गाँव के लड़कों के साथ खेलेंगे।"

"आओ भैया गनेश !" कालीचरन गनेश का हाथ पकड़कर ले चलता है। गनेश खुश होकर डाक्टर पर रंग की पिचकारी से फुहारें बरसाता हुआ कालीचरन के साथ भाग जाता है। मौसी खुश है।

"जुगजुग जियो काली बेटा !"

"बड़ा मस्त नौजवान है।" डाक्टर कहता है।

"कमली पाँच बार पुछवा चुकी है—डाक्टर साहब लौटे हैं या नहीं। मुझे धमकी दे गई है—आज डाक्टर को तुम नहीं खिला सकतीं। आज मेरे यहाँ निमन्त्रण है।"

*ढोल-ढाक, झाँझ-मृदंग और डम्फ !*
*होली, फगुआ, भड़ौवा और जोगीड़ा।*

कालीचरन का दल बहुत बड़ा है। दो ढोल, एक ढाक है, झाँझ-डम्फ। सभी अच्छे गानेवाले भी उसी के दल में हैं। सुन्दरलाल, सुखीलाल, देवीदयाल और जोगीड़ा कहनेवाला महन्था। मिडिल में पढ़ता है; पढ़ने में बड़ा तेज ! दोहा-कवित्त जोड़ने में उसको चाँदी की चकत्ती मिली है। गाँव के छोटे-छोटे दल भी कालीचरन के दल में मिल गए हैं।

जोगीड़ा सर...र र......

*जोगीड़ा सर-र र...*
*जोगी जी ताल न टूटे*
*तीन ताल पर ढोलक बाजे।*

ताक धिना धिन, धिन्नक तिन्नक
जोगी जी !
होली है ! कोई बुरा न माने होली है !

*बरसा में गड्ढे जब जाते हैं भर*
*बेंग हजारों उसमें करते हैं टर्र*
*वैसे ही राज आज कांग्रेस का है*
*लीडर बने हैं सभी कल के गीदड़...जोगी जी सर...र र... !*
*जोगी जी, ताल न टूटे*
*जोगी जी, तीन-ताल पर ढोलक बाजे*
*जोगी जी, ताक धिना धिन !*

*चर्खा कातो, खध्धड़ पहनो, रहे हाथ में झोली*
*दिन दहाड़े करो डकैती बोल सुराजी बोली...*
*जोगी जी सर...र र... !*

सिर्फ जोगीड़ा ही नहीं। महन्था ने नया फगुआ गीत भी जोड़ा है। बटगमनी फगुआ–राह में चलते हुए गाने के लिए।

*आई रे होरिया आई फिर से !*
*आई रे !*
*गावत गाँधी राग मनोहर*
*चरखा चलावे बाबू राजेन्दर*
*गूँजल भारत अमहाई रे ! होरिया आई फिर से !*
*वीर जमाहिर शान हमारो,*
*बल्लभ है अभिमान हमारो,*
*जयप्रकाश जैसो भाई रे ! होरिया आई फिर से !*

होली है ! होली है ! होली !

कोयरीटोले का बूढ़ा कलरू महतो कहता है, "अरे डागडर साहेब ! अब क्या लोग होली खेलेंगे ! होली का जमाना चला गया। एक जमाना था जबकि गाँव के सभी बूढ़ों को नंगा करके नचाया जाता था, एकदम नंगा। उस बार राज के मनेजर जनसैन साहब के साथ तीन-चार साहेब आए थे। काला बक्सा में आँख लगाकर छापी लेते थे। बाद में खानसामाँ से मालूम हुआ कि बिलैत के गजट में छापी हुआ था। एकदम नंगा !"

कामरेड वासुदेव 'भँड़ौवा' गाने के लिए कह रहे हैं, "अब एक नया भँड़ौवा हो। एकदम नया ताजा माल ! जर्मनवाला !"

ढाक ढिन्ना, ताक ढिन्ना।

*अरे हो बुड़बक बभना, अरे हो बुड़बक बभना,*
*चुम्मा लेवे में जात नहीं रे जाए।*
*सुपति-मउनियाँ लाए डोमनियाँ, माँगे पियास से पनियाँ*
*कुआँ के पानी न पाए बेचारी, दौड़ल कमला के किनरियाँ,*
*सोही डोमनियाँ जब बनली नटिनियाँ, आँखी के मारे पिपनियाँ*
*तेकरे खातिर दौड़ले बौड़हवा, छोड़के घर में बभनिया।*
*जोलहा धुनिया तेली तेलनियाँ के पीये न छुअल पनियाँ*
*नटिनी के जोबना के गंगा-जमुनुवाँ में डुबकी लगाके नहनियाँ।*
*दिन भर पूजा पर आसन लगाके पोथी-पुरान बँचनियाँ*
*रात के ततमाटोली के गलियन में जोतखी जी पतरा गननियाँ।*
*भकुआ बभना, चुम्मा लेवे में जात नहीं रे जाए !*

कोई बुरा न माने होली है ! होली है !

तहसीलदार साहब की ड्योढ़ी पर पैर रखते ही डाक्टर के मुँह पर गुलाल मल दिया गया। डाक्टर की आँखें बन्द हैं, लेकिन स्पर्श में ही वह समझ गया है कि गुलाल किसने मला है। कमली !...वसन्तोत्सव की कमली ! डाक्टर याद करने की चेष्टा करता है, एक बार किसी चित्रकार का 'मैथिली' शीर्षक चित्र किसी मासिक पत्रिका में देखा था !... कौन था वह चित्रकार !

"डाक्टर बेचारे के पास न अबीर है और न रंग की पिचकारी। यह एकतरफा होली कैसी !...लीजिए डाक्टरबाबू, अबीर लीजिए। और इस बाल्टी में रंग है।" माँ बेहद खुश है आज। पिछले साल होली के दिन इसी आँगन में मातम हो रहा था और इस साल उसकी बेटी चहकती फिर रही है।...दुहाई बाबा भोलानाथ !

बेचारा डाक्टर रंग भी नहीं देना जानता; हाथ में अबीर लेकर खड़ा है। मुँह देख रहा है, कहाँ लगावे !

"जरा अपना हाथ बढ़ाइए तो।"

"क्यों ?"

"हाथ पर गुलाल लगा दूँ ?"

"आप होली खेल रहे हैं या इंजेक्शन दे रहे हैं। चुटकी में अबीर लेकर ऐसे खड़े हैं मानो किसी की माँग में सिन्दूर देना है !" कमली खिलखिलाकर हँसती है। रंगीन हँसी !

डाक्टर अब पहले की तरह कमली की बोली को एक बीमार की बोली समझकर नहीं टाल सकता है। कमरे में लालटेन की हलकी रोशनी फैली हुई है; सामने कमली खड़ी हँस रही है। ऐसी हँसी डाक्टर ने कभी नहीं देखी थी। वह स्वस्थ हँसी है—विकारशून्य ! कमली का अंग-अंग मानो फड़क रहा है। डाक्टर अपने दिल की धड़कन को साफ-साफ सुन रहा है। उसके ललाट पर आज भी पसीने की बूँदें चमक रही हैं। सामने दीवार पर एक बड़ा आईना है। डाक्टर उसमें अपनी सूरत देखता है...ललाट पर पसीने की बूँदें मानो दूल्हे के ललाट पर चन्दन की छोटी-छोटी बिन्दियाँ सजाई गई हैं !...डाक्टर को भवभूति के माधव-मालती की याद आती है। होली को पहले मदनमहोत्सव कहा जाता था। आम की मंजरियों से मदन की पूजा की जाती थी। इसी मदनोत्सव के दिन माधव और मालती की आँखें चार हुई थीं और दोनों प्रेम की डोरी में बँध गए थे। जहाँ राधेश्याम खेले होरी !

डाक्टर अबीर की पूरी झोली कमली पर उलट देता है। सिर पर लाल अबीर बिखर गया—मुँह पर, गालों पर और नाक पर।...कहते हैं, सिन्दूर लगाते समय जिस लड़की के नाक पर सिन्दूर झड़कर गिरता है, वह अपने पति की बड़ी दुलारी होती है।...

*ऐसी मचायो होरी हो,*
*कनक भवन में श्याम मचायो होरी !*

# 

पच्चीस

बावनदास आजकल उदास रहा करता है।

"दासी जी, चुन्नी गुसाईं का क्या समाचार है ?" रात में बालदेव जी सोने के समय बावनदास से बातें करते हैं।

"चुन्नी गुसाईं तो सोसलिट पाटी में चला गया।"

बालदेव जी आश्चर्य से मुँह फाड़कर देखते ही रह जाते हैं।

"बालदेव जी भाई, अचरज की बात नहीं। भगवान जो करते हैं अच्छा करते हैं।"

"याद है दास जी, चन्ननपट्टी की सभा, तैवारी जी का लेक्चर और तनुकलाल का गीत ! याद करके आज भी रोवाँ कलप उठता है।...गंगा रे जमुनवाँ की धार...।"

"लेकिन भारथमाता अब भी रो रही हैं बालदेव !" बावनदास को नींद आ रही है !

बालदेव जी चमक उठते हैं। भारथमाता अब भी रो रही हैं ? ऐं ?...क्या कहता है बावनदास ?

बावनदास करवट लेते हुए कहता है, "बिलैती कपड़ा के पिकेटिंग के जमाने में चानमल-सागरमल के गोला पर पिकेटिंग के दिन क्या हुआ था, सो याद है तुमको बालदेव ? चानमल मड़बाड़ी के बेटा सागरमल ने अपने हाथों सभी भोलटियरों को पीटा था; जेहल में भोलटियरों को रखने के लिए सरकार को खर्चा दिया था। वही सागरमल आज नरपतनगर थाना कांग्रेस का सभापति है। और सुनोगे ?...दुलारचन्द कापरा को जानते हो न ? वही जुआ कम्पनीवाला, एक बार नेपाली लड़कियों को भगाकर लाते समय जो जोगबनी में पकड़ा गया था। वह कटहा थाना का सिकरेटरी है।...भारथमाता और भी, जार-बेजार रो रही हैं।"

बालदेव जी को आश्चर्य होता है। वह बावनदास से बहस करना चाहता है। लेकिन बावन तो खर्राटा लेने लगा।...बालदेव जी के समझ में कोई बात नहीं आ रही है।...भारथमाता जार-बेजार रो रही हैं ?...

बावनदास, चुन्नी गुसाईं और बालदेव जी ! तीनों ने एक ही दिन इस संसार के माया-मोह को त्यागकर सुराजी में नाम लिखाया था।

गृहस्थ चुन्नी गुसाईं ! चार बीघे जमीन, दो-चार आम-कटहल के पेड़, एक गाय और दो छोटे-छोटे लड़कों का एकमात्र अभिभावक। स्वभाव से धर्मभीरु। चन्दनपट्टी में सभा देखने गया। तैवारी जी ने भाखन दिया और तनुकलाल ने गीत गाया। सभी रोने लगे। चुन्नीदास के मन का मैल भी आँसुओं की धारा में बह गया। उसी दिन सुराजी में नाम लिखा गया। चर्खा-कर्घा, झंडा-तिरंगा और खद्दर को छोड़कर सभी चीजें मिथ्या हैं। सुदेशी बाना, विदेशी बैकाठ !

*अरे देसवा के सब धन-धान विदेसवा में जाए रहे।*
*मँहगी पड़त हर साल कृसक अकुलाय रहे।*

दुहाई गाँधी बाबा !...गाँधी बाबा अकेले क्या करें ! देश के हरेक आदमी का कर्त्तव्य है...।

*का करें गाँधी जी अकेले, तिलक परलोक बसे,*
*कवन सरोजनी के आस अबहिं परदेस रही।*

दुहाई गाँधी बाबा। चुन्नीदास को अपने शरण में ले लो प्रभु !...विदेशी कपड़ा बैकाठ...नीमक कानून...जेल। गाँजा-दारू छोड़िए प्यारे भाइयो...जेल। व्यक्तिगत सत्याग्रह...जेल। 1942...जेल।...सब मिलकर दस बार जेल-यात्रा कर चुका है चुन्नी गुसाईं !

और वह सोसलिट पाटी में चला गया ?

बावनदास !

पूर्वजन्म का फल अथवा सिरजनहार की मर्जी। प्रकृति की भूल अथवा थायराएड, थायमस और प्युटिटिरी ग्लैंड्स के हेर-फेर ! डेढ़ हाथ की ऊँचाई ! साँवला रंग, मोटे होंठ,

अचरज में डाल देनेवाली दाढ़ी और चौंका देनेवाली मोटी-भोंड़ी आवाज। ऊँचाई के हिसाब से आवाज दसगुना भारी। अजीब चाल, मानो लुढ़क रहा हो। अज्ञात कुलशील। जन्मजात साधू। जिस ओर होकर गुजरता, लोगों की निगाहें बरबस अटक जातीं। फिर ताज्जुब की हँसी-मुस्कराहट। पीछे-पीछे बच्चों का हुजूम, तमाशा; कुत्ते भूँकते, इंसान हँसते ! गर्भवती औरतें छिप जातीं अथवा छिपा दी जातीं !...और जब भगवान ने उसे चलता-फिरता तमाशा ही बनाकर भेजा है, लोग उसे देखकर खुश हो लेते हैं तो क्यों न वह पारिश्रमिक माँग ले।...दे-दे मैया कुछ खाने को ! भगवान भला करेंगे। सेत्ताराम, सेत्ताराम !

चन्दनपट्टी की उस सभा में, तैवारी जी के भाखन और तनुकलाल के गीत ने इस डेढ़ हाथ के आदमी को ही झकझोर दिया था।...न जाने पूर्वजन्म के किस पाप का फल भोग रहा हूँ। क्या होगा यह सरीर रखकर ? चढ़ा दो गाँधी बाबा के चरण में, भारथमाता की खातिर !

*अरे देसवा के खातिर मजहरुलहक भइलै फकिरवा से*
*दीन भइलै राजेन्दरप्रसाद देशवासियो !*

और वह तो फकीर ही है।...चुन्नी गुसाईं ने नाम लिखा लिया ? मेरा भी नाम लिख लिया जाए।—रामकिसुनबाबू की स्त्री उसे देखते ही चिल्ला उठी थी—भगवान। ''बावन भगवान !''—उन्होंने पूर्णिया आने के लिए कहा था।

सेत्ताराम ! सेत्ताराम ! बन्देमहातरम् ! बन्देमहातरम् !

जिले की राजनीति के जनक रामकिसुनबाबू के बँगले पर वह जिस समय हाजिर हुआ, उस समय पुलिस की लौरी खड़ी थी। दारोगा साहब इन्तिजार कर रहे थे। रामकिसुनबाबू अपना आभारानी को जरूरी हिदायतें दे रहे थे।

बन्दे महातरम् ! बन्दे महातरम् !

''तुमि जाओ ! आमार जन्ये भेबो ना। ओई द्याखो, भगवान आमार काछे निजेई ऐसे गेछेन।'' आभारानी की आँखें आनन्द से चमक उठी थीं।

आभारानी ने बावनदास को 'भगवान' छोड़कर किसी दूसरे नाम से कभी नहीं पुकारा।

कुछ दिनों बाद आभारानी भी गिरफ्तार हुईं। बावन भी पकड़ा गया। पुलिस ने एकाटा डंडा लगाकर उसे भगा देना चाहा, पर पहले ही डंडे की चोट को आभारानी ने झपटकर अपने शरीर पर ले लिया तो पुलिस के पाँव के नीचे की मिट्टी खिसक गई थी।...''आमार भगवान के मारो ना...।'' खून से लथपथ खादी की सफेद साड़ी। पत्थर को भी पिघला देनेवाली, करुणा से भरी बोली, 'आमार भगवान !' बावन के पूर्वजन्म के सारे पाप मानो अचानक ही पुण्य में बदल गए। सूखे ठूँठ में नई कोंपल लग गई। उसके मुँह से मोटी आवाज निकली थी—''माँ !''

माँ ! महात्मा गाँधी जी भी आभारानी को माँ ही कहते। 1934 में भूकम्प-पीड़ित क्षेत्रों के दौरे पर जब बापू आए थे, साथ में थे रामकिसुनबाबू, आभारानी और

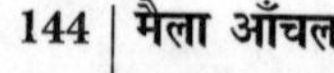

बावनदास। बावनदास के बिना आभारानी एक डग भी कहीं नहीं जा सकतीं। गाँधी जी हँसकर बोले थे, "माँ, तुम्हारे भगवान से ईर्ष्या होती है।"...दन्तहीन, पोपले मुँह की वह पवित्र हँसी, बच्चों की हँसी जैसी !

फुलकाहा बाजार ! लाखों की भीड़। ऊँचा मंच...'महात्मा गाँधी की जय !'... रह-रहकर आकाश हिल उठता है। जय ! फिर आकाश हिलता है। रेलमपेल ! पुष्पवृष्टि...।...चरणधूलि ! सीटी...स्वयंसेवक। कॉर्डन डालो...घेरा...घेरा !

मंच पर आगे-आगे रामकिसुनबाबू, आभारानी के कन्धे का सहारा लिए गाँधी जी।...वही गाँधी जी !...जै !...जै...आभारानी हाथ का सहारा देकर फिर किसी को मंच पर चढ़ा रही हैं ? कौन है वह ?...अरे बावनदास ! बौना !...गाँधी जी तर्जनी से सबों को शान्त रहने के लिए कह रहे हैं।...लाखों की भीड़ में बावनदास खँजड़ी बजाकर गाता है 'एक राम-नाम धन साँचा जग में कछु न बाँचा हो !' आवाज दूर तक नहीं पहुँचती। लेकिन बावनदास ! डेढ़ हाथ ऊँचा यह 'झर-आदमी' कितना बड़ा हो गया है ! महात्मा जी भीख माँगते हैं। हरिजनों के लिए दान दीजिए ! रुपए की थैली, सोने की अँगूठी, चेन, बुताम, हार, कंगन, अठन्नी, चवन्नी, दुअन्नी, अकन्नी, पत्थर का टुकड़ा। किन्तु सबकुछ देकर भी बावनदास से बड़ा होना असम्भव।

बावनदास को मानो कुबेर का भंडार मिल गया; ठूँठ के कोंपल नवपल्लव हो गए...बापू !

1937। पंडित जवाहरलाल नेहरू चुनाव के तूफानी दौरे पर आए हैं। बावनदास को देखकर ताज्जुब की मुद्रा बनाकर कुछ देर तक देखते ही रह गए। फिर ललाट पर बल और नाक पर अँगुली डालते हुए, गांगुली जी से अंग्रेजी में बोले, "आई कान्ट रिमेंबर दि नेम ऑफ दैट बुक।" (मुझे उस किताब का नाम याद नहीं आ रहा है)।

"किंग ऑफ दि गोल्डन रिवर !" गांगुली जी ने छूटते ही जवाब दिया। फिर दोनों एक ही साथ हँस पड़े।

अब बावनदास भजन ही नहीं गाता, बिख्यान देना भी सीख गया है। वह बोलने को उठता है। माइक-स्टैंड काफी ऊँचा है। ऑपरेटर हैरान है। जल्दीबाजी में वह क्या करे ? कभी ऊँचा कभी नीचा करता है, फिर भी बावनदास से काफी ऊँचा है माइक-स्टैंड। नेहरू जी बड़ी फुर्ती से उठकर जाते हैं, माइक खोलकर हाथ में ले लेते हैं। झुककर बावनदास के मुँह के पास ले जाते हैं, "बोलिए !" जनता हँसती है। बावन जरा घबरा जाता है। नेहरू जी मुस्कराकर उसके गले में माला डाल देते हैं, "बोलिए !" प्रेस रिपोर्टरों के कीमती कैमरों के बटन एक ही साथ 'क्लिक-क्लिक' कर उठे थे। 'नैशनल हेरल्ड' के मुखपृष्ठ पर बड़ी-सी तस्वीर छपी थी—बावनदास के गले में माला है, नेहरू जी हाथ में माइक लेकर झुके हुए हैं, मुस्करा रहे हैं। तस्वीर के ऊपर लिखा हुआ था, 'माइक ऑपरेटर नेहरू !'

अगस्त 1942। कचहरी पर चढ़ाई। धाँय-धाँय। पुलिस हवाई फायर करती है। लोग भाग रहे हैं। बावनदास ललकारता है, जनता उलटकर देखती है। डेढ़ हाथ का इंसान

सीना ताने खड़ा है।...'बम्बई से आई आवाज !'...जनता लौटती है। बावनदास पुलिसवालों के पाँवों के बीच से घेरे के उस पार चला जाता है और विजयी तिरंगा शान से लहरा उठता है।...महात्मा गाँधी की जय !

बावन को गाँधी जी जानते हैं, नेहरू जी जानते हैं और राजेन्द्रबाबू भी पहचानते हैं। प्रान्त-भर के लीडर और राजनीतिक कार्यकर्ता जानते हैं। कैम्प जेल में सुपरिंटेंडेंट की बदनामी के खिलाफ कैदियों ने सामूहिक अनशन किया था। अन्त तक बावनदास और चुन्नी गुसाईं ही टिके रहे थे ! पच्चीस दिन का अनशन ! रदरफोर्ड और आर्चर ने इन दोनों को 'देखने माँगा' था। गाँधी जी की कठोर परीक्षा में, सत्य की परीक्षा में, सत्याग्रह की परीक्षा में, खरे उतरनेवाले दो कुरूप और भद्दे इंसान !

'सुराजी' में नाम लिखने के बाद सिर्फ दो बार बावन को माया ने अपने मोहजाल में फँसाने की कोशिश की थी। दोनों बार वह चेत गया था। मोहफाँस में फँसते-फँसते वह बच गया था।...महात्मा जी की कृपा !

एक बार रामकिसुनबाबू ने सिमरबनी से मुठिया में वसूल हुआ चावल लाने को भेजा था—"चावल बेचकर रुपया ले आना।" पाँच रुपए तीन आने। लौटती बार सिमराहा स्टेशन बाजार में जगमोहन साह की दूकान पर वह दही-चूड़ा खाने गया था। जगमोहन साह जलेबियाँ छान रहा था और सहुआइन जलेबियों को रस में डुबो रही थी। बावनदास के मन में बहुत देर तक रस में डूबी जलेबियाँ चक्कर काटती रहीं।...पथराहा के फागूबाबू ने अपने बाप के श्राद्ध में कंगाल भोजन कराया था। एक युग हो गया, बावन ने फिर जलेबी नहीं चखी। आखिर बावनदास ने दही-चूड़ा पर दो आने की जलेबियाँ ले लीं।

लेकिन पेट में पहुँचने के बाद उसे अचानक ज्ञान हुआ। उसकी आँखों के आगे से माया का पर्दा उठ गया।...ये पैसे ? मुठिया ?...उसकी आँखों के सामने गाँव की औरतों की तस्वीरें नाचने लगीं।...हाँडी में चावल डालने के पहले, परम भक्ति और श्रद्धा से, एक मुट्ठी चावल गाँधी बाबा के नाम पर निकालकर रख रही हैं। कूट-पीसकर जो मजदूरी मिली है, उसमें से एक मुट्ठी ! भूखे बच्चों का पेट काटकर एक मुट्ठी ! और बावन ने उस पैसे से अपनी जीभ का स्वाद मिटाया ?...व्रतभंग ! तपभ्रष्ट !...दुहाई गाँधी बाबा ! छिमा करो ! बावन फूट-फूटकर रोने लगा। उसकी आँखों से आँसू झड़ रहे थे और वह कंठ में अँगुलियाँ डालकर कै करता जाता था !...सेत्ताराम ! सेत्ताराम ! दो दिनों का उपवास ! आत्मशुद्धि, प्रायश्चित्त ! रामकिसुनबाबू ने बहुत समझाया, आभारानी परोसी हुई थाली लेकर सामने बैठी रहीं, लेकिन बावन ने उपवास नहीं तोड़ा।..."माँ, इस अपवित्तर मन को दंड देने से मत रोको। अशुद्ध आतमा मुझे बाबा की राह से डिगा देगी !"

माया का दूसरा फन्दा...

नमक कानून तोड़ने के समय श्रीमती तारावती देवी पटना से आई थीं। उनकी बोली में मानो जादू था। वह जहाँ जातीं, लोग उनके भाषण सुनने के लिए उमड़ पड़ते थे।...जवान औरत ! सिर पर घूँघट नहीं। भगवती दुर्गा की तरह तेजी से जल-जल करती

है, सरकार को पानी-पानी कर देती है। ''मुट्ठी-भर अंग्रेजों को हम नाच नचा देंगे। गोली, सूली और फाँसी का डर नहीं।'' पुलिस-दारोगा डर से थर-थर काँपते हैं। ''...अंग्रेजों के जूठे पत्तल चाटनेवाले ये हिन्दुस्तानी कुत्ते ?'' जरूर उसमें भगवती का अंश है। सभा खत्म होने के बाद उनके निवास-स्थान पर भी भीड़ लग जाती थी। बहुत-सी बाँझ-निपुत्तर औरतें चरण-धूलि लेने आती थीं। भगवती ! उनके खाने-पीने और आराम करने के समय भी लोग जमे रहते थे। आखिर स्वयंसेवकों के पहरे का प्रबन्ध करना पड़ा था।

एक दिन चन्दनपट्टी आश्रम में, दोपहर को तारावती जी बिछावन पर आराम कर रही थीं। सामने के दरवाजे पर पर्दा पड़ा हुआ था और पर्दे के इस पार ड्यूटी पर बावनदास। फागुन की दोपहरी। आम की मंजरियों का ताजा सुवास लेकर बहती हुई हवा पर्दे को हिला-हिलाकर अन्दर पहुँच जाती थी। तारावती जी की आँखें लग गईं। बावन ने हिलते-डुलते पर्दे के फाँक से यों ही जरा झाँककर देखा था। उसका कलेजा धक् कर उठा था, मानो किसी ने उसे जोर से पीछे की ओर धकेल दिया हो।...धीरे-धीरे पर्दे को हिलानेवाली फागुन की आवारा हवा ने बावन के दिल को भी हिलाना शुरू कर दिया। बावन ने एक बार चारों ओर झाँककर देखा, फिर पर्दे के पास खिसक गया ! झाँका। चारों ओर देखा और तब देखता ही रह गया मन्त्र-मुग्ध-सा !...पलँग पर अलसाई सोई जवान औरत ! बिखरे हुए घुँघराले बाल, छाती पर से सरकी हुई साड़ी, खद्दर की खुली हुई अँगिया !...कोकटी खादी के बटन !...आश्रम की फुलवारी का अंग्रेजी फूल 'गमफोरना', पाँचू राउत का बकरा रोज आकर टप-टप फूलों को खा जाता है।...बावन के पैर थरथराते हैं। वह आगे बढ़ना चाहता है।...वह जानता है ! वह इस औरत के कपड़े को फाड़कर चित्थी-चित्थी कर देना चाहता है। वह अपने तेज़ नाखूनों से उसके देह को चीर-फाड़ डालेगा। वह एक चीख सुनना चाहता है। वह अपने जबड़ों से पकड़कर उसे झकझोरेगा। वह मार डालेगा इस जवान गोरी औरत को। वह खून करेगा।...ऐं ! सामने की खिड़की से कौन झाँकता है ? गाँधी जी की तस्वीर ! दीवार पर गाँधी जी की तस्वीर ! हाथ जोड़कर हँस रहे हैं बापू !...बाबा ! धधकती हुई आग पर एक घड़ा पानी ! बाबा, छिमा ! छिमा ! दो घड़े पानी ! दुहाई बापू ! पानी पानी, पानी ! शीतल जल ! ठंडक... !

बावन आँखें खोलता है। रामकिसुनबाबू पानी की पट्टी दे रहे हैं। माँ पंखा झल रही हैं। गांगुली जी चुपचाप खड़े हैं और घबराई हुई तारावती कह रही हैं, ''चीख सुनकर मेरी नींद खुली तो देखा यह धरती पर छटपटा रहा है।''

दूसरे दिन आभारानी एक गिलास टमाटर का रस देते हुए बोली थीं, ''भगवान, आज थेके तोमाय रोज एक गिलास ऐई रस, आर रात्रे दुध खेते हबे।''

लेकिन, बावन तो सात दिनों का उपवास-व्रत ले चुका था। आत्मशुद्धि, इन्द्रियशुद्धि, प्रायश्चित्त ! आभारानी ने गांगुली के पास जाकर धीरे-धीरे सारी कहानी सुना दी—''गांगुली जी ! आप माँ को समझा दीजिए। मैं व्रत तोड़ नहीं सकता। कल

माया ने...!"

गांगुली जी ने हँसते हुए आभारानी से कहा था, "भगवानेर व्रत-भंग हउबा असम्भव। कारण गुरुतर। तबे आपनार भाग्य भालो जे बेचारा के सूरदासेर कथा मने पड़े नि, नईले एतखन आर भगवानेर चोख थाकतो ना" (भगवान का व्रत-भंग होना असम्भव है। आपका भाग्य अच्छा है कि उन्हें सूरदास की बात याद नहीं आई, वरना अब तक भगवान की आँखें नहीं रहतीं।)

आभारानी अवाक् होकर गांगुली जी की ओर देखती रह गई थीं, "की जानी बापू ?"

देवताओं और मन्दिरों के नगर, बनारस में रहकर भी आभारानी को सबसे पहले अपने 'भगवान' की याद आती है। कभी-कभी गांगुली जी के नाम मनीआर्डर आता है, "भगवानेर कापड़ेर जन्य।...भगवानेर दूधेर जन्य।"

...और वही बावनदास कहता है, भारथमाता जार-बेजार हो रही हैं !

बालदेव जी को लछमी दासिन की याद आती है।...वह भी रो रही थी।

...लेकिन कालीचरन ? सोसलिट पाटी !...

बालदेव निराश नहीं होगा। उसे नींद नहीं आ रही है। बहुत खटमल हैं।...हाँ, वह कल बावनदास से पूछेगा, यदि घर में खटमल ज्यादा हो जाएँ तो क्या घर में ही आग लगा देनी चाहिए ?

# छब्बीस

बाबू हरगौरीसिंह राज पारबंगा के नए तहसीलदार बहाल हुए। 'बेतार का खबर' सुमरितदास सबों को कहता है, "देखो-देखो, कायस्थ के जूठे पत्तल में राजपूत खा रहा है। तहसीलदार विश्वनाथबाबू को राज पारबंगा के कुमार साहेब ने बुलाकर बहुत समझाया-बुझाया, लेकिन तहसीलदार ने कहा, थूक फेंककर चाटना आदमी का काम नहीं।...तहसीलदारी में अब क्या मजा है ! अब तो यह सूखी हड्डी है।"

वास्तव में अब तहसीलदारी में कोई मजा नहीं रह गया है। जमाना बदल गया है। तहसीलदार साहब के बाप देवनाथ मल्लिक सिर्फ पाँच रुपए माहवारी पर बहाल हुए थे। लेकिन ऊपरी आमदनी ? तीन साल बीतते-बीतते अस्सी-नब्बे बीघे धनहर[1] जमीन

1. उपजाऊ।

के मालिक बन गए थे। आदमी की ऊपरी आमदनी ही असल आमदनी है। और तहसीलदारी रोब का क्या पूछना ! तहसीलदार के खेत में मजदूरी करनेवालों को कभी मजदूरी नहीं मिलती थी। राज पारबंगा के राजा तो तिरहुत में रहते थे, उन्हें किसी ने कभी देखा भी नहीं। असल राजा तो बूढ़े देवनाथ मल्लिक ही थे। उस समय कटिहार शहर ठिकाने से बसा भी नहीं था। बूढ़े तहसीलदार साहब अपने सलीमशाही जूतों के तल्ले में ही काँटियाँ पुरैनियाँ से ठुकवाकर मँगाते थे और तीन महीने में ही काँटियाँ झड़ जाती थीं। सुनते हैं, वे बोलते बहुत कम थे, कान से कुछ कम सुनते थे; और जब बोलते थे तो '...मारो साले को दस जूता।' कमला नदी के बगल में जो गड्ढा है, उसी में जोंक पालकर रखा था। जिसने तहरीर, तलबाना या नजराना देने में देर की, उसे गड्ढे में चार घंटे तक खड़ा करवा दिया। पाँव के अँगूठे से लेकर जाँघ तक मोटे-मोटे जोंक घुँघरू की तरह लटक जाते थे।...वह जमाना तो बूढ़े तहसीलदार के साथ ही चला गया।

"जब नीलकाठी के साहबों के भी जुल्म से ऊबकर जगह-जगह किसानों ने बलवा करना शुरू किया तो जमींदारों ने अपने तहसीलदार और पटवारियों को गुप्त रूप से हिदायत दी, ज्यादा जोर-जुल्म मत करो !"

विश्वनाथबाबू ने भी अच्छी तरह ही निभाया। रैयतों पर विशेष जोर-जुल्म करने की कभी जरूरत नहीं पड़ी। उनके पूर्वजों ने रैयतों के दिल और दिमाग पर तहसीलदार की ऐसी धाक जमा रखी थी कि उन्हें विशेष कुछ नहीं करना पड़ता था। कहावत मशहूर थी, जमदूत थोड़ा मुहलत भी दे सकता है, पर तहसीलदार नहीं। हर बार तमादी के पहले जनरल मैनेजर डफ साहब का खीमा आता था। खीमा आने के पहले ही बगैर जोत-जमीनवाले आदमी भी गाँव छोड़कर नेपाल के जिले मोरंग भग जाते थे।...कोठी के बगीचे में पचासों छोटे-बड़े तम्बू और शामियाने तान दिए जाते थे। पचास सिपाही, चार हाथी, मोटरगाड़ी, खानसामा, बावर्ची, नाई और धोबी। पाँच गाँव की बैलगाड़ियों पर खीमे के सामान लदकर आते थे।

इलाके-भर के बदमाश और टेढ़े लोगों की फेहरिस्त तहसीलदार पहले ही बनाकर रखते थे। सुमरितदास मोटे असामियों को चुपचाप एकान्त में ले जाकर खबर सुना देता था—तुम्हारा नाम तो फेहरिस्त में सबसे ऊपर है !

...ऐं ? सबसे ऊपर ? सुननेवालों पर मानो वज्र गिर पड़ता था।...जैसे भी हो, नाम तो कटाना ही होगा !

फ़ेहरिस्त बनाने के समय तहसीलदार साहब सुमरितदास की भी राय लेते थे। सुमरितदास साल-भर की घटनाएँ याद करते हुए लिखाता था—"हाँ, अनन्त पर्व के दिन रनजीत दूध लाने के लिए गया था तो गुअरटोली के सतकौड़ी ने झूठ बोलकर बर्तन वापस कर दिया था—भैंस सूख गई। कुंजरटोली के फरजन्दमियाँ ने करैला नहीं दिया था—।" तहसीलदार साहब ऐसे लोगों के नाम याद करते जिन्होंने राज के मुकद्दमों में गवाही देने से इनकार किया; दाखिल-खारिज करवाकर तहसीलदार का नजराना हड़प गया, किन लोगों को पैसे की गर्मी हो गई है, कौन राह चलते ऐंठकर चलते हैं और

पंचायत में उनके सिपाहियों के विरुद्ध किन लोगों ने गवाहियाँ दी थीं।

डफसाहब खजाना-वसूली से ज्यादा महत्त्व देते थे राज के रोब को। राज का रोब ही असल चीज है। उनका कहना था–"अमारा स्टेट में एक भी बडमाश को अम नहीं देखने माँगटा। टुम अमारा टेसीलडार को जूठा बोला। अमारा अमला जूठा ? टुम साला का बच्चा सच्चा ?"

"चेंटरू मांडल।"

"माय-बाप !" हाथ जोड़े एक अर्धनग्न आदमी थर-थर काँपता हुआ खड़ा हुआ।

"टुम मुकडमा में गुआई क्यों नई डिया ?"

"माय-बाप... !"

"फँ...माय-बाप का बच्चा ! सिपाय, चाबुक डेगा।"

शपाक् ! शपाक् ! शपाक् !...कोड़े बरसने लगते।

"सिं। टुम चेटरी आए ? राचपट आए ? टुम अमारा टेसीलडार से नेई जीट सकेगा। हम टुमको बेज्जट करेगा। बडमाश...।"

और इसके बाद साल-भर तक इलाके में अमन-चैन का राज ! तहसीलदार साहब के डर से लोग थर-थर काँपते रहते थे। लेकिन अब ? जमाना बदला ही नहीं है, साफ उलट गया है।

सिंघ जी ने बहुत कोशिश पैरवी करके हरगौरीसिंह को तहसीलदारी दिला दी है। मैनेजर साहब को पूरे चार सौ रुपए की सलामी दी गई है। सुना है, बही-बस्ता लेते समय ही छींक पड़ गई है। अब नए तहसीलदार की तहसीलदारी कैसी चलती है, देखना है।

राजपूतटोली का बच्चा-बच्चा खुश है। शिवशक्करसिंह सबों से कहते हैं, "हरगौरी एक किलास और पढ़ लेता तो मनेजरी धरी थी..."

काली कुर्तीवाले संयोजक जी बौद्धिक क्लास में समझा रहे हैं–"जिस तरह यह तहसीलदारी कायस्तों के हाथ से राजपूतों के हाथ में आई है, उसी तरह सारे आर्यावर्त के राजकाज का भार हिन्दुओं के हाथ में आएगा। और उस दिन आर्यावर्त के कोने-कोने में हिन्दू-राज की पताका लहराएगी।"

जोतखी जी सलाह देते हैं–"बिना लछमी की पूजा किए बही-बस्ता में हाथ नहीं लगाया जाए। शुक्रवार को शुभ दिन है। कार्यारम्भ, यात्रा, गृहनिर्माण आदि।"

बालदेव जी को बार-बार अपने सपने की बात याद आती है–विशाल सभा, हरगौरी माला पहना रहा है लछमी को।

कॉमरेड कालीचरन और बासुदेव अपनी पार्टी के मेम्बरों से कहते हैं, "पुराने तहसीलदार यदि नागनाथ थे तो यह नया तहसीलदार साँपनाथ है। दोनों में कोई फर्क नहीं। दोनों ही जालिम जमींदार के कठपुतले हैं। सोशलिस्ट पार्टी के सिक्रेटरी साहब ने कहा है, लोग संघर्ष के लिए तैयार रहें।"

बावनदास के लिए यह गाँव नया है, गाँव के लोग नए हैं। वह अभी चुप है। न

जाने क्यों, उसका जी नहीं लगता है।

चरखा सेंटर में सिर्फ चरखा-कर्घा ही नहीं, बूढ़े लोगों को रात में पढ़ाया भी जाता है। औरतों और बच्चों को मास्टरनी जी पढ़ाती हैं और बूढ़ों को मास्टर जी। बूढ़ा विरंचीदास दस दिनों से 'क ख ग घ, पढ़ रहा है, लेकिन 'क' के बदले 'ग' से ही ककहरा शुरू करता है...ग घ क ख'। मास्टर जी हैरान हैं...क्या सचमुच ही बूढ़ा तोता पोस नहीं मानता ?

# सत्ताईस

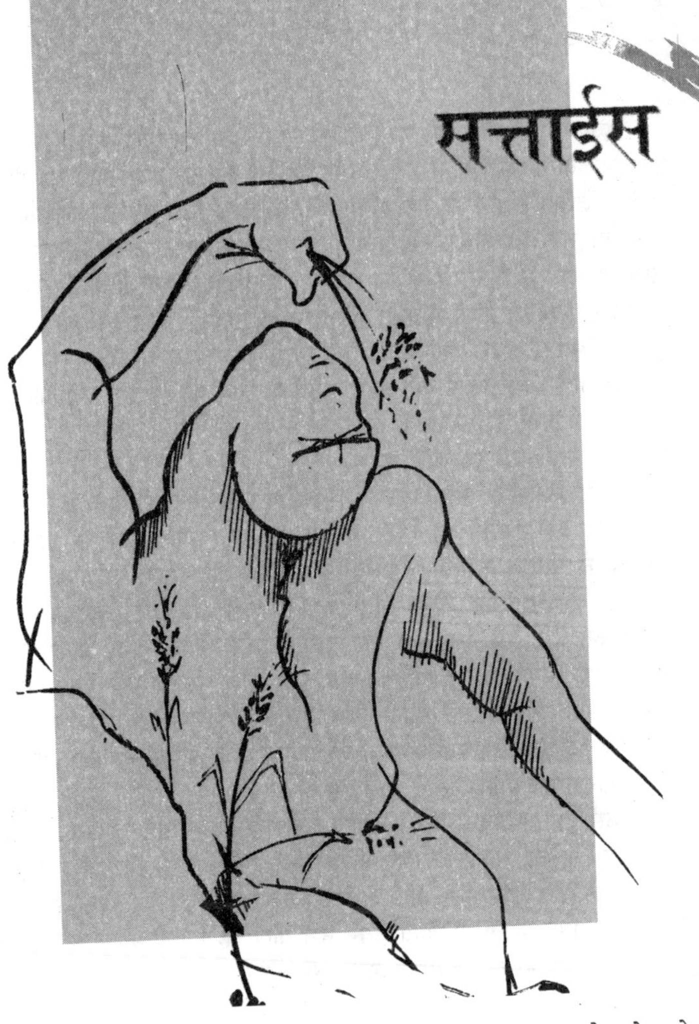

डाक्टर की जिन्दगी का एक नया अध्याय शुरू हुआ है। उसने प्रेम, प्यार और स्नेह को बायोलॉजी के सिद्धान्तों से ही हमेशा मापने की कोशिश की थी। वह हँसकर कहा करता, "दिल नाम की कोई चीज आदमी के शरीर में है, हमें नहीं मालूम। पता नहीं आदमी 'लंग्स' को दिल कहता है या 'हार्ट' को। जो भी हो, 'हार्ट' 'लंग्स' या 'लीवर' का प्रेम से कोई सम्बन्ध नहीं है।"

अब वह यह मानने को तैयार है कि आदमी का दिल होता है, शरीर को चीर-फाड़कर जिसे हम नहीं पा सकते हैं। वह 'हार्ट' नहीं वह अगम अगोचर जैसी चीज है, जिसमें दर्द होता है, लेकिन जिसकी दवा 'ऐड्रिलिन' नहीं। उस दर्द को मिटा दो, आदमी जानवर हो जाएगा।...दिल वह मन्दिर है जिसमें आदमी के अन्दर का देवता बास करता है।

बचपन से ही वह अपने जन्म की कहानी को कभी भूल नहीं सका। प्रत्येक इतिहास पर गौरव करनेवाले युग में पले हुए हर व्यक्ति को अपने खानदान की ऐसी कहानी चाहिए जिसके उजाले से वह दुनिया में चकाचौंध पैदा कर दे। लेकिन डाक्टर के वंश-इतिहास पर काली रोशनाई पुती हुई है—जेल की सेंसर की हुई चिट्ठियों की तरह। काली रोशनाई से किसी हिस्से को इस तरह पोत दिया जाता है कोई कल्पना भी नहीं कर सकता कि उस हिस्से में कभी कुछ लिखा हुआ था।...जन्म देनेवाली माँ ने भी जिसे दूर कर दिया।...अँधेरे में एक अभागिन माँ, दिल का दर्द और भयावनी छाया आकर हाथ बढ़ाती है, माँ अन्तिम बार अपने कलेजे के टुकड़े को, रक्त के पिंड को, एक पलक निहारती है, चूमती है। भयावनी छाया उसके हाथ से शिशु को छीन लेती है। माँ दाँतों से ओठ दबाए खड़ी रह जाती है !

डाक्टर ने अपनी माँ के स्नेह को, अँधेरे में खड़ी 'सल्हुटेड' तस्वीर-सी माँ के दुलार की कीमत को, समझने की चेष्टा की है। वह गला टीपकर मार भी तो सकती थी। खटमल को मसलने के लिए अँगुलियों पर जितना जोर डालना पड़ता है, उस पाँच घंटे की उम्र के शिशु की जीवन-लीला समाप्त करने के लिए उतने-से जोर की ही आवश्यकता थी। माँ ऐसा नहीं कर सकी।...शायद उसने चेष्टा की होगी। गले पर एक-दो बार अँगुलियाँ गई होंगी। सोया हुआ शिशु मुस्करा पड़ा होगा और वह उसे सहलाने लगी होगी।...उसने अपनी बेबस, लाचार और अभागिनी माँ के मन में उठनेवाले तूफान के झकोरे की कल्पना की है।...वह अपनी माँ के पवित्र स्नेह का; अपराजित प्यार का जीता-जागता प्रमाण है !

किसी भी अभागिन माँ की कहानी सुनते ही वह मन-ही-मन उसकी भक्ति करने लगता है। पतिता, निर्वासित और समाज की दृष्टि में सबसे नीच माँ की गोद में वह क्षण-भर के लिए अपना सिर रखने के लिए व्याकुल हो जाता है।...किसी स्त्री को प्रेमिका के रूप में कभी देखने की चेष्टा उसने नहीं की। वह मन-ही-मन बीमार हो गया था। एक जवान आदमी को शारीरिक भूख नहीं लगे तो वह निश्चय ही बीमार है, अथवा 'एब्नॉर्मल' है।

डाक्टर ने एक नए मोड़ पर मुड़कर देखा, दुनिया कितनी सुन्दर है !

वह लोक-कल्याण करना चाहता है। मनुष्य के जीवन को क्षय करनेवाले रोगों के मूल का पता लगाकर नई दवा का आविष्कार करेगा। रोग के कीड़े नष्ट हो जाएँगे, इंसान स्वस्थ हो जाएगा। दुनिया-भर के मेडिकल कालेजों में उसके नाम की चर्चा होगी। 'प्रशान्त मेथड', 'प्रशान्त रिऐक्शन'। डब्ल्यू.आर. की तरह पी.आर. कहेंगे लोग। इसके बाद !...'टेस्टट्यूब बेबी' किसे माँ कहेगा ? तब शायद माँ एक हास्यास्पद शब्द बनकर रह जाएगा।...जानते हो, पहले माँ हुआ करती थीं ?...एक अर्धनग्न से भी कुछ आगे लड़की, 'टेली-काफ' के द्वारा अमेरिकन पेस्ट्री का घर बैठे स्वाद लेती हुई मुड़कर कहेगी—'प्रीटेस्ट ट्यूब एज ? सि-सि !...म्वाँ ! ट्यूब म्वाँ !'

...माँ ! माँ वसुन्धरा, धरती माता ! माँ अपने पुत्र को नहीं मार सकी, लेकिन पुत्र

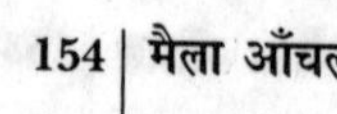

अपनी माँ को गला टीपकर मार देगा। शस्य श्यामला !..

*भारतमाता ग्रामवासिनी !*
*खेतों में फैला है श्यामल,*
*धूल भरा मैला-सा आँचल !*

मैला आँचल ! लेकिन धरती माता अभी स्वर्णांचला है ! गेहूँ की सुनहली बालियों से भरे हुए खेतों में पुरवैया हवा लहरें पैदा करती है। सारे गाँव के लोग खेतों में हैं। मानो सोने की नदी में, कमर-भर सुनहले पानी में सारे गाँव के लोग क्रीड़ा कर रहे हैं। सुनहली लहरें ! ताड़ के पेड़ों की पंक्तियाँ झरबेरी का जंगल, कोठी का बाग, कमल के पत्तों से भरे हुए कमला नदी के गड्ढे ! डाक्टर को सभी चीजें नई लगती हैं। कोयल की कूक ने डाक्टर के दिल में कभी हूक पैदा नहीं की। किन्तु खेतों में गेहूँ काटते हुए मजदूरों की 'चैती' में आधी रात को कूकनेवाली कोयल के गले की मिठास का अनुभव वह करने लगा है।

*सब दिन बोले कोयली भोर भिनसरवा...वा...वा*
*बैरिन कोयलिया, आजु बोलय आधी रतिया हो रामा...आँ...आँ*
*सूतल पिया के जगावे हो रामा...आँ...आँ*

किसी के पिया की नींद न टूट जाए ! गहरी नींद में सोए हुए पिया के सिरहाने पंखा झलती हुई धानी को डर है, पिया की नींद न खुल जाए; सपना न टूट जाए !

डाक्टर भी किसी की दुलार-भरी मीठी थपकियों के सहारे सो जाना चाहता है, गहरी नींद में खो जाना चाहता है। जिन्दगी की जिस डगर पर बेतहाशा दौड़ रहा था, उसके अगल-बगल, आस-पास, कहीं क्षणभर सुस्ताने के लिए कोई छाँव नहीं मिली। उसने किसी पेड़ की डाली की शीतल छाया की कल्पना भी नहीं की थी। जीवन की इस नई पगडंडी पर पाँव रखते ही उसे बड़े जोरों की थकावट मालूम हो रही है। वह राह की खूबसूरती पर मुग्ध होकर छाँह में पड़ा नहीं रह सकेगा। मंजिल तक पहुँचने का यह कितना जबरदस्त रास्ता है जो राही को मंजिल तक पहुँचाने की प्रेरणा देता है !...वह क्षण-भर सुस्ताने के लिए उदार छाया चाहता है। प्यार !...

*सूतल पिया के जगावे हो रामा !*

पिया जग गए, धानी ने पिया को बिदाई दी। पिया को जाना है। हिमालय की चोटी को उषा की प्रथम किरण ने छूकर स्वर्णिम कर दिया। आम के बागों में कोयल-कोयली, दहियल और बुलबुल ने सम्मिलित सुर में मंगल-गीत गाए ! खेतों से गीत की कड़ियाँ पुरवैया के सहारे उड़ती आती हैं और डाक्टर के दिल में हलचल मचा जाती हैं।...गेहूँ की काटनी हो रही है। झुनाई हुई रव्वी की फसल की सोंधी सुगन्ध चारों ओर फैल रही है।

''डाक्टर साहब !''

''क्या है ?''

"जरा चलिए। मेरी बहन को कै हो रही है।"

"पेट भी चलता है ?"

"जी !"

डाक्टर तुरत तैयार होकर चल देता है। पास के ही गाँव में जाना है।...डॉयरिया होगा। लेकिन 'सेलाइन ऐपरेटस' भी ले लेना अच्छा होगा।

"तीस बार पेट चला है ?"

बिछावन पर पड़ी हुई युवती पीली पड़ गई है। उसके हाथ-पाँव अकड़ रहे हैं। पेशाब बन्द है। हैजा ही है। डाक्टर 'सेलाइन ऐपरेटस' ठीक करता है। स्पिरिट स्टोव जलाता है, नार्मल-सेलाइन की बोतल निकालता है। बूढ़ा बाप हाथ जोड़कर कुछ कहना चाहता है, और आखिर कह ही डालता है, "डाक्टर साहब, यह जो जकसैन दे रहे हैं इसका कितना होगा ?"

छोटे जकसैन का फीस तो दो रुपया है। इतने बड़े जकसैन का तो जरूर पचास रुपया होगा।

"क्यों ? पचास रुपया," डाक्टर मुस्कराता है।

"तो रहने दीजिए। कोई दवा ही दे दीजिए।"

"दवा से कोई फायदा नहीं होगा।"

"लेकिन मेरे पास इतने रुपए कहाँ हैं ?"

"बैल बेच डालो," डाक्टर पहले की तरह मुस्कराते हुए सेलाइन देने की तैयारी कर रहा है।

"डाक्टरबाबू, बैल बेच दूँगा तो खेती कैसे करूँगा ? बाल-बच्चे भूखों मर जाएँगे।...लड़की की बीमारी है।"

"क्या मतलब ?"

"हुजूर, लड़की की जात बिना दवा-दारू के ही आराम हो जाती है !"

...लड़की की जाति बिना दवा-दारू के ही आराम हो जाती है ! लेकिन बेचारे बूढ़े का इसमें कोई दोष नहीं। सभ्य कहलानेवाले समाज में भी लड़कियाँ बला की पैदाइश समझी जाती हैं। जंगल-झार !

डिग-डिग, डिडिग-डिडिग !

"...कल सुबह को इसपिताल में हैजा की सुई दी जाएगी। सभी लोग–बाल-बच्चे, बूढ़े-जवान, औरत-मर्द–आकर सूई ले लें।"...डिग-डिग डिडिग ! गाँव का चौकीदार ढोलहा दे रहा है।

हैजा के पहले रोगी को बचा लिया गया, लेकिन गाँव को नहीं बचाया जा सकता। डाक्टर ने ढोल दिलवाकर लोगों को सूई लेने की खबर दी, लेकिन कोई नहीं आया। कुआँ में दवा डालने के समय लोगों ने दल बाँधकर विरोध किया–"चालाकी रहने दो !

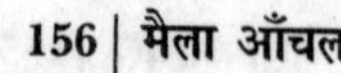

डाक्टर कूपों में दवा डालकर सारे गाँव में हैजा फैलाना चाहता है। खूब समझते हैं !"

डाक्टर ने बालदेव जी, कालीचरन और चरखा-सेंटर के लोगों को खबर देकर बुलवाया। सहायता माँगी, "यदि लोगों ने सूई नहीं लगवाई और कुओं में दवा नहीं डालने दी तो एक भी गाँव को बचाना मुश्किल होगा।"

दोपहर को बालदेव जी, कालीचरन और चरखा-सेंटर के मास्टर-मास्टरनी जी डाक्टर साहब के साथ दल बाँधकर निकले और कुओं में दवा डाल दी गई। सूई देने की समस्या जटिल थी। कालीचरन ने कहा, "एक बात ! आज कोठी का हाट है। हाट लगते ही चारों ओर घेर लिया जाए और सबों को जबर्दस्ती सुई दी जाए ! जो लोग बाकी बच रहेंगे, उन्हें घर पर पकड़कर दी जाए।"

डाक्टर को यह सुझाव अच्छा लगा, लेकिन बालदेव जी ने एतराज किया, "किसी की इच्छा के खिलाफ जोर-जबर्दस्ती करना...।"

"क्या बेमतलब की बात बोलते हैं," चरखा-सेंटर की मास्टरनी जी बालदेव जी की बात काटते हुए बोली, "कालीचरन जी ठीक कहते हैं।"

बालदेव जी की कनपट्टी गर्म हो जाती है।...यह औरत बोलने का ढंग भी नहीं जानती ! नारी का सुभाव करकस नहीं होना चाहिए। कोठारिन जी कितनी मीठी बोली बोलती हैं। और यह तो मर्दाना औरत है। चरखा-सेंटर की मास्टरनी ! हूँ ! बहुत महिला कांग्रेसी को देखा है—माये जी, तारावती देवी, सरस्सती, उखादेवी, सरधादेवी। लेकिन कोई तो इतना करकस नहीं बोलती थी।...हुँ ! कालीचरन जी ठीक कहते हैं !...जबर्दस्ती करना हिंसाबाद नहीं तो और क्या है ?

कालीचरन के दलवालों ने हाट को घेर लिया है। डाक्टर साहब आम के पेड़ के नीचे टेबल पर अपना पूरा सामान रखकर तैयार हैं। कालीचरन एक-एक आदमी को पकड़कर लाता है, मास्टरनी जी स्पिरिट में भिगोई हुई रुई बाँह पर मल देती हैं और डाक्टर साहब सूई गड़ा देते हैं। तहसीलदार साहब नाम लिखते जाते हैं। हाट में भगदड़ मची हुई है। लेकिन भगकर किधर जाओगे ? चारों ओर सुस्लिग पाटी का सिपाही खड़ा है।

"माई गे ! माई गे ! हे बेटा काली !"

"क्यों, रोती क्यों है ?"

"हे बेटा !"

"सारी देह में गोदना गोदाने के समय देह में सूई नहीं गड़ी थी। चलो !"

सात सौ पचास लोगों को सूई दे दी गई है। अब जो लोग घर में रह गए हैं, उन्हें कल सुबह ही सूरज उगने के पहले ही दे देनी होगी।

डाक्टर साहब कहते हैं, "बीमारों की सेवा के लिए स्वयंसेवक चाहिए।"

कालीचरन अपने दल के साठ स्वयंसेवकों के साथ रात को अस्पताल में दाखिल हो जाएगा।

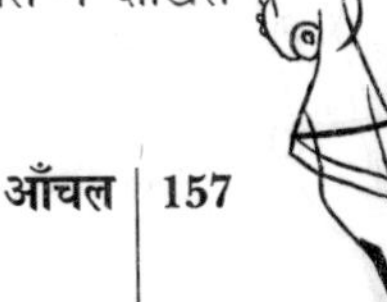

चरखा-सेंटर की मास्टरनी जी बड़ी निडर हैं। वह भी सेवा करने के लिए अपना नाम लिखाती हैं।

बावनदास हँसकर कहता है, "मुझे देखकर तो रोगी लोग डर जाएँगे डाक्टर साहब, मुझे और कोई काम दीजिए !"

बालदेव जी चुप हैं। उनको हैजा का बहुत डर है।

# अट्ठाईस

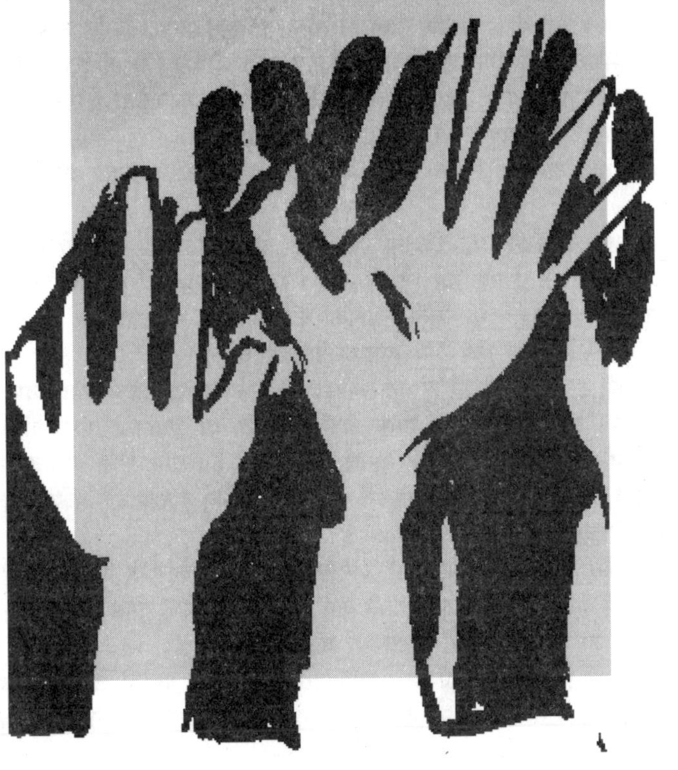

डाक्टर आदमी नहीं, देवता है देवता !

तन्त्रिमाटोली, पोलियाटोली, कुर्मछत्रीटोली और रैदासटोली में सब मिलाकर सिर्फ पाँच आदमी नुकसान हुए। घर-घर में एक-दो आदमी बीमार थे, लेकिन डाक्टर देवता है। दिन-रात, कभी एक पल चैन से नहीं बैठा। मास्टरनी जी भी देवी हैं। कालीचरन भी बहादुर है। कै और दस्त से भरे बिछावन पर लेटे हुए रोगी की सेवा करना, कपड़े धोना, दवा डालकर गन्दगी जलाना आदमी का काम नहीं, देवता ही कर सकते हैं। एक पैसा भी फीस नहीं लिया और मुफ्त में रात-रात-भर जगकर लोगों का इलाज करते रहे। रेसमलाल कोयरी के इकलौते बेटे को जम के मुँह से छुड़ा लिया। रेसम ने डाक्टर को खुशी-खुशी एक गाय बक्सीस दी, लेकिन डाक्टर साहब ने कहा, ''अपने लड़के को इस गाय का दूध पिलाओ। दूध बिक्री मत करो। यही हमारी बक्सीस है।''

बावनदास भी अवतारी आदमी हैं। रात-भर नीम के पेड़ के नीचे बैठकर खँजरी बजाकर गाते रहते थे...''मालिक सीताराम सोच मन काहे करो ! सेत्ताराम ! सेत्ताराम ! बन्दे महातरम् !...मालिक सीताराम !''

भयावनी रात में, जबकि आदमी अपनी छाया से डरते थे, बावन का गीत डरे हुए लोगों को बल देता था...'मालिक सीताराम सोच मन काह करो।...निर्बल के बल राम !'

ब्राह्मणटोली में तीन आदमी मरे। और जोतखी जी की स्त्री तो दूसरी बीमारी से मरी। बच्चा अटक गया।...कायस्थटोली, संथालटोली और यादवटोली में एक भी आदमी बीमार नहीं हुआ। राजपूतटोली में पाँच-सात आदमी को रोग ने पकड़ा, लेकिन डाक्टर साहब ने सबों को बचा लिया। पन्द्रह दिनों के बाद कमली ने डाक्टर की सूरत देखी है।

कमली ने मन-ही-मन कितनी बातें गढ़ रखी थीं। वह रूठी रहेगी, बोलेगी नहीं।...पन्द्रह दिनों में एक बार भी तो आते ! रहने दीजिए, यही होता न कि रोग का छूत मुझे लग जाता। मैं मर जाती। आपका क्या बिगड़ता ? चरखा-सेंटर की मास्टरनी जी जो थीं !...रात-भर खूब चाय बनाकर पिलाती थीं न ?

लेकिन डाक्टर को देखते ही वह सबकुछ भूल गई। डाक्टर का चेहरा एकदम काला हो गया है। आँखें धँस गई हैं। प्यारू ठीक ही कहता था, ''डाक्टर साहब दुनिया-भर को आराम कर रहे हैं, लेकिन खुद बीमार होते जा रहे हैं। खाना-पीना तो एकदम कम हो गया है।''...कमली चाहती है कि माँ थोड़ी देर के लिए डाक्टर को अकेला छोड़ दे। आज वह डाक्टर से लिपट जाएगी।

''कहिए हैजा डाक्टर साहब !'' कमली हँसते हुए डाक्टर के पास जाती है।

''हैजा डाक्टर ? सुनिए लड़की की बात जरा ! मैं पूछती हूँ तुमसे कि तुम दिन-दिन क्या होती जा रही हो ?'' माँ डाँटते हुए कहती है।

''वाह रे ! रामपूर के बटैयादार लोग उस दिन आकर बाबूजी से पूछ रहे थे कि हैजा डाक्टर कहाँ रहता है। सुना था नहीं। लोग इन्हें हैजा डाक्टर ही कहते हैं।'' कमला खिलखिलाकर हँसती है।

माँ हँसते हुए चली जाती है। डाक्टर मुस्कराते हुए कहता है, ''लोग हैजा डाक्टर कहते हैं, लेकिन तुमको तो कहना चाहिए बेहोशी डाक्टर !''

''अहा-हा ! बेहोशी डाक्टर की सूरत तो आज पन्द्रह दिनों बाद दूज के चाँद की तरह देखने को मिली है और बात बनाते हैं !'' कमली मुँह फुलाती है।

''नहीं कमली, इस बीच मुझे बराबर यही डर लगा रहता था कि यदि तुमने कुछ गड़बड़ी पैदा की तो क्या होगा।''

''तो मैं जान-बूझकर बेहोश होती हूँ, क्यों ?''

''हाँ, जान-बूझकर।''

''क्यों ?''

''क्योंकि बेहोश होने से ही बेहोशी डाक्टर आता है।''

"ऊँ ! डाक्टर आवे न आवे मेरी बला से !"

"अच्छी बात है, तो मैं चला।"

"ऊँ !"

"डाक्टर साहब इतने दिनों बाद आए हैं, चाय बना देगी, सो तो नहीं, बैठकर झगड़ा कर रही है।" माँ अन्दर से ही कहती है।

कमली दाँत से जीभ को दबाते हुए उठ भागती है—माँ सब सुन रही थी शायद।

डाक्टर ने इस बार आस-पास के पन्द्रह गाँवों का परिचय प्राप्त किया है; भयातुर इंसानों को देखा है, बीमार और निराश लोगों की आँखों की भाषा की समझने की चेष्टा की है। उसे मध्यवित्त किसानों की अन्दर हवेली और बेजमीन मजदूरों की झोंपड़ियों में आने का सौभाग्य या दुर्भाग्य प्राप्त हुआ है। रोगियों को देखकर उठते समय, छींके पर टँगी हुई खाली मिट्टी की हाँड़ियों से उसका सिर टकराया है। सात महीने के बच्चे को बथुआ और पाट के साग पर पलते देखा है। उसने देखा है...गरीबी, गन्दगी और जहालत से भरी हुई दुनिया में भी सुन्दरता जन्म लेती है। किशोर-किशोरियों और युवतियों के चेहरे पर एक विशेषता देखी है उसने। कमला नदी के गड्ढों में खिले हुए कमल के फूलों की तरह जिन्दगी के भोर में वे बड़े लुभावने, बड़े मनोहर और सुन्दर दिखाई पड़ते हैं, किन्तु ज्यों ही सूरज की गर्मी तेज हुई, वे कुम्हला जाते हैं। शाम होने से पहले ही पपड़ियाँ झड़ जाती हैं !...कश्मीर के कमल और पूर्णिया के कमल में शायद यही फर्क है।...और कमली तो राजकमल !

"मैं तुम्हें राजकमल कहूँगा।"

"और मैं तुम्हें प्रशान्त महासागर कहूँगी।" कमली ने आज अनजाने ही 'तुम' कह दिया।

"प्रशान्त महासागर में राजकमल नहीं खिलता, मैं कमला नदी का गड्ढा ही होना पसन्द करूँगा।" डाक्टर हँसता है।

कमली की बड़ी-बड़ी आँखों की पलकें एक बार ऊपर उठकर झुक गईं।

"तुमने मुझे आज तक अपना अस्पताल क्यों नहीं दिखलाया ? तुम्हारे चूहे, खरगोश, सियार और नेवले..."

"माँ और बाबूजी तुम्हें अस्पताल जाने देंगे ?"

"क्यों नहीं ?"

"तो आज ही चलो, अभी।"

कमली डाक्टर के साथ अस्पताल की ओर जा रही है। चैत का सूरज पच्छिम की ओर निष्प्राण-सा, पूर्णिमा के उगते हुए चाँद का-सा मालूम हो रहा है। दिन-भर धू-धूकर चलनेवाली पछिया हवा गिर गई है।

गाँव के पनघट पर स्त्रियों की भीड़ आँखें फाड़कर इन दोनों को देख़ती है, झगड़े बन्द हो जाते हैं, पानी भरना रुक जाता है। नजर से ओझल होने के बाद फिर सबों के मुँह से अपनी-अपनी राय निकलती है।...कमली अब आराम हो गई। डाक्टर साहब ने इसको बचा लिया।...दोनों की जोड़ी कैसी अच्छी है ! सतलरैना बैसकोप का एक किताब लाया है, उसमें ऐसी ही एक जोड़ी की छापी है, ठीक ऐसी ही !...डाक्टर भी कायस्थ है क्या ? कौन जात है ? क्या जाने बाबा, इलाज करते-करते कहीं...! क्या बकती है—सिर की गर्मी शाम को मैदान की हवा में ठंडी होती है, जानती नहीं ? मौसी ने जब जुगलजोड़ी देखी तो उसके हाथ स्वयं ही आँचल के खूँट पर चले गए। आँचल पसारकर मन-ही-मन बोली, 'दुहाई कमला मैया !'

गणेश पास ही गुल्ली खेल रहा था। वह जोर-जोर से चिल्लाया...

*पूलव से छाहेब आया*
*पच्छिम छे मेम*
*छाहेब बोले गिटिल-पिटिल*
*खिल-खिल हँछे मेम !*

कमली और डाक्टर ने उलटकर देखा। गणेश ताली बजाकर हँस रहा था, "देखो नानी, छाहेब-मेम।"

दोनों ने हँसते हुए मौसी को प्रणाम किया। गणेश भागकर नानी के आँचल में छिप जाता है। कमली चिल्लाकर कहती है, "अच्छा, ठहरिए गोबर गणेश जी ! अभी लौटती हूँ तो कान पकड़कर चाँद दिखाऊँगी।"

तहसीलदार साहेब रास्ते में ही मिले। हँसते हुए बोले, "आज शायद यही पागलपन सवार हुआ था !...अच्छी बात है, सुबह-शाम की हवा में बहुत गुण हैं।"

सभी एक ही साथ हँस पड़े।

कोठी के बाग में गुलमुहर की बड़ी-बड़ी डालियाँ, लाल-लाल फूलों से जलती हुई, हवा के हल्के झोंकों में हिल-डुल रही थीं। अमलतास के पीले फूल नववधू की पीली ओढ़नी की याद दिला रहे थे। योजन-गन्धा शाम की हवा में पागलपन बिखेर रही थी। शिरीष के फूलों की पंखुड़ियाँ मंगलआशीष की तरह झड़ रही थीं।...मार्टिन ने बड़े जतन से फूल लगाए थे। बाग लगाते समय उसने ऐसी ही शामों की कल्पना की होगी—बाँहों में पड़ी हुई मेरी के लाल होंठों की ताजगी को और भी प्राणमय बनाने के लिए। पानी पटानेवाले मालियों पर वह कड़कते हुए बोला होगा—'डेको ! एक भी गाछ सूखने पर पचास बेंट डेगा।'

चैत की गोधूली में अपनी सारी तेजी खोकर सूरज ने श्याम-सलोनी संध्या के आँचल में अपना मुँह छिपा लिया था। दूर तक फैली हुई ताड़ों की पंक्तियाँ, कुछ मटमैली, कुछ सिन्दूरी-सी पृष्ठभूमि में गर्दन ऊँची करके सूरज को अतल गहराई में डूबते

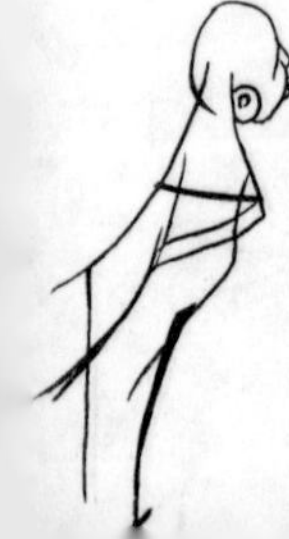

हुए देख रही थीं। गाय और बैलों के साथ घर लौटते हुए चरवाहे सावित्री-नाच का गीत गा रहे थे...

*आहे सखी चलू फुलवारी देखे हे*
*देखिबो सुन्दर रूप*
*नाना रसना फूल अनूप, चलू फुलवारी देखे हे !*

गुलमुहर के लाल-लाल फूल बुझ गए और अमलतास की पीली ओढ़नी न जाने कब सरककर गिर पड़ी। किन्तु योजन-गन्धा अब भी पागल बना रही है।...डाक्टर देवता नहीं, आदमी बनना चाहता है !

एक जोड़ी निर्मल आँखों की पलकें जरा ऊपर की ओर उठीं और फिर झुक गईं।

# उनतीस

कल 'सिरवा' पर्व है।

कल पड़मान में 'मछमरी' होगी—मछमरी अर्थात् मछली का शिकार। आज चैत्र संक्रान्ति है। कल पहली वैशाख, साल का पहला दिन। कल सभी गाँव के लोग सामूहिक रूप से मछली का शिकार करेंगे। छोटे-बड़े, अमीर-गरीब सभी टापी और जाल लेकर सुबह ही निकलेंगे। आज दोपहर को सत्तू खाएँगे। सतुआनी पर्व है आज। आज रात की बनी हुई चीजें कल खाएँगे। कल चूल्हा नहीं जलेगा। बारहों मास चूल्हा जलाने के लिए यह आवश्यक है कि वर्ष के प्रथम दिन में भूमिदाह नहीं किया जाए। इस वर्ष की पकी हुई चीज उस वर्ष में खाएँगे।

सारे मेरीगंज के मछली मारनेवालों का सरदार है कालीचरन। भुरुकवा उगने के समय ही निकलना होगा। बारह कोस जमीन तय करना होगा। इस कालीचरन ने ऐलान

कर दिया है, जुलूस बनाकर चलना होगा, लाल झंडे के साथ। नारा भी लगाते चलना होगा। जमींदार फैजबख्श अली ने इस बार पड़मान नदी के 'जलकर' को खास में रखा है ! उसके अमलों ने कहा है कि मछली नहीं मारने देंगे, मलेटरी मँगाकर तैनात रखेंगे। देखना है मलेटरी को !

नए तहसीलदार बाबू हरगौरीसिंह के यहाँ नया खाता खुलेगा। शाम को सतनारायण की पूजा होगी। डाक्टर को भी निमन्त्रण है।

तहसीलदार विश्वनाथप्रसाद ने तहसीलदारी छोड़ दी है तो क्या, नया खाता भी न करेंगे ? उनके यहाँ भी सत्यनारायण व्रत की कथा होगी। डाक्टर साहब को निमन्त्रण है।

मौसी ने होली में डाक्टर को नहीं खिलाया था। इस बार डाक्टर को वही खिलाएगी।

मठ पर भी नया खाता होता है। इस बार नए महन्थ रामदास जी के हाथ से खाता खुलेगा। इसीलिए विशेष आयोजन है। बीजक पाठ, साहेब भजनावली, ध्यान और अन्त में वैष्णव-भोजन। बालदेव जी और बावनदास को विशेष निमन्त्रण है। लछमी दासिन ने भंडारी के मार्फत कहला भेजा हे, "बालदेव जी जरूरी आवें। गाँव में वैष्णव है ही और कौन !"

बेतार सुमरितदास अब नए तहसीलदार का कारपरदाज है। वह कहता फिरता है, 'हरगौरीबाबू हीरा आदमी है। सारा कागज-पत्तर हमीं पर फेंककर निश्चिन्त ! देखिए तो, हम कितना समझाते हैं कि बाबू साहेब ! बही-बस्ता, सेयाहा और कर्चा किसी दूसरे को छूने नहीं देना चाहिए। लेकिन हरगौरीबाबू हीरा आदमी हैं। विश्वनाथपरसाद तो एक नम्मर के मखीचूस और सक्की आदमी हैं। कायस्त और राजपूत का कलेजा बराबर हो भला !...हूँ ! कँगरेसी हुए हैं ! सुमरितदास से कौन बात छिपी हुई है ? अब तो गाँव का चाल-चलन एकदम बिगड़ जाएगा। जवान बेटी को एक परदेसी जवान के साथ हँसी-मसखरी करने की, घूमने-फिरने की आजादी दे दी है विश्वनाथपरसाद ने। गाँव का चाल-चलन नहीं बिगड़े तो सुमरितदास का नाम बदल देना।"

नए तहसीलदार बाबूहरगौरीसिंह के यहाँ रात में एक भी रैयत नहीं आया। पुन्याह में जो सलामी मिलती है, वह रकम जमींदार की होती है, लेकिन खाता खुलने के दिन की सलामी तो तहसीलदार की खास आमदनी है। सुमरितदास ने आकर खबर दी—"सभी रैयत विश्वनाथपरसाद के यहाँ गए थे। डेढ़ सौ रुपए सलामी में पड़े थे। मछली मारकर लौटते समय रास्ते में रैयतों ने मिटिन किया था कि नए तहसीलदार के यहाँ नहीं जाएँगे। कुकरा का बेटा कालिया लीटरी करता है। बाप काटे घोड़ा का घास और बेटा का नाम दुरगादास ! अभी ततमाटोली का बिरंचिया कहता था कि रैयतों का पेट जो भरेगा वही असल जमींदार है। नए तहसीलदार ने कभी एक चुटकी धान भी दिया है ?...शास्तर-वचन कभी झूठ नहीं होता...राड़ं एड़ं कनमोचड़, जूता मारं पवित्तरम ! समझे तहसीलदार साहब, राड़ और काँटों को काँटीवाले जूते से बस में किया

जाता है।"

बालदेव जी का काम छूट गया।

कपड़े, चीनी और किरासन तेल की पुर्जी अब तहसीलदार विश्वनाथप्रसाद देंगे। बालदेव जी को क्यों छुड़ा दिया ?...सायद उनका बिलेक पकड़ा गया। पाप कितने दिनों तक छिपेगा ? खेलावन ने जो परमेसरसिंघ की जमीन मोल ली है, सो किस रुपए से ? वह बालदेव जी की ही जमीन है। खेलावन के घर में जाकर देखा, आज भी गाँठ-के-गाँठ कपड़ा पड़ा हुआ है; टीन-का-टीन तेल है। खेलावन के सभी सगे-सम्बन्धियों के यहाँ कपड़े गए हैं। यह बात कितने दिनों तक छिपी रहेगी ? सुनते हैं कि कँगरेस ने अपना खौफिया बहाल किया है। अँगरेजी का खौफिया तो ऊपर से ही किसी बात का पता लगाता था, कँगरेस के खौफिया को हाँड़ी के चावल का भी पता रहता है।

स्त्री की मृत्यु के बाद जोतखी जी बहुत गुमसुम रहते हैं।...डाक्टर को कितना कहा कि कोई दवा देकर रामनारायण की माँ को उबारिए, लेकिन कौन सुनता है ! बस, एक ही जवाब। बच्चा को पेट काटकर निकालना होगा। शिव हो ! शिव हो ! पराई स्त्री को बेपर्द करने की बात कैसे उसके मुँह से निकली ?...पारबती की माँ ने बदला ले लिया। पाँच साल पहले पंचायत में जोतखी जी ने कहा था कि पारबती की माँ को मैला घोलकर पिलाया जाए। विश्वनाथप्रसाद ने पारबती की माँ का पक्ष लिया था, नहीं तो उसी बार उसका सभी 'गुण-मन्तर' शेष हो जाता।...इस बार पारबती की माँ ने बदला चुका लिया।...अच्छा ! ब्राह्मण का श्राप निष्फल नहीं होगा। देखना, देखना ! इस कलियुग में भी असल ब्राह्मण रहता है, देखना !

अरे ! वह जमाना चला गया जब राजपूतटोली और बाभनटोली के लोग बात-बात में लात-जूता चलाते थे। याद नहीं है ? एक बार टहलू पासवान का गुरु घोड़ी पर चढ़कर आ रहा था। गाँव के अन्दर यदि आता तो एक बात भी थी। गाँव के बाहर ही सिंघ जी ने घोड़ी पर से नीचे गिराकर जूते से मारना शुरू कर दिया था–'साला दुसाध, घोड़ी पर चढ़ेगा !'...अब वह जमाना नहीं है। गाँधी जी का जमाना है। नया तहसीलदार हुआ है तो क्या ? हमारा क्या बिगाड़ लेगा ? न जगह न जमीन है; इस गाँव में नहीं उस गाँव में रहें, बराबर है।...धमकी देते हैं कि जूते से रैट करेंगे। अच्छा ! अच्छा !

युगों से पीड़ित, दलित और उपेक्षित लोगों को कालीचरन की बातें बड़ी अच्छी लगती हैं। ऐसा लगता है, कोई घाव पर ठंडा लेप कर रहा हो। लेकिन कालीचरन कहता है–"मैं आप लोगों के दिल में आग लगाना चाहता हूँ। सोए हुए को जगाना चाहता हूँ। सोशलिस्ट पाटी आपकी पाटी है, गरीबों की, मजदूरों की पाटी है। सोशलिस्ट पाटी चाहती है कि आप अपने हकों को पहचानें। आप भी आदमी हैं, आपको आदमी का सभी हक मिलना चाहिए। मैं आप लोगों को मीठी बातों में भुलाना नहीं चाहता। वह काँगरेसी का काम है। मैं आग लगाना चाहता हूँ।"

कालीचरन आग उगलता है, लेकिन सुननेवालों का जलता हुआ कलेजा ठंडा हो जाता है।...जमीन, जोतनेवालों की ! पूँजीवाद का नाश !

बावनदास फिर एक फाहरम लाया है। मन्त्री जी ने भेज दिया है। इस बार पटना का छापा फाहरम है, पुरैनियाँ का नहीं। पटना का फाहरम कच्चा नहीं हो सकता।... इस फाहरम पर अपना नाम, अपने बाप का नाम, जमीन का खाता नम्बर, खसरा नम्बर लिखकर पुरैनियाँ कचहरी में दे दो 'दफा 40' के हाकिम को। जमीन नकदी हो जाएगी। सच ?...हाँ, अँगूठे का टीप देना होगा।...और जिन लोगों ने चरखा-सेंटर में दसखत करना सीख लिया है, उन्हें भी टीप देना होगा ?

बालदेव जी क्या करें ? खेलावन भैया कुछ समझते ही नहीं। रोज कहते हैं, "बालदेव, कमला किनारेवाली जमीन में कलरू पासवान के दादा का नाम कायमी बटैयादार की सूरत से दर्ज है। कलरू से कहकर सुपुर्दी दिला दो।...लेकिन बालदेव जी क्या करें ? चौधरी जी को वह सब दिन से गुरु की तरह मानता आ रहा है। कभी किसी काम में तरौटी नहीं होने दिया। इतना चौअन्नियाँ मेम्बर बनाकर दिया। गाँव में चरखा-सेंटर खुलवा दिया, लेकिन जिला कमेटी के मेम्बर तहसीलदार साहब हो गए। बालदेव को कोई खबर नहीं दी गई। कपड़े की मेम्बरी भी नहीं रही। नीमक कानून के समय से जेल जाने का यही बख्शीस मिला है। कालीचरन की पाटीवाले ठीक कहते हैं, "काँगरेस अमीरों की पाटी है।"...लेकिन वह कालीचरन की पाटी में तो नहीं जा सकता। कालीचरन की आँखें उसने ही खोलीं। रात-रात-भर जागकर कालीचरन को जेहल का कितना किस्सा, गाँधी जी का किस्सा, जमाहिरलाल का किस्सा सुनाया। कालीचरन उसका चेला है। वह आखिर चेला की पाटी में जाएगा ? नहीं, ऐसा नहीं हो सकता !...खेलावन भैया कुछ नहीं समझते हैं। पासवानटोली में अब उसकी पैठ नहीं। कलरू उसकी बात नहीं मानेगा। उसका लीडर कालीचरन है।...तहसीलदार साहब को तो लोग डर से लीडर मानते हैं।

नए तहसीलदार साहब भी फेहरिस्त तैयार कर रहे हैं। सुमरितदास सबों का नाम लिखा रहा है—"सबसे पहले लिखिए बिरंचिया का नाम। सोनमा दुसाध, किराय कोयरी, ये सब देनदार कलम हैं। अब लिखिए—झोंपड़िया कलम। हाँ, जिन लोगों को अपनी झोंपड़ी के सिवा कुछ भी नहीं।...बस, यह फिरिस्त मनेजरसाहब को दे दीजिएगा और कहिएगा कि खेमा लेकर जल्दी इलाके में आवें, नहीं तो सारा सर्किल खराब हो जाएगा।"

लछमी दासिन के दिल में बालदेव जी ने घर कर लिया है। खाता-बही के दिन आए थे। एकदम सूख गए हैं बालदेव जी। लछमी कितनी समझाती है कि कामकाज छोड़कर कुछ दिन आराम कीजिए, लेकिन कौन सुनता है ? पहले जान तब जहान ! जब शरीर ही नहीं रहेगा तो परमारथ का कारज कैसे होगा ? शरीर ही तीरथ है। कितना कहने पर, सतगुरुसाहेब की कसम धराने पर यह मंजूर किया है कि एक बेला रोज मठ पर आया करें। शाम के सतसंग में बैठेंगे। भंडारी से कह दिया है घी और दूध की मलाई रोज कटोरे में चुराकर रख दिया करेगा। रामदास बालदेव का आना पसन्द नहीं करता है।...जैसे भी हो, बालदेव जी के शरीर की सेवा करेगी लछमी। अब बालदेव जी के आने

में जरा भी देर होती है तो लछमी का दिल धड़कने लगता है; मन चंचल हो जाता है। सतगुरुसाहेब ने कहा है :

*ई मन चंचल, ई मन चोर,*
*ई मन शुध ठगहार*
*मन मन करत सुर नर मुनि*
*मन के लक्ष दुआर।*

लछमी का मन चंचल है, पर चोर नहीं। बालदेव जी चोरी से उसके मन में नहीं आते हैं। मन के लक्ष दुआर हैं, बालदेव जी एक ही साथ लक्ष दुआर से उसके मन में पैठ जाते हैं...एक लक्ष बालदेव जी !

# तीस

अखिल भारतीय मेडिकल गजट में डाक्टर प्रशान्त, मैलेरियोलॉजिस्ट के रिसर्च की छमाही रिपोर्ट प्रकाशित हुई है। गजट के सम्पादक-मंडल में भारत के पाँच डाक्टर हैं। इस रिपोर्ट पर उन लोगों ने अपना-अपना नाम नोट दिया है।...मद्रास के डाक्टर टी. रामास्वामी एम. एस-सी., डी.टी.एम. (कैल.), पी.एच-डी. (एडिन.), एफ. आर.एस.जे. (एडिन.) ने लिखा है : "हमें विश्वास हो गया है कि डाक्टर प्रशान्त मैलेरिया और कालाआजार के बारे में ऐसे तथ्यों का उद्घाटन करेंगे जिनसे हम अब तक अनभिज्ञ थे।...नई दवा तथा नए उपचार की सम्भावनाओं के लिए सारा मेडिकल-संसार उनकी ओर निगाहें लगाए बैठा है।"

प्रशान्त की विस्तृत रिपोर्ट में मैलेरिया और कालाआजार से सम्बन्धित मिट्टी, हवा-पानी तथा इसमें पलनेवाले प्राणियों पर नई रोशनी डाली गई है। अपनी रिपोर्ट में

डाक्टर ने एक जगह लिखा है :

"यहाँ के लोग सुबह को बासी भात खाकर, पाट धोने के लिए गन्दे गड्ढों में घुसते हैं और करीब सात घंटे तक पानी में रहते हैं। गन्दे गड्ढों को देखने से ऐसा लगता है कि पानी के आध इंच धरातल की जाँच करने पर एक लाख से ज्यादा मच्छड़ के अंडे जरूर पाए जाएँगे। किन्तु यहाँ के मच्छड़ गन्दे गड्ढों में बहुत कम अंडे देते पाए गए हैं। इनका कोई-कोई ग्रुप तो इतना सफाई-पसन्द होता है कि निर्मल और स्वच्छ तालाबों को छोड़कर और कहीं अंडे देता ही नहीं।...बेचारे खरगोशों को क्या पता कि उनकी जीभ में जो दाने निकल आते हैं, कानों के अन्दर जो खुजलाहट होती है, कोमल-से-कोमल घास की पत्तियाँ भी खाने में अच्छी नहीं मालूम होती हैं, ये कालाआजार के लक्षण हैं।

मनुष्य के शत्रु, कीड़े-मकोड़ों के बारे में डाक्टर ने लिखा है–"मच्छड़ों को नष्ट करने के उपाय जो हमें बहुत पहले बता दिए गए हैं, हम उन्हीं को आज भी आँख मूँदकर दुहरा रहे हैं। जिन कीड़ों को हम नष्ट करना चाहते हैं, उनके बारे में हमारी जानकारी बहुत थोड़ी होती है। हमें उनकी आदत, स्वभाव और व्यवहार के ढंगों के बारे में जानना होगा।...एनोफिलीज के भी कई ग्रुप हैं, हर ग्रुप के अलग-अलग ढंग हैं। किन्तु किसी ग्रुप में भी तरह-तरह के छोटे-छोटे सब-ग्रुप होते हैं जिनकी आदतों और प्रजनन-ऋतु में विभिन्नता पाई गई है।...उनके लुकने-छिपने, पसन्दगी और नापसन्दगी में भी फर्क है।...मैंने एक ही ग्रुप के मच्छड़ों को तीन किस्म से अंडे छोड़ते पाया है और हर ग्रुप में कुछ दल-विशेष हैं जो हवा में अंडे छोड़ते हैं।...इनकी चालाकी और बुद्धिमानी का सबसे दिलचस्प उदाहरण यह है कि एक ही मौसम में एक ही ग्रुप के मच्छड़ हमले के लिए पन्द्रह तरह के तरीके व्यवहार करते हैं।...कुछ तो एकदम डाइव फ्लाइंग करके ही हमला करते हैं।"

इसके अलावा डाक्टर ने मैलेरिया और कालाआजार में रक्त-परिवर्तन पर भी कुछ नई बातें कही हैं।

ममता की चिट्ठी आई है..."पटना मेडिकल कालेज को इस बात पर गर्व है कि बिहार का एकमात्र मैलेरियोलॉजिस्ट डाक्टर प्रशान्त उसी की देन है।" ममता ने और भी बहुत-सी बातें लिखी हैं। बहुत-सी बातें; जिसे प्रशान्त करीब-करीब भूल गया है या भूल जाना चाहता है।...पटना क्लब का नाम पाटलिपुत्र क्लब हो गया है। मिस रेवा सरकार ने बैडमिंटन में रोमेश पाल को हरा दिया।..." इन बातों में प्रशान्त को अब कोई दिलचस्पी नहीं, लेकिन ममता जब पत्र लिखती है तो वह कुछ भी बाद नहीं देती, छोटी-से-छोटी बात का जिक्र करती है..."पटना मार्केट के सामने जो चाय की दुकान थी, उसका बूढ़ा मालिक मर गया। तुम्हें याद है ! वही जो तुमको रोज सलाम करके चाय के लिए निमन्त्रित करता था...कश्मीरी चाय ?..." प्रशान्त को हँसी आती है। बेचारी ममता ! उसे क्या मालूम कि मछली को लेकर पालतू नेवले से झगड़ा करने में जो आनन्द आता है, वह किसी खेल में नहीं। प्रशान्त कभी स्पोर्ट्समैन नहीं रहा। वह

किसी भी खेल का खिलाड़ी नहीं रहा। फिर भी उसे खेलों में बड़ी दिलचस्पी रहती थी। उसने ताश के पत्तों को कभी हाथ से स्पर्श नहीं किया, लेकिन साप्ताहिक ब्रिज नोट्स को वह गम्भीरता से पढ़ जाता था। चर्चिल का भाषण पढ़ना भले ही भूल जाए, कलकत्ता के आइ.एफ.ए. के मैचों की रिपोर्ट वह सबसे पहले पढ़ लेता था।...लेकिन अब तो वह खुद खिलाड़ी है। नेवले का गुर्राना, चिल्लाना, पूँछ के रोओं को खड़ा कर हमला करना और हमला करते हुए इसका ख्याल रखना कि चोट नहीं लग जाए, नाखून नहीं गड़ जाए। स्पोर्ट्समेन्स स्पिरिट और किसको कहते हैं ?

डाक्टर ममता श्रीवास्तव ! दरभंगा के प्रसिद्ध डाक्टर कालीप्रसाद श्रीवास्तव की सुपुत्री ममता ने डाक्टरी पास करने के बाद हेल्थयूनिट की स्थापना की है। शहर के गरीब मुहल्लों में यूनिट ने अपने सेवा-कार्य का जो परिचय दिया है, वह प्रशंसनीय है। पटना की महिला-समाज-सेविकाओं में ममता का नाम सबसे पहले लिया जाता है। गरीब की झोंपड़ी से लेकर गवर्नमेंट हाउस तक उसकी पहुँच है। जो उसके निकट सम्पर्क में रह चुके हैं, उनका कहना है कि ममता दीदी दिन-रात मिलाकर सिर्फ चार घंटे ही आराम करती हैं। दूर से देखनेवाले उसके चरित्र पर भी सन्देह करते हैं। उसकी सार्वजनीन मुस्कराहट लोगों को कभी-कभी भ्रम में डाल देती है। और जिन लोगों का काम सिर्फ बैठकर आलोचना करना है, वे कहते हैं कि तरह-तरह के जाल फैलाकर सरकार से रुपया वसूलना और उड़ाना ही ममता देवी का काम है।...विकारपूर्ण मस्तिष्कवाले किसी मिनिस्टर का नाम लेकर मुस्करा देते हैं–मिस ममता श्रीवास्तव नहीं मिसेज...कहो !

डाक्टर प्रशान्त ममता का ऋणी है। ममता से उसे प्रेरणा मिली है।

...''डाक्टर ! रोज डिस्पेंसरी खोलकर शिव जी की मूर्ति पर बेलपत्र चढ़ाने के बाद, संक्रामक और भयानक रोगों के फैलने की आशा में कुर्सी पर बैठे रहना, अथवा अपने बँगले पर सैकड़ों रोगियों की भीड़ जमा करके रोग की परीक्षा करने के पहले नोटों और रुपयों की परीक्षा करना, मेडिकल कालेज के विद्यार्थियों पर पांडित्य की वर्षा करके अपने कर्तव्य की इतिश्री समझना और अस्पताल में कराहते हुए गरीब रोगियों के रुदन को जिन्दगी का एक संगीत समझकर उपभोग करना ही डाक्टर का कर्तव्य नहीं !''

...ममता को प्रशान्त पर सन्देह है। वह समझती है कि घोर देहात में प्रशान्त छटपटा रहा है; अपनी गलती पर पूछता रहा है ! इसलिए वह हर पत्र में, शहर की सामाजिक जिन्दगी पर कुछ लिख डालती है। एक पत्र में उसने लिखा है, ''बुश्शर्ट का युग है। पाँच साल पहले बाँकीपुर की सड़कों पर, पार्कों और मैदानों में दानापुर कैंट के गोरे फौजियों ने जिन्दगी के जिन कुत्सित और बीभत्स पहलुओं का प्रदर्शन किया, हमारे समाज के अचेतन मन पर उसकी ऐसी गहरी छाप पड़ी कि आज हर आदमी के अन्दर का भूखा टामी अधीर हो उठा है। युद्ध के विषैले गैसों ने सारे समाज के मानस को विकृत कर दिया है। काले बाजार के अँधेरे में एक नई दुनिया की सृष्टि हो गई है, जहाँ सूरज नहीं उगता, चाँद नहीं चमकता और न सितारे ही जगमगाते हैं ?...इस दुनिया में माँ-बेटा, पिता-पुत्र, भाई-बहन और स्वामी-स्त्री जैसा कोई सम्बन्ध नहीं।...

कल एक गरीब ने विटामिन 'सी' की सूई आठ रुपए में खरीदी है। पाँच आने का छोटा-सा ऐम्प्यूल !...मेरे मुहल्ले के महाराज महता को तुम जरूर जानते होगे, उसकी छोटी बेटी फुलमतिया, जो मिल्क सेंटर में पिछले साल तक दूध पीने आती थी और ताली बजा-बजाकर नाचती थी उसे तुम भूले नहीं होगे, शायद ! परसों से अस्पताल में पड़ी हुई है। रामनवमी की शाम को नई रंगीन साड़ी पहनकर फुदकती हुई राममन्दिर गई थी और रात को दो बजे पुलिस ने 'सिटी' के एक पार्क में उसे कराहते हुए पाया। फुलमतिया का बयान है–टेढ़ीनीम गली के पास एक मोटरगाड़ी रुक गई और दो आदमियों ने पकड़कर उसे मोटर में बिठा दिया।...बड़े-बड़े बाबू लोग थे !...

मंजरअली रोड से लेकर अशोकपथ तक विदेशी शराब की दस दुकानें खुल गई हैं।

"...कल बिलिंगडन हॉल में टी.वी. सेनेटोरियम के लिए स्थानीय महिला कालेज की लड़कियों ने एक 'चैरिटि शो' का आयोजन किया था। ज्यों ही वीणा (बैरिस्टर प्राणमोहन सिन्हा की पुत्री) स्टेज पर उतरी कि ऊपर की गैलरी से दुअन्नी-इकन्नी फेंकी जाने लगीं और तरह-तरह की भद्दी आवाजें कसी जाने लगीं। पुलिस ने शान्ति कायम करने की चेष्टा की, किन्तु उन पर ईंट-पत्थरों की ऐसी वर्षा की गई कि हॉल के सभी दरवाजों और खिड़कियों के काँच टूट गए। बहुत लोग घायल हुए। घायलों में महिलाओं और बच्चों की संख्या ही ज्यादा थी।...और सबसे आश्चर्य की बात सुनोगे ? कहा जाता है कि खुराफातियों का लीडर था अमलेश सिन्हा, वीणा का चचेरा भाई। प्राणमोहन बाबू ने, कुछ दिन हुए, अपने घर में अमलेश का आना-जाना बन्द कर दिया था। शराब के नशे में अमलेश ने कई बार घर की नौकरानियों के साथ अशोभनीय व्यवहार किया था। इसलिए (उनकी पुत्री और अपनी चचेरी बहन) वीणा के पीछे हाथ धोकर पड़ गया है।"

...कोठी के जंगल में संथालिनें लकड़ी काट रही हैं और गा रही हैं। कुछ दिन पहले इसी जंगल में संथालिनों ने एक चीते को कुल्हाड़ी और दाब से मार दिया था। शोरगुल सुनकर गाँव के लोग जमा हो गए थे। मरे हुए बाघ को देखकर भी लोगों के रोंगटे खड़े हो गए थे और बहुत तो भाग खड़े हुए थे, किन्तु संथालिनें हमेशा की तरह मुस्करा रही थीं। मकई के दानों की तरह सफेद दन्त-पंक्तियाँ...और वही सरल मुस्कराहट ! चीते के अचानक हमले से दो-तीन युवतियाँ सामान्य घायल हो गई थीं। उनके होंठों पर भी वैसी ही मुस्कराहट खेल रही थी। उनके जख्मों को धोकर मरहम-पट्टी करते समय डाक्टर के शरीर में एक बार सिहर की हल्की लहरें दौड़ गई थीं। और संथालिनें खिलखिलाकर हँस पड़ी थीं...हँ...! हँ...हँ ! जख्म पर तेज दवा लगने पर इस तरह हँसना डाक्टर ने पहली बार देखा, सुना।

आबनूस की मूर्तियाँ, जूड़े में गुँथे हुए शिरीष और गुलमुहर के फूल ! संथालिनें गाती हैं :

*छोटी-मोटी, पुखरी, चरकुलिया पिंड रे*
*पोरोइनी फूटे लाले-लाल*
*पासचे तेरी फूल देखी फूलय लाबेलब*
*पासचे तेरी आधा दिन लगित !*

चारों ओर से बँधाए हुए एक छोटे-से पोखरे में पुरइन (कमल) के लाल-लाल फूल खिले हैं। उस फूल पर तुम मुग्ध हो। मुझे भी देखकर तुम मोहित होते हो। किन्तु वह मोह, आधे दिन का ही तो नहीं ?...

नहीं, नहीं ! आधे दिन के लिए नहीं। प्राणों में घुले हुए रंगों का मोह आधे दिन में ही नहीं टूट सकता।

# इकतीस

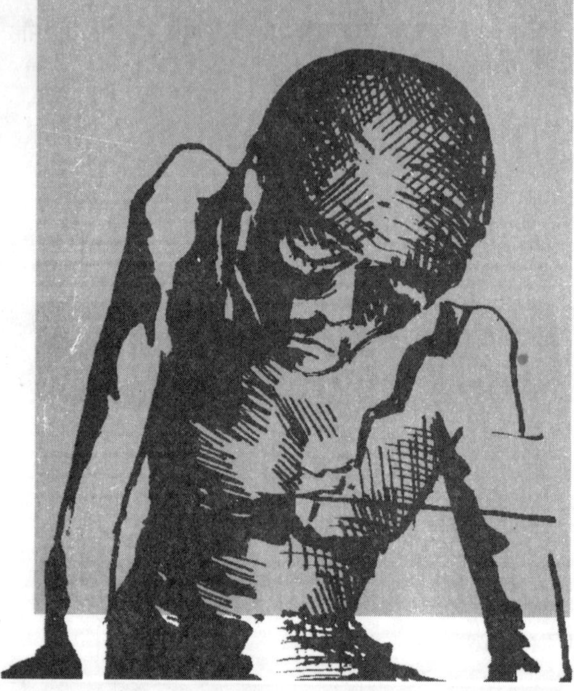

मंगलादेवी, चरखा-सेंटर की मास्टरनी जी बीमार हैं।

डाक्टर ने खून जाँचकर देखा, कालाआजार नहीं, टाइफायड है। चरखा-सेंटर के दोनों मास्टर तहसीलदार साहब के गुहाल में रहते हैं और मास्टरनी जी भगमान भगत की एक झोंपड़ी में। भगमान भगत ने गाड़ी-बैल रखने के लिए एक झोंपड़ी बनाई थी, लेकिन अब अगले साल टीन का मकान देने का इरादा है, इसलिए इस बार गाड़ी-बैल नहीं खरीद सका। चरखा-सेंटर खुलने पर गाँव के लोगों ने भगमान भगत से कहा—'घर तो खाली ही है। मास्टरनी जी के रहने के लिए घर नहीं है ! चरखा-सेंटर का घर बनेगा तो आपका घर खाली कर दिया जाएगा !...कोटापरमिट के जमाने में कँगरेसी लोगों की बात काटना ठीक नहीं। नहीं तो कटिहार में इतनी बड़ी झोंपड़ी का ही किराया पन्द्रह रुपया मिलता !

मंगलादेवी ने हैजा के समय रात-रात भर जागकर रोगियों की सेवा की और जब वह खुद बीमार पड़ी तो उसके पास बैठनेवाला भी कोई नहीं। चरखा-सेंटर के दोनों मास्टर साहब बारी-बारी से एक-एक घंटा ड्यूटी दे जाते हैं। रात में चिचाए की माँ आकर सोती है। लेकिन, बूढ़ी इतना हुक्का पीती और खाँसती है कि मंगलादेवी के ज्वर की ज्वाला और भी तीव्र हो जाती है। बुढ़िया जब सोती है तो इतने जोरों के खर्राटे लेती है कि पास-पड़ोस की नींद खुल जाए। डाक्टर कहता है—यदि यही हालत रही तो सँभालना मुश्किल होगा। घर खत लिखकर किसी को बुला लेना ठीक होगा।

घर ? यदि घर से कोई आनेवाला होता अथवा खबर लेनेवाला होता तो मंगलादेवी चरखा-सेंटर में क्यों भर्ती होती ? उसे घर छोड़े हुए पाँच साल हो रहे हैं। मंगलादेवी ने दुनिया को अच्छी तरह पहचाना है। आदमी के अन्दर के पशु को उसने बहुत बार करीब से देखा है। विधवा-आश्रम, अबला-आश्रम और बड़े बाबुओं के घर आया की जिन्दगी उसने बिताई है। अबला नारी हर जगह अबला ही है। रूप और जवानी ?...नहीं, यह भी गलत। औरत होना चाहिए, रूप और उम्र की कोई कैद नहीं। एक असहाय औरत देवता के संरक्षण में भी सुख-चैन से नहीं सो सकती। मंगलादेवी के लिए जैसा घर वैसा बाहर। उसका कौन है अपना ? कोई नहीं !

"कौन...?...कालीचरन बाबू !"

"डाक्टर साहब ने कहा है कि इस झोंपड़ी में आपकी बीमारी अच्छी नहीं होगी। हम लोगों का कीर्तनवाला घर साफ-सुथरा है, हवादार है।"

मंगलादेवी यादवटोली के कीर्तन-घर में आ गई है। कीर्तन-घर में ही सोशलिस्ट पार्टी का आफिस है। कालीचरन इसे आफिस ही कहता है।...लेकिन सोशलिस्ट आफिस का नाम सुनकर मंगलादेवी शायद नहीं आती।

"दवा पी लीजिए।"

"नहीं पियूँगी।"

"पी लीजिए मास्टरजी जी ! दवा..."

"कालीबाबू, एक बात कहूँ ?"

"कहिए !"

"आप मुझे मास्टरनी जी मत कहिए।"

"तब क्या कहूँ ?"

"क्यों, मेरा नाम नहीं है ?"

"मंगलादेवी ?"

"नहीं।"

"तो ?"

"सिर्फ...मंगला।"

"दवा पी लीजिए।"

"मंगला कहिए।"

"मंगला !"

पन्द्रह दिनों से कालीचरन मंगलादेवी की सेवा कर रहा है। दिन में तो और लोग भी रहते हैं, लेकिन रात में कालीचरन की ड्यूटी रहती है। डाक्टर कहते हैं, अब कोई खतरा नहीं। कमजोरी है, कुछ दिनों में ठीक हो जाएगी।

मंगलादेवी के शरीर में सिर्फ हड्डियाँ बच रही हैं। बाल झड़ रहे हैं। वह खाने के लिए बच्चों की तरह रूठती है, रोती है और बर्तन फेंकती है।...बार्ली नहीं पियूँगी। छेना का पानी भी कोई भला आदमी पीता है ! कालीचरन हाथ में पथ्य का कटोरा लेकर घंटों खुशामदें करता–'लीजिए, इसमें नींबू डाल दिया है। अब खा लीजिए। कल नहीं, परसों भात मिलेगा।"

कालीचरन का व्रत टूट गया। उसके पहलवान गुरु ने कहा था–"पट्ठे ! जब तक अखाड़े की मिट्टी देह में पूरी तरह रचे नहीं, औरतों से पाँच हाथ दूर रहना।" कालीचरन का व्रत टूट गया। पाँच हाथ दूर रहने से मंगलादेवी की सेवा नहीं की जा सकती थी। बिछावन और कपड़े बदलते समय, देह पोंछ देने के समय कालीचरन को गुरु जी की बात याद आती थी, लेकिन क्या किया जाए !

"काली कहाँ गया ? काली !"

"क्या है ?"

"कहाँ की चिट्ठी है ?"

"सिकरेटरी साहब ने लिखा है, सोमवार को जिला पार्टी की रैली है। लेकिन...मैं कैसे जाऊँगा ?"

"क्यों ?...तुम जाओ। मैं तो अब अच्छी हो गई।"

रैली के बाद सेक्रेटरी साहब ने कालीचरन को रोक लिया है–"कामरेड, आप दो दिन और रह जाइए। सैनिक जी की स्त्री अस्पताल में भर्ती हैं। सैनिक जी पटना गए हैं। परसों आ जाएँगे। अस्पताल में दोनों बेला खाना पहुँचाना है...कोई है नहीं।"

सेक्रेटरी साहब की बात को टालना बड़ा कठिन है। कामरेड की स्त्री !...कालीचरन को रह-रहकर मंगला की याद आती है। वह राह देख रही होगी। बासुदेव जाकर कहेगा कि दो दिन बाद आएँगे। सुनते ही उसका मुँह सूख जाएगा, चेहरा फक् हो जाएगा। एकदम बच्ची की तरह है मंगला का मुँह !...कालीचरन ने बिहदाना और सन्तोला भेज दिया है। वह छुएगी भी नहीं। बासुदेव क्या समझाएगा ? हत्तेरे की ! ये शहर के लौंडे बड़े बदमाश होते हैं। ठीक पीठ के पास जाकर सैकिल की घंटी बजाएगा। अ...अभी तो सब खाना गिर जाता।

"उल्लू कहीं का ! गिलास ऐसे ही धोता है ?"...उल्लू। कालीचरन के गाल पर मानो किसी ने जोर से एक तमाचा जड़ दिया। उल्लू ! उसका सारा शरीर झिनझिन कर रहा है। सैनिक जी की स्त्री ने उसे क्या समझा है ?...नौकर ?

''बहन जी, गिलास...''

''खबरदार ! बहिन जी मत बोल !''

बगल की खाट पर जो चमगादड़-जैसी औरत लेटी हुई थी, बोली, ''कौन देस का आदमी है ! आदमी है या भूत ? बात भी नहीं करना जानता है !''

''अरे जानती नहीं हैं, ग्वाला साठ बरस तक...।'' सैनिक जी की स्त्री बोली।

कालीचरन पूरा सुन नहीं सका। उसका सिर चकराने लगा। सैनिक जी भी तो ग्वाला ही हैं ! कालीचरन की आँखों के आगे सरसों के फूल-जैसी चीजें उड़ने लगीं। यदि किसी मर्द ने ये बातें कही होतीं तो आज खून हो जाता, खून। कालीचरन की कनपट्टी गर्म हो गई है।...मंगलादेवी भी तो औरत ही है। हुँ ! कहाँ मंगला और कहाँ यह भूतनी !...गले की आवाज एकदम खिखिर[1] की तरह है। खेंक, खेंक। बातें करती है तो लगता है मानो दाँत काटने के लिए दौड़ रही है। शायद यह भी कोई रोग ही है।

रौतहट स्टेशन पर गाड़ी से उतरकर कालीचरन जल्दी-जल्दी घर लौट रहा है।... उसे देखते ही मंगला खुशी से खिल जाएगी। सन्तोला सूख गया होगा, बिहदाना पड़ा होगा। दोनों ओर का रेल-भाड़ा बचाकर कालीचरन ने एक पैकेट बिस्कुट खरीद लिया है। डाक्टर साहब ने मंगला को बिस्कुट खाने के लिए कहा है। कालीचरन ने कभी बिस्कुट नहीं खाया है। शायद इसमें मुर्गी का अंडा रहता है। वह रह-रहकर बिस्कुट के डब्बे को छूकर देखता है ! इसके अन्दर 'कुड़-कुड़' क्या बोलता है ? कहीं अंडा फूटकर...!

''सेत्ताराम ! सेत्ताराम ! जै हिन्द, काली जी !''

''ऐ ? ओ बावनदास जी, हम तो चमक गए। यहाँ क्यों पड़े हैं ?''

''आप तो इस तरह आँख मूँदकर सरेसा[2] घोड़े की तरह चल रहे हैं कि... !''

जंगली जामुन के पेड़ की छाया में बावनदास लेटा हुआ था। छाया में जाने पर कालीचरन को मालूम हुआ कि धूप कितनी तेज है।

''हम तो रात की गाड़ी से ही उतरे। कल दफा 40 का फैसला हो गया।''

''हो गया ?...क्या हुआ ?''

''अरे होगा क्या ? सबों की दरखास खारिज हो गई।...हम पहले ही जानते थे। कल गाँव के सभी रैयत आए थे। फैसला सुनकर सभी रोने लगे। अब जमींदार जमीन भी छुड़ा लेगा।''

''जमीन छुड़ा लेगा ?...नहीं, उस दिन हम लोगों की रैली में परसताब पास हो गया। जमींदार लोग रैयतों को जमीन से बेदखल नहीं कर सकते। इसके लिए पाटी संघर्ख करेगी।''

''कालीबाबू ! परसताब-उरसताब से कुछ नहीं होता है।'' बावनदास के होंठों पर भेद-भरी मुस्कान दौड़ जाती है।

''आप बैठिए दास जी, हमको जरा जल्दी है।''

---

1. लोमड़ी, 2. दौड़नेवाले घोड़े की जाति।

"हाँ, आप जाइए।...हम आपके डेग पर जा भी नहीं सकेंगे।"

कालीचरन चलते-चलते सोच रहा है, अब ठीक हुआ है। यदि रैयत की दरखास मंजूर हो जाती तो सभी लोग कँगरेस में चले जाते। अब संघर्ष में सभी सोशलिस्ट पार्टी में ही रहेंगे।

"क्या है ? बिस्कुट !" मंगलादेवी प्यार-भरी झिड़की देती है, "किसने कहा फिजूल पैसा खर्च करने को ? वह देखो तुम्हारा, सन्तरा और बेदाना पड़ा हुआ है। मैं नहीं खाती।"

"डाक्टर साहब ने कहा था..."

"डाक्टर साहब ने कहा था !" मंगला बनावटी गुस्सा दिखाते हुए कहती है, "डाक्टर साहब ने कहा था कि खुद भूखे रहकर सन्तरा, बेदाना और बिस्कुट खरीदकर लाना ?"

कालीचरन को सैनिक जी की स्त्री की याद आती है। उल्लू !...साठ साल तक नाबालिग !

"खा लो मंगला !"

"पहले तुम एक बिस्कुट खाओ।"

बिस्कुट मीठा, कुरकुरा और इतना सुआदवाला होता है ? इसमें दूध, चीनी और माखन रहता है, अंडा नहीं ?

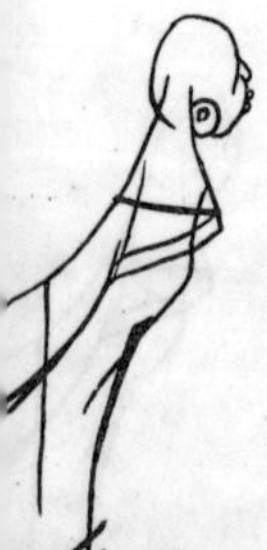

# बत्तीस

बैशाख और जेठ महीने में शाम को 'तड़बन्ना' में जिन्दगी का आनन्द सिर्फ तीन आने लबनी बिकता है।

चने की घुघनी, मूड़ी और प्याज, और सुफेद झाग से भरी हुई लबनी !... खट-मिट्ठी, शकर-चिनियाँ और बैर-चिनियाँ ताड़ी के स्वाद अलग-अलग होते हैं। बसन्ती पीकर बिरले पियक्कड़ ही होश दुरुस्त रख सकते हैं। जिसको गर्मी की शिकायत है, वह पहर-रतिया पीकर देखे। कलेजा ठंडा हो जाएगा, पेशाब में जरा भी जलन नहीं रहेगी। कफ प्रकृतिवालों को संझा पीनी चाहिए; रात-भर देह गर्म रहता है।

साल-भर के झगड़ों के फैसले तड़बन्ना की बैठक में ही होते हैं और मिट्टी के चुक्कड़ों की तरह दिल भी यहीं टूटते हैं। शादी-ब्याह के लिए दूल्हे-दुलहिन की जोड़ियाँ

भी यहीं बैठकर मिलाई जाती हैं और किसी की बीवी को भगा ले जाने का प्रोग्राम भी यहीं बनता है।

जगदेवा पासमान, दुलारे, सनिच्चर और सुनरा ताड़ी पी रहे हैं। सोमा जट आज आनेवाला है। रौतहट के हाट में उसने कहा था, एतबार को तड़बन्ना में आएँगे। सोमा जट हाल ही में जेल से रिहा हुआ है। नामी डकैत है, लेकिन अब सोशलिस्ट पार्टी का मेंबर बनना चाहता है। सुनरा ने कालीचरन से पूछा और कालीचरन ने जिला सिक्रेटरी साहब से पूछा। सिक्रेटरी साहब ने कहा, "साल-भर तक उनके चाल-चलन को देखकर तब पार्टी का मेंबर बनाया जाएगा। उस पर नजर रखना होगा।"

नजर क्या रखना होगा, बीच-बीच में सिकरेटरी साहब को जाकर कहना होगा–सोमा का चाल-चलन एकदम सुधर गया है। कालीचरन को वासुदेव समझा देगा।...सोमा यदि पाटी में आ जाए तो सारे इलाके के बड़े लोग ठीक हो जाएँ। पाटी में आ जाने से थाना-पुलिस क्या करेगा ! सिकरेटरी साहब क्या दारोगा साहब से कम हैं ? देखते हो नहीं, जब भाखन देने लगते हैं तो जमाहिरलाल को भी पानी-पानी कर देते हैं। मजाल है दारोगा-निसपिट्टर की कि पाटी के खिलाफ मुँह खोले ? खेल है ! 'लाल पताका' अखबार में तुरत 'गजट छापी' हो जाएगा...'दारोगा का जुलम !'

...चलित्तर करमकार को तो पाटी से निकाल दिया है। सीमेंट में बहुत पैसा गोलमाल कर दिया। हिसाब-पत्तर कुछ भी नहीं दिया तो उसको निकालेगा नहीं ? पाटी का बन्दूक-पेस्तौल भी नहीं दिया।...लेकिन सिकरेटरी साहब कालीचरन जी से प्रायविट में बोले हैं, किसी तरह उससे बन्दूक-पेस्तौल ऊपर करो। सरकार को जमा देना है। इसीलिए कालीचरन जी उससे हेल-मेल कर रहे हैं।...वह बात एकदम गुपुत है। खबरदार, कहीं बोलना नहीं सनिचरा ! हाँ, नहीं तो जानते हो ? किरांती पाटी की बात खोलने की क्या सजा मिलती है ?...ढाएँ ! लोग पूछें तो कहना चाहिए कि...

"क्या पाटी को अब बन्दूक-पेस्तौल का काम नहीं है ?"

"नहीं।" सुन्दर मुस्कराता है। अर्थात् इतनी जल्दी तुम लोग सभी बातों को जान लेना चाहते हो ? अभी कुछ दिन और मेंबरी करो। जब तुम्हारा कानफारम[1] हो जाएगा तब सारी बातें जानोगे। नए मेंबरों का कान कच्चा होता है। यहाँ सुना और वहाँ उगल दिया। कानफारम होने दो...।

"कामरेड सोमा ? आओ ! तुम्हारी ही बात हो रही थी ? आसरा में बैठे-बैठे दो लबनी ताड़ी खतम हो गई।" सुन्दर हँसता है।

सुन्दर आजकल हमेशा खद्दर का पंजाबी कुर्ता पहने रहता है। पंजाबी कुर्ते के गले में दो इंच की ऊँची पट्टी लगी हुई है। इसको 'सोशलिट-काट' कुर्ता कहते हैं; सोशलिट को छोड़कर और कोई नहीं पहन सकता। गाँव के मेंबरों में सिर्फ तीन मेंबर ही ऐसा कुर्ता पहनते हैं–काली, बासुदेव और सुन्दर। बाकी मेंबरों ने जीवन में कभी गंजी भी

1. कन्फर्म।

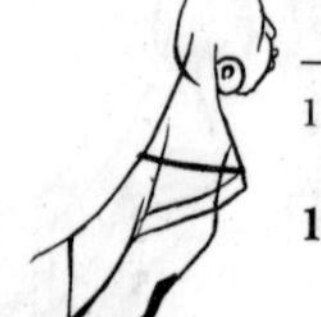

नहीं पहनी है। लेकिन बिना सोशलिट-काट कुर्ता पहने कोई कैसे जानेगा कि सोशलिट है, किरान्ती है ! एक कुर्ते में सात रुपए खर्च होते हैं।...बासुदेव आजकल बीड़ी नहीं पीता, मोटरमार-सिकरेट पीता है। सिक्रेटरी साहब सैनिक जी, चिनगारी जी, मास्टर साहब, सभी बड़े-बड़े लीडर सिकरेट पीते हैं। सोशलिट पाटी के मेंबर को बीड़ी नहीं, सिकरेट पीना चाहिए।

आज की बैठकी का पूरा खर्चा सोमा ही देगा। इसलिए हाथ खींचकर चुक्कड़ भरने की जरूरत नहीं। ढाले चलो। एक लबनी, दो लबनी, तीन लबनी !...चरखा-सेंटरवाले कह रहे हैं, अगले साल से ताड़ी का गुड़ बनेगा। कोई ताड़ी नहीं पी सकेगा। इस साल पी लो, जितना जी चाहे।

सोमा का शरीर कालीचरन से भी ज्यादा बुलन्द है। पुलिस-दरोगा की मार से हड्डियाँ टूटकर गिरहा[1] गई हैं। गिरहवाली हड्डी बहुत मजबूत होती है। कालीचरन की देह में हाथीदाँत का कड़ापन है और सोमा के चेहरे पर लोहे की कठोरता। कालीचरन की आँखों में पानी है और सोमा की आँखें बिल्ली की तरह चमकती हैं।

"कौन हरगौरी ? शिवशक्करसिंह का बेटा ?...तहसीलदार हुआ है ? कालीचरन जी हुकुम दें तो एक ही रात में उसकी हड्डी-पसली एक कर दें।" सोमा मूँछ में लगी हुई ताड़ी की झाग को पोंछते हुए कहता है।

"कामरेड ! अब मूँछ कटाना होगा। पार्टी का मेंबर होने से मूँछ नहीं रखना होगा।" सुन्दर कहता है।

"कटा लेंगे, लेकिन कालीचरन जी हुकुम दें तो... !"

"अच्छा-अच्छा, कामरेड अभी ठहरो। संघर्ष होनेवाला है। परसताब पास हो गया है। तब देखेंगे तुम्हारी बहादुरी !"

"बलदेवा को गाँव से भगा नहीं सकते हो तुम लोग ? सुनते हैं कि मठ की कोठारिन से खूब हेल-मेल हो गया है। कालीचरन जी हुकुम दें तो एक ही दिन में उसको चन्ननपट्टी का रास्ता दिखला दें।"

"अरे, बालदेव जी तो मुर्दा हो गए, मुर्दा ! अब उनको कौन पूछता है ! उनको एक बच्चा भी अब मुँह नहीं लगाता है। कँगरेस में भी उनकी बदनामी हो गई है। वह तो हम लोगों के बल पर ही कूदते थे।...कोठारिन तो सत्तर चूहा खाई हुई है। बालदेव जी को उसके फेर में पड़ने तो दो। हम लोग यही चाहते हैं। हाँ...समझे ?...चरखा-सेंटर पर भी अब अपना ही कब्जा समझो। मास्टरनी जी बिना कालीचरन के पूछे पानी भी नहीं पीती हैं। कुछ दिन में वह भी कामरेड हो जाएँगी।...एक बौनदास है, सो डेढ़ बित्ते का आदमी कर ही क्या सकता है ?"

चार लबनी संझा ताड़ी खत्म हो रही है। सूरज डूबने के समय जो लबनी पेड़ से उतारी जाती है, उसकी लाली तुरत ही आँख में उतर आती है। नशा के माने हैं और

1. गाँठदार हो जाना।

भी थोड़ा पीने की ख्वाहिश ?...और एक लबनी !

"अरे, बेचारे डाक्टर के पास पैसा कहाँ ? मुफ्त में तो इलाज करता है। एक पैसा भी नहीं छूता है।"

"डाक्टर के पास पैसा नहीं ?...क्या कहते हो ?...लोचनपुर के डाक्टर ने पोख्ता मकान बना लिया है। जीवछगंज के डाक्टर ने तीन सौ बीघे की पतनी खरीदी है। सिझवा गरैया का डाक्टर डकैती करता है, सरदार है डकैती का। कैसा डाक्टर है तुम्हारे गाँव का ?"

"हसलगाँव के हरखू तेली ने अलबत्त पैसा जमाया है। पैसा मँहकता है।"

"महमदिया के तालुकचन्द को बन्दूक का लैसन मिल गया है और लोहा का बक्सा कलकत्ते से ले आया है।"

"अरे, कितने बन्दूक और तिजोरीवालों को देखा है !...बल्लम-बर्छा से ही तो सारे इलाके को हम मछली की तरह भूनकर खाते रहे। यदि एक नाल भी बन्दूक हाथ लग जाए तो साले भूपतसिंह की कचहरी के नेपाली पहरेदारों को भी देख लें।"

जो कभी नहीं गाता है, वह भी नशा होने पर गाने लगता है और सुन्दर तो कीर्तनियाँ हैं, सुराजी कीर्तन भी गाता है और किरान्ती-गीत भी। नशा होने पर किरान्ती-गीत खूब जमता है !

*अरे जिन्दगी है किरान्ती से, किरान्ती में बिताए जा।*
*दुनिया के पूँजीवाद को दुनियाँ से मिटाए जा।*

सनिचरा लबनी को औंधा कर तबला बजाता है, और मुँह से बोल बोलता है :

*चकै के चकधुम मकै के लावा...*
*दुनिया के गरीबों का पैसा जिसने चूस लिया,*
*अरे हाँ, पैसा जिसने चूस लिया,*
*हाँ जी, पैसा जिसने चूस लिया,*
*उसकी हड्डी-हड्डी से पैसा फिर चुकाए जा !*
*हँस के गोली दागे जा !*
*हँस के गोली खाए जा !*

"वाह-वाह ! क्या बात है ! इन्किलाब है, जिन्दाबाद है। जरा खड़ा होकर बतौना बताके[1] कमर लचका के सुन्दर भाई !"

सुन्दर खड़ा होकर नाचने लगता है–'जिन्दगी है किरान्ती से, किरान्ती में...।'

*चकै के चकधुम मकै के लावा...*

कालीचरन ने आज शाम को बैठक बुलाई थी। ऊपर के सबसे बड़े लीडर आ रहे हैं पुरैनियाँ। थैली के लिए चन्दा वसूलना है। सिक्रेटरी साहब कह रहे थे...सबसे बड़े लीडर जी पुरैनियाँ आने के लिए एकदम तैयार नहीं हो रहे थे। बहुत कहने-

1. भाव दिखलाकर।

सुनने पर, सारे जिले से दस हजार रुपए की थैली पर राजी हुए हैं। कालीचरन को तीन सौ रुपए वसूलकर देना है।...इस बार की रसीद-बही पर सबसे बड़े लीडर की छापी है।

"लेकिन तुम लोग कहाँ गए थे ?...ओ ! आसमान-बाग। बड़ी देर हो गई। ऐसा करने से पार्टी का काम कैसे चलेगा ? बोलो, कौन कितना रुपैया वसूल करेगा ? तीन सौ रुपैया दस दिन में ही वसूल कर देना है।"

"बस तीन सौ ? कोई बात नहीं, हो जाएगा।"

"दस दिन क्या, पाँच ही दिन में हो जाएगा।"

"तीन सौ रुपए की क्या बात है ?"

"इनकिलाब, जिन्दाबात है !"

# तैंतीस

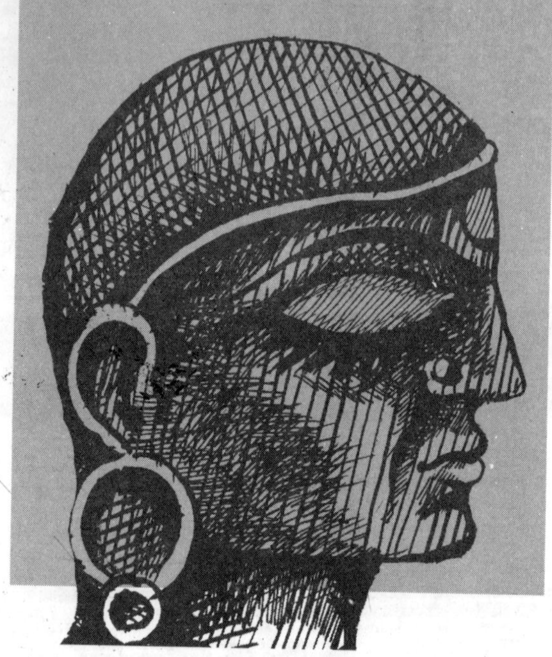

अमंगल !

"गाँव के मंगल का अब कोई उमेद नहीं।"

हरगौरी तहसीलदार दुर्गा के वाहन की तरह गुर्राता है–"साले सब ! चुपचाप दफा 40 का दर्खास देकर समझते थे कि जमीन नकदी हो गई। अब समझो। बौना और बलदेवा से जमीन लो। सब सालों से जमीन छुड़ा लेने के लिए कहा है मैनेजर साहब ने। लो जमीन ! राम नाम का लूट है !...अरे, काँगरेसी राज है तो क्या जमींदारों को घोलकर पी जाएगा ?"

सुमरितदास बेतार की जीभ थकती नहीं। सुबह से ही बक-बक करता जा रहा है ! ततमाटोली में, पासवानटोली में और कोयरीटोले में घूम-घूमकर वह लोगों को सुना रहा है–"मैनेजरसाहब ने परवाना में क्या लिखा है मालूम ? नया तहसीलदार तो एकदम

घबड़ा गया था। मैंने कितना समझाया—तहसीलदार, आप एकदम चुपचाप रहिए। जिन लोगों को दरखास देना है, देने दीजिए। जिस दिन मुकदमे की तारीख होगी, उससे एक दिन पहले हम आपको एक नोक्स बता देंगे। वही हुआ। जमींदार वकील तो सुनकर उछलने लगा। चाहे जो भी कहो, तहसीलदार बिस्नाथपरसाद ने कभी कोई नोक्स हमसे छिपाकर नहीं रखा।...मैनेजर साहब ने क्या लिखा है, मालूम है ? सुमरितदास को एक बार सरकिल कचहरी में भेज दो। सुर्स्लिग-मुर्स्लिग क्या करेगा ?''

''सुमरितदास ! बुढ़ापे में यदि इज्जत बचानी है तो जरा होस-हवास दुरुस रखकर बोला करो। समझे ?'' कालीचरन की आँखें लाल-लाल हैं। सुबह से ही वह सुमरितदास को खोज रहा है। सोसलिस्ट पाटी के खिलाफ बूढ़ा कल से ही अटर-पटर[1] परोपगण्डा कर रहा है।

''समझे ? हाँ।...पीछे यह मत कहना कि सोसलिस्ट पाटी के लौंडों को बड़े-छोटे का विचार नहीं।''

''हम क्या बोले हैं ? पूछो, लोगों से पूछो ! बोलो जी गुलचरन ! सुर्स्लिग पाटी... ।''

''सुर्स्लिग मत कहिए, सोसलिस्ट कहिए।...बात तो सही मुँह से निकलती ही नहीं है और मुन्सियाती बघारते हैं।...जमींदार के तहसीलदार से और अपने मैनेजर से भी जाकर कह दो, रैयतों से जमीन छुड़ाना हँसी-ठट्ठा नहीं। पाटी के एजकूटी में परसताब पास हो गया है संघर्ख होगा संघर्ख ! समझे ?''

कालीचरन गर्दन ऐंठता हुआ चला गया। करैत साँप को गुस्से में ऐंठते देखा है न, ठीक उसी तरह ! सुमरितदास को कँपकँपी लग जाती है। आस-पास बैठे हुए लोगों की भी धुकधुकी तेज हो जाती है। अभी तो ऐसा लगता था कि जुलुम हो जाएगा।...अलबत्त देह बनाया है कलिया...कालीचरन ने। देखकर डर लगता है। सुस्लि...सुस्लि...सोसलिस्ट पाटी में जाकर तो और भी तेजी से जल-जल कर रहा है। संघर्ख क्या होगा ?...

डा डिग्गा, डा डिग्गा !

सन्थालटोली में दो दिनों से दिन-रात मादल बजता रहता है। डा डिग्गा, डा डिग्गा ! औरतें गाती हैं। नाचती हैं—झुमुर-झुमुर !...दरखास्त नामंजूर हो गई ! जमींदार जमीन छीन लेगा। कोठी के जंगल में, जामुन और गूलर में बहुत फल लगे हैं इस बार। जंगली सूअर के बच्चे भी किलबिल कर रहे हैं। हल के फाल को तोड़कर तीर बनाओ। लोहा महँगा है। रे ! हाय रे हाय ! डा डिग्गा, डा डिग्गा... !

कालीचरन ने कहा है—संघर्ख करेंगे। संघर्ख क्या ? परसताब क्या ?

---

1. अलूल-जलूल।

रिंग-रिंग-ता-धिन-ता !

डा डिग्गा, डा डिग्गा !

...खेत में पाट के लाल पौधों को देखकर जी ललच रहा है। धान की हरी-हरी सूई खेत में निकल आई है। माटी का मोह नहीं टूटता। बधना पर्व[1] की रात में तूने जो जूड़े में फूल लगाया था, उसे नहीं भूला हूँ। धरती का मोह भी नहीं टूट रहा। प्यारी, हमारे दादा, परदादा पुरैनियाँ के जेल में मर-खप गए। मकई के बाल की तरह उनके बाल भूरे हो गए होंगे। हमारे बच्चों के दाँत दूधिया मकई के दानों की तरह चमकेंगे। उनसे कहना, धरती माता के प्यार की जंजीर में हम बँध गए। रे ! हाय रे हाय ! रिंग-रिंग-ता-धिन-ता ! डा डिग्गा, डा डिग्गा !...

"यदि जमीन पर कोई आवे तो गर्दन काट लो !"

तहसीलदार हरगौरीसिंह ने रैयतों के साथ जमीन बन्दोबस्ती का ऐलान कर दिया है।...बस, एक सौ रुपए बीघा सलामी देकर कोई भी रैयत जमीन की बन्दोबस्ती के लिए दर्खास्त दे सकता है।...अरे, तुम लोग बेकूफ़ हो। ये जमीन एक साल पहले ही नीलाम होकर खास हो गई हैं। पुराने तहसीलदार ने ही सारी कार्रवाई की थी। नीलाम होकर खास हुई जमीन पर दफा 40 की दर्खास्त करने से नकदी कैसे होगी ?...हाँ, नए बन्दोस्त लेनेवालों को जमा बाँध देंगे। यह तो हमारे हाथ की बात है। इसके लिए कचहरी को दौड़-धूप करने की क्या जरूरत ?...अरे सूखानूदास, मुकदमा में कितना खर्च हुआ तुम लोगों का, जरा इन लोगों को बता दो।...हाँ, कँगरेसी और सोसलिस्ट पाटीवालों की खुराकी भी जोड़ना।...सुना ? हरेक तारीख में चन्दा वसूलकर पैरवीकार नेताजी लोगों को देना पड़ता था—दस रुपए नकद; सिकरेट और पान की बात तो छोड़ ही दीजिए। यही पेशा है भाई, इन लोगों का।...हाँ, जिसकी जमीन नीलाम हो गई है, वह यदि जमीन पर आवे तो उसकी गर्दन उड़ा दो। राज से मदद मिलेगी।

राम नाम की लूट है, लूट सके तो लूट !

गाय-बैल, बाछा-बाछी और भैंस के पाड़ा की बिक्री धड़ाधड़ हो रही है। दूने सूद पर भी रुपया कर्ज लेकर जमीन मिल जाए तो फ़ायदा ही है। पाट का भाव पन्द्रह रुपया है; ऊपर पचास भी जा सकता है। सौ भी हो सकता है। धान सोने के भाव बिक रहा है। जमीन ! जिसके पास जमीन नहीं, वह आदमी नहीं, जानवर है। जानवर घास खाता है, लेकिन आदमी तो घास खाकर नहीं रह सकता ! अरे ! छोड़ो जी कँगरेसी और सुशलिट पाटी की बात को।...दरखास नामंजूर हो गई। जमीन बन्दोबस्ती...

गाँव के मंगल की अब कोई उम्मीद नहीं।

हर टोले के लोग आपस में ही लड़ेंगे क्या ? कोयरीटोले के भजू महतो की जमीन उसी का भगिना सरूप महतो बन्दोबस्ती ले रहा है। सोबरन की जमीन पर उसका चचा रामेसर नजर लगाए बैठा है। सोबरन की जमीन सोना उगलती है। यादवटोली के सभी

1. संथालों का एक प्रसिद्ध पर्व।

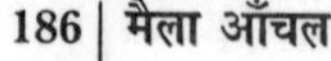

रैयतों की नीलाम हुई जमीन खेलावनसिंह यादव ले रहे हैं। संथालों की जमीन राजपूतटोले के लोग ले रहे हैं।...सुमरितदास कहते हैं, यह बात गुपुत है। किसी से कहना मत कि संथालों की जमीन खुद तहसीलदार साहब ले रहे हैं। लेकिन, अपने नाम से तो नहीं ले सकते। इसलिए दूसरों के नाम से लिया है।

गाँव के मंगल की अब कोई उम्मीद नहीं। तहसीलदार विश्वनाथप्रसाद जी बालदेव और बावनदास को पंचायत बुलाने को कहते हैं।...''पंचायत तुम्हीं लोग बुलाओ। मेरे बुलाने से ठीक नहीं होगा।''

कालीचरन की पाटी के सबसे बड़े लीडर पुरैनियाँ आ रहे हैं। कामरेडों ने पाँच ही दिनों में तीन सौ रुपए वसूल किए हैं। अकेले सोमा ने दो सौ पचास रुपए दिए हैं। सबसे बड़े लीडर से कहना होगा। गाँव में इस तरह फूट रहने से तो संघर्ख नहीं होगा। फिर एक बार सैनिक जी और चिनगारी जी को लाना होगा। बहुत दिनों से सभा नहीं हुई है। खेत में कोड़-कमान नहीं करने से जिस तरह जंगल-झाड़ हो जाता है, उसी तरह इलाके में सभा मीटिंग नहीं करने से इलाका भी खराब हो जाता है। सिक्रेटरी साहब को भी इस बार लाना होगा। इस बार लौडपीसर भी लाना होगा।

चरखा-सेंटर की मास्टरनी जी और मास्टर जी लोगों में झगड़ा हो गया है।

करघा-मास्टर टुनटुन जी को मंगलादेवी का सोशलिस्ट आफिस में रहना बड़ा बुरा लगता है। जब तक बीमार थीं, वहाँ थीं, तो थीं। अब अच्छी हो गईं तो वहाँ रहने की क्या आवश्यकता ! और मंगलादेवी को पटना से ही जानते हैं टुनटुनजी। 'गाँव तरक्की सेंटर' में जब ट्रेनिंग लेती थीं तभी से उड़ती थीं। व्यवस्थापिका जी इनके मिलनेवालों से परेशान रहती थीं। रोज नए-नए लोग ! बहुत बार मंगलादेवी को चेतावनी भी दी गई–लेकिन इनके मिलनेवालों में कालेज के विद्यार्थी, एम.एल.ए., साहित्य-गोष्ठी के मन्त्रीजी, चरखा-संघ के कार्यकर्ता तथा कई हिन्दी दैनिकों के सहायक सम्पादक भी थे। व्यवस्थापिका जी हार मानकर चुप हो गईं। मंगलादेवी की स्वतन्त्रता पर आघात करके वह एक दर्जन से ज्यादा व्यक्तियों का कोप-भाजन नहीं बनना चाहती थीं। इसीलिए व्यवस्थापिका जी ने मंगलादेवी को इस पिछड़े हुए गाँव में भेजा था। लेकिन यहाँ भी... ?

मंगलादेवी बात करने में मर्दों के भी कान काटती हैं; पाजामा और कुर्ता पहनती हैं, बाहर निकलते समय खद्दर का दुपट्टा भी डाल लेती हैं। कद नाटा, रंग साँवला और शरीर गठा हुआ है। आँखें बड़ी अच्छी, खास तिरहुत की आँखें ! करघा-मास्टर को वह ताँत-मास्टर कहती हैं और चरखा-मास्टर को धुनिया मास्टर। जोलाहा-धुनिया मंगलादेवी से क्या बात करेंगे ?...जब बीमार पड़ीं तो झाँकी मारकर भी देखने के लिए नहीं आते थे और आज नैतिकता पर प्रवचन दे रहे हैं ! मंगलादेवी इन लोगों को खूब पहचानती हैं। व्यवस्थापिका जी को लिखेंगे तो लिखें। क्या करेंगी व्यवस्थापिका जी ? ऐसी धमकियों से मंगलादेवी नहीं डरतीं। टुनटुन जी जो चाहते हैं, सो वह जानती हैं। पटना से आते समय समस्तीपुर में उसे लेकर उतर गए। बोले, गाड़ी बदलनी होगी। बाद में

मालूम हुआ कि वही गाड़ी सीधे कटिहार जाती है। दूसरी गाड़ी फिर सुबह आठ बजे। रात को बारह बजे धर्मशाला में ले गए।...टुनटुन जी का परिचय और कहना नहीं होगा !

बालदेव जी को खेलावनसिंह यादव ने साफ जवाब दे दिया है। सकलदीप का गौना होनेवाला है। नई दुलहिन ससुराल में बसने के लिए आ रही है। बाहरी आदमी का परिवार में रहना अच्छा नहीं। चम्पापुर के आसिनबाबू की बेटी है। जरा भी इधर-उधर होने से बाप को चिट्ठी लिख देगी। बड़े आदमी की बेटी है...!

बालदेव जी ने झोली-झंडा खेलावन के यहाँ से हटा लिया है। बालदेव की मौसी गाँव में घूम-घूमकर शिकायत कर रही है। लेकिन बालदेव जी साधु आदमी हैं; मान-अपमान से परे हैं। वे चुप हैं।

लछमी उन्हें कंठी लेने के लिए जिद कर रही है। पुपड़ी मठ के महन्त रामसरूप गुसाईं आए हुए हैं। बालदेव जी कंठी ले लें तो मठ पर रहने में कोई असुविधा नहीं हो।

बावनदास का मन बड़ा अविश्वासी हो गया है। किसी पर विश्वास करने को जी नहीं करता है। गाँधी जी को छोड़कर अब किसी पर विश्वास नहीं होता। वह गाँधी जी को एक खत लिखवाना चाहता है। गंगुली जी जरूर लिख देंगे। बराबर लिख देते हैं ! उसके मन में बहुत-सी शंकाएँ उठ रही हैं।

# चौंतीस

फुलिया पुरैनियाँ टीसन से आई है।

एकदम बदल गई है फुलिया। साड़ी पहनने का ढंग, बोलने-बतियाने का ढंग, सबकुछ बदल गया है। तहसीलदार साहब की बेटी कमली अँगिया के नीचे जैसी छोटी चोली पहनती है, वैसी वह भी पहनती है। कान में पीतर के फूल हैं। फूल नहीं, फुलिया कहती है—कनपासा। आँचल में चाबी का गुच्छा बाँधती है, पैर में शीशी का रंग लगाती है।...हाँ, खलासी जी बहुत पैसा कमाते हैं शायद।...अरे ! खलासी के मुँह पर झाड़ू मारो ! वह क्या खाकर इतना सौख-मौज करावेगा ? क्या पहनावेगा ? फुलिया ने खलासी को छोड़ दिया है। खलासी को खोक्सीबाग की एक पतुरिया से मुहब्बत था, रोज ताड़ी पीकर वहीं पड़ा रहता था। तलब मिलने के दिन वह पतुरिया खलासी का पीछा नहीं छोड़ती थी। तलब का एक पैसा इधर-उधर हुआ कि पैर की चट्टी खोलकर

हाथ में ले लेती थी। आखिर फुलिया कितना बर्दास करती। टीसन के पैटमान जी नहीं रहते तो फुलिया की इज्जत भी नहीं बचती। फुलिया अब पैटमान जी के यहाँ रहती है। खलासी एक दिन पैटमान से लड़ाई करने आया। टीसनमास्टरबाबू ने कहा कि यदि खलासी टीसन के हाता में आवे तो पकड़कर पीटो। उसी दिन खलासी जो दुम दबाकर भागा तो फिर खाँसी भी नहीं करने आया कभी। पैटमान जी जात के छत्री हैं–तन्त्रिमा छत्री नहीं, असल बुँदेला छत्री : पान-जर्दा खाते-खाते दाँत टूट गए हैं; पत्थर का नकली दाँत लगाते हैं। कहने को नकली दाँत हैं, मगर असली दाँत से भी बढ़कर हैं। चना भुट्टा और अमरूद सबकुछ चबाकर खाते हैं पैटमान जी। पचीस साल पहले हासाम[1] मुलुक में चाह पीते और पान-जर्दा खाते-खाते दाँट टूट गए हैं, उमेर तो अभी कुछ भी नहीं है। दस बरस से 'बेवा' थे, मन के लायक स्त्री मिली ही नहीं। पैटमान जी ने मँहगूदास के लिए एक पुरानी नीली कमीज भेज दी है। कमीज पहनने पर मँहगू को पहचानने में गलती हो जाती है। ठीक रेलवे का आदमी !...बुढ़िया के लिए नई साड़ी भेज दी है। एक बित्ता काली किनारी है।...इस बार के कोटा में असली 'संतीपुरी साड़ी' मिलेगी तो फुलिया को भेज देगा। फुलिया कहती है, इस बार माँ को भी साथ ले जाएगी।

फुलिया का भाग ! रमपियरिया की माँ कहती है–"रमिया भी अब बिहाने के जोग हो गई। बिना बाप की बेटी है ! जब से तुम ससुराल हो गई हो, रोज एक बार तुम्हारा जिकर करती है रमिया–'फुलिया दीदी कब आवेगी ? इस बार फुलिया दीदी आवेगी तो साथ में मैं भी जाऊँगी।' यदि उधर कोई बर नजर में आए तो रमिया को भी अपने साथ ले जाओ फूलो बेटी। कोयरीटोले के छोकड़े दिन-दिन बिगड़ते जा रहे हैं।..."

सहदेव मिसर पर तन्त्रिमाटोली का कुत्ता भी भूँकता है ! बहुत दिनों के बाद वह तन्त्रिमाटोली में आया है–फुलिया के बुलाने पर।...दस दिन रहेगी, फिर चली जाएगी। फुलिया अब जात-समाज से नहीं डरती। वह तन्त्रिमा छत्री नहीं, वह असल बुन्देला छत्री की स्त्री है। आँगन में अपने से पकाकर खाती है।...माँ का छुआ भी नहीं खाती !

वह तो मेहमान होकर आई है। उसके जी में जो आवे, वह करेगी। कोई कुछ नहीं बोल सकता।...वह सहदेव मिसर को बैठने के लिए चटाई देती है। एक काँच की छोटी-सी थरिया में सुपारी, सौंफ और दालचीनी के टुकड़े बढ़ा देती है।...तो फुलिया भूली नहीं है उसे ? वाह ! सहर का पानी चढ़ने पर बाहर तो एकदम बदल गया है, पर भीतर जैसा-का-तैसा। काजलवाली आँखें और भी बड़ी मालूम होती हैं। अँगिया और नक्सा कोर की सफेद साड़ी। सहदेव मिसर डरते-डरते कहता है–

"फुलिया !"

"क्या ?" फुलिया मुस्कराती है।

सहदेव मिसर का चेहरा एकदम लाल हो रहा है। कान लाल हो गए हैं। नाक के पासवाला सिरा धकधक कर रहा है–"फुलिया, जब से तुम गईं मैंने कभी इस टोले में

1. आसाम।

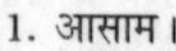

पैर नहीं दिया।''

''रहने दो ! गहलोतटोले में नहीं जाते थे ?...पनबतिया के यहाँ कौन जाता था ? झूठ मत बोलो।'' फुलिया हँसती है।

''नहीं फूलो !''

ढिबरी की रोशनी में सहदेव मिसर फुलिया की आँखों की नई भाषा को पढ़ता है।...हवा के झोंके से ढिबरी बुझ जाती है। फुलिया बालों में महकौआ[1] तेल लगाती है। अँगिया के नीचेवाली छोटी चोली में रब्बड़[2] लगा रहता है शायद।...फुलिया की देह से अब घास की गन्ध नहीं निकलती है। सौंफ, दालचीनी खाने से मुँह गमकता है।...शहर की बात निराली है। शहर की हवा लगते ही आदमी बदल जाता है। तहसीलदार की बेटी तो कभी शहर गई भी नहीं।...जाति की बन्दिश और पंचायत के फैसले को तो सबसे पहले पंच लोगों ने ही तोड़ा है।...तन्त्रिमाटोली का छड़ीदार है नोखे और उचितदास; जिसे चाल से बेचाल देखेगा, छड़ी से पीठ की चमड़ी खींच लेगा। नोखे की स्त्री रामलगनसिंह के बेटे से फँसी हुई है और उचितदास की बेटी कोयरीटोले के सरन महतो से। पंचायत का फैसला ज्यादा-से-ज्यादा दस दिनों तक लागू रह सकता है। पुश्त-पुश्तैनी से जो रीति-रेवाज गाँव में चला आ रहा है, उसको एक बार ही बदल देना आसान नहीं। जिनके पास जगह-जमीन है, पास में पैसा है, वह भी तो अपने यहाँ का चाल-चलन नहीं सुधार सकते।...बाबूटोली के किस घर की बात छिपी हुई है।...पंच लोग पंचायत में बैठकर फैसला कर सकते हैं, उसमें कुछ लगता तो नहीं। लेकिन पंचायत के फैसले से चूल्हा तो नहीं सुलग सकता ? पंचों को क्या मालूम कि एक मन धान में कितना चावल होता है ! सास्तर में कहा है, 'जोरू जमीन जोर का, नहीं तो किसी और का।' और देह के जोर से आजकल सब कुछ नहीं होता। जिसके पास पैसा है वही बोतल मिसर[3] पहलवान है। वही सबसे बड़ा जोरावर है।

...तहसीलदार साहब की बेटी शाम से ही, आधे पहर रात तक, डागडरबाबू के घर में बैठी रहती है; चाँदनी रात में कोठी के बगीचे में डागडर के हाथ-में-हाथ डालकर घूमती है। तहसीलदार साहब को कोई कहने की हिम्मत कर सकता है कि उनकी बेटी का चाल-चलन बिगड़ गया है ?...तहसीलदार हरगौरीसिंह अपनी खास मौसेरी बहन से फँसा हुआ है। बालदेव जी कोठारिन से लटपटा गए हैं। कालीचरन ने चरखा स्कूल की मास्टरनी जी को अपने घर में रख लिया है। उन लोगों को कोई कुछ कहे तो ?...जितना कानून और पंचायत है सब गरीबों के लिए ही ? हुँ !

जमीन के लिए गाँव में नई दलबन्दी हुई। जिन लोगों की जमीन नीलाम हुई है, दर्खास्तें खारिज हुई हैं, वे एक तरफ हैं। जिन्होंने नई बन्दोबस्ती ली है अथवा जमींदार से माफी माँग ली है, सुपुर्दी लिखकर दे दी है या जो जमीन बन्दोबस्त लेना चाहते हैं, वे सभी दूसरी तरफ हैं। गरीबों और मजदूरों के टोलों पर भी इसका प्रभाव पड़ता है।

---

1. सुगन्धित, 2. रबर, 3. मिथिला का एक प्रसिद्ध पहलवान।

खेलावन के हलवाहों को कालीचरन ने हल जोतने से मना कर दिया है। तहसीलदार हरगौरीसिंह का नाई, धोबी और मोची बन्द करने के लिए कालीचरन घर-घर घूमकर भाखन देता है। गाँव से सारे पुराने बाँध टूट गए हैं, मानो बाढ़ का नया पानी आया हो।...

गरीबों और मजदूरों की आँखें कालीचरन ने खोल दी हैं। सैकड़ों बीघे जमीनवाले किसानों के पास पैसे हैं, पैसे से गरीबों को खरीदकर गरीबों के गले पर गरीबों के जरिए ही छुरी चलाते हैं।...होशियार ! जिन लोगों ने नई बन्दोबस्ती ली है, वे गरीबों की रोटी मारनेवाले हैं... !

कालीचरन ने चमारटोली में भात खा लिया ?

जात क्या है ! जात दो ही हैं, एक गरीब और दूसरी अमीर।...खेलावन को देखा, यादवों की ही जमीन हड़प रहा है।...देख लो आँख खोलकर, गाँव में सिरिफ दो जात हैं।

अमीर-गरीब !

तहसीलदार हरगौरीसिंह काली टोपीवाले नौजवानों से कहते हैं, "इस बार मोर्चे पर जाना पड़ेगा। हिन्दू राज कायम करने के लिए पहले गाँव में ही लोहा लेना पड़ेगा...।"

संयोजक जी आजकल महीने में दो बार घर मनिआर्डर भेजते हैं। संयोजक जो कहेंगे उसे काली टोपीवाले नौजवान प्राण रहते नहीं काट सकते हैं। आग और पानी में कूद सकते हैं; इसी को कहते हैं अनुशासन !

बावनदास जिला कांग्रेस के नेताओं को खबर देने गया है—"गाँव में जुलुम हो रहा है।"

# पैंतीस

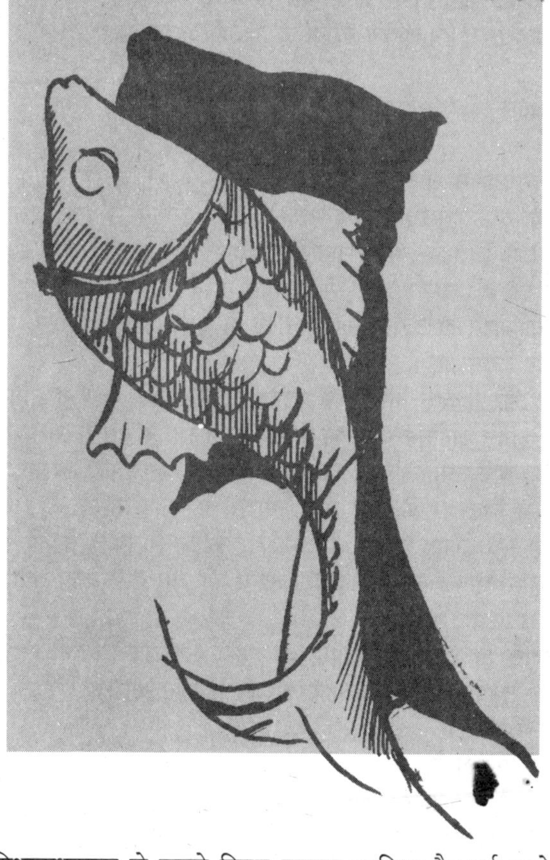

तहसीलदार विश्वनाथप्रसाद के सामने विकट समस्या उपस्थित है। नई बन्दोबस्तीवाले किसान रोज उनके यहाँ जाते हैं। मामला-मुकदमा उठने पर विश्वनाथप्रसाद की गवाही की जरूरत होगी। बेजमीन लोग अपनी पार्टीबन्दी कर रहे हैं; जमीनवालों को भी भेदभाव, लड़ाई-झगड़ों को भूलकर एक हो जाना चाहिए।...तहसीलदार हरगौरीसिंह दिन-रात विश्वनाथबाबू के घर पर ही रहते हैं !

"काका ! इस बार इज्जत बचा लीजिए ! क्या आप यही चाहते हैं कि नाई धोबी और चमार के सामने हम हाथ जोड़कर गिड़गिड़ावें ?...कल से ही रामकिरपाल काका के गुहाल में गाय मरी पड़ी है। चमार लोगों ने उठाने से इनकार कर दिया है। जीवेसरा चमार को लीडर आपने ही बनाया है...राजपूतटोले के लोगों को देखिए, दाढ़ी कितनी बड़ी-बड़ी हो गई है। नाइयों ने काम करना बन्द कर दिया है। आपके हाथ में सबों

की चुटिया है। आप एक बार कह दें तो सबों की नानी मर जाए...''

कालीचरन आकर कहता है, ''बिसनाथ मामा, आप काँगरेस के लीडर हैं। इसी बार देखना है कि काँगरेस गरीबों की पाटी है या अमीरों की।...आज तक मैंने आपको देवता की तरह माना है। लेकिन गरीबों के खिलाफ कदम बढ़ाइएगा तो हम भी मजबूर होकर... ।''

तहसीलदार विश्वनाथप्रसाद क्या करें, क्या नहीं करें, कुछ समझ नहीं पा रहे हैं।

बावनदास पुरैनियाँ से लौट रहा है।

वह गया था, 'जुलुम हो रहा है' सुनाने। उसने पुरैनियाँ में देखा, जुलुम हो रहा है।

कचहरी में जिले-भर के किसान पेट बाँधकर पड़े हुए हैं। दफा 40 की दर्खास्तें नामंजूर हो गई हैं, 'लोअर कोट' से। अपील करनी है...अपीलो ? खोलो पैसा, देखो तमाशा। क्या कहते हो ? पैसा नहीं है ? तो हो चुकी अपील! पास में नगद नारायण हो तो नगदी कराने आओ।...

कानून और कचहरी कम्पौंड में पलनेवाले कीट-पतंगे भी पैसा माँगते हैं।

जिला काँग्रेस आफिस में जुलुम हो रहा है। जिला काँग्रेस के सभापति का चुनाव होनेवाला है। चार उम्मीदवार हैं, दो असल और दो कमअसल[1] । राजपूत भूमिहार में मुकाबिला है। जिले-भर के सेठों और जमींदारों की मोटरलारियाँ दौड़ रही हैं। एक-दूसरे के गड़े मुर्दे उखाड़े जा रहे हैं। कटिहार कॉटन मिलवाले सेठजी भूमिहार पार्टी में हैं और फारबिसगंज जूट मिलवाले राजपूतों की ओर।...पैसे का तमाशा कोई यहाँ आकर देखे !

बावनदास सोचता है, अब लोगों को चाहिए कि अपनी-अपनी टोपी पर लिखवा लें–भूमिहार, राजपूत, कायस्थ, यादव, हरिजन !...कौन काजकर्ता किस पार्टी का है, समझ में नहीं आता।

''जुलुम हो रहा है ?''

''जी हाँ, जुलुम हो रहा है।''

''देखिए बावनदास जी, बात यह है कि 95 सैकड़े लोगों ने तो गलत और झूठा दावा किया होगा, इसमें कोई सन्देह नहीं। सही और वाजिब हकवाले बाकी रैयत भी इन्हीं झूठे दावे करनेवालों के कारण बेमौत मर गए। इसमें कानून का क्या दोष है ? लोगों का नैतिक पतन हो गया है। देखिए, इस बार जिला कमिटी में, इस सम्बन्ध में एक प्रस्ताव पास होनेवाला है।''

''बेदखल किसानों से क्या कहेंगे ?''

''क्या कहिएगा ? कहिए कि जमींदारी प्रथा खत्म हो रही है। आज बिहार मन्त्रिमंडल ने ऐलान कर दिया है–जमींदारी प्रथा को खत्म करने के लिए बिहार सरकार

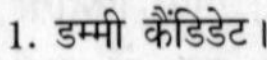

1. डम्मी कैंडिडेट।

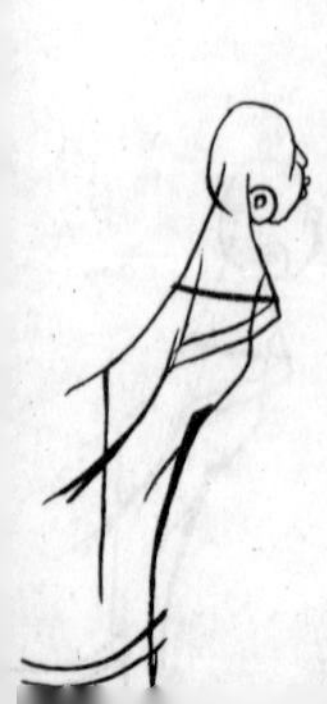

कटिबद्ध है।''

बावनदास किसानों से क्या कहेगा ?

जमींदारी प्रथा खत्म हो जाएगी ? तब ये काँग्रेसी जमींदार लोग क्या करेंगे ? सब मिल खोलेंगे शायद। इसीलिए प्रायः हरेक छोटे-बड़े लीडर के साथ एक मारवाड़ी घूमता है। बावनदास को याद आती है पाँच महीने पहले की बात ! पुरैनियाँ टीसन में तीलझाड़ी के शंकरबाबू ने अपने साथ के दस काजकर्ताओं को पूरी-मिठाई का जलपान कराया, और पैसा दिया तीलझांड़ी हाट के मारवाड़ी चोखमल जुहारचन्द के बेटे ने।...'हाँ जी, खाओ जी ! तुम्हीं लोग तो देश के असल सेवक हो। जेहल में खिचड़ी खाते-खाते जिन्दगी बिता दी।' सारे इलाके के काजकर्ता को खिलाया और एक-एक सेर मिठाई भी खरीद दी।...चोखमल जुहारचन्द का बेटा आजकल अररिया सबडिविजन कांग्रेस का खजांची है। साठ रुपए जोड़ी खादी की धोती पहनता है। चरखासंघ के बाबू कितना खातिर करते हैं !

''जुलुम हो गया।''

''क्या हुआ ?''

''जमींदारी परथा खत्तम।''

''जुलुम बात !''

यहाँ के लोग सुख-संवाद सुनकर भी कहते हैं—जुलुम बात ! जुलुम हँसी, जुलुम खुशी ! बँगला के 'भीषण सुन्दर' की तरह।

''जुलुम बात !''

''क्या है ?''

''बावनदास ने जमींदारी परथा खत्तम कर दिया।'' कामरेड बासुदेव दौड़ता हुआ आकर कालीचरन को खबर देता है।

''बावनदास ने ?''

''नहीं। बावनदास खबर लेकर आया है। काँग्रेस के मन्त्री जी ने जमींदारी का नास कर दिया है।''

''जब तक 'लाल पताका' अखबार में यह खबर छापी नहीं हो, इस पर बिसवास मत करो कामरेड ! यह सब काँगरेसी झाईं है। खैर, मैं कल ही सिकरेटरी साहेब से पूछ आता हूँ। तुम लोगों ने मेंबरी का पैसा जमा नहीं किया आफिस में। सब कामरेड को खबर दे दो। इस बार आखिरी तारीख है, इसके बाद 'लाल पताका' में नाम निकल जाएगा।''

''सनिचरा ने तो मेंबरी के पैसे से सोसलिस्ट-काट कुर्त्ता बना लिया है। कहता है, सन-पटुआ होने पर पैसा जमा कर देंगे।''

''जुलुम बात है। मेंबरी के पैसे से कुर्त्ता ? नहीं, उससे कहो, पैसा जमा करना होगा।''

तहसीलदार हरगौरी और तहसीलदार विश्वनाथप्रसाद अब एक पान को दो टुक करके खाते हैं। सच ? सच नहीं तो क्या ? बेतार सुमरितदास सबों से कहता फिरता है...'' कलम और कानून की बात जहाँ आएगी, वहाँ लाठी-भाला चलानेवाले क्या करेंगे ? तहसीलदार बिस्नाथपरसाद पुराने तहसीलदार हैं। राज पारबंगा के नीमक-पानी से ही सबकुछ हुआ है। कायस्थ नमकहरामी नहीं कर सकता कभी।...कँगरेसी हुए हैं तो क्या अपने पैसे को भूल जाएँगे ?''

संथालटोली में मादल बज रहा है—

*सोनो रो रूप, रूपे रो रूप*
*सोनो रो रूप लेका गातेञ मेलाय*
*गातेञ दिसाय रे सोना मुन्दोम*
*गातेञ उईहय जीवोदो लोकतिंय।*

डा डिग्गा, डा डिग्गा ! रि-रि-ता-धिन-ता !

सोने और चाँदी के बीच मेरे प्रियतम का रूप सोने की तरह है। सोने की अँगूठी को देखकर अपने प्रियतम की याद आती है।

संथाल परगना के आदिवासी संथालों को सोने की झलक लगी है या नहीं, कौन जाने ! लेकिन यहाँ के संथाल, सोने और चाँदी में क्या फर्क है, जानते हैं।

...जमींदारी प्रथा खतम हो गई। अब जमींदार जमीन से बेदखल नहीं कर सकता। हमने उन्हें जमीन से बेदखल कर दिया। जो जोतेगा, जमीन उसकी है। जो जितना जोत सको, जिसकी जमीन मिले जोतो, बोओ, काटो। अब बाँटने का भी झंझट नहीं।...धरती माता का प्यार झूठा नहीं। फिर खेतों में जिन्दगी झूमेगी। आसाढ़ के बादल बजा रहे हैं मादल, बिजली नाच रही है। तुम भी नाचो।...नाचो रे ! मादल बजाओ जोर-जोर से। पँचाय[1] का नशा आज नहीं उतरेगा; जब तक पूर्णिमा का चाँद नहीं डूब जाए, घने बादलों में नाचना बन्द नहीं होगा। चाँदनी की तरह प्रियतमा की मुस्कराहट, बाँसुरी-सी मीठी बोली तीर की तरह दिल पर घाव करती है।...मेरे कलेजे पर फूलों से भरा हुआ सिर रख दो

डा डिग्गा, रिं-रिं ता धिन !...

1. संथालों के घर में बनी हुई शराब।

# छत्तीस

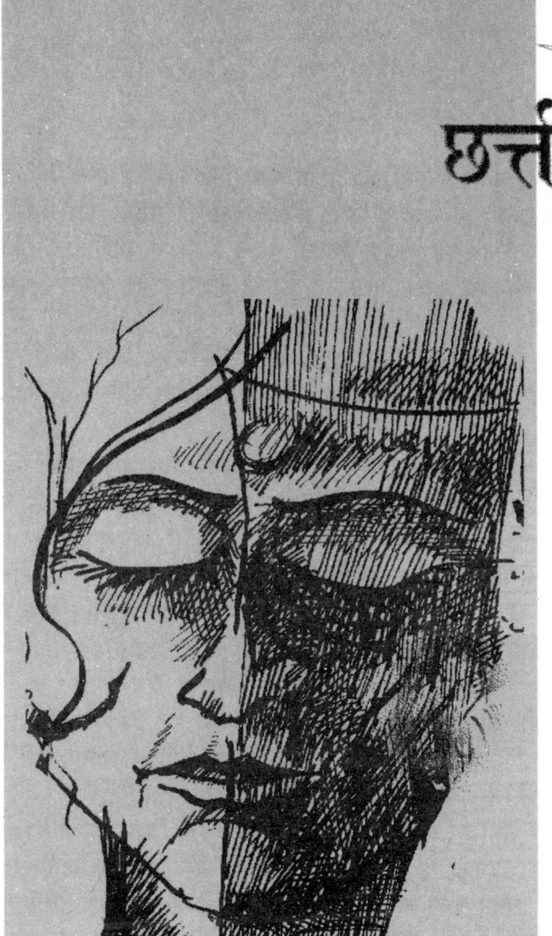

डाक्टर पर यहाँ की मिट्टी का मोह सवार हो गया। उसे लगता है, मानो वह युग-युग से इस धरती को पहचानता है। यह अपनी मिट्टी है। नदी तालाब, पेड़-पौधे, जंगल-मैदान, जीव-जानवर, कीड़े-मकोड़े, सभी में वह एक विशेषता देखता है। बनारस और पटना में भी गुलमुहर की डालियाँ लाल फूलों से लद जाती थीं। नेपाल की तराई में पहाड़ियों पर पलास और अमलतास को भी गले मिलकर फूलते देखा है, लेकिन इन फूलों के रंगों ने उस पर पहली बार जादू डाला है !

गोल्डमोहर–गुलमुहर–कृष्णचूड़ा !...गुलमुहर का कृष्णचूड़ा नाम यहाँ कितना मौजूँ लगता है ! काले कृष्ण के मुकुट में लाल फूल कितने सुन्दर लगते होंगे !

आम से लदे हुए पेड़ों को देखने के पहले उसकी आँखें इंसान के उन टिकोलों पर पड़ती हैं, जिन्हें आमों की गुठलियों के सूखे गूदे की रोटी पर जिन्दा रहना है...और ऐसे

इंसान ? भूखे, अतृप्त इंसानों की आत्मा कभी भ्रष्ट नहीं हो या कभी विद्रोह नहीं करे, ऐसी आशा करनी ही बेवकूफी है।...डाक्टर यहाँ की गरीबी और बेबसी को देखकर आश्चर्यित होता है। वह सन्तोष कितना महान है जिसके सहारे यह वर्ग जी रहा है ? आखिर वह कौन-सा कठोर विधान है, जिसने हजारों-हजार क्षुधितों को अनुशासन में बाँध रखा है ?

...कफ से जकड़े हुए दोनों फेफड़े, ओढ़ने को वस्त्र नहीं, सोने को चटाई नहीं, पुआल भी नहीं ! भीगी हुई धरती पर लेटा न्युमोनिया का रोगी मरता नहीं है, जी जाता है !...कैसे ?

...यहाँ विटामिनों की किस्में, उनके अलग-अलग गुण और आवश्यकता पर लम्बी और चौड़ी फहरिस्त बनाकर बँटवानेवालों की बुद्धि पर तरस खाने से क्या फायदा !...मच्छरों की तस्वीरें, इससे बचने के उपायों को पोस्टरों पर चित्रित करके अथवा मैजिक लालटेन से तस्वीरें दिखाकर मैलेरिया की विभीषिका को रोकनेवाले किस देश के लोग थे ?...यहाँ तो उन मच्छरों की तस्वीरें देखते ही लोग कहते हैं—"पुरैनियाँ जिला को लोग मच्छर के लिए बेकार बदनाम करते हैं, देखिए पच्छिम का मच्छर कितना बड़ा है, एक हाथ लम्बा देह, चार हाथ मूँड़। बाप रे !"

डी.डी.टी. और मसहरी की बात तो बहुत बड़ी हुई, देह में कड़वा तेल लगाना भी स्वर्गीय भोग-विलास में गण्य है।...तेल-फुलेल तो जमींदार लोग लगाते हैं। स्वर्ग की परियाँ तेल-फुलेल लेकर पुण्य करनेवालों की सेवा करती हैं...।

खेतों में फैली हुई काली मिट्टी की संजीवनी इन्हें जिलाए रहती है। शस्य-श्यामला, सुजला-सुफला...इनकी माँ नहीं ? अब तो शायद धरती पर पैर रखने का भी अधिकार नहीं रहेगा। कानून बनने के पहले ही कानून को बेकार करने के तरीके गढ़ लिए जाते हैं। सूई के छेद से हाथी निकाल लेने की बुद्धि ही आज सही बुद्धि है।...और लोग तो बकवास करते हैं, बुद्धि-विभ्रम रोग से पीड़ित हैं। जिसके पास हजारों बीघे जमीन है, वह पाँच बीघे जमीन की भूख से छटपटा रहा है।...बेजमीन आदमी आदमी नहीं, वह तो जानवर है !

डाक्टर ममता को लिखता है—

"तुम जो भाषा बोलती हो, उसे ये नहीं समझ सकते। तुम इनकी भाषा नहीं समझ सकतीं। तुम जो खाती हो, ये नहीं खा सकते। तुम जो पहनती हो, ये नहीं पहन सकते। तुम जैसे सोती हो, बैठती हो, हँसती हो, बोलती हो, ये वैसा कुछ नहीं कर सकते। फिर तुम इन्हें आदमी कैसे कहती हो।"

...वह आदमी का डाक्टर है, जानवर का नहीं।...'टेस्ट ट्यूबों' में आदमी और जानवर के खून अलग-अलग रखे हुए हैं। दोनों के सिरम की अलग-अलग जरूरतें हैं। डाक्टर आदमी के खूनवाले ट्यूब को हाथ में लेकर, जरा और ऊपर उठाकर, गौर से देखता है। वह जानना चाहता है, देखना चाहता है, कि इन इंसानों और जानवरों की रक्तकणिका में कितना विभेद है, कितना सामंजस्य है।...

खून से भरे हुए टेस्ट-ट्यूबों में अब कोई आकर्षण नहीं !...

क्या करेगा वह संजीवनी बूटी खोजकर ? उसे नहीं चाहिए संजीवनी। भूख और बेबसी से छटपटाकर मरने से अच्छा है मैलेग्नेण्ट मैलेरिया से बेहोश होकर मर जाना। तिल-तिलकर घुल-घुलकर मरने के लिए उन्हें जिलाना बहुत बड़ी क्रूरता होगी...सुनते हैं, महात्मा गाँधी ने कष्ट से तड़पते हुए बछड़े को गोली से मारने की सलाह दी थी। वह नए संसार के लिए इंसान को स्वच्छ और सुन्दर बनाना चाहता था। यहाँ इंसान हैं कहाँ ?...अभी पहला काम है, जानवर को इंसान बनाना !

उसने ममता को लिखा है–

"यहाँ की मिट्टी में बिखरे, लाखों-लाख इंसानों की जिन्दगी के सुनहरे सपनों को बटोरकर, अधूरे अरमानों को बटोरकर, यहाँ के प्राणी के जीवकोष में भर देने की कल्पना मैंने की थी। मैंने कल्पना की थी, हजारों स्वस्थ इंसान हिमालय की कंदराओं में, त्रिवेणी के संगम पर, अरुण, तिमुर और सुणकोशी के संगम पर एक विशाल डैम बनाने के लिए पर्वततोड़ परिश्रम कर रहे हैं। लाखों एकड़ बंध्या धरती, कोशी-कवलित, मरी हुई मिट्टी शस्य-श्यामला हो उठेगी। कफन जैसे सफेद बालू-भरे मैदान में धानी रंग की जिन्दगी के बेल लग जाएँगे। मकई के खेतों में घास गढ़ती हुई औरतें बेवजह हँस पड़ेंगी। मोती जैसे सफेद दाँतों की चमक...!"

डाक्टर का रिसर्च पूरा हो गया; एकदम कम्पलीट। वह बड़ा डाक्टर हो गया। डाक्टर ने रोग की जड़ पकड़ ली है...।

गरीबी और जहालत–इस रोग के दो कीटाणु हैं।

एनोफिलीज से भी ज्यादा खतरनाक, सैंडफ्लाई[1] से भी ज्यादा जहरीले हैं यहाँ के...

नहीं। शायद वह कालीचरन की तरह तुलनात्मक उदाहरण दे बैठेगा।...कालीचरन किसानों के बीच भाषण दे रहा था, "ये पूँजीपति और जमींदार, खटमलों और मच्छरों की तरह सोसख हैं।...खटमल ! इसीलिए बहुत-से मारवाड़ियों के नाम के साथ 'मल' लगा हुआ है और जमींदारों के बच्चे मिस्टर कहलाते हैं। मिस्टर...मच्छर !"

दरार-पड़ी दीवार ! यह गिरेगी ! इसे गिरने दो ! यह समाज कब तक टिका रह सकेगा ?

...कविवर हंसकुमार तिवारी की कविता की कुछ पंक्तियाँ याद आती हैं–

*दुनिया फूस बटोर चुकी है,*
*मैं दो चिनगारी दे दूँगा।*

गुलमुहर–आज का फूल ! सारी कुरूपता जल रही है। लाल ! लाल !

...कमल-कमला नदी के गड्ढों में कमल की अधमुँदी कलियाँ अपने कोष में नई जिन्दगी के पराग भरकर खिलना ही चाहती हैं।

---

1. कालाआजार का मच्छर।

"ओ ! तुम ! कमला ! इतनी रात में ?...अकेली आई हो ?"

"डाक्टर !...बोलो। सच बोलो। मैं डेढ़ घंटे से खड़ी देख रही हूँ। तुमको क्या हो गया है ? क्या तुम्हें भी अब डर लगता है ?...सिर चकराता है ? देखो, कान के पास गर्मी-सी मालूम होती है ? दुनिया घूमती-सी मालूम पड़ती है ?...डाक्टर !...डाक्टर !... प्यारू !"

...कमल की भीनी-भीनी खुशबू ! कोमल पंखुड़ियों का कमनीय स्पर्श ! कमला !...ओ ! मैं कमला की गोद में हूँ ? मुझे नींद न लग जाए। मुझे उठकर बैठ जाना चाहिए। मेरी मंजिल।

"कमला, चलो तुम्हें पहुँचा दूँ।"

"लेटे रहो बेटा !"

"ओ ! मौसी ! तुम आ गईं ?"

प्यारू कहता है, "कल सुबह से ही सिरफ चाय पीकर हैं, तो सिर नहीं चक्कर देगा ?"

# सैंतीस

तहसीलदार विश्वनाथप्रसाद के दरवाजे पर पंचायत बैठी है। दोनों तहसीलदार के अगल-बगल में बालदेवजी और कालीचरन जी बैठे हैं। बाभन-राजपूत के साथ में बैठा है यादव—एक ही ऊँचे सफरे[1] पर। अरे ! जीबेसर मोची भी उसी कम्बल पर बैठा है ? बस, अब रास्ते पर आ रहा है। देखो, आज तहसीलदार हरगौरी किस तरह हँस-हँसकर कालीचरन से बात कर रहा है—मानो एक प्याली का दोस्त है। हाँ, तो यादवों को अब जमाहिरलाल भी छत्री मान लिए हैं। कौन क्या बोल सकता है ?...बावनदास कौन जात है ?...कहाँ है बावनदास ? पुरैनियाँ गया है ? आज पंचायत के दिन उसको रहना चाहिए

1. बिछावन, दरी।

था।...अरे भाई बाहरी आदमी फिर बाहरी आदमी है। उसको इस गाँव से कौन जरूरत है ? यहाँ नहीं, वहाँ। लेकिन कालीचरन...बाल... ।...डोमन ठाकुर क्या कहता है, सुनो !

"ठाकुर (नाई) टोले से और रजकटोले से एक-एक आदमी को ऊँचे सफरे पर बैठने के लिए चुन लिया जाए।"

"ओ ! आओ डोमन भाई ! अपने टोले से किसको पंच चुनते हो ? बोलो ! तुम्हीं आओ ! और रजकटोले से तो प्यारेलाल है ही। आओ प्यारे !" कालीचरन प्यारे को अपने ही पास बिठलाता है।

"तो बात यह है कि," तहसीलदार विश्वनाथप्रसादजी सुपारी कतरते हुए कहते हैं, "जमाना बहुत खराब आ रहा है। जो लोग अखबार-गजट पढ़ते हैं, वही जानते हैं कि कितना खराब जमाना आ रहा है।...बंगाल की तरह अकाल फैलेगा। बंगाल के अकाल के बारे में नहीं जानते ?...अरे, चरवाहा सब गाता है, सुने नहीं हो—

*बड़ जुलुम कइलक अकलवा रे*
*बंगाल मुलुकवा में।*
*चार करोड़ आदमी मरल...*

"...पूछो कालीचरन से, बालदेव भी कहेगा कि बंगाल के अकाल जैसा अकाल कभी पड़ा ?...उम्र ज्यादा होने से क्या हुआ ? जो लोग अखबार नहीं पढ़ते हैं, वे दुनिया की बातों से वाकिफ कैसे हो सकते हैं ? मैं ही पहले से यदि कर-कचहरी, कटिहार-पूर्णिया नहीं जाता तो कूपमण्डू रहता। कुएँ का बेंग !...देखो, सरकार सभी धानवालों से धान वसूल रही है। क्यों ? सरकार को पूरा डर है कि अकाल फैलेगा। इसलिए अपने हाथ में बर-बखत के लिए पूरी स्टोक रखना जरूरी है। अरे, तुमको तो तीन आदमी की फिक्र करनी पड़ती है तो साल-भर बाप-बाप चिल्लाते हो, कभी इन्द्र भगवान से पानी माँगते हो, सूरज भगवान से धूप उगाने के लिए कहते हो, नौकरी करते हो, कर्ज लेते हो ! और जिसको समूचा भारथवरश-हिन्दुस्थान की फिक्र करनी पड़ती है, उसकी क्या हालत होती होगी ? अभी तुरत ही तो सभी लीडर जेहल से निकले हैं; तुरत मिनिस्टरी लिया है। यदि अकाल पड़ गया तो जो सुराज मिलनेवाला है, वही नहीं मिलेगा। यदि मिलेगा भी तो उसकी सारी ताकत तो लोगों को खिलाने में ही लग जाएगी। इसलिए हम लोगों को धरती से ज्यादा अन्न उपजाना चाहिए।...अभी मान लो कि कर-कचहरी, फर-फौजदारी करके तुम खेत पर दफा 144 लगा देते हो, फिर 145 होगा, इससे जमीन में धान तो रोपा नहीं जाएगा ! खेत परती रहेगा और अन्न होगा नहीं। इसके बाद मालिक लोगों से ही यदि धान माँगोगे तो कहाँ से देंगे मालिक लोग ? अपने खर्च के लायक धान मालिकों के पास होगा नहीं और सरकार वसूल करेगी लाठी के हाथ से, कानून से। बड़े मालिकों के बखारों में भी चमगादड़ झूलेंगे।...तो हमारा यही कहना है कि सभी भाई आपस में विचारकर, मिलकर देखो कि किस काम में भलाई है !"

...अरे ! तो यह पंचायत सिरफ बेजमीनवालों को ही सीख देने के लिए बैठाई गई है !...चुप रहो ! तहसीलदार जो कह रहे हैं, नहीं समझ रहे हो। पक्की बात कहते हैं

तहसीलदार !...काबिल आदमी हैं। अरे, आज ही यह कालीचरन और बालदेव आया है न ! पहले तो हम लोगों के आँख-कान यही थे। इन्हीं के यहाँ बैठकर गजट में सुना था कि नेताजी सिंघापूर में पुसूप विमान पर आ गए हैं।...तहसीलदार ठीक कहते हैं।

"तहसीलदारबाबू ? माए-बाप,...आप ठीक ही कहते हैं। अब आप ही कोई रास्ता बताइए।"

"हाँ, हाँ, तहसीलदार काका, आप ही जो कहिए।"

"ठीक है !...क्या कालीचरन जी ?" तहसीलदार हरगौरी हँसकर पूछता है।

"कालीचरन को 'जी' कहते हैं हरगौरीबाबू भी !"

"ठीक है। ठीक है। तहसीलदार साहब ठीक कहते हैं।"

"...तो भाई, हम तो हिन्दुस्थान, भारथवरश की बात नहीं जानते। हम अपने गाँव की बात जानते हैं। आप भला तो जग भला। हम तो इसी में गाँव का कल्याण देखते हैं कि सभी भाई, क्या गरीब क्या अमीर, सब भाई मिलकर एकता से रहें। न कोई जमीन छुड़ावे और न कोई गलत दावा करे। जैसे पहले जोतते-आबादते थे, आबाद करें, बाँट दें। न रसीद माँगें, न नकदी के लिए दर्खास्त दें।...दोनों को समझना होगा।...क्यों हरगौरीबाबू ! सुनते हो तो ? अपने मैनेजर से जाकर कह देना कि हुजूर अब भी होश करें। यदि इस तरह रैयतों के साथ दुश्मनी करेंगे, कम-से-कम हमारे यहाँ के रैयतों से, तो फिर बात बिगड़ जाएगी।...सभी बात तो हमारे ही हाथ में है। हम अभी गवाही दे दें, कि हाँ हुजूरआली, यह सब फर्जी काम हमसे करवाया गया है, और कल कागज-पत्तर, चिट्ठी-चपाती, रुक्का-परवाना दिखला दें तो बस खोप सहित कबूतराय नमः...।"

हँ-हँ, हो-हो !...पंचायत के सभी लोग मुक्त अट्टहास कर बैठते हैं।

"अरे तो, किस खानदान का तहसीलदार है, यह भी तो देखना चाहिए ?" सिंघ जी हँसते हुए कहते हैं।

"महारानी चम्पावती..."

हो-हो-हो-हो...हँसी का दूसरा वेग, सैकड़ों सरलहृदय इंसानों को गुदगुदी लगाती है।

"अच्छा ! अच्छा ! अब काम की बात हो।...सुनो कालीचरन बेटा ! लीडर बने हो तो बड़ा अच्छा काम है। बाबू-गाँव का नाम तो इसी में है। कोई सोशलिस्ट का लीडर है, तो कोई काँगरेस का, तो कोई काली टोपी का। लेकिन देख लो भैया, हम गाँव के सभी लौंडों के अकेले मालिक हैं। यदि गाँव में इधर-उधर कुछ किए तो पीठ की चमड़ी भी उधेड़ लें।...खेलावन ! जोतखी जी ! आप ही लोग कहिए, जो लौंडे हमको कहते हैं काका, मामा, भैया, फूफा, उन लड़कों की गलती पर यदि हम कान पकड़कर मल दें या दो कड़ी बात कह दें तो हमको कोई दोख देगा ?"

"नहीं, नहीं। आप वाजिब बात कहते हैं।"

"हम गाँव से बाहर थोड़े ही हैं, लेकिन एक बात हम भी पहले ही कह देते हैं। अभी आप जैसा करने के लिए कहते हैं, हम लोग करें। बाद में फिर हमारी गर्दन पर छुरी चले तब ?" कालीचरन कहता है।

"इसका जिम्मा हम लेते हैं। अरे, हमने कहा न कि सभी खेला मेरे हाथ में है।"

"तो ठीक है। हम गाँव से बाहर थोड़े हैं।"

"ठीक बात ! ठीक बात !"

"लेकिन सभी भाई सुन लीजिए। यदि गाँव के बाहर का कोई बाहरी हम पर हमला करे तो इसका मुकाबला सभी को मिलकर करना होगा। हाँ, यदि बाहरवाले इस गाँव के जमीनवालों पर हमला करें तो सबों को सहायता करनी होगी।...गाँव की जमीन गाँव में रहेगी। बाहरवाले क्यों लेंगे समझे ?"

"हाँ-हाँ, ठीक है। ठीक है। बहुत रात हो गई। आसमान में बादल उमड़ आए हैं। बरसा होगी।...दुहाई इन्द्र महाराज ! बरसो, बरसो !"

हर साल बरसात के मौसम में यही होता है। भगवान के हाथ की बात इंसान क्या जाने ! इन्द्र भगवान से प्रार्थना की जाती है—बरसाओ ! हे इन्द्र महाराज !...जरा भी आसमान के किसी कोने में काले बादलों का जमाव हुआ, बिजली चमकी, कि 'बरसो', 'बरसो' की पुकार घर-घर से सुनाई पड़ती है। जमीनवालों, बेजमीनों, सबों की रोटी का प्रश्न है। और यदि लगातार पाँच दिन तक घनघोर बरसा हुई और खेतों के आल डूबे कि '...जरा एक सप्ताह सबुर करो महाराज !'

इन्द्र महाराज की खुशी ! यदि उनका मिजाज अच्छा रहा तो प्रार्थना पर विचारकर एक सप्ताह सब्र कर गए। मौके से बरसा होती गई, धूप भी उगती रही तो फिर धान रखने की जगह नहीं मिलेगी। 'मूसिन पूछे मूस से कहाँ के रखबऽधान'[1]।...तहसीलदार विश्वनाथप्रसाद के पास डाक-वचनामृत, भविष्यफल और खान-बचन है। पंजिका से हिसाब निकालकर बता देंगे कि यह पक्ष सूखेगा या झरेगा।...नक्षत्रों की गणना में यदि स्त्री-स्त्री का संयोग हुआ तो शून्य, यदि पुरुष-पुरुष संयोग निकला तो शून्य। एक बूँद भी बरसा नहीं होगी, चिल्लाने से क्या होगा ?...

...ततमाटोला, पासवानटोला, धानुक-कुर्मीटोला तथा कोयरीटोला की औरतें हर साल ऐसे समय में इन्द्र महाराज को रिझाने के लिए, बादल को सरसाने के लिए, 'जाट-जट्टिन' खेलती हैं।

आज भी 'जाट-जट्टिन' का आयोजन है। कल तो पिछयारीटोले की औरतों ने किया था। बादल का एक टुकड़ा थोड़ी देर के लिए आकर चाँद को ढँक गया था। आज पुरनिमाँ है। कल से यदि बरखा नहीं हुई तो सारा पख सूखा रहेगा।...ततमाटोली की औरतों ने बाबूटोला की औरतों को निमन्त्रण दिया है—"एक साथ सब मिलकर जाट-जट्टिन खेलें, जरूर बरखा होगी।"

गुआरटोली और कायस्तटोली के बीच में जो पन्द्रह रस्सी मैदान खाली है, उसी

1. घाघ की एक सूक्ति।

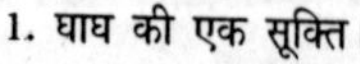
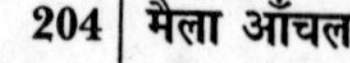

में औरतें जमा हुई हैं।

...जाट के पास हजारों-हजार भैंसे हैं। वह उन्हें चराने के लिए कोशी के किनारे जाता है। जट्टिन घर में रहती है; दूध, घी और दही की बिक्री करती है, हिसाब रखती है।...सास या पति से झगड़कर, रूठकर जट्टिन नैहर चली गई। जाट उसे ढूँढ़ने जा रहा है। जट्टिन बड़ी सुन्दरी थी, उसकी सुन्दरता की चारों ओर चर्चा होती थी।

*सुनरी हमर जटिनियाँ हो बाबूजी,*
*पातरि बाँस के छौंकिनियाँ हो बाबूजी,*
*गोरी हमर जटिनियाँ हो बाबूजी,*
*चाननी रात के इँजोरिया हो बाबूजी !*
*नान्हीं-नान्हीं दँतवा, पातर ठोरवा...*
*छटके जैसन बिजलिया... ।*

इसलिए जाट को गाँव के हरेक मालिक, नायक या मंड़ल पर सन्देह।...जट्टिन नैहर नहीं जा सकेगी, किसी ने जरूर उसे अपने घर में रख लिया होगा।...रास्ते में कितने गाँव हैं, कितनी नदियाँ हैं, कितने घाट हैं और घटवार हैं। वह रास्ते के हर गाँव के मालिक मड़र[1], और नायक के यहाँ जाता है :

*नायक जी हो नायक हो,*
*खोले देहो किवड़िया हो नायक जी,*
*ढूँढ़े देहो जटिनियाँ हो नायक जी...*

जट्टिन बनी है रमपियरिया, और जाट बनी है कोयरीटोला की मखनी। मखनी ठीक मर्दों-जैसी लगती है।

'जाट-जट्टिन' अभिनय के साथ और भी सामयिक अभिनय तथा व्यंग नाट्य बीच-बीच में होते हैं।...फुलिया बनी है डाक्टर। उसने कमल के फल की डंडी को किस तरह जोड़-जोड़कर डाक्टर के गले में झूलनेवाला आला बनाया है। सनिचरा का नया पैजामा माँग लाई है और बिहुला नाचवालों के यहाँ से साहबी टोपा और कोट माँग लाई है।

"ए मैन ! इदार आता हाए। बोलो क्या होता हाए !"

"हुजूर ! थोड़ा सिर दुखता है, थोड़ा आँख भी दुखता है, थोड़ा कान भी दरद करता है और कलेजा भी धुक-धुक करता है। सर्दी भी होता है, गर्मी भी लगता है। भूख नहीं लगता है और जब भूख लगता है तो खाना नहीं मिलता है।"...रोगी बनी है धानुकटोले की सुरती ! खूब बात जोड़ती है...हा-हँ-हँ-हँ-हँ !...

"अरे बाप रे बाप ! ऐसा बेमारी तो कभी नाहीं देखा। तुम्मारा नेबज देके ! (देखकर) उँहू ! तुम नेही बचेगा। तुमारा बेमारी को कीड़ा हो गया।...जकसैन लगेगा।"

दूसरी रोगिनी आती है–कुर्मीटोले की तराबत्ती।

"ऐ औरत ! तुमको क्या हुआ ?"

---

1. मंडल प्रमुख, मालिक।

"हमरा दिल दकदक करता है।"

"अरे बाप ! यहाँ तो सबों का दिल धकधक करता हाए। अमारा भी दिल धकधक करने लगा !"

डाक्टर और रोगिनी दोनों डरते हुए एक-दूसरे को बाँहों में पकड़ लेती हैं–दिल धकधक दिल दकदक !

...औरतों की मंडली हँसते-हँसते लोटपोट हो जाती है। बूढ़ियों की खाँसी उभर आती है। हो-हो-हो, खों-खों, अक्खों !...खूब किया !

मर्दों को 'जाट-जट्टिन' देखने का एकदम हक नहीं है। यदि यह मालूम हो गया कि किसी ने छिपकर भी देखा है तो दूसरे ही दिन पंचायत में चली जाएगी बात !... जिसकी मूँछें नहीं उगी हैं, वह देख सकता है।

अन्त में औरतें मिलकर हल जोतती हैं। हल और बैल किसी का ले आती हैं और जोतते समय गाँव के बड़े-बड़े किसानों को गाली देती हैं–"अरे बिस्नाथ तहसीलदरवा ! जल्दी पानी ला रे ! पियास से मर रहे हैं रे !"

"अरे ! सिंघवा सिपैहिया रे ! पानी लाओ रे !"

"अरे रमखैलोना रे !...पानी ला रे !"

...इस गाली को कोई बुरा नहीं मानते। बल्कि किसी बड़े किसान का नाम छूट जाए तो उसे तकलीफ होती है।...बहुत दुख होता है।

इस बार डाक्टर को भी गाली दी जाती है–"अरे डकटरवा रे !...अरे परसन्तो रे, जल्दी से बोतल में पानी लेके आ रे !..."

हो-हो-हा-हा...

आसमान में काले बादल घुमड़ रहे हैं।...बिजली भी चमक रही है।

# अड़तीस

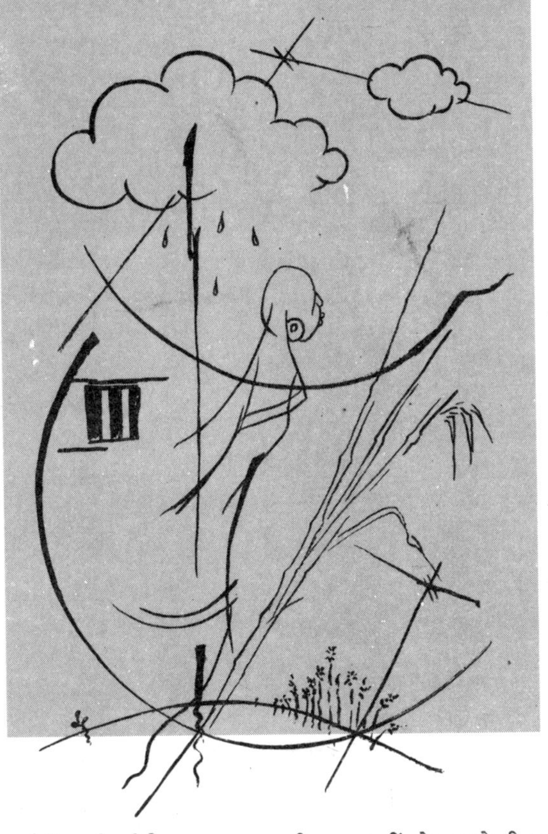

दो दिन से बदली छाई हुई है। आसमान कभी साफ नहीं होता। दो-तीन घंटों के लिए बरसा रुकी, बूँदा-बाँदी हुई, फिर फुहिया। एक छोटा-सा सफेद बादल का टुकड़ा भी यदि नीचे की ओर आ गया तो हरहराकर बरसा होने लगती है। आसाढ़ के बादल... !

रात में मेंढकों की टरटराहट के साथ असंख्य कीट-पतंगों की आवाज शून्य में एक अटूट रागिनी बजा रही है–टर्र ! मेंक् टर्रर्र...मेंकू !...झि-झि-चि...किर-किर्र...सि, किटिर-किटिर ! झि...टर्र...।

कोठारिन लछमी दासिन को नींद नहीं आ रही है; चित्त बड़ा चंचल है। रह-रहकर ऐसा लगता है कि उसके शरीर पर कोई पतंगा घुरघुरा रहा है। वह रह-रहकर उठती है, बिछावन झाड़ती है, कपड़े झाड़ती है। लेकिन वही सरसराहट...। वह लालटेन की रोशनी तेज कर बीजक लेकर बैठ जाती है–

*जाना नहिं बूझा नहिं*
*समुझि किया नहीं गौन !*
*अन्धे को अन्धा मिला*
*राह बतावे कौन ?*

कौन राह बतावे ? नहीं, उसने बालदेव जी को जाना है, अच्छी तरह पहचाना है।...महंथ सेवादास जी कहते थे–'लछमी ! बालदेव साधु पुरुष है।'...लेकिन बालदेव जी तो इतने लाजुक हैं कि कभी एकान्त में बात करना चाहो तो थर-थर काँपने लगें; चेहरा लाल हो जाए। लाज से या डर से ?...लेकिन बिरहबाण से घायल लछमी का मन सिसक-सिसककर रह जाता है।

*बिरह बाण जिहि लागिया*
*ओषध लगै न ताहि।*
*सुसकि-सुसकि मरि-मरि जिवैं,*
*उठे कराहि कराहि !*

किन्तु बालदेव जी को क्या पता !...लछमी क्या करे ?

...टर्र-र-मेंक्, मेंक्, झी...ई...टिंक-टिंक–झी रिं !...

नहीं। लछमी अब नहीं सह सकेगी। वह बालदेव जी के पास जाएगी। मसहरी नहीं है बालदेव जी को ! मच्छर काटता होगा।...नहीं। वह नहीं जाएगी। वह क्यों जाएगी ?...

*पानी प्यावत क्या फिरो*
*घर-घर सायर बारि,*
*तृषावंत जो होयगा,*
*पीवेगा झख मारि !...*

रामदास–महंथ रामदास अब लछमी से बहुत कम बोलते हैं। वे नाम के महंथ हैं। वे कुछ नहीं जानते, कुछ नहीं समझते। उन्हें कुछ भी नहीं मालूम। कितनी आमदनी और कितना खर्च होता है–उनको क्या पता ? बीस से ज्यादा तो गिनना नहीं जानते। कोड़ी का हिसाब जानते हैं।...रामदास जी समझ गए हैं कि यदि लछमी मठ को एक दिन के लिए भी छोड़ दे तो रामदास के लिए यहाँ टिका रहना मुश्किल होगा। लछमी जादू-मन्तर जानती है। क्या कागज-पत्तर, क्या खेती-बारी और क्या हाकिम-महाजन, सभी में वह अव्वल है। महंथ रामदास जी समझ गए हैं कि यदि इज्जत के साथ बैठकर दूध-मलाई भोग करना हो तो लछमी को जरा भी अप्रसन्न नहीं किया जाए।...तन का ताप मन को चंचल तो करता है, लेकिन क्या किया जाए !...यदि एक दासिन रखने का हुकुम लछमी दे दे तो... !

गड़गड़ाम...गड़गड़...बादल घुमड़ा। बिजली चमकी और हरहराकर बरसा होने लगी।

हाँ, अब कल से धनरोपनी शुरू होगी।...जै इन्दर महाराज, बरसो, बरसो !...लेकिन बीचड़[1] के लिए धान कहाँ से मिलेगा ? आज तो पंचायत में सभी बड़े मालिक लोग बड़ी-बड़ी बात बोलते थे, कल ही देखना कैसी बात करते हैं... 'अपने खर्चा के जोग ही धान नहीं है', 'बीहन नहीं है' अथवा 'पहले हमको बोने दो।'

गड़गड़ाम...गुडुम !

"बीहन का धान मालिकों को देना होगा। हमेशा देते आए हैं, इस बार क्यों नहीं देंगे ?" कालीचरन आफिस में सोए, अधसोए और लेटे लोगों से कहता है, "और बार दूना लेते थे, बीहन का दूना, इस बार सो सब नहीं चलेगा। यदि तहसीलदार मामा ने ऐसा प्रबन्ध नहीं किया तो फिर...संघर्ख।"

बिजली चमकती है। बादल झूम-झूमकर बरस रहे हैं।

मंगला अब कालीचरन के आँगन में रहती है। कालीचरन की माँ अन्धी है। कालीचरन की एक बेवा अधेड़ फूफू है। मंगला की मीठी बोली सुनकर कालीचरन की माँ की आँखें सजल हो उठती हैं और फूफू की आँखें लाल ! जब-जब बिजली चमकती है, पछवारिया घर के ओसारे पर सोई फूफू पुअरिया घर की ओर देखती है। आदमी की छाया ? नहीं। बाँस है।...पुअरिया घर में सोई मंगला भी जगी है। बादलों के गरजने और बिजली के चमकने से उसे बड़ा डर लगता है। बचपन से ही वह बादल, बिजली और आँधी से डरती है। और यहाँ की बरसा तो..। फिर, बिजली चमकी। "कौन... !" मंगला फुसफुसाकर पूछती है—"कौन ?"

भीगे हुए पैरों के छाप बिजली की चमक में स्पष्ट दिखाई देते हैं।

सोनाये यादव अपनी झोंपड़ी में बारहमासा की तान छेड़ देता है :

*एहि प्रीति कारन सेत बाँधल,*
*सिया उदेस सिरी राम हे।*
*सावन हे सखी, सबद सुहावन,*
*रिमिझिमि बरसत मेघ हे !...*

रिमिझिमि बरसत मेघ !...कमली को डाक्टर की याद आ रही है। कहीं खिड़कियाँ खुली न हों। खिड़की के पास ही डाक्टर सोता है। बिछावन भींग गया होगा। कल से बुखार है। सर्दी लग गई है।...न जाने डाक्टर को क्या हो गया है ?...कहीं मौसी सचमुच में डायन तो नहीं ? डाक्टर को बादल बड़े अच्छे लगते हैं। कल कह रहा था—'मैं वर्षा में दौड़-दौड़कर नहाना चाहता हूँ।'

छररर ! छररर !...बादल मानो धरती पर उतरकर दौड़ रहे हैं। छहर...छहर... छहर !

बिरसा माँझी अब लेटा नहीं रह सकता।...परसों गाँववालों ने मिटिन किया

1. बीहन (बीज) धान। धान का छोटा पौधा।

और बालदेव भी !...संथाल बाहरी लोग हैं।

तहसीलदार हरगौरी का सिपाही आज जमीन सब देख रहा था–अखता भदै धान पक गया है। काटेंगे क्या ! किस खेत में कौन धान धोएँगे ? तो क्या सचमुच में संथालों की जमीन छुड़ा लेंगे तहसीलदार ? जमींदारी पर्था खतम हुई, लेकिन तहसीलदार जमीन से बेदखल कर रहा है।...बात समझ में नहीं आ रही है।...क्या होगा ? कल ही देखना है। जमीन पर हल लेकर आवेगा तहसीलदार, भदै धान काटने आवेगा, तब देखा जाएगा। पहले से क्या सोच-फिकर ?...वह अब लेटा नहीं रह सकता।...लेटे-ही-लेटे मादल पर वह हाथ फेरता है–रिं-रिं-ता-धिन-ता।

गुड़गुडुम...गुडुम...गुडुम !

बिजलियाँ चमकती हैं !

कल बीचड़ मिलेगा या नहीं ?...बालदेव जी को मच्छर क्यों नहीं काटता है, कालीचरन की फूफी सोती क्यों नहीं, और डाक्टर की खिड़की बन्द है या खुली, इसका जवाब तो कल मिलेगा। अभी जो यह सोनाय यादव बारहमासा अलाप रहा है, इसको क्या कहा जाए ?...गाँव-घर में गाने की चीज नहीं बारहमासा। अजीब है यह सोनाय भी। कुमर बिजैभान या लोरिक नहीं, बारहमासा ! खेत में रोपनी करते समय गानेवाला गीत बारहमासा ! धान के खेतों में पाँवों की छप-छप आवाज के साथ वह गीत इतना मनोहर लगता है कि आदमी सबकुछ भूल जाए।...यह संथालटोली में माँदर क्यों बजा रहा है, बेवजह, और जब यह सोनाय बारहमासा गा ही रहा है तो चार कड़ी सुनने दो बाबा ! बेताल का ताल बजा रहे हो ! बरसा की छपछपाहट और बादलों की घुमड़न में माँदर की आवाज स्पष्ट नहीं सुनाई पड़ती है, गनीमत है। ओ ! सोनाय ने अब झूमर बारहमासा शुरू किया है–

*अरे फागून मास रे गवना मोरा होइत*
*कि पहिरू बसन्ती रंग हे,*
*बाट चलैत-आ केशिया सँभारि बान्हू,*
*अँचरा हे पवन झरे हे ए ए ए !*

डाक्टर अब गाँव की भाषा समझता ही नहीं, बोलता भी है। ग्राम्य गीतों को सुनकर वह केस-हिस्ट्री लिखना भी भूल जाता है। गीतों का अर्थ शायद वह ज्यादा समझता है। सोनाय से भी ज्यादा ?...अँचरा हे पवन झरे हे !...आँचल उड़ि-उड़ि जाए !

...गाँव के और लोग कहेंगे कि रात में रह-रहकर वर्षा होती थी। आधा घंटा बन्द, फिर झर-झर ! लेकिन डाक्टर कहेगा, सारी रात बरसा होती रही, कभी बूँद रुकी नहीं। विशाल बड़ के तले, 'करकट टीन' के छप्परवाले घर पर जो बूँदें पड़ती थीं ! कोठी के बाग में झरझराहट कभी बन्द नहीं हुई !...

तो सुबह हो गई।...सोनाय अब खेत में गीत गा रहा है। सोनाय अकेला नहीं है, सैकड़ों कंठों में एक-एक विरहिन मैथिली बैठी हुई कूक रही है–

*आम जे कटहल, तूत जे बड़हल*

*नेबुआ अधिक सूरेब !*
*मास असाढ़ हो रामा ! पंथ जनि चढ़िहऽ,*
*दूरहि से गरजत मेघ रे मोर !*

बाग में आम-कटहल, तूत और बड़हल के अलावा कागजी नीबू की डाली भी झुकी हुई है और दूर से मेघ भी गरजकर कह रहा है—आ पन्थी ! अभी राह मत चलना !...लोग दूर के साथी को अपने पास बुलाते हैं, बिरह में तड़पते हैं, मेघों के द्वारा सन्देश भेजते हैं और घर आया हुआ परदेशी बाहर लौट जाना चाहता है ? नहीं, नहीं !...बिजली की हर चमक पर मैं चौंक-चौंककर रह जाऊँगी। बादल जब गरजते हैं तो कलेजे की धड़कन बढ़ जाती है।

*अऽरे मास आ सा ढ़ हे ! गरजे घन*
*बिजूरी-ई चमके सखि हे ए ए !*
*मोहे तजी कन्ता जाए पर-देसा आ...आ*
*कि उमड़ू कमला माई हे !*
*...हँऽरे ! हँऽरे...*

कमला में बाढ़ आ जाए तो कन्त रुक जाएँ। इसलिए कमला नदी को उमड़ने के लिए आमन्त्रित किया जाता है।...जिनके कन्त परदेश से लौट आए हैं, उनकी खुशी का क्या पूछना ! झुलनी रागिनी उन्हीं सौभाग्यवतियों के हृदय के मिलनोच्छ्वास से झूम रही है खेतों में !

*मास असाढ़ चढ़ल बरसाती*
*घर-घर सखी सब झूलनी लगाती*
*झूली गावे,*
*झूली गावति मंगलबानी*
*सावन सखि अलि हे मस्त जवानी...*
*देखो, देखो !*
*देखो, देखो सखि री बृजबाला*
*कहाँ गए जशोधाकुमार, नन्दलाला*
*...देखो, देखो।*

घर का कन्त कहीं गाँव में ही राह न भूल जाए !...देखो, देखो, कहाँ गए ? किसी की झूलनी पर झूल तो नहीं रहे ?

"चाय !"

"कौन ? कमला !" डाक्टर अकचका जाता है।

"हाँ, चमकते हो क्यों ? तुमको भी सूई का डर लगता है ! यह मीठी दवा नहीं, मीठी चाय है डाक्टर साहब ! जब चाय पीकर ही जीना है तो आँख खुलते ही गर्म चाय

की प्याली सामने रखने की जरूरत है।'' कमला पास की कुर्सी पर बैठकर चाय बनाती है। प्यारू खड़ा-खड़ा मुस्करा रहा है।...प्यारू को इतना खुश बहुत कम बार देखा गया है।...'अब समझें ! यह प्यारू नहीं कि हर बात में 'नहीं' कर टाल दिया।...चाय बनावें ? तो नहीं। अंडा बनावें ? तो नहीं। खाना परोसें ? तो नहीं।...अब समझें !'

# उनतालीस

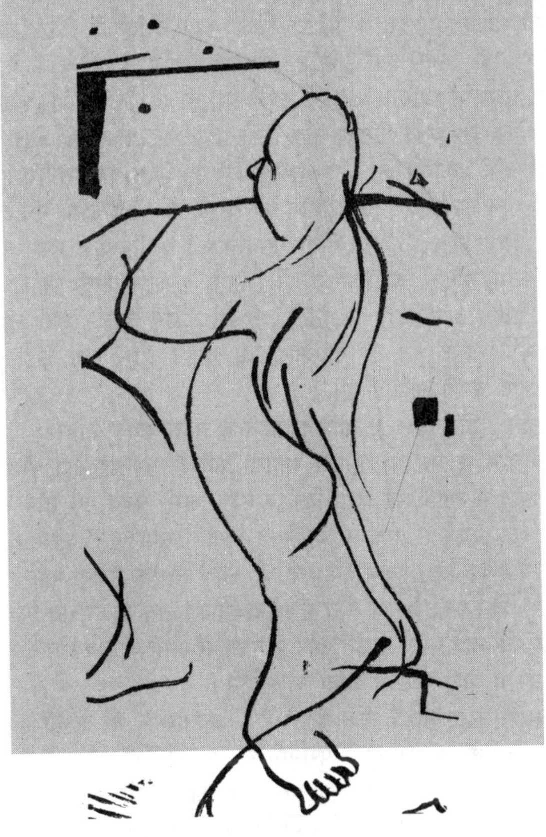

संथाल लोग गाँव के नहीं, बाहरी आदमी हैं ?

"...जरा विचार कर देखो। यह तन्त्रिमा का सरदार है...अच्छा, तुम्हीं बताओ जगरू, तुम लोग कौन ततमा हो ? मगहिया हो न ? अच्छा कहो, तुम्हारे दादा ही पच्छिम से आए और तुम्हारी बेटी तिरहुतिया तन्त्रिमा के यहाँ ब्याही गई है। मगहिया चाल-चलन भूल गए। अब तिरहुतिया और मगहिया एक हो गए हो। लेकिन संथालों में भी कमार हैं, माँझी हैं। वे लोग अपने को यहाँ के कमार और माँझी में कभी खपा सके ? नहीं। वे तो हमेशा हम लोगों को ही छोटा कहते हैं। गाँव से बाहर रहते हैं।...कहो तो गाने किसी संथाल को, बिदेशिया का गाना या एक कड़ी चैती ! कभी नहीं गावेगा। इसका दारू हरगिज नहीं पिएगा। जब पिएगा तो 'पँचाय' ही। समझो ! सोचो !" तहसीलदार साहब दरवाजे पर बैठे हुए बीहन लेनेवालों से कहते हैं।...डेढ़ सौ से ज्यादा लोग हैं।

कालीचरन जी भी हैं, बासुदेव जी और बालदेव जी भी हैं।

तहसीलदार साहेब एकदम ठीक कह रहे हैं।...नहीं भाई, जो भी हो तहसीलदार साहेब ही एक आदमी हैं जो कि गाँव की भलाई-बुराई की बात समझते हैं...ठीक कहते हैं तहसीलदार साहेब। एकदम से 'फाटक खोल' हुकुम दे दिए हैं, "कोई बात नहीं। इस बार तुम लोगों को सन्देह क्यों हुआ ? अधियादार लोग ही बीहन के वाजिब हकदार हैं। और जो लोग मेरे अधिया नहीं हैं, उन्हीं से पूछो कि किसी साल हमने लौटाया है किसी को ? तब यह है कि पिछले-साल जैसी उपज हुई थी सो तो देखा ही हुआ है। तिस पर पेडीलाभी[1] कानून का देना अभी बाकी है। बहुत कोशिश-पैरवी करके किसी तरह एक सौ मन कराया है। हरगौरीबाबू की किरपा से तो पाँच सौ मन लग गया था। इनसे शायद दरोगा साहेब ने पूछा और उन्होंने बता दिया कि पाँच हजार मन धान होता है। वह तो थाना काँग्रेस के सिकरेटरी ने कितनी कोशिश करके इसको एक सौ मन बनाया है।"...कल हरगौरीबाबू से पूछ रहे थे कि कहिए बाबू हरगौरी जी ! यदि पाँच सौ मन धान अभी दे देते तो गाँववालों को बीहन और खर्चा कहाँ से मिलता ? तहसीलदार होने से ही नहीं होता।...

ठीक बात ! ठीक बात !...वाजिब कहते हैं तहसीलदार साहेब।

...कालीचरन के मन में बहुत-से सवाल आते हैं, पर वह नहीं पूछेगा। उस दिन सिकरेटरी साहेब ने साफ कह दिया कि 'कामरेड, अभी संघर्ष मत छोड़ो। सबसे पहले अभी किसी एक इलाके में, एक एरिया लेकर इसको इसपारमिन[2] करेंगे, तब इसके बाद और इलाके में इसके लिए हुकुम देंगे। सो भी संघर्ष से एक महीना पहले दरखास्त लेना होगा लोगों से, फिर इनकुआएरी, फिर ऐजुकूटी मिटिंग, तब जाकर राय मिलेगी कि संघर्ष करना चाहिए कि नहीं। मेल-माफत और पंचायत से अभी जो काम चले, चलाइए। कुछ दिनों के बाद तो पार्टी एकदम धावा बोल देगी।

"हाँ, तहसीलदार साहेब ठीक कहते हैं।" कालीचरन भी कहता है। बालदेव जी भी कहते हैं।...बौनदास कहाँ है ? पुरैनियाँ से लौटकर नहीं आया है।

हरगौरीबाबू भी अच्छी तरह समझ गए हैं कि काली टोपीवाले नौजवानों की लाठियों से ज्यादा खतरनाक हथियार है–कानूनी नुक्स ! तहसीलदार विश्वनाथप्रसाद इसके माहिर हैं। उनसे अभी बैर लेना ठीक नहीं।

सिंघ जी को हरगौरी की तहसीलदारी पर पूरा भरोसा था, काली टोपीवाले संयोजक जी पर पूरा विश्वास था...लेकिन तहसीलदार विश्वनाथ ने तो कानून की ऐसी लकड़ी लगाई है कि भूमिहार भी मात ! राजपूत का बल्लम-बर्छा उसके आगे क्या करेगा...? ऊपर से कितना हँसमुख और कितना मीठबोलिया है तहसीलदार बिसनाथ, लेकिन पेट में जिलेबी का चक्कर है। राज का नया सरकिल मैनेजर दाँतों तले उँगली दबाता है। ऐसा कानूनची आदमी !...कहा, इस्तीफा दे दो। इसीलिए तड़ाक् से दे दिया। काँगरेसी

1. पैड़ी लेवी कानून, 2. एक्सपेरिमेंट।

का लीडर हो गया। हद है ! इससे पार पाना मुश्किल है !

हरगौरी ने सिंघ जी के नाम संथालटोली की पच्चीस एकड़ जमीन बेनामी करवाई है, जिसमें से दो एकड़ सिंघ जी को मिलेगी।...

खेलावन ने भी पाँच बीघा संथालटोली की बन्दोबस्त ली है।

बेतार का खबर सुमरितदास कोयरीटोलावालों से कहता है, "यदि हरगौरी तहसीलदार ने तहसीलदार बिसनाथपरसाद के नाम दो सौ बीघे और मेरे नाम से पचास बीघे की लिखा-पढ़ी नहीं की तो फिर देख लेना ! हाँ कायस्त है, खेल नहीं।"

सुमरितदास बेतार अब फिर तहसीलदार विश्वनाथप्रसाद के साथ है। अब तो जैसे हरगौरी तहसीलदार, वैसे विश्वनाथ तहसीलदार। लेकिन शर्त यही है...।

संथालों को सब मालूम है।

अभी बालदेव जी, बावनदास जी और कालीचरन जी सब एक हो गए। संथाल लोग अच्छी तरह जानते हैं, कोई साथ देनेवाला नहीं। धरमपुर में देखा नहीं ? ऐसा ही हुआ। इसीलिए बड़े-बूढ़े ठीक कह गए हैं–यहाँ के लोगों का विश्वास मत करना। जब जिससे जो फायदा हो ले लेना, मगर किसी के साथ मत होना। संथाल संथाल है और दिक्कू दिक्कू[1] पाँचाय देह को पत्थल की तरह मजबूत बनाता है और पीकर देखो यहाँ का दारू, पत्थल को गला देगा। हरगिज नहीं। दिक्कू आदमी, भट्ठी का दारू, इसका बिसवास नहीं।...अरे, तीर तो है ! यही सबसे बड़ा साथी है। साथी छोड़ सकता है, तीर कभी चूकता नहीं...।

चुनका माँझी क्या बोलता है ?...डाक्टर से क्या पूछने गया था पूछना चाहिए था कालीचरन से, बालदेव जी से, तहसीलदार साहब से।

बालदेव और कालीचरन लोगों को धान दिला रहे हैं, तहसीलदार साहब से।

"डाक्टर ने कहा कि तुम लोग ही जमीन के असल मालिक हो। कानून है, जिसने तीन साल तक जमीन को जोता-बोया है, जमीन उसी की होगी।"

"डाक्टर ने कहा है ?"

डाक्टर ने ? सीनियाँ मुरमु हँसती है–हँ हँ हँ ! "डाक्टर हम लोगों का नाच देखना चाहता है। रोज टोकता है। हँ हँ हँ !"

जवान जोगिया माँझी तीर के पूँछ पर जंगली हंस के पैरों को बाँधते हुए कहता है, "डाक्टर ने खरगोस का दाम दिया था दस रुपैया। बारह रुपैया दर्जन चूहा।... दो सियार के बच्चों का दाम पचास रुपैया। दे सकता है कोई बड़ा आदमी इतना दाम ?...सरकारी आदमी है, मगर घूसखोर नहीं।"

कालीचरन को एकान्त में कहती है मंगलादेवी। एकदम अनुनय करके कहती है, "काली, तुम मत जाना। संथाल लोग नहीं मानेंगे; जरूर तीर चलावेंगे। मैं जानती हूँ। तुम नहीं जानते कालीबाबू, ये लोग कैसे होते हैं, उनकी सूरतें भ्रम में डालनेवाली हैं।

---

1. संथाल लोग गैर-संथाल को दिक्कू कहते हैं।



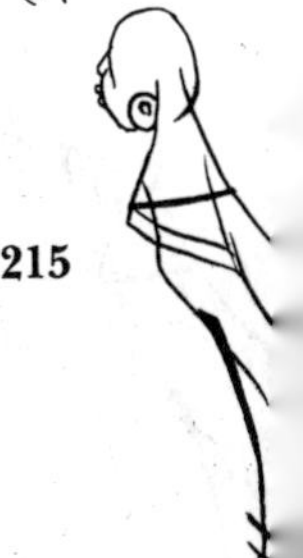

देखने से पता चलेगा कि बहुत सीधे हैं, मगर...। तुम मत जाना काली, तुम्हें मेरे सिर की कसम।''

ठीक ही तो है, जो लोग सरगना मेंबर हैं, वे क्यों जाएँगे !

...वासुदेव, सुनरा और सनिचर भी नहीं जाएगा !

...हाँ प्यारे भी नहीं जाएँगे।

...सोमा जट जाएगा ?...जाने दो, वह मेंबर नहीं है।

बालदेव जी तो ऐसी जगह जाएँगे ही नहीं। वहाँ हिंसा का भय है; वे नहीं जा सकते।...तहसीलदार साहब लीडर हुए हैं, खुद जाएँ या लठैतों को भेजें। हिंसा करें या अहिंसा करें। बालदेव जी तो सिर्फ चवन्निया मेंबर हैं। बावनदास यदि रहता तो अभी अकेले सबको, मय तहसीलदार बिसनाथ के कानून के, मात कर देता। लेकिन उसका दिमाग खराब हो गया है। सात दिन हुए, चिट्ठी लिखाने गया है, सो लौटा नहीं। गाँधी जी को चिट्ठी देगा।...गाँधी जी को इतनी फुर्सत कहाँ है, बाबा, जो तुमको जवाब देंगे ?...लेकिन नहीं, बावन ने बहुत बार चिट्ठी लिखवाई है और हर बार जवाब आया है–'भाई बावनदास जी, आपका खत मिला।' इस बार ससांक जी सबको पढ़कर सुना रहे थे–महात्मा जी ने बावनदास को परनाम लिखा है।...बावनदास को महात्मा भी 'भगवान' कहते थे।...बावन जरूर अवतारी आदमी है। वह ठीक कहता था–भारथमाता और भी जार-बेजार रो रही है !

''मैया रे मैया ! बाबा हो बाबा !...''

कौन रोती है ?...रमपियरिया रोती है, उसके भाई गनोरी को तीर लग गया ? कहाँ गया। किसने मारा ?...संथालों ने ? कहाँ ? लोग भागे क्यों आ रहे हैं ?...

गाँव में कुत्ते भूँक रहे हैं। कौए काँव-काँव कर रहे हैं।...जोतखी काका ठीक कहते थे–गाँव में चील-काग उड़ेगा।...

''हँसेरी ! बलवा ! लाठी निकाल रे !''

''कहाँ हँसेरी ?''

''भाला निकालो रे !''

''कहाँ हँसेरी ? कैसा बलवा ? क्या बात है ?''

''संथाल लोग तहसीलदार बिसनाथपरसाद के चालीस बीघावाले बीहन के खेत में बीहन लूट रहे हैं।''

''नई बन्दोबस्तीवाली जमीन में ?''

''नहीं भाई, अपनी खास जमीन में, कोठी के पासवाली जमीन में,...लाठी निकालो।''

''गनोरी ने हल्ला किया; तीर छोड़ दिया। जाँघ में लगा है तीर। लहू की नदी बह रही है। बेहोस है। इसपिताल में डाक्टर लाया गया है।...संथाल लोग बेखौफ धान का बीचड़ उखाड़ रहे हैं।''

चलो ! चलो ! मारो !...साला संथाल ! बाहरी आदमी !...जान जाए तो जाए।

तहसीलदार बिसनाथपरसाद की ही जमीन पर धावा किया है !...चलो रे !...

...भौं-भौं भूँ ऊँ-ऊँ ! कुत्ते परेशान हैं भूँकते-भूँकते।

...रिंग-रिंग-रिंग-रिंग !

...डा-डा-डा-डा-डा-डा...

संथालों के डिग्गा और मादल एक स्वर में बोल उठे—रिंग-रिंग-रिंग-रिंग-रिंग ! डा-डा-डा-डा !

आज रिंग-रिंग-ता-धिन-ता अथवा डा-डिग्गा-डा-डिग्गा नहीं, सिर्फ रिंग-रिंग-रिंग-रिंग..., डा-डा-डा-डा !...यह खेत में बजा रहा है, संथालियों को सचेत कर रहा है, तुम लोग भी तैयार रहो...डा-डा-डा-डा !...संथालिनें जवाब देतीं...रिं-रिं-रिं-रिं ! अर्थात् तैयार है, जूड़े में फूल खोंसने में बस जितनी देर लगे ! तैयार हैं !...

"जै, काली माई की जै !" दो सौ गलों की आवाज सुनकर कालीथान के बड़गाछ पर बैठे हुए कौए एक ही साथ काँव-काँव कर उड़ते हैं। कुत्ते और भी जोर से भूँकने लगते हैं।

"जै ! काली माई की जै !"

"महात्मा गाँधी की जै !"

"इनकिलाब जिन्दाबाद !"

"भारथमाता की जै !"

"सोशलिस्ट पाटी जिन्दाबाद !"

"झंडा हिन्दू राज का !"

"हिन्दू राज की जै !"

"तहसीलदार बिस्नाथपरसाद की जै !"

"बालदेव जी की जै !"

"घेर लो चारों ओर से ! भागने न पावें !"...हो-हो-हो-हो-हो !...

अब नारा नहीं। सिर्फ हो-हो-हो-हो !...

"घेर। घेर।...मारो। हो-हो-हो !"

"तीर चला रहा है। लेट जाओ।...तीर चलाओ !"

"मारो ? गुलेटा चलाओ।"

"बिरसा माँझी भागा जा रहा है, मारो भाला !"

...बिरसा पानी में गिर पड़ा—छपू ! भाला लग गया।

...सुखानू को क्या हुआ। तीर लग गया, कलेजे में ?

संथालिन भी तीर चलाती हैं ?

बच्चे भी ?

"बिरसा माँझी गिर पड़ल रे !" डा-डा-डा-डा-डा !

...रिं-रिं-रिं-रिं ! "गिरने दो। तुम भी गिरो !"

"बैठके तीर चला सोनिया !"

"सुखी मुरमू गिरल रे !" डा-डा-डा-डा !

"गिरने दो !...तुम भी गिरो।"...रिं-रिं !

"जगारी बेटा, ठीक निसाना लगा बेटा। हरगौरी तहसीलदार के कलेजे पर ! हाँ ! वाह बेटा !"

...डा-डा-डा-डा ! "...हरगौरी तहसीलदार गिरलरे !"

"गिरने दो !"...रिं-रिं-रिं-रिं !

...तहसीलदार ? हरगौरी तहसीलदार गिर पड़ा ?...भागो मत। ऐ ! सुनो ! तुम लोगों को अपना माँ-बहन की कसम, गुरु-देवता की कसम, काली किरिंया !...जो भागे वह दोगला !...संथालों के तीर खतम हो रहे हैं। अब घेर के मारो।...मंगलदास को सँभालो। चलो ! जै, काली माई की जै !

"मारो भाला ! अरे बच्चा नहीं है, इसी ने तहसीलदार को मारा है।"

"वाह बहादुर ! ठीक है।...अब लगाओ गुलेटा उस बूढ़े को, साला डिंगा बजा रहा है !"

"भाग रहा है। साले सब भाग रहे हैं। घेरो ! भागने न पावें ! संथालिनें पाट के खेत में छिपी हुई हैं। घेर लो।"

"...एकदम 'फिरी' ! आजादी है, जो जी में आवे करो ! बूढ़ी, जवान, बच्ची जो मिले। आजादी है। पाट का खेत है। कोई परवाह नहीं है।...फाँसी हो या कालापानी, छोड़ो मत।"

संथालिनें भी रोती हैं, दर्द से छटपटाती हैं...चिल्ला-चिल्लाकर रोती हैं या गाती हैं ?

...कुहराम मचा हुआ है पाट के खेतों में, कोठी के जंगल में।...कहाँ दो सौ आदमी और कहाँ दो दर्जन संथाल, डेढ़ दर्जन संथालिनें ! सब ठंडा।...सब, ठंडा ?

संथालटोली के चार आदमी ठंडे हुए, सात घायल हुए और एक लड़के की हालत खराब है। संथालिनें दुहरे दर्द से कराह रही हैं।...

तहसीलदार की हँसेरी में दस गुंडे ठंडे हुए, बारह बुरी तरह जख्मी हुए और तीस आदमी को मामूली घाव लगा है।

संथालटोली को लूट लिया गया। तहसीलदार हरगौरी की हालत बहुत खराब है, शायद नहीं बचेंगे।

# चालीस

जोतखी ठीक कहते थे—गाँव में चील-काग उड़ेंगे और पुलिस-दरोगा गली-गली में घूमेगा।

पुलिस-दरोगा, हवलदार और मलेटरी, चार हवागाड़ी में भरकर आए हैं।...दुहाई माँ काली !

इसपी, कलक्टर, हाकिम अभी आनेवाला है।

लहास !...लहास !...बाप रे—कौन कहता था कि अँगरेजबहादुर का अब राज नहीं रहेगा ?

"तहसीलदार हरगौरी भी मर गए ?...ऐं ! कोई घर से मत निकलो ! पाखाना-पेसाब सब घर के ही अन्दर करो। घर से निकले कि गिरिफ्फ कर लेगा।...दुहाई काली माई !"

"बालदेव जी को दारोगा साहेब ने बुलाया है ? कलिया...कालीचरन जी को भी ?...देखें, ये दोनों तो किसी से डरनेवाले नहीं हैं, क्या होता है ?...दो लीडर तो हैं।"

"ओ ! आप ही यहाँ के लीडर हैं ?" दारोगा साहब बालदेव जी से पूछते हैं। इसपिताल के फालतू घर में दारोगा साहब कचहरी लगाकर बैठे हैं, मलेटरी ने संथालों को गिरिफ्फ कर लिया है। जखमी, घायल और बूढ़े-बच्चों को भी !...सबको गिरफ्तार किया है ? नहीं, जखमी लोगों को मरहम-पट्टी तो कल ही डाक्टर साहब ने कर दी है। दो संथाल और चौदह गैर-संथाल घायलों को पुरैनियाँ के बड़े इसपिताल भेजा गया है। सबों की लहास भी चली गई है। सिंघ जी, शिवशक्करसिंह और हरेक टोला से दो-चार आदमी लहास के साथ गए हैं। न जाने कब लहास मिले ? ऊँह, चीर-फाड़कर मिलेगी ! हे भगवान !

बालदेव जी क्या जवाब दें ? लीडर हैं। किसके लीडर ? संथालों के या गैर-संथालों के ?...खखारकर गले को साफ करते हुए बालदेव जी के मुँह से बस वही पुराना जवाब निकलता है, जो उसने हरगौरी को दिया था जिस दिन कलिया पगला गया था।

"नहीं हुजूर ! हम तो मूरख और गरीब ठहरे। मूरख आदमी, चाहे गरीब आदमी, कभी लीडर हुआ है हुजूर ?"

दारोगा साहब बालदेव जी को पास की कुर्सी पर बैठने को कहते हैं, "अरे, हम आपको जानते हैं बालदेव जी, बैठिए ?"

बासुदेव और सुन्दर एक-दूसरे का मुँह देखते हैं।...कालीचरन जी को कुछ पूछा भी नहीं ?...लो, तहसीलदार साहब सँभाल लेते हैं।

"दारोगा साहब यही हैं, कालीचरनबाबू, यहाँ के सोशलिस्टों के लीडर ! बहादुर हैं ! लेकिन सिर्फ बहादुर ही नहीं, मगज भी है !"

"ओ हो ! कालीचरन जी हैं ? आइए साहब, आप लोग तो साहब, क्या कहते हैं, जो न करवाइए।" दारोगा साहब मुँह में पान-जर्दा डालते हुए कहते हैं, "लेकिन यहाँ तो सुना कि आप लोगों ने बड़े दिमाग से काम लिया है। हमको तो सुबह आते ही सारी बातों का पता चल गया। तारीफ करने के काबिल ! वाह !...बैठिए।"

कालीचरन बैठते हुए कहता है, "देखिए दारोगा साहब यदि आपस की पंचायत से सारी बात का फैसला हो जाए तो हम लोगों को पागल कुत्ते ने नहीं काटा है जो..."

"आपस की पंचायत से ? यह खूनी केस...?" दारोगा साहब का पानभरा मुँह एकदम गोल हो जाता है।

"नहीं, यह नहीं, यही आधी बट्टेदारी का सवाल !"

"ओ !" दारोगा साहब ने पीक की कुल्ली फेंकते हुए कहा, "ओ ! सो तो ठीक है ! अरे आप ही हैं, सोशलिस्ट पार्टीवाले हैं। कहिए तो, जो काम पंचायत से चार आदमी की राय से नहीं होगा, वह क्या कहते हैं, तूल-फजूल से हो सकता है ?"

"हिंसा के रास्ते पर तो हरगिज जाना ही नहीं चाहिए।" बालदेव जी बहुत गम्भीर होकर कहते हैं।

"क्या कहते हैं !" दारोगा साहब बालदेव जी की बात में टीप का बन्द लगा देते

हैं, "क्या कहते हैं !" दारोगा साहब बात करते समय हाथ खूब चमकाते हैं और कनखी भी मारते हैं।

बासुदेव और सुनहरा एक-दूसरे को देखते हैं—बालदेव जी जानते ही क्या हैं जो बोलेंगे। देखा, कालीचरन जी ने कैसा गटगटाकर जवाब दे दिया।

"हिंसा-अहिंसा का सवाल नहीं है बालदेव जी, असल है बुद्धि ! यहीं पर हमारी पार्टी के कोई और कामरेड रहते तो हो सकता है, दूसरी बात होती। बुद्धि की बात है।" कालीचरन बालदेव जी को जवाब देता है।

कालीचरन और बालदेव जी ने दारोगा जी को दिखला दिया कि बुद्धि है ! उमेर देखकर मत भूलिए दारोगा साहब, अब वह बात नहीं !

"अच्छा तो बालदेव बाबू; जब यह वकूआ हुआ तो, क्या कहते हैं, आप कहाँ थे ?" दारोगा साहब पूछते हैं।

बालदेव जी फिर खखारते हैं—"ह ख जी ! हुजूर ! हम तो मठ पर थे।...जी, बात यह है कि हम वैष्णव हैं। उस दिन हमको गुरु जी कंठी देनेवाले थे। सुबह तो धान दिलाने में ही कट गई। पिछले पहर को हम जैसे ही कंठी लेकर उठे कि...ततमाटोली की रमपियरिया रोती हुई गई।"

"ओ ! आपको पहले से कुछ पता नहीं था ?" दारोगा साहब गम्भीर होकर पूछते हैं।

"जी ! इनको क्या, किसी को पता नहीं।" खेलावनसिंह यादव हिम्मत से काम लेते हैं। आखिर दारोगा साहब के लिए इतना खाने का इन्तजाम भी तो वही कर रहे हैं। यह दारोगा साहब से क्यों नहीं बालेंगे ? तहसीलदार साहब कुछ नहीं बोलते हैं।

"ओ ! खेलावन जी आइए बैठिए !"

"ठीक है। हम यहीं हैं।...जरा हुजूर, जल्दी किया जाए ! उधर ठंडा हो जाएगा।" खेलावन जी कहते हैं।

सिर्फ यहाँ के दोनों लीडर ही बुद्धिवाले नहीं। और लोग भी बुद्धि रखते हैं !...

"हुजूर ! हमारा लड़का अभी रहता तो हुजूर से अभी अंग्रेजी में बतिया लेता। रमैन जैसी एक किताब है, लाल, मोटी...उसी में देखकर वह आपसे अंग्रेजी में बतिया लेता।" खेलावनसिंह यादव कहते हैं।

"अच्छा ? आपका लड़का अंग्रेजी बोल लेता है ?"

"हाँ, डागडरबाबू से बराबर अंग्रेजी में ही बोल लेता है।"

"मोकदमा का राय भी पढ़ लेता है।" बालदेव जी कहते हैं।

"एड किलास में पढ़ता है।" कालीचरन जी कहते हैं।

"अच्छा, आप कहाँ तक पढ़े हैं कालीचरन जी ?...कोई स्कूल में नहीं ?...वाह साहब, क्या कहते हैं, आपकी बोली सुनकर तो कोई नहीं कह सकता कि आप जाहिल...ओ ! पढ़-लिख लेते हैं, अखबार भी पढ़ लेते हैं ? वाह ! रमैन भी पढ़ते हैं ? महाभारत भी ? ओ, क्या कहते हैं कि...।"

''बालदेव भी 'अकबार' पढ़ता है,'' खेलावनसिंह यादव कहते हैं, ''अकबार तो हम लोग भी पढ़ लेते हैं।...लेकिन बहुत झूठ बात लिखता है अकबार में। उस बार लिखा था कि एक औरत थी, सो कुछ दिनों के बाद मर्द हो गई। कहिए भला !''

''अच्छा तो कालीचरन जी, आप कहाँ थे, जब यह वकूआ हुआ ?'' दारोगा साहब कमर के बेल्ट को खोलते हुए कहते हैं।

अगमू चौकीदार को डर लगता है, कहीं दारोगा जी पेटी खोलकर मारना न शुरू कर दें बालदेव और कालीचरन जी को।...जहाँ दारोगा जी पेटी खोलते हैं कि अगमू का चेहरा फक् हो जाता है।...नहीं, ऐसा नहीं कर सकते हैं दारोगा जी !

''जी, मैं तो उसी दिन सुबह को धान दिलाकर, ठीक बारह बजे दिन में ही पुरैनियाँ चला गया था। तहसीलदार हरगौरी...तहसीलदार बिस्नाथपरसाद जी जानते हैं।''

''ओ ! आप पुरैनियाँ गए थे।'' दारोगा साहब एक लम्बी साँस छोड़ते हैं।

''अच्छा, तो अब उस पहर को काम कीजिएगा दारोगा साहब !'' तहसीलदार साहब कहते हैं।

''नहीं तहसीलदार साहब ! एम.पी. आनेवाले हैं। हमको अभी सब काम खत्म कर रखना है। गवाहों का इजहार...''

''जी, कुछ असल गवाही, दो-तीन लीजिए। और सब बाद में।...अरे कालीबाबू, बालदेवबाबू, तुम लोग तो जो सच्ची बात है, वही कहोगे। कोई झूठी गवाही तो नहीं।...लिख लीजिए इन दोनों के बयान, दस्तखत करना दोनों जानते हैं।''

''आप लोगों का क्या खयाल है ?'' दारोगा साहब धीरे से पूछते हैं।

''हाँ, दसखत करने में क्या है ?'' कालीचरन कहता है।

...कालीचरन जी हाथ झाड़कर दस्तखत करते हैं और बालदेव जी बड़े 'प रे म' से आस्ते-आस्ते लिखते हैं।...भाई बालदेव जी सचमुच में साधु हैं।

''बलदव ?'' दारोगा साहब कहते हैं, ''बालदेव जी, जरा 'ब' में एक लाठी लगा दीजिए और 'द' के ऊपर, क्या कहते हैं, एक तलवार-सी।...और बाकलम खुद !''

''दारोगा साहब, बालदेव जी नाम में भी लाठी-तलवार नहीं लगाते हैं। हिंसाबाद.... ।'' कालीचरन मुस्कराकर खड़ा हो जाता है।

दारोगा साहब ठठाकर हँस पड़ते हैं। इसके बाद सभी लोग हँस पड़ते हैं।

अलबत्ता जवाब दिया कालीचरन जी ने।...दारोगा साहब पानी-पानी हो गए।

...देखो ! बुद्धि है या नहीं ?

# इकतालीस

नौ आसामी का चालान कर दिया।

नौ संथालों के अलावा जो लोग घायल होकर इसपिताल में पड़े हैं वे लोग भी गिरिफ्फ हैं। पुरैनियाँ इसपिताल में बन्दूकवाले मलेटरी का पहरा है।

गैर-संथालों में कोई गिरिफ्फ नहीं हुआ।...लेकिन, यह मत समझो कि मुफ्त में यह काम हुआ है।...दारोगा साहब कहने लगे कि खेलावन जी, आपके बारे में एस.पी. साहब को सन्देह हो गया है कि आपने सभी यादवों को हँसेरी में जाने के लिए जरूर हुकुम दिया होगा।...खेलावन जी की हालत खराब हो गई। वह तो तहसीलदार भाई थे, तो पाँच हजार पर बात टूट गई। नहीं तो...नहीं तो अभी बड़े घर की हवा खाते रहते खेलावन जी ! सिंघ जी घर में नहीं थे; शिवशक्करसिंह भी नहीं। अब सिंघ जी लोगों के मन में क्या है सो कौन जाने ?...दरोगा भी तो राजपूत ही है। आदमी के मन का

कुछ ठिकाना नहीं, कब क्या करे।...मुफ्त में सबकी गर्दन नहीं छूटी है। पाँच हजार !

तहसीलदार बिस्नाथ को कुछ लगा कि नहीं ?...सुमरितदास बेतार को आज तीन दिनों से पेट में सूल हो गया है, नहीं तो सब बात कह जाता।...अरे ! बहुत दिनों जिएँगे सुमरितदास जी ! बहुत उमेर है !"

"तो हमारा उमेर तुम लोग क्या लगाते हो ?"

"यही चालीस।"

"चालीस नहीं पैंतीस।...जामुन का सिरका बिना पानी के पी गए थे, इसीलिए दाँत सब झड़ गए।"

"अच्छा सुमरितदास जी, कुछ पता है कि... ?"

"अरे ! यह मत समझो कि सुमरितदास सूल से घर में पड़ा हुआ था। रामझरोखे बैठके सबका मुजरा लें...। पूछो, क्या जानना चाहते हो ?"

"क्या तहसीलदार साहेब को भी रुपैया लगा है ?"

"तहसीलदार बिस्नाथपरसाद को इतना बेकूफ नहीं समझना। वह दारोगा तो यह तहसीलदार। 'तुम कौआ तो हम कैथ' वाली कहानी नहीं सुने हो ?"

"तहसीलदार हरगौरी बेचारा..."

"अति संघर्ष करे जो कोउ, अनल प्रगट चन्दन ते होहिं ! सियावर रामचन्द्र की जै !"

"लेकिन राजपूतटोले को तो इसपी साहेब भी नहीं छोड़ सकते हैं। जानते हो इसपी साहेब क्या कहते थे ? '...यह समझ में नहीं आता है कि तहसीलदार बिस्नाथपरसाद की जमीन से बीहन बचाने के लिए तहसीलदार हरगौरीसिंह क्यों गए ! जरूर कोई बात है !'...सिंघजी को एक चरन लगेगा।"

"गवाही में किन लोगों के नाम हैं ?"

"अरे, गवाही क्या ? बोलो तुम्हीं, ईमान-धरम से कि संथाल लोग ने जोर-जबर्दस्ती किया है या नहीं ?"

"इसमें क्या सन्देह है !"

"तो गवाही के लिए कोई बात नहीं।...लेकिन गाँव की तकदीर चमकी है। इतना बड़ा केस कभी हाथ नहीं लगेगा। इसमें जो गवाही देने जाएगा, उसके तो तीन-तीन खिलानेवाले रहेंगे। तीनों एक ही केस में नत्थी हैं। समझे ? खबरदार ! मेरा नाम नहीं लेना। हाँ !...और मेरा भी तो फैसला नहीं हुआ है। हमको क्या देते हैं लोग ? जितना कागज-पत्तर, लिखा-पढ़ी होगी, सब तो सुमरितदास के मत्थे पड़ेगा। लेकिन इस बार नहीं। पहले फैसला कर लें।"

"संथालों में किस-किसकी गवाही हुई है ?"

"अरे, संथालटोली में गवाह आवेगा कहाँ से, सभी तो आसामी हैं। बड़का माझी का बारह साल का बेटा भी।...दारोगा जी ने जब पूछा कि बताओ क्यों बीचड़ लूट रहे थे, तो बिरसा ने जवाब दिया कि हम लगाया है। इसके बाद, दारोगा जी ने झाड़-झपटके

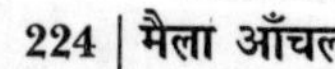

पूछा तो बिरसा के बाद सबों ने तुरन्त कबूल कर लिया कि बीचड़ तहसीलदार बिस्नाथपरसाद का है। औरतों और बच्चों ने भी कहा—तहसीलदार का बीचड़ है। तब ? उखाड़ता था जबर्दस्ती क्यों तुम लोग ? तो जवाब दिया कि जमींदारी परथा खत्तम हो गई, लेकिन हमारे गाँव के जमींदारों ने मिलकर हमारी जमीन छुड़ा ली है। इसीलिए लूट लिया।...''

''हा-हा-हा-हा ! साफ जवाब ! जमीन छुड़ा लिया तो बीहन लूट लिया ! हा-हा-हा ! सच ? काली किरिया ! ऐसा ही जवाब दिया ?''

''नहीं तो तुम समझते हो कि सुमरितदास झूठ कहता है ? अरे, यदि संथालों ने ऐसा बयान नहीं दिया होता तो क्या समझते हो, तुम लोग अभी घर में बैठकर हा-हा ही-ही करते ? अभी जेहलखाना में कोल्हू पेड़ते रहते। समझे ! दारोगा जी ने भी सोचा कि आग लगते झोंपड़ा, जो मिले सो लाभ !...इसीलिए न कहा कि तहसीलदार इतना बेकूफ नहीं। तब, दारोगा जी का इलाका है, जो ऊपरी झाड़-झपड़, पान-सुपाड़ी वसूल सकें। इसमें तहसीलदार साहेब क्या कर सकते हैं ?...सिंघ जी को पाँच हजार और शिवशक्करसिंह को भी उतना ही लगेगा।...डागडर से भी कुछ पूछा है दारोगा साहब ने। पता नहीं, अंग्रेजी में क्या डिमडाम बात हुई। इसपी साहेब से भी डागडर साहेब अंग्रेजी में ही बोल रहे थे। आदमी काबिल है यह डागडर !...हरेक लहास के बारे में क्या लिखा है, जानते हो ? लिखा है कि संथालों की मार से मालूम होता है और घाव के मुँह देखकर मालूम होता है कि किसी ने अपनी जान बचाने के लिए ही इस पर हमला किया है।...और, इधरवालों के लहास को लिखा... ।''

---

''...लहास ?''

...लहास ! लाश ! पुलिस-दारोगा, मलेटरी ! मार ! जेहल !...कालापानी ! नहीं, फाँसी !...सचमुच ! यदि तहसीलदार बिस्नाथपरसाद नहीं होते तो आज फाँसी !... कालीचरन के आफिस में जाने से और बातों का पता लग जाएगा।

सोशलिस्ट पार्टी के आफिस में भीड़ लगी हुई है। कालीचरन ने कहा है, आज सुरा जी, सोशलिस्ट और भगवान कीर्तन एक साथ गाए जाएँगे। सबसे पहले पुराने जमाने का कीर्तन नारदी-भठियाली कीर्तन होगा। बूढ़े लोगों के गले में अब भी जादू है !

*आजु से बिराजु श्याम कदली के छैयाँ,*
*आवत मोहनलाल बंशी बजैयाँ !*
*पीतबसन मकराकृत कुंडल...!*

यही नारदी है ! मृदंग कैसा बजता है—धिधनक-तिधनक ! धिधनक-तिधनक !

''अब किरांती कीर्तन। '...गंगा रे जमुनवाँ' बहुत पुराना हो गया। वह रुलानेवाला कीर्तन मत गवाइए कालीचरन जी !...''

बम फोड़ दिया फटाक से मस्ताना भगतसिंह !

...है ! वाह रे सुनरा ! क्या सँभाला है ! वाह ! भारत का वीर लड़ाका था, मस्ताना

भगतसिंह !...सिंह ? भगतसिंह कौन जात था ?

मस्ताना भगतसिंह जानते हो ?...कालीचरन जी कहते थे, पाँच बार फाँसी की रस्सी खींचा। दस-दस आदमी एक-एक ओर लटक गए। खींचने लगे, खींचते रहे और उधर भगतसिंह के मुँह से निकलता जाता था—इनकिलाब, जिन्दाबाघ।

"इनकिलाब, जिन्दाबाद ?"

जै ! जै...

"हाँ, आज कौन इतने जोरों से नारा लगा रहा है ? सोमा जट ?...अरे बाप ! तीन दिन से एकदम लापता था ! एकदम लापता ! लेकिन जानते हो, हँसेरी में सबसे ज्यादा मार किसने किया था ? चार को सोमा ने अकेले गिराया है।...हाँ, खबरदार ! तहसीलदार साहेब ने मना किया है, सोमा का नाम कोई नहीं ले।...दागी है ! लेकिन, देखते हैं, इधर सुधर रहा है। कालीचरन जी सुधार देंगे।...

अब एक सुराजी कीर्तन होना चाहिए। हाँ, भाई ! सब सन्तन की जै बोलो। गाँव के देवताओं के परताप से, काली माय की कृपा से, महात्मा जी की दया से और किरांती...इनकिलास जिन्दाबाघ से, गाँव के लोग बालबाल बच गए। सभी कीर्तन होना चाहिए।

*भारत का डंका लंका में*
*बजवाया बीर जमाहिर ने*

राजबल्ली महतो भी हरमुनिया बजाता है। कहाँ सीखा ?...सिरिफ दाँत बड़े हैं सामनेवाले। गाने के समय मुँह कुदाली की तरह हो जाता है।...भारथ का डंका लंका में...

...बालदेव जी कहाँ हैं ? सुना कि बालदेव जी साधु हो रहे हैं। कंठी ले ली है। कंठी पर किसका नाम जपा करेंगे ? महतमा जी का या सतगुरु का ?

चर्खा स्कूल की मास्टरनी जी कितना मुटा गई हैं ! अरे बाप रे !...सिरिफ कालीचरन जी से ही हँसकर बोलती हैं। कालीचरन जी आज कुर्ता में गोल-गोल क्या लगाए हुए हैं ? सुसलिट पाटी का मोहर है ?...देखा, कालीचरन जी मोहरवाले लीडर हो गए हैं। बालदेव जी को, बावनदास को या तहसीलदार साहब को मोहर है ? मास्टरनी जी उसमें क्या लगा रही हैं ? फूल ? वाह ! अब और बना ! फूलमोहर छाप सिकरेट !...डाकडर साहब का नौकर कहाँ आया है !...ऐ ! चुप रहो ! चुप रहो ! शान्ती, शान्ती !...

"कालीचरन जी को डाक्टरबाबू बुलाते हैं," प्यारू मंगलादेवी से कहता है।...

"अ...ज्जा ! काली ! डाक्टरबाबू को निमन्त्रण नहीं दिया ? तहसीलदार साहेब, खेलावन जी वगैरह तो कचहरी गए हैं। डाक्टर साहेब तो थे।...जाओ, बुला रहे हैं।"

एक बात है ?...जरूर कोई बात है।...सुमरितदास बेतार कहाँ है ?

एक बार बोलिए प्रेम से...

*काली माई की जै !*
*महात्मा गाँधी की जै !*

*सोसलिट पाटी की जै !*
*इनकिलास...*

"कालीचरन जी !"

"जी !"

"एक बात कहूँ ! बुरा मत मानिएगा।...हरगौरी बाबू की माँ रो रही है और दूसरे टोले में भी औरतें रो रही हैं। आप लोग कीर्तन कर रहे हैं, यह अच्छा नहीं लग रहा है। मुझे लगता है कि आज के कीर्तन से आपके भगवान भी दुःखी होंगे।"

"हम लोग भगवान को नहीं मानते," कामरेड बासुदेव ने बीच में ही टोक दिया।

"तुम चुप रहो !" कालीचरन कहता है, "हर जगह मत टपका करो।"

सब चुप हैं। हरगौरी की माँ अब भी रो रही है–राजा बेटा रे !...गौरी बेटा रे !

कालीचरन की आँखें भी सजल हो जाती हैं। बचपन से ही वह हरगौरी के साथ खेला-कूदा था। पूँजीवादी हो या बूर्जूआ, आखिर वह बचपन का साथी था। वह आज नहीं है। उसकी माँ रो रही है। यह हरगौरी की माँ नहीं रो रही है–सिर्फ 'माँ' रो रही है !

"बासुदेव !"

"......"

"सबों से जाकर कहो–कीर्तन बन्द करें। और कोठी के बगीचे में कल सोक-सभा होगी। ऐलान कर दो। समझे ?"

बासुदेव सोचता है, सब बात तो समझे, मगर सोक-सभा का क्या मतलब ? उसमें गीत नहीं गावेगा, भाखन नहीं होगा ?...बस, पाँच मिनट चुपचाप खड़ा रहना होगा ?...वाह रे सभा !

# बयालीस

हरगौरी की माँ रो रही है—"राजा बेटा रे !...गौरी बेटा रे !"

हरगौरी की सोलह साल की स्त्री बिना गौना के ही आई है। वह बहुत धीरे-धीरे रोती है। घूँघट के नीचे उसकी आँखें हमेशा बरसती रहती हैं।

शिवशक्करसिंह पूर्णिया से लौट आए हैं। पुत्र का दाह-कर्म करके लौटे हुए पिता को देखकर डर लगता है। झुकी कमर पर हाथ रख शिवशक्करसिंह बैलों की ओर देख रहे हैं। दो दिनों से घास-पानी छोड़े बैठे हैं दोनों बैल। आँखों में आँसू भर-भरकर, दोनों कभी-कभी चौकन्ना होकर इधर-उधर देखते हैं। फिर एक लम्बी साँस लेकर एक-दूसरे को देखते हैं। एक-दूसरे को जीभ से चाटते हैं, मानो ढाढ़स बँधा रहे हों।...हरगौरी इन्हें कितना प्यार करता था ! जब ये दो साल के बाछे थे, तभी से हरगौरी इनके साथ खेलता था। उसकी बोली सुनते ही दोनों खुशी से नाचने लगते थे। जान से भी बढ़कर प्यार

करता था वह...।

शिवशक्करसिंह की आँखें आँसू से धुँधली हो रही हैं।...जब तक हरगौरी की लाश नहीं मिली थी, उन्हें अपने गिरफ्तार होने का डर लगा हुआ था। दाह-क्रिया समाप्त करके वोकील साहब ने रामकिरपालसिंह को रोका, तो शिवशक्करसिंह को लगा कि पुल नीचे धँस रहा है, धरती हिल रही है।

दारोगा साहब रामकिरपालसिंह को गिरिफ्त करके इधर ले गए और शिवशक्करसिंह अपने साथियों के साथ वहीं से लौट गए। टीसन तक दौड़ते ही आए थे। न जाने दारोगा साहब के मन में कब क्या हो ?...भाग की बात हुई कि बिरजूसिंह फिसलकर गिर गए और गाड़ी खड़ी हो गई, नहीं तो शिवशक्करसिंह वहीं लाटफारम पर ही खड़े रह जाते। सबने तो कूद-कूदकर हत्था पकड़ लिया, सिंघ जी ने ज्यों ही एक हत्था में हाथ लगाया कि एक काले कोटवाले ने पकड़कर खींच लिया। सिकन्नर के पास जाते-जाते बिरजूसिंघ गिर गए तो गाड़ी खड़ी हो गई। बेचारे बिरजूसिंघ का एक हाथ कट गया। गाटबाबू[1] उसको कटिहार इसपिताल ले गए। जब तक घर नहीं पहुँच गए थे, शिवशक्करसिंह को भरोसा नहीं था। क्या जाने किधर से लाल पगड़ीवाला निकल पड़े ! हसलगाँव हाट के पास एक लाल चादरवाले को देखकर उनका कलेजा धुकधुका उठा था।...भले आदमी ने लाल चादर की पगड़ी क्यों बाँध ली थी ?

घर जाते ही हरगौरी की माँ को छाती पीटते और जमीन पर लोटकर रोते देखा, तो वे भी बच्चों की तरह बिलख-बिलख रोने लगे। 'पुबरिया घर' के ओसारे पर हरगौरी की विधवा बहू घूँघट काढ़े रो रही थी। सामने दीवार पर हरगौरी का फोटो टँगा हुआ है। रौतहट मेला में छपाया था—पगड़ी बाँधकर, हाथ में तलवार लेकर।

"बेटा रे !...गौरी बेटा रे !"

शिवशक्करसिंह बैल की गर्दन पकड़कर रो रहे हैं—"बेटा रे ! गौरी बेटा रे !"

सुमरितदास के कान में सबसे पहले आवाज पहुँचती है—ओ ! शिवशक्करसिंह आ गए शायद !

"शिवशक्करबाबू ! रोइए मत ! देखिए, कलेजा पोख्ता कीजिए।...आप ही इतना जी छोटा कीजिएगा तो औरतों का क्या हाल होगा ? हे... ! हरगौरी की माँ मर जाएगी। उसको समझाइए सिंह जी ! रोइए मत ! सुमरितदास शिवशक्करसिंह को अकबार[2] में पकड़कर ले जाते हैं, समझाते हैं तथा आस-पास खड़े लोगों से कहते हैं—"भाई ! क्या समझाया जाए, किसको समझाया जाए ! पुत्रसोक से बढ़कर और कोई सोक क्या हो सकता है ? हम क्या समझाएँगे ! हमको तो...खुद भोगा हुआ है। एक-एक कर चार लाल को कमला किनारे अपने हाथ से जला आए हैं। कलेजा पत्थल हो गया है। पुत्रसोक ! हे भगवान ! किसी को न हो।"

शिवशक्करसिंह और जोर-जोर से रोने लगते हैं। धीरे-धीरे भीड़ बढ़ती जाती है।

---

1. गार्डबाबू, 2. बाँहों में भरकर, अँकवार।

सभी आकर यही जानना चाहते हैं कि और आगे क्या हुआ ?...हरगौरी की मृत्यु से ज्यादा दिल दहलानेवाली बात थी रामकिरपालसिंह की गिरफ्तारी ! क्यों गिरफ्तारी किया ? कैसे गिरफ्तार हुआ ! और किन लोगों पर...उवारंट है ? तहसीलदार बिस्नाथ पर भी ?

"तहसीलदार साहब आ रहे हैं। मोढ़ा दो रे !"

तहसीलदार को देखते ही शिवशक्करसिंह फिर धरती पर लोट गए और जोर-जोर से रोने लगे—"बिस्नाथ भैया ! कलेजा टूक-टूक हो रहा है। भैया हो ! कलेजा..."

तहसीलदार साहब समझाते हैं—"शिवशक्करसिंह, रोइए मत ! यह रोना तो जिन्दगी-भर के लिए मिला है। एक दिन रोने से दिल ठंडा नहीं होगा। लेकिन, अभी रोने का समय नहीं। मालूम होता है, मुकदमा खराब हो गया। सिंह जी के गिरफ्तार होने का मतलब ही है कि मुकदमा खराब हो गया। अब किसके सिर पर कौन आफत है, कौन जाने ! खूनी केस है ! उठिए, आपसे प्राइबिट में एक बात करना है।"

शिवशक्करसिंह तुरत उठकर खड़े हो गए और तहसीलदार साहब के साथ दरवाजे से जरा दूर चले गए। सुमरितदास भी प्राइबिट सुनेगा ?...तब ठीक है, असल बात का पता भी तुरत लग जाएगा।

दरवाजे पर खड़े सभी एक ही साथ लम्बी साँस छोड़ते हैं—अब किसके सिर पर क्या आफत है, कौन जाने ! हे भगवान !

"परनाम जोतखी काका !"

जोतखी काका के साथ खेलावन भी आया है। जोतखी जी पास के खाली मोढ़े पर बैठ जाते हैं। खेलावन भी तहसीलदार साहब के प्राइबिट में जाकर शरीक हो जाता है। जोतखी जी धीमी आवाज में लोगों से कहते हैं—"तुम लोग यहाँ खड़े होकर क्या कर रहे हो ?" उनके कहने का ढंग ही ऐसा था, जिसके माने निकलते थे—'तुम लोगों की जान बलाई हुई है क्या ? यहाँ से जितना जल्दी हो सके, खिसक जाओ ! वर्ना क्या ठिकाना !'

सब जल्दी से मौका देखकर उठ खड़े होते हैं। जोतखी जी कहते हैं—"यहीं चले आइए तहसीलदार ! सभी चले गए।"

"...लेकिन बात यह है कि एसपी ने तो यह नोक्स पकड़ा है—तहसीलदार विश्वनाथ की जमीन का बीहन बचाने के लिए तहसीलदार हरगौरी क्यों गया था ?" तहसीलदार साहब कहते हैं।

"रामकिरपाल भैया तो हैं नहीं। हम आपको क्या कहें ?...लेकिन मोकदमा तो आपका ही है। वाजिबन खर्चा तो...आपको ही देना चाहिए।" शिवशक्करसिंह गिड़गिड़ाकर कहते हैं।

जोतखी जी कुछ कहने के लिए खखारते हैं, लेकिन सुमरितदास बेतार बीच में ही जवाब देता है—"शिवशक्करसिंह मोकदमा तहसीलदार बिस्नाथ का नहीं, तहसीलदार हरगौरी का है। पूछिए कैसे ? तो बात यह है कि असल में यह सब 'खुरखार',

बेदखली-नीलामी तो हरगौरीबाबू ने ही शुरू किया था। हमसे ज्यादे कौन जानेगा ?... तहसीलदारी कारबार को आप क्या समझिएगा ? यदि बेदखली और नई बन्दोबस्ती की बात नहीं उठती तो गाँव में यह लंकाकांड नहीं होता। पहले तो तहसीलदार हरगौरी ने ही सुरू किया। तहसीलदार बिस्नाथ उनके मदतगार हुए तो इन्हीं की जमीन पर संथालों ने धावा कर दिया। अब बताइए कि असल में यह मोकदमा किसका हुआ ? असल बात हम जानते हैं...दारोगा को दस हजार देना ही होगा।''

खेलावन कहता है—''तहसीलदार, अब जैसे भी हो, सब कोई सलाह करके गाँव के इस गहर को टालिए।''

''रामकिरपालभैया हैं नहीं, हम क्या कहेंगे ?'' शिवशक्करसिंह बस यही एक जवाब देते हैं।

बहुत देर के बाद जोतखी जी कहते हैं, ''जो भी हो न्याय बात तो यही है कि विश्वनाथबाबू इस मुकदमे में अभी पूरी पैरवी करें।''

अन्त में यही तय हुआ कि सबसे पहले रामकिरपालसिंह जी को जमानत पर छुड़ाया जाए। इसके बाद सब मिलकर, जो वाजिब हो, सोचें। जो खर्चा होगा, सिंह जी लोगों को देना होगा।

जोतखी जी ने मुस्कराते हुए कहा, ''आज 'शोशलिस्ट' लोग शोक-शभा करने गए। एक भी आदमी शभा में नहीं गया। अब लोग शभा का अर्थ समझ रहे हैं !... हुँ, कोई बात हुई तो फुच्च से शभा ! हम कहते थे न, गाँव में एक दिन चील-काग उड़ेगा !''

''जोतखी काका, सभा-जुलूस को दोख मत दीजिए।'' कालीचरन बगल में, अँधेरे में खड़ा था।

''आओ काली !'' तहसीलदार साहब हँसते हुए कहते हैं, ''तुम लोगों को गवाही देनी होगी, सो जानते हो न ? बालदेव जी को भी। तुम्हीं दोनों लीडरों की गवाही पर सारी बात है।''

कालीचरन ने मोढ़े पर बैठते हुए कहा, ''गवाही देनी होगी तो देंगे। जो बात जानते हैं वह कहने में क्या है ! दारोगा हो, इसपी हो, चाहे मजिस्टर-कलक्टर हो। सच्ची बात कहने में किसका डर है !''

''वाजिब बात ! वाजिब बात !'' जोतखी जी को छोड़कर बाकी सभी कहते हैं— ''वाजिब बात !''

तहसीलदार साहब का नौकर रनजीत दौड़ता-हाँफता आता है, ''कमली दैया... फिर !''

''तो यहाँ क्या है ? डाक्टर के यहाँ जाओ !'' तहसीलदार साहब झुँझलाते हुए उठते हैं, ''भगवान जाने क्या दवा करते हैं डाक्टर लोग ! इतने दिन हो गए, बीमारी सोलह आना से बारह आना भी नहीं हुई !''

...तो असल में बात खुल गई ! मामले-मुकदमे की सोलहों आने बात जो है

कालीचरन और बालदेव के हाथ में है !

"शिव हो ! शिव हो !" जोतखी काका उठते हुए कहते हैं, "कालीबाबू, कल जरा अपना हाथ दिखाना तो ! देखें, तुम्हारे हाथ की रेखा क्या कहती है। जन्मदिन और महीना याद है ?"

जोतखी जी के पेट में डर समा गया है—कालीचरन और बालदेव के ही हाथ में जब सबकुछ है तो वे जिसका नाम बतला दें, वह गिरिफ्फ हो जाएगा—तुरत। और कालीचरन, कालीचरन ही क्यों, बालदेव भी उन पर मन-ही-मन नाराज है ?...बालदेव का तो उतना डर नहीं, मगर कलिया...शिव हो ! शिव हो...

# तैंतालीस

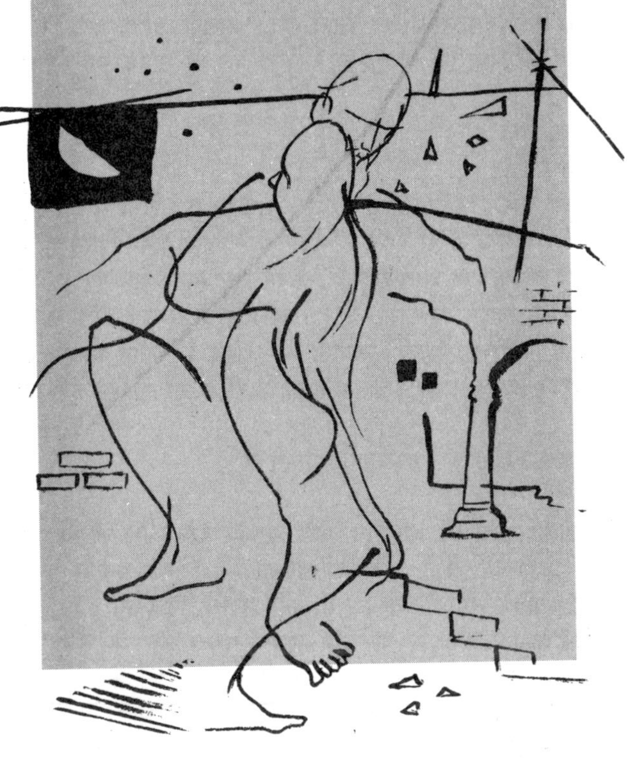

लछमी दासिन आज मन के सभी दुआर खोल देगी। एक लक्ष दुआर !

"बालदेव जी !"

"जी !"

"रामदास फिर बौरा गया है। कल भंडारी से कह रहा था, लछमी से कहो एक दासी रखने की आज्ञा दे।...कहिए तो भला !"

बालदेव जी क्या जवाब दें। दासी रखना धरम के खिलाफ है, यह उनको नहीं मालूम।...दो-तीन महीने ही हुए, उन्होंने कंठी ली है। मठ के नियम-धरम, नेम-टेम के बारे में वे क्या कह सकते हैं ! लेकिन महन्थ सेवादास ने भी तो...।

लछमी कहती है—"आप उसे समझाइए बालदेव जी ! वह बौरा गया है। आजकल ततमाटोली में आना-जाना शुरू कर दिया है। भगवान भगत ने कल हिसाब किया है,

रमपियरिया की माँ को चार सेर चावल दिलवा दिया है रामदास ने। मैंने पूछा तो बोला—'मठ का पुराना नौकरान है, भूख से मरेंगे वे लोग ? जब दिन-भर बैठकर सिरिफ बीजक बाँचनेवाला दूध-मलाई खाता है तो'...।" लछमी कहते-कहते रुक जाती है।

बालदेव जी आजकल कुछ 'मतिसून्न' हो गए हैं। सीधी बात भी समझ में नहीं आती। कुछ नहीं समझते हैं। कितने सीधे-सूधे हैं !

"आपका मठ पर रहना उसको पसन्द नहीं।" लछमी बालदेव की ओर देखती है।

"तो हम चले जाते हैं। यदि हमारे रहने से मठ का नियम भंग होता है तो हम चले जाते हैं।"

"कहाँ जाइएगा ?"

"चन्ननपट्टी !"

लछमी का कलेजा धड़क उठता है—धक्.. ! इधर कई दिनों से बालदेव जी बहुत उदास रहते हैं। खाना-पीना भी बहुत कम हो गया है। कहीं घूमने-फिरने भी नहीं जाते। आसन पर पड़े बीजक पाठ करते रहते हैं। तहसीलदार साहब कह गए हैं—'बालदेव जी की गवाही पर ही मुकदमे की सारी बात है।' बालदेव जी सुनकर बोले, गवाही के लिए हम कठघरा में नहीं चढ़ सकते। महतमा जी कहिन हैं—झगड़ू न जाहू कचहरिया, बेइमनवाँ के ठाठ जहाँ।...आज मठ सूना है, आज ही लछमी सबकुछ कह देगी बालदेव जी से।

"आप चन्ननपट्टी चले जाइएगा...और मैं ?"

"आप ?"

लछमी बालदेव जी की आँखों में आँखें डालकर देखती है। लछमी जब-जब इस तरह देखती है, बालदेव जी न जाने कहाँ खो जाता है !...एक मनोहर सुगन्ध हवा में फैल जाती है। पवित्र सुगन्ध ! बीजक से जैसी सुगन्धी निकलती है।

"हाँ ! मैं कहाँ जाऊँगी...? मेरा क्या होगा ? महन्थ की दासी बनकर ही मैं मठ पर रह सकती हूँ।" लछमी की आँखें भर आती हैं।

"नहीं लछमी, तुम...रामदास की दासी नहीं। मैं...तुम...आप...।"

"बालदेव जी !" लछमी पागल की तरह बालदेव जी से लिपट जाती है, "रच्छा करो बालदेव जी ! तुम कह दो एक बार—तुम्हें रामदास की दासी नहीं बनने दूँगा ! तुम बोलो—चन्ननपट्टी नहीं जाऊँगा। मुझे छोड़कर मत जाओ बालदेव ! दुहाई !"

"लछमी !" बालदेव जी लछमी को सँभालते हुए कहते हैं, "कोई देख लेगा।"

लछमी बालदेव जी के गले से हाथ छुड़ाकर अलग बैठ जाती है। सिर नीचा करके सिसकती है।

बालदेव जी की सारी देह झन्न-झन्न कर रही है। कनपट्टी के पास, लगता है, तपाए हुए नमक की पोटली है।...एक बार आसरम में उसके कान में दर्द हुआ था। गांगुली जी ने नमक की पोटली से सेंकने के लिए कहा था।...कलेजा धड़-धड़ कर रहा है। लछमी की बाँह ठीक बालदेव के नाक से सट गई थी। लछमी के रोम-रोम से पवित्र

सुगन्धी निकलती है। चन्दन की तरह मनोहर शीतल गन्ध निकल रही है। बालदेव का मन इस सुगन्ध में हेलडूब[1] कर रहा है। वह लछमी को छोड़कर चन्ननपट्टी में कैसे रह सकेगा ?...रूपमती, मायजी, लछमी !

"महतमा जी के पन्थ को मत छोड़िए, बालदेव जी ! महतमा जी अवतारी पुरुष हैं। आजकल उदास क्यों रहते हैं ? महतमा जी पर भरोसा रखिए। जिस नैन से महतमा जी का दरसन किया है उसमें पाप को मत पैसने दीजिए। जिस कान से महतमा जी के उपदेस को सरबन किया है, उसमें माया की मीठी बोली को मत जाने दीजिए। महतमा जी सतगुरु के भगत हैं।" लछमी आँखें मूँदकर ध्यान की आसनी पर बैठ गई है। सफेद मलमल की साड़ी पर बिखरे हुए लम्बे-लम्बे, काले बाल !...और गोरा मुख-मंडल ! ध्यान-आसन पर इस तरह बैठकर उपदेश देनेवाली यह लछमी कोई और है !...बालदेवजी के हाथ स्वयं ही जुड़ जाते हैं।

लछमी की पवित्र आत्मा की वाणी फिर मुखरित होती है—"दुनिया के दोख-गुन को देखने के पहले अपनी काया की ओर निहारो ! मन मैला तन सूथरो, उलटी जग की रीत !...पहले मन को साफ करो। मन पवित्र नहीं, इसलिए वह दुखी होता है, निरास होता है। तुम पन्थ पर उदास होकर क्यों बैठ रहे हो ? डरते क्यों हो ?"

*चलते-चलते पगु थका*
*नगर रहा नौ कोस,*
*बीचहिं में डेरा पराँ*
*कहहु कौन का दोख !*

बालदेव को लगता है, खुद भारथमाता बोल रही है। यही रूप है ! ठीक यही रूप है जिसके पैर खून से लथपथ हैं। जिनके बाल बिखरे हुए हैं।...बावनदास कहता था, भारथमाता जार-बेजार रो रही हैं। नहीं, माँ रो नहीं रही। अब पन्थ बता रही है। उचित पन्थ पर अनुचित करम करनेवालों को चेता रही है। बावनदास 'भरम' गया है।...और खुद बालदेव, महतमा जी के पन्थ पर निरास और उदास होकर चल रहा है।

"...भारथमाता की जै ! महतमा जी की जै ! भारथमाता, भारथमाता !"

महन्थ रामदास बहुत देर से कनैल गाछ की आड़ में खड़े होकर देख-सुन रहे थे।...ध्यान-आसन पर बैठी हुई लछमी उपदेश दे रही है और बालदेव जी हाथ जोड़े एकटक से लछमी को देख रहे हैं। अचानक बालदेव जी लछमी के चरन पड़कर हल्ला करने लगे—भारथमाता की जै !

"भंडारी ! भंडारी !" महन्थ रामदास पिछवाड़े की ओर भागते हुए चिल्लाते हैं, "भंडारी ! बालदेव पागल हो गया ! दौड़ो !"

मठ पर तुरन्त भीड़ लग गई। डाक्टर साहब, तहसीलदार साहब, कालीचरन और खेलावनसिंह यादव भी आए हैं। बालदेव की बूढ़ी मौसी बीच-बीच में गा-गाकर रोने-रोने

1. डूबना-उतराना।

की सुरखुर[1] करती है, किन्तु एक ही साथ इतने लोग डाँट देते हैं कि वह चुप हो जाती है और बारी-बारी से सबके मुँह की ओर देखती है। कुछ देर के बाद ही वह फिर शुरू करती है—"बाबू रे !..."

"ऐ बूढ़ी ! ठहर !...चुप !"

डाक्टर साहब बालदेव के बाँह में रबड़ की पट्टी बाँधकर, मुट्ठी से एक छोटे-से गेंद को दबाते हैं।...ओ ! इसी मीसीन से तो तहसीलदार की बेटी कमली का भी जाँच होता है ! ओ !

बालदेव जी रह-रहकर बाँहें ऐंठकर, हाथ छुड़ाकर उठ खड़े होते हैं, "आप लोग क्या समझते हैं मैं पागल हो गया हूँ ? कभी नहीं, हरगिस नहीं।...हमको पागल कहते हैं ? इस गाँव में क्या था ? कोई जानता भी था इस गाँव का नाम ? इसको हौल इंडिया में मशहूर कौन किया ? हमको छोड़ दीजिए ! हम महतमा जी के पन्थ से नहीं हट सकते।"

भीड़ में कोई कहता है—"मठ पर रहने से गाँजा पीने की आदत हो जाती है।"

"कौन कहता है हम गाँजा पीते हैं ? दारू-गाँजा-भाँग की दूकान में पिकेटिन किया है हम, और हम गाँजा पीयेंगे ? छिः छिः ! हम महतमा जी के पन्थ को कभी नहीं छोड़ सकते। साच्छी हैं महतमा जी !"

बालदेव की बुढ़िया मौसी अब नहीं मानती। वह गा-गाकर रोती है—"डागडर ने तहसीलदार की बेटी कमला की बेमारी को उतारकर बालदेव पर चढ़ा दिया है। यह भले आदमी का काम नहीं। तहसीलदार की बेटी अभी तक कुमारी है। हे भगवान ! अब बालदेव का बिहा नहीं होगा ! दैबा रे दैबा !"

"बालदेव जी !" लछमी कहती है, "चित्त को सांत कीजिए।"

"ओ ! लछमी !...लछमी दासिन ! साहेब बन्दगी !...ठीक है, कोई बात नहीं। हम पर कभी-कभी महतमा जी का भर[2] होता है। चुन्नी गुसाईं को तो रोज भोर को होता है।" बालदेव जी चुपचाप बैठ जाते हैं।

"डाकडर साहेब ! बालदेव जी इधर कई दिनों से बहुत उदास रहा करते थे। रात में नींद, पता नहीं, आती थी या नहीं। एक सप्ताह पहले, एक दिन बोखार लगा था। बोखार की पीली गोली एक ही साथ सात ठो खा गए।"

"पीली गोली ? सातों एक ही बार ?" डाक्टर आश्चर्य से पूछता है।

"जी ! बोखार की पीली गोली बाँटने के लिए मिली थी न ? उसी में से सात ठो एक ही बार खा गए। बोले कि रोज कौन खाए ! एक ही साथ सात दिनों का खोराक ले लेते हैं !"

डाक्टर ठठाकर हँस पड़ता है, "कितना बढ़िया हिसाब है। बालदेव जी, दस दिनों तक घोल का शर्बत पीजिए। ठीक हो जाएगा। कुछ नहीं है, दवा की गर्मी ही है।"

रामकिरपालसिंह कहते हैं, "बिहदाना, अनार, संतोला का रस तो ठंडा होता है,

---

1. तैयारी, 2. देवी-देवता का सवार होना।

गरमी को सांती करेगा।...जेहल में हम सिरिफ बिहदाना-संतोला खाकर रहते थे। दो बिहदाना मेरे पास अभी भी हैं।''

बालदेव और कालीचरन के बयान पर ही सबकुछ है—जिसको चाहे फँसा दें, चाहें बचा दें। खुद दरोगा साहब कहते थे कि बालदेव की गवाही की बहुत कीमत है !

खेलावनसिंह यादव आजकल कालीचरन का आग-पीछा खूब करते हैं। पार्टी आफिस के बगल में एक चौखड़ा घर बनवा देंगे, सुनते हैं, 'साथी निवास' घर ! जैसा घर जिला पाटी आफिस में है। मीटिंग के दिन जितने साथी आते हैं, उसी घर में रहते हैं। जो सिकरेटरी होगा, वह आफिस घर में रहेगा।...कालीचरन ने खेलावनसिंह से कहा तो वे तुरन्त तैयार हो गए।

जोतखी काका ने कालीचरन का हाथ देखा है—''खूब नक्छत्तरबली है कालीचरन ! राजसभा में जश है। बेटा-बेटी भी है। धन भी है। मगर एक गरह बड़ा 'जब्बड़' है... ।''

सिंहजी बालदेव जी को बिहदाना-संतोला खाने के लिए मना रहे हैं—''खा लो बालदेव जी ! बड़ा पूस्टीकारी चीज है। दवा की गरमी दूर हो जाएगी।''

गवाही ने बालदेव जी की खोई हुई कीमत को फिर बहुत तेजदर कर दिया है।

बालदेव जी कहते हैं, ''महतमा जी का रस्ता हम कभी छोड़ नहीं सकते। झगड़ू न जाहू कचहरिया, दललवा के ठाठ जहाँ।''

लेकिन बालदेव जी को तो कुछ भी कहना नहीं पड़ेगा। उनसे पूछा जाएगा कि यह दसखत आपका ही है ? ये कहेंगे कि—हाँ। बस, और कुछ कहना ही नहीं है। दसखत तो बालदेव जी ने किया था। यह तो झूठ बात नहीं। कालीचरन ने भी किया था।

...चाहे जैसे भी हो, बालदेव जी को गवाही के लिए राजी करना ही होगा, नहीं तो सारे गाँव पर आफत है।...कोठारिन लछमी दासिन को तहसीलदार साहेब समझाकर कह दें तो बात बैठ जाएगी।

# चवालीस

इधर कुछ दिनों से डाक्टर मौसी के यहाँ ज्यादा देर तक बैठने लगा है। मौसी के यहाँ जब तक रहता है, ऐसा लगता है मानो वह शीतल छाया के नीचे हो। काम में जी नहीं लगता है। ऐसा लगता है, उसका सारा उत्साह स्पिरिट की तरह उड़ गया। क्या होगा मानव-कल्याण करके ? मान लिया कि उसने कालाआजार की एक रामबाण औषधि का अनुसन्धान कर लिया; अमृत की एक छोटी शीशी उसे हाथ लग गई। किन्तु इसके बाद ? इसके बाद जो होता आया है, होगा। आखिर, पाँच आने का एक ऐंपुल पचास रुपए तक बिकेगा। यहाँ तक उसकी पहुँच नहीं होगी !...और यहाँ का आदमी जीकर करेगा क्या ? ऐसी जिन्दगी ? पशु से भी सीधे हैं ये इंसान। पशु से भी ज्यादा खूँखार हैं ये।...पेट ! यही इनकी बड़ी कमजोरी है। मौजूदा सामाजिक न्याय-विधान ने इन्हें अपने सैंकड़ों बाजुओं में जकड़कर ऐसा लाचार कर रखा है कि ये चूँ तक नहीं कर

सकते।...फिर भी ये जीना चाहते हैं। वह इन्हें बचाना चाहता है। क्या होगा ?

मौसी कहती है, ''बेटा, तुम भागवत गीता नहीं पढ़ते ?''

डाक्टर मौसी की ओर अचकचाकर देखता है। जेल में उसने 'गीता-रहस्य' पढ़ने की चेष्टा की थी। ममता भी हमेशा 'गीता' तथा 'राम-कृष्ण कथामृत' झोली में लिए फिरती है। शायद समझती भी हो। ममता ने कई बार कहा है—'फुरसत के समय गीता जरूर पढ़ो, नहीं...समझो, कुछ ढूँढ़ो। कुछ-न-कुछ जरूर मिलेगा।'...वह गीता पढ़ेगा !

''डाक्टर साहेब ! जय हिन्द !''

''आओ कालीचरन ! क्या हाल है ? तुम भी पूर्णिया गए थे न ?''

''जी। अभी तुरत आ ही रहा हूँ। उम्मीद है, गाँव के सभी लोग छूट जाएँगे। हम लोगों को तो सत्तो बाबू वोकील ने जिरह में बहुत तोड़ना चाहा, मगर उनको भी मालूम हो गया। बालदेव जी की बात हम नहीं जानते, लेकिन सुना है वह भी खूब डटकर जवाब दहिन हैं।...हमसे कहा कि आप पढ़ना-लिखना नहीं जानते, आप दसखत करना नहीं जानते। मैंने कहा, मैं पढ़ना-लिखना भी जानता हूँ और दसखत करना भी जानता हूँ। दरोगा साहब के सामने भी दसखत किया था। आप कहिए तो आपको भी दिखा दूँ।...हाकिम ने कहा कि आप अपना दसखत चीन्हिए। हमको भी क्या चसमा की जरूरत है ? फटाक से चिन्हिए तो दिया !''

''लेकिन जिस कागज पर तुम लोगों ने दस्तखत किया था उसमें क्या लिखा हुआ था ?'' डाक्टर पूछता है।

''क्या लिखा हुआ था ? सो तो...सो...तो नहीं पढ़ा। दरोगा साहेब ने तो अंग्रेजी में लिखा था।...सरकारी कागज पर कोई खिलाफ बात थोड़ो लिखेगा।''

''हो-हो-हो-हो !'' डाक्टर ठठाकर हँस पड़ता है, ''और बालदेव जी ने भी वही कहा होगा !''

''हाँ, लेकिन इसमें हँसने की क्या बात है ?'' कालीचरन जरा रूखा होकर कहता है।

''हाँ भाई, हँसने की बात नहीं।...बात रोने की है कालीचरन ! मुझे तो कुछ बोलना नहीं चाहिए लेकिन...! मत समझना कि संथालों की जमीन छुड़ाकर ही जमींदार सन्तोष कर लेगा। अब गाँव के किसानों की बारी आएगी। और तुमको तथा बालदेव जी को ही उन्होंने अपना पहला हथियार बनाकर इस्तेमाल किया है। यह रोने की बात नहीं है ?'' डाक्टर एक ही साँस में सब कह गया।

''लेकिन...लेकिन, आपने भी तो लिख दिया है कि संथालों की मार को देखकर पता चलता है कि किसी ने अपनी जान बचाने के लिए इन पर हमला किया है ?'' कालीचरन तमतमा गया है।

''यह किसने कहा तुमसे ?'' डाक्टर आश्चर्य से मुँह फाड़ते हुए कहता है, ''ऐसा कहीं लिखा जाता है ? मैंने तो सिर्फ़ जख्म के बारे में लिखा है। संथाल अथवा गैर-संथाल मैं नहीं जानता। मैं तो रोग और घावों की जाति के बारे में ही जानता हूँ।'' डाक्टर उत्तेजित

होकर कहता ही जाता है, "काली, तुम लोगों को दोष भी तो नहीं दे सकता हूँ।"

"तहसीलदार साहब तो आपको खूब मानते हैं।" कालीचरन सीधी बात करना जानता है, "कमली दीदी...कमली दीऽदी..."

"क्या मतलब ?" डाक्टर बीच में ही टोक देता है।

"...क्या कहना चाहता है ? मौसी कहती हैं, कमली दीदी खूब मानती हैं। उसकी माँ भी इज्जत-खातिर करती हैं। यही न ?"

"हाँ।" कालीचरन को मानो सहारा मिलता है।

"तो क्या हुआ ?" तहसीलदार साहब गाँव के रईस हैं। मुझसे उम्र में बड़े हैं। कमला की बीमारी के चलते मुझे कुछ ज्यादा आना-जाना पड़ता है। वे मुझे बहुत प्यार करते हैं। मैं भी उन लोगों की इज्जत करता हूँ। लेकिन इसका यह मतलब नहीं कि मैं तहसीलदार साहब के अन्याय का भी समर्थन करूँगा अथवा पक्ष लूँगा !"

कमली बहुत देर तक मौसी के आँगन में खड़ी होकर सुन रही थी। डाक्टर की अन्तिम बातों को सुनकर उसका कलेजा धक्-धक् करने लगता है। वह अपने को सँभाल नहीं सकती है। उस पर घटनाओं की प्रतिक्रिया बड़ी तीव्र गति से होती है। नाटकीय ढंग से वह प्रवेश करती है।

"इसीलिए आप आजकल मेरे यहाँ नहीं आते। इसीलिए आपने उस दिन कहला भेजा था कि तहसीलदार साहब कमली को पटना ले जाएँ, यहाँ इलाज नहीं होगा ? क्यों ?"

सभी एक ही साथ चमक उठते हैं। मौसी हँसकर कहती है, "तू आज लड़ने के लिए कमर कसकर आई है ? पगली !...बैठ।"

डाक्टर कमली की ओर टकटकी लगाकर देख रहा है–चेहरा लाल हो गया है कमला का। आँखें डबडबाई हुई हैं। गले के पास की रग तीव्र गति से फड़क रही है।...डाक्टर ने बहुत बड़ा अन्याय किया है। रक्त का दबाव जरूर बढ़ गया होगा। कमला के ओठ फड़क रहे हैं, थरथरा रहे हैं।...वह रो पड़ती है–"मौसी !"

"कमला !" डाक्टर जोर से कहता है, "तुमने तो कुछ समझा-बूझा नहीं और लगीं आकर बरसने। मैं तो कालीचरन को समझा रहा था कि यदि मैं किसी राजनीतिक पार्टी में होता तो ऐसा नहीं करता... ।"

डाक्टर ने वातावरण को हल्का बनाने की पूरी कोशिश की। लेकिन अच्छा होता यदि कमला उससे रूठी रहती। इसी दिन के इन्तजार में वह था। आज कमला को पूर्ण स्वस्थ बनाया जा सकता था। लेकिन अब वह चूक गया।...अब परिणाम के लिए तैयार रहना था।

जब तक डाक्टर बोलता रहा, कमली चुपचाप सुनती रही। अचानक उसके मुख-मंडल पर छाए बादल फट गए। एक हल्की मुस्कराहट उसके ओठों पर धीरे-धीरे जगने लगी, नाक के बगल की नीली रेखा धीरे-धीरे खिल रही है, मानो कमल की पखुड़ियाँ धीरे-धीरे खुल रही हों।

मौसी चुपचाप कभी कमली की ओर, कभी डाक्टर की ओर देखती है। उसके ओठों पर भी मन्द मुस्कराहट खिंची हुई है।

"प्यारू मेरे यहाँ दो बार खोज गया है। शायद आज भी कोई खरगोश भाग गया है।" कमली मौन भंग करती गई। उसकी बोली सहज हो गई है।

कालीचरन कमली के चेहरे पर कुछ देखकर चमक उठता है। उससे बातें करते-करते, कभी-कभी मंगला के चेहरे पर भी ऐसे ही भाव आ जाते हैं। इसी तरह तुनुक-तुनुककर बोलती है। वह डाक्टर की ओर देखता है, फिर उठ खड़ा होता है, "अच्छा तो बैठिए डाक्टर साहब ! हम अभी चलते हैं।...फिर कल भेंट करेंगे।"

मौसी भी उठकर जाते हुए कहती है, "तुम लोग चाय तो जरूर पीयोगे !"

कुछ देर तक दोनों चुप रहते हैं।...कमली पास में पड़ी सीकी की बनी हुई फूलडलिया को उठाकर उसकी बुनावट देखने लगती है। डाक्टर मुस्कराते हुए पूछता है, "एक बात पूछूँ कमला, बुरा तो न मानोगी ? अपने बाप की शिकायत कोई नहीं बरदाश्त कर सकता है, क्यों ?"

"कैसे बरदाश्त कर सकता है कोई ?"

"मुझे क्या मालूम ? मुझे...मुझको अपने बाप की याद नहीं।"

कमली मुस्कराती जाती है। कहती है, "विवाह के गीत में...एक जगह शिवजी पार्वती के पिता की टोकरी-भर शिकायत करते हैं–

*एक बेर गेलीं गौरा तोहरो नैहरवा से,*
*बइठे ले देलक पुआर,*
*कोदो के खिचुड़ी रँधाओल मैना सासू...!"*

"हा-हा-हा-हा !"

"हा-हा-हा-हा !" दोनों ही एक साथ हँस पड़ते हैं। मानो पंछी का एक जोड़ा एक ही साथ दिल खोलकर किलक पड़ा हो। नर और नारी के पवित्र आकर्षण की रुपहली डोरी लकपक रही है। नर आगे बढ़ता है...नारी को खींच लेता है...।

बड़ी-बड़ी, मद-भरी आँखों की जोड़ी ने मुस्कराकर पूछा, "आप...मेरी शिकायत बरदाश्त कर सकते हैं ?"

"रोज तो कर रहा हूँ।" दो लापरवाह आँखों ने मानो चुटकी ली, "कमली दवा नहीं पीती है। कमली रात में देर तक बैठकर पढ़ती है...कमली पगली है।...पगली है कमली।...तू पगली है ! तू मेरी पगली है ! पागल-पगली..."

*...अधरक मधु जब चाखन कान्ह,*
*तोहर शपथ हम किछु यदि जानि !*

2
खंड

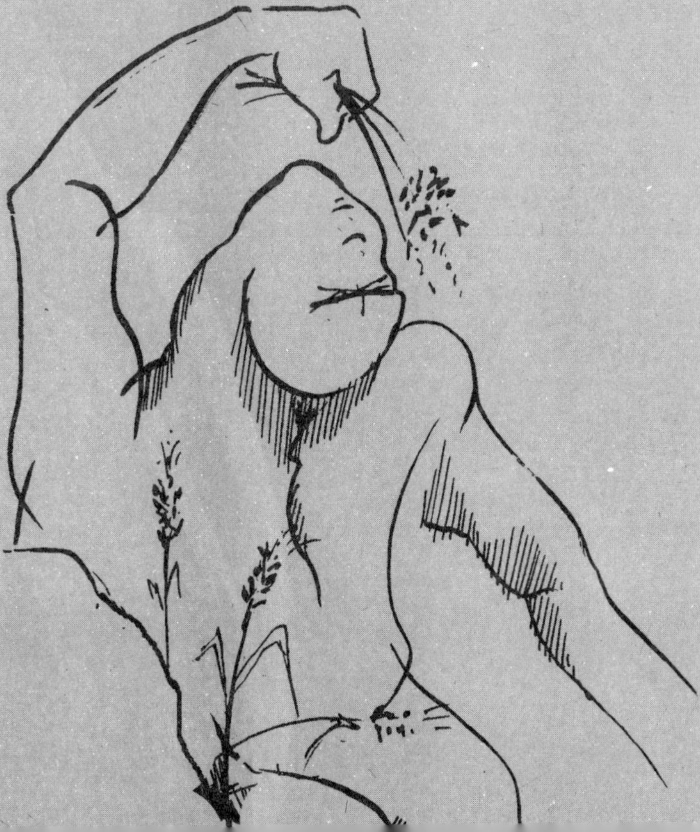

# एक

सुराज मिल गया ?

"अभी मिला नहीं है, पन्द्रह तारीख को मिलेगा। ज्यादा दिनों की देर नहीं, अगले हफ्ता में ही मिल जाएगा। दिल्ली में बातचीत हो गई।...हिन्दू लोग हिन्दुस्थान में, मुसलमान लोग पाखिस्थान में चले जाएँगे। बावनदास जी फिर एक खबर ले आए हैं। ताजा खबर !

...दफा 40 की लोटस की तरह झूठ-मूठ कोई फाहरम तो नहीं लाया है बावनदास ?...झूठ नहीं सच बात है। डागडरबाबू के बेतार में भी बोला है, सुनते हैं।

"तहसीलदार साहेब भोज खिलाएँगे उस दिन," सुमरितदास बेतार घर-घर खबर फैला रहा है। "सब इसमिट[1] अभी-अभी हम पक्का करके आ रहे हैं। पूड़ी, जिलेबी,

1. एस्टिमेट।

हलुआ, दही और चीनी !"

"जै हो ! जै हो !"

"महतमा गाँधी की जै !"

महन्थ साहेब के भंडारा से भी बड़ा भोज होगा। तीन मेर[1] नाच होगा—बलवाही, बिदेसिया, कमला और महमदिया की नौटंगी कम्पनी। कालीचरन का सुसील कीरतन भी होगा। पुरैनियाँ में अंग्रेजी बाजा आएगा।...अरे ! अंग्रेजी बाजा नहीं जानते ? रौतहट मेला में सरकल के नाच में बजते नहीं सुना है—भेकर-भेकर भें-भें !...धमदाहा-संकरपुर का बिदापद। बँसगढ़ा की बलवाही, औराही-हिंगना का भठियाली भकतै[2]। सुध नारदी[3] गाते हैं औराहीवाले। कोयलू खोलवाहा और सीतानाथबाबू मुलगैन ! सीतानाथबाबू का गला बुढ़ारी में भी कितना तेज है !

"मुसलमानों का हिस्सा सुराज पाखिस्थान में चला जावेगा ?...एकदम काटकर हिस्सा लेगा ?"

"हाँ, जब हिन्दू-मुसलमान भाई-भाई हैं तो भैयारी हिस्सा तो रकम आठ आना के हिसाब से ही मिलेगा।"

"बावनदास ने सुराज को काटते देखा है या अन्दाज से ही बोल रहा है। चलो, पूछें।"

बावनदास कहता है—"अरे सुराज क्या कद्दू-कोंहड़ा है जो काटकर बँटेगा ?"

"...तब सुराजी कीरतन में जो कहा है कि 'जब तक फल सुराज नहीं पावें, गाँधीजी चरखा चलावें, मोहन हो ? गाँधी जी चरखा चलावें...' "

"कीर्तन की बात छोड़ो। सुराज माने..." बावनदास जी समझाते हैं, "सुराज माने अपना राज, भारथवासी का राज। अब अँगरेज लोग यहाँ राज नहीं कर सकते।...'ए अँगरेजो। भारथ छोड़ो' क्यों कहा था गाँधी जी ने ? इसीलिए।"

"अपने गाँव का तो राज तहसीलदार साहेब को ही मिलेगा। राज पारबंगा के तहसीलदार हरगौरी तो अब हैं नहीं।"

बालदेव जी का दिमाग बहुत शान्त हो गया है। जिस दिन उन्होंने परसाद उठाया[4], उसी दिन से माथा ठंडा हो गया। लछमी तीन-चार दिन तक सतसंग करती रही। आखिर बालदेव जी हार गए। बालदेव जी अब गृहस्थ नहीं रहे, साधू हो गए।...मोछभदरा[5] करवाकर बालदेव जी मुँह ठीक सोलह पटनियाँ आलू की तरह हो गया है।

"...साहेब बन्दगी बालदेव जी !"

"साहेब बन्दगी ! जाय हिन्द !" बालदेव जी आजकल साहेब बन्दगी और जाय हिन्द को एक साथ नत्थी करके बोलते हैं।

"जाय हिन्द कौमरेड बालदेव जी !" कालीचरन मुट्ठी बाँधकर कहता है—कौमरेड !

"नहीं ! हम कौमरेड नहीं हैं।" बालदेव जी ने नाक सिकोड़ते हुए कहा, "हमको

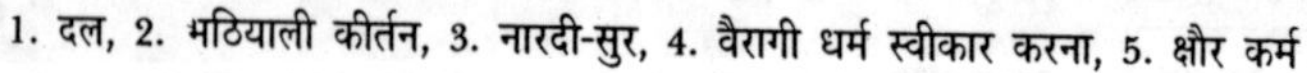

1. दल, 2. भठियाली कीर्तन, 3. नारदी-सुर, 4. वैरागी धर्म स्वीकार करना, 5. क्षौर कर्म।

कौमरेड क्यों कहते हो ?''

''कौमरेड कोई गाली नहीं बालदेव जी ! कौमरेड माने साथी। जो भी देस का काम करे, पब्लिक का काम करे, वह कौमरेड है।'' कालीचरन हँसते हुए कहता है।

''तुम नहीं जानते,'' बालदेव जी चिढ़कर कहते हैं, ''तुम तो आज आए हो, हम सन् तीस से ही जानते हैं। टीक-मोंछ काटकर, मुर्गी का अंडा खिलाकर कौमरेड बनाया जाता है। कंफ-जेहल में कितने लोगों को कौमरेड होते देखा है।...मोजफ्फरपुर के एक सोसलिस्ट नेता थे। उनका काम यही था—लोगों की टीक-मोंछ काटना। जेब में कैंची रखे रहते थे। जाति के बामन थे।...और हमको कौमरेड का माने सिखाते हो तुम ?''

लगता है बालदेव जी फिर सनकेंगे।

सबों ने एकमत होकर कहा, ''हाँ कालीचरनबाबू, यह गलती तुमसे हो गई। आज तुम लीडर हो गए हो, खुशी की बात है, लेकिन हो तो तुम बालदेव जी के ही चेला ! तुम मानो या नहीं मानो, बात वाजिब है।''

कालीचरन लजा जाता है।...तब उस दिन सिकरेटरीसाहब जो कह रहे थे, बाप-बेटा दोनों कौमरेड हो सकता है ?...शायद सुनने में ही गलती हो गई।...वह अपनी गलती मान लेता है—''हाँ, अभिमन्नू-बध नाटक में अरजुन ने दुरनाचारज के पैर पर फूल का तीर मारा था।''

वाह रे कालीचरन ! अब बात समझता है ! पहले तो बात समझने के पहले ही लड़ाई कर लेता था।

बालदेव जी भी हँसते हैं। कहते हैं, ''सुराज उतसब के लिए तुम लोगों की पाटी की ओर से क्या हुकुम आया है ?''

''ठीक है। सुराज क्या अकेले काँगरेस को ही मिला है ?''

''सुराज उतसब के दिन रहोगे या नहीं ?'' बालदेव जी पूछते हैं।

''जरूर ! उस दिन हाथी पर भारथमाता की मुरती बैठाकर जुलूस निकलेगा,'' कालीचरन गर्व से छाती फुलाकर कहता है, ''अपने गाँव का जुलूस, कटहा थाना में क्या, हौल इंडिया में फस्ट होगा। मुरती का औडर दे दिया है।''

बालदेव जी की आँखों के सामने भारतमाता के विभिन्न रूप आ रहे हैं—माँ, रूपमती, मायजी और लछमी।

...लछमी को हाथी पर नहीं बैठाया जा सकता है ?...भारतमाता का रूप ? आजकल लछमी भी खद्धड़ पहनती है, चरखा कातती है।...महीन सूत कातना तो वह पहले से ही जानती है।

जै ! भारथमाता की जै !

# दो

मुकदमा में भी सुराज मिल गया।

सभी संथालों को दामुल हौज[1] हो गया। धूमधाम से सेसन केस चला। संथालों की ओर से भी पटना से बालिस्टर आया था। बालिस्टर का खर्चा संथालिनों ने गहना बेचकर दिया था। बालिस्टर पर भी बालिस्टर हैं। यदि इस मुकदमा में तहसीलदार साहेब जैसे कानूनची आदमी नहीं लगते तो इस खूनी केस से शिवशक्करसिंह, रामकिरपालसिंह और खेलावनसिंह तो हरगिस नहीं छूटते।...खर्चा ? अरे भाई ! जान है तो जहान है ! जब फाँसी ही हो जाती तो जगह-जमीन, रुपया-पैसा क्या काम देता ?

रामकिरपालसिंह ने संथालटोली की नई बन्दोबस्ती जमीन में से दस एकड़

1. आजीवन कारावास।

तहसीलदार विश्वनाथप्रसाद को लिख दी है...हाँ, सुमरितदास बेतार को भी चार कट्ठा जमीन मिली है।...खेलावनसिंह यादव को भी देन हो गया है...देन कैसे नहीं होगा भाई, पास में जितना कच्चा रुपया था वह तो दरोगा साहब के पान-सुपाड़ी में चला गया। पुराना पटुआ हाथ से पहले ही निकल गया था। इसीलिए करीब डेढ़ हजार हथफेर-पैंचा हो गया है। तहसीलदार साहेब ने कहा, कागज बनाने की क्या जरूरत है, जब सन-पटुआ बिके तो दे देना।

मुकदमा उतसब भी सुराज उतसब के दिन होगा ?...हाँ, सुराज उतसब दिन में, मुकदमा उतसब रात में।

तहसीलदार साहब ने कहा है, महमदिया की नौटंकी कम्पनी जितना में हो, एक सौ, दो सौ, जो ले, मगर सट्टा करा लेना। सुमरितदास कहते हैं–"इसमें कनकसन है, पीछे बतावेंगे।"

...महमदियावाले भी पूरी तैयारी कर रहे हैं। नखलौ से बाई जी मँगाया है, चन्दा करके। नौटंकी के कम्पनी[1] हैं नितलरैनबाबू। लछमी महारानी ने उनको खूब निहारा है, अपनी आँखों से ही निहारा है।...

इस इलाके के मँझले दर्जे के किसानों के पास यदि थोड़ी पूँजी हो गई, तम्बाकू, धान, पाट और मिर्चा का भाव एक साल चढ़ गया, घर में शादी-गमी नहीं हुई तो वह तुरन्त टनमना[2] जाते हैं। यदि मालिक जवान हो तो तुरन्त औन-पौन करने लगता है। हरमुनियाँ, फर्श, शतरंजी, शामियाना, जाजिम, लैट, पंचलैट, पहाड़िया घोड़ा, शम्पनी, टेबल-कुर्सी, बेंच खरीदकर ढेर लगा देता है। इससे भी जब गरमी कम नहीं होती है तब बन्नूक के लैसन के लिए आफिसरों को डाली देना शुरू करता है।...लालबाग मेला के समय रात-रात-भर मुजरा सुनता है और दिन-भर आफिसरों के साथ कचहरी में घूमता है। बन्नूक के लैसन के बाद नौटंकी कम्पनी खोलता है। इससे भी मगज ठंडा नहीं होता तो कोई खूनी केस होकर समापत्तन[3]।...महमदिया के नितलरैनबाबू नौटंकी के कम्पनी हैं। तहसीलदार साहब ने कहा है, महमदिया की नौटंकी कम्पनी का सट्टा लिखा जाना चाहिए।

"बड़ा भारी कनकशन है जी इसमें !" सुमरितदास बेतार कब तक पेट में बात रखे, "एकदम प्राइबिट गप है। महमदियावाली को क्यों बुलाया जा रहा है, समझे नहीं ? नौटंकी की बाई जी के बिलौज पर टका साटा जाएगा। अब समझे कुछ ?"

संथाल लोग इस सुराज उतसब में नाचेंगे...कहीं नाचने के समय तीर चला दें, तब ? नहीं, नहीं, डागडर साहेब बोलते थे कि संथालिनें खुद आकर कह गइ हैं–नाचबौ। तहसीलदार साहेब को भी इसमें एतराज नहीं होना चाहिए।...भाई, जो भी कहो, संथाली नाच देखते समय होस गुम हो जाता है। जूड़े में सादे फूलों के गुच्छे, कसमकस देह, उजले दाँत की पाँती की चमक ! सफेद आँचल ! जब झुमुर-झुमुर कर नाचने लगती हैं तो मन करता है, नाच में उतर पड़ें।

---

1. मालिक, 2. खुशहाल हो जाना, 3. समाप्त।

*डा-डिग्गा डा-डिग्गा !*
*रिं-रिं-ता धिन-ता !*

आज से ही वे पराटिस कर रहे हैं।...लेकिन माँदर और डिग्गा की बोली सुनकर डर लगता है। हँसेरी के दिन तो ऐसा लगता था कि जमराज नगाड़ा बजा रहा है और जमदूत सब उसी ताल पर नाचकर तीर चला रहे हैं।

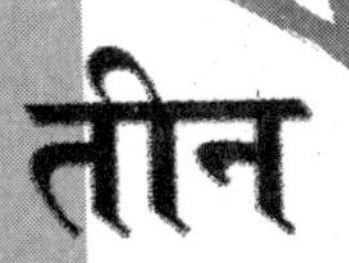

## तीन

"खबरदार ! गरम जिलेबी मत खाना !"

आजकल सुमरितदास बेतार का बोलबाला है। हमेशा एक नई खबर ! आजकल किसी भी टोले के नौजवान से भेंट होते ही वह फिक् से हँसकर एक दिल्लगी कर लेता है, "खबरदार ! गरम जिलेबी मत खाना !"

"माने ?"

"माने सुनोगे ? गरम जिलेबी का तासीर बड़ा गरम होता है। सर्दी से नाक बन्द हो, सिर दुख रहा हो, गरम जिलेबी खा ली ! भक से नाक खुल जाएगी। इतना जल्दी असर करता है !...आज हम डागडरी में जरा दिनाय[1] की दवा लाने के लिए गए थे।

---

1. दाद।

जानते हो ? डागडरबाबू ने फुलिया–अरे वही मँहगूदास की बेटी फुलिया–को क्या कहा है ?...फुलिया को गरमी की बेमारी हो गई है। चेहरे पर फुसरी-फुसरी[1]-सा हो गया है। डागडर ने कहा कि पुरैनियाँ जाओ।...इसीलिए लौजमान लोगों से कहते हैं कि खबरदार ! गरम जिलेबी मत खाना।''

''लेकिन दास जी ! लौजमानों से पहले बूढ़ों को सँभालिए।''

''चुप, चुप ! सभी बेपर्दे हो जाएँगे।''

सुमरितदास बेतार जब फिक् से हँसता है तो उसके लाल मसूड़े दिखाई पड़ते हैं। लाल हँसी हँसता है बेतार !...बेतार फिर फिक् से हँसकर कहता है, ''और कुछ मालूम है ? महंथ रामदास जी रमपियरिया को दासिन रखेंगे। कोठारिन ने हुकुम दे दिया है।...बालदेव तो कोठारिन के पीछे बैरागी ही हो गया।''

कालीचरन का चेहरा अचानक उतर जाता है।...अब मंगला के बारे में तो कुछ नहीं बोलेगा बेतार ? लेकिन बेतार जानता है कि कहाँ कैसी बात करनी चाहिए। बात में उससे जीतना मुश्किल है।

चरखा-सेंटर के मास्टरों और मास्टरनी में लड़ाई-झगड़े हो गए हैं। टुनटुन जी इस्तीफा देकर चले गए। दूसरे मास्टर साहब का सूल उखड़ गया; देस चले गए। अब अकेली मंगलादेवी वहाँ चरखा-सेंटर के नाम पर गाँव-घर में घूमती है, बातें करती है गाँधी जी की, जमाहिरलाल की और सुराज की...कालीचरन कहता है, ''हाथी पर भारतमाता की मुरती के पास बैठकर मुरछल[2] डुलाने के लिए मंगलादेवी को ही कहना चाहिए।''

बालदेव जी तहसीलदार साहब से कहते हैं, ''लेकिन यदि अपने गाँव में औरत नहीं रहे तब बाहरी औरत से कहना चाहिए। यदि गाँव में ही मिल जाए ! कमली दीदी ही क्यों न बैठेंगी ?''

''नहीं, कमली की बीमारी का बड़ा डर है। कब क्या हो जाए !''

''तब कोठारिनी जी से कहा जाए। अब तो खद्धड़ पहनती हैं। खूब नेमटेम भी करती हैं। रोज नहाने के बाद महतमा जी की छापी पर फूल चढ़ाती हैं।''

...लो मजा ! मंगला देवी को हाथी का बड़ा डर ! हाथी को देखते ही उसका सब सरीर केले की भालर[3] की तरह थर-थर काँपने लगता है। कालीचरन ने कितना समझाया-बुझाया, 'बूध-भरोसा' दिया, मगर तैयार नहीं हुई। आखिर में कहने लगी, कालीचरन यदि साथ में रहे तब तो वह हाथी पर चढ़ सकती है। लेकिन कालीचरन को लाज हो गई, सायद। बोला, ''धत् !''

दुलरिया भी अलबत्त बात जोड़ता है। इधर-उधर देखकर, मटकी[4] मारकर, देह-हाथ फैलाकर कहता है–''मंगलादेवी जी जब लीला सिलवार पहनकर निकलती हैं तो लगता है कि मोकनी हथिनी[5] झूमती चली जा रही है।''

''हो-हो-हो-हो ! हा-हा खी-खी !''

1. दाने-फुंसी, 2. चँवर, 3. पत्ता, 4. कनखी, 5. जवान हथिनी।

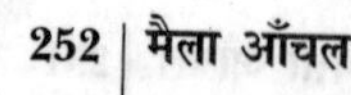

भौऔथ !...औ औ !

डाक्टर साहब की घड़ी में ठीक दोपहर रात का 'टैम' देखकर टीन के करनाल में मुँह सटाकर कालीचरन ने हल्का किया, "भौ औ थ...औ औ !"

इसके बाद लौजवानों ने दोहराया—"भारथ आ जा द !"

मठ पर खँजड़ी डिमक उठी—डिम-डिम-डिम-डिमिक ! बालदेव जी ने भावावेश में चौकीदार की तरह हाँक लगाई—'ह-ह-ह-ह-ह-ह ! भारथ आजाद हो गया। ह-ह-ह-ह-ह-हो-य ! महतमा गाँधी की जै !"

रिं-रिं-ता-धिन-ता !

डा-डिग्गा !

संथालटोली में माँदर और डिग्गा घनघना उठते हैं।

तू-ऊ-ऊ-ऊ। मौसी शंख फूँकती हैं—तू-ऊ-ऊ-ऊ !

सात माइल दक्खिन, कटिहार की पाँचों बड़ी-बड़ी मिलों के भौंपे एक साथ बज रहे हैं—"भौं औं ओं...धू ऊ ऊ !" आवाज एकदम साफ सुनाई पड़ती है।

"...डिल्ली में बाँटबखरा करके सुराज मिल गया। जै ! जै ! इसलामपुर पाखिस्थान में रहेगा या हिन्दुस्थान में ? पाखिस्थान में ? अभी पाखिस्थान में मारे खुशी के खचाखच गोरू काट रहा होगा।...धत्, गोरू ने क्या बिगाड़ा है ?...बड़े भाग से मेरीगंज बच गया। दस मुसलमान भी होते तो पाखिस्थान लेकर ही छोड़ता !"

# चार

भौ औं थ ! औ औ !

कालीचरन का गला बैठ गया। नारा लगाते समय भाथी की तरह गले से आवाज निकलती है–फोयें-फोयें सोयें-सोयें !...सुबह से कामरेड बासुदेव और कामरेड सोमा जट बारी-बारी से नारा लगा रहे हैं।...नारा बन्द नहीं हो, जारी रहे–'अष्ठजाम कीरतन' की तरह ! सुराज-उतसब जब तक खतम नहीं हो, नारा बन्द नहीं हो !

टन-टनाक्, टन-टनाक् ! सजाई हुई मोकनी हथिनी जा रही है।

ढन-ढन, ढनाँग-ढनाँग ! कीर्तनियों का घड़ीघंट बोल रहा है।

धू-ऊ-ऊ-तू-तू-तू ! शंखनाद।

भों-भों-पों !...भों-पों-पों ! अँगरेजी बाजा।

तक-तक-तक-तक धिनाग-धिनाग ! अमहरा का चानखोल[1] बजा।

1. एक तरह का बाजा।

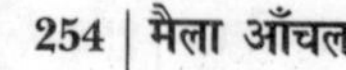

पीं पीं पीं ई ई ई पीं पीं पीं...! चानखोलवालों की पीपही गा रही है :

*चाँदो बनियाँ साजिलो बरात ओ हो*
*एक लाख हाथी सजिलो, दुई लाख घोड़ा*
*चार लाख पैदल, दुलहा बाला लखिंदर !*

पीपही पर बिहला[1] नाच का बरातवाला गीत बजा रहा है।

धू-धू-धू-धू-धू-तु-धुतु-धुतु ! करनाल[2] बोलता है।

हिं-हिं-हिं-हिं-हिं-हिं-हिं ! पहड़िया घोड़ा हिनहिनाया। किसका घोड़ा है ? धरमनाथबाबू का या हरिबाबू का ?

*भारत में आयल सुराज*
*चलु सखी देखन को...*

वह नया सुराजी कीर्तन किसने जोड़ा है ? वाह ! एकदम ताजा माल है। सुनो, सुनो !

*कथि जे चढ़िये आयेल*
*भारथमाता*
*कथि जे चढ़ल सुराज*
*चलु सखी देखन को !*
*कथि जे चढ़िये आयेल*
*बीर जमाहिर*
*कथि पर गंधी महराज। चलु सखी...*
*हाथी चढ़ल आवे भारथमाता*
*डोली में बैठल सुराज ! चलु सखी देखन को*
*घोड़ा चढ़िये आये बीर जमाहिर*
*पैदल गंधी महराज। चलु सखी देखन को।*

वाह ! खूब कीर्तन जोड़ा है उजाड़दास ने। उजाड़दास को नहीं चीन्हते हो ? बारा-मानिकपुर में घर है। वह भी सन् तीस से ही सुराजी में है।

कू-कू ! मोकनी हथिनी ठीक ताल पर कैसा कूकती है ! वाह !

अलबत्त सजाया है हाथी को फिलवान ने। ठीक कपाल पर पुरैन[3] का फूल बनाया है—फुलखल्ली से। कितना रंग-टीप किया है ! भारथमाता की मुरती तो ठीक दुरगा माई की मुरती जैसी लगती है ! लछमी, सरस्वती, पारबती-गौरा और भारथमाता सब सगी बहन हैं। ओ।...इसलिए ! बालदेव जी देखते हैं—सदा खद्धड़ की साड़ी ! गले में फूल की माला ! लम्बे-लम्बे काले बाल बिखरे हुए पीठ पर ! ठीक भारथमाता के ठोर[4] पर जैसी हँसी है कोठारिन वैसी ही हँसी हँस रही है और धीरे-धीरे मुरछल डुला रही है।

धिन, तक-तक-तक, ताक धिनाधिन, भठियाली कीर्तन का खोल बोल रहा है—ताक

---

1. सती बेहला, 2. सिंघा बाजा, 3. कमल, 4. ओठ।

धिनाधिन, तिन्नक-तिन्नक !

*हाँ रे मोरी रे ए ए ए ! हाँ आँ आँ*
*आँ आँ आँ आरो हे !*
*बहु कस्टे सू रा ज पैलो रे*
*भारऽऽथऽऽ सन्तान ओ रे*
*कोटि कोटि छइला पोयेला*
*दिलो बो लि दान आ रे*
*हाँ रे मोरी रे ए ए ए ! हाँ आँ आँ !*

औराही-हिंगना का भकतिया है बाबू। खेल नहीं। सीतानाथबाबू ने पूबा बोली[1] में कैसा भठियाली कीर्तन जोड़ा है, देखो।...सीतानाथबाबू ने जोड़ा है कि उनका छोटका बेटा महेंदर ने ?...महेंदरबाबू भी गीत खूब जोड़ते हैं, सुना है।

झरक-झरक झर-झर्र र र र ! एकपूरिया ढोल तो सब बाजा को मात कर देता है। सभी बाजा को 'झाँप' लिया है।

डमाक्-डमाक्-डिम ! एकपूरिया ढोल के साथ एक छोटी ढोलकी बोलती है।

भौ औ थ ! औ औ !

"महतमा गाँधी की जै !"

"जमाहिरलाल नेहरू की जै !"

"रजिन्नर बाबू की जै !"

"जयपारगास जिन्दाबाघ !"

"यह आजादी झूठी है !"

"देस की जनता भूखी है।"...यह नया लारा कौन लगाता है ?

"ऐ ! ऐ !...नहीं हुआ।"

"सुन लो पहले !"

"आजादी झूठी। मारो साले को ! कौन बोला ?"

"जरूर गाँव का नहीं, बाहरी आदमी है।"

"ऐ ऐ ! बाजा बन्द करो !"

"हटो ! हटो !"

"ऐ कालीचरन ! ऐ बासुदे... !"

"बालदेव !...सांती करो !"

"अरे ! बात क्या हुई ?"

"हर बात में ऐसे ही कोई 'लेकिन' लगाएगा ये लोग ?"

1. बँगला बोली, पूरब की बोली।

"सुनिए तहसीलदार साहेब ! बात यह हुई कि"...बालदेव जी आज फिर सनके हैं, "बात यह हुई कि बाबू कालीचरन के पेट में रहता है कुछ और, और कहता है कुछ और ! हम इससे पहले ही पूछ लिए थे कि तुम्हारी पार्टी की ओर से क्या हुकुम हुआ है सुराज उतसब के बारे में। तो बोला कि सुराज क्या सिरिफ कँगरेसी को मिला है !...अभी देखिए, सुभलाभ करके जब हम लोग जुलूस निकाला है तो बाहरी आदमी को मँगा करके हम लोगों के उतसब को भँग कर रहा है। यह कैसी बात ! अरे भाई, हिंगना-औराही का सोसलिट है तो हिंगना-औराही में जाकर अपने गाँव का लारा लगावे। यहाँ कांबिलयती छाँटने का क्या जरूरत था ? अपना मुँह है—बस, लगा दिया लारा—यह आजादी झूठी है !"

"ठीक बात ! वाजिब बात !" जनता एक ही साथ कहती है।

"ओंएँ सोंएँ सोंएँ..." कालीचरन क्या कहता है, समझा भी नहीं जाता है।

"अरे हाँ-हाँ गलती हो गई !" कामरेड बासुदेव समझा रहा है। यानी कालीचरन जी की बात को जोर-जोर से सुना रहा है—"अरे गलती हो गई। वह नहीं जानता था। चमड़े की जीभ है, लटपटा गई। कालीचरन जी का इसमें कोई दोख नहीं !"

यहाँ के सोसलिट पाटीवालों को भी यह बात अच्छी नहीं लगती है।...दूसरे गाँव से आकर यहाँ लारा लगाने की क्या जरूरत थी ? कालीचरन जी का गला बझ गया था तो बासुदेव और सोमा तो लारा लगा ही रहे थे। बीच में फुटानी छाँटकर सब गड़बड़ा दिया।

"अच्छा ! अच्छा ! माफ कर दो !"

"हाँ-हाँ, छोड़ो ! आज सुराज का दिन है।"

टन्-टनाक् टन्-टनाक् ! मोकनी हथिनी फिर चली। जुलूस आगे बढ़ा ! सभी ढोल-बाजे एक ही साथ बजने लगे। डिम्-डिम् झर्र-झर्र...पी-ओ-धू-ऊ-तक-तक-धिन।

भों-ओं-धू-तू—ताक्-धिनाधिन।

कूई-कू ! कूई-कू ! मोकनी हथिनी ताल पर कूकती है।

बालदेव जी फिर सनके हैं क्या ? हाथ में झंडा लेकर अब हाथी के आगे-आगे नाच रहे हैं। झंडे को इस तरह भाँजते हैं मानो गाटसाहेब रेलगाड़ी को झंडी दिखला रहे हों ! हाँ भाई, सुराज का असल हथियार है तेरंगा झंडा। पहले के जमाने में तलवार से लड़ाई होती थी, इसलिए लोग हाथ में तलवार लेकर नाचते थे। सुराज की लड़ाई का हथियार झंडा है। इसलिए झंडा नचा रहे हैं बालदेव जी। सनके हैं नहीं। जिसका जो हथियार...!

किर्र र र घन घन धड़ाम धा, धड़ाम धा ! नौटंकी का नगाड़ा बोल रहा है।

...भोज तो दिन से ही खाते-खाते मन अघ गया है।...इधर देरी तो आगे में जगह नहीं मिलेगी। चलो, जल्दी !

कि-र्र-र-र-घन-घन धड़ाम-धा, धड़ाम-धा !

*अरे खिस्सा होता गुरु अब सुनहु पंच भगवानों की*
*गाँधी महतमा वीर जमाहिर करे सदा कलियानों की !*

किर्र-र-घन-घन-धड़ाम-धा, धड़ाम-धा !

...कौन खेला होगा ? क्या कहा ? मस्ताना भगतसिंह ! वाह ! अभी जाकर रंग औट किया। दिन से पूछते थे तो बोलता था कि सुलताना डाकू का पाठ होगा।

जिसका जो हथियार !...भगतसिंह का पाठ खुद नितलरैनबाबू लिए हैं। दाहिने हाथ में पिस्तौल है और बाएँ हाथ में बेल के बराबर गोल क्या है ? बम !...अरे बाप ! हाँ, जिसका जो हथियार ! भगतसिंह का हथियार तो बम-पिस्तौल ही था।

किर्र-र-घन-घन-धड़ाम-धा !

*अजी बेटा हम मादरे बतन भारथ का*
*हमें डर नहीं फाँसी सूली का... !*

किर्र-र्र-किर-किर-धड़ाम-धड़ाम-धड़ाम !

भगतसिंह नाच रहा है। एक हाथ में बम और दूसरे में पिस्तौल। नाचकर स्टेट[1] के एक कोने से दूसरे कोने पर जाता है। खूब नगाड़ा बजाता है नगड़ची ! ठीक पन्नालाल कम्पनी की तरह ! इटहरा का नकछेदी है। और कौन ऐसा साफ हाथ बजावेगा !...सिरिफ ताल काटने के समय जरा डर लगता है। ताल काटने के समय धड़ाम-धा, धड़ाम-धा ताल पर भगतसिंह बमवाले हाथ को दो बार पवलि की ओर चमकाता है, मानो बम फेंक रहा हो। और जब-जब वह ऐसा करता है आगे में बैठे सभी लोग जरा करबट होकर एक-दूसरे की पीठ के पीछे मुँह छिपा लेते हैं।...कौन ठिकाना, कहीं इधर ही फेंक दे तब ?...कभी नकली तलवार से देह नहीं कटता है क्या ? तब नकली बम हो चाहे असली, हाथ से छूट जाने पर कुछ-न-कुछ घवैल जो जरूर करेगा ! अरे, नखलौ[2] की बाई जी कहाँ है ? उसको सामने लाओ ! डोली में क्या छिपाकर रखा है ?...ताली बजाओ तब निकलेगी।

"आ गई ! ऐ, देखो नखलौ की बाई जी को !"

"आकर चुपचाप खड़ी काहे हो गई ?"

"गला से तो जरूर पकड़ी जाएगी। गाने तो दो जरा !"

"रोगन-पौडर लगाकर खपसूरत लगती है। दिन में देखना, खपरी की पेंदी की तरह...।"

"हो-हो-हो ! साला दुलरिया बात बनाने जानता है।"

बाई जी शुरू करती है :

*खादी के चुनरिया रँग दे छापेदार रे रँगरेजबा*
*बहुत दिनन से लागल बा मन हमार रे रँगरेजबा !*

धम-धड़ाम, धड़-धड़ाम !

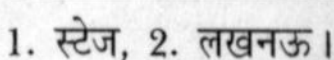

1. स्टेज, 2. लखनऊ।

"नाचती है तो नाचती है, दाँत बिचकाकर हँसती क्यों है ?"

"ए राम ! दाँत और ठोर तो एकदम काला भुजुंग है !"

"अजी दाँत नहीं, काबली अनार के दाने हैं दाने !"

...हो-हो ! हो-हो ! वाह, ठीक कहा दुलरिया ने !

बाई जी गा रही है :

*कहीं पे छापो गंधी महतमा*
*चर्खा मस्त चलाते हैं,*
*कहीं पे छापो वीर जमाहिर*
*जेल के भीतर जाते हैं।*
*अँचरा पे छापो झंडा तेरंगा*
*बाँका लहरदार रे रँगरेजबा !...*

किर्र-रि-रि-रि-रि-धड़क-धड़क, धड़क-धड़म-धा-धड़म-धा !

*अजी अँगिया पर छापो... ।*

...ऐ ! ऐ ! वाह ! हो-हो !...वाह-वाह !

"साटो इसके बिलोज पर टका !" एक आवाज आती है।

"जरूर साटो ?"

"अरे टका मत बोलो, मिडिल बोलो मिडिल। देहाती की तरह काहे बात करते हो ! चाँदी की चकती को 'मिडिल' कहते हैं।"

"सुनो...भगतसिंह फिर काहे स्टेट पर आया ?"

"प्यारे भाइयो, आप लोग हल्ला मत कीजिए... । अब एक गाना होगा—'मोरा बाँका सिपैहिया टट्टू से गिरा जाय' !"

"अरे लचकर काहे झाड़ता है ? बजाओ नगाड़ा।...रात-भर का सट्टा है। तेरी सिपैहिया की ऐसी-तैसी ! खेला सुरु करो !"

"हाँ, ये लोग तो यही चाहते हैं कि इसी तरह 'रिब-रिब' में ही रात काट दें।...नाचो !"

"ए ! पंचलैट में हवा दो ! भुकभुका रहा है !"

"हवा क्या देगा, आँधी आ रही है। पानी भी बरसेगा।"

किर्र-घन-घन-धड़ाम-धा धड़ाम धा ! नगाड़ा घनघनाया।

गुड़-गुड़म ! आसमान में बादल घुमड़े।

फटाक् ! पटाखा फूटा।

*अजी भगतसिंह है नामी इनमें सरदार*
*अजी करना है उसको गिरिफदार !*

...किर्र-किर्र-घन-घन-धड़ाम-धा !

"मारो साले को ! यही साला सब असल देशदुरोहित है, पहचान रखो।"

"मारो ! मारो !...रे मार साले को !"

"हो-हो ! हो-हो !" आँधी आ रही है सायद...। गाय-बैलों को घर से निकालकर बाहर करना होगा। चूल्हों में आग छोड़कर ही जलाना[1] लोग सो जाती है। बहुत खराब आदत है। आग रखती है हुक्का पीने के लिए। रे चलो...। बाँस-फूस के घर का क्या ठिकाना ! आँधी आई, उड़ा ले गई। बरसा हुई तो टपकने लगी और चिनगी भी कभी उड़ी तो सोहा !...चलो। क्या देखेंगे अब नाच ! कटिहार की चवनियाँ माल को उठा लाया है और कहता है कि नखलौ की है। चलो।

गुड़गुड़ुम ! गुड़गुड़ुम !

कमली को डाक्टर ने अपनी बाँहों में जकड़ लिया है !...तीन बजे दिन में ही संथाली नाच देखने अस्पताल आई थी कमली ! नाच खत्म हो गया, शाम हो गई, उधर नौटंकी कब शुरू हुई, कब खत्म हुई, शायद दोनों में से कोई नहीं बता सकेगा।...जब बादल गरजे, बिजलियाँ चमकीं और हरहराकर वर्षा होने लगी तो कमली को डाक्टर ने अपनी बाँहों में जकड़ लिया।

कमली ने बाँहें छुड़ाने की एक हल्की चेष्टा की।...

बिजली चमकी।

गुड़गुड़ुम ! गुड़गुड़ुम !

रि-रि-त्ता-धिन-ता !

डिग्गा-डा-डिग्गा !

संथाली नाच के माँदर और डिग्गा की ताल पर दोनों की धुकधुकी चल रही है। छम्म-छम्...आज कमली इस इलाके में पहने जानेवाले सभी किस्म के गहनों से लदी है।...बाँक, हँसुली, बाजू, कँगना, अनन्त, चूर, झँझनी; अर्थात् झुनुक-झुनुक बजनेवाली बेड़ियाँ जिसे 'झँझनी-कड़ा' कहते हैं।...और चूर तो देह के सिहरन पर भी खनकते हैं—टुन-टुन !

टुन-टुन !

छम्-छम् !

गुड़गुड़ुम !

छम्म, जम् ! छम्म्, छम् !

टुन-टुन !

डाक्टर ! डा क ट र ! ओ !...प्र शा न्त म हा सा ग र !

रा ज क म ल...!

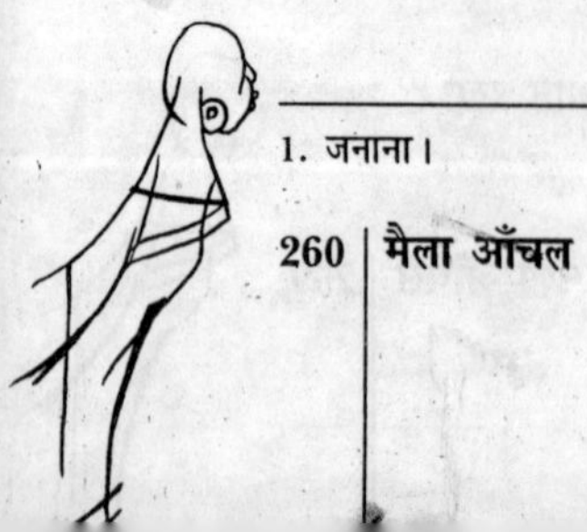

1. जनाना।

# पाँच

बावनदास को अब अपने पर भी परतीत नहीं होता है।...बालदेव जी कहते हैं–चित्त चंचल हो गया है बौनदास का और थोड़ा 'भंरम' भी गया है। बस, सिरिफ गाँधी जी पर भरोसा है बावन को।...बापू सब पार लगावेंगे ! बहुत-बहुत कठिन परीच्छा में बापू अकेले सबको सँभाल लेंगे। जै ! बाबा ! बापू !

...लेकिन उसके दिल में न जाने क्या समा गया है कि हर बात का खराब रूप ही पहले देखता है। सन्देहात्मक दृष्टिकोण से ही वह सारी दुनिया को परखता है। बापू ने चिट्ठी का जवाब दिया है :

"भगवान बावनदास जी ! आप ही धीरज छोड़ दोगे तो भक्तजनों का क्या होगा ?...बापू के प्रणाम !"

बावन कठहँसी हँसते हुए कहता है, "गंगुली जी ! बापू को देखिए !...अब हम क्या

करें ! मन में सन्देह होता है, दिल उदास हो जाता है। फिर आदमी को अपने काम पर भी बिसवास कैसे हो ! बापू से पूछते हैं तो दिल्लगी में ही टाल देते हैं। लिखते हैं कि आप धीरज छोड़ दीजिएगा।...अरे ! छलिया रे ! जनम-जनम छल करके ठगा, कभी रामऔतार तो कभी क्रिसना औतार और..."

"कभी बावन अवतार !" गांगुली जी चट से कह देते हैं।

"धत् ! आप भी तो...हो-हो-हो !" बहुत दिनों के बाद आज ही बावन ऐसा दिल खोलकर हँसा है।

बावनदास जब दिल खोलकर हँसता है तो उसकी आँखें खुद-ब-खुद बन्द हो जाती हैं, और तब ऐसा लगता है मानो एक बड़ा-सा सेलुलाइड का खिलौना हिल रहा हो। बावन अवतार !

रावन अवतार ! यह चलित्तर रावन का औतार बनकर आया है भाई, सुने हो या नहीं, हसलगंज के हरखू तेली के घर में डकैती हो गई !

...आँएँ ! कब ?...सुराज उतसब की रात में ही ? बन्दूकवाले थे ? घवैल तो नहीं हुआ कोई ?...दो खून ? ऐं ?

सुमरितदास बेतार अभी तुरत कटिहार से आया है।

"बात यह है कि हसलगंज के हरखू तेली की कंजूसी के बारे में तो सभी जानते ही हो !...चलित्तर करमकार, या भगवान जाने कौन था सो, एक दिन ठीक दोपहर को उसके दरवाजे पर आया। पानी पीने के लिए माँगा तो, सुनते हैं कि पैसा माँगा। लेकिन सहुआइन कहती हैं, दुकान पर जलपान करके, हाथ-मुँह पोंछके जाने लगा तो हम पैसा माँगा। बोला कि तुम्हारे यहाँ एक गिलास पानी पिएँगे तो पैसा माँगोगी ? भाई, हम भी सुनती-उड़ती बात कहते हैं, खाँटी हाल एक-दो दिन में खुद औट हो जाएगा।...सुनते हैं कि सुराज उतसब की रात में एक दर्जन लोगों को लेकर, पहड़िया घोड़ा पर सवार होकर आ गया। आते ही बोला—कहाँ सहुआइन ! पूड़ी बनाओ !...नहीं बनाएगी कैसे ? हाथ में रैफल-बन्नूक लेकर दो-दो आदमी सहुआइन के अगल-बगल में एकदम तैयार। हरखू साह को चारों ओर से घेरकर चौकी पर बैठाया और कहा कि रमैन पढ़ो। गाँव में दो आदमी चले गए, लोगों से कहा कि हम लोग हरखू साह की लड़की को देखने आए हैं।...सुबह होते-होते सब काम फिनिस ! जहाँ-जहाँ मिट्टी के नीचे घड़ा गाड़कर रखा था, सब खोद लिया। एक जगह खोदकर गिनता था और हिसाब करके कहता था—'नहीं, और है। बताओ बुड्ढे ! नहीं तो चढ़ाओ इसको चूल्हे पर, ढालो ऊपर से किरासन तेल।' सहुआइन तो रात-भर पूड़ी छानती रही और मिठाई बनाती रही। सुनते हैं, सहुआइन बीच-बीच में कहती थी—'ऐ बेटा ! तीरथ करे खातिर कुछ रखली है, कुछ छोड़ दिहऽऽ...।' उसको एक हजार रुपैया दे दिया।...हरखू साह को कहा कि तुम आठ साल से एक ही धोती पहन रहे हो, तुमको रुपए की क्या जरूरत है ?...जनाना लोगों

को देह पर हाथ भी नहीं दिया, सुनते हैं ! मगर जाते-जाते दो खून कर दिया।''

सुमरितदास बात करते-करते चारों ओर देखते हैं। क्यों ?...कहते-कहते रुक क्यों जाते हैं ? आज फिक् से हँसते भी नहीं हैं। मुँह बड़ा चटपटाया हुआ देखते हैं। क्या बात है ? ऐसा तो कभी नहीं देखा ?...'सुनते हैं, सुनते हैं' की झड़ी लगाए हुए हैं। आखिर असल बात क्या है ?

''अरे दास जी ! कोई प्राइबिट बात ?''

''नहीं, प्राइबिट बात कुछ नहीं है !...दंगा हो रहा है। सुनते हैं कि डिल्ली, कलकत्ता नखलौ, पटना सब जगह हिन्दू-मुसलमान में लड़ाई हो रही है। गाँव-के-गाँव साफ !...आग लगा देते हैं।'' सुमरितदास हाथ में लोटा लेकर दिसा मैदान की ओर चले जाते हैं।

...बालदेव अनसन करेंगे। क्यों, क्या बात हुई इस बार ? बालदेव जी कहते हैं, ''पियारे भाइयो ! हम अभी डाक्टर साहेब के बेतार में खबर सुनकर आ रहे हैं। अँधेर हो गया। एकदम सब पगला गए हैं, मालूम होता है। गाँधी जी खिलाफत के जमाना से ही कह रहे हैं–हिन्दू-मुसलमान भाई-भाई हैं। तैवारी जी भी गीत में, आज से पन्द्रह-बीस साल पहले कहिन हैं :-

*अरे, चमके मन्दिरवा में चाँद*
*मसजिदवा में बंसी बजे !*
*मिली रहू हिन्दू-मुसलमान*
*मान-अपमान तजो !*

''...सो, गाँधी जी की बात काटकर जो लोग यह सब अंधेर कर रहे हैं, वे भी एक दिन अपनी गलती मान लेंगे।...गाँधी जी अनसन करेंगे सायद।...आजकल नूवाँखाली गए हैं। अभी बावनदास आया है पुरैनियाँ से। बोलता है कि गाँधी जी ने रामलालबाबू को नूवाँखाली बुलाया है। गाँधी जी ने सिवनाथ चौधरी जी को चिट्ठी दिया कि सन् तीस में गाँधी आसरम में जो आदमी पुरैनियाँ से आया था, उसको नूवाँखाली भेज दो। रमैन पढ़ैगा।...रामलालबाबू जब गा-गाकर रमैन पढ़ने लगते हैं तो सुननेवालों की आँखों से खुद ही लोर ढरने लगता है।...''

जोतखी काका आजकल बहुत चुप रहते हैं। फिर भी इतनी बड़ी-बड़ी घटनाओं पर वह कुछ नहीं बोलें, यह कैसे हो सकता है ! उनकी राय है कि यह सब सिर्फ सुराज का नतीजा है।...जिस बालक के जन्म लेते ही माँ को पक्षाघात हो गया और दूसरे दिन घर में आग लग गई, वह आगे चलकर और क्या-क्या करेगा, देख लेना। कलियुग तो अब समाप्ति पर है। ऐसे-ऐसे ही लड़-झगड़कर सब शेष हो जाएँगे।

अब लोग सोशलिस्ट पार्टी आफ़िस में भी दरखास-फरियाद लेकर आते हैं। जुमराती मियाँ रोता हुआ आया है। सुमरितदास ने उससे पाँच रुपया छीन लिया है। ''कालीबाबू ! जुलुम...अब गरीब लोग कैसे रहेंगे !''

''अच्छा-अच्छा ! आज साम को यहीं पाटी आफिस में रहिए। रात में हम आपकी

पंचैती कर देंगे।" कालीचरन विश्वास दिलाता है।

"कामरेड बासुदेव !...सुमरितदास को बुला लाओ तो !" शाम को कालीचरन गम्भीर मुद्रा बनाए हुए हैं।

मच्, मच्, मच् ! बासुदेव कल पुरनियाँ से लौटा है। भाटा कम्पनी का जूता खरीदा है चौबीस रुपए में। चलने के समय मच्-मच् बोलता है। रात में भी, आँख पर धूप-छाँहा काला चसमा लगाकर, पैजामा-कुर्ता पहनकर, जूता मचमचाकर चलने के समय थोड़ा नसा जैसा लगता है। परेड करते हुए चलने का मजा आ जाता है।...बासुदेव स्टेशन पर पान-बीड़ी-सिकरेटवालों की तरह बात को ऐंठकर आवाज गहरी करके पुकारता है—"सो म रे ट डे स !"

सुमरितदास की पिल्ही चमक गई होगी। बासुदेव मन-ही-मन हँसता है—"स् यो म रे ट डैस !"

एक छोटी-सी छपरी में किधर छिपेंगे दास जी ! बासुदेव ने पहले ही देख लिया है। वह उसे हाथ पकड़कर घसीट लाता है। सुमरितदास थरथर काँप रहे हैं। "ह जौ र, दुहाई... !"

"बेतार, बुलाहट है !" बासुदेव हँसते हुए कहता है।

"कौ...कौन, बा...बासुदेव ? हेत् ! हम समझे कि...दारोगा साहेब हैं। वाह ! खूब डराया ! अलबत्त बोली सीखे हो बाबू ! होनी ही चाहिए। देस-बिदेस घूमते हो तुम लोग। किसने बुलाया है ?...कालीचरन ने ? अच्छा एक बात, बहुत दिन से, पूछते-पूछते भूल जाते हैं। कहो तो, तुम्हारी पाटी में भी दो पाटी है क्या ?"

"काहे ?"

"पहले बताओ तो," सुमरितदास फिक् से हँसता है।

"नहीं, पहले आप बताइए," बासुदेव कम जिद्दी नहीं।

"यही...कालीचरन एक दिन बोल रहा था कि सिकरेटरी-साहेब बासुदेव पर विश्वास नहीं करते हैं। हम बोले कि बासुदेव में तो कोई डिफेट नहीं तो बोला कि दास जी आप क्या जानिएगा भीतरी बात !...इसीलिए पूछते हैं कि..."

"अरे हाँ-हाँ दास जी, हम समझ गए। असल में कालीचरन है धरमपुरी जी की पाटी का। धरमपुरी जी भी सोशलिट पाटी में ही हैं, मगर हमारा सकरेटरी साहब के सामने वह कुछ नहीं हैं। एकदम ठंडा खेयाल के आदमी हैं। सभी से हँस-हँसकर बोलेंगे, काँगरेसियों के साथ बैठकर दुकान में दही-चूड़ा खाते हैं। अब सोचिए कि...यह फलहार करनेवाला आदमी, इस किरान्ती पाटी में कैसे ?...आप ही सोचिए दास जी ?"

"ओ ! ओ...ओ ! यह बात है ?" सुमरितदास गम्भीर होकर कहता है, "वाजिब बात है।"

"हाँ, और यह कालीचरन जी उन्हीं की पाटी में है।" फिर फिसफिसाकर कहा, "मंगलादेवी के साथ आजकल ऐसा रसलील्ला होता है कि क्या कहेंगे !...यही सब बात हम सिकरेटरी साहब से बोले। कालीचरन को सिकरेटरी साहेब ने डाँटा है।

इसीलिए ऐसा बोलता होगा...देखिए न ! इसी बार मजा लगेगा, सम्मलेन में जाने के समय।''

''ओ-ओ-ओ।...हाँ भाई ! हर जगह यह पाटीबन्दी ठीक नहीं।...लेकिन आखिर एक हद है। धरमपुरी जी के बारे में तुमने जैसा कहा, वैसा आदमी किरान्ती पाटी में कैसे रह सकता है ! वाजिब बात !...अलबत्त...बोलता है तुम्हारा सिकरेटरी किसनकान्त जी—गरमागरम ! बोलने के समय बाँह जब मरोड़ता है तो लगता है कि...अच्छा, हाकिम का परवाना क्यों जारी हुआ है ? क्यों बुलाहट है !''

''अरे, वही जुमराती मियाँ ने न जाने क्या-क्या कहा है जाकर। बोलता था कि रुपैया छीन लिया है।'' बासुदेव आँख पर काला चश्मा चढ़ाते हुए कहता है, ''मुसलमानों का क्या बिस्वास !''

''समझो जरा !'' सुमरितदास फिक् से हँसकर कहता है, ''समझने की बात है !''

मैं जाकर कह दूँगा कि घर पर नहीं हैं। कोई लाट साहेब थोड़ी हैं जो लोग हाथ बाँधे खड़े रहेंगे। हम किसी का परवाह नहीं करते।'' बासुदेव पैकेट से सिगरेट निकालकर दियासलाई के डब्बे पर ठोंकता है—''दिन-भर हम लेक्चर झाड़ते रहे हैं, सिगरेट मत पियो, अंडा मत खाओ। और भीतरे-भीतरे...'' बासुदेव माचिस जलाकर सुलगाने लगता है।

...दियासलाई की रोशनी चश्मे के दोनों शीशों पर चमक उठती है। काले चश्मे पर जलती हुई माचिस ! सुमरितदास के सारे देह में एक सिहरन दौड़ जाती है, रोयें खड़े हो जाते हैं।...लेकिन वह हँसते हुए कहता है, ''डूबकर पानी पियो, एकादसी का बाप भी न जाने।''

''हुँ !'' बासुदेव धुएँ का गुबारा छोड़ते हुए खाँसता है।

...दारू की महक ! सुमरितदास की आँखें चमक उठती हैं, ''बासुदेव-बाबू ! कुछ नेपलिया माल आया है क्या ? जरा हमको भी तो चखाओ !''

''औल रैट ! कल चखावेगा। लाल सलाम !''

मच्, मच्, मच्, मच्।

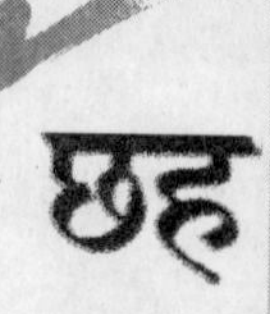

# छह

तन्त्रिमाटोली में आज घमाघम[1] पंचायत हो रही है।

बहुत दिनों की बन्दिस है कि पंचायत में कोई भी घर की बोली नहीं बोले। काहे-कूहे, याने कचराही-मोगलाही[2] जितना बोल सको, अच्छा है। पंचायत में कोई हटा नहीं सकता। लौजमानों के दल ने रमपियरिया के दासिन होने का घोर विरोध किया है।

"खेल बात है ? जात है कि ठट्ठा है ? जब जिसका मन हुआ किसी की रखेलिन बन गई, दासिन बन गई, रंडी बन गई ?" आज गरभू भी गरम होकर बोलता है।

पंचायत में सबों को बोलने का हक है, इसीलिए घमाघम पंचायत हो रही है।

1. गरम, 2. कचहरी में बोली जानेवाली उर्दू।

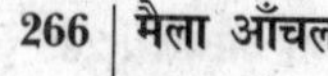

"कहाँ है रमपियरिया की माये ?"

सबों की निगाह टट्टी की आड़ में खड़ी औरतों पर जाती है। रमजूदास की स्त्री खखारकर गला साफ करती है, "रमपियरिया की माये को क्या कहते हैं ?"

"तुम मत बोलो !"

"धान न बोले, बोले भूसा टन !"

"हम बोलेंगे ही !" रमजूदास की स्त्री उठ खड़ी होती है।...लगता है आज मारपीट भी होगी।

"कहाँ, उचित और नोखे ! छड़ीदार काहे बने हो ?"

"हाँ, मारने कहो छड़ी।...जो न छड़ी से पीटे वह दोगला का बेटा !...रमपियरिया की माये के मुँह में बोली नहीं है तो आज घोंघी का भी मुँह खुला है !...रमपियरिया जवान है, उसके जो जी में आवे कर सकती है।...पंचायत में तो बड़ा फड़फड़ करते हो गरभू, रमपियरिया तो तुम्हारी भतीजी लगेगी न ? बोल, खोल दें बात ?...सात बेटे का बाप है छीत्तन, इससे पूछिए कि रमपियरिया के माये के मचान पर दिन-रात, भूख-पियास भूलकर पेट के बल क्यों पड़ा रहता है ? यही निसाफ है ?...अरे, जवान-जहान की बात हो तो कहा जा सकता है कि एक दिन पैर भँस[1] गया। इस घुर-घुर बूढ़े की यह चाल !"

"चुप रहो।...ऐ ! चुप !...कहाँ छीत्तन ?"

"सिर में तो अब एक भी काला बाल खोजने पर मिलेगा नहीं और यह तेजी ?...काहे जी छीत्तन, क्या कहती है रमपियरिया की माये ?"

छीत्तन का तोतरहवा[2] बेटा गरम हो जाता है, "मूँ ससँभाय कय बोओ !"

"मारो ! पकड़ो !"

"ऐ ! ऐ !"

"लगाओ गले में कपड़ा ! मारो झाड़ू ऊपर से !...सान दिखाता है !"

नोखे और उचितदास छड़ीदार हैं। पंचायत जब घमाघम होने लगती है, तब वे दोनों छड़ी हाथ में लेकर नचाते रहते हैं। नोखे और उचितदास छीत्तन को पकड़कर गले में कपड़ा लगा देते हैं। मँहगूदास, चेथरू, मुसहरू, अनपू और घोतन बीच-बिचाव करते हैं—"मारो मत।"

"सभी बूढ़े एक तरफ हैं," एक आवाज आती है।

अब रमपियरिया की माये के बदले छीत्तनदास की पंचैती होती है। छिः-छिः ! लाज से डूब मरने की बात है ! इस बार पाँच ही रुपैया जरिमाना हुआ। सस्ते छूट गए !

छीत्तनदास को पाँच रुपैया जुर्माना हुआ है और उसके तोतरहवा बेटा को पाँच बार कान पकड़कर उठने-बैठने की सजा। नोखे गिनता है—"एक, दो, तीन, चार, पाँच... बस !"

---

1. बहक जाना, 2. तोतला।

रमपियरिया की माये को एक साम भोज देना होगा। महंथ साहेब जात ले रहे हैं तो भात दे।...क्या कहती है रमपियरिया की माये ?...देगी ?...तब ठीक है। बोलिए पंच-परमेश्वर, क्या विचार ?...जो दस का विचार !

दस का विचार हो गया—रमपियरिया दासिन बन सकती है। जाति का बन्दिस में जरा ढील देने से सब गड़बड़ा जाता है। इसी तरह बराबर पंचायत होती रहे तब तो ? अभी यह भोज तो फोकट में चला जाता हाथ से।

रमजू की स्त्री रमपियरिया की माये के आँगन में बैठी समझा रही है रमपियरिया को—"जब दूध की छाली और मालभोग केला खाकर आँख पर चरबी चढ़ जाएगी, तब मौसी को पहचानोगी भी नही। महंथ से कह देना, जोड़ा साड़ी से काम नहीं चलेगा। दही खिलाने से बाकी मोजर नहीं होगा।...कठसर[1] लेकर छोड़ेंगे।"

रमपियरिया हँसती है—"उनको तो जो कहेंगे, करेंगे। मगर कोठारिन.."

"कैसी पगली है रे ! कोठारिन वह कैसी ! अब तो कोठारिन तूँ है। इसी मुँह से मठ पर रहेगी रे !...लछमिनियाँ को कम मत समझो। उसका जहरचौ आ[2] यदि नहीं उखाड़ सकी तब तो तुम्हारा महंथ सब दिन खँजड़ी बजाकर फटकनाथ गिरधारी गाता रहेगा। पगली ! इसी लूरमुँह से..."

"सुनती है रे ! रमपियरिया ! कहाँ गई उठकर ?...सायद महंथ आया है..." उसकी माँ पुकारती है।

"साहेब बन्दगी हो महंथ ! पिछवाड़े में अब काहे छिपे हो ? अब तो तुम अपने आदमी हुए...इधर आओ !" रमजू की स्त्री आँख टीपकर मुस्कराती है।

महंथ साहेब रमपियरिया के साथ केलाबाड़ी से निकलकर आँगन में आते हैं।

"पीढ़ी दो रे !...बैठिए !"

"जातवाले तो भात माँग रहे हैं। हमने तो कबूल लिया है," रमपियरिया की माये चिलम फूँकते हुए कहती है।

"लछमी से पूछेंगे," महंथ साहेब आँखें नीची करके कहते हैं। रमपियरिया की माये अब उनकी सास है। सास के सामने जरा लिहाज से बातें करनी चाहिए।

"क्या बोले ?" रमजू की स्त्री फटे कनस्तर की तरह झनझना उठती है, "लछमी से पूछेंगे ? रमपियरिया की माये ! सुनती हो ? हम कहा था न, उसने तो इनको भेंड़ा बना लिया है। अरे, महंथ साहेब ! लछमी कौन होती है जो आप उससे पूछिएगा ?"

"नहीं, वह बोली है..."

"महंथ साहेब ! बुरा मत मानिएगा, आप हिजड़ा हैं।" रमजू की स्त्री जाने के लिए उठ खड़ी होती है, "रमपियरिया को लछमिनियाँ की लौंडी बनावेंगे महंथ साहेब, हम सब

1. एक गहना, 2. विषदन्त।

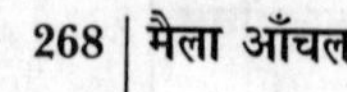

समझ गए।''

''नहीं, नहीं ! ऐसा नहीं हो सकता। ड़मपियाड़ी जो कहेगी...वही होगा।'' रामदास जी के दोनों हाथ जुड़ जाते हैं।

''...ड़मपियाड़ी जो कहेगी !'' महंथ साहेब हर बात में अब कहते हैं—''जाने ड़मपियाड़ी।''

''रमपियरिया क्या जानती है ?'' लछमी कुढ़ जाती है, ''सालभर तो उसे मठ के नेम-टेम सीखने में ही लग जाएगा। हाथ की सभी अँगुलियों को सही-सही गिन भी नहीं सकती है और उसके पास जन-मजूरी का हिसाब है। सतगुरु हो, सतगुरु हो !''

जिस दिन से रमपियरिया मठ पर दासिन होकर आई है, लछमी का मुँह हाँड़ी की तरह लटका रहता है।...महंथ रामदास सबकुछ समझते हैं। रमपियरिया को मजूरों की मजूरी का धान नापने को कहते हैं महंथ साहेब, ''नहीं जानती है हिसाब-किताब, तो समझा दो ! सिखावेगी-पढ़ावेगी तो कुछ नहीं, बस खाली लचकर झाड़ती रहेगी !''

''मैं लचकर झाड़ती हूँ ? सतगुरु हो ! मुझे अपने पास बुला लो प्रभु ! अरे, अभी उसकी देह में एक मन साबून धँसो तब कहीं उसके सरीर में प्याज-लहसुन की गन्ध कम होगी। भोर को उठना सिखाओ। मुँह तो कभी धोती भी नहीं है। बीड़ी पीती है। डोलडाल[1] से आकर नहाती भी नहीं है। जूठे हाथ से बीजक उठाती है। मैं क्या सिखाऊँ-पढ़ाऊँगी ? तुम क्या कहते हो ? आँचल में चाबी लटकाए बिना कुछ नहीं सीख सकती, तो लो न चाबी अपने भंडार की। मुझे चाबी लटकाने का सौख नहीं है। जानते हैं सतगुरु !'' लछमी झन् से चाबी का गुच्छा फेंक देती है।

...महंथ रामदास देखते हैं, यह तो सिर्फ गोदामघर की चाबी है। सन्दूक की चाबी कहाँ है ?...''चाबी काहे फेंकती हो ! बात-बात में इतना गुस्सा होने से कैसे काम चलेगा !'' महंथ साहेब गम्भीर होकर कहते हैं, ''तुम मेरी गुरुमाई हो !...ड़मपियाड़ी को रास्ते पर लाना तुम्हारा काम है।''

''देह का मैल भी मैं ही छुड़ा दूँगी। कपड़ा मैं ही साफ कर दूँगी !...दस दिन भी नहीं हुए हैं, गद्दीघर[2] की दीवाल पर थूक-खखार की ढेरी लग गई। अधजली बीड़ी के टुकड़ों से घर भरा हुआ है। वह भी मैं ही साफ करूँगी !...अब यह मठ नहीं, सूअर का खुहार है खुहार।''

''तुमको ड़मपियाड़ी के देह का मैल छुड़ाने के लिए कहेंगे ! हम पागल नहीं हैं। तुम बाबू बालदेव की गर्दन की मैल छुड़ाओ...'' महंथ रामदास क्यों छोड़ देंगे ! सच्ची बात तो लोग अपने बाप के मुँह पर भी कह देते हैं।

1. नित्यक्रिया, 2. बीजक और महंथ के रहने का कमरा।

"बालदेव जी का नाम मत लो।"

"क्यों नहीं लेंगे ?...मठ को सूअर का खुहार बनाया कौन ?"

"मैंने बनाया है ?"

"हाँ, तुमने बनाया है। मेरा भीतर जल रहा है। बात मत बढ़ाओ।"

"भीतर जलता है तो मारकर ठंडा कर लो।"

मारपीट का नाम सुनकर बालदेव जी कैसे चुप रहें ! हिंसाबात का डर है। "महंथ साहेब !...कोठारिन जी ! सान्ती ! सान्ती से सब बात कीजिए !"

"अहा-हा ! कोठारिन रे कोठारिन !" रमपियरिया को बचपन से ही झगड़ने की तालीम मिली है। वह किवाड़ की आड़ से निकल आती है और हाथ चमका-चमकाकर कहती है–"रोज आध पहर रात को कोठारिन की कोठरी खुलती है।...सन्दूक की चाबी कहाँ है ?...गुदामघर में है क्या ? सब तो बेंच-बाँचकर छुट्टी कर दिया।"

लछमी के नथने फड़कने लगते हैं। लगता है किसी ने बाँस की पतली छड़ से उसकी पीठ पर शपाक् से मार दिया।...बारह बजे रात को कोठरी खुलती है !...सब बेंच-बाँचकर छुट्टी कर दिया !...सतगुरु हो, किस पाप का दंड दे रहे हो प्रभू ?

"रामदास ! अपनी फेकसियारी[1] का मुँह बन्द करो, नहीं तो अच्छा नहीं होगा। क्या चाहते हो तुम लोग ?...सन्दूक की चाबी के लिए कलेजा ऐंठ रहा है तो ले लो !" लछमी सन्दूक की चाबी भी फेंक देती है।

रमपियरिया अब गद्दी से बकर-बकर कर रही है।...अलबत्त बोल सकती है रमपियरिया ! लौंगी-मिरचा की तरह वह तेज है। उसकी बातें सुनकर देह लहरने लगता है। बात में भी ऐसा...झाल ?

"लड़ि मरे बरदा, बैठल खाए तुरंग। दिन-भर बैठकर महतमा जी-महतमा जी कहता है बालदेव, कभी एक लोटा पानी भी किसी पेड़ में दे तो समझें कि हाँ ! सुबह से साम तक ऐना-ककही लेकर महरानी सिंगार-पटार करेगी ! यहाँ कोई किसी का नौकर नहीं।...मेरे देह में मैल है, मन में नहीं। ऊपर से तो गमकौआ साबून और चम्पा-चमेली का तेल लगाती हो–भीतर ? राम-राम ! रात-भर मुँह में मुँह सटाकर सोनेवाली, भोर में मुँह धोकर सुध तो नहीं हो सकती।...नट्टिन ! कसबिन !" रमपियरिया बड़बड़ा रही है।

"ड़मपियाड़ी ! बेसी मत बोलो, सिर में दरद हो जाएगा।" रामदास जी कहते हैं, "ऐसा जानता तो..."

लछमी दासिन कुछ नहीं बोलती है। चुपचाप, टकटकी लगाकर नींबू के पेड़ की ओर देखती है।

रमपियरिया की एक-एक बात तीर की तरह उसके मर्मस्थल में गुँथ गई है।...गमकौआ साबून और चमेली का तेल !...महंथ सेवादास ने उसे यही एक बहुत खराब

1. लोमड़ी की एक जाति।

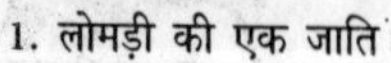

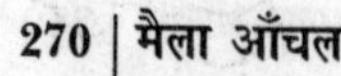

आदत लगा दी है, बिना साबून के वह नहा ही नहीं सकती है। मन पवित्र ही नहीं होता है बिना साबून के ! केशरंजन तेल तो सिर-दर्द के दिन ही अब लगाती है वह।... महंथसाहेब जब पुरैनियाँ कचहरी से लौटते तो झोरी में तेल, साबून, किसमिस-अखरोट और तरह-तरह का फल-मेवा ले आते थे। कोई भी नई चीज बिकते देखा, बस खरीद लिया।

...महंथ सेवादास के साथ सभी तीरथ कर चुकी है लछमी।...क्या इसी नरक भोग के लिए ! उसकी तकदीर ही खराब है। अब मठ में रहना नरकवास है ! है छिः-छिः, दस दिन हुए, परसाद जरा भी नहीं रुचता है, पानी में मछली की गन्ध पहले ही रोज लग गई, सो अब पानी पीते ही कै हो जाती है।...मठ पर आने के समय रमपियरिया की माये ने ठूँस-ठूँसकर मछली खिला दिया था। सतगुरु हो !...सबकुछ करो, पंथ मत भरस्ट करना गुरु !...वह कल ही अलग हो जाएगी मठ से। महंथ साहेब उसके नाम से तीस बीघा जमीन और कलमी आमों का एक बाग लिख गए हैं। उस पर मठ का कोई अधिकार नहीं !...सब एक सप्ताह में ही, सतगुरु की कृपा से, ठीक हो जाएगा।

लछमी की आँखों के आगे सपनों-जैसी एक दुनिया बस रही है।...कलमी आमों के बाग में, ठीक बम्बई आम के पेड़ के पास, दो खूबसूरत झोंपड़ियाँ हैं। वह चरखा चला रही है ! बालदेव जी बीजक बाँच रहे हैं...

''बालदेव जी ! अब आसन तोड़िए !''

बालदेव जी लछमी के चेहरे की ओर भकर-भकर[1] देखते हैं। जब-जब वह लछमी की आँखों में खोते हैं, उनका चेहरा ठीक ऐसा ही अर्थ-भावहीन हो जाता है।...आसन तोड़ना होगा ?

''हाँ, आसन तोड़ना होगा। यहाँ धरम नहीं बचेगा,'' लछमी की आँखें डबडबा आती हैं।

*आ रे ! जोगिया के नग्र बसे मति कोई*
*ओहो सन्तो...जा रे बसे सो जोगिया...होई !*

...डिम डिमिक-डिमिक्, डिम डिमिक-डिमिक् !

---

1. अर्थ-भावहीन दृष्टि से देखना।

# सात

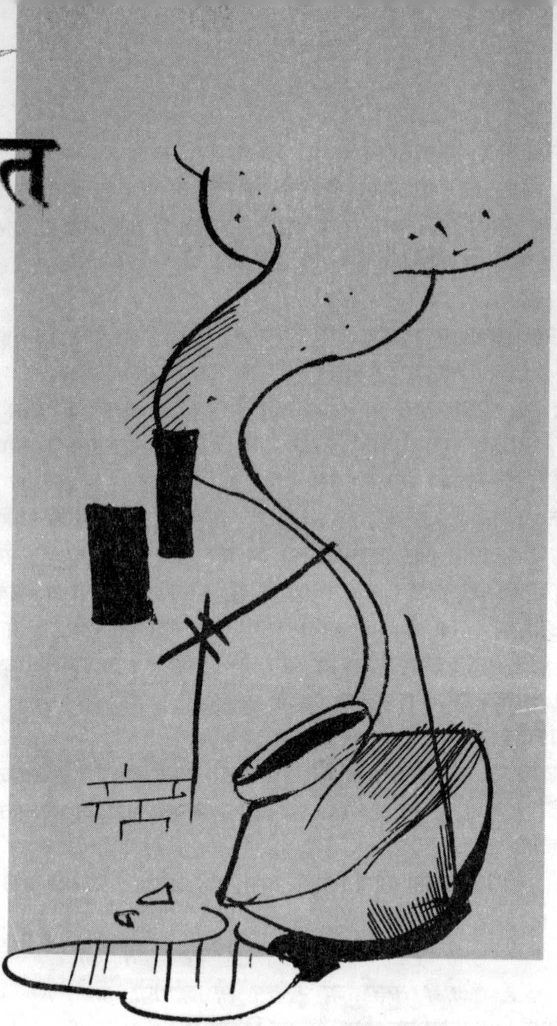

कमली दिन-दिन खूबसूरत होती जा रही है।

गले में अब दो रेखाएँ ऐसी उभरती हैं जो उसके मुख-मंडल को और भी आकर्षक बना देती हैं। आँखों में चंचलता नहीं, एक मद है।...अचानक देखने पर लगता है कि आँखों में काजल पड़ा है।

"माँ ! अब तुम्हारा डाक्टर...खुद बेहोश होने लगा है। आध घंटे से दीवार की ओर एकटक देख रहा है।" कमली अपने कमरे में बाल झाड़ रही है।

माँ डाँटती है, "कमली ! डाक्टर साहेब गोल कमरे में बैठे हैं।"

"तो क्या हुआ ?"

कई दिनों से माँ चाहती है कि कमली को कहे, इतना हेल-मेल अच्छा नहीं। लेकिन, अभी उसकी ओर देखते ही माँ ने जाने क्या देखा कि मोम की तरह गल

गई।...दुधिया वर्ण और सुडौल बाँहें, लम्बे-लम्बे बाल, सुगठित मांसपेशियाँ, गौर आँखों में यह क्या ?...काँप जाती है माँ। यह क्या रे अभागी ! हतभागिन ! आँचल को मैला मत करना बेटी, दुहाई ! नहीं, नहीं...वह भी कैसी है ! उसकी बेटी तो 'माँ कमला' है।...वह जो चाहे, करे ! माँ के ओठों पर स्वाभाविक मुस्कराहट लौट आती है, ''मालूम होता है, तुम्हारा रोग उतारकर डाक्टर ने अपने ऊपर ले लिया है।''

''हो-हो !'' डाक्टर अब हँसी जब्त नहीं कर सकता है, ''हो-हो !'' कमली पर्दे की आड़ से गला निकालकर इशारे से कहती है, ''चुप ! आप बीमार हैं। मालूम ?''

तहसीलदार साहब की खड़ाऊँ खटखटाती है। हँसी सुनकर वे भला कोई और काम कर सकते हैं !

डाक्टर को तहसीलदार साहब के दोनों रूपों के दर्शन हो चुके हैं। जब वह घर-गृहस्थी, मामले-मुकदमे, लेन-देन, नफा-घटी वगैरह की बातें करते रहें तो उनका कोई और रूप देखिएगा। घर में, आराम से बैठकर दीन-दुनिया की बातें करते समय अथवा रामायण-महाभारत, देश-बिदेश से लेकर घरेलू चीजों पर टीका करने के समय, किसी और तहसीलदार साहब को आप देखिएगा।...हास्यप्रिय, रसिक और कुशल गृहस्थ ! भोला-भाला इंसान !

डाक्टर को उनके प्रथम रूप से बेहद घृणा है, किन्तु दूसरे रूप के इन्द्रजाल में तो वह फँस ही चुका है।

''क्या बात थी ?'' तहसीलदार साहब हँसी का टटका स्वाद लेने के लिए तुरत पूछ बैठते हैं–''कमली की माँ ! क्या बात थी ? ये दोनों नहीं बतावेंगे।''

''अरे, तुम्हारी पगली बेटी के मुँह में जो आता है बक देती है। तुम्हारी बहकाई हुई बेटी अभी कह रही थी कि डाक्टर साहेब अब खुद बेहोस हो जाते हैं।''

''अच्छा !...तब ?'' तहसीलदार साहब मुस्कराहट को रोकने की मुद्रा बनाकर, चाय के प्याले में चुस्की लेते हुए पूछते हैं, ''तब फिर ?''

माँ हँसी को रोकते हुए कहती है, ''तो मैंने कहा कि मालूम होता है, तुम्हारा रोग उतारकर उन्होंने अपने ऊपर ले लिया है। डाक्टर साहेब भी सुन रहे थे...''

''हा-हा-हा-हा- !'' तहसीलदार साहब की ऐसी हँसी को कमली कहती है, 'बाबा पछतिया[1] हँसी हँसते हैं।

तहसीलदार साहब भी देखते हैं, कमली के स्वभाव में बहुत परिवर्तन हुए हैं। ऐसी बेटी का बाप चुपचाप बैठा है; लाचार है। भगवान ! शंकर भगवान ! कमली पर कृपा-दृष्टि फेरो !

डाक्टर तहसीलदार साहब की बुझती हुई हँसी को गौर से देखता है।...यह शायद एक तीसरा रूप है जिसे देखकर पत्थर भी पिघल जाए। कितना करुण।

''डाक्टर साहेब !'' माँ दो प्लेटों में जलपान ले आती है, ''कमली रेडियो की दीदी

1. देर से फलने-फूलनेवाली।

से मटर-पोलाव सीखकर आई है उस दिन !''

''तो यह ऑल-इंडिया रेडियोवाला मामला है ! शुरू कीजिए डाक्टर साहब ! देखिए कि मटर की घुघनी को किस सफाई से मटर-पुलाव बना दिया है।''

''कुछ भी हो, खयाली-पुलाव से तो अच्छा है,'' डाक्टर कमली की ओर हँसते हुए देखता है।

''हो-हो-हो-हो !''

''हँसी-खुशी के इन्द्रजाल में फँसकर डाक्टर अपने कर्त्तव्य की अवहेलना तो नहीं कर रहा है ? वह कभी-कभी रुककर सोचता है। वह जो कुछ भी कर रहा है, उसके विरोध में हृदय के किसी कोने का तार बेसुरा तो नहीं बज उठता है ?...नहीं, वह जो भी कर रहा है, सही हो या गलत, अच्छा लगता है उसे !''

प्यारू ने कई बार कहा है, आँगन की ओर खुलनेवाली खिड़की पर भी पर्दा रहना चाहिए। नंगी-सी लगती है यह खिड़की ! डाक्टर प्यारू को इसीलिए इतना प्यार करता है।...कमली अब रोज डाक्टर के यहाँ आती है।

''मौसी कहती थी...कहती थी कि...तू गलत कर रही है। तुम दोनों गलत कर रहे हो।...इसके बाद क्या होगा, सोचा है कभी ? क्या होगा इसके बाद डाक्टर ? कहो तो !'' कमली आम के फाँको-जैसी आँखों से मधु ढालते हुए पूछती है।

''कहो तो डाक्टर ! क्या होगा ?''

''क्या होगा ! जो भी हो, बुरा न होगा।''

''तुम हमेशा मेरे पास नहीं रह सकते ?''

''फिर पागलपन ?''

''डाक्टर ! तुम जिन तो नहीं ?''

''जिन ! क्या जिन ?''

''जिन एक पीर का नाम है। वह कभी-कभी मन मोहनेवाला रूप धरकर कुमारी और बेवा लड़कियों को भरमाता है। गरीब-से-गरीब को धनी बना देना उसकी चुटकी बजाने-भर की बात है। जिस पर बिगड़े, बरबाद कर दे, जिस पर ढरे उसे निहाल कर दे।'' कमली के गले की दोनों नई रेखाएँ जल्दी-जल्दी बनती-बिगड़ती हैं।...वह डर तो नहीं रही ?...वह डाक्टर को पकड़ लेती है।

''क्यों झूठ-मूठ डरने लगीं। फिजूल की बातें भरे रहती हो दिमाग में।''

''नहीं, मुझे डर नहीं लगता है। यदि तुम जिन भी रहो तो...मैंने तुमका जीत लिया है।''

''इतना भरोसा ?'' डाक्टर कमली की आँखों में चमकते विश्वास का स्पष्ट रूप देख लेता है।...कमला नीरोग है। स्वस्थ है कमला !

''तुम बाँहों पर उस दिन कौन-सा जेवर पहनकर आई थीं ? अब क्यों नहीं पहनतीं ?''

''बाजू।...क्यों, ग्वालिन-जैसी लगती थी न ? गोकुल की ग्वालिन !'' कमली

ठठाकर हँस पड़ती है।

इसी को रासलीला कहते हैं।...देखते हो ? अभी दो पहर रात को डाकडर का नेंगडा नौकर लैट भुकभुकता हुआ, तहसीलदार की बेटी को घर पहुँचाने जाता है।...सादी ही क्यों न करा देते हैं ? एकदम साहेब मेम ! डाकडर साहेब भी कैसे आदमी हैं !

"डाक्टर साहेब कैसा आदमी है ?" अगमू चौकीदार से कटहा थाना के नए दारोगा साहब पूछते हैं।

"हुजूर ! अच्छा आदमी है, मगर..."

"मगर क्या रे ? साला आधा बात बोलता है, बटचू...आधा बात पेट में रखता है। साले, हमको चीन्ह लो। हम दूसरे जिला के नहीं, हमारा घर इसी जिला में है। जानते हो न ? हमसे साले बात छिपाते हो। क्या मगर ?" नए दारोगा साहब जलजल करते हैं। हवा को भी गाली देते हैं, "साला ! रात में बटचू...ऐसा हवा बहता था हवलदार साहब, कि नींद तो बूझिए कि बोझ दिया। हवलदार साहब। जरा वह फाइल दीजिए तो ! देखें, क्या-क्या सब पूछा है। नया-नया पार्टी होता है, साला हम लोगों को जान जाता है।"

दारोगा साहब नई उम्र के हैं। कहते हैं कि इस जिले के पहले पाँच दारोगों में से एक हैं। बातें करते समय वह यह कहना नहीं भूलते–"साहब ! मैं बाहरी आदमी नहीं, इसी जिले का हूँ।" हर मौके पर इसका बढ़िया इस्तेमाल करते हैं–"मैं यदि एक पैसा खा भी लूँगा तो इसी जिले में रहेगा।" दारोगा साहब जबर्दस्त गलतफहमी से परेशान रहते हैं बाहर के जितने भी लोग यहाँ आए हैं, उन्हीं के हिस्से का सुख-मौज लूट रहे हैं।...फारबिसगंज के नवतुरिया नेता छोटनबाबू जिला कांग्रेस के सिक्रेटरी हुए हैं।...लिखा है...यह डाक्टर कौमनिस्ट पार्टी का है।

दारोगा साहब ने अस्पताल को चारों ओर से एक दर्जन सिपाहियों से घिरवा रखा है।

"आपका घर...असल में कहाँ है ?" दारोगा साहब हैरान होकर पूछते हैं।

"विराटनगर।"

"विराटनगर तो नेपाल में है। आप नेपाली हैं ?"

"नहीं।"

"तब ?"

"आप इतना हैरान क्यों हो रहे हैं, दारोगा साहब ? मैं जो कुछ भी कहता हूँ, लिखते जाइए !"

"सो...लिखते जाइए ! वाह ! आखिर क्या लिखें ?"

"मैं जो कुछ भी जवाब देता हूँ।"

तहसीलदार साहब पसीने से तर-बतर हो रहे हैं। प्यारू का मुँह सूख गया है।...लेकिन आश्चर्य ! कमली पर इसकी कोई प्रतिक्रिया नहीं होती।...'डाक्टर को कुछ

नहीं हो सकता। कोई बात नहीं है,' कमली को दृढ़ विश्वास है।

दारोगासाहब डाक्टर को दो बात में ही पहचान गए हैं—"अजीब किस्म का आदमी है यह डाक्टर !"

सुमरितदास बेतार से आज बच्चा-बच्चा पूछता है—"सुमरितदास ! डागडर साहेब ने क्या किया है जो दारोगा साहेब पकड़ने आए हैं ?...घूस लेने की शिकायत तो नहीं किया है किसी ने ?"

"देखो न जी ! बड़ा खराब है यह दुनिया। किसी का बिसवास नहीं।...रमैन में कहा है न—बिस रस भरे कनक घट जैसे ! यह डाकडर तो सुनते हैं कि...जरमनवाला का आदमी है ! जोतखी जी ठीक ही कहते थे...जरमनवाला का सी-आई-डी है यह डाकडर। यहाँ के लोगों को सूई भोंककर कमजोर करने का काम करता था। कुआँ में दवा डालकर सचमुच में हैजा फैलाया है। जरमनवाला का एक पाटी है यहाँ, कमसीन...कौम-नीस पाटी सुनते हैं, उसी पाटी का आदमी है।"

इस दारोगा की हरकतों पर डाक्टर को ताज्जुब होता है। बार-बार कहता है, 'हम इसी जिले के हैं।' बेवकूफों की तरह सवाल करता है, "आपको...बहुत लड़कियों से ताल्लुक रहा है ?"

"रहा है। कम-से-कम चार सौ लड़कियों के साथ मैं दिन-रात रह चुका हूँ," डाक्टर मुस्कराता है।

"चार सौ !" दारोगा साहब को जब किसी बात पर अचरज होता है तो उनकी आँखें उल्लू की आँखों की तरह गोल हो जाती हैं, "चार...चार सौ ! बटचू...इतनी लड़कियाँ कहाँ से मिलीं ?"

"मेडिकल कालेज हॉस्पिटल में।"

"ओ !...नहीं, मेरे पूछने का मतलब है कि भले घर की लड़कियाँ..."

"क्यों, हॉस्पिटल में भले घर की लड़कियाँ नहीं जातीं ?"

"मेरा मतलब।...खैर, छोड़िए इन बातों को। 'कौमनिस्ट पाटी' वालों से आपका कैसा रिस्ता है ?"

"मेरे बहुत-से दोस्त कम्यूनिस्ट हैं।"

"आपने संथालों को भड़काया...समझाया था कि जमीन पर जबर्दस्ती हमला कर दो ? संथालों ने अपने बयान में कहा है।"

"संथाल लोग समय-समय पर मुझसे पुराने कागजात पढ़वाने आया करते थे—जजमेंट वगैरह....।"

"आप अपनी किताबें दिखला सकते हैं ?" दारोगा साहब उठकर किताबों की अलमारी के पास जाते हैं।

...साला, सब डाक्टरी किताबें हैं !...चिल्ड्रेन ऑफ़ यू.एस.एस.आर.। लाल रूस, लेखक : बेनीपुरी।...लाल चीन, लेखक : बेनीपुरी।

"ये सब तो रूस की किताब है !"

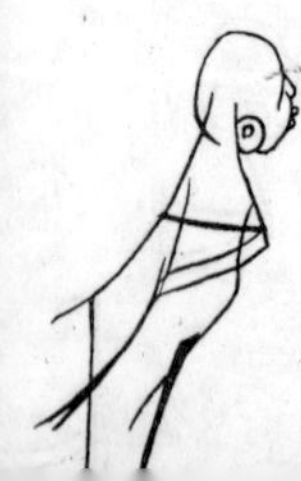

“रूस की नहीं, रूस के बारे में।”

“दोनों एक ही बात है,” दारोगा साहब उस किताब को निकालकर उलटते हैं–मानो किताब के पन्नों में बम छिपा हो। बहुत सतर्क होकर पृष्ठ उलटते हैं।

...डागडर साहेब गिरिफ्फ।...जुलुम बात ! संथालों को डागडर साहेब ने ही भड़काया था। गाँव में हैजा भी उन्होंने फैलाया था।...गाँव के लोगों को कमजोर कर दिया।...हाँ, हैजा की सूई लेने के बाद...आज भी जब काम-धन्धा करने लगते हैं तो आँखों के आगे भगजोगनी उड़ने लगती है।...देखने में कैसा बमभोला था ! मालूम होता था, देवता है। भीतर-ही-भीतर इतना बड़ा मारखू[1] आदमी था सो कौन जाने ! जोतखी काका ठीक ही कहते थे।

...गोनौरी के यहाँ फारबिसगंज का एक मेहमान आया है। कहता है, उसके गाँव के पास, सिझवा-गरैया में एक डागडर है जो डकैती कराता है। डागडर तो घर-घर में जाता है, अगवार-पछवार सब देखता है, रुपैया का बक्सा भी वह देखता है।...वह अपने दलवालों को पूरा नकसा बता देता है। घरवाले को सोने की दवा दे देता है, उधर चोरी-डकैती करवा देता है। गाँव के आसपास के लोगों को सूई भोंककर डरपोक बना दिया है।...जो उसकी बात से बाहर हुआ, उसका बैल-गाय कटवा देता है, भैंस चोरी करवा देता है या घर में आग लगवा देता है। कई बार बेल केस[2] उस पर चला, लेकिन रुपैया खर्च करके जीत जाता है। नाम भी अजीब है–डागडर नटखटपरसाद !

“हाँ भाई ! किसी का बिसवास नहीं।”

“सोमा जट कल तामगंज जिला में गिरफ्फ़ हो गया।” सोमन मोची कहता है–“अभी मेला से जो लोग आए हैं, बोल रहे हैं।...अब हम अखाड़ा में ढोल नहीं बजाएँगे।”

---

1. बदमाश, 2. बी.एल. के केस।

# आठ

जोतखी काका आजकल बहुत खुश रहते हैं।

गाँव के लोग आजकल दिन में पाँच बार परनाम करते हैं।...अलबत्त बरमगियानी हैं जोतखी काका ! कलजुग में भी यदि कुछ तेज बाकी है तो बाभन में ही।...जोतिस बिद्दा हँसी-खेल नहीं।...बरमतेज अभी भी है। सोना यदि कीचड़ में रहे तो उस पर काई नहीं लग सकती।...परनाम जोतखी काका !

"जीयो, आओ बैठो ! क्या बात है ?"

"जोतखी काका, हम लुट गए। मेरा तोता कल उड़ गया। हँसते-खेलते चला गया जोतखी काका !" पोलियाटोली का हीरू जोतखी काका के पाँव पर लोटकर रोता है।

"ऐ हीरू, क्या हुआ ?" जोतखी जी पूछते हैं।

"मेरा बेटा ! मेरा बच्चा जीबानन, कल ही...एक दिन के बुखार में...कलेजा तोड़कर

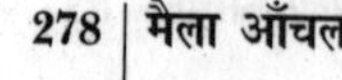

चला गया। मेरा सिखाया-पढ़ाया तोता उड़ गया जोतखी काका !'' हीरू अब सिर पर हाथ रखकर झुककर बैठा हुआ रो रहा है।

''इतना जल्दी ! कल कौन दिन था—सोमवार ? हुँ ! सोम को मरा है न ?''

''हाँ, ठीक सूरज डूबने के समय !''

''करसामाँ[1] है। डाइन का करसामाँ है। समझे हीरू ! शुक्रवार को अमावस्या है। जिस पर तुमको सन्देह हो, उसके पिछवाड़े में बैठ रहना। ठीक दो पहर रात को वह निकलेगी। उसका पीछा करना। वह तुम्हारे बच्चे को जिलाकर, तेल-फुलेल लगाकर, गोदी में लेकर जब नाचने लगेगी तो...उस समय यदि उससे बच्चा छीन लो तो फिर उस बच्चे को कोई मार ही नहीं सकता।...इन्द्र का वज्र भी फूल हो जाएगा।''

''इसमें और सन्देह की क्या बात है जोतखी काका !...सफासफी ऐना की तरह बात झलकती है।...पाँच महीना पहले, दफा चालीस के समय, जब सभी लोग दरखास देने लगे तो हमने भी दे दिया। मेरा साला कचेहरी में मोहर्रिल है। उसके पैरवी से जमीन हमको नगदी हो गई। सभी की दरखास नामंजूर हो गई और हमको जमा बाँध दिया। एक दिन पारबती की माँ गेहूँ हिस्सा माँगने लगी तो हम कह दिया कि अब बाँटकर नहीं देंगे। हमको नगदी हो गया है जमीन—दफा चालीस में। बस, तुरत आसीखसराप देने लगी। इसकी दसों बीघा जमीन हम जोतते थे बस, वही गोस्सा मन में पालती रही और कल हमको लूट लिया राच्छसनी ने।''

''ऐ हीरू ! रोओ मत। हल्ला मत करो। चुपचाप, अमावस्या की रात को, दो पहर रात को...। याद रखना !''

अमावस्या की रात !

पारबती की माँ के पिछवाड़ में मरद भर-भर भाँग की झाड़ी है। हीरू उसी झाड़ी में बैठकर खैनी चुनता और खाता है।...मोरंगिया गाँजे का नशा बड़ा तेज होता है। कातिक महीने से ही रात में सीत गिरने लगती है। हीरू का देह एकदम ठंडा हो गया है। खैनी खाकर गर्म हो लेता है। कहता है—''साली घर में गुटुर-गुटुर कर बोलती है, बाहर नहीं निकलती है। निकलो आज !...कहीं घर में ही तो नहीं नाचेगी ? यदि बाहर नहीं हो...तब ? जोतखी काका ने भी नहीं बताया।''

मौसी को शाम से परेशान कर रखा है गणेश ने ! आज उसकी आँखों से नींद गायब हो गई है। रह-रहकर वह ऐसी-ऐसी बात पूछ बैठता है कि मौसी को अच्छी तरह समझ-बूझकर जवाब देना पड़ता है।

''मामा को जेहल में मारता होगा ?''

''नहीं रे ! तुम्हारा मामा चोर-डकैत नहीं।'

---

1. करिश्मा।

"तो फिर, पकड़ा क्यों ? जेहल काहे ले गया ?"

"सरकार की जो मरजी।"

"सरकार की जो मरजी ! सरकार से तुम क्यों नहीं पूछतीं ?"

"चुप रहो ! सो जाओ बेटा !"

"नानी !"

"बाबू !"

"हमको बाहर ले चलो !...पेसाब करेंगे।"

"चलो !"

खट् ! किवाड़ खोलती है मौसी। पिछवाड़े से भाँग की झाड़ी हिलती है। हीरू बोतल में दारू ले आया है, जल्दी-जल्दी बोतल में मुँह लगाकर पीता है।...हाँ, निकली तो है राच्छसनी ! ठीक दो पहर रात है। रमडंडी सिर पर आ गया है। सियार बोल रहे हैं। ठीक दो पहर रात है।...कपड़ा क्यों सँभालती है ? नंगी हो रही है ?

—सटाक् !... !

"आ...ह... ! बेटा ग ने स !"

"ना...नी !"

—सटाक् ! सटाक् !...फट सटाक् !

"गि-गि-गि-गि...गि ि..."

"नानी !...कमली...दीदी ! नानी !"

सब शान्ति ! मगर जीवानन्द...हीरू का बेटा कहाँ है ? हीरू का नशा अचानक टूट गया। छर-छर बहती हुई खून की धारा को देखकर वह थर-थर काँपने लगता है। लाठी उसके हाथ से छूटकर गिर पड़ती है। खून ?

पुलिस-दारोगा...जेहल...फाँसी-सुल्ली ! हीरू भागता है।

सबसे पहले तहसीलदार साहब हल्ला करते हुए, बन्दूक का दो-तीन फैर करते हैं। ठायँ-ठायँ !

सारा गाँव जग गया है। कुत्तों के मारे कुछ सुना भी नहीं जाता है कि हल्ला किधर हुआ, क्यों हुआ। क्या है ? क्या है ? सभी अपने आँगन से ही पूछते हैं। क्या है रामदेव ? अरे नागेसर ! क्या है ?...पता नहीं ?

तहसीलदार साहब चिल्लाते हैं, "अरे कालीचरन ! आवाज पारबती की माँ-जैसी लगी। तुम लोग घर से निकलते क्यों नहीं ?...लगता है सारे गाँव के लोग मुर्दा हो गए हैं।"

पारबती की माँ...अरे बाप ! खून से नहा गई है। साँस देखो। मरी है या...। हुक-हुक करती है ? तब अभी जान है। और...यह गनेस है ?...दाँती लगी हुई है। पानी लाओ...किसका काम है यह ? हे भगवान !...लाठी है ? तहसीलदार साहेब के जिम्मे लगा दो लाठी ! इसी से पता चल जाएगा।

"अगमू !" तहसीलदार साहब कहते हैं, "तुम अभी दौड़ जाओ थाना।...कल पूर्णिया अस्पताल यदि ठीक समय पर पहुँच जाए..."

"नानी...नानी ! मामा ! डाक्टर मामा !...दीदी, दीदी !" गणेश रोता जाता है। कमली आँखों को पोंछते हुए गणेश को अपने घर ले आती है। बुद्धि यदि कम होती गणेश को तो अच्छा था।...कमली के साथ वह आता है।...बातें भी करता है। कमली कहती है, "भगवान हम सबों के बाप हैं...उन्होंने नानी को अपने पास बुला लिया।"

"हाँ...यें..." लम्बी हिचकी पर गणेश कब्जा नहीं पा सकता है, "नानी !...कमली दीदी ! नानी !"

...हाय रे अभागा ! तेरी कमली दीदी किसके पास रोने जाए ! "बाबू गनेस !... तुम्हारे मामा आवेंगे। रोओ मत।"

हीरू पकड़ा गया है।...पकड़ावेगा कैसे नहीं भाई ! गाँव में किसकी लाठी को कौन नहीं पहचानता ! हीरू की ठुट्ठी लाठी तो मसहूर है—हरहँसेरी में उसकी ठुट्ठी लाठी कमाल कर दिखाती थी न ! रात में ही लोगों ने पहचान लिया, मगर डर से नहीं बोला कोई !...इसके अलावे उसके दोनों पैर खून में लथपथ ! धोया भी नहीं था।...लगता है, मारने के बाद लहास को थोड़ी दूर घसीटने की कोशिश की थी हीरू ने।...सुबह को तो एकदम बघौछ[1] लगे हुए पागलों की तरह ! उसे देखकर डर लगता था।

उसकी आँखें बताती थीं, वह अभी और भी कई खून कर सकता है।...मुँह से लार भी गिरता था। दारोगा ने गिरिफ़्फ कर लिया, मगर वैसा ही ! दारोगा ने दो लात मारी, हवलदार ने दो-तीन हंटर गर्म किए और सिपाही ने तीन-चार तमाचे जड़े, "साला ! बोलता काहे नहीं ?...नाम गिनाव ऽऽ अपन बाप के जे साथ र ह ल न। हौने मुँह का देखऽऽताड़ऽऽ—चच्चा के तरफ देखके बोलऽ ! साला हतियारा कहीं का !...नरक में भी जग्हा ना मिली ससुरे !"

मगर वह बकता रहा—"हम अकेले मारा।"

"ससुरे ! ई नीलगाय-जैसन औरत के तूँ अकेले मारा ! बन्नूक-उन्नूक..."

"ऐ सिपाही जी ! छोड़ दीजिए !" छोटे दारोगा साहब बड़े भले आदमी हैं। कहते हैं, "साले ! यदि फाँसी से बचने के लिए पागल हुए हो तो दो ही दिन की मार में मर जाओगे।"

लहास को एकदम ढँककर पालकी में ले जाने का बन्दोबस्त करते हैं दारोगासाहब। एक उँगली भी नहीं दिखाई पड़े।...अतर-गुलाब भी डलवा दिया। अरे ! लहास के साथ गनेस भी जाएगा ? साथ में प्यारू जा रहा है। पुरैनियाँ खजाँचीधरमसाला के पास ही गनेस की एक चाची रहती है।...वह जब नहीं रखेगी तो अनाथालय में...

1. मतिशून्य।

मौसी चली गई हमेशा के लिए।

कमली फूटकर रो पड़ती है।

जोतखी जी को लकवा मार गया—अरधांग ! मुँह टेढ़ा हो गया है। एक आँख एकदम पथरा गई है। पैखाना-पेसाब सब बिछावन पर ही होता है। रामनारायण उनके पास अकेले बैठने में डरता है। रामनारायण जानता है सारी बातें।...पारबती की माँ की हत्या की रात से ही उनकी हालत खराब हो गई थी। पेट खूब चला ! खून का पैखाना होने लगा—एकदम टटका खून ! लाल-लाल...इसके बाद गाँव से लाश जैसे ही निकली, लकवा मार गया। भगवान के इस टटका इंसाफ को देखकर रामनारायण डर गया था। इतनी जल्दी पाप को फलते बहुत कम देखा है।...पैखाने में इतना दुर्गन्ध है कि चार बीघा आसपास के लोगों को कै हो जाए ! नरक-भोग और किसको कहते हैं ?

...लेकिन जोतखी जी ने कहा था ठीक।...सुनते हैं जिस दिन पारबती की माँ के केस में दारोगासाहब आए, उस दिन भी बोले हैं, "अभी क्या हुआ है...और भी बाकी है !"

भगवान जाने और क्या-क्या होगा !

जै बाबा 'जिन-पीर', गाँव की रच्छा करो महतमा !

# नौ

कोठारिन लछमी दासिन बालदेव जी के साथ मठ से अलग हो गई।

कलम-बाग में बाँस-फूस के तीन सुन्दर बँगले खड़े हो गए हैं। इस इलाके की यह भी एक बड़ी कारीगरी है—बाँस-फूस का चौखड़ा। एक ही डर होता है—आग का ! लेकिन होता है खूब ! मेहराव और जाफरी गूँथकर लगा दिया है। फूल तो पहले से ही लगे हैं ! बाग की खपसूरती तो अठारह गुना बढ़ गई है। वाह रे कोठारिन ! चार सौ रुपए में एक जोड़ा बाछा खरीदकर मँगवाई है—मोतीचूर हाट से। बड़ा तेज है। हल्की-सी बाछा-गाड़ी बनवाई है। बाँस के पोर-पोर को छीलकर उसमें तरह-तरह के रंग लगाए गए हैं। हर बन्धन को और खासकर बल्ला की डोरी को सतरंगे लड़ों में गूँथा है। छोटे-छोटे लटकन-फुदने—लाल, हरे, पीले, नीले। बाँछों के सर पर पीतल के पान हैं, गले में कौड़ी की लड़ियाँ और घंटी है। एक छोर मीढ़ी झुनकी भी है। झुन-झुन टुन-टुन,

झुन-झुन टुन-टुन !...सुनो,...वही ! बालदेव जी गोसाईं साहेब की बग्घी-सम्पनी निकली ! झुन-झुन टुन-टुन !

....बालदेव जी अब कितने साफ-सुथरे रहते हैं ! बगुला के पाँखों की तरह खादी की लुंगी और मिर्जई दप-दप करती है। देह भी थोड़ा साफ हो गया है। लछमी अपने हाथों से सेवा करती है।...मठ पर तो अब कौआ-मैना के 'गू' के साथ आदमी के बच्चों के भी पैखाने भिनकते रहते हैं। रमपियरिया की माये दिन-भर पड़ी रहती है; साथ में छोटे-छोटे तीन-चार बच्चे रहते हैं। भंडारी उस दिन आकर कलप रहा था—"दासिन, परसाद चित्त से उतर गया है। रोज रात को सपना देखते हैं कि पीने के पानी में मछली छलमला रही है...सतगुरु हो !"

एक महीने में 'ड़मपियाड़ी' ने माया के जाल में महन्थ रामदास के अंग-अंग को फाँस लिया है।

महन्थ साहब इस जाल से निकल भागने के लिए छटपटा रहे हैं, मगर जाल की गिरहें और उलझती जा रही हैं।...कल गाली-गलौज और मार-पीट हो गई। महन्थ साहब ने रौतहट हटिया से सुबह को एक भरी गाँजा मँगवाया था; रात में सोने के समय ड़मपियाड़ी ने कहा, "महन्थ साहेब, गाँजा फुरा गया[1]।"...सुनते ही महन्थ साहब चिढ़ गए, "ऐं, सुबह को ही न एक भर ला दिया है भंडारी ने !"

रमपियरिया महन्थ साहब की मर्दानगी देख चुकी है ! वह चुप क्यों रहे ? दम लगाने के समय होस रहता है कि नहीं ? "दिन-भर घोड़ा के दुम की तरह चिलिम मुँह में लगा ही रहता है...!"

"चुप चमारिन ! अखाड़ा को भरस्ट कर दिया। सतगुरु हो...लछमी ठीक कहती थी ?"

इसके बाद रमपियरिया की माये और बच्चों ने मिलकर ऐसा हल्ला मचाया कि बात कुछ समझ में ही न आई।...महन्थ रामदास चिल्ला रहे हैं, चिमटा खनखना रहे हैं, और रमपियरिया गा-गाकर सर चढ़ाकर रो रही है, "अरे ! तोऽऽरा हाथ में कोढ़ फूटे रे कोढ़िया ! अरे लछमिनियाँ के खातिर..."

...सतगुरु हो ! सतगुरु हो ! बन्द करो ! बन्द करो !...

बालदेव जी को पारबती की माँ के खून के बाद से रात को बड़ा डर लगता है। रात-भर...कलेजा धड़-धड़ करता रहता है। जरा भी कुछ आवाज हुई कि बिछावन पर तड़क उठते हैं। लछमी कहती है—निरमल चित्त पर खराब छाप पड़ने से ऐसा ही होता है !...बालदेव जी की आँखें ही बता रही हैं।

डिम डिमिक-डिमिक्, रुन झुनुक-झुनुक् ! लछमी आज खुद खँजड़ी बजा रही है। बालदेव जी आसनी पर बैठे हुए हैं। खिड़की के कमरे में चाँदनी का एक टुकड़ा उतर पड़ा है। दीवारगीर की हल्की रोशनी में लछमी की आँखें स्पष्ट नहीं दिखाई

1. चूक जाना।

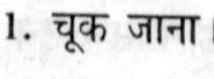

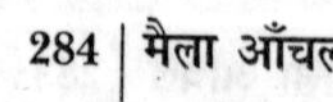

पड़ती हैं।...

*ज्वाला बिरह वियोग की, रही कलेजे छा-य।*
*प्रेमी मन मानै नहीं, दरसन से अकुला-य !*

बालदेव जी टकटकी लगाकर लछमी की ओर देख रहे हैं। खँजड़ी बजाकर गाने के समय लगता है कि लछमी की बोटी-बोटी नाच रही है। घुटने के बल बैठी है... ! 'इन्दर सभा' नाटक में 'हूर परी, मसहूर परी, सबुज परी' झँझनी बजाकर जैसे गाती थी, उसी तरह।...रह-रहकर पारबती की माँ की खून से लथपथ लाश की याद आ जाती है, एक पलक के लिए।...बालदेव जी आँख मूँद लेते हैं।...लछमी की देह से जो सुगन्धी निकलती है, वह आज और तेज हो गई है...लछमी की आवाज काँप रही है।...रो रही है लछमी ? ऐ ? गाल पर लोर ढुलक रहे हैं ?...लछमी !

"लछमी ! लछमी ! रोओ मत लछमी !" बालदेव जी की बाँहों में भी इतना बल है ?...लछमी को बाँहों में कसे हुए हैं। लछमी गाती ही जाती है।

*गृह आँगन बन गए पराए*
*कि आहो सन्तो हो !*
*तुक बिनु कंत बहुत दुख पाए... !*

डिम डिमिक-डिमिक् !
रुन झुनुक-झुनक् !

*एके गृह, एक संग में, हौं बिरहिण संग कंत*
*कब प्रीतम हँस बोलिहैं जोह रही मैं पंथ !*

ढन-ढन रुनुक-झुनुक ! झन-न...खँजड़ी हाथ से छूटकर गिर पड़ती है। बालदेव जी के ओठों पर आज पहली बार ऐसी मुस्कराहट देखती है लछमी। गेहुआँ मुख-मंडल, छोटी-छोटी दाढ़ी-मूँछ...

...बालदेव जी के पाँव के अँगूठों से आँखें छुलाते हुए लछमी नजर मिलाती है, "सा...हे...ब ब न्द गी !"

# दस

कामरेड बासुदेव और सुन्दरलाल भी गिरिफ्फ़।...कैसे नहीं गिरिफ्फ़ होगा भाई ! एक साल पहले तक किसी ने कभी गंजी भी पहनते नहीं देखा सुनरा को, सो इस गरमी के मौसम में कोट, पेंट, गुलबन, मोजा, जूता और चस्मा लगाकर कटिहार जक्सन के मुसाफिरखाना में बैठने से, लोग सन्देह नहीं करेगा ? एक डिब्बा सिगरेट खरीदकर दसटकिया लोट तोड़ाते थे दोनों। सुनते हैं, आधा घंटा में ही दोनों ने करीब-करीब सभी फेरीवालों को बुलाया और सौदा किया, "ए चाहवाला, सुनता है नहीं ! देहाती समझ लिया है क्या ?...चाह लाओ। बिस्कुट खाओगे जी सुन्नर ? अरे, थड़किलासी बिस्कुट क्या खाओगे जी !" कटिहार के फेरीवाले कैसा चाँई[1] होते हैं सो सबों को मालूम है।

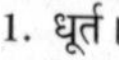

1. धूर्त।

उन लोगों ने बहुत बड़े-बड़े लोगों को देखा है, पर ऐसा नहीं। भिखमंगे को चौअन्नी दे दिया, "जाओ, नास्ता कर लो !"...लड़ाई के जमाना में अमरीकन साहेब लोग इसी तरह सिगरेट और बिस्कुट लुटाते थे। बस, सी-आई-डी कहाँ नहीं है ! तुरन्त दोनों को गिरफ्फ़ कर लिया। भगवान जाने अब और किसका-किसका नाम गिनाता है !

जोतखी जी ठीक कहते थे—अभी क्या हुआ है, अभी और बाकी है !

"बासुदेव ने कालीचरन का भी नाम बताया है, सुनते हैं।"

"ऐ... ! कालीचरन है कहाँ ?"

"मंगलादेवी को कटिहार रखने गया है।"

मंगलादेवी कटिहार चली गई। गाँव का चरखा-सेंटर टूट गया।...कटिहार में मंगला के दूर के रिश्ते के बहनोई रहते हैं। कालीचरन पहुँचाने गया है। पाटी आफिस में सुमेरन जी बोले, "सुनते हैं तुम पर भी वारंट है।"

"वारंट ?"

"हाँ, बासुदेव और सुनरा ने तुम्हारा भी नाम बताया है...जरा होशियारी से घर लौटना !"

"बासुदेव ! सुनरा !...बेईमान, झूठा !"

कालीचरन अँधेरे में कोठी के बाग के पास छिपा हुआ है। जरा रात हो जाए तब घर जाएगा। बासुदेव और सुनरा को सोमा ने इतना आगे बढ़ा दिया। उसको ताज्जुब होता है। डकैती के तीन दिन बाद ही कालीचरन को सब पता लग गया था। सिकरेटरी साहब को चुपचाप कहने के लिए पुरैनियाँ गया वह, लेकिन सिकरेटरी साहब पटना चले गए थे। सिकरेटरी साहब से सारी बातें कहनी होंगी। चलित्तर कर्मकार से हेलमेल बढ़ाने का यही फल है। हम पर बिसवास नहीं हुआ उनको तो...बासुदेव को चारिज दिए कि चलित्तर से मिलते रहो।...बन्दूक-पेस्तौल चलित्तर देता है। काली को जेहल का डर नहीं, पाटी की कितनी बड़ी बदनामी हुई !...अरे बाप, पटना के बड़े लीडर लोग को कैसे मुँह दिखलाएँगे ? सब चौपट कर दिया। कोई आ रहा है सायद !

कोठी-बाग के पास ही अँधेरे में चेथरू से मुलाकात हुई। जड़ी उखाड़ने आया था। उसने बतलाया, "गाँव में पुलिस-दरोगा कम्फु लेकर आए हैं।" कालीचरन ने चेथरू को दो रुपया दिया, "माँ को दे देना !...और यह तुम लो एक रुपया !"

जड़ी उखाड़ने के बदले चेथरू गाँव की ओर भागा।...फिरारी किरांती को पकड़ा देनेवालों को बहुत रुपैया इनाम मिलता है। तुरत ही उसने दारोगा साहब को चुपचाप खबर दी, "हम कालीचरन को कोठी के बगीचे में देखा है।'

...दारोगा साहब मलेटरी लेकर जब तक आवें, कालीचरन पबन[1] हो गया।

चेथरू कहता है, "यहीं से पश्चिम की ओर हनहनाता हुआ चला गया, घोड़पाड़ा की तरह।"

---

1. हवा।

खेलावनसिंह यादव बेचारे को फिर एक चरन लग गया। इधर खेलावन जरा जादे हेलमेल रखता था कालीचरन से। दारोगा साहब ने कहा, "जरूर डकैती का माल आपके यहाँ रहता है। आपने उन लोगों को चौखड़ा घर बनवा दिया है। क्यों ?"

...लगता है, खेलावनसिंह यादव का दिन अब घटती पर है।...जल चढ़ंती पर रहता है किसी का दिन, तब वह माटी भी छू देगा तो सोना हो जाएगा। दिन बिगड़ने पर चारों ओर से खराब खबरें ही आती हैं। तहसीलदार साहेब को डेढ़ हजार मुँहजुबानी बाकी था।...कमला किनारे की बन्दोबस्तीवाली जमीन में से दस बीघा सूद-रेहन रखकर और भी एक हजार रुपैया तहसीलदार से लिया है खेलावन ने। कल अररिया-बैरगांछी से खबर आई है, सकलदीप नानी का दस भर सोना चुराकर न जाने कहाँ भाग गया है।...सुनते हैं, मदनपुर मेला में एक ठेठर कम्पनी आई थी कलकत्ता से। उसमें एक लैला थी। उसी ने सकलदीप को फँसा लिया है। जवान तड़-तड़ बहू घर में है। सकलदीप के ससुर आसिनबाबू तो बड़े आदमी हैं, खोज निकाल लेंगे !...खेलावन की स्त्री कहती है, "जिन पीर बाबा के दरघा पर घर नहीं है, वहाँ एक झोंपड़ी बनाने के लिए तीन साल से कह रही थी, आखिर नहीं बनाए। कालीचरन की बात पर फुच्च हो गए, चौखड़ा घर बनवा दिया।...दुहाई बाबा जिन पीर ! भूल-चूक माफ करो। मेरे बच्चा का मति फेर दो महतमा ! सिरनी और बद्धी चढ़ाऊँगी, एक भर गाँजा दूँगी।"

मँहगूदास के यहाँ खलासी जी आए हैं !...फुलिया की सारी देह में घाव हो गया है। पैटमान जी के पास कई बार संवाद भेजा फुलिया ने। एतबारी बूढ़ा को उस दिन भेजा तो मालूम हुआ पैटमान जी की बहाली हो गई बथनाहा, नेपाल सीमा के पास। चौकी-खाट वगैरह सब बेच दिया है पैटमान जी ने। सरकारी नौकरीवाले की जब बदली होती है तो वह सभी चीज़ें बेच देता है। नई जगह में जाकर नई चीज़ें मिलती हैं ! इसलिए क्या जनाना को भी छोड़ देगा कोई ? खलासी जी ने सुना तो दौड़े आए हैं !...कोई कुछ कहे, खलासी का कोई दोख नहीं। सारा दोख फुलिया का है !...जो बेचारा इतना खरच करके तुमसे चुमौना किया, वह तुमको अगोरकर बैठा रहेगा तो चूल्हा कैसे जलेगा ? खलासी बेचारा दिन-भर रेलबी लैन पर काम करता था और इधर पैटमानजी लैन किलियर देकर, गाड़ी पास करने के बाद फुलिया के यहाँ आकर बैठे रहते थे। आखिर एक दिन लड़ाई-झगड़ा, मार-पीट करके फुलिया उनके यहाँ भाग गई। खलासी जी का इसमें क्या कसूर है ? पाप भला छिपे ?...सारी देह गल गई है, मगर अभी भी होस नहीं हुआ है फुलिया को।...रमपियरिया उसके यहाँ रोज आती है और फुलिया फुसुर-फुसुर करके उसको सिखाती है—महन्थ से कोई चीज माँगने का कौन समय है...कैसे क्या कहना चाहिए।

खलासी जी कहते हैं, "दुनिया-भर के लोगों की गरमी की बेमारी आराम करें हम, और हमारी घरवाली इस रोग से भोगे ?...तीन गोली में ही ठीक हो जाएगी। एक बात

है, गरमी निकलेगी तो एक अंग को लेकर—आँख, नाक, दाँत, अँगुली, इसमें कोई एक अंग झूठा हो जाएगा !''

गाँव के बारे में खलासी जी कहते हैं, ''गाँव में बनरभुत्ता लगा है। बन्दर का भूत ! गाँव-के-गाँव इसी तरह साफ हो जाते हैं। कोई बन्दर मरा था इस गाँव में ?''

''ठीक बात ! एकदम ठीक ! डागडरबाबू तो तीन बन्दर पालते थे। न जाने कौन सूई दिहिन कि दोनों बेचारा केंकाते-केंकाते मर गया।..रात-भर किकियाया था, याद नहीं ?''

''ठीक बात ! ठीक बात ! एह, यह डागडर ऐसा जुल्मी आदमी था ! सारे गाँव को चौपट कर दिया।''

''कोई पर्वाह नहीं।'' खलासी जी कहते हैं, ''हम रात में चक्कर पूजकर, इस टोला को बाँध देंगे। कुछ नहीं होगा।''

रमजूदास के गुहाल में चक्कर पूजा है खलासी ने...चावल, दूध और अड़हुल के फूल से चक्कर बनाया है। बीच में माटी का एक बड़ा-सा दीया है और उसमें एक बड़ी-सी बत्ती जल रही है। एक बोतल दारू पीकर खलासी जी बैठे हैं, रह-रहकर दीया की जलती बाती को मुँह में ले लेते हैं।...अरे बाप ! अलबत्त ओझा है खलासी जी। अरे ! रे ! रे !...जीभ में सूई गड़ा लिए, इस पार से उस पार !

*अरे आजु के रैनिगे मैया*
*बड़ा अन्हकाल लागे*
*दाहिने डाकिन, बामे पिचास बोले।*

हुँ...हुँ...हुँ...हुँ...हुँ !

*दोहाय गौरा पारबती इसर महादेव*
*नैना जोगिन, जो सत से बेसत जाय*
*...अंग अंग फूट बहराय !*

—फूत...फूत !

हिं-हिं-हिं-हिं... !

''अब गाइए आप लोग 'गोचर'।''

गाँव के 'भकतिया' लोग शुरू करते हैं—मृदंग पर देवी का गीत 'गोचर' !

धि-धिनक् ति-धिनक् !

*कँहवाँ के जे आ गे मैया आ आ...*

खलासी जी दीया की बाती को नचा रहे हैं और मुँह में लेकर बत्ती बुझाते हैं, फूँक मारकर भक् से फिर दीया जलाते हैं...कबूतर को कच्चा ही चबाकर खा रहे हैं।...असल ओझा हैं खलासी जी !

# ग्यारह

"कमली के बाबू ! कमली के बाबू !..."

नींद में तहसीलदार साहब की नाक बहुत बोलती है–खुर्र खुर-र...कमला की माँ पलँग के पास खड़ी है। उसके चेहरे पर भय की काली रेखा छाई हुई है–"कमली के बाबू ?"

"ऊँ यें !...क्या है ?"

माँ धीरे-से पलँग पर बैठ जाती है।...तहसीलदार साहब और भी अचकचा जाते हैं, "क्या है ?"

"कुछ नहीं," माँ फिसफिसाकर कहती है, "कमली ने...कमली ने तो आँचल में दाग लगवा लिया... ।"

"आँ यें ?...आँचल में ?" तहसीलदार साहब को लगा कि कमली के कपड़े में आग

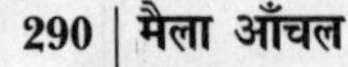

लग गई है। कमली जल रही है।

"हाँ, चार महीना... !"

तहसीलदार साहब और माँ दोनों एक ही साथ लम्बी साँस छोड़ते हैं।

"हे भगवान !"

"अब क्या होगा ?"

"समझो !"

"कैसे पता चला ?"

"मुझे तो पिछले महीने में ही थोड़ा सन्देह हुआ था। आज पूछने लगी तो चुपचाप टुकुर-टुकुर मुँह देखने लगी।...डाक्टर ने तो खूब इलाज किया ! अब मुँह पर कालिख जो लगी है, इसको कौन छुड़ावेगा ?"

तहसीलदार साहब का मुँह सूख जाता है। आँखों के आगे भयावने दृश्य एक-एक कर आते-जाते हैं—उनके मुँह में कालिख पुती हुई है, और सभी लोग ताली बजाकर हँस रहे हैं, पीछे-पीछे दौड़ रहे हैं।

"मैं पहले ही कहती थी, इतना हेलमेल अच्छा नहीं। आग और फूस एक साथ कब तक रहें ?...और तुम्हारी दुलारी पर तो मानो जादू कर दिया है डाक्टर ने। अभी भी कह रही है, डाक्टर ने कहा है...।"

"क्या कहा है डाक्टर ने ?" तहसीलदार साहब तिनके का सहारा ढूँढ़ रहे हैं।

"साफ-साफ कहाँ कहती है कुछ ! कहती है कि डाक्टर ने कहा है—जो होगा, मंगल होगा।"

"मंगल ! हुँहु ! मंगल !...पाजी, सूअर, नमकहराम, कुत्ते का बच्चा, साला ! अब गले में रस्सी का फन्दा लगाकर मरो कमली की माँ !...क्या करोगी ?"

"लेकिन मैं सपथ खाकर कह सकती हूँ; मेरी बेटी का इसमें कोई दोख नहीं।..." माँ रो पड़ती है, "कमली का कोई कसूर नहीं। डाक्टर ने फुसलाकर उसका सत्यानास किया है।"

कमली भी अपने बिछावन पर जगी हुई है। आज उसे बार-बार डाक्टर की याद आती है। डाक्टर का हँसना, बोलना, रूठना-झगड़ना, मीठी-मीठी बातें करना और बाँहों में जकड़कर...। उसकी आँखें भर-भर आती हैं। लेकिन डाक्टर ने कहा है, जो होगा, मंगलमय होगा !...यदि डाक्टर को दामुल हौज[1] हो जाए तब ?...माँ रोती क्यों थी ? महाभारत में कुन्ती, देवयानी, अहल्या, द्रौपदी, कौन ऐसी है जिसको... ? डाक्टर ने कहा है, हम दोनों को कोई अलग नहीं कर सकता।

"डाक्टर ने क्या कहा है ?" तहसीलदार साहब, सुबह-सुबह चाय पीते समय पूछते हैं, "पूछो कमली से साफ-साफ, डाक्टर ने क्या कहा है ?"

"कहती है, डाक्टर कहता था, हम लोगों को कोई अलग नहीं कर सकता !" माँ

1. कालापानी, आजीवन कैद।

धीरे-धीरे इधर-उधर देखकर कहती है।

"सो तो समझा !" तहसीलदार साहब का चेहरा फिर बुझ-सा जाता है, "लेकिन सवाल है कि वह तो जेल में है, अब क्या सजा होती है, सो कौन जाने ?...फिर मरद की बात का क्या ठिकाना ?....कमली के पास उसकी कोई चिट्ठी-पत्तरी है ?"

तहसीलदार साहब कानूनची आदमी हैं। कागज पर आपके हाथ का 'क' भी लिखा रहे तो उससे वह सारी दस्तावेज ऐसी बना दें कि पटना का इस्पाट[1] भी नहीं पहचान पाए कि असली है या जाली !

"चिट्ठी-पत्तरी यदि होगी भी तो वह देगी नहीं। वह कह रही थी कि हमको गुदाम-घर में बन्द रखो। लोग तो जानते ही हैं कि कमली बीमार है। तब तक डाक्टर आ जाएगा।...लड़की की बातें सुनकर कलेजा थिर नहीं रहता है। कहती थी, माँ, अपराध के लिए आखिर कोई सजा तो मिलनी ही चाहिए। हमको घर में ही जेहल दे दो !"

"इस्-इस् !" तहसीलदार साहब का भी दिल कसक उठता है, "कमली की माँ ! मेरी बेटी अब मेरे सामने नहीं आवेगी ? क्यों ? एक बार उससे बात करना चाहता हूँ ! तुम क्या कहती हो ?"

उफ् ! कमली के चेहरे पर दिनों-दिन तेज आता जा रहा है। मुखमंडल चमक रहा है, लेकिन आज उसकी निगाहें नीची हैं। चुपचाप आकर पर्दे की आड़ में खड़ी हो जाती है।

"दीदी !"

"......"

"इधर आओ दीदी ! तुम्हारा कोई कसूर नहीं बेटा !"

"बाबूजी, मेरी सूरत मत देखिए !...मुझे गुदाम-घर में बन्द कर दीजिए।" कमली रो पड़ती है, फफक्-फफक् !

और कोई उपाय भी तो नहीं।

कमली कहती है—"लगता है कि यह डाक्टर नहीं जिन है...एक बार गौरी मौसी ने जिन-पीर की कहानी सुनाई थी।"

"डर तो नहीं लगता ?"

"नहीं माँ ! डाक्टर अब मेरे पास हमेशा रहता है। मुझे डर नहीं लगता है। इसलिए मैं एकान्त में, अँधेरे में रहना चाहती हूँ। माँ, डाक्टर का कोई कुसूर नहीं, वह सचमुच जिन है।"

सुनते हैं कि जिन जिस पर प्रसन्न हो उसको तुरत कुछ-से-कुछ बना देता है। रुपया-पैसा, जगह जमीन, तुरत ढेर लगा देता है। और जिन जब लेने लगे तो धान के बखार-के-बखार में चूहे लग जाएँगे...तम्बाकू पर पत्थल गिर पड़ेगा...क़िसी बड़े सेशन- केस में फँसना

1. विशेषज्ञ, एक्सपर्ट।

होगा।...तहसीलदार साहब हिसाब करके देखते हैं, डाक्टर जब से उस परिवार में घुला-मिला है, रोज अलाए-बलाए की आमदनी होती ही रहती है। जिस बात से सारे गाँव का नुकसान हुआ है, उसमें भी नफा ही रहा तहसीलदार को। मुकदमे में मुल्ले फँस गए और इतना बड़ा सेशन केस दूसरों के सिर पर ही खेप लिया। अपने घर से तो एक पैसा गया ही नहीं, ऊपर से पाँच हजार के करीब फायदा ही हुआ। खेलावन, रामकिरपालसिंह वगैरह की जमीन मिली सो मुफ्त में ही। कमला ठीक कहती है—डाक्टर जिन है।

कमली ने एक सप्ताह बहुत मजे में काट दिया। कुछ किताबें पढ़ने को माँगी हैं—"विषवृक्ष, इन्दिरा, राजसिंह, आनन्दमठ, देवदास, श्रीकान्त, रंगभूमि, गोदान और...हरिमोहन बाबू की कन्यादान। बस, अभी इतना ही ! डाक्टर साहब की अलमारी में हैं किताबें।...हाँ, हाँ, निकलवाइए।...प्यारू से कहिएगा !"

गुदाम-घर की ऊपरवाली खिड़कियों से चाँद झाँकता है।...शरत् की चाँदनी ! चाँद बादलों में छिप जाता है।...माँ दुर्गा के आने की सूचना मिल गई है। इस बार देवी किस चीज पर चढ़कर आवेंगी, बाबा से लिखकर पूछना होगा ! जरूर हाथी पर आई होंगी ! जिस बार हाथी पर आती हैं माँ...

# बारह

जै ! दुर्गा माता की जै !

चम्पापुर के कुमार साहब ने इस बार फिर बड़े-बड़े पहलवानों को बुलाया है। कुश्ती, शिकार, संगीत और साहित्य, सबका एक सम्मिलित पीठस्थल रही है चम्पापुर की ड्योढ़ी।

"बूढ़े राजा के समय की बात जाने दीजिए। अभी भी कुछ कम नहीं–विश्वकवि रवीन्द्र ने जिस ड्योढ़ी की साहित्य-गोष्ठी में अपनी प्रसिद्ध रचना 'राजा-रानी' की आवृत्ति की है, जहाँ की संगीत-मंडली में पूरे एक सप्ताह तक फैयाजखाँ की अमर स्वर-लहरी लहरा चुकी है। बूढ़े राजा ने शिकार पर कई किताबें लिखी हैं... ।"

...पंजाबी पहलवान मुश्ताक का चेला 'चाँद' आया है, इस बार। जमेगा !... कालीचरन बनमंखी के पास एक गाँव में है। दूर के रिश्तेदार बहुत चालाक आदमी हैं।

उसका नाम बदल दिया है–रुस्तम खाँ ! लोगों से कहता है, रुस्तमखाँ तम्बाकू का दल्लाल, पूबा[1] है। कल चाँद अखाड़े में जाँघिया लगाकर उतरा, मगर सुनते हैं कि कोई जोड़ा ही नहीं मिला।...कालीचरन ऐंठ जाता है। वह जाएगा, ज़रूर-ज़रूर !

चम्पापुर मेले का दंगल है बाबू !...देखनेवालों पर कभी-कभी ऐसा जान सवार होता है कि आसपास के लोगों में धक्कमुक्की शुरू हो जाती है। सिपाही जी लोग छड़ी नहीं चमकाते रहें तो हर साल एक-दो आदमी दबकर मर जाएँ !

आज भी चाँद जाँघिया लगाकर घूम रहा है। कालीचरन भीड़ में से देखता है, ''वाह ! बलिहारी दोस्त ! शरीर को खूब बनाया है ! बलिहारी है दोस्त !''

...ऐं ! आज भी चाँद का जोड़ा नहीं मिला ?...जै-जै ! दुरगा माई की जै ! जोड़ा नहीं मिला ! जै !

भेंपों-भेंपों-भें-भें...! पों-पों-पों !

चटाक् चट-धा। चट-धा गिड़-धा !

''अ...ज-ज-जा। आ-आली !'' हाफ कमीज और पाजामा फाड़कर चित्थी-चित्थी करते हुए कालीचरन मैदान में उतर पड़ता है।

''ऐ ! ऐ ! पागल है, मारो, मारो !''

''नहीं जी !...जाँघिया है अन्दर में !''

...अरे ! वाह ! यह तो असल जोड़ा है।...कौन है ? अखाड़े में उतरने का ढंग ही कुछ ऐसा है कि सबकी आँखें चमक उठती हैं।...सभी की निगाहें आपस में मिलती हैं– हाँ, यही है चाँद की जोड़ी !

मंडल जी नाम-धाम पूछकर जल्दी से कुस्ती सुरू करवाने का हुकुम दे रहे हैं सरकार !

सभी बाजे-गाजे अचानक थम गए हैं।...क्या हुआ ? कुस्ती होगी या नहीं ? पहलवान मुश्ताक अली हाथ जोड़कर कह रहा है बड़े कुमार साहेब से ? क्या नाम कहा ?...रुस्तम अली ! जोगबनी का ? मोरंगिया है ? नहीं-नहीं, देसिया ही है।...वाह, अलबत्त जोड़ा है !

चटाक् चटधा ! चटधा गिड़धा !

''अरे वाह रे उस्ताद ! ले-ले-ले बच गया।...अरे, यह तो बिजली है–बिजली !'' चाँद नाच रहा है। यह पंजाबी पैंतरा है। रुस्तम चुपचाप मुस्करा रहा है...मंगला... उस्ताद ! आज की बाजी यदि हार गए तो समझेंगे कि मंगला को छूना पाप हुआ।... यदि जीत गए तो...यह परीच्छा है मेरी !'...चाँद को क्या ऐब लगा दिया है उसके गुरु ने ? इतना पागल होकर टूटता क्यों है ? काली...रुस्तम मुस्कराकर एक छोटी दुलकी लेता है; चाँद ने अचानक ही फिर हमला किया।

''अ-जा-जा !''...भैया, यह रुस्तमखाँ भी तो कमाल है ! कोई जादू जानता है

---

1. पूरब का।

क्या ? हाँ, चाँद को मालूम हो गया होगा।

"नहीं जी, कहाँ पंजाबी और कहाँ देसिया !"

...कहीं दारोगा साहेब तो देख नहीं रहे हैं ?—क्या ठिकाना ! खेल दिखाने का समय नहीं। जल्दी फैसला हो जाना चाहिए...।

"अरे, ला-ला-रा-जा-हा-हा...हा, हो-हो, जै-जै !"

पीछेवाले उचक-उचककर देखते हैं। पास के पेड़ की एक डाली टूट गई। क्या हुआ ?...साफ ?...कौन ? डेढ़ गज के एक छोटे-से चक्कर में रुस्तम घूमा और चाँद को आसमान दिखा दिया।

"कहाँ गया ? रुस्तम कहाँ गया ?" बड़े कुमार साहब भाव विह्वल होकर पुकार रहे हैं। शक्ति का पुजारी खोज रहा है—"रुस्तम !...भीड़ को हटाइए। रुस्तम कहाँ गया ?"

...लगता है, जौहरी को कीमती पत्थर हाथ लग गया है। नहीं, नहीं, हाथ में आते-आते खो गया। कहाँ गया।

रुस्तम लापता हो गया।

बहुतों ने कहा—चलित्तर कर्मकार ही नाम बदलकर अखाड़े में उतरा था। चलित्तर को सुनते हैं, लाल-धूजा, हनुमानी झंडा का महातम मिला है—वह कहीं हार नहीं सकता है।

मेला में लाल फाहरम बाँट हुआ है। लिखा है—'कम्यूनिस्ट पार्टी के लाल झंडा को बुलन्दी से ढोनेवाले चलित्तर कर्मकार के ऊपर से वारंट हटाओ।'

कालीचरन बनमंखी के रिश्तेदार के यहाँ से फारबिसगंज की ओर चला जाता है। सिकरेटरी साहब उससे नहीं मिलना चाहते हैं। लेकिन वह मिलेगा। सुनते हैं, सिकरेटरी साहब ने कहा है, कालीचरन वगैरह पार्टी के मेंबर नहीं, किसान सभा के दुअन्निया मेंबर हैं। मिलकर वह सारी बातें समझाएगा। उस रात वह पाटी आफिस में था।...धरमपुरी जी से भी भेंट नहीं हुई, बम्बे गए हैं। कालीचरन अपनी पूरी सफाई देकर ही हाजिर होगा।

"अरे। तुम ! काली !" मंगला डरते-डरते सँभल गई, "क्या डफाली मियाँ की तरह सूरत बनाई है ! अन्दर आ जाओ। कोई डर नहीं। अकेली हूँ।"

कालीचरन मंगला से मिलने आया है—अचानक।

कालीचरन को एक पुराने रेलवे क्वार्टर के अन्दरवाले कमरे में बिठाकर मंगला लोटा-गिलास लेकर पानी के नल पर चली जाती है। कालीचरन देखता है—चरखा है, धुनकी भी है, खाट पर कम्बल के ऊपर सफेद खादी की चादर है।...उसकी आँखों में खुमारी है। रात-भर बैलगाड़ी पर जगा ही रह गया है। रेल पर भी ऊपरवाली तखती पर लेटा आया है।...लोटा-गिलास चकमक करता है। ठंडा पानी ! नींबू का शरबत !

मंगला गिलास बढ़ाते हुए मुस्कराती है, "मैं तो डफाली मियाँ ही कहूँगी। रुस्तम अली तो जोगबनी मिल का बूढ़ा सरदार है।"

कालीचरन हाथ में गिलास लेकर मंगला की ओर टकटकी लगाकर देखता है। मंगला कितनी दुबली हो गई है ! रंग भी जरा चरका हो गया है !

"खबरदार ! हैंडसप् !"

खट-खट-खट-खट !

...दारोगासाहब, पिस्तौल ताने खड़े हैं। आठ-दस सिपाही बन्दूक की नली को इस तरह ताने हुए खड़े हैं मानो फैर कर देंगे।

"दारोगा साहब ! पानी पी लेने दीजिए !" मंगला को थाना-पुलिस का क्या डर !

"आप...तुम...कौन हो इसकी ? तुम क्या करती हो, तुमको भी गिरफ्तार किया जाता है।"

"दारोगा साहब, इनको पानी पी लेने दीजिए।"

मंगला अपना सर्टिफिकेट देखने के लिए देती है।

"ओ ! आप चरखा-सेंटर की महिला हैं..." दारोगा साहब मंगला के सर्टिफिकेट को देखकर वापिस देते हैं।

"हाँ, मेरीगंज में काम करती थी। जान-पहचान थी, एक साथ काम किया था। इसीलिए...!"

"नोच लो इस साले की दाढ़ी ! तेरी माँ को...।"

"आह !" मंगला झट से दरवाजा बन्द कर लेती है।

ऊपर से बन्दूक के कुन्दे जड़ रहे हैं काली के कन्धे पर ! वह शरबत का डकार लेता हुआ पुलिस-लारी पर जा बैठता है। कातिक महीने के कागजी नीबू में कितनी सुगन्ध होती है !...सर से झर-झर खून गिर रहा है। लेकिन, उसका सारा शरीर सन्तुष्ट है, शून्य है।

दारोगा साहब उसके मुँह में हंटर डालते हुए कहते हैं—"साला ! मर जाएगा, मगर नहीं कबूलेगा। सोमा साला भी ठीक ऐसा ही है। अरे !...चलित्तर करमकार तेरी माँ का भतार है, है न ?"

कालीचरन के हाथों की हथकड़ी एक बार झनक उठी। घायल पुट्ठों में एक नया दर्द उभर आया, आँखों में खून उतर आया।...लेकिन नहीं। उसकी पाटी बदनाम हो रही है। वह सबकुछ सहेगा।

"भेज दो साले को !...बासुदेवा और सुनरा तो दो ही थप्पड़ में बक-बक उगलने लगा। उन दोनों को क्या है ? सरकारी गवाह हो गए हैं। रिहा हो जाएँगे दोनों।...मरेगा यही दोनों।...डकैती विद मर्डर !"

नीबू का शरबत !...डकार अभी भी आ रहा है कालीचरन को !

—मंगला, मुझे माफ़ करना !

# तेरह

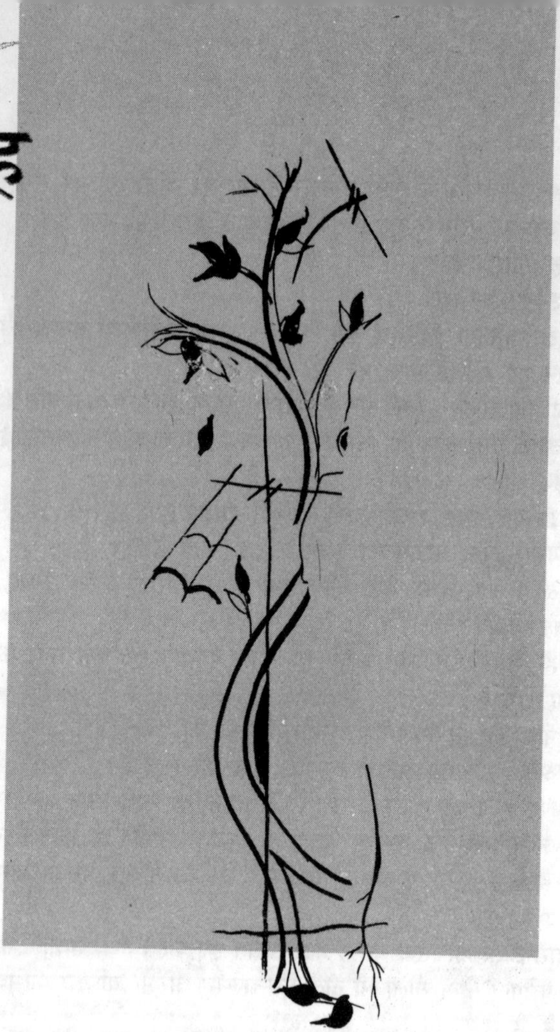

बालदेव जी रामकिसुन आसरम बहुत दिनों बाद आए हैं।...एकदम बदल गया है आसरम ! लोग भी बदल गए हैं। थोड़ा चालचलन भी बिगड़ गया है आसरम का। अब तो लोग मछली और अंडा भी चौका ही में बैठकर खाते हैं। अमीनबाबू सिकरेटरी हुए हैं। कहते हैं, "मछली-मांस आश्रम में न तो बनाया-धोया जाता है और न चूल्हे पर पकता ही है। लोग शहर से पका-पकाया ले आते हैं, खाते हैं। इसमें हर्ज ही क्या है ?"

"हरज क्या है ?" बालदेव जी हक्का-बक्का होकर अमीनबाबू का मुँह देखते हैं, "लेकिन...पहले तो आसरम के हाता में भी नहीं आता था।"

"यह जो नया रसोईघर बना है, वह आश्रम की जमीन में नहीं, कुबेर साह की जमीन में है। अब तो आप जगह-जमीनवाले आदमी हो गए, खाता-खतियान, नक्शा-परचा देखना तो जरूर सीखे होंगे।...जाइए, जाकर कचहरी में नकल निकास करवाकर

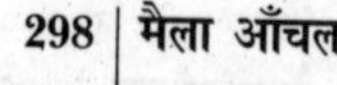

देख लीजिए। समझे !" फारबिसगंज के नवतुरिया नेता छोटनबाबू कहते हैं।

बालदेव जी कटमटाकर उनकी ओर देखते हैं। छोटन, फारबिसगंज का यह लुच्चा लौंडा हर बात में फुच-फुच करता है। अमीनबाबू के साथ दिन-रात रहता है न, इसलिए मुँहजोर भी हो गया है।...झूठा तो नम्बर एक का ! फारबिसगंज का नाम फरेबगंज करेगा यह, इसमें कोई सन्देह नहीं।

"छोटनबाबू ! खाता-खतियान, नक्शा-परचा देखकर हम क्या करेंगे। रामकिसूनबाबू के जमाने में...।"

"रामकिसूनबाबू का जमाना रामकिसूनबाबू के साथ चला गया।" छोटनबाबू का टंडेल-भोलटियर[1] मटरा भी बोलता है, "यह कांग्रेस आफिस है, बाबा जी का मठ नहीं।"

बालदेव जी की अकिल गुम हो रही है।

खैनी से सड़े हुए दाँतों को निकालकर मटरा हँसता है। फिर मटकी मारकर कहता है, "कबिराहा में तो 'सब धन साहेब का' ही होता है।...खँजड़ी बजाना सीखे हैं या नहीं ?"

"हा-हा-हा-हा !" सभी ठठाकर हँस पड़ते हैं।

चन्ननपट्टी का गुदरू कहता है—"बालदेव ! अब अपने गाँव में आओगे तो जतियारी भोज से पकड़कर उठा दिए जाओगे।"

"बालदेव मेरीगंज का एकान्ती मजा छोड़कर गाँव क्यों जाएगा ?...अन्धों में काना बनकर मौज कर रहा है।"

"हा-हा-हा-हा-हा-हा !"

बालदेव जी की आँखों में आँसू आ जाते हैं। यदि दोरिक सरमा नहीं आ जाते तो वह फूटकर रो पड़ता। सरमा ने आते ही कहा—"क्या है, क्या है ? बालदेव जी को तुम लोग क्यों चिढ़ाते हो ?"

"चिढ़ाते कहाँ हैं ? हम लोग सतसंग करते हैं।" छोटनबाबू हँसकर बोले।

सरमा ने पास की खाली कुर्सी पर बालदेव जी को बैठाते हुए कहा, "बालदेव जी ! यहाँ बैठिए, हम जवाब देते हैं।...सतसंग की बात कहते हैं छोटन जी ! यह बालदेव, दोरिक शर्मा, नेवालाल, फगुआ, सहदेवा, बौनदास, उजाड़ू चुन्नीदास, पिरथी, जगरनथिया, छेदी, गंगाराम वगैरह के सतसंग का ही फल है कि आपके जैसे लाल पैदा हुए हैं।...अभी चेभर-लेट गाड़ी पर लीडरी सीख रहे हैं आप ! आप क्या जानिएगा कि सात-सात भूजा फाँककर, सौ-सौ माइल पैदल चलकर गाँव-गाँव में कांग्रेस का झंडा किसने फहराया ? मोमेंट में आपने अपने स्कूल में पंचम जारज का फोटो तोड़ दिया, हेडमास्टर को आफिस में ताला लगाकर कैद कर दिया, बस आज आप लीडर हो गए। यह भेद हम लोगों को मालूम रहता तो हम लोग भी खाली फोटो तोड़ते।...गाँव के जमींदार से लेकर थाना के चौकीदार-दफादार जिनके बैरी ! कहीं-कहीं गाँववाले दल

1. किसी नेता का व्यक्तिगत नौकर।

बाँधकर हमें हड़काते थे, जैसे मुड़बलिया[1] को लोग सूप और खपरी बजाकर हड़काते हैं।...आप नहीं जानिएगा छोटनबाबू ! आपका जन्म भी नहीं हुआ था। उस समय आपके बाबू जी दारू की दुकानों की ठेकेदारी करते थे।...हम लोग उनकी गाली सुन चुके हैं।...क्या बालदेव ! याद है ?...वही कटफर भट्ठी की बात ?"

गूदर तुरन्त रंग बदलना जानता है...वह भी तो नीमक कानून के समय से ही झोला टाँग रहा है—"सरमा जी ! गिधवास हाट पर... ।"

"चुप चोट्टा कहीं का !" शर्मा जी डाँटते हैं, "जिधर चाँद उधर सलाम !...बालदेव जी को सभी मिलकर चिढ़ाता था, क्यों रे !...बालदेव जी जरा साफ कपड़ा पहनने लगे हैं, यरवदा चक्र खरीदे हैं, चेहरा-मोहरा पहले से जरा चिकना लगता है, पास में पैसा है, इसीलिए तुम लोगों का कलेजा जल रहा है।...चलिए बालदेव जी, गांगुली जी के यहाँ हम भी बहुत दिनों से नहीं गए हैं।"

"अभी मिटिन जो है।" बालदेव जी कहते हैं।

"अरे, आप भी तो बालदेव जी सब दिन एक ही समान रह गए !...मिटिंग में रहकर क्या कीजिएगा। फारबिसगंजवालों का कजिया फैसला होनेवाला है। खुशायबाबू एक घोड़ा-गाड़ी में भरकर कागज-पत्तर, फाइल-रजिस्टर, भौचर, डिबलूकट[2] और मुकदमों के कागज ले आए हैं। उधर फगुनीसिंघ भी एक सौ आदमी को भँजाकर ले आए। आज रात-भर खूब धमाधम होगा। चलिए, क्या देखिएगा राँड़ी-बेटखौकी का झगड़ा !"

बालदेव जी दोरिक शर्मा के साथ चले गए तो गूदर ने आँख टीपकर फिसफिसा के कहा, "अरे ! गांगुली जी के यहाँ जाता है थोड़ो ! जा रहा है तिरपित भंडार में, अभी बालदेव जी को चोट पर चढ़ाएगा। रसगुल्ला झाड़ेगा।"

छोटनबाबू कहते हैं, "अमीनबाबू से कहना होगा। मेरीगंज में अब बालदेव से काम नहीं चलेगा। चरखा-सेंटर को चौपट कर दिया। घर-घर में सोशलिस्ट घरघराने लगे। अभी तो सब डकैती केस में ऐरेस्ट हैं। उस गाँव का डाक्टर कौमनिस्ट था, वह भी ऐरेस्ट है।...उसको तो हम्हीं ने ऐरेस्ट कराया है। कटहा का नया दारोगा हमारा क्लास फ्रेंड है।"

"लीजिए ! एक बरमगियानी गए तो दूसरे कठपिंगल जी आ रहे हैं।...यह तो आजकल और भी काबिल हो गया है।"

बावनदास जी आ रहे हैं।...आश्रम के बूढ़े कुत्ते बिलेकपी (ब्लैक प्रिंस) ने बावनदास को दूर से ही पहचान लिया है। अशोक गाछ के नीचे वह इसी तरह लेटा रहता है और हर आने-जानेवाले को देखता है। बावनदास को देखके कान खड़ा कर गर्दन उठाकर देखता है। दुम भी हिला रहा है।...ससांक जी ने इस कुत्ते का नाम रखा था—ब्लैक प्रिंस। सोशलिस्ट पार्टी के चिनगारी जी ने 'लाल पताका' में, जिला के एक मारवाड़ी को ब्लैक प्रिंस लिखा था, अर्थात् जो ब्लैक करने में मशहूर हो। चूँकि मारवाड़ी एकदम नौजवान

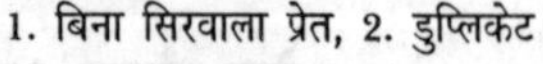

1. बिना सिरवाला प्रेत, 2. डुप्लिकेट।

था इसलिए प्रिंस लिखा था। मारवाड़ी ने मुकदमा ठोंक दिया था कि 'लाल पताका' के सम्पादक ने उसे कुत्ता कहा है।...बिलेकपी ने ठीक पहचाना है।...बावनदास जी भी अशोक की छाया में बिलेकपी के पास आकर बैठ गए। अहा...हा !...प्यार का भूखा बिलेकपी ! खुशी से उछल-कूदकर, दौड़कर कभी बावनदास जी की झोली दाँत से पकड़कर खींचता है, कभी लाठी लेकर भागता है ! अ-हा-हा !

"अ-हा-हा ! बिलेकपी रे !—बाल झड़ रहे हैं। पहले तो रबिबार को निरजला-अनसन करते थे। तुम दूध-हलुवा भी नहीं सूँघते थे। सुनते हैं, आजकल मूर्गी की हड्डी चबाते हो। तुम्हारा क्या कसूर भैया ! घाव भी हो गया है।...बदमासी मत करो। झोली में क्या है जो देंगे ! जाओ, झोली में कुछ नहीं है !"

"काऊँ-काऊँ-क्यूँ !" बिलेकपी धरती पर चित्त होकर लेटा हुआ काऊँ-काऊँ कर रहा है और बावनदास की झोली को दाँत से खींचता है।

बावनदास जी धीरे-से एक कागज की पुड़िया निकालते हैं। बिलेकपी और भी जोर-जोर से काऊँ-माऊँ करने लगता है। उसकी यही आदत है। बावनदास जब आता है, उसके लिए एक आने का मंडा खरीदता आता है। दास एक टुकड़ा मंडा उसे देता है। बिलेकपी चट से खाकर मुँह देखता है बावनदास का।

"अब क्या लेगा, अंडा ?"

# चौदह

तहसीलदार साहब अपने नए दोमंजिले की छत पर बैठकर देखते हैं–धान के खेतों में अब धानी रंग उतर आया है। बालियाँ झुक गई हैं। पच्चीस दिन कातिक के बीत गए हैं। अखता धान की अब कटनी शुरू हो जाएगी।...चारों ओर तहसीलदार साहब की जमीन ! पूरब, वह जो ताड़ का पेड़ दिखाई पड़ता है कमला के उस पार...वहाँ तक और उत्तर, बूढ़े बरगद तक। दक्खिन में, संथालों की जमीन दखल करने के बाद, पिपरा गाँव तक तहसीलदार के पेट में चला आया है। घर के पच्छिम ततमाटोला के पास पचास एकड़ जमीन की एक ही जमा है। खजाना लगता है सिर्फ दस रुपया। तहसीलदार साहब के बाप ने भी इस जमा को दखल करने की हरचन्द कोशिश की थी, मगर गोटी नहीं बैठी। तहसीलदार साहब ने भी अपनी तहसीलदारी के समय बहुत कलम चलाई, लेकिन तुम कैथ तो वह भूमिहार ! वह जमीन धरमपुर के भैरोबाबू की है। तहसीलदार साहब

की आँख की किरकिरी वह जमीन ! इस दोमंजिले की छत पर बैठने से जमीन की भख और तेज हो जाती है। लिखा-पढ़ी, दलील-दस्तावेज, मरम्मत से लेकर, अकेले में बैठकर, तरह-तरह के पैंट[1] भी यहीं सोचते हैं वह।...नीचे उतरते ही उनका चेहरा बदल जाता है। तब पोखर में स्नान करने से लेकर भोजन पर बैठने तक वह न जाने कौन शास्तर का मन्तर बुदबुदाते रहते हैं, ओं-ग-मिरिंग...शिवा...आ...य। ओं-ग-मिरिंग... !

रोज खाने के समय तहसीलदार साहब धीरे से पूछते हैं, ''दीदी कैसी है ?''

''आज बहुत खुश है तुम्हारी बेटी !''

''सच ? कमली की माँ, रात तो मुझे नींद ही नहीं आई।'' तहसीलदार साहब जिस दिन खाने के समय खुश हुए, उस दिन जो भी सामने जला-पका, मीठा-नमकीन रहा, सब खा जाते हैं।

''अभी कहती थी कि 'इन्दिरा' को उसका स्वामी मिल गया।...बहुत खुश है।''

''पगली !'' तहसीलदार साहब हँसते हैं।

''रात को अचानक कमली के कमरे से रोने की आवाज आई !...कमली हिचकियाँ लेकर रो रही थी। माँ को तो जड़ैया-बुखार की तरह कँपकँपी लग गई। तहसीलदार साहब की आँखों से आँसू की झड़ी लग गई। माँ ने अपने को बहुत सँभालके पूछा, ''क्या है बेटी, क्या हुआ ! बोल कमल ! कमली ! बेटी ! बोल बेटा ! मैना मोरी !''

''माँ ! मैं अपने लिए नहीं रोती हूँ।...यह...देखो न ! इन्दिरा के लिए...।'' कमला कहते-कहते फिर हिचकियाँ लेती है।

''कौन इन्दिरा ?...कौन है वह ?''

''कौन इन्दिरा ?...हाँ, तुम क्या जानो ! माँ, इस किताब की इन्दिरा के लिए रो रही हूँ।...बेचारी पहले-पहल ससुराल जा रही थी, डोली पर चढ़के। मन में कितने मनसूबे बाँधकर दुलहिन इन्दिरा ससुराल जा रही थी। एक पुराने तालाब के किनारे डोली रुकी। वह पोखर बिजूवन-बिजूखंड जैसे एक जंगल के पास ही था। बहुत खुनियाँ जगह थी। इसीलिए साथ में सिपाही लोग थे। लेकिन, इन्दिरा को डकैत लोग डोली सहित उठाकर ले गए। दिन-दहाड़े डकैती हो गई। लेकिन माँ, उसकी सबसे बड़ी चीज बच गई है, उसकी इज़्ज़त ! अभी वह उसी बिजूवन-बिजूखंड जैसे घोर जंगल में है माँ ! बेचारी इन्दिरा !''

कमला बंकिमबाबू की पुस्तक 'इन्दिरा' पढ़कर रो रही थी।...आज वह खुश है। इन्दिरा को उसका स्वामी फिर मिल गया।

तहसीलदार साहब कहते हैं—''यह पागलपन नहीं कमला की माँ ! बेटी मेरी बड़ी समझदार है। मोम का कलेजा है ! बाबा विश्वनाथ ! मंगल करना !''

''कल डाक्टर से भेंट किए या नहीं ?'' माँ पूछती है।

''हाँ, रात में तो सुना ही नहीं सका। बड़ा झंझट का काम है। दर्खास्त दिया तो

1. प्वायंट।

पूछा कि डाक्टर आपके कौन हैं। मैं क्या जवाब दूँ ? कहा, कोई नहीं। बस, नामंजूर कर दिया दर्खास्त। किरानीबाबू बड़े भले आदमी थे। वे बोले कि डाक्टर साहब नजरबन्द हैं, इसलिए वे सिर्फ माँ, बाप, स्त्री और बहन से ही खत-किताबत कर सकते या मिल सकते हैं। क्या कानून है ! बहन को चिट्ठी दे सकते हैं, बहनोई को नहीं। स्त्री से भेंट कर सकते हैं, लेकिन साथ में ससुर रहे तो वह बेचारा अपने जमाई का मुँह भी नहीं देख सकता !'' तहसीलदार साहब मुँह धोकर, बगल की कोठरी में जाते-जाते कहते हैं, ''प्यारू वहीं पूर्णिया में ही रहता है। एक होटल में खाता-पीता है। जेल के अन्दर से ही डाक्टर ने गनेश का इन्तिजाम कर दिया है, वरमो-समाज मन्दिर में। हर महीने दस्तखत करके चिक भेज देता है डाक्टर। प्यारू और गनेश के नाम से अलग-अलग चिक देता है। जो भी कहो, आदमी बहुत अच्छा है यह डाक्टर ! प्यारू कहता था, एक दिन वह दूध के ठेकेदार के साथ अन्दर चला गया। अन्दर जाकर, फाटक के पास ही, डाक्टर साहब से भेंट हो गई। डाक्टर साहब जेल आफिस में आ रहे थे। प्यारू को देखकर अचकचा गए डाक्टर साहब। फिर कहा, क्यों आए ? प्यारू ने कुछ जवाब नहीं दिया तो पूछा, मेरीगंज से कब आए हो ?...कमला कैसी है ?''

''ऐं ? पूछा ? डाक्टर ने पूछा था ? प्यारू ने क्या जवाब दिया ?''

कमली की माँ एक ही साँस में उतावली होकर पूछती है, ''न जाने क्या बता दिया उसने ?''

''नहीं, प्यारू बेवकूफ नहीं है। जवाब दिया, अच्छी है। आपका फोटो ले गई है, रोज सुबह उठकर देखती है।''

''अच्छा ? कहा उसने ? कितना होशियार है प्यारू ! आ-हा-हा ! भगवान भी कैसे हैं ? कोई नहीं है बेचारे को।...तब डाक्टर ने क्या कहा ?''

''कहता था, हँसते-हँसते चले गए।'' तहसीलदार साहब ने मुँह में पान डाल लिया।...अब बात फुरा गई।

मारे खुशी के कमली की माँ भरपेट खा भी नहीं सकती है। माँ-बेटी साथ ही खाती हैं रोज। आज कमली बार-बार टोकती है, ''माँ, खाओ भी, पुरैनियाँ की कथा पीछे होगी।...बलैया मेरी किसी का फोटो देखेगी !''

आज से माँ बैठकर उपनियास सुनेगी। कमली फिर शुरू से 'इन्दिरा' पढ़कर सुना रही है। कमली कहती है, ''माँ शकुन्तला, सावित्री आदि की कथा पढ़ने में मन लगता है, लेकिन उपन्यास पढ़ते समय ऐसा लगता है कि यह देवी-देवता, ऋषी-मुनि की कहानी नहीं, जैसे यह हम लोगों के गाँवघर की बात हो।''

आज दो दिनों से खाने-पीने के बाद कमली के गर्भ में पलता हुआ शिशु हाथ-पाँव फड़फड़ाता है। लाज से वह कुछ कहती नहीं है माँ को। लेकिन जब से उसे आनेवाले की आहट मिली है, कमली का मन किसी दूर में खो-सा गया है। एक ही साथ बहुत-से बच्चों के मुखड़े खिलखिला उठते हैं उसकी आँखों के आगे ! बच्चे उसके साथ आँखमिचौनी खेल रहे हैं ? कौन है वह ? सभी प्यारे ! ताजे कमल की तरह खिले हुए।

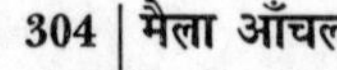

वह किसका हाथ पकड़े ? वह एक चंचल बालक को उठाकर गोद में ले लेती है। कितने कोमल हैं उसके हाथ-पैर, कैसी मीठी मुस्कराहट ! कितना चंचल ! मेरा...चुलबुला राजा रे !...कमली की छाती से दूध झरने लगता है।

"कमली की माँ !" तहसीलदार साहब दोमंजिले की कोठरी से पुकारते हैं।

"जरा इधर तो आना कमली की माँ !"

दोमंजिले पर पैर रखते ही तहसीलदार साहब की बुद्धि, उनके विचार, उनकी बोली-बानी सब बदल जाती है। जबड़े की हड्डियाँ खुद-ब-खुद चलती रहती हैं, मानो कोई चीज चबा रहे हों।

"कमली की माँ ! मैं अब फाँसी लगाकर मर जाऊँगा। मुझे नींद नहीं आती है। क्या होगा ? कुछ सोचती हो ?...कोई उपाय ? दुश्मन को भी ये दिन कभी देखने न पड़ें ! तुम तो अब दिन-रात बेटी के पास रहती हो, मेरा जी अकेले में घबराता है। तुम्हारी नागिन बेटी ने ऐसा डँसा है कि..." तहसीलदार साहब आवेश में आकर खड़े हो जाते हैं।

"छिः ! कमली के बाबू ! कैसी बातें करते हो ?"

"चुप रहो तुम ! तुम दोनों ने मुझे...। हट जाओ !"

"कमली के बाबू, बैठ जाओ ! चिल्लाओ मत, लड़की सुन लेगी।"

"सुन लेगी ! हुँ, बड़ी लाट साहब की बेटी आई है !"

"कमली के बाबू !"

"चौप !"

बूढ़ी नौकरानी आकर कहती है, "चाह पीयै ले बजबै छथिन दाय...नीचाँ !"

"चलो !"

कमली अब भी रोज दोनों वक्त अपने हाथों से चाय बनाकर भेजती है अपने बाप को। कमली कहती है, "बाबा एक सौ प्यालियों के बीच, सिर्फ रंग देखकर मेरी बनाई हुई चाय पहचान लेंगे।"

नीचे के कमरे में बैठकर, चाय की प्याली में चुस्की लेते ही तहसीलदार साहब की तनी हुई रगें ढीली पड़ जाती हैं, चेहरा स्वाभाविक हो जाता है।

"सेबिया को रजाई भरवा दो इस बार, नहीं तो बूढ़ी इस जाड़े में गठिया से नहीं उबर सकेगी।" तहसीलदार साहब कहते हैं।

"तुम्हारी बेटी तुम्हारे लिए ऊनी गंजी बिन रही है।...किताब खोलकर सामने रख लेती है, दोनों हाथों में सलाई लेकर किताब में देख-देखकर जब बिनने लगती है कमली, तो लगता है हाथ नहीं मिसीन है।"

"सच ? अहा ! बेचारी...! मेरे-जैसे अभागे के घर में जन्म लेकर बचपन से दुख-ही-दुख भोगती आ रही है दीदी मेरी ! कमली की माँ, तुमको याद है, जब सिर्फ एक साल की थी कमली, उसी समय मैंने कहा था कि मेरी बेटी सन्तोख की पुतली बनकर आई है।"

सेबिया हँसती हुई अधूरा स्वेटर ले आती है।

''यही देखो !'' माँ हाथ में लेकर दिखलाती है, ''अपनी बेटी की कारीगरी देखो !''

तहसीलदार साहब मुस्कराते हुए देखते हैं, फिर सेबिया को इशारा करते हुए कहते हैं, ''यह तो बहुत बड़ा होगा मेरी देह में। मेरे लिए तो इतना छोटा (...एक बच्चे के बराबर)...चाहिए ! इ त ना छोटा !''

''उँ !'' सेबिया गाल पर हाथ रखकर हँसते हुए कहती है, ''बतहा[1] !''

माँ कहती है, ''दे आओ ! कहना, बहुत बढ़िया है।''

बहुत पुरानी नौकरानी है सेबिया। कमली की माँ के बचपन की सहेली है वह ! साथ-साथ खेली है। बचपन में ही बेवा हुई, चुमौना की बात सुनते ही हफ्तों रोती रहती और नदी में डूबने जाती। कमली की माँ के साथ यहाँ आई और अब तक है। गठिया के कारण शरीर बहुत कमजोर हो गया है और एक कान से कम सुनती है।

कमली कहती है–सेबिया माई !

''ए ! सेबिया माई !''

बूढ़ी रोज चुराकर चूल्हे की लाल मिट्टी के टुकड़े दे आती है कमली को। कितनी सोंधी लगती है चूल्हे की मिट्टी !

''माँ, सेबिया माई पूछती थी, जमाई कब आवेगा ?''

तहसीलदार साहब दोमंजिले की छत पर खड़े होकर देख रहे हैं। पच्छिम की ओर डूबते हुए सूरज की लाल रोशनी 'धरमपुर-मिलिक' के खेतों पर फैली हुई है। रंग धीरे-धीरे बदल रहा है। लाल धुँधला लाल, मटमैला... ! अब अँधियारी बढ़ी आ रही है।...तहसीलदार साहब की ड्योढ़ी, चहारदीवारी भी अब अँधेरे में डूब गई।

---

1. पागल।

# पंद्रह

बालदेव जी घोड़ागाड़ीवाले से कहते हैं–"देखो जी, आप यदि 'टैन' पकड़ा दो तो आठ आना बकसीस देंगे !"

"देखिए, अपने जानते कोसिस तो हम खूब करेंगे !...चल बेटा ! कदम-कदम बढ़ाके !" घोड़ेवाला छोकरा घोड़े को चाबुक लगाते हुए गाता है, "झगड़ा सुरू हुआ है सारे हिन्दुस्तान में, हिन्दू-मुसलमान में ना..."

बालदेव जी को आज मालूम हुआ कि महतमा जी दो महीने से लगातार पटना में थे। रोज प्रार्थना-सभा में 'भाखन' देते थे महतमा जी !...आजकल 'डिल्ली' में हैं।

"...ऐं ! कौन गाड़ी बिगुल दिया जी ?"

"अभी सिंगल डौन भी नहीं हुआ है। देरी है।"

"देरी है ? वाह बहादुर !"

स्टेशन पर बालदेव जी ने भाड़ा के अलावा एक अठन्नी बकसीस में दिया तो घोड़ागाड़ीवाले छोकरे ने बड़े 'कैदा' से हाथ चमकाके सलाम किया, "सलाम हजौर !"

किसी जवान स्त्री को देखते ही बालदेव जी को झट से लछमी की याद आ जाती है। मन-ही-मन सोचते हैं, यदि थोड़ी देर गांगुली जी के यहाँ और हो जाती तो आज सरमा जी आने नहीं देते। चलते-चलते सरमा जी ने आखिर दिल्लगी कर ही लिया, "अच्छा तो बालदेव, जाओ ! हम बेकूफ जो तुमको रोकेंगे ? तुमको यहाँ रोक लें और उधर तुम्हारी कोठारिन किसी से 'सतसंग' करने लगे तो हुआ !...हा-हा-हा ! माफ करना, अच्छा तो जै हिन्द !"

"जै हिन्न बालदेव जी !"

"कौन ? खलासी जी ! कहिए क्या हाल है ?"

"हम तो अभी आ रहे हैं मेरीगंज से।...जाइए रौतहट टीसन में आपकी बैलगाड़ी लगी हुई है। गए थे रोकसती[1] कराने के लिए। आज दस दिन के बाद लौटे हैं। हमारे जलाना को गरम हवा[2] लग गया था। झाड़-फूँककर साथ लेते आए हैं !...अ हा ! आज दस बजे हम आपके आसरम के तरफ गए थे, एक जड़ी खोजने के लिए। आसरम देखकर मन होता था कि यहाँ से कहीं नहीं जाएँ। आप तो थे नहीं, कोठारिन जी थीं। साहेब बनगी किया, सुपाड़ी-कसैली खाया। एक नवतुरिया साधू जी इतना बढ़िया गा-गाकर बीजक पढ़ रहे थे कि जी होता था बैठे रहें।...अच्छा तो जै हिन्न !"

नवतुरिया साधू ?...काशी जी का बिदियारथी जी है। महन्थ सेवादास के समय से ही मठ पर आता है, साल-दो साल के बाद। महन्थ साहब जाने के समय धोती, चादर, किताब का दाम और राह-खर्चा देते थे।...मोती के जैसा अक्षर लिखता है।...लछमी ने जो बीजक दिया था बालदेव जी को, इसी बिदियारथी जी का लिखा हुआ था। इस बार आए हैं तो कहते हैं कि मठ पर जी नहीं लगता है। लेकिन लछमी तो अब मठ की कोठारिन नहीं ! एक भले घर की 'इसतिरी' है।

...जब मैं घर में नहीं था तो वह क्यों गया ? आखिर लोग क्या सोचते होंगे ? नहीं, यह अच्छी बात नहीं ? लछमी को समझा देना होगा।

बालदेव जी की मौसी रोज सुबह ही उनके आसरम के सामने आकर बैठ जाती है और गिन-गिनकर गालियाँ सुना जाती है, "अरे भकुआ रे !...एही दिन के लिए पाल-पोसके इतना बड़ा किया था रे !...मुड़िकटौना रे ! लछमिनियाँ ने तो तुमको धोखा की माटी[3] खिलाकर बस कर लिया है। भेंडा बनाकर रख लिया है। रे बेलज्जा, मोटकी-घुमसी की सूरत पर कैसे भूल गया रे !" और लछमी कभी सेर-भर चावल, पाव-भर दाल अथवा गेहूँ, आलू वगैरह देकर उसे विदा करती है।

एक पहर साँझ हो गई है। सर्दी काफी पड़ने लगी है अब। बालदेव जी चादर से कान को ढँक लेते हैं लेकिन, कान तो गर्म है।...बिदियारथी जी...

1. रुखसत, 2. भूतप्रेत की हवा, 3. बस में करने का एक टोटका।

"अरे हाँ, हाँ ! ठहर ! साला ! आदमी देखकर भी भड़कता है ?" गाड़ीवान ने बैलों को रोकते हुए पुकारा, "गोसाईं जी !...उठिए, आ गए घर।"

बालदेव जी जगे ही हुए हैं। उठते ही दूर पेड़ की छाया में किसी को जाते देखते हैं।...ओ ! बिदियारथी जी अभी जा रहे हैं। इसीलिए बैल भड़के थे !

"साहेब बन्दगी !" लछमी पैर छूकर साहेब बन्दगी करती है।

बालदेव जी मिनमिनाकर कुछ कहते हैं और सीधे अपनी आसनी पर चले जाते हैं।

"मेरा कम्बल कौन ओढ़ा था ?" बालदेव जी बिछावन पर पड़े हुए कम्बल को नाक सिकोड़कर देखते हुए पूछते हैं, "मेरा कम्बल क्यों ओढ़ा था वह ?"

"कौन ?"

"और कौन ? मालूम होता है सपना देखती हो !" बालदेव जी का माथा गर्म है।

"रामफल ! तुम लोग खा लो ! हमको भूख नहीं ! हम नहीं खाएँगे।" बालदेव जी जोर-जोर से कम्बल झाड़ते हुए कहते हैं, "दुनियाँ-भर का आदमी आकर आसन पर सोएगा !"

लछमी कई दिनों से देखती है, बालदेव जी बात-बात पर बिगड़ जाते हैं। वह आकर दरवाजे के पास खड़ी हो जाती है, "आसन झाड़ा हुआ है।...बिदियारथी जी तो ओसारे पर बैठे थे।"

"क्यों ? ओसारे पर क्यों थे ? घर में नहीं बैठते हैं बिदियारथी जी ? सूने घर में जैसा घर, वैसा ओसारा।" बालदेव जी के ओंठ फड़क उठते हैं।

"बिदियारथी जी आते हैं सतसंग करने के लिए... !"

"हाँ, हाँ ! खूब समझते हैं। सतसंग... ! हुँ...सतसंग !" बालदेव जी घृणा से मुँह सिकोड़ लेते हैं।

न जाने क्यों, आज सतसंग सुनते ही उनकी देह में झरक-सी लगती है। छोटनबाबू ने कहा था—'सतसंग कर रहे हैं।'...दोरिक सरमा ने आखिर कह दिया, 'कोठारिन किसी के साथ सतसंग... !'

"सतसंग ही करना है तो उनकी आसनी यहीं लगा दो। दिन-रात खूब सतसंग करती रहना।" बालदेव जी ओंठ टेढ़ा करके एक अजीब मुद्रा बनाकर, हाथ चमकाकर कहते हैं, "सतसंग !"

"गुसाईं साहब !" लछमी के भी नथने फड़क उठते हैं, "ऐसा क्यों बकते हैं !"

"तुम हमको टिरिकबाजी दिखाती हो ?...हम सब समझते हैं।"

"क्या समझते हैं ?"

बाँहें क्यों मरोड़ती है लछमी ?...मारपीट करेगी क्या !

गुस्सा से थर-थर काँपती है, "बोलिए ! क्या समझते हैं...रंडी समझ लिया है क्या ? ठीक ही कहा है, जानवर की मूँड़ी को पोसने से गले की फाँसी छुड़ाता है मगर आदमी की मूँड़ी... ।"

"हम तुम्हारे पालतू कुत्ता नहीं। हम अभी चन्ननपट्टी चले जाएँगे, अभी !" बालदेव जी उठकर खड़े होते हैं।

"गोस्सा मत होइए गोसाईं साहेब ! करोध पाप को मूल ! जाते-जाते देह में अकलंग[1] लगाकर मत जाइए।"

बालदेव जी कुछ सोचकर बैठ जाते हैं।...लछमी की देह से गन्ध निकलती है। चुपचाप लछमी की ओर देखते हैं वह। लछमी चुपचाप किवाड़ के सहारे खड़ी आँसू पोंछते हुए सिसकती है, "मेरी तकदीर ही खराब है।"

लछमी रो रही है !...बालदेव जी का गुस्सा धीरे-धीरे उतर जाता है। वह उठते हैं, लछमी के सर पर हाथ फेरते हुए कहते हैं, "रोओ मत ! तुम पर भला सन्देह करेंगे ? रोओ मत ! लेकिन तुमको अब खुद समझना चाहिए कि तुम अब मठ की कोठारिन नहीं, मेरी इसतरी हो। लोग क्या कहेंगे...।"

लछमी बालदेव जी के पाँव पर गिर पड़ती है, "छमा प्रभू ! दासी का अपराध...।"

"छिः-छिः ! लछमी, उठो; चलो भूख लगी है।"

1. कलंक।

# सोलह

डाक्टर नजरबन्द है।

जेल अस्पताल के एक सेल में उसे रखा गया है। हर सप्ताह कोई-न-कोई आफिसर आकर उसे घंटों परेशान करता है, तरह-तरह के प्रश्न पूछता है।...चलित्तर कर्मकार के दल से डाक्टर का कोई सम्बन्ध प्रमाणित करने के लिए पुलिस जी-तोड़ परिश्रम कर रही है।

"आप जानते हैं चलित्तर कर्मकार किसी पार्टी का मेम्बर है ?"

"जी नहीं। मैंने चलित्तर कर्मकार का नाम भी नहीं सुना।"

"नहीं सुना ? जिले-भर के बच्चे तक जानते हैं।"

चलित्तर को कौन नहीं जानता ! बिहार सरकार की ओर से पन्द्रह हजार इनाम का ऐलान किया गया है। हर स्टेशन के मुसाफिरखाने में उसकी बड़ी-सी तस्वीर लटका

दी गई है। पुलिस, सी.आई.डी. और मिलिटरी का एक स्पेशल जत्था उसे गिरफ्तार करने के लिए साल-भर से जिले के कोने-कोने में घूम रहा है। नए एस.पी. साहब ने प्रतिज्ञा की है, या तो चलित्तर को गिरफ्तार करेंगे अथवा नौकरी छोड़ देंगे।...घर-घर में चलित्तर की कहानियाँ होती हैं। नेताजी के सिंगापुर में आने के समय गाँव-घर, घाट-बाट, नाच-तमाशा में लोग जैसी चर्चा करते थे, वैसी ही चर्चा चलित्तर की भी होती है।...कटहा के बड़े दारोगा से थाने पर जाकर, भेंट करके, बातचीत करके, पान खाकर और नमस्ते करके जब उठा तो हँसकर कहा, हम ही चलित्तर कर्मकार हैं। दारोगा साहब को दाँती लग गई।...कलक्टर साहेब दार्जिलिंग रोड से कहीं जा रहे थे, डंगरा घाट की नाव बह गई थी। कलक्टर साहेब लौटे आ रहे थे कि एक आदमी ने आकर सलाम किया और कहा कि 'चलिए, उस पार पहुँचा देते हैं।' कलक्टर साहेब तो मोटर में बैठे ही रहे, उस आदमी ने मोटर सहित कलक्टर साहेब को नदी तैरकर पार कर दिया। सिरिफ मोटर का एक पहिया एक हाथ से पकड़े रहा। उस पार जाकर कलक्टर साहेब ने खुश होकर इनाम देने के लिए नाम-गाम पूछा तो बताया—चलित्तर कर्मकार।...कलक्टर साहेब के हाथ से कलम छूटकर गिर गई।...रोते हुए बच्चे को रात में माँ डराती है—आ रे ! चलित्तर, घोड़ा चढ़ी !

और डाक्टर कहता है कि उसने चलित्तर का नाम भी नहीं सुना ! कैसे विश्वास किया जाए ?...विराटनगर के बड़े हाकिम ने लिखा है, डाक्टर नेपाल की प्रजा नहीं।...बंगालवालों का जवाब आया है, बंगाल से उसका कोई सम्बन्ध नहीं। तो आखिर कहाँ का आदमी है ? पुरानी फाइलों को उलटने से बातें और भी उलझ जाती हैं। अजब झंझट है ! उधर विधानसभा में सवाल पूछा गया है—डाक्टर को क्यों नजरबन्द किया गया है ? बड़ी मुश्किल है ! एस.पी. साहब बहुत कड़े आदमी हैं। कटहा के छोटे दारोगा को गलियाकर ठीक कर दिया है।

जेल में दाखिल होने के बाद डाक्टर को लगा, इसकी बहुत बड़ी आवश्यकता थी। जेल ! अस्पताल का यह सेल ! आफिसरों का आना-जाना और पूछताछ पन्द्रह-बीस दिनों के बाद ही बन्द हो गई।...गाँधी जी पटना की प्रार्थना सभा में रोज प्रवचन देते हैं। दैनिक पत्रों के ये पृष्ठ कभी पुराने नहीं होंगे। इन प्रवचनों पर बहस नहीं की जा सकती है, किसी सेल में बैठकर इसका अध्ययन किया जा सकता है।...अभी कल कुछ सम्प्रदायवादियों के एक बड़े जलसे का उद्घाटन किया है प्रान्त के एक बड़े जग-जाहिर नेता ने।...मालूम होता है चालबाजी बहुत दूर तक चली गई है। महात्मा गाँधी से भी काली-टोपी स्वयं-सेवक दल के लिए प्रशंसा के शब्द वसूलना हँसी-खेल की बात नहीं ! मन में किसी ने कहा था, उन्हें धोखा दिया गया है। और तीसरे ही दिन बात स्पष्ट हो गई। गाँधी जी ने बयान में कहा, "इस संस्था के संचालकों ने मेरे पास अपनी संस्था का उद्देश्य छिपाया, इसका मतलब हुआ, उनकी आत्मा कहती है कि वे असत्य मार्ग पर हैं। फिर कोई सही दिमागवाला आदमी उन्हें कैसे कहेगा कि वे सही रास्ते पर हैं !"...मेरीगंज की याद आती है !...कमला की बड़ी चिन्ता थी, मगर सुना है, वह ठीक

है। कमला की याद आते ही जेल की सारी कुरूपताएँ सामने आकर खड़ी हो जाती हैं। कालीचरन, बासुदेव वगैरह डकैती-केस में फँसकर आए हैं। बासुदेव, सुन्दर और सोमा की बात नहीं जानता, लेकिन कालीचरन ? विश्वास नहीं होता। कुछ कहा भी नहीं जा सकता है।...तहसीलदार विश्वनाथ प्रसाद की अब पाँचों उँगलियाँ घी में होंगी। लेकिन यह अन्याय कितने दिनों तक चलेगा ?...तहसीलदार विश्वनाथ प्रसाद ने एक दिन हँसकर कहा था, 'जिस दिन धनी, जमींदार, सेठ और मिलवालों को लोग राह चलते कोढ़ी और पागल समझने लगेंगे उसी दिन, उसी दिन असल सुराज हो जाएगा। आप कहते हैं कि ऐसा जमाना आवेगा। जब जमाना आवेगा तो हमारी सम्पत्ति छीनी जाएगी ही। और अभी सम्पत्ति बटोरने पर तो कोई प्रतिबन्ध नहीं। तो फिर बैठा क्यों रहूँ ?' तहसीलदार साहब भी अजीब आदमी हैं। लेकिन वह जेल से छूटकर मेरीगंज ही जाएगा। और कहाँ जाएगा वह ?...नेपाल ? नेपाल के लोगों ने 'नेपाल राष्ट्रीय कांग्रेस' की स्थापना की है। नहीं, राजनीति में वह नहीं जाएगा। वह राजनीति के काबिल नहीं। एक बार ममता ने बातें करते हुए राजनीति की तुलना डाइन से की थी।...डाइन !... मौसी को लोगों ने मार ही डाला ! मौसी...गणेश ! कमला ! लाख चेष्टा करने पर भी उसकी सूरत आँखों के आगे आ जाती है !

"डाक्टर साहब !" असिस्टेंट जेलर साहब आए हैं, "ब्रह्मसमाज मन्दिर के सेक्रेटरी आए हैं। आपका भांजा बीमार है। आपसे उसके इलाज के बारे में कुछ सलाह लेने आए हैं। जेलर साहब आपको बुला रहे हैं।"

"ओ...चलिए !"

# सत्रह

डेढ़ महीने से कालीचरन जेल में है। बासुदेव, सुनरा, जगदेवा, सोमा और सोनमा सब एक ही केस में नत्थी हैं। इस बीच एक तारीख को कचहरी के मजिस्टरी-इज़लास में हाजिरी हुई है। एक गाड़ी मिलिटरी आगे और एक गाड़ी पीछे ! सभी को हथकड़ी और बेड़ी डालकर कचहरी लाया गया था। उस दिन कालीचरन की निगाह, पुलिस की लौरी से जितनी दूर जा सकती थी, चारदीवारी पर थी।...कचहरी की हाजत में पेशाब की गन्ध इतनी तेज क्यों होती है। कालीचरन की निगाह सेक्रेटरी साहेब पर पड़ी, उनसे आँखें मिलीं। कालीचरन का चेहरा खिल गया। तीन महीनों से जिनकी सूरत आँखों के आगे नाच रही थी। "सेक्रेटरी साहेब !...कृष्णकान्त मिश्रजी !" कालीचरन ने चिल्लाकर कहा, "जय हिन्द कामरेड !" सेक्रेटरी साहब ने तुरन्त कनपट्टी इस तरह फेर ली मानो कान के पास मधुमक्खी ने अचानक काट लिया। फिर उसी तरह गर्दन टेढ़ी किए आगे बढ़ते गए।

कालीचरन को सिपाही ने डाँट दिया, "का हो ससुरे ! बिना हंटर के बात न मनबऽ !" उधर सेक्रेटरी साहब काँटेवाले तार के घेरे में फँसते-फँसते बचे।...एकमुँहा होकर जो चलेगा वह काँटे में तो जरूर फँसेगा। तिस पर इधर सिपाही जी ने कालीचरन को डाँटा...सुनरा तो खिलखिलाकर हँस पड़ा। लेकिन इसमें सिकरेटरी साहेब का क्या कसूर ! चोर-डकैतों से सभी भले लोगों को दूर रहना चाहिए। बासुदेव, सुनरा, सोमा, सनिचरा वगैरह आखिर डकैत ही तो हैं !...और सिकरेटरी साहेब उसे भी डकैत समझ रहे हैं। कोई उपाय नहीं।

...कोई उपाय नहीं ? लेकिन आज मांस का दिन है। जाड़े के समय सप्ताह में एक साम, कैदियों को मांस मिलता है। साम को बैस्नव और साकट का खिलाते-खिलाते काफी अँधेरा हो जाता है। अस्पताल के पिछवाड़े के वाडर साहेब मांस जोगाड़ करने के लिए चले जाते हैं। आज कोसिस करके देखना चाहिए !...

कालीचरन ने फैसला कर लिया है। यदि मौका मिला तो वह जरूर कोसिस करेगा। हाँ, वह भागेगा। और कोई उपाए नहीं। उसने सब पता लगा लिया है। जेल से भागने की सजा सिरिफ छः महीना है। डंडा-बेड़ी और लाल टोपी पहननी पड़ेगी। लोग कहेंगे ललटोपिया, और क्या ? लाल रंग खराब तो नहीं।...सिकरेटरी साहेब और धरमपुरी जी से मिलकर वह बात करना चाहता है। उसके बाद उसे फाँसी-सूल्ली जो भी मिले, वह खुशी-खुशी झेल लेगा। पाटी की इतनी बड़ी बदनामी कराके वह जीकर ही क्या करेगा !

...बासुदेव, सुनरा और सनिचरा तो चोर-डकैतों के साथ इस तरह हिलमिल गए हैं कि उन्हें देखकर लाज आती है कालीचरन को। बासुदेव ने डाक्टर नटखट प्रसाद से दोस्ती कर ली है। डाक्टर नटखट !...नामी सिकचल्ली[1] आदमी है यह डाक्टर। फारबिसगंज की तरफ का है। डकैती केस में आया है। अचरज की बात है ! उस डाक्टर को देखकर किसी को विश्वास ही नहीं होगा कि उसने आदमी को मारने के सिवा कभी जिलाने का भी काम किया है। चेहरा ठीक कसाई की तरह है। बासुदेव का उसके साथ भी खूब हेलमेल देखते हैं। रात में जूआ भी खेलता है। बासुदेव कालीचरन से नहीं बोलता है। वह दूसरे खटाल में रहता है। उस दिन दाल-कमान में थोड़ी देर के लिए भेंट हुई। कालीचरन ने सिरिफ इतना ही पूछा, "बासुदेव तुमको यही करना था ?"... बासुदेव के साथ एक कलकतिया पाकिटमार था। दोनों एक साथ खिलखिलाकर हँस पड़े। जाते समय बासुदेव ने कहा, "जिस समय सात सौ रुपैया का पुलिन्दा बाँधकर सिकरेटरी साहब को देने गए थे, उस दिन क्यों नहीं पूछा था कि चार दिन के भीतर कहाँ से इतना रुपैया वसूल हुआ ?..." उसी शाम को पानी-टंकी के पास डाक्टर नटखट ने उसको रोककर कहा था, "कालीचरन, कोई रास्ता नहीं। तुम यदि चाहो तो तुम्हारा जमानतदार भी होगा और मुकदमा में बेदाग छूट भी जाओगे। सोचना ! सोचकर देखना ! पाटीवाटी कोई काम नहीं देगी।"

...थू ! थू ! जेल में आकर काली को खैनी की आदत पड़ गई है। डाक्टर

1. शेखचिल्ली।

साहेब...अपने गाँव के डाक्टर ने जमादार से उस दिन जेल-गेट पर हँसकर कहा था, "सिपाही जी ! कालीचरन का जरा ख़याल रखिएगा।"...देवता है डाक्टर साहेब ! ज़रूर देवता है !...सिरिफ खैनी ही नहीं, कभी-कभी बीड़ी भी जमादार साहेब दे देते हैं।...थू ! थू ! थूक है ऐसे पैसे पर ! डाक्टर नटखटप्रसाद की बात वह नहीं मानेगा। सोमा ने भी एक बार दबी जबान कहने की कोसिस की थी, "उस्ताद... !" "चुप उस्ताद का बच्चा !" कालीचरन ने डाँट बता दी थी।

उस्ताद ! जेल से बाहर, फिरारी हालत में चलित्तर करमकार से उसकी भेंट हुई थी।...कौन कहता है कि वह बड़ा भारी कलेजावाला आदमी है ! कुसियारगाँव टीसन के पास बड़का-धत्ता के बीच दोगछिया की छाया में भेंट हुई थी। कालीचरन को देखते ही वह अपने साथियों के साथ हाल-हथियार लेकर खड़ा हो गया था।...हेंसप् ! दारोगा साहेब जिस तरह चिल्लाए थे, उसी तरह चिल्ला उठा था चलित्तर।...कालीचरन को हँसी आ गई थी। उसके मुँह से अनजाने ही निकल पड़ा था, "अरे ! हम हैं उस्ताद ! खाली हाथ पाटीवाला कालीचरन !" चलित्तर ने एक बार कहा था, "इस खाली हाथवाली पाटी में रहकर सब दिन खाली हाथ ही रहोगे !" पीछे तो बहुत बहस किया। आखिर में चलित्तर ने कहा था, "तुमने हमको उस्ताद कहा है। गाढ़े बिपत में कभी जरूरत पड़ने पर याद करना।" कालीचरन ने हँसकर कहा था, "उसकी जरूरत नहीं होगी..." दुबारा उस्ताद कहते-कहते वह रुक गया था।...आज भी चलित्तर की वह बात कान में गूँज रही है, "देखना है तुम्हारी उस्तादी !"

...लेकिन, आज बासुदेव और सोमा की मदद लेनी ही होगी। एक बार मिल तो जाए, वह पटिया लेगा।

गोटी बैठ गई।...सोमा और बासुदेव को कालीचरन ने पटिया लिया है। अस्पताल के पिछवाड़े में...!

ठीक है, अस्पताल के पिछवाड़े में, दीवाल की छाया में बासुदेव और सोमा ही हैं। ठीक है ! दोनों ने कन्धे की ओर इशारा किया।

...सब ठीक ! हत्तेरे की ! कालीचरन गिर पड़ा। तब बासुदेव और सोमा कन्धा-से-कन्धा भिड़ाकर खड़े हुए।...ठीक है ! जरा-सा, जरा-सा और ! बस, चार अंगुल ! बासुदेव और सोमा के कन्धों पर कालीचरन जरा उचकता है। दोनों के कन्धों का भार जरा हल्का मालूम होता है। "ऐ, ठीक है।...भागो !"

"भागा ! भागा !"

"टु-टू-ऊ-ऊ...टु-टू-ऊ-ऊ ! जेल-अस्पताल के पिछवाड़े से सिपाही सीटी फूँकता है।

टु-टू-टू-टू ! बहुत-सी सीटियों की मिली हुई आवाज।

ढन-ढन, ढनाँग-ढनाँग...! जेल-फाटक का बड़ा घंटा घनघना उठा।

...कालीचरन पाँच मिनट तक जेल के बाहर, दीवार के पास जमीन पर बेसुध पड़ा रहा।...सीटी और घंटे की आवाज ने उसे सजीव कर दिया।...नहीं, ज्यादा चोट नहीं आई

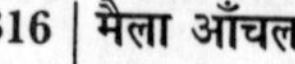

है। सिरिफ कमर में मोच आ गई है।...ढनाँग-ढनाँग !...जेल का घंटा घनघना रहा है...वह भागता है।

फर्ड़-र्र-र्र-र ! एक साथ कई बन्दूकें गरज उठीं।

...अँधेरे में कुछ सूझता भी तो नहीं।...एक घड़ी रात भी नहीं हुई है। ओस से धरती-धरती पच-पच करती है, पैर फिसल जाते हैं ?...

भर्र-भर्र र-र-र, सामने दार्जिलिंग रोड पर पाँच-सात मिलिटरी-लौरियाँ दौड़ रही हैं।

कालीचरन, पाँचूबाबू वकील के घर के पिछवाड़े की एक झाड़ी में छिपकर हाँफता है...सड़क कैसे टपा जाए ?...किधर से जाना ठीक होगा ? दाहिने ओर भी लोग हल्ला करने लगे हैं। पास की गली होकर घुड़सवार लोग जा रहे हैं।...

कालीचरन तय करता है, सामने बाँसवाड़ी पार करके मोबरलीसाहेब की पुरानी कोठी की बगल से जाना ही अच्छा होगा। अब देर नहीं करनी चाहिए।

...ऐं ? मोबरली साहेब की कोठी के पास कालीचरन को ऐसा लगा कि पीछे से कोई टार्च मार रहा है...हाँ, यह तो टार्च की ही रोशनी है।...वह जंगल में घुस जाता है। बस, थोड़ी देर यहाँ सुस्ताकर, टार्चवाले को देखकर, फिर एक दुलकी ! एक जूम[1] खैनी दिन में ही उसने चुनाकर, कपड़े के खूँट में बाँध ली थी। बहुत मौके पर अभी उस पर हाथ पड़ गया। खैनी खाकर वह झड़बेरी की झाड़ी से निकलकर साफ मैदान की ओर आता है !...कहाँ है टार्च की रोशनी ? बाप ! एकदम पास ही !...कालीचरन भागता है। टार्च की तेज रोशनी उसका पीछा कर रही है और फिर जंगल की निःस्तब्धता को भंग करके राइफल की आवाज़ गूँज उठती है–फर्ड़-र-र-र !

जंगल-झाड़, काँट-कुस और अड्डा-खाई को टापता हुआ कालीचरन भाग रहा है। जंगल की लत्ती पैर छान्द लेती है, मगर वह झाड़ देता है !...जाँघ में, लगता है, खोंच लग गई है।

...पार्टी आफिस के पिछवाड़े में जो घना जंगल है, वहाँ पहुँचकर उसे लगा, वह निरापद है।...अरे ! यह तो खोंच नहीं ! अरे बाप ! इतना खून ! आधा बित्ता मांस उधेड़ दिया है। खलरा लटक गया है। ओ ! गोली लगी है शायद !...खून बन्द नहीं हो रहा है।

"कौ औऽन ?...काली च र न ?" आफिस सेक्रेटरी राजबल्ली जी किवाड़ खोलकर सचमुच अवाक् हो गए। जीभी की नोक पर बोली चढ़ी ही नहीं।...

"ऐं ? कौन ! कालीचरन ?" सेक्रेटरी साहब भी फड़फड़ाकर कमरे से बाहर आते हैं–"ओ कालीचरन ! तुम हो ?...इसीलिए शहर में इतना हल्ला हो रहा है ? जेल से भाग आए हो ?"

"जी ! लगता है, जाँघ में गोली लग गई है...।"'

"तुम्हारे कलेजे पर गोली दागी जानी चाहिए। डकैत ! बदमाश !"

1. खुराक।

"सिकरेटरी साहेब ! इसीलिए तो...। इसीलिए तो...आपके पास आए हैं। सुन लीजिए।...माँ कसम, गुरु कसम, देवता किरिया ! जिस रात...उस रात को हम...यहाँ जिला पार्टी आफिस में था।"

"राजबल्ली जी, आपको बघोछ लग गया है ? किवाड़ बन्द कीजिए, हटाइए इसे।...बाबू, मिहरबानी करो, चले जाओ। नहीं तो...।"

"आ आ आ प हल्ला काहे करते हैं ! आ आ प अन्दर जाइए।" राजबल्ली जी मौन भंग करते हैं।

कालीचरन पत्थर की मूर्ति की तरह खड़ा है।

मोबरली साहेब की कोठी की ओर धड़ाधड़ फायर हो रहे हैं...फर्ड़-र्र-र्र !

साथी राजबल्ली जी ! सिकरेटरी...साहेब...को समझा दीजिएगा। मेरा कोई...कसूर नहीं...।

कालीचरन हिलता है। थोड़ी देर तक खड़े रहने के बाद, अब तो चला भी नहीं जा रहा है। वह दोनों पाँवों को बारी-बारी झाड़ता है। सामने कच्चू के पत्तों पर कुछ झरझराकर गिरा।...वह धीरे-धीरे फिर बगल के जंगल में चला जाता है।...अब ?...वह पुरानी धोती के एक खूँट को चीरकर घाव को बाँधते हुए सोचता है–अब ?

...चलित्तर कर्मकार ने कहा था–'गाढ़े बिपद में खबर करना, याद करना !' चलित्तर कर्मकार !

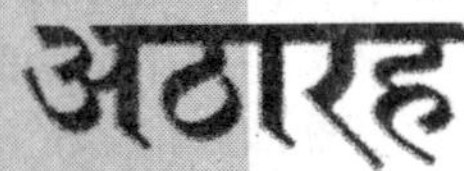

# अठारह

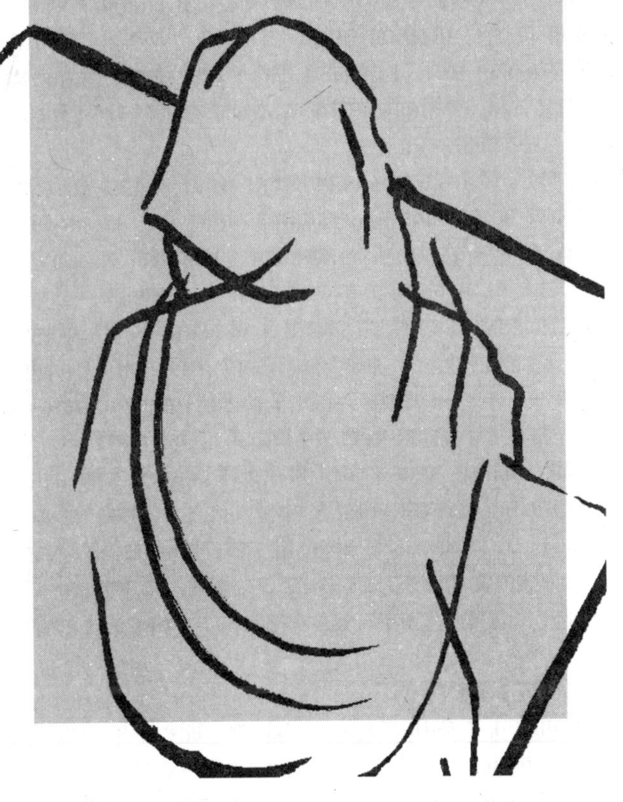

"भाग ! भाग ! मलेटरी, मलेटरी... !"

अरे बाप ! लाल पगड़ीवाला पुलिस नहीं है, एकदम...गोरखा मलेटरी ! सुनते हैं, गोरा मलेटरी से भी ज्यादा चांसवाला होता है गोरखा। मारने लगता तो मारते-मारते जान से ही मार देगा।...हसलगंज हाट पर कटिहारवाले बाबू साहेब की कचेहरी पर सुबह से ही आकर खड़ी है–दो मोटरगाड़ी–ठसमठस ! मोहर्रिलजी बोले कि गाँव में रौन[1] देने आया है।...रात में कौन देगा ? गोरखा मलेटरी ?

"अरे, क्या बात है ?...कौन झूठमूठ खबर लाया ?"

"झूठ नहीं ! ततमाटोली का बबुअन अभी दौड़ता-हाँफता आया है। उसको

1. राउंड।

इमान-धरम सौर माय का किरिया खिलाकर पूछिए तो !"

"ऐ ! सुनो ! मोटरगाड़ी की आवाज हुई न ?"

"हाँ...पछियारीटोला के पास आ रही हैं मोटरगाड़ी।"

"...भागो ! एकदम लाल इड़हुल रंग की मोटरगाड़ी आ रही है।"

"...भागो किधर ? मोटरगाड़ी तो आ गई !"

भर्र-र्र केंक्-केंक् भर्र-र...! मिलिटरी लारी लीक छोड़कर बेलीक ही अड़ा-खाई-आल-गोड़ा टपते, तहसीलदार साहब के दरवाजे की ओर जाती है।

"कौन ? सुमरितदास बेता... ?"

"सिस् चुप... !" सुमरितदास फिसफिसाकर कहता है, "कलिया जेहल से भाग गया है। इसीलिए मलेटरी आया है।...खबरदार ? सुसलिट पाटी का नाम भी नहीं लेना। पूछे तो कहना, हम लोग काँगरेस में हैं। कालीचरन से कोई रिस्ता मत बताना।...समझे ? लाल झंडा जिसके घर से निकलेगा तुरन्त गिरिफ्फ हो जाएगा।"

सुमरितदास बेतार की देह में इस 'बुढ़ारी' में भी कितना तेज है ! पुराना पानी पिया हुआ बुड्ढा है।...कलिया तो अपने साथ अपने गर-गरामत, पर-परोसिया और गाँव-समाज सबको ले डूबना चाहता है।...क्या है, लाल सालू ? खबरदार ! झंडा और सालू में क्या फरक है ! फाहरम-परचा सब जलाओ !...सब फँसेगा !

"खबरदार ! कलिया 'घसकंतोबाचः' हो गया है। सुसलिट पाटी और कालीचरन का नाम...हरगिस नहीं।...लच्छन लगता है समूचे गाँव को 'कुरुक' करेगा।"

"ऐ !...कौन ?" कालीचरन की अन्धी माँ हुक्का पीना बन्द कर पूछती है, "कौन भाग गया ?...सरसतिया, परमेसरी,...तराबत्ती...अरे, कौन भाग गया बेटी ?"

"अरे कौन ?...तुम्हारे कुलबोरन बेटा कालीचरन के चलते आज सारा गाँव बन्हा रहा है।"

"भाग ! भाग !...मलेटरी !"

गुरखा सिपाहियों ने कालीचरन के घर को चारों ओर से घेर लिया है। एम.पी. साहब कालीचरन की बूढ़ी माँ से पूछते हैं, "हुँ...अन्धी है या ढंग करती है ? सुन बुड्ढी ! तेरा कलिया जेल से भाग आया है। अब रोना-गाना छोड़कर सीधे-सीधे बता कि वह यहाँ आया है या नहीं ?"

"मेरा बेटा !...वह डकैत नहीं दारोगाबाबू !...दुसमन लगा हुआ है उसके पीछे हजूर ! जाने सूरुज भगवान।"

"ठीक-ठीक बताओ ? उसके साथ और कौन-कौन...उसके साथी-संगी का नाम बताओ !"

"हजूर...हमरा कुछ नै मालूम।"

"अच्छा, सब मालूम हो जाएगा।...ले चलो बुढ़िया को !"

कालीचरन की माँ को जड़ैया बुखार आ गया।...जैसे ही नेपाली सिपाही ने उसकी कलाई पकड़ी, वह जोर-जोर से डिकरने लगी–लोहे से दागने के समय बैल-गाय वगैरह

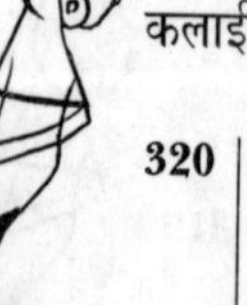

जैसे डिकरते हैं, उसी तरह।

"अ् य बाँ-बाँ-बाँ-आँ...।"

माघ की संध्या ठिठुरते हुए गाँव को धीरे-धीरे अपने आँचल में छिपा रही है। भयार्त पशु की आँखों की तरह किसी-किसी घर में ढिबरी भुकभुका रही है।...घूर के पास आज कौन बैठेगा ! सभी अपने-अपने घर के कोने में छुपे हुए हैं।...सन्नाटा ! और इस सन्नाटे को चीरकर कालीचरन की माँ की यह दर्द-भरी पुकार गाँव के कोने-कोने में फैली !...

"एह ! अरे बाप ! मालूम होता है बुढ़िया को कीरिच से जबेह कर रहा है।...हे भगवान !"

कालीचरन की माँ की डिकराहट में कुछ ऐसी बात थी कि एस.पी. साहब का दिल पसीज गया। उन्होंने कहा, "छोड़ दो !...छोड़ दो बुढ़िया को !"

बुढ़िया अचानक चुप हो गई।

गाँव-घर, बगीचा-बाड़ी और अगवारे-पिछवारे में दम साधकर छिपे लोगों ने समझा—बुढ़िया को सचमुच जबेह कर दिया।

"किसकी बोली है, पहले पहचान लो।...टट्टी में कान लगाकर सुनो।"

"अगमू चौकीदार है।...सुमरितदास भी है।"

"जै भगमान ! जै भगमान !"

"ऐ भगमान भगत ! भगमान भगत...दरवाजा खोलो जी !" सुमरितदास खखारते हैं, "अह-ख्-ख् !...भगमान भगत ! डरने की बात नहीं।...सिकरेट है, सिकरेट ? मलेटरी साहेब हैं...पैसा देते हैं।"

पछियारी घर में सन्दूक के पीछे भगमान भगत दम साधकर घुसके हुए हैं। "आहि रे दादा रे दादा ! ई त हमरे नाम लेके...।" भगताइन फिसफिसाकर कहती है, "अरे जा न !...कौनो बाघ थोड़ो बा !" भगत डाँटता है—"अरे, चुप !"

"अहूँख्!...के ? दास जी ?" भगताइन खखारकर अन्दर से पूछती है, "का लेंब हो ?"

"अरे खोलो भगताइन !...भगत जी कहाँ है ?"

भगताइन टीन की टट्टी खोलते हुए देखती है, "बाप रे बाप !...ई कौन देस के आदमी बा रे देबा ? हुँड़ार[1] जैसन मुँह बा।..."

"दास जी ! अन्दर आके जे लेब से ले जा।...बुढ़वा के बुखार बा, हमरो सिर बथता...।"

सुमरितदास टीन की टट्टी को ठेलकर अन्दर जाता है, "इस्... ! तुम लोगों को लगता है कि कलेजा है ही नहीं। झूठ नहीं कहा है, बनियाँ का कलेजा धनियाँ ! 'इसपी' साहेब अभी तुरन्त सबों को बुला रहे हैं तहसीलदार साहेब का दरवाजे पर।...मिटिन है। इसमें जो नहीं जाएगा अभी, उसको कालीचरन की पाटी का आदमी समझा

---

1. भेड़िया।

जाएगा।...लाओ पाँच पाकिट असली कैंचीमार सिकरेट !...कलिया जेहल से भाग गया।"

"हँ-हँ-खु !...के ? सुमरित भाई ?" भगमान भगत काँखते हुए आता है, "अरे ! ई बुखार त जान लेके छोड़ी। का बात बा ?"

"बात का बा !" सुमरितदास हाथ चमका-चमकाकर कहते हैं, "...चीनी पाँच सेर, गरम मसाला आठ आने का, चार पाकिट सिकरेट लेकर अभी तुरत तहसीलदार साहेब बुलाए हैं।...इसपी साहब मिटिन बुला रहे हैं, सबों को।...हाँ, सिपाही जी को पाँच पाकिट दिया, उसका भी पैसा लोगे ?"

"अरे ! हम का हुकुम से बाहर बानी !...चलीं, हम आबतानी।" भगत बात चबाते हुए कान खुजलाता है।

'गोरखा मलेटरी' कहता है, "ऊँह ! नहीं !...हम मुफ्त में नहीं लेगा। काहे लेगा ? हम पैसा तीरकर[1] चुरुट लेगा...काहे लेगा ? हम बायर का मलेटरी नहीं, हम इसी देस का। मुफ्त में काहे लेगा ?"

तहसीलदार साहब के दरवाजे पर लोग जमा हो रहे हैं। अगमू चौकीदार और अब्दुल्ला बक्सी सबों को हाँकते आ रहे हैं, "डेग बढ़ाओ !...घसर-फसर काहे करते हो...लगता है धान की दबनी करने के लिए बैलों को हाँककर लाया जा रहा है !... बालदेव जी भी हैं, रामकिरपालसिंह भी हैं। बहुत दिनों से रामकिरपालसिंह, पर-पंचायत या सभा-मिटिन में नहीं जाते हैं। एकदम गुमसुम रहते हैं।...पचास बीघा जमीन धनहर, एक लाटबन्दी[2], एक ही जमा, और खजाना सिर्फ पाँच रुपए। ऐसी जमीन जिसकी बिक जाए, या महाजन के यहाँ सूद-रेहन लग जाए तो दिल चकनाचूर होगा नहीं ?... खेलावनसिंह यादव का कलेजा धकधक कर रहा है—जगह-जमीन, रुपैया-पैसा तो पहले ही मुकदमा में सोहा हो गया, अब एक कोरी भैंस है। तहसीलदार की नजर लगी हुई है।

एस.पी. साहब चाय पीकर खड़े हो जाते हैं। जै भगवान ! दुहाई काली माई !

"प्यारे भाइयो ! मैंने आप लोगों को एक बहुत बड़े काम में मदद के लिए बुलाया है। आप लोग डरिए नहीं। मैं बदमाशों के लिए महा-बदमाश हूँ, और सीधे लोगों का सेवक !...हाँ, हम तो आप लोगों के नौकर हैं।"

"जै हो ! जै हो ! धन्न हैं, धन्न हैं !" लोगों की देह में अब थोड़ी गर्मी आती है।

एस.पी. साहेब कहते हैं, "अभी इस जिले में एक बड़ा भारी डकैत उत्पात मचा रहा है। उसका नाम आप लोगों ने जरूर सुना होगा... !"

"जी नहीं।...हम लोग तो कूपमंडूक हैं।"

"देखिए ! झूठ मत बोलिए ! डगरिन से पेट छुपाते हैं ?...चलित्तर कर्मकार इस गाँव

1. पैसा चुराकर, 2. होल्डिंग।

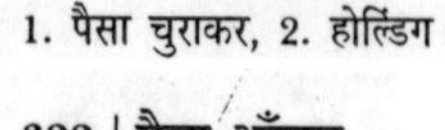

में कभी नहीं आया है ?"

"हाँ, हाँ, चलित्तर !"

"नहीं, नहीं...नहीं आया है।"

"...देखिए ! जरा रोशनी और करीब लाइए।...देखिए, यही है उसका फोटो।"

"हाँ, ठीक है। यही है। यही है।"

"तब देखिए। आप लोग झूठ काहे कहते थे। जानते हैं, डकैत से बढ़कर होता है डकैत का झँपैत[1], आप लोगों ने झँपैत का काम किया है।"

"नहीं हजूर, माये-बाप ! मालूम नहीं था।"

"...खैर ! सुन लीजिए। चलित्तर कर्मकार को न तो देश से मतलब है, न गाँव से और न समाज से। उसका पेशा है डकैती करना, लूटना। वह समाज का दुश्मन है, देश का दुश्मन है।...अभी देखिए, हाल ही में कम्यूनिस्ट पार्टीवालों ने एक पर्चा निकाला है। लिखा है, कामरेड चलित्तर पर से वारंट हटाओ। चलित्तर कर्मकार किसानों और मजदूरों का प्यारा नेता है।...अब आप ही बताइए कि कोई हत्यारा और डकैत कैसे किसी का प्यारा नेता हो सकता है !...खैर, मेरा भी नाम बजरंगीसिंह है। मैंने ऐसे-ऐसे बहुत-से हत्यारों को ठीक किया है, फाँसी पर लटकवाया है।...ऐसा आदमी किसी की भी हत्या कर सकता है।..."

"बाबा !...गाँधी जी मारे गए !" कमली अन्दर हवेली से ही पगली की तरह चिल्लाती है—"गाँधी जी... !"

"क्या हुआ ?"

"क्या हुआ ?"

तहसीलदार साहब अन्दर हवेली की ओर दौड़ते हैं।...सुमरितदास कहता है, "हुजूर, तहसीलदार साहेब की बेटी का मगज जरा खराब है।"

"अनर्थ हो गया हुजूर !" तहसीलदार साहब दौड़ते हुए आते हैं, "गाँधी जी मारे गए।"

"ऐं ?...कहाँ ? कैसे ?"

"रेडियो में खबर आई है।"

"कहाँ है रेडियो। अन्दर हवेली में ? मेहरबानी करके यहाँ ले आइए।" एस.पी. गिड़गिड़ाते हैं।

"अरे रे-रे ! बालदेव जी को सँभालो !...बेहोश हो गए।"

तहसीलदार साहब 'पोर्टेबल रेडियो सेट' ले आते हैं, "हुजूर, इसके कल-काँटे का भेद हमको मालूम नहीं।...डाक्टर साहब का है।"

---

1. छुपानेवाला।

"इधर लाइए।" एस.पी. साहब जल्दी-जल्दी मीटर ठीक करते हैं।...चारों ओर एक...एक मनहूस अँधेरा छाया हुआ है...हमारी आँखों के आगे अँधेरा है, दिल में अँधेरा है।...ऐसे मौके पर हम किन लफ्ज़ों में, कै...से, किन शब्दों में आपको ढाढ़स बँधाएँ ! गम के बादल में सारा मुल्क गर्क है।...एक पागल ने बापू की हत्या कर डाली। जाहिर है, पागल के सिवा कोई ऐसा काम नहीं कर सकता। अब हमें अपने गम और गुस्से को दबाकर सोचना है... ।"

"नेहरू जी बोल रहे थे सायद !"

नेहरू जी !...जमाहिरलाल बोल रहे थे ! बीच में एक जगह गला एकदम भर गया था; लगा–रो रहे हैं।

"सुनिए ! अब पटेल साहब, सरदार पटेल बोल रहे हैं।" एस.पी. साहब का चेहरा एकदम काला हो गया है।

बेतार के खबर में क्या बोला ? गाँधी जी का हत्यारा पकड़ा जा चुका है ?...अरे ! कैसे नहीं पकड़ावेगा भाई ! हाय रे पापी। साला...जरूर जंगली देश का आदमी होगा। हत्यारा !...मराठा ? यह कौन जात है भाई ! मारा ढा ! अरे, बाभन कभी ऐसा काम नहीं कर सकता, जरूर वह साला चंडाल होगा।

एस.पी. साहब हाथ जोड़कर कहते हैं, "भाइयो ! कहा-सुना माफ करेंगे। आप लोग जैसा समझें करें...लेकिन देखते हैं न ! अरे जिसने एक गरीब बनिया को बाल-बच्चा सहित मार डाला...वही हत्यारा गाँधी, जवाहर, पटेल की सबकी हत्या कर सकता है।...हत्यारा !...हम अभी जाते हैं। आप लोग कल शाम को, नदी के किनारे जल-प्रवाह कीजिएगा।...और खबर सब तो रेडियो में आती ही रहेगी; तहसीलदार साहब हैं, सबों को सुना देंगे ! अच्छा तो चलते हैं। जय हिन्द !"

भर्र-र-र-र-र-र !

"रघुपति राघव राजाराम, पतीत पामन सीताराम... ।" बालदेव जी आँखें मूँदकर गाना शुरू करते हैं।

आज आखर धरनेवाला भी कोई नहीं–काली, बासुदेव, सुनरा सनिचरा, कोई नहीं। जाड़े से दलक रहे हैं बालदेव जी।...जरा, यहाँ एक धूनी लगा दी जाती, तो अच्छा होता।

"अरे कोठारिन, लछमी दासिन।"

लछमी आई है। साथ में है रामफल पहलवान, लालटेन लेकर !...बालदेव आँखें मूँदकर गा रहे हैं–"इसवर अल्ला तेरो नाम, सबको सम्पत दो भगमान।"

"जै रघुनन्दन जै घनश्याम, जानकीबल्लभ सीताराम।" लछमी दासिन अगला आखर उठाती है।

इस बार भीड़ के आधे लोगों ने साथ दिया।...

"रघुपति राघव राजा राम... !"

बावन ठीक ही कहता था, भारथमाता और भी जार-बेजार रो रही है !...बालदेव जी का सारा शरीर सुन्न हो गया है। रास्ते में नाचते-नाचते गिर पड़ते हैं।

"सीताराम...सीताराम...जै रघुनन्दन... !"

...31 जनवरी, 48 की रात ! कमली सोचती है—सारा संसार अभी बस एक ही महा-मानव के लिए रो रहा है।...रेडियो पर गीतापाठ हो रहा है। लगता है, गीता के एक-एक श्लोक की सीढ़ी महात्मा जी को ऊपर उठाए लिए जा रही है—ऊपर-ऊपर—और ऊपर !

*अंतवंत इमे देहा नित्यस्योक्ता शरीरिणः।*
*अनाशिनोऽप्रमेयस्य तस्माद्यध्यस्व भारत।।*

अँधेरे में एक महाप्रकाश !...आँखें चौंधिया जाती हैं कमली की ! महात्मा जी खिलखिलाकर हँस पड़ते हैं—"रोती है क्यों माँ !...माँ ! रोती क्यों है ?"

"मत रोओ बेटी !" माँ समझाती है, "बेटी, रोओ मत !" अचानक डाक्टर की याद आती है—डाक्टर !...डाक्टर को कौन ढाढ़स बँधाता होगा। मत रोओ डाक्टर ! मत रोओ !

कमली रेडियो की आवाज को और तेज कर देती है :

*वासांसि जीर्णानि यथा विहाय नवानि गृह्णाति नरोपराणि।*
*तथा शरीराणि विहाय जीर्णान्यन्यानि संयाति नवानि देही।*
*नैनं छिंदन्ति शस्त्राणि नैनं दहति पावकः !...*

# उन्नीस

जोतखी काका के दरवाजे पर भीड़ लग गई है।

...ठीक कहते थे जोतखी काका। अभी क्या हुआ है, अभी और बाकी है। अच्छर-अच्छर सब बात फल गई।...ऐसे अगरजानी आदमी की बात काटने का नतीजा सारा गाँव भोग रहा है।

जंगली जड़ी-बूटी से ही जोतखी काका टनमना गए हैं। खुद उठ नहीं सकते, बोली साफ नहीं हुई है; घिघियाकर, मुँह टेढ़ा करके बोलते हैं, "छयअआँछ !...छयअआँछ ! ...आँ, आँ !"

अर्थात सर्वनाश ! सर्वनाश ! हाँ, सर्वनाश होगा।

"जोतखी काका, आज हुकुम हुआ है कि सारा दिन बासी-मुँह रहकर साम को कमला के किनारे जलपरवाह करना होगा।" खेलावन यादव अब जोतखी जी की बात

कभी नहीं काट सकता।...जोतखी जी ने कहा था, अट्‌ठारह साल की उमेर में सकलदीप को माता-पिता-बिओग लिखा हुआ है।...एकदम फल गई बात। सकलदीप दो महीने तक बिलल्ला की तरह कलकत्ते में भटकता रहा।...ससुर पकड़ लाया है। उसका भी पराच्छित करना होगा।...होटल में बर्तन माँजता था।

जोतखी जी इशारे से कहते हैं, "नहीं हरगिज नहीं ! ऐसा काम मत करो !"

जोतखी काका ने क्या कहा ? गाँधी जी काहे मारे गए।...क्या कहते थे, अच्छा हुआ ! धेत्त् ! उनका मगज अब सही नहीं है।

दूसरे पहर को जुलूस निकला। बाँस की एक रंथी बनाकर सजाई गई है—लाल, हरे, पीले, कागजों से। एक ओर बालदेव जी ने कन्धा दिया है, दूसरी ओर सुमरितदास, जिबेसर मोची और सकलदीप ने।...खेलावन यादव नहीं आया है। सकलदीप को बहुत समझाया, गाली दिया—मगर सकलदीप ने तो आकर रंथी में कन्धा ही लगा दिया।

टन-टनाँग ! घड़ीघंट बजता है।

तिन्न तिरकिट-तिन्ना ! धिन्ना धा-धा-धिन्ना !

*आँ रे ! काँ च हि बाँस के खाट रे खटोलना...*

गाँव के भकतिया लोगों ने समदाउन शुरू किया। समदाउन की पहली कड़ी ने सबके रोएँ को कलपा दिया, सबके दिल गम्हड़ उठे और आँखें छलछला आईं।

*आँ रे काँचहि बाँस के खाट रे खटोलना*
*आखैर मूँज के र हे डोर !*
*हाँ रे मोरी रे ए ए ए हाँ आँ आँ रामा रामा !*
*चार समाजी मिली डोलिया उठाओल*
*लई चलाल जमूना के ओर !*
*हाँ रे मोरी रे ए... !*

अब कोई अपने को नहीं सँभाल सकता है। सब फफक-फफककर रो पड़ते हैं। जुलूस आगे को बढ़ रहा है। धीरे-धीरे सभी जुलूस में आकर मिल जाते हैं, रोते हुए चलते हैं। बूढ़े रोते हैं; जवान रो रहे हैं, औरतें रो रही हैं।...सकलदीप की जवान बहू दहलीज से देखती है। उसके ओठ काँप रहे हैं। रह-रहकर ओठ थरथराते हैं और अन्त में वह अपने को सँभाल नहीं सकती है। वह दौड़ती है जुलूस के पीछे। खेलावनसिंह चिल्लाते हैं, "कनियाँ, कनियाँ !...ऐ कनियाँ !"

*हाँ आँ रे गोड़ तोरा लागौं हम भैया रे कहरिवा से*
*घड़ी भर डोली बिलमाव !*
*माई जे रोवय...*

...माँ रो रही है। भारथमाता रो रही है।

रामदास हाथ में खँजड़ी लिए चुपचाप रो रहा है।...उसी के पाप से महात्मा जी मारे गए हैं। उसने साधु के अखाड़े को भरस्ट किया है।...परसों रमपियरिया की माये गाँव से मछली का सालन माँगकर लाई थी। रमपियरिया रात में उठकर चुराकर खा रही थी।

महन्थ रामदास ने रँगे हाथ पकड़ लिया था—बुआरी मछली की कुट्टा !

रमजूदास की स्त्री छाती पीट-पीटकर रो रही है।...ठिठरा चमार की बारह साल की बेटी रो रही है—बाबा हो !...बाबू हो !

बापू !

...कमली रेडियो अगोरकर बैठी हुई है। उसकी आँखों से आँसू टप-टपकर गिर रहे हैं। माँ आँचल से बेटी के आँसू पोंछती है और खुद रोती है, "वे तो नर-रूप धारन कर आए थे...लीला दिखाकर चले गए।"

रेडियो से आँखों देखा हाल प्रसारित हो रहा है। "अब...अब चन्दन की चिता तैयार है। बस, अब कुछ ही क्षणों में...देखिए, पंडित नेहरू देवदास गाँधी जी से...महात्मा जी के सुपुत्र से कुछ कह रहे हैं।...नरमुंड...नरमुंड, कहीं भी एक तिल रखने की जगह नहीं...(कोलाहल की आवाज क्रमशः तेज हो रही है।...जय...जय !) अपार जन-समूह में मानो लहरें आ गई हैं; सभी एक बार, अन्तिम बार महामानव की पवित्र चिता को अन्तिम बार देखना चाहते हैं।...एम्बुलेंस गाड़ियाँ बेहोश लोगों को ढो रही हैं !... औ...औ...आह ! अब...पश्चिम आकाश में सूर्य अपनी लाली बिखेरकर अस्त हो रहा है और इधर...महामानव की चिता में अग्निशिखा...धरती का सूरज अस्त हो रहा है। क्षिति-जल-पावक...पाँच तत्त्वों का पुतला...(गीता-वाणी सुनाई पड़ती है)—जन्मबंधविनिर्मुक्ताः पदं गच्छन्त्यानामयम्...।

"माँ, माँ !"

"माँ, माँ..." कमली स्पष्ट सुनती है, कोई पुकार रहा है। कौन पुकारता है उसे माँ !

"क्या हुआ बेटी ?" माँ बाहर से दौड़ी आती है।

"मेरा बच्चा...मेरा...मेरा बेटा... !"

ओं शांति ! शां...ति... !

# बीस

"सेत्ताराम ! सेत्ताराम !"

"ओ बावनदास जी ! आइए !" लछमी मोढ़ा देती है।

"बालदेव जी कहाँ हैं ?"

"आइए, साहेब बन्दगी, जै हिन्द !" बालदेव जी आ गए।

"जै हिन्द !"

बावनदास को देखकर डर लगता है–एकदम सूखकर काँटा हो गए हैं।...बाल इतना ज्यादा कैसे पक गया ?...ओ ! आज टोपी नहीं पहने हैं, इसीलिए। आवाज भी बदल गई है। बालदेव जी कहते हैं, "आपको तो अब यहाँ समय ही नहीं है।...उस दिन हम अकेले जिस समय से रेडियो में सुने, उसी समय से लेकर दूसरे दिन जलपरवाह तक, सबकुछ किए। किसी तरह सँभाल लिया। सराध के दिन तहसीलदार साहब भोज देनेवाले

हैं; बामन राजपूत, यादव और हरिजन सभी एक पंगत में बैठकर खाएँगे। अच्छा हुआ, आप भी आ गए। अकेले हम... ।''

''नहीं बालदेव जी, हम रहेंगे नहीं। हम जरूरी काम से जा रहे हैं।''

''सोचा, एक बार आप लोगों से भेंट करते चलें। हम तुरत...अभी चले जाएँगे।''

''अच्छा, उधर का हाल-समाचार क्या है, सुनाइए !''

''हाल क्या सुनिएगा ! अब सुनना-सुनाना क्या है ! रामकिसुन आसरम में भी हरिजन-भोजन होगा।...बिलेकपी कल मर गया। सिवनाथबाबू आए हैं पटना से।...ससांक जी परांती[1] सभापति हो गए हैं, वह भी पटना में ही रहेंगे।...सब आदमी अब पटना में रहेंगे। मेले[2] लोग तो हमेशा वहीं रहते हैं।...सुराज मिल गया, अब क्या है !...छोटनबाबू का राज है। एक कोरी बेमान, बिलेक मारकेटी के साथ कचेहरी में घूमते रहते हैं। हाकिमों के यहाँ दाँत खिटकाते फिरते हैं। सब चौपट हो गया...'' बावनदास कहते-कहते रुक जाता है।

''छोटनबाबू की बात मत पूछिए। अब तो घर-घराना सहित काँगरेसी ही गए हैं।''

''नहीं बालदेव, छोटनबाबू-जैसे छोटे लोगों की बात जाने दो। यह बेमारी ऊपर से आई है। यह पटनियाँ रोग है।...अब तो और धूमधाम से फैलेगा। भूमिहार, रजपूत, कैथ, जादव, हरिजन, सब लड़ रहे हैं।...अगले चुनाव में तिगुना मेले चुने जाएँगे। किसका आदमी ज्यादे चुना जाए, इसी की लड़ाई है। यदि रजपूत पाटी के लोग ज्यादा आए तो सबसे बड़ा मन्तरी भी राजपूत होगा।...परसों बात हो रही थी आसरम में। छोटनबाबू और अमीनबाबू बतिया रहे थे—गाँधी जी का भसम लेकर ससांक जी आवेंगे। छोटनबाबू बोले, जिला का कोटाभसम जिला सभापति को ही लाना चाहिए।...ससांक जी क्यों ला रहे हैं। इसमें बहुत बड़ा रहस[3]। हा-हा-हा-हा !'' बावनदास विचित्र हँसी हँसता है। ऐसी हँसी तो कभी नहीं देखी—बालदेव जी ने भी नहीं।

''काहे ?'' हँसते काहे हैं दास जी ?''

''हा-हा-हा-हा !...अरे, वही अमीनबाबू तुरत उठकर बैठ गए; बोले, आप ठीक कहते हैं छोटनबाबू। गाड़ी तो चली गई। कटिहार जाने से गाड़ी मिल सकती है।...तुरन्त मोटर इस्टाट करके दोनों रमाना हो गए। सभापति-मन्तरी...हो राम ! राम मिलाए जोड़ी...हा-हा ! चले दोनों...हा-हा ! भसम लाने...हा-हा ! देस को भसम कर देंगे ये लोग ! भसमासुर !''

''दास जी, मालूम होता है कोई सोसलिट ने आपको...''

''सोसलिस ? सोसलिस ? क्या कहेगा सोसलिस हमको ?...सब पाटी समान। उस पाटी में भी जितने बड़े लोग हैं, मन्तरी बनने के लिए मार कर रहे हैं। सब मेले-मन्तरी होना चाहते हैं बालदेव ! देस का काम, गरीबों का काम, चाहे मजूरों का काम, जो भी करते हैं, एक ही लोभ से।...उस पाटी में बस एक जैपरगासबाबू हैं। हा-हा-हा ! उनको

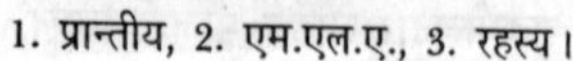

1. प्रान्तीय, 2. एम.एल.ए., 3. रहस्य।

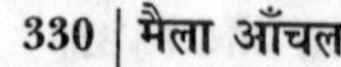

भी कोई गोली मार देगा।...फिर भसम लेने के लिए सभापति-मन्तरी साथे-साथ... !"

नया चूड़ा और नया गुड़ एक थरिया में ले आती है लछमी—"जरा बालभोग कर लीजिए।...थोड़ा-सा है। दूध-दही तो भोज के लिए जमाया जा रहा है।"

बावनदास बगल की झोली का मुँह फैलाते हैं। लछमी कहती है, "यह क्या ?... जलपान कीजिए। झोली में क्यों लेते हैं ?"

लछमी की आँखें न जाने क्यों सजल हो जाती हैं।...इतने दिनों के बाद एक वैष्णव आया और बिना पत्तल जुठाए चला जाएगा ?...नहीं, वह ऐसा नहीं होने देगी।

"नहीं। बालभोग तो आपको करना ही होगा," लछमी जिद्द करती है, "दास जी, बिनती करती हूँ... !"

बालदेव जी देखते हैं, बावनदास को कुछ हो गया है...बड़ा अटर-पटर बोलते हैं ! चेहरा भी एकदम बदल गया है, आँखें लाल हैं, कपड़ा कितना मैला हो गया है ! वह सोलह-सत्रह साल से बावनदास के साथ हैं, कभी तो ऐसा हँसते नहीं देखा।...अलमुनियाँ का लोटा और बाटी नहीं छोड़ते हैं कभी।

जलपान करके हाथ धोते हुए बावनदास जी कहते हैं, "बालदेव जी, अब हम चलेंगे। पुवरिया-लैन की गाड़ी कोदलिया टीसन में जाकर पकड़ेंगे।...आपसे एक काम है।"

बावनदास झोली से लाल रंग का एक बस्ता निकालते हैं। बस्ता खोलकर कागज का छोटा-सा पुलिन्दा निकालते हैं। "बालदेव जी !...सब महतमा जी के खत हैं। गंगुली जी ने एक बार कहा था—ज़रूरत पड़ने पर हमको दीजिएगा...आने के समय याद ही नहीं रहा। आप पुरैनियाँ कब तक जाइएगा ?...चार-पाँच दिन के बाद ? तब ठीक है, आप रख लीजिए। गंगुली जी को दे दीजिएगा...ज़रूर !"

परम श्रद्धा-भक्ति से सहेजी हुई पवित्र चिट्ठियों को बावनदास एकटक देख रहा है।...फिर एक-एक कर अलग-अलग छाँटता है। हवा से एक चिट्ठी उड़कर बिछावन के नीचे चली गई, बावनदास ने चट से उठकर सर से छुला लिया।...उसे एक अक्षर का भी बोध नहीं, लेकिन वह प्रत्येक चिट्ठी के एक-एक शब्द पर निगाह डालता है; लगता है, सचमुच पढ़ रहा है।...आखिरी चिट्ठी खत्म कर वह एक लम्बी साँस लेता है।

बस्ता हाथ में लेकर बावनदास थोड़ी देर तक बेकार ही उसकी डोरी को उँगलियों में लपेटता और खोलता है। फिर एक लम्बी साँस लेकर अचानक ही खड़ा हो जाता है, "लीजिए...सेत्ताराम-सेत्ताराम !"

बालदेव जी बस्ता लेकर लछमी के हाथ में दे देते हैं, "पौंती-पिटारी में रख दीजिए !"

लछमी बस्ता लेकर सर से छुलाती है, फिर छाती से लगाती है। वह एकटक बावनदास को देख रहा है।...इस चिरकुट खद्धड़ की दोलाई से जाड़ा कैसे काटते हैं

बावनदास जी ?

"दास !...इस चादर से जाड़ा कैसे काटते हैं ?...ठहरिए, एक पुराना कम्बल है। ले लीजिए।" लछमी विनती के सुर में ही कहती है।

"नहीं माई !" बावनदास कन्धे से झोली को लटकाते हुए कहता है, "नहीं माई, कम्बल की जरूरत नहीं।"

लछमी चुप हो जाती है।...बावनदास जी को अब कम्बल की जरूरत नहीं। अब उन्हें किसी चीज की जरूरत नहीं। लछमी मानो सबकुछ समझ जाती है।

*धरती फाटे मेघ जल*
*कपड़ा फाटे डोर।*
*तन फाटे की औखदी*
*मन फाटे नहीं ठौर !*

"अच्छा तो अब...जै हिन्द !"

"जै हिन्द !"

बावनदास लुढ़कता हुआ जा रहा है।..सोबरन का कटहा कुत्ता खिटखिटाकर भूँकते हुए उस पर टूटता है। लेकिन, बावनदास उधर देखता तक नहीं है।...कुत्ता भी आश्चर्य से चुप हो जाता है। जरा-सा धेत्त-धेत्त भी नहीं किया ?...कैसा आदमी है ! कुत्ता बावनदास के पीछे-पीछे दुम हिलाते, मिट्टी सूँघते कुछ दूर तक जाता है।

"बावनदास जी का मन एकदम फट गया है।" लछमी कहती है।

बालदेव जी कहते हैं, "अरे मन फटेगा क्या ! थोड़ा ढंग भी करता है।...गंगुली जी चिट्ठी लेकर क्या करेंगे ?...दूसरे की चिट्ठी भले लोग नहीं पढ़ते हैं, दोख होता है।"

कोदलिया टीसन पर गाड़ी में बैठकर बावनदास को लगता है, वह कोई तीरथ करने जा रहा है। बहुत दिनों से उसके मन में लालसा है—एक बार जगरनाथ जी जाने की !...केदारनाथ, बदरिकांनाथ वह गया है। उसकी आँखों के आगे जगरनाथ का पट—छाता और छड़ी—लिए तीर्थ से लौटे हुए बावनदास की मूर्ति आ खड़ी होती है।

*जगरनथिया रौ भाय,*
*बाबा रौ बिराजे उड़िया देस में।*

एक यात्री ने कहा, "अरे, माघ महीना में कौन जगरनाथ से लौटा है भाई !"

दूसरे ने कहा, "जरा जोर से बावन गुसाईं जी !"

बावनदास खिड़की से बाहर की ओर देखता है। खेतों में लोग धान काट रहे हैं।...नदी में मछली मार रहे हैं, भैंस चरा रहे हैं। बावन ने बहुत सफर किया है, लैन से—कलकत्ता काँगरेस, लखनौ काँगरेस, बैजवाड़ा, साबरमती आसरम, महात्मा गाँधी की जन्मभूमि काठियावाड़, फिर बम्बै।...रेलवे लैन के किनारे काम करते हुए लोगों के मुखड़े, विभिन्न प्रदेश के लोगों के मुखड़े, उसकी आँखों के आगे इकट्ठे हो जाते हैं।...खगड़ा टीसन पर उतरकर एक बार नत्थूबाबू के यहाँ जाने का विचार था, लेकिन नत्थूबाबू कलकत्ता गए हैं। खोखी दीदी और काकी जी भी गई हैं।...खोखी दीदी ने एक बार

बावनदास की तस्वीर बनाई थी।...बोली, बस आप जैसे बैठे हैं, बैठे रहिए। एक कागज पर पेंसिल से तरवीर बनाने लगी।....काकी जी ठीक माये जी की तरह बोलती हैं। नाथबाबू रहते तो बावन को आज बहुत भारी मदद मिलती।...बहुत कड़े आदमी हैं। गोस्सा में जब होते हैं तो किसी को कुछ नहीं बूझते हैं।....कंफ जेहल के साहेब को जिनगी भर याद रहेगा।...नाथबाबू का चेहरा लाल हो गया था उस दिन, एकदम लाल टेसु।...पिछले साल नाथबाबू और चौधरी जी बम्बै जा रहे थे। बावन भी साथ में था।...मोगलसराय टीसन पर गाड़ी में भीड़ देखकर होस गुम ! इस छोर से उस छोर तक घूम आए, मगर कहीं घुसने ही नहीं दिया।...चौधरी जी, हँसते हुए बोले, "एहो गाड़ी छूटतऽ लच्छन लगैछेहों।" नाथबाबू ने एक डिब्बा के हैंडिल को जैसे ही पकड़ा कि अन्दर से एक आदमी ने गुस्सा होकर कहा, "देखता है नहीं, इस पर लिखा हुआ–बंगाल के मेम्बर के वास्ते रिजप है।"

नाथबाबू ने भी गुसाकर जवाब दिया था–"खूब देखता है।...बंगाल में अब आप लोगों के जैसा आदमी फलने लगा है, यह भी देखता है। हाम भी ए.आई.सी.सी. का मेम्बर है, आप भी उसी का मेम्बर है, मगर आदमियत... ।"

भीतर से किसी ने रसिकता की थी, "आदमियत तूले आर कोथा बोलबेन ना मोशाय।...आसून, आपनार तो देखची ऐकेबारे त्रिमूर्ति..."[1]

बात भी कुछ ऐसी ही हो गई कि सभी हँस पड़े–चौधरी जी भी, नाथबाबू भी और डिब्बे के सभी मेम्बर।...हँसनेवाली बात नहीं है ? चौधरी जी एकदम लम्बा, याने चौधरी जी की लम्बाई की बात तो सभी जानते हैं। पूरा ऊँचे कद का आदमी भी उनके कन्धे के बराबर होता है। और, इधर नाथबाबू ठेठ-नाटे कद के ! गोल चेहरा, चेहरे पर हरदम मुस्कराहट, वह भी छोटी-सी ! और तीसरा मूर्ति-सेवक बावनदास !...विचार कर देखिए–हँसने की बात है या नहीं !...चौधरी जी ने ऊपर बेंच पर अपना बिस्तर लम्बा किया था, नाथबाबू और बावनदास नीचे।

"ऐं ? खगड़ा आ गया ?...सेत्ताराम ! सेत्ताराम !"

खगड़ा स्टेशन पर उतरकर, बावनदास एक बार ऊपर आसमान की ओर देखता है। वह शाम तक पहुँच जाएगा।...नहीं, नाथबाबू से नहीं भेंट होगी तो अब किससे भेंट करने जाए वह !...

कलीमुद्दींपुर की ओर जा रहा है बावन !...कलीमुद्दींपुर पाकिस्तान में जाते-जाते बच गया है। एक बार हल्ला हुआ कि पाकिस्तानवाले कहते थे कि गाँव का नाम इस्लामी है, इसलिए इसको...! क्या बच्चों-जैसी बुद्धि !...

...सेत्ताराम ! सेत्ताराम ! बावनदास जल्दी-जल्दी डेग बढ़ाता है,...आज जैसे हो, शाम तक उसे पहुँचना ही है एक जगह।...उस जगह का नाम भी अभी वह अपने मन

---

1. कृपया आदमियत का प्रश्न मत उठाइए। आइए, हमें तो एक साथ ही त्रिमूर्ति के दर्शन का सौभाग्य मिल रहा है।

में नहीं लाएगा।

चलते-चलते वह कभी-कभी रुककर उसाँसें लेता है–बहुत देर तक रोने पर बच्चे जिस तरह उसाँसें लेते हैं, उसी तरह ! बावन की झोली में खँजड़ी है। खँजड़ी में लगी हुई झुनकी उसकी गति को एक लय में बाँध रही है–किन्न, किन्न, किन्न, किन्न ! खेतों की मेड़ों पर, मैदान में, सड़कों पर, ऊँची-नीची जमीन पर उसके चरण पड़ते हैं। मंजिल करीब है अब। किन्न, किन्न, किन्न, किन्न...! और थोड़ी दूर...और आधा कोस ! किन्न, किन्न...!

...जै महतमा जी ! जै बापू !...माँ ! माँ...धन्न हो प्रभू ! एक परीक्षा से तो पार करा दिया प्रभू ! बस यहीं...इसी साँहुड़ के नीचे ! इसी कच्ची लीक के पास...डाल दो डेरा रे मन !

...नागर नदी के किनारे ! नागर को एक बहुत बड़ा गवाह बनाया है, दोनों देसवालों ने। नागर नदी ही सीमा-रेखा है।...एक किनारा हिन्दुस्तान, दूसरा किनारा पाकिस्तान ! इस पार हिन्दुस्तान, दूसरी ओर पाकिस्तान। नागर बारहों मास बहती है, सूखती नहीं कभी। शायद इसीलिए... !" रामडंडी माथा पर आ गया।

माघ की ठिठुरती हुई सर्दी !...पछिया हवा भी चलती है। लगता है, आज की रात बदरीनाथ की तरह यहाँ भी बरफ गिरेगी। रामडंडी सिर पर आ गया...! बावन निराश नहीं होता है। जब तक सूरज नहीं उगेगा, वह टलेगा नहीं।...बात ही कुछ ऐसी है। यदि इस रास्ते से नहीं आई गाड़ी तो... ! वह दूर, बहुत दूर किसी गाँव की रोशनी को देखता है। दोनों हाथों को मलकर गर्म हो लेता है।...हाँ, गाड़ियाँ आएँगी। पचासों गाड़ियाँ !...कपड़े और चीनी और सीमेंट से लदी हुई गाड़ियाँ...जिसने खबर दी है उसे–उसका नाम वह जान जाने पर भी नहीं खोलेगा। बावन ने गाँधी जी की कसम खाई है। बेचारा गरीब...उसकी नौकरी चली जाएगी।...कटहा के दुलारचन्द कापरा, वही जूआ कम्पनीवाला, जिसकी जूए की दुकान पर नेवीलाल, भोलाबाबू और बावन ने फारबिसगंज मेला में पिकेटिन किया था। जूआ भी नहीं, एकदम पाकिटकाट खेला करता था और मोरंगिया लड़कियों, मोरंगिया दारू-गाँजा का कारबार करता था।...आज कटहा थाना कांग्रेस का सिकरेटरी है !...उसी की गाड़ियाँ हैं। सपलाई निसपिट्टर और कटहा थाना के दारोगा और यहाँ कलीमुद्दींपुर के नाकावाले हवलदार मिलाकर रकम आठ आना और इधर दुलारचन्द कापरा रकम आठ आना। गाड़ियाँ सदर-चालू सड़क से नहीं आएँगी। चौरपैड़ा[1] होकर चोरघाट होकर पार करेंगी। फिर उधर के व्यापारी को उस पार पहुँचा देगा। उधर के हाकिम-हुक्कामों को भी इसी तरह हिस्सा मिलेगा। लाखों रुपया का कारबार है।...वे आ गईं हाँ, गाड़ियाँ...कच्ची लीक में पहियों की आवाज !...हाँ गाड़ी ही है।

"जै भगवान ! जै महतमा जी ! सेत्ताराम ! सेत्ताराम !...बल दो प्रभू ! परीक्षा में

1. चोर रास्ता।

पार करो गुरु ! बापू ! बापू !...माँ, माँ ? झोली के अन्दर वह कुछ टटोलता है।

वह झोली को कन्धे से लटकाकर खड़ा हो जाता है।...नदी किनारे कोई पखेरू बोला, टिंटिक्।...किन्न ! खँजड़ी की झुनकी जरा झनकी।

"भगवान ! महतमा जी !...बापू ! माँ ! मुझे बुला लो अपने पास ! क्या करूँगा इस दुनिया में रहकर !...धरम नहीं बचेगा।"

गाड़ियाँ आ गईं, एकदम करीब।

"अरे बा-आ-आ-प रे—भू-ऊ-त।" अगला गाड़ीवान डरा और दबी आवाज में अपने साथी से कहता है, "भूत।"

"छिऊँ..." बैल भड़कते हैं। कचकचाकर गाड़ियाँ रुक जाती हैं।

"सेत्ताराम ! सेत्ताराम !"

कलीमुद्दींपुर नाका के सिपाही जी आगे बढ़ आते हैं, खखारकर पूछते हैं, "कौन है ?"

बगल की झाड़ी से सामने आकर बावन ने कहा, "हम हैं। सेवक बावनदास !"

"बा व न दा स !" सिपाही जी का मुँह खुला-का-खुला रह जाता है। इस आदमी को वह सन् तीस से ही जानता है। चान टरे, सूरुज टरे...!

सिपाही जी मुरेठा की पूछरी से मुँह छिपाते हैं। बावनदास हँसकर कहता है, "मुँह क्यों छिपाते हैं रामबुझावनसिंह जी ! आज खुलकर खेला होना चाहिए ! मुँह मत छिपाइए।"

"दास जी, हमारा क्या कसूर ! आप तो जानते ही हैं..."

"सिंघ जी, बातचीत कुछ नहीं। गाड़ियाँ जाएँगी खगड़ा !...लौटाइए।"

"गाड़ी त ना लौटी।"

"लौटी ना त ठाढ़ रही।"

अढ़ाई हजार रुपए हिस्से में मिल चुके हैं रामबुझावनसिंह को। क्या किया जाए ?...

"दास जी ठहरिए !...हम तुरत आते हैं।"

"अच्छी बात ! ले आइए आज जो लोग पर्दे में हैं। जाइए !"

कलीमुद्दींपुर में एक होटिल-बँगला[1] है।...हाकिम-हुक्काम लोग बराबर आते रहते हैं। बाँस-फूल का बड़ा-सा चौखड़ा है, गाँव के एकदम बाहर।

होटिल-बँगला में सप्लाई इंस्पेक्टर, दुलारचन्द कापरा और कलीमुद्दींपुर के हवलदार साहब टेबल के चारों ओर बैठकर मोरंगिया माल पी रहे हैं। कलीमुद्दींपुर होटिल-बँगला के वेरसपतिया बावर्ची के हाथ का मुर्ग-मुसल्लम जिसने खाया, उसी ने जी खोलकर बक्कीस दिया।

सप्लाई इंस्पेक्टर साहब गिलास में चुस्की लगाते हुए मुस्कराते हैं, "अरे धत्त ! इस

1. हाल्टिंग बँगला।

मुर्ग-मुसल्लम से गर्मी थोड़ी आएगी ! हवलदार साहब ! अरे, कोई दो टाँगवाली मुर्गी...।''

''क्या पूछते हैं, आज...महतमा जी के सराध की वजह से सभी भोज खाने चली गई हैं।

दुलारचन्द कापरा कहता है, ''ऊँह ! ऐसा जानता तो कटहा से ही दो रेफ्यूजिनी को उठा लाते। सब मजा किरकिरा कर दिया।''

कड़कड़–कड़क् ! सप्लाई इंस्पेक्टर चतुरानन्दसिंह जी मुर्गी की टाँग चबाते हैं।

कड़कड़ कड़कू ! बाहर साइकिल की आवाज होती है।

''कौन ?''

''सलाम ! हम रामबुझावनसिंह।''

''क्या हाल है ?''

''सब चौपट ! बावनदास...''

''आँ यें ! बावनदास ? कहाँ ?''

...सभी गुम हो गए। बेरसपतिया बावर्ची इशारे से कहता है हवलदार साहब को, ''मिल सकती है मुर्गी..., मगर...'' रुककर दोनों हाथों की उँगलियाँ दिखलाता है।

हवलदार साहब कहते हैं, ''अच्छा अभी ठहरो, तुम बाहर जाओ।''

''क्या हो अब ?'' सभी एक साथ लम्बी साँस लेते हैं।

''अकेला है या... ?''

''एकदम अकेला !''

''मगर इसका मतलब जानते हैं ?''

''दुलारचन्द जी !...कापरा जी !''

सबकी निगाहें मिलती हैं आपस में। दुलारचन्द गिलास में बोतल से शराब ढालकर गटगटाकर पी जाता है। सभी उसकी ओर आशा-भरी दृष्टि से देखते हैं–''मैं पंजाबी हूँ जी !...मगर आगे आप लोग जानो। मैं अपना फरज अदा करने जाता हूँ।''

...सिटसिट कर पछिया हवा चल रही है। हवलदार साहब साइकिल का पैडल चलाते हुए कहते हैं, ''कापरा जी, आसपास के गाँववालों का डर जरा भी मत कीजिए।...ऐलान किया हुआ है कि सरहद के आस-पास रात-बरात जो निकलेगा, उसे गोली लग जा सकती है।''

बावनदास ठीक पत्थर की मूर्ति की तरह खड़ा है–बीच लीक पर।

दुलारचन्द कापरा देखता है–हाँ, बावन ही है।

''कौन ?...कापरा जी ! गाड़ी के पीछे से क्या झाँकते हैं ? सामने आइए !'' बावनदास हँसता है।

''बावन !...रास्ता छोड़ दो। गाड़ी पास होने दो।''

''आइए सामने। पास कराइए गाड़ी। आप भी काँगरेस के मेम्बर हैं और हम भी। खाता खुला हुआ है; अपना-अपना हिसाब-किताब लिखाइए।...आज के इस पवित्तर दिन

को हम कलंक नहीं लगने देंगे।''

कापरा जानता है, इससे माथा-पच्ची करना बेकार है। वह हवलदार के कान में कुछ कहता है। फिर पुकारता है, ''इसपिरिंग खाँ ! कहाँ...''

यह इसपिरिंग खाँ कापरा का अपना आदमी है। नाम फर्जी है।...एक गाड़ी पर से उतरता है, फिर चुपचाप अगली गाड़ी पर जाकर बैठ जाता है।

''बावनदास...मान जाओ।''

''............''

''हाँको जी गाड़ी इसपिरिंग खाँ !''

गाड़ी में जुते हुए दोनों जानवर अचरज से चौंक पड़ते हैं। भड़कते हैं। छिऊँ, छिऊँ ! नाक से आवाज करके आगे बढ़ने से इन्कार करते हैं। कापरा एक बैल की पूँछ पकड़कर ऐंठता है। हड्डी पट् से बोली, मगर बैलों ने लीक छोड़ दिया और गाड़ी को बगल की ओर लेकर भागे।

दूसरी गाड़ी... ! एक बैल को हवलदार और दूसरे को कापरा, पूँछ मरोड़कर आगे बढ़ाते हैं। गाड़ीवान अवाक् होकर हाथ में रास थामे हुए है।...यह क्या हो रहा है ?

बैलगाड़ी पास हो गई।...पास हो रही है। बावनदास बीच लीक पर खड़ा है और गाड़ियाँ ऊपर से आर-पार कर रही हैं। बैल भड़के जरूर, मगर...।

तीन-चार ! चार गाड़ियाँ ?

अब बावनदास ठीक बैल के सामने आकर खड़ा होता है। बैल उसे हुँत्था मारकर गिरा देता है। वह लीक पर लुढ़क जाता है।...ठीक पहिए के नीचे।

मड़-मड़-मड़ !

...बापू ! माँ...!

गाड़ी पास ! कट्-कर्रर-कट !

गाड़ियाँ पास हो रही हैं। पचास गाड़ियाँ !

आखिरी गाड़ी जब गुजर गई तो हवलदार और रामबुझावनसिंह मिलकर, बावन की चित्थी-चित्थी लाश, लहू के कीचड़ में लथ-पथ लाश को उठाकर चलते हैं।...नागर नदी के उस पार पाकिस्तान में फेंकना होगा। इधर नहीं...हरगिस नहीं।

दुलारचन्द कापरा बावन की झोली लेकर उनके पीछे-पीछे जाता है।

नागर पार करते समय बावन के गले की तुलसी-माला नागर की बहती हुई धारा में गिर पड़ती है—सेत्ताराम !

चार बजे भोर को पाकिस्तान पुलिस ने घाट-गश्त लगाने के समय देखा—लाश !

''अरे यह तो उस पार के बौने की है। यहाँ कैसे आई ? ओ, समझ गए।...उठाओ जी, हनीफ और जुम्मन, ले चलो उस पार !''

बावन की ठंडी लाश झोली-झंडा के साथ फिर उठी।

बावन ने दो आजाद देशों की, हिन्दुस्तान और पाकिस्तान की—ईमानदारी को,

इंसानियत को, बस दो डेग में ही नाप लिया !

नागर नदी के बीच में पहुँचकर पाकिस्तान के पुलिस अफसरसाहब ने कहा—"नदी में ही डाल दो। इसकी झोली को उस पार दरख्त से लटका दो। जल्दी।"

नागर की धारा हठात् कलकला उठी। सिपाही खँजड़ी को पानी में फेंकते हुए कहता है—"डमरू बजाके रघुपति राघव गाते रहो !"

झनक...!

# इक्कीस

मेरीगंज गाँव के एकमात्र मालिक, एकछत्र जमींदार, तहसीलदारबाबू विश्वनाथ मल्लिक का खम्हार देख लो !...जिस बड़े चौताल पर एक पंक्ति में बैठकर, गाँधी जी के सराध के दिन लोगों ने सरबघटन भोज खाया, उसी को घेरकर खलिहान बनाया है तहसीलदार साहब ने। दस बीघे का घेराव है।

रामकिरपालसिंह अपनी बची-खुची जमीन, फसल-सहित, तहसीलदार के यहाँ सूद-रेहन रखकर तीरथ करने जा रहे हैं—काशी, केदार जी, जहाँ तक जा सकें। तहसीलदार साहब ने कहा है, "बाकी रुपया जहाँ से लिखिएगा, मनीआर्डर से भेजते रहेंगे।"

बाकी खजाना, घर-खर्चा, जाड़े का कपड़ा, सकलदीप के प्राच्छित और सतनारायण-पूजा के लिए खेलावन दो सौ रुपया माँगने गया। तहसीलदार साहब ने साफ जवाब दे दिया—"हाथ में एक पैसा नहीं है।"...घर के पिछवाड़े की जमीन, जिसमें धान करीब-

करीब तैयार हो गया था, लिख दी तो तीन सौ रुपए दिए।

सब मिलाकर पाँच हजार मन से क्या कम होगा धान इस बार !

तन्त्रिमा-छत्रीटोली, कुर्म-छत्रीटोली, कुसवाहा-छत्रीटोली, धनुषधारी-छत्रीटोली और गहलोत छत्रीटोली के जन-मजदूरों की हाँड़ी माघ महीने में ही टँग गई है।...खम्हार में जितना धान हिस्सा होगा, उससे चौगुना तो कर्जा है। सब काट लिया जाएगा...और इस बार तो लगता है गाँव में गुजर नहीं चलेगा। खेलावन यादव पाँच हल चलाते थे, इस साल एक ही हल चलावेंगे, एक हल अधहरी[1] पर चलेगा। रामकिरपालसिंह ने तो खेती-बारी उठा ही दी। बुढ़िया को लेकर तीरथ चले गए। शिवशक्करसिंह दो हल चलावेंगे।–तहसीलदार साहब इस बार टक्टर[2] खरीद रहे हैं। बेतार कहता था, "उसी में सबकुछ होगा–हल, चौंगी, विधा, कोड़कमान, कादी-गोरा और धनकटनी भी ! आदमी की क्या जरूरत ? पानी का पम्पू आवेगा। इन्दर भगवान् की खुशामद की जरूरत नहीं। कमला नदी में पम्पू लगा दिया, मिसिन इसटाट कर दिया, और हथिया सूँड[3] की तरह सब पानी सोखकर खेत पटा देगा।"...जब इन्दर भगवान को ही नून-नेबू चटा रहे हैं तहसीलदार साहेब, तो आदमी उनके हुजूर में क्या है ? कटिहार में एक जूट मिल और खुला है। तीन जूट मिल ?...चलो, चलो, दो रुपैया रोज मजदूरी मिलती है। गाँव में अब क्या रखा है !

एक महतमा जी का भरोसा था, उनको भी मार दिया।...बालदेव से पूछो न, महतमा जी की जगह पर अब कौन आवेंगे ! जमाहिरलाल ? मगर महतमा जी तो एक ही कोपिन पहनते थे।

विरची कहता है, "जहाँ सभी जात भाई का, बारहो बरन का, ऊँच-नीच का पत्ता जूठा हुआ है, उस खम्हार में बरक्कत तो उधियाकर होगा।...तहसीलदार साहेब आज कह रहे थे, इस बार सभी को अपने हिस्से में से औकाद मुताबिक धान देगा होगा–एक कट्ठा, आध कट्ठा, एक सेर, आध सेर !...महतमा जी का चन्ना हो रहा है।"

"महतमा जी का चन्ना ? क्या होगा चन्ना ? सराध तो हो गया !"

"नहीं !...रहुआ के गुरुबंसीबाबू ने डिल्ली में आकर एक करोड़ या...एक लाख...पता नहीं एक हजार...याद नहीं, मगर एक मोट रुपैया गुरुबंसीबाबू ने जमाहिरलाल को जाकर दिया है।...महतमा जी का चन्ना ! सुनते हैं, और भी देंगे।"

"ऐं ! कौन हल्ला करता है उधर ?"

"अरे कौन, रमपियरिया है।"

रमपियरिया और रमपियरिया की माँ के गले की आवाज सुनी जाती है।...मठ पर झगड़ा हो रहा है। आज लगता है, मारपीट ज्यादा हुई है।

"रामदास गुसाईं आजकल दिन-भर गाँजा पीता है। एक-न-एक दिन वह भी खून करेगा।"

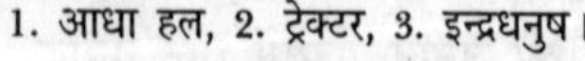

1. आधा हल, 2. ट्रेक्टर, 3. इन्द्रधनुष।

"साला, इन्हीं लोगों के पाप से धरती दलमला रही है।...भरस्ट कर दिया। अब वह मठ है। लालबाग मेला का मीनाबाजार हो गया है। दस-दस कोस का लुच्चा-लफंगा सब आकर जमा होता है।"

तहसीलदार साहब आजकल रात में ऊपर के कोठे पर सुमरितदास के साथ कागज-पत्तर ठीक करते रहते हैं। किसी-किसी दिन सुमरितदास सीढ़ी पर लड़खड़ाकर गिर जाता है।...संथालों के घर में चुलाया हुआ महुआ का दारू बड़ा तेज होता है। गगाई माँझी रोज आधा कंटर दे जाता है। कभी-कभी तहसीलदार साहब भी नीचे उतरकर खूब हल्ला करते हैं; कमली की माँ को, कमली को, सेबिया बूढ़ी, सबको गोली से उड़ा देने की धमकी देते हैं।

...एक रात को तो इतना मात गए तहसीलदार साहब कि कमली की माँ डर से छाती पीटने लगी थी।...ऐसी खराब-खराब गाली जो जिन्दगी में कभी एक बार भी उनके मुँह से नहीं सुनी गई, कमली की बन्द किवाड़ के सामने आकर जोर-जोर से बकने लगे। कमली दरवाजा खोलकर बाहर आई और बोली, "बाबा ! मुझे जो सजा देनी हो दो। मगर माँ को गाली मत दो। उनका क्या कुसूर ?"

कमली को देखते ही तहसीलदार साहब का नशा उतर गया, वे ऊपर भागे।

उस दिन से माँ कमली को एक मिनट भी अकेली नहीं छोड़ती है। बिलार को देखकर बच्चेवाली बिल्ली की सतर्क आँखें कैसी तेज हो जाती हैं। कमली की माँ को डर है, तहसीलदार साहब किसी दिन कोई कांड करेंगे।...एक सप्ताह पहले शराब में एक दवा मिलाकर दिया उन्होंने–"कमली को पिला दो। एकदम खलास हो जाएगी।...बड़ी मुश्किल से जोगाड़ किया है।"

उन पर कैसे विश्वास किया जाए ! न जाने कब क्या कर दें।

गाँव के घर-घर में 'हे भगवान' की पुकार मची हुई है। सुबह से शाम तक रात-भर धान-दवनी पर जो मजदूरी मिलती है, खलिहान पर रही बाकी मोजर हो जाता है। नाब-धोबी और मोची का खन भी नहीं जुड़ेगा इस बार।...मिल का भोंपा बजता है रोज, सुनते नहीं ? बुला रहा है–'आओ-ओ-ओ-हो-हो-हो-हो !"

रात के सन्नाटे में जोतखी काका की खाँसी बड़ी डरावनी सुनाई पड़ती है– खाँयें-खाँयें।...दिन में ठीक दोपहर को अमड़ा गाछ पर बैठकर कागा जिस तरह बोलता है, ठीक उसी तरह खाँएँ-खाँएँ !

...खाएगा ! सबको खा जाएगा। पिंगलवर्णा देवी क्रमशः बढ़ी आ रही है। उसके हजारों गण दाँत निकाले हैं, जीभ लपलपा रही है।...खाएगा....खाएगा !

भयार्त शिशु की तरह सारा गाँव कुहरे में दुबका हुआ थर-थर काँप रहा है !

"खबरदार–हो-य-य-य-य–खबरदार !"

तहसीलदार साहब ने खलिहान जोगाने के लिए तीन संथालों को और ड्योढ़ी के पहरा के लिए पहाड़िया सिपाहियों को बहाल किया है। एक नाल बन्दूक का लैसन फिर

मिला है।...चलित्तर कर्मकार जब तक पकड़ाता नहीं है, पैसेवालों को रात में नींद नहीं आएगी। पहरेवालों की बोली भी डरावनी मालूम होती है। आजकल कोठी के जंगल में शाम को ही एक रोशनी जलती है—बहुत तेज; फिर रात में और फ़िर भोर को।

बालदेव जी जगे हुए हैं। शाम को पुरैनियाँ से लौटे हैं...उनको नींद नहीं आ रही है। पुरैनियाँ जाने के समय लछमी ने बावनदास का बस्ता, गाँधी जी की चिट्ठियोंवाला बस्ता देते हुए कहा था, लघुसंका करने के समय पॉकिट से निकालकर...गांगुली जी से वह भेंट करने गया था। गांगुली जी ने पूछा था, "बावनदास ने कुछ दिया है आपको ?"

"जी, ऊँहूँ...नहीं !" बालदेव जी इस जाड़े के मौसम में भी पसीना-पसीना हो गए थे।

न जाने क्यों गांगुली जी अचानक उदास हो गए।

...बालदेव अब जान रहते इन चिट्ठियों नहीं दे सकता। इन चिट्ठियों को देखते ही जमाहिरलाल नेहरू जी बावनदास को मेनिस्टर बना देंगे, नहीं तो डिल्ली जरूर बुला लेंगे।...यों भी आज तक जितने लीडर आए, सबों ने बावनदास से ही हँसकर बातें कीं।

...उस बार मेनिस्टर साहेब आए। बड़े-बड़े लीडरों, मारवाड़ियों ने, वकीलों, मुक्तियारों और जमींदारों ने दसखत करके दरखास दिया, "भगवतीबाबू सरकारी वकील को कांग्रेस का मेम्बर बहाल कर दिया जाए।" मगर मेनिस्टर साहब ने बावनदास से पूछा, "क्यों बावनदास जी ?" भगवतीबाबू बहाल नहीं हुए। आखिर बावन की ही बात रही।...भगवतीबाबू ने बियालीस में सुराजिया को फाँसी पर झुलाने के लिए खूब बहस किया था।

और ये चिट्ठियाँ !...नहीं, वह हरगिस नहीं देगा।...लछमी को न जाने क्या हो गया है ! जिस दिन से बस्ता मिला, दोनों बखत सतसंग के समय सिर छुलाकर सामने रखती थी।...रोज चन्दन और फूल चढ़ाती थी इस पर। कभी-कभी चिट्ठियों को खोलकर पढ़ती और रोती। पुरैनियाँ से लौटने पर कुशल-मंगल पूछना तो दूर, पूछ बैठी, "गंगुली जी को दे दिया न ?"

"हाँ-हाँ दे दिया। इतना ना-परतीत था तो मेरे हाथ में दिया ही क्यों था ?"

बालदेव जी को नींद नहीं आ रही है। बैलगाड़ी पर पुआल के नीचे बस्ता छिपाकर रख दिया है। धूनी तो धू-धू कर जल रही है।...

बालदेव जी उठकर बाहर जाते हैं।

"होये !...खबरदार !" पहरू चिल्लाता है।

बालदेव जी धूनी के पास बैठकर लकड़ियों को ज़रा इधर-उधर करते हैं, फिर कनखी से लछमी के बिछावन की ओर देखते हैं। धीरे से बस्ता निकालकर खोलते हैं। उनका सारा देह सिहर रहा है, जीभ सूखकर काठ हो गई है, मुँह में थूक नहीं है।... धूनी की आग लहलहा उठी है, लकड़ियाँ चिट्-चिट् बोलती हैं।...बालदेव ने एक चिट्ठी निकाली...।

"दुहाई गाँधीबाबा ! बाब रे...!" लछमी बिछावन पर से ही झपटती है—"गुसाईं साहेब ! छिः छिः यह क्या कर रहे हैं !...सतगुरु हो, छिमा करो ! बालदेव !...पापी,... हत्यारा !"

धूनी की आग लछमी के कपड़े में लग जाती है। "लगने दो आग ! मुट्ठी खोलिए। बस्ता दीजिए बालदेव जी ! मैं जलकर मर जाऊँगी, मगर... ।"

बालदेव जी की कसी हुई मुट्ठी खुल जाती है। लछमी बस्ते को कलेजे से चिपकाकर खड़ी होती है। कमर से लिपटा हुआ कपड़ा खुद-ब-खुद गिर पड़ता है। बालदेव जी कमंडल से पानी लेकर छींटते हैं।

"हे भगवान ! सतगुरु हो ! जै गाँधी जी !...बाबा...जै बावनदास जी ! ह। हः !" लछमी रो रही है।

वस्त्रहीन खड़ी लछमी रो रही है।

लछमी के हाथ-पाँव जल गए हैं; बड़े-बड़े फफोले निकल आए हैं।

बालदेव जी अपनी मसहरी में आकर छिप जाते हैं। लेटकर सोचते हैं—नहीं, अब यहाँ रहना अच्छा नहीं। वह किस मुँह से यहाँ रहेगा ?...लछमी की ओर अब यह निगाह उठाकर कभी देख नहीं सकेगा।...वह पुरैनियाँ जाएगा, वहीं से चन्ननपट्टी चला जाएगा। वह अब अपने गाँव में रहेगा, अपने समाज में, अपनी जाति में रहेगा।...जाति बहुत बड़ी चीज है।...जाति की बात ऐसी है कि सभी बड़े-बड़े लीडर अपनी-अपनी जाति की पाटी में हैं।—यह तो राजनीति है ! लछमी क्या समझेगी ?...कासी जी का बरमचारी तो लगता है, अब यहीं खुट्टा गाड़ेगा...ठीक है।...नहीं, लछमी पर जाते-जाते अकलंग लगाकर नहीं जाएगा वह...

"गुसाईं साहेब, उठिए। सतसंग का समय हो गया !" लछमी कराहते हुए उठती है। सारा देह जल गया है।

रोज की तरह लछमी उठती है, उठकर बालदेव जी के बिछावन के पास आती है। मसहरी हटाकर बालदेव जी के अँगूठों में आँखें लगाती है, "सा हे ब—बन्दगी !"

बालदेव जी रोते हैं—सिसकियाँ लेकर, "ल-छ-मी !"

"उठिए, गुसाईं साहेब !"

# बाईस

तीन महीने बाद !

1948 साल के अप्रैल की एक सुबह।

इस इलाके में अखतिया पटुआ-भदै बोनेवाले किसानों को चाहिए कि सूरज उगने से पहले ही खेत को चार चास कर दें ! भुरुकुआ तारा जगमग कर रहा है। कमला नदी के गड्ढे में उसकी छाया झिलमिला रही है। लगता है, नीलकमल खिला है।

कन्धे पर हल लिए मरियल बैलों को हाँकता हुआ जा रहा है विरंची...कोयरीटोला के सोबरन का तीन बीघा खेत मनकुत्ता पर जोतता है। मगर इस साल टोटा पड़ेगा। उसकी सूरत, दियासलाई की डिबिया में जैसे हलवाहे की छापी रहती है—एकदम दुबला-पतला, काला-कलूटा, कमर में बिस्ठी—वैसी ही है।

खेलावन अब खुद भैंस चराता है। तीन बजे रात में भैंस जैसा चरती है वह दिन-भर

में नहीं चरेगी। अब तो उसको अपना रमना[1] भी नहीं है, इसीलिए धत्ता की ओर ले जाता है। खेलावन यादव, यादवटोली का मड़र, भैंस चराकर लौट रहा है।

आसमान साफ हो रहा है। सबके चेहरों पर सुबह का प्रकाश पड़ता है—झमाई हुई ईंट जैसे चेहरे !

तहसीलदार साहब का ट्रैक्टर लेकर डलेवर साहब निकले—भट-भट-भट-भट-भट !

तहसीलदार साहब दोमंजिले की छत पर खड़े, हाथों को पीछे की ओर बाँधे टहल रहे हैं। भट-भट-भट-भट-भट ! छत्त दलकती है। उसी के ताल पर उनका कलेजा धुकधुका रहा है।...कौन आ रहा है ? कौन ? सेबिया ?...चुप !...धीरे से ! क्या ?

''क्या ?'' तहसीलदार साहब पूछते हैं।

''ऊँ ! बतहा ! नाती भेलहौं !'' सेबिया हँसती है।

''चुप ! जिन्दा है या...।''

''ऊँह ! गुजुर-गुजुर हेरैछै !''

...उफ ! भगवान ! तहसीलदार साहब थरथर काँप रहे हैं।

कमला नदी के उस पार, अधपके रब्बी की फसल के उस पार, सेमलबाड़ी के जंगल के उस पार आसमान लाल हो गया है। दक्खिन...कोठी के बाग में गुलमुहर की लाल-लाल डालियाँ दमक उठती हैं।

ड्योढ़ी के उस पार बच्चे के रोने की आवाज नहीं जान पावे ! इन्तिजाम हो रहा है।...कोई इन्तिजाम ज़रूर हो जाएगा।....यदि बच्चा जोर से रोए ! ऐं, गला टी...प दो। मार डालो !

दिल्ली में, राजघाट पर, बापू की समाधि पर रोज श्रद्धांजलियाँ अर्पित होती हैं। संसार के किसी भी कोने का, किसी भी देश का आदमी आता है, वहाँ पहुँचकर अपनी जिन्दगी को सार्थक समझता है।

कलीमुद्दींपुर में, नागर नदी के किनारे, चोरघट्टा के पास साँहुड़ के पेड़ की डाली से लटकती हुई खद्दर की झोली को किसी ने शायद टपा दिया है।...कौन लेगा ? दुलारचन्द कापरा ने एक महीने के बाद जाकर देखा, झोली तो लटक रही है...डाली से। जिला कांग्रेस का कोई भी वरकर देखते ही पहचान लेगा—बावनदास की झोली है। झोली कापरा ने टपा दी। मगर झोली का फीता अभी भी डाली में झूल रहा है।

किसी दुखिया ने इसे चेथरिया पीर[2] समझकर मनौती की है, अपने आँचल का एक खूँट फाड़कर बाँध दिया है—''मनोकामना पूरी हो तो नया चेथरा बधाऊँगी !'' बहुत बड़ी आशा और विश्वास के साथ वह गिरह बाँध रही है।...दो चीथड़े।

1. चरागाह, 2. जिस पेड़ को पीर समझकर चीथड़ा चढ़ाते हैं।

पूर्णिया जेल के सामने बड़ा पुराना वटवृक्ष है। उसके नीचे सूखी हुई पत्तियाँ हवा में इधर-उधर उड़ रही हैं। वट के बँधाए चबूतरे के पास एक युवती खड़ी है।...साथ में है प्यारू !

खाली देह पर एक पुराना गमछा रखे, सिर्फ जाँधिया पहने एक वार्डर साहब बार-बार बारिक से निकलकर युवती को देखते हैं, "आप डाक्टर साहेब की वाइफ हैं ?"

युवती ने गर्दन हिलाकर कहा—"नहीं !"

वार्डर साहेब प्यारू की ओर देखते हैं। प्यारू इस वार्डर को जानता है—बड़ा बेकूफ है। हमेसा खराब-खराब बात बोलता रहता है। वह मुँह फेर लेता है।

जेल का लौह-कपाट झनझनाकर खुलता है। युवती के चेहरे पर से प्रतीक्षा की बेचैनी हट जाती है। उसके चेहरे पर हाल ही में जो छोटी-छोटी झुर्रियाँ पड़ गई थीं धीरे-धीरे खिल पड़ती हैं।

डाक्टर इस तरह मुस्कराता, डेग बढ़ाता, हाथ में छोटा बैग लिए आ रहा है, मानो लेबोरेटरी से छुट्टी पाकर लौटा है।

प्यारू का चेहरा द्रेखने काबिल हो रहा है। वह अपने अन्दर में उठनेवाले खुशी के आवेगों को दबाता है, किन्तु उसका मुँह अस्वाभाविक रूप से खुला हुआ है।

"तुम भी किसी जेल में थीं क्या ?"

"नहीं बाबा ! ऐसी किस्मत लेके नहीं आई।...झुको ! बाबा विश्वनाथ का प्रसाद है !" युवती रूमाल से सूखे बेलपत्तर और फूल निकालकर डाक्टर प्रशान्त के सिर से छुलाती है।

"तब प्यारू...क्या हाल है ? ममता ! प्यारू से बातचीत हुई है या नहीं ?"

"सुबह से और कर क्या रही हूँ !" ममता हँसते हुए कहती है, "घोड़ा-गाड़ी बुलाइए प्यारिचाँद सरकार !"

प्यारू हँसता-लँगड़ाता कचहरी की ओर जाता है।

"तीन बजे रात में पहुँची पूर्णिया स्टेशन।...ज्योति-दी तो आजकल यहीं हैं न ! उनके डेरे पर गई, सुबह उठकर कलक्टर साहब के बँगले पर गई। दस्ता आर्डर साथ में था तुम्हारी रिलीज़ का। ज्योति-दी ने कहा, यदि कलक्टर साहब टूर पर निकल गए तो फिर देर हो जा सकती है !...तो अभी कहाँ चलना है ?" ममता मुस्कराती है।

"तुम मेरीगंज नहीं चलोगी ?"

"क्यों नहीं ?...मैंने पन्द्रह दिन की छुट्टी ले ली है।"

एस.पी. साहब का चपरासी खत लेकर आया है। एस.पी. साहब ने डाक्टर को अपने बँगले पर निमन्त्रित किया है।

# तेईस

तहसीलदार साहब अब नीचे नहीं उतरते हैं। ऊपर ही रहते हैं। दिन भर ताड़ी पीकर रहते हैं, रात में संथालटोली का महुआ का रस। कभी होश में नहीं रहते हैं। सुमरितदास बेतार से रोज पूछते हैं, ''सोचा उपाय ?''

''मेरा तो मगज नहीं काम कर रहा है।''

''नहीं काम कर रहा है, तो लो एक गिलास। पियो साले ! यदि कहीं बोले तो देख लो बन्दूक !''

कमली की माँ दरवाजा कभी नहीं खोलती। कुएँ की ओर खुलनेवाला दरवाजा कभी-कभी खोलती है।...कमरे के अन्धकार में, एक कोने में, एक छोटा-सा दीप जल रहा है। कमली की गोदी में उसका शिशु कपड़े में लिपटा सो रहा है।...कमली कजरौटी में काजल पार रही है।

भट-भट भर्र-र

एक स्टेशन वैगन पूर्णिया-मेरीगंज रोड पर भागी जा रही है।

चलते समय ममता की नजर बचाकर प्यारू ने डाक्टर के हाथ में एक लिफाफा दिया है। आगे ड्राइवर की बगल में बैठा हुआ प्यारू कभी-कभी गर्दन उलटकर पीछे की ओर देखता है। डाक्टर साहब चिट्ठी पढ़ रहे हैं।

"प्राणनाथ !"

कमला की चिट्ठी है—एक सप्ताह पहले की चिट्ठी।

"प्राणनाथ !

"पता नहीं, समय पर यह पत्र तुमको मिले या नहीं। देर या सबेर, कभी भी मेरी यह चिट्ठी तुम्हें मिल ही जाएगी, मुझे पूरा विश्वास है। तुम मेरे पास दौड़े आओगे !...तुम जानते हो, अब मुझे डर लगने लगा है। तुम्हारा...तुम्हारा...कैसे लिखूँ ?...माँ कहती है, यदि तुम किसी तरह बाबा को लिख दो या मालूम करा दो कि मेरी होनेवाली सन्तान के तुम पिता हो, तो मैं जी जाऊँ। विश्वास नहीं करती माँ ! बाबूजी अब एकदम पागल हो गए हैं। न जाने कब क्या हो ! तुम्हारी किताबों ने मुझे बहुत-कुछ सिखाया है। मुझे कितना बड़ा सहारा मिला है तुम्हारी किताबों से ! लेकिन अब एक नई किताब चाहिए जिसके पृष्ठ-पृष्ठ में लिखा हुआ हो—कमला ! विश्वास करो ! डरो मत ! जो होगा, मंगलमय होगा...।"

डाक्टर एक ही साँस में इतना पढ़ गया। इसके बाद उसने ममता की ओर निगाह डाली। रात-भर की जगी ममता गाड़ी के हिचकोलों पर मीठी झपकी ले रही है।...चोट लग जाएगी !

"और कितनी दूर ?" ममता जागकर पूछती है।

"और एक घंटा," प्यारू कहता है।

डाक्टर आगे पढ़ता है—"...बाबा तुम्हारे बच्चे को मार डालेंगे।"

"नहीं ! नहीं !"

"ऐं ?" ममता पूछती है, "क्या है ?"

डाक्टर ममता के हाथ में पत्र देकर बाहर की ओर देखता है। प्यारू गर्दन उलट-उलटकर डाक्टर साहब की ओर देखता है।

ममता आँखें मलते हुए पढ़ती है—"प्राणनाथ !...किसकी चिट्ठी है ? कमला की ?"

ममता पढ़ रही है। डाक्टर ने एक बार ममता की ओर देखा—ममता की नींद से माती आँखें एक बार चमकती हैं। पत्र शेष करके वह पूछती है, "और कितनी दूर ?"

"अब और एक घंटा। रास्ता कच्चा है !"

"और वह गणेश कहाँ है ?"

"उसकी तो एक लम्बी कहानी है। ब्रह्मसमाज मन्दिर में उसे रखवा दिया था। न जाने कहाँ से उसके एक चाचा ऊपर हो गए। बहुत बखेड़ा हुआ, जाति-धर्म का बवंडर

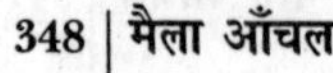

उठाया। मैंने भी कह दिया ले जाओ !''

''उससे भैंस चरवाता है,'' प्यारू कहता है, ''उसके गाँव का आदमी बराबर कचहरी आता है न !''

''मैंने मेडिकल गजट में तुम्हारी रिपोर्ट दे दी है। एक संक्षिप्त रिपोर्ट है—जंगली जड़ी-बूटी और यहाँ के गाँवों में प्रचलित टोटकों के बारे में—तुम्हारी चिट्ठियों से सार्ट करके लिख दिया।''

''लेकिन, मैंने तो फैसला कर लिया है, रिसर्च असफल होने की घोषणा कर दूँगा।''

''कोई रिसर्च कभी असफल नहीं होता है डाक्टर ! तुमने कम-से-कम मिट्टी को तो पहचाना है।...मिट्टी और मनुष्य से मुहब्बत। छोटी बात नहीं।''

डाक्टर ममता की ओर देखता है—एकटक। ममता बाहर की ओर देख रही है—विशाल मैदान !...वंध्या धरती !...यही है वह मशहूर मैदान—नेपाल से शुरू होकर गंगा किनारे तक—वीरान, धूमिल अंचल। मैदान की सूखी हुई दूबों में चरवाहों ने आग लगा दी है—पंक्तिबद्ध दीपों-जैसी लगती है दूर से।...तड़बन्ना के ताड़ों की फुनगी पर डूबते हुए सूरज की लाली क्रमशः मटमैली हो रही है।

भर्र-र-र्र...

''सुमरितदास ! अभी ट्रैक्टर क्यों चला रहा है ? कहाँ ले जा रहा है, ड्राइवर से पूछो तो।'' तहसीलदार साहब दोमंजिले की छत पर से पुकारते हैं।

''ट्रैक्टर नहीं। मोटर है, मोटर !''

''मोटर ?...कौन है ?''

''डागडर !''

''कौन डाक्टर ?''

सुमरितदास दौड़कर छत पर जाता है, ''अपने...डागडरबाबू। साथ में एक जलाना है।...प्यारू भी है।''

तहसीलदार साहब हाथ में बन्दूक लेते हैं। सुमरितदास थर-थर काँपते हुए कहता है—''दुहाई ! ऐसा काम मत कीजिए।''

''ऐसा काम नहीं करूँ ?...तब क्या करूँ ?''

प्यारू पुकारता है, ''मौसी !...ओ मौसी !''

''कौन ? प्यारू ?'' माँ दरवाजे की फाँक से कहती है, ''क्या है ?''

''डागडरबाबू !''

''ऐहें-ऐहें-आँ-आँ,'' सौर-गृह में कमली का नन्हा रोता है, ''ऐं-हें-ऐं-हाँ !''

ममता जल्दी से किवाड़ के पास जाकर कहती है, ''किवाड़ खोलो मौसी !...मैं हूँ ममता। खोलो तो पहले !''

किवाड़ के पल्ले खुल जाते हैं। ममता सौर-गृह के अन्दर चली जाती है।...डाक्टर

अकेला, चुपचाप खड़ा है। सीढ़ी पर खड़ाऊँ की आवाज होती है—भारी-भरकम आवाज ! कोई जोर-जोर से पैर पलटकर चल रहा है।

"कौन है ? डाक्टर ?" तहसीलदार साहब चिल्लाते हैं।

"आइए ! बैठिए डागडरबाबू।" सुमरितदास मसूढ़े निकालकर हँसता है, "आइए !"

"नहीं !...सुमरितदास, इससे पूछो, कहाँ आया है ? किसके यहाँ आया है ? क्या करने आया है ? क्या लेने आया है ?...पूछो !"

सुमरितदास बेतार डाक्टर के पास आकर कनखी और इशारों से समझाता है, "आजकल जरा ज्यादा ढलने लगी है न...इसीलिए !"

सौर-गृह के दरवाजे की फाँक से कमली की माँ कहती है, "कमली के बाबू ! कैसे हो तुम ? जमाई को..."

"जमाई को क्या ? अपने जमाई को क्यों नहीं कहती हो ? वह मेरा पैर छूकर प्रणाम कहाँ करता है ?"

डाक्टर तहसीलदार की चरण-धूलि लेता है।

तहसीलदार साहब अचानक फूटकर रो पड़ते हैं, डाक्टर साहब को बाँहों में जकड़कर रोते हैं, "मेरा बेटा ! बाबू !...मेरा बेटा !"

सुमरितदास बेतार ने रात में ही घर-घर खबर पहुँचा दी—"कमली की सादी तो पहले ही डागडर बाबू से हो गई थी।...तुम लोग तो जानते हो ! पाँच पंच को जानकर जब-जब सादी की बात पक्की हुई, एक-न-एक विघिन पड़ गया। इसीलिए कासी के पंडितों ने गंधरब-बिवाह कराने को कहा। गंधरब बिवाह की बात किसी को मालूम नहीं होने दी जाती है। यदि बच्चा हो तो सबसे पहले बाप उसको देखेगा तब और लोग।...डागडरबाबू आ गए हैं। अब कल छट्ठी के भोज का निमन्त्रण देने आया हूँ तुम लोगों को। कल सुबह से ही आनन-बधावा मचेगा।"

"इस्स् ! यह तो खिस्सा-कहानी जैसा हो गया ! एकदम किसी को पता नहीं !"

ब्राह्मणटोली के पुरोहित देवानन झा ने लोगों से कहा, "अँगरेजी फैसनवालों का सात खून माफ है।"

जोतखी जी के कानों में बात पड़ी; उन्होंने घृणा से मुँह सिकोड़ लिया।

खेलावन यादव ने कहा, "पैसावाला अधरम भी करेगा तो वह धरम ही होगा।"

लेकिन निमन्त्रण अस्वीकार करने की हिम्मत किसी में नहीं।

सुबह को गाँव के चमारों ने आकर नाच-नाचकर ढोल बजाना शुरू किया। औरतें झुंड बाँध-बाँधकर सोहर गाती हुई आने लगीं। लेकिन सबके चेहरे पर एक उदासी एक मनहूस काली रेखा खिंची हुई है।...मन में रंग नहीं।

तहसीलदार साहब बहुत देर तक अपने कमरे में चुपचाप बैठकर कुछ सोचते हैं; फिर बाहर आकर कहते हैं, "सुमरितदास ! लोगों से कह दो...हरेक परिवार को पाँच

बीघा के दर से जमीन मैं लौटा दूँगा। साँझ पड़ते-पड़ते मैं सब कागज-पत्तर ठीक कर लेता हूँ।...और संथालटोली में जाकर कहो...वे लोग भी आकर रसीद ले जाएँ। एक पैसा सलामी या नजराना, कुछ भी नहीं। अरे, मैं क्यों दूँगा ? दे रहा है नया मालिक !... मालिक साहब का हुकुम है, सुनते हो नहीं ! रो रहा है वह ! वह हुकुम दे रहा है। लौटा दो ! दे दो, खेलावन को उसकी जमीन का सब धान दे दो।''

डाक्टर प्रशान्त और ममता की आँखें चार होती हैं।

''मुँह क्या देखते हो ? मुझे पागल समझते हो ? ठीक है, पागल क्यों नहीं समझोगे ?...योगेश्वर कृष्ण ने अपनी सारी विद्याबुद्धि लगाकर कोशिश की, मगर दुर्योधन ने साफ कह दिया—सूई की नोक पर जितनी मिट्टी चढ़ती है उतनी भी नहीं दूँगा।...जमीन !...धरती ! एक इंच जमीन के लिए हायकोठ तक मुकदमा लड़ते हैं लोग ! और मैं सौ बीघे जमीन दे रहा हूँ। पागल तो तुम लोग हो ! अरे, यह जमीन तो उन्हीं किसानों की है, नीलाम की हुई, जब्त की हुई, उन्हें वापस दे रहा हूँ। मैं कहता हूँ, ऐलान कर दो, मालिक का हुकुम है !''

जै ! जै !...जै हो !

बोलिए प्रेम से—महतमा जी की जै !

डिग-डिग-डिडग।

रिंग-रिंग-ता-धिन-ता।

डा-डिग्गा-डा-डिग्गा !

झुमुर-झुमुर...हुर्रर-हुर्रर-हुर्रर !

हाँ...अब...अब ठीक है। अब देखो, सब चेहरों पर, मुर्दा चमड़ों पर लाली लौट रही है। सैकड़ों जोड़ी आँखें खुशी से चमक उठती हैं, मानो दीप जले हों।

कुमार नीलोत्पल की आज बरही है।

हाँ, ममता ने कमला के पुत्र को नाम दिया है—कुमार नीलोत्पल। डाक्टर ने आज पहली बार अपने पुत्र को गोद में लिया और देखा है।...दुबला-पतला, पीले रंग का रक्त-मांस का पिंड ! ममता कहती है, ''पटना ले चलो। एक महीने में ही तुम्हारा बेटा लाल हो जाएगा !'' डाक्टर ने सैकड़ों 'डिलिवरी' केस किए हैं। किन्तु कुमार नीलोत्पल ! कमला का पीला चेहरा लाज से लाल हो गया था। डाक्टर की गोद में शिशु को देते वक्त उसकी बड़ी-बड़ी आँखों की पलकें झुकी हुई थीं। उसके ललाट पर सिन्दूर का बड़ा-सा टीप जगमगा रहा था...अँधेरे में खड़ी 'सिल्हुटिड' तस्वीर-सी खड़ी माँ हाथ बढ़ाकर एक भयावनी छाया के हाथ में अपने शिशु को सौंप रही है।...अँधेरा... ! भयावनी छाया !...नहीं, नहीं। डाक्टर ने अपने बाएँ हाथ की उँगलियों से नीलोत्पल के 'हार्ट' की धड़कन का अनुभव किया था, ''अहा ! नन्हा-सा दिल, धुक-धुक कर रहा है।''

सौर-गृह में, बारह दिन के शिशु की लम्बी उम्र, सुन्दर स्वास्थ्य, विद्याबुद्धि और

धन-सम्पत्ति के लिए मंगलगीत गाए जा रहे हैं। डाक्टर जगा हुआ है।...उसका रिसर्च ? ममता कहती है, "असफल नहीं हुआ है। मिट्टी और मनुष्य से इतनी गहरी मुहब्बत किसी 'लेबोरेटरी' में नहीं बनती।"

लेबोरेटरी !...विशाल प्रयोगशाला। ऊँची चहारदीवारी में बन्द प्रयोगशाला।... साम्राज्य-लोभी शासकों की संगीनों के साये में वैज्ञानिकों के दल खोज कर रहे हैं, प्रयोग कर रहे हैं।...गंजी खोपड़ियों पर लाल-हरी रोशनी पड़ रही है।...मारात्मक, विध्वंसक और सर्वनाशा शक्तियों के सम्मिश्रण से एक ऐसे बम की रचना हो रही है जो सारी पृथ्वी को हवा के रूप में परिणत कर देगा...ऐटम ब्रेक कर रहा है मकड़ी के...जाल की तरह ! चारों ओर एक महा-अन्धकार ! सब वाष्प ! प्रकृति-पुरुष...अंड-पिंड ! मिट्टी और मनुष्य के शुभचिन्तकों की छोटी-सी टोली अँधेरे में टटोल रही है। अँधेरे में वे आपस में टकराते हैं।

...वेदान्त...भौतिकवाद...सापेक्षवाद...मानवतावाद !...हिंसा से जर्जर प्रकृति रो रही है। व्याध के तीर से जख्मी हिरण-शावक-सी मानवता को पनाह कहाँ मिले ?... हा-हा-हा ! अट्टहास ! व्याधों के अट्टहास से आकाश हिल रहा है। छोटा-सा, नन्हा-सा हिरण हाँफ रहा है। छोटे फेफड़े की तेज धुकधुकी !...नीलोत्पल ! नहीं-नहीं ! यह अँधेरा नहीं रहेगा। मानवता के पुजारियों की सम्मिलित वाणी गूँजती है—पवित्र वाणी ! उन्हें प्रकाश मिल गया है। तेजोमय ! क्षत-विक्षत पृथ्वी के घाव पर शीतल चन्दन लेप रहा है। प्रेम और अहिंसा की साधना सफल हो चुकी है। फिर कैसा भय ! विधाता की सृष्टि में मानव ही सबसे बढ़कर शक्तिशाली है। उसको पराजित करना असम्भव है, प्रचंड शक्तिशाली बमों से भी नहीं...पागलो ! आदमी आदमी है, गिनीपिग नहीं।...सबारि ऊपर मानुस सत्य !

*अनेकवक्त्रनयनमनेकाद्भुतदर्शनम्।*
*अनेक दिव्याभरणं दिव्यानेकोद्यतायुधम्।*
*दिवि सूर्यसहस्र...।*

...ममता गा रही है ! सुबह हो रही है। बगल के कमरे में तहसीलदार साहब खर्राटे ले रहे हैं। डाक्टर उठकर खिड़कियाँ खोल देता है। मटमैली, अँधियारी में कोठी का बाग ठिठका हुआ किसी की प्रतीक्षा कर रहा है। गुलमुहर, अमलतास और योजनगन्धा की नई कलियाँ मुस्कराने को तैयार हैं।...नान्तं न मध्यं न पुनस्तवादिं...।

"प्रशान्त !" ममता मुस्कराती हुई कमरे में प्रवेश करती है—सुबह को हौले-हौले बहानेवाली हवा-जैसी। सद्यःस्नाता ममता के भीगे-बिखरे केशगुच्छ को डाक्टर छू लेता है।

"अरे धेत्त् ! औरतों का भीगा केश नहीं छूना चाहिए। दोष होता है। पूछती हूँ, चाय पियोगे ? कुमार साहब का दूध गर्म हो रहा है। लगता है, रात-भर जगे रहे हो। कुल्ली कर लो। मैं चाय ले आती हूँ।" ममता मुस्कराती हुई जाती है।

बेचारी ममता की जिन्दगी का एकमात्र विलास—चाय ! शीला कहती थी एक बार, "ममता-दी चाय पीने का बहाना ढूँढ़ती रहती है। दिन-भर में दस-पन्द्रह प्याली..."

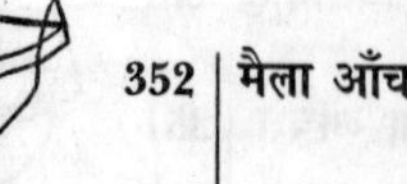

चाय की प्याली प्रशान्त के हाथ में देते हुए ममता पूछती है, ''पढ़ गए...महात्मा जी की आखिरी लालसा ? मैं तो कहती हूँ, यह वह महाप्रकाश है, जिसकी रोशनी में दुनिया निर्भय हजारों बरस का सफर तय कर सकती है।''

''ममता ! मैं फिर काम शुरू करूँगा—यहीं, इसी गाँव में। मैं प्यार की खेती करना चाहता हूँ। आँसू से भीगी हुई धरती पर प्यार के पौधे लहलहाएँगे। मैं साधना करूँगा, ग्रामवासिनी भारतमाता के मैले आँचल तले ! कम-से-कम एक ही गाँव के कुछ प्राणियों के मुरझाए ओठों पर मुस्कराहट लौटा सकूँ, उनके हृदय में आशा और विश्वास को प्रतिष्ठित कर सकूँ...।''

ममता हँसती है—''मन करता है, किसी को आँचल पसारकर आशीर्वाद दूँ—तुम सफल होओ ! मन करता है, किसी कर्मयोगी के बढ़े हुए चरणों की धूलि लेकर कहूँ....'' कहकर ममता प्रशान्त के पैरों की ओर हाथ बढ़ाती है।

''ममता !''

''ममता-दी !...लो इसे। दूध फेंकता है।'' कमली अपने शिशु को गोदी में लेकर हँसती हुई आती है।

''दो ! कैसे फेंकता है ? कैसे पिलाती हो ? बोतल दो।'' ममता आलथी-पालथी मारकर बैठ जाती है और बच्चे को गोद में ले लेती है। ''तुमने टेब्लेट खा लिया कमला ? खा लो !''

प्रशान्त चुपचाप ममता को देख रहा है। शरतबाबू के उपन्यासों की यह नारी अपने विश्वास पर अडिग होकर आज भी आगे बढ़ रही है; रूप बदल दो, नाम बदल दो, समय बदल दो, जगह बदल दो, पर यह कभी बदल नहीं सकती।

कमली पूछती है, ''प्यारू भी पटना चलेगा ?''

''हाँ,'' ममता संक्षिप्त-सा उत्तर देती है।

''आएँ-ऐं...ऐं...,'' नीलू रोता है।

''ना-ना...। पी लो बाबू ! राजा ! सोना !...मानिक !...नीलू !...रोओ मत ! अब रोने की क्या बात है प्यारे ?'' ममता हँसती है।

कलीमुद्दींपुर घाट पर चेथरिया-पीर में किसी ने मानत करके एक चीथड़ा और लटका दिया।

●●●